LES HOMMES QUI N'AIMAIENT PAS LES FEMMES

DU MÊME AUTEUR

La fille qui rêvait d'un bidon d'essence et d'une allumette, Millénium 2, Actes Sud, 2006.
La Reine dans le palais des courants d'air, Millénium 3, Actes Sud, 2007.

Titre original :
Män som hatar kvinnor
Editeur original :
Norstedts Forlag, Stockholm
Publié avec l'accord de Pan Agency
© Stieg Larsson, 2005

STIEG LARSSON

LES HOMMES QUI N'AIMAIENT PAS LES FEMMES

MILLÉNIUM 1

roman traduit du suédois
par Lena Grumbach et Marc de Gouvenain

BABEL NOIR

PROLOGUE

VENDREDI 1er NOVEMBRE

C'ÉTAIT MAINTENANT devenu un événement annuel. L'homme qui recevait la fleur fêtait ce jour-là ses quatre-vingt-deux ans. Il sortit le paquet de l'enveloppe et retira le papier cadeau. Puis il souleva le combiné du téléphone et composa le numéro d'un ancien commissaire de police qui depuis sa mise à la retraite était installé en Dalécarlie, près du lac Siljan. Non seulement les deux hommes avaient le même âge mais ils étaient aussi nés le même jour – ce qui, vu le contexte, pouvait paraître de l'humour. Le commissaire savait qu'il allait recevoir cet appel après le passage du facteur vers 11 heures du matin, et il prenait son café en attendant. Cette année, le téléphone sonna dès 10 h 30. Il décrocha et ne s'embarrassa même pas des préambules.

— Elle est arrivée, je suppose. Qu'est-ce que c'est, comme fleur, cette année ?

— Aucune idée. Je vais la faire identifier. Une fleur blanche.

— Pas de lettre, évidemment ?

— Non. Rien que la fleur. Le cadre est le même que l'année dernière. Un de ces cadres bon marché à monter soi-même.

— Cachet de la poste ?

— Stockholm.

7

— Ecriture ?

— Comme toujours, des majuscules d'imprimerie. Des lettres droites et soignées.

Ils avaient épuisé le sujet et observèrent le silence, chacun à son bout de la ligne, pendant une bonne minute. Le commissaire à la retraite se pencha en arrière sur sa chaise de cuisine et suçota sa pipe. Il savait très bien qu'on ne comptait plus sur lui pour poser la question qui ferait déclic, la question d'une folle perspicacité qui jetterait une nouvelle lumière sur cette affaire. Ce temps-là était révolu depuis de nombreuses années et la conversation entre les deux hommes âgés avait le caractère d'un rituel entourant un mystère que personne d'autre au monde qu'eux n'avait à cœur de résoudre.

LE NOM LATIN de la plante était *Leptospermum rubinette (Myrtaceae)*. Une plante au port buissonnant, relativement quelconque, avec de petites feuilles rappelant celles de la bruyère, et une fleur blanche de deux centimètres, dotée de cinq pétales. Longueur totale : environ douze centimètres.

On la trouvait dans le bush et les régions montagneuses de l'Australie, où elle poussait sous forme de grosses touffes herbeuses. Là-bas, on l'appelait *desert snow*. Plus tard, une experte d'un jardin botanique d'Uppsala allait constater qu'il s'agissait d'une plante rare, très peu cultivée en Suède. Dans son rapport, la botaniste écrivait que la plante était apparentée au myrte d'appartement, et qu'on la confondait souvent avec sa cousine bien plus fréquente *Leptospermum scoparium*, dont la Nouvelle-Zélande regorgeait. D'après l'experte, la différence consistait en un nombre restreint de microscopiques points roses au bout des pétales, qui donnaient à la fleur une faible nuance rosée.

D'une manière générale, la *rubinette* était une fleur particulièrement insignifiante. Aucune valeur commerciale, pas de vertus médicinales connues, et elle n'était pas hallucinogène. Non comestible, inutilisable comme condiment et sans aucune propriété colorante. Elle avait néanmoins une certaine importance pour les aborigènes d'Australie, qui par tradition considéraient la région et la flore autour d'Ayers Rock comme sacrées. Le seul but de cette fleur semblait donc être de faire agréablement profiter l'entourage de sa beauté capricieuse.

Dans son rapport, la botaniste d'Uppsala constatait que si la *desert snow* était peu répandue en Australie, elle était carrément rarissime en Scandinavie. Personnellement, elle n'en avait jamais vu mais, renseignements pris auprès de quelques collègues, elle avait connaissance de tentatives d'introduction de la plante dans un jardin à Göteborg, et on ne pouvait exclure que des jardiniers amateurs et des fanatiques de botanique la cultivent dans leurs petites serres personnelles. La principale difficulté de son acclimatation en Suède était qu'elle exigeait un climat doux et sec, et qu'elle devait passer les six mois de l'hiver à l'abri. Les sols calcaires ne lui convenaient pas et elle avait besoin d'un arrosage souterrain, directement absorbable par la racine. Elle exigeait savoir-faire et main verte.

THÉORIQUEMENT, le fait que cette plante soit rare en Suède aurait dû faciliter le pistage de l'origine de cet exemplaire mais, concrètement, la tâche était impossible. Il n'existait ni registres à consulter, ni licences à examiner. Personne ne savait combien d'horticulteurs amateurs avaient pu procéder à l'importation aléatoire d'une plante aussi difficile – cela pouvait aller de quelques-uns jusqu'à des centaines de passionnés de fleurs qui avaient accès aux graines et aux plantes. N'importe quel jardinier avait pu les acheter à un confrère sans trace ni facture, ou par correspondance, ou à un jardin botanique n'importe où en Europe. Elle aurait même pu être introduite en Suède au retour d'un voyage en Australie. Autrement dit, identifier ces cultivateurs parmi les millions de Suédois qui possèdent une petite serre ou un pot de fleurs sur un rebord de fenêtre était une tâche vouée à l'échec.

Elle n'était qu'un numéro dans la suite de fleurs mystificatrices qui arrivaient chaque année le 1er novembre, toujours dans une grosse enveloppe molletonnée. L'espèce changeait d'une année sur l'autre, mais c'étaielnt de belles fleurs et souvent assez rares. Comme toujours, la fleur était pressée, soigneusement fixée sur du papier à dessin et encadrée sous verre au format 29 x 16.

LE MYSTÈRE de ces fleurs n'avait jamais été communiqué aux médias et n'était connu que d'un cercle restreint. Trois décennies plus tôt, l'arrivée annuelle de la fleur avait fait l'objet d'analyses – du Laboratoire criminologique de l'Etat, d'experts en empreintes digitales et de graphologues, de criminologues patentés et d'un certain nombre de proches et amis du destinataire. A présent, les acteurs du drame n'étaient plus que trois : le vieux héros de la fête, le policier à la retraite et, bien sûr, l'individu inconnu qui avait envoyé le cadeau. Les deux premiers, au moins, ayant atteint un âge plus que respectable, il était grand temps de se préparer à l'inéluctable : le cercle des initiés allait diminuer sous peu.

Le policier à la retraite était un vétéran que les épreuves avaient fortifié. Jamais il n'avait oublié sa première intervention : l'arrestation d'un homme ivre – un méca-nicien des chemins de fer –, violent et prêt à mettre en jeu sa vie ou celle de quelqu'un d'autre. Au cours de sa carrière, le policier avait expédié en taule des bracon-niers, des hommes qui battaient leur femme, des escrocs, des voleurs de voitures et des conducteurs en état d'ébriété. Il avait été confronté à des cambrioleurs, des voleurs, des trafiquants, des violeurs et au moins un dy-namiteur plus ou moins malade mental. Il avait participé à neuf enquêtes sur des meurtres ou des assassinats. Dans cinq d'entre elles, le coupable avait lui-même ap-pelé la police, bourrelé de remords, pour avouer être le meurtrier de sa femme, de son frère ou d'un autre proche. Trois cas avaient nécessité des investigations ; deux avaient trouvé leur dénouement au bout de quelques jours et un avec l'assistance de la Säpo* au bout de deux ans.

La neuvième enquête n'avait pas de bases policières solides, c'est-à-dire que les investigateurs savaient qui était l'assassin, mais les preuves étaient si minces que le procureur avait décidé de laisser l'affaire en sommeil. Au grand dam du commissaire, il y avait finalement eu prescription. Globalement, il avait cependant derrière lui une carrière impressionnante, et aurait logiquement dû se sentir satisfait du travail accompli.

Il était tout sauf satisfait.

Pour le commissaire, l'*affaire des fleurs séchées* était une épine qui restait plantée – l'enquête frustrante tou-jours irrésolue à laquelle il avait sans conteste consacré le plus de temps.

La situation était doublement saugrenue, puisque après des milliers d'heures de réflexion, en service autant que hors service, il n'était même pas sûr qu'il y avait eu crime.

* Säkerhetspolisen, l'équivalent de la DST française. *(N.d.T.)*

11

Les deux hommes savaient que l'individu qui avait collé la fleur séchée avait utilisé des gants, on ne trouvait d'empreintes ni sur le cadre ni sur le verre. Ils savaient qu'on ne pouvait absolument pas remonter à l'expéditeur. Ils savaient que le cadre était en vente dans des magasins de photos ou dans des papeteries du monde entier. Il n'y avait tout simplement aucune piste d'investigation à suivre. Et le cachet de la poste changeait toujours ; le plus souvent il était de Stockholm, mais trois fois de Londres, deux de Paris, deux de Copenhague, une fois de Madrid, une de Bonn et une fois, la plus intrigante, de Pensacola, Etats-Unis. Alors que toutes les autres villes étaient des capitales, Pensacola était un nom tellement inconnu que le commissaire avait été obligé de chercher la ville dans un atlas.

APRÈS AVOIR RACCROCHÉ, l'homme qui fêtait ses quatre-vingt-deux ans resta un long moment sans bouger à contempler la belle mais insignifiante fleur australienne dont il ne connaissait pas encore le nom. Puis il leva les yeux vers le mur au-dessus du bureau. Quarante-trois fleurs pressées y étaient accrochées, encadrées sous verre, formant quatre rangées de dix fleurs chacune et une rangée inachevée de quatre tableaux. Dans la rangée supérieure, il en manquait un. La place n° 9 était béante. La *desert snow* allait devenir le n° 44.

Pour la première fois, cependant, quelque chose se passa qui rompit la routine des années précédentes. Tout à coup, et sans qu'il s'y soit attendu, il se mit à pleurer. Il fut lui-même surpris par cette soudaine effusion sentimentale après près de quarante ans.

I

INCITATION

20 décembre au 3 janvier

*En Suède, 18 % des femmes ont une fois
dans leur vie été menacées par un homme.*

.

1

VENDREDI 20 DÉCEMBRE

LE PROCÈS était irrévocablement terminé et tout ce qui pouvait être dit avait été dit. Il n'avait pas douté une seconde qu'on allait le déclarer coupable. Le jugement avait été rendu dès 10 heures du matin ce vendredi, et il ne restait maintenant plus qu'à écouter l'analyse des journalistes qui attendaient dans le couloir du tribunal.

Mikael Blomkvist les vit par l'entrebâillement de la porte et il se retint quelques secondes. Il n'avait pas envie de discuter le jugement dont il venait d'obtenir la copie, mais les questions étaient inévitables et il savait – mieux que quiconque – qu'elles devaient être posées et qu'il fallait y répondre. *C'est comme ça que ça fait d'être un criminel*, pensa-t-il. *Du mauvais côté du micro.* Il s'étira, mal à l'aise, et essaya d'arborer un sourire. Les reporters le lui rendirent et hochèrent gentiment la tête, presque gênés.

— Voyons voir… *Aftonbladet*, *Expressen*, TT, TV4 et… tu es d'où, toi… ah oui, *Dagens Industri*. On dirait que je suis devenu une vedette, constata Mikael Blomkvist.

— Une déclaration, s'il te plaît, Super Blomkvist ! lança l'envoyé d'un des journaux du soir.

Mikael Blomkvist, dont le nom complet était Carl Mikael Blomkvist, se força à ne pas lever les yeux au ciel comme chaque fois qu'il entendait son surnom. Un jour, vingt ans plus tôt, alors qu'il était âgé de vingt-trois ans et qu'il venait de commencer son travail de journaliste comme remplaçant pour les vacances d'été, Mikael Blomkvist avait par hasard démasqué une bande de braqueurs de banques auteurs de cinq casses très remarqués étalés sur deux années. De toute évidence, il s'agissait de la même bande ; leur spécialité était d'arriver en voiture dans des petites villes et de braquer une ou deux banques, avec une précision toute militaire. Ils portaient des masques en latex des personnages de Walt Disney et avaient été baptisés – selon une logique policière pas totalement absurde – la Bande à Donald. Les journaux choisirent cependant de les appeler les Frères Rapetout, surnom un peu plus sérieux vu qu'à deux reprises, ils avaient sans scrupules tiré des coups de feu d'avertissement au mépris de la sécurité des gens et qu'ils avaient menacé les passants et les badauds.

Le sixième hold-up eut lieu dans une banque de l'Östergötland au beau milieu de l'été. Un reporter de la radio locale se trouvait dans la banque au moment du braquage et il réagit conformément à la déontologie de sa profession. Dès que les braqueurs eurent quitté la banque, il fonça vers une cabine téléphonique et appela son journal pour livrer l'info en direct.

Mikael Blomkvist passait quelques jours avec une amie dans la résidence secondaire des parents de celle-ci, pas très loin de Katrineholm. Quand la police lui posa la question, il ne sut dire pourquoi exactement il avait établi ce lien mais, au moment où il écoutait les informations, il s'était souvenu de quatre types dans une maison de vacances à quelques centaines de mètres de là. Il les avait vus deux jours auparavant, en se promenant avec son amie, les gars jouaient au badminton dans le jardin.

Il n'avait remarqué que quatre jeunes hommes blonds et athlétiques, en short et torse nu, manifestement adeptes du body-building, mais ces joueurs de badminton avaient quelque chose qui lui avait fait jeter un deuxième coup d'œil – peut-être parce qu'ils jouaient sous un soleil de plomb avec une énergie d'une violence étonnante. On n'aurait pas dit un jeu, et c'est ce qui avait attiré l'attention de Mikael.

Il n'y avait aucune raison rationnelle de soupçonner que ces hommes étaient les braqueurs de la banque, pourtant, après le flash à la radio, Mikael Blomkvist était parti faire un tour et s'était installé sur une colline avec vue sur la maison, d'où il pouvait constater que tout semblait vide pour le moment. Il fallut à peu près quarante minutes pour que la bande arrive en Volvo et se gare sur le terrain. Ils semblaient pressés, chacun traînait un sac de sport, ce qui en soi ne devait pas signifier qu'ils avaient fait autre chose qu'aller se baigner quelque part. Mais l'un d'eux était revenu à la voiture et avait pris un objet qu'il s'était hâté de couvrir avec son haut de survêtement. Même de son poste d'observation relativement éloigné, Mikael avait pu voir qu'il s'agissait d'une bonne vieille AK4, du type de celles qu'il avait lui-même récemment manipulées durant l'année de son service militaire. En conséquence de quoi, il avait appelé la police et raconté ses observations. Commencèrent alors trois jours d'une surveillance intense de la maison, avec Mikael au premier rang, soutenu par de copieux honoraires de free-lance versés par l'un des journaux du soir. La police avait établi son quartier général dans une caravane stationnée sur le terrain de la maison de campagne où séjournait Mikael.

Le cas des Frères Rapetout octroya à Mikael le statut incontestable de vedette dont il avait besoin en tant que jeune journaliste débutant. Le revers de la célébrité était que l'autre journal du soir n'avait pu s'empêcher de titrer "Super Blomkvist résout le mystère Rapetout". Le texte railleur était de la plume d'une rédactrice d'un certain âge et contenait une douzaine de références au héros des romans jeunesse d'Astrid Lindgren. Pour couronner le tout, le journal avait illustré l'article d'une photo floue sur laquelle Mikael, la bouche ouverte et l'index dressé, semblait donner des instructions à un policier en uniforme. En réalité, c'étaient les cabinets d'aisances au fond du jardin qu'il avait indiqués à ce moment.

À DATER DE CE JOUR, à son grand désespoir, il devint pour ses collègues journalistes Super Blomkvist. L'épithète était prononcée avec une taquinerie malicieuse, jamais méchamment mais jamais vraiment gentiment non plus. Il n'avait rien à reprocher à la pauvre Astrid Lindgren – il adorait ses livres et les aventures impliquant le jeune héros détective – mais il détestait le surnom. Il lui avait fallu plusieurs années et des mérites journalistiques autrement plus consistants avant que l'épithète commence à s'effacer, et aujourd'hui encore il avait un mouvement de recul chaque fois qu'on utilisait ce surnom pour parler de lui.

Il afficha donc un sourire paisible et regarda l'envoyé du journal du soir droit dans les yeux.

— Bah, tu n'as qu'à inventer quelque chose. C'est ce que tu fais d'habitude pour tes papiers, non ?

Le ton n'était pas acerbe. Ils se connaissaient tous plus ou moins, et les plus acharnés détracteurs de Mikael avaient renoncé à venir. Auparavant, il avait travaillé avec l'un des gars qui se trouvaient là, quant à la Fille de TV4 présente, il avait failli la draguer à une fête quelques années plus tôt.

18

— Ils ne t'ont pas loupé, constata *Dagens Industri*, qui avait apparemment dépêché un jeune remplaçant.

— On peut le dire comme ça, reconnut Mikael. Il pouvait difficilement répondre autre chose.

— Quelle impression ça fait ?

Malgré la gravité de la situation, ni Mikael ni les journalistes confirmés ne purent s'empêcher d'esquisser un sourire en entendant la question. Mikael échangea un regard avec la Fille de TV4. *Quelle impression ça fait ?* La question que de tout temps les Journalistes Sérieux ont affirmé être la seule que les Reporters Sportifs sachent poser au Sportif Hors d'Haleine ayant franchi la ligne d'arrivée. Puis il retrouva son sérieux.

— Bien entendu, je ne peux que regretter que le tribunal n'ait pas tiré d'autres conclusions, répondit-il de façon un peu formelle.

— Trois mois de prison et 150 000 couronnes de dommages et intérêts. Ce n'est pas rien, dit la Fille de TV4.

— Je survivrai.

— Comptes-tu présenter tes excuses à Wennerström ? lui serrer la main ?

— Non, j'ai du mal à l'imaginer. Mon opinion sur la moralité en affaires de M. Wennerström n'a pas beaucoup changé.

— Tu soutiens donc toujours qu'il est un escroc ? demanda vivement *Dagens Industri*.

Une déclaration coiffée d'un titre potentiellement dévastateur se profilait derrière la question et Mikael aurait très bien pu glisser sur la peau de banane si le reporter n'avait pas signalé le danger en avançant son microphone avec un peu trop d'empressement. Il réfléchit à la réponse pendant quelques secondes.

Le tribunal venait d'établir que Mikael Blomkvist avait calomnié le financier Hans-Erik Wennerström. Il avait été condamné pour diffamation. Le procès était terminé et il n'avait pas l'intention de faire appel. Mais que se passerait-il si par imprudence il réitérait ses accusations à peine sorti de la salle du tribunal ? Mikael décida qu'il n'avait pas envie de savoir.

— J'ai estimé avoir eu de bonnes raisons de publier les informations dont je disposais. Le tribunal a été d'un autre avis et je suis évidemment obligé d'accepter que le processus juridique ait suivi son cours. Nous devons maintenant discuter ce jugement à fond à la rédaction du journal avant de décider de ce que nous allons faire. Je ne peux rien dire de plus.

— Mais tu as oublié qu'en tant que journaliste, on doit pouvoir justifier ses affirmations, dit la Fille de TV4, un soupçon de causticité dans la voix. Mise au point difficile à contester. Ils avaient été amis. Elle affichait un visage neutre mais Mikael avait l'impression de distinguer l'ombre d'une déception dans ses yeux.

Durant quelques douloureuses minutes encore, Mikael Blomkvist répondit aux questions. Celle qui planait dans l'air mais qu'aucun reporter ne pouvait se résoudre à poser – peut-être parce que c'était si incompréhensible que c'en devenait gênant – était comment Mikael avait pu écrire un texte à ce point dénué de substance. Les reporters sur place, à part le remplaçant de *Dagens Industri*, étaient tous des vétérans dotés d'une grande expérience professionnelle. Pour eux, la réponse à cette question se trouvait au-delà de la limite du compréhensible.

La Fille de TV4 lui demanda de se mettre devant la porte du palais de justice et posa ses questions à part face à la caméra. Elle était plus aimable que ce qu'il avait mérité et il fournit suffisamment de déclarations pour satisfaire tous les journalistes. L'affaire allait donner de gros titres – c'était inévitable – mais il se força à garder en tête qu'elle n'était en aucun cas le plus grand événement médiatique de l'année. Quand les reporters eurent obtenu ce qu'ils voulaient, chacun se retira vers sa rédaction respective.

IL S'ÉTAIT DIT qu'il rentrerait à pied, mais la journée de décembre était venteuse, et l'interview l'avait pas mal refroidi. Debout seul sur l'escalier du palais de justice, il levait les yeux quand il vit William Borg descendre d'une voiture qu'il n'avait pas quittée pendant le déroulement de l'interview. Leurs regards se croisèrent, William Borg arborait un grand sourire.

— Ça valait la peine de venir jusqu'ici pour te voir avec ce document à la main.

Mikael ne répondit pas. William Borg et Mikael Blomkvist se connaissaient depuis quinze ans. A une époque, ils avaient travaillé ensemble dans un quotidien du matin comme journalistes remplaçants pour la rubrique économie. Peut-être s'agissait-il de chimie incompatible entre personnes, cette période-là avait en tout cas fondé une hostilité qui durait encore. Aux yeux de Mikael, Borg était un journaliste exécrable, un être fatigant et vindicatif à l'esprit étroit, qui gonflait son entourage avec des plaisanteries imbéciles et qui maniait le mépris à l'égard de journalistes plus âgés, donc plus expérimentés. Borg semblait avoir une aversion particulière pour les journalistes féminins d'un certain âge. Ils s'étaient pris de bec une première fois, puis d'autres, jusqu'à ce que leur opposition prenne un caractère profondément personnel.

Au fil des ans, Mikael et William Borg s'étaient croisés régulièrement, mais ils ne s'étaient véritablement brouillés qu'à la fin des années 1990. Mikael avait écrit un livre sur le journalisme économique et avait puisé plus d'une citation aberrante dans des articles signés Borg. Selon Mikael, Borg était le poseur qui avait compris de travers la plupart des données et avait ainsi porté aux nues des start-up qui ne devaient pas tarder à sombrer. Borg n'avait pas apprécié l'analyse de Mikael et, lors d'une rencontre fortuite dans un bar à Söder, ils avaient failli en venir aux mains. Là-dessus, Borg avait abandonné le journalisme et il travaillait maintenant comme consultant, avec un salaire considérablement plus élevé, dans une entreprise qui, pour couronner le tout, appartenait à la sphère d'intérêts de l'industriel Hans-Erik Wennerström.

Ils se dévisagèrent un bon moment avant que Mikael tourne les talons et s'en aille. Venir au palais dans le seul but de s'en payer une tranche, voilà qui ressemblait bien à Borg.

Mikael s'apprêtait à marcher quand le 40 arriva et il monta dans le bus, avant tout pour quitter les lieux. Il en descendit à Fridhemsplan, resta indécis à l'abribus, tenant toujours son jugement à la main. Pour finir, il décida de rejoindre à pied le café Anna, à côté de l'entrée du garage du commissariat.

Il venait de commander un *caffè latte* et un sandwich quand les informations de midi débutèrent à la radio. Ce fut le troisième sujet, après un attentat suicide à Jérusalem et la nouvelle que le gouvernement avait constitué une commission d'enquête sur d'apparentes ententes illicites dans le bâtiment.

Le journaliste Mikael Blomkvist de la revue *Millénium* a été condamné ce vendredi matin à trois mois de prison pour diffamation aggravée à l'encontre de l'industriel Hans-Erik Wennerström. Dans un article sur la prétendue affaire Minos qui, il y a de cela quelques mois, a frappé les esprits, Blomkvist accusait Wennerström d'avoir détourné des biens sociaux, destinés à des investissements industriels en Pologne, à des fins de trafic d'armes. Mikael Blomkvist a en outre été condamné à verser 150 000 couronnes de dommages et intérêts. L'avocat de Wennerström, maître Bertil Camnermarker, a déclaré que son client était satisfait du jugement. Il s'agit d'un cas de diffamation particulièrement grave, a-t-il précisé.

Le jugement occupait vingt-six pages. Il présentait les raisons pour lesquelles Mikael avait été jugé coupable sur quinze points de diffamation aggravée à l'encontre du financier Hans-Erik Wennerström. Mikael constata que chacun des points d'accusation qui le condamnaient coûtait 10 000 couronnes et six jours de prison. Hors frais de justice et ses propres frais d'avocat. Il n'avait même pas le courage de commencer à réfléchir à l'étendue de la note, mais il se dit aussi que ça aurait pu être pire ; le tribunal avait choisi de l'innocenter sur sept points.

A mesure qu'il lisait les formulations du jugement, une sensation pesante et de plus en plus désagréable s'installa au creux de son ventre. Il en fut surpris. Dès le début du procès, il avait su que, à moins d'un miracle, il allait être condamné. Il n'y avait pas eu le moindre doute là-dessus et il s'était familiarisé avec cette idée. Il avait été relativement tranquille d'esprit pendant les deux jours qu'avait duré le procès, et pendant onze jours il avait également attendu sans ressentir quoi que ce soit de spécial que le tribunal finisse de réfléchir et formule le texte qu'il tenait dans sa main. Mais c'était maintenant, le procès terminé, que le malaise s'insinuait en lui.

Il croqua un bout de son sandwich, mais le pain semblait gonfler dans sa bouche. Il eut du mal à avaler et il le repoussa.

C'était la première fois que Mikael Blomkvist était condamné pour un délit – la première fois qu'il avait été soupçonné de quoi que ce soit ou cité à comparaître. Raisonnablement, le jugement était une broutille. Un délit de poids plume. Après tout, il ne s'agissait pas de vol à main armée, de meurtre ou de viol. D'un point de vue économique, la condamnation allait cependant avoir des conséquences. *Millénium* n'était pas le vaisseau amiral du monde des médias, ni doté de ressources illimitées – la revue fonctionnait sur ses marges – mais la condamnation n'était pas non plus catastrophique. Le problème était que Mikael était l'un des actionnaires de *Millénium*, tout en étant, bêtement, à la fois rédacteur et gérant responsable de la publication. Il avait l'intention de payer de sa poche les 150 000 couronnes des dommages et intérêts, ce qui en gros allait réduire à zéro son épargne. La revue se chargerait des frais de justice. En naviguant avec perspicacité, ça devrait aller.

L'idée l'effleura de vendre son appartement, hypothèse qui lui resta quand même en travers de la gorge. A la fin des joyeuses années 1980, à une époque où il avait bénéficié d'un emploi fixe et d'un salaire relativement élevé, il était devenu propriétaire. Il avait visité un tas d'appartements qu'il avait tous refusés jusqu'à ce qu'il tombe sur un grenier, soixante-cinq mètres carrés au tout début de Bellmansgatan. L'ancien propriétaire avait commencé à l'aménager en quelque chose d'habitable, mais avait été engagé dans une boîte d'informatique à l'étranger, et Mikael avait pu acheter son projet de rénovation pour une bouchée de pain.

Mikael n'avait pas voulu des plans conçus par les architectes, il avait préféré terminer lui-même le chantier, consacrant l'argent à la salle de bains et à la cuisine et laissant tomber le reste. Plutôt que de poser un parquet et monter des cloisons pour créer deux pièces, il ponça le plancher, passa directement à la chaux les murs grossiers d'origine et couvrit les plus gros défauts avec quelques aquarelles d'Emanuel Bernstone. Le résultat était un loft aéré, avec une partie chambre derrière une bibliothèque, un coin repas et un salon avec une petite cuisine américaine. L'appartement avait deux fenêtres mansardées et une fenêtre sur pignon avec vue sur les toits, le bassin de Riddarfjärden et la vieille ville. Il apercevait même un coin d'eau de Slussen et un bout de l'hôtel de ville. Compte tenu des prix pratiqués, il ne pourrait plus se payer un tel appartement à l'heure actuelle, et il avait très envie de le conserver.

Le risque de perdre l'appartement n'était rien, cependant, comparé à la baffe monumentale qu'il avait prise professionnellement, et dont il faudrait du temps pour réparer les dégâts. A supposer qu'ils fussent réparables.

C'était une question de confiance. Dans un avenir proche, nombre de rédacteurs hésiteraient à publier un papier portant sa signature. Il avait encore suffisamment d'amis dans sa discipline capables de comprendre qu'il avait été victime de la malchance et des circonstances, mais il ne pourrait plus s'offrir de commettre la moindre erreur.

Le plus douloureux, néanmoins, était l'humiliation.

Il avait eu tous les atouts en main, et pourtant il avait perdu contre une espèce de gangster en costume Armani. Un enfoiré d'agioteur. Un yuppie soutenu par un avocat de la jet-set qui avait traversé le procès en ricanant.

Comment les choses avaient-elles pu merder à ce point ?

L'AFFAIRE WENNERSTRÖM avait pourtant commencé de façon très prometteuse un an et demi plus tôt dans le cockpit d'un Mälar-30 jaune un soir de la Saint-Jean. Tout était dû au hasard qui avait voulu qu'un ancien collègue journaliste, désormais consultant au Conseil général, désireux d'impressionner sa dernière compagne avait, sans trop réfléchir, loué un Scampi pour quelques jours de croisière improvisée mais romantique dans l'archipel de Stockholm. La copine, qui venait de quitter Hallstahammar pour des études à Stockholm, s'était laissé persuader après une certaine résistance, mais à la condition que sa sœur et le copain de celle-ci puissent venir aussi. Le problème était qu'aucun des trois n'était jamais monté à bord d'un voilier, et que le consultant était un marin plus enthousiaste qu'expérimenté. Trois jours avant le départ, affolé, il avait appelé Mikael et l'avait convaincu de venir comme cinquième équipier, plus versé que lui en navigation.

Au début, Mikael s'était montré réticent, mais il avait cédé devant l'opportunité de quelques jours de détente dans l'archipel et la perspective annoncée d'une bonne bouffe et d'une agréable compagnie. Les promesses s'étaient avérées fausses, et la croisière avait tourné à la catastrophe dépassant ses pires cauchemars. De Bullandö, ils avaient remonté à moins de dix nœuds le chenal de Furusund, joli certes, mais guère excitant, ce qui n'avait pas empêché la copine du consultant de souffrir dès le début du mal de mer. Sa sœur s'était disputée avec son copain, et personne n'avait montré le moindre intérêt pour apprendre ne fût-ce qu'un minimum de navigation. Très vite, il devint évident qu'on attendait de Mikael qu'il fasse marcher le bateau pendant que les autres donnaient des conseils bienveillants mais particulièrement inutiles. Après la première nuit au mouillage dans une crique d'Ängsö, il était prêt à accoster à Furusund et à prendre le bus pour rentrer chez lui. Seules les supplications désespérées du consultant l'avaient fait accepter de rester à bord.

Vers midi le lendemain, suffisamment tôt pour qu'il y ait encore quelques places, ils avaient accosté à l'appontement des visiteurs à Arholma. Ils avaient préparé un repas et ils venaient de manger quand Mikael remarqua un M-30 à coque en polyester qui entrait dans la crique sous grand-voile seule. Le bateau fit un tour tranquille pendant que le skipper cherchait une place à l'appontement. Mikael jeta un regard autour de lui et constata que l'espace entre leur Scampi et le voilier familial à tribord était probablement la seule place disponible, et qui suffirait, bien que de justesse, pour l'étroit M-30. Il alla se poster à l'avant et agita le bras ; le skipper du M-30 leva la main en signe de remerciement et vira vers le ponton. Un solitaire qui excluait d'aborder au moteur, nota Mikael. Il entendit le cliquetis de la chaîne d'ancre et, quelques secondes plus tard, la grand-voile fut affalée, tandis que le skipper bondissait comme un rat ébouillanté pour maintenir la barre en place et en même temps préparer le bout d'amarrage à l'avant.

Mikael sauta sur l'appontement et tendit la main pour montrer qu'il était là pour l'accueillir. Le nouvel arrivant corrigea sa route une dernière fois et le bateau vint se ranger doucement sur sa lancée le long du Scampi. Au moment où le skipper lançait le bout à Mikael, ils se reconnurent et arborèrent des sourires ravis.

— Salut Robban, dit Mikael. Si t'utilisais le moteur, t'éviterais de racler tous les bateaux du port.

— Salut Micke. Je me disais bien que je connaissais le bonhomme. Tu sais, j'y serais allé au moteur, si seulement j'avais réussi à le démarrer. Cette saloperie a rendu l'âme il y a deux jours du côté de Rödöga.

Ils se serrèrent la main par-dessus la filière.

Une éternité auparavant, au lycée de Kungsholmen dans les années 1970, Mikael Blomkvist et Robert Lindberg avaient été copains, très bons amis même. Comme ça arrive souvent entre vieux camarades d'école, l'amitié avait cessé après le bac. Chacun avait poursuivi son chemin et ils ne s'étaient guère revus plus d'une demi-douzaine de fois en vingt ans. Leur dernière rencontre avant celle-ci, inattendue, à l'appontement d'Arholma, remontait à sept ou huit ans. A présent, ils s'examinaient mutuellement avec curiosité. Robert était bronzé, ses cheveux étaient tout emmêlés et il avait une barbe de quinze jours.

D'un coup, le moral de Mikael avait été regonflé. Quand le consultant et sa bande d'imbéciles étaient partis danser autour du mât de la Saint-Jean dressé devant l'épicerie de l'autre côté de l'île, il était resté dans le cockpit du M-30 pour bavarder avec son vieux pote de lycée autour du traditionnel hareng arrosé d'aquavit.

À UN MOMENT de la soirée, après un nombre conséquent de verres et comme ils avaient abandonné la lutte contre les tristement célèbres moustiques d'Arholma pour se réfugier dans le carré, la conversation s'était transformée en une chamaillerie amicale sur le thème de la morale et de l'éthique dans le monde des affaires. Tous deux avaient choisi des carrières qui d'une façon ou d'une autre étaient focalisées sur les finances du pays. Robert Lindberg était passé du lycée aux études de commerce puis dans le monde des banques. Mikael Blomkvist s'était retrouvé à l'Ecole de journalisme et avait consacré une grande partie de sa vie à dénoncer des affaires douteuses dans le monde des banques et des affaires justement. La conversation tournait autour de l'immoralité de quelques parachutes dorés apparus au cours des années 1990. Après avoir vaillamment pris la défense de certains des plus spectaculaires, Lindberg avait posé son verre et admis à contrecœur qu'il existait probablement quelques enfoirés corrompus dissimulés dans le monde des affaires. Brusquement sérieux, il avait regardé Mikael droit dans les yeux.

— Toi qui es journaliste investigateur et qui débusques les délits économiques, pourquoi tu n'écris rien sur Hans-Erik Wennerström ?

— Je ne savais pas qu'il y avait quoi que ce soit à écrire sur lui.

— Fouine. Fouine, nom de Dieu. Qu'est-ce que tu connais du programme CSI ?

— Eh bien, que c'était une sorte de programme de soutien dans les années 1990 pour aider l'industrie dans les anciens pays de l'Est à se remettre sur pied. Il a été supprimé il y a quelques années. Je n'ai jamais rien écrit là-dessus.

— Oui, CSI, le Comité pour le soutien industriel, le projet avait l'aval du gouvernement et le truc était géré par des représentants d'une dizaine de grandes entreprises suédoises. Le CSI avait obtenu des garanties de l'Etat pour une suite de projets décidés en accord avec les gouvernements de la Pologne et des pays baltes. La Confédération ouvrière était partie prenante, pour garantir que le mouvement ouvrier des pays de l'Est serait renforcé grâce au modèle suédois. Théoriquement, le projet signifiait un soutien basé sur le principe d'aide au développement, et il était censé donner aux régimes de l'Est une possibilité d'assainir leur économie. Dans la pratique, cela revenait à octroyer des subventions de l'Etat à des entreprises suédoises pour qu'elles s'établissent en partenariat dans des entreprises de l'Est. Ce connard de ministre chrétien, tu te souviens, était un chaud partisan du CSI. On parlait de construire une usine à papier à Cracovie, de rétablir l'industrie métallurgique à Riga, de monter une cimenterie à Tallinn et j'en passe. L'argent était réparti par le bureau du CSI, exclusivement constitué des poids lourds du monde de la finance et de l'industrie.

— L'argent du contribuable, autrement dit ?

— Environ cinquante pour cent était des subventions de l'Etat, le reste venait des banques et de l'industrie. Mais on ne peut pas vraiment parler d'une activité désintéressée. Les banques et les entreprises comptaient sur un bénéfice consistant. Sans ça, elles n'en auraient rien eu à foutre.

— Il s'agissait de sommes de quel ordre ?

— Attends une minute, écoute-moi. Le CSI était principalement constitué de sociétés suédoises solides désireuses de s'introduire sur le marché de l'Est. Des entreprises de poids, comme ABB, Skanska et autres de ce genre. Pas des demi-portions, si tu vois ce que je veux dire.

— Tu prétends que Skanska ne trempe pas dans les spéculations ? Et qu'est-ce que tu fais de leur PDG qui a été viré après avoir laissé un de ses gars perdre un demi-milliard en spéculant sur des coups à brève échéance ? Et leurs histoires immobilières hystériques à Londres et à Oslo, tu veux rire !

— Oui, c'est sûr, il y a des crétins dans toutes les entreprises du monde, mais tu sais ce que je veux dire. Il s'agit d'entreprises qui produisent quelque chose, en tout cas. La colonne vertébrale de l'industrie suédoise et tout ça.

— Et Wennerström, où est-ce que tu le places dans le schéma ?

— Wennerström est le joker de l'histoire. C'est-à-dire un gars surgi de nulle part, qui n'a aucun passé dans

30

l'industrie lourde et qui en réalité n'a rien à faire dans ce milieu. Mais il a amassé une fortune colossale à la Bourse et investi dans des entreprises stables. Il est pour ainsi dire entré par la porte de service.

Mikael remplit son verre de Reimersholms Aquavit et réfléchit à ce qu'il savait sur Wennerström. C'était maigre. Né quelque part dans le Norrland où il avait démarré une boîte d'investissement dans les années 1970, l'homme avait amassé une petite somme et avait emménagé à Stockholm, où il avait fait une carrière fulgurante dans les glorieuses années 1980. Il avait créé le groupe Wennerström, rebaptisé Wennerstroem Group quand avaient été ouverts des bureaux à Londres et à New York et que dans les journaux l'entreprise commençait à être mentionnée sur le même plan que Beijer. Jonglant avec les actions, les prises de participation et les coups rapides, il avait fait son entrée dans la presse people comme l'un des nombreux nouveaux milliardaires de Suède, propriétaire d'un loft dans Strandvägen, d'une somptueuse résidence d'été à Värmdö et d'un yacht de vingt-trois mètres racheté à une ex-star du tennis tombée en déconfiture. Un calculateur roublard, certes, mais les années 1980 étaient somme toute la décennie des calculateurs et des spéculateurs immobiliers, et Wennerström ne s'était pas démarqué plus qu'un autre. Plutôt le contraire ; il était en quelque sorte resté dans l'ombre des Grosses Pointures. Il n'avait pas le bagout d'un Stenbeck et ne s'exhibait pas à poil dans la presse comme Barnevik. Dédaignant le foncier, il s'était focalisé sur des investissements massifs dans l'ancien bloc de l'Est. Quand, dans les années 1990, la bulle s'était dégonflée et que les patrons, les uns après les autres, avaient été obligés de déployer leurs parachutes dorés, les entreprises de Wennerström s'en étaient vraiment bien sorties. Pas l'ombre d'un scandale. *A Swedish success story*, c'est ainsi que l'avait résumé le *Financial Times*, rien que ça.

— C'est en 1992 que Wennerström a soudain fait appel au CSI, il avait besoin d'une aide financière. Il a présenté un projet, apparemment bien ficelé au niveau des intéressés en Pologne, il s'agissait d'établir un secteur de fabrication d'emballages pour l'industrie alimentaire.

— Une usine de boîtes de conserve, autrement dit.

— Pas exactement, mais quelque chose dans ce style. Je n'ai pas la moindre idée des gens qu'il connaissait au CSI, mais il est sorti de chez eux avec 60 millions de couronnes dans la poche, sans problème.

— Ton histoire commence à m'intéresser. Laisse-moi deviner que plus personne n'a jamais revu cet argent-là.

— Pas du tout, fit Robert Lindberg.

Il afficha un sourire d'initié avant de se remonter avec quelques gouttes d'aquavit.

— Ce qui s'est passé ensuite n'est que du classique en matière de bilan financier. Wennerström a réellement établi une usine d'emballages en Pologne, plus exactement à Łódź. L'entreprise s'appelait Minos. Le CSI a reçu quelques rapports enthousiastes en 1993. Puis, en 1994, Minos a brusquement fait faillite.

ROBERT LINDBERG posa le verre à schnaps vide d'un coup sec pour souligner à quel point l'entreprise s'était effondrée.

— Le problème avec le CSI, c'est qu'il n'y avait pas de procédures véritablement définies pour l'établissement des rapports sur les projets. Souviens-toi de l'esprit du temps. Tout le monde était béat d'optimisme quand le mur de Berlin est tombé. On allait introduire la démocratie, la menace d'une guerre nucléaire n'existait plus et les bolcheviks allaient devenir de vrais capitalistes en une nuit. Le gouvernement voulait ancrer la démocratie à l'Est. Tous les capitalistes voulaient être de la partie pour contribuer à la construction de la nouvelle Europe.

— Je ne savais pas les capitalistes enclins à la bienfaisance.

— Crois-moi, c'était le rêve torride de tout capitaliste. La Russie et les pays de l'Est sont les plus grands marchés qui restent au monde après la Chine. Les industriels ne renâclaient pas à aider le gouvernement, surtout quand les entreprises ne devaient aligner qu'une partie infime des dépenses. En tout et pour tout, le CSI a englouti plus de 30 milliards de couronnes du contribuable. L'argent allait revenir sous forme de gains futurs. Sur le papier, le CSI était une initiative du gouvernement, mais l'influence de l'industrie était si grande que, dans la pratique, le bureau du CSI avait toute latitude d'agir.

— Je comprends. Mais y a-t-il matière à un article là-dedans aussi ?

— Patience. Quand les projets ont démarré, le financement ne posait pas de problèmes. La Suède n'avait pas encore connu le choc des taux d'intérêt. Le gouvernement était satisfait de pouvoir invoquer, via le CSI, une contribution suédoise importante en faveur de la démocratie à l'Est.

— Ceci se passait donc sous le gouvernement de droite.

— Ne mêle pas la politique à ça. Il s'agit d'argent et on s'en fout de savoir si ce sont les socialistes ou les modérés qui désignent les ministres. Donc, en avant plein pot, puis sont arrivés les problèmes des devises, et ensuite ces imbéciles de nouveaux démocrates – tu te souviens de Nouvelle Démocratie ? – qui ont commencé à se lamenter, ils trouvaient que les activités du CSI manquaient de transparence. L'un de leurs bouffons avait confondu le CSI avec la Swedish International Development Authority, il s'était imaginé un foutu projet de développement bien pensant dans le style bonnes œuvres et aide à la Tanzanie. Au printemps 1994, une commission fut chargée d'examiner le CSI. A ce stade, des critiques étaient déjà formulées sur plusieurs projets, mais l'un des premiers à être vérifiés fut Minos.

— Et Wennerström n'a pas réussi à justifier l'utilisation des fonds.

— Au contraire. Wennerström a présenté un excellent rapport financier, qui montrait que plus de 54 millions de couronnes avaient été investis dans Minos. Mais on s'était rendu compte que dans ce pays à la traîne qu'est la Pologne, les problèmes structurels étaient beaucoup trop grands pour qu'une usine d'emballages moderne puisse fonctionner, et sur place leur usine d'emballages avait été concurrencée par un projet allemand similaire. Les Allemands étaient en train d'acheter tout le bloc de l'Est.

— Tu as dit qu'il avait obtenu 60 millions de couronnes.

— Tout à fait. L'argent du CSI fonctionnait sous forme d'emprunts à taux zéro. L'idée était évidemment que les entreprises remboursent une partie pendant un certain nombre d'années. Mais Minos a fait faillite et le projet a capoté, on ne pouvait pas blâmer Wennerström pour ça. C'est ici que sont intervenues les garanties de l'Etat, et l'ardoise de Wennerström a été effacée. Il n'a tout simplement pas eu à rembourser l'argent perdu dans la faillite de Minos, et il pouvait effectivement démontrer qu'il avait perdu la même somme de sa propre bourse.

34

— Voyons voir si j'ai bien compris toute l'histoire. Le gouvernement fournissait des milliards du contribuable et offrait en prime des diplomates qui ouvraient des portes. L'industrie recevait l'argent et l'utilisait pour investir dans des joint-ventures qui lui permettaient ensuite de ramasser un profit record. A peu près la routine habituelle, quoi. Certains s'en mettent plein les poches quand d'autres paient les factures et nous connaissons bien les acteurs de la pièce.

— Mon Dieu que tu es cynique ! Les emprunts devaient être remboursés à l'Etat.

— Tu as dit qu'ils étaient sans intérêts. Cela signifie donc que les contribuables n'ont eu aucun dividende pour avoir aligné la thune. Wennerström a reçu 60 millions dont 54 ont été investis. Qu'est-il advenu des 6 millions restants ?

— Au moment où il est devenu évident que les projets du CSI allaient subir un contrôle, Wennerström a envoyé un chèque de 6 millions au CSI, pour rembourser la différence. Ainsi l'affaire était réglée d'un point de vue juridique.

ROBERT LINDBERG se tut et jeta un regard pressant à Mikael.

— Wennerström a manifestement égaré un peu d'argent au détriment du CSI, mais, comparé au demi-milliard qui a disparu de Skanska ou à l'histoire du parachute doré de un milliard de ce PDG d'ABB – ces affaires qui ont vraiment révolté les gens –, ça ne me semble pas vraiment digne d'un article, constata Mikael. Les lecteurs d'aujourd'hui sont déjà gavés de textes sur les gagnants du jackpot en Bourse, même s'il s'agit du fric du contribuable. Il y a autre chose, dans ton histoire ?

— Elle ne fait que commencer.

— Comment est-ce que tu sais tout des affaires de Wennerström en Pologne ?

— J'ai travaillé à la Banque du commerce dans les années 1990. Devine qui a mené les enquêtes en tant que représentant de la banque au CSI.

— Je vois. Continue.

— Donc… je résume. Le CSI a reçu une explication de la part de Wennerström. Des papiers ont été rédigés. L'argent manquant a été remboursé. Ce retour des 6 millions, c'était malin. Si quelqu'un débarque chez toi avec un sac de pognon qu'il tient à te donner, tu te dis qu'il est franc du collier, non ?

— Viens-en au fait.

— Mais mon vieux, s'il te plaît, c'est bien ça qui est le fait. Le CSI était satisfait du rapport de Wennerström. L'investissement avait cafouillé, mais il n'y avait rien à redire sur la façon dont il avait été mené. Nous avons examiné des factures et des transferts et un tas de paperasses. Tout était très minutieusement justifié. J'y ai cru. Mon chef y a cru. Le CSI y a cru et le gouvernement n'a rien eu à y ajouter.

— C'est où que ça cloche ?

— L'histoire entre maintenant dans sa phase sensible, dit Lindberg et il eut soudain l'air étonnamment sobre. Compte tenu que tu es journaliste, ce que je te dis est *off the record*.

— Arrête. Tu ne peux pas commencer par me raconter des trucs et ensuite venir me dire que je ne dois pas le répéter.

— Bien sûr que je le peux. Ce que j'ai raconté jusqu'ici est totalement de notoriété publique. Tu peux même aller consulter le rapport si tu y tiens. Je veux bien que tu écrives sur le reste de l'histoire – que je ne t'ai pas encore raconté –

mais tu dois me considérer comme une source anonyme.

— Ah, j'aime mieux ça, parce que dans le vocabulaire habituel, *off the record* signifie que j'ai appris quelque chose en confidence mais que je n'ai pas le droit d'écrire
là-dessus.

— Je m'en fous du vocabulaire. Ecris ce qui te chante,
moi, je suis ta source anonyme. Sommes-nous d'accord ?

— Bien entendu, répondit Mikael.

Considérée après coup, sa réponse était naturellement
une erreur.

— Bon. Cette affaire de Minos s'est donc déroulée
il y a dix ans, juste après la chute du Mur et quand les
bolcheviks ont commencé à devenir des capitalistes fré-
quentables. J'étais de ceux qui enquêtaient sur Wennerström, et j'avais en permanence une putain d'impression
que toute l'histoire était louche.

— Pourquoi n'as-tu rien dit alors ?

— J'en ai discuté avec mon chef. Le hic était qu'il n'y
avait rien de solide. Tous les papiers étaient en ordre. Je
n'avais qu'à apposer ma signature en bas du rapport. Mais
ensuite, chaque fois que je suis tombé sur le nom de Wennerström dans la presse, Minos m'est revenu à l'esprit.

— Tiens donc.

— Il se trouve que quelques années plus tard, vers
le milieu des années 1990, ma banque a mené quelques
affaires avec Wennerström. D'assez grosses affaires, en
fait. Ça ne s'est pas très bien passé.

— Il vous a arnaqués ?

— Non, je n'irais pas jusque-là. Nous avons tous les
deux fait des profits. C'était plutôt que… je ne sais pas
très bien comment l'expliquer. Là, je suis en train de
parler de mon propre employeur et ça, je n'en ai pas
envie. Mais ce qui m'a frappé – l'impression globale et

durable, comme on dit – n'était pas positif. Dans les médias, Wennerström est présenté comme un oracle économique de taille. C'est de ça qu'il vit. C'est son capital de confiance.

— Je comprends ce que tu veux dire.

— J'avais l'impression que l'homme était un bluff, tout simplement. Il n'était pas spécialement doué pour la finance. Au contraire, je l'ai trouvé d'une bêtise insondable en certains domaines. Il s'était entouré de quelques jeunes requins vraiment futés comme conseillers, mais lui personnellement, je l'ai cordialement détesté.

— Bon.

— Il y a un an environ, je suis allé en Pologne pour une tout autre raison. Notre délégation a dîné avec quelques investisseurs de Łódź et je me suis trouvé à la table du maire. Nous avons discuté à quel point il était difficile de remettre l'économie de la Pologne sur des rails et tutti quanti… toujours est-il que j'ai mentionné le projet Minos. Le maire m'a semblé totalement perplexe pendant un instant – comme s'il n'avait jamais entendu parler de Minos – puis il s'est rappelé que c'était une petite affaire de merde qui n'avait jamais rien donné. Il a expédié le sujet avec un petit rire en disant que – je cite exactement ses mots – si c'est là tout ce que les investisseurs suédois étaient capables de faire, notre pays ferait rapidement faillite. Tu me suis ?

— Cette déclaration révèle que le maire de Łódź est un homme sensé, mais continue.

— Cette déclaration, comme tu dis, n'a pas cessé de me turlupiner. Le lendemain, j'avais une réunion dans la matinée, mais le reste de la journée était à ma disposition. Rien que pour foutre la merde, j'ai fait le trajet pour aller voir près de Łódź l'usine désaffectée de Minos, dans un petit village, avec un troquet dans une grange et les chiottes dans la cour. La grande usine de Minos était un bazar délabré prêt à s'écrouler. Un vieux hangar de stockage en tôle ondulée monté par l'Armée rouge dans les années 1950. J'ai rencontré un gardien dans l'enceinte qui parlait quelques mots d'allemand, et j'ai appris qu'un de ses cousins avait travaillé chez Minos. Le cousin habitait juste à côté et nous sommes allés chez lui. Le gardien a servi d'interprète. Ça t'intéresse d'entendre ce qu'il a dit ?

— Ça me démange carrément.

— Minos a démarré à l'automne 1992. Il y avait quinze employés, au mieux, pour la plupart des vieilles bonnes femmes. Le salaire était de 150 balles par mois. Au début il n'y avait pas de machines, les employés s'occupaient en faisant le ménage dans le local. Début octobre sont arrivées trois machines à carton achetées au Portugal. De vieilles machines totalement dépassées. Au poids, la ferraille ne devait pas valoir plus que quelques billets de 1 000. Elles fonctionnaient, d'accord, mais tombaient tout le temps en panne. Il n'y avait évidemment pas de pièces de rechange, si bien que Minos était frappé d'arrêts de production perpétuels. En général, c'était un employé qui réparait les machines comme il pouvait.

— Maintenant ça commence à ressembler à de la matière valable, reconnut Mikael. Qu'est-ce qu'on fabriquait réellement chez Minos ?

— En 1992 et la première moitié de 1993, ils ont produit des emballages classiques pour de la lessive, des boîtes à œufs et des choses comme ça. Ensuite ils ont fabriqué des sacs en papier. Mais l'usine manquait sans arrêt de matière première et la production n'a jamais atteint de sommets.

— Voilà qui ne ressemble pas exactement à un investissement gigantesque.

— J'ai fait les comptes. Le coût du loyer total pour deux ans était de 15 000 balles. Les salaires ont pu s'élever à 150 000 au grand maximum – et je suis généreux. Achat de machines et de moyens de transport… un fourgon qui livrait les boîtes à œufs… je dirais dans les 250 000. Ajoute des frais pour établir les autorisations, quelques frais de transport – apparemment une seule personne est venue de Suède rendre visite au village à quelques reprises. Disons que toute l'affaire a coûté moins de 1 million. Un jour de l'été 1993, le contremaître est venu à l'usine, il a dit qu'elle était désormais fermée et, quelque temps plus tard, un camion hongrois est venu embarquer tout le parc de machines. *Exit* Minos.

DURANT LE PROCÈS, Mikael avait souvent réfléchi à ce soir de la Saint-Jean. La conversation s'était dans l'ensemble déroulée comme une discussion entre deux copains, sur un ton de chamaillerie amicale, exactement comme du temps des années lycée. Adolescents, ils avaient partagé les fardeaux qu'on trimballe à cet âge. Adultes, ils étaient en réalité des étrangers l'un à l'autre, des êtres totalement différents. Au cours de la soirée, Mikael s'était fait la réflexion qu'il n'arrivait pas vraiment à se rappeler ce qui les avait rapprochés au lycée. Il se souvenait de Robert comme d'un garçon taciturne et réservé, incroyablement timide devant les filles. Adulte, il était un… eh bien, un grimpeur talentueux dans l'univers bancaire. Pour Mikael, il ne faisait aucun doute que son camarade avait des opinions diamétralement opposées à sa propre conception du monde.

Mikael buvait rarement au point de s'enivrer, mais cette rencontre fortuite avait transformé une croisière ratée en une soirée agréable, où le niveau de la bouteille d'aquavit s'approchait doucement du fond. Justement parce que la conversation avait gardé ce ton lycéen, il n'avait tout d'abord pas pris au sérieux le récit de Robert au sujet de Wennerström mais, à la fin, ses instincts journalistiques s'étaient réveillés. Tout à coup il avait écouté attentivement l'histoire de Robert et les objections logiques avaient surgi.

— Attends une seconde, demanda Mikael. Wennerström est une star parmi les boursicoteurs. Si je ne me trompe pas complètement, il doit être milliardaire…

— A vue de nez, le capital de Wennerstroem Group est de quelque 200 milliards. Tu es sur le point de demander pourquoi un milliardaire irait escroquer des gens pour 50 malheureux millions, à peine de l'argent de poche.

— Ben, plutôt pourquoi il irait tout mettre en péril avec une escroquerie trop évidente.

— Je ne sais pas si on peut dire qu'il s'agit d'une escroquerie vraiment évidente ; un bureau du CSI unanime, et les représentants des banques, le gouvernement et les experts-comptables du Parlement qui ont accepté les comptes présentés par Wennerström.

— Il s'agit quand même d'une somme ridicule.

— Certes. Mais réfléchis ; Wennerstroem Group est une boîte spécialisée dans l'investissement, qui traite avec tout ce qui peut rapporter des bénéfices à court terme – immobilier, titres, options, devises… et j'en passe. Wennerström a pris contact avec le CSI en 1992, au moment où le marché était sur le point d'atteindre le fond. Tu te souviens de l'automne 1992 ?

— Tu parles si je m'en souviens. J'avais des emprunts à taux variable pour mon appartement quand les intérêts de la banque de Suède ont grimpé de cinq cents pour cent en octobre. J'ai dû me coltiner des intérêts à dix-neuf pour cent pendant un an.

— Mmm, le pied ! sourit Robert. Moi aussi j'ai creusé de sacrés trous cette année-là. Et Hans-Erik Wennerström – comme tous les autres sur le marché – se démenait avec les mêmes problèmes. L'entreprise avait des milliards coincés en contrats de différentes sortes, mais très peu de liquidités. Et là, toc, impossible d'emprunter de nouvelles sommes fantaisistes. En général dans une telle situation, on bazarde quelques immeubles et on lèche ses plaies – sauf qu'en 1992 il n'y avait plus personne pour acheter des immeubles.

— *Cash-flow problem.*

— Exactement. Et Wennerström n'était pas le seul à avoir ce genre de problèmes. N'importe quel homme d'affaires…

— Ne dis pas homme d'affaires. Appelle-les comme tu veux, mais les qualifier d'hommes d'affaires, c'est une injure à une catégorie professionnelle sérieuse.

— … n'importe quel boursicoteur, alors, avait des *cash-flow problems…* Considère les choses comme ceci : Wennerström a obtenu 60 millions de couronnes. Il en a remboursé 6, mais seulement au bout de trois ans. Les dépenses pour Minos n'ont pas dû dépasser de beaucoup le million. Rien que les intérêts de 60 millions pendant trois ans représentent une belle somme. Selon la façon dont il a investi l'argent, il a pu doubler l'argent du CSI, ou le multiplier par dix. Alors là, ce n'est plus de broutilles qu'on parle. A la tienne !

2

VENDREDI 20 DÉCEMBRE

DRAGAN ARMANSKIJ avait cinquante-six ans, il était né
en Croatie. Son père était un Juif arménien de Biélorussie. Sa mère était une musulmane bosniaque d'ascen-
dance grecque. C'était elle qui s'était chargée de son
éducation culturelle et, du coup, maintenant adulte, il
appartenait au vaste groupe hétérogène que les médias
définissaient comme les musulmans. Bizarrement, les
services de l'immigration l'avaient enregistré comme
serbe. Son passeport établissait qu'il était citoyen suédois et la photo montrait un visage carré aux mâchoires
puissantes, un fond de barbe sombre et des tempes grises.
On l'appelait souvent l'Arabe, alors qu'il n'y avait pas la
moindre goutte de sang arabe dans sa lignée. Par contre,
il était un authentique croisement du genre que les fous
de biologie raciale décriraient sans aucune hésitation
comme de la matière humaine inférieure.

Son visage rappelait vaguement le stéréotype du sous-
fifre local dans un film de gangsters américain. En réalité, il n'était ni trafiquant de drogue ni coupe-jarret pour
la mafia. C'était un économiste talentueux qui avait commencé comme assistant à l'entreprise de sécurité Milton
Security au début des années 1970 et qui, trois décennies plus tard, se retrouvait PDG et à la tête des opérations.

L'intérêt pour les questions de sécurité avait grandi peu à peu et s'était mué en fascination. C'était comme un jeu de stratégie – identifier des situations de menace, développer des contre-stratégies et sans cesse avoir un temps d'avance sur les espions industriels, les maîtres chanteurs et les arnaqueurs. Cela avait commencé quand il avait découvert la manière dont une habile escroquerie envers un client avait été réalisée à l'aide d'une comptabilité subtilement conçue. Il avait pu déterminer qui, dans un groupe d'une douzaine de personnes, se trouvait derrière la manipulation. Aujourd'hui, trente ans plus tard, il se souvenait de sa propre surprise quand il avait compris le mécanisme du détournement : la société en question avait omis de couvrir quelques trous dans les processus de sécurité. Il passa dès lors de simple comptable à joueur à part entière dans le développement de son entreprise, puis expert en escroqueries financières. Cinq ans plus tard, il se retrouvait dans la direction, et dix ans plus tard devenait – non sans réticences – PDG. A présent, la réticence s'était depuis longtemps calmée. Il avait transformé Milton Security en une des boîtes de sécurité les plus compétentes et les plus consultées en Suède.

Milton Security disposait de trois cent quatre-vingts collaborateurs à plein temps et plus de trois cents freelances à toute épreuve, rémunérés à la mission. Une petite entreprise, donc, en comparaison de Falck ou de Svensk Bevakningstjänst. Quand Armanskij était entré dans l'entreprise, elle s'appelait encore Société de surveillance générale Johan Fredrik Milton, et sa clientèle était constituée de centres commerciaux qui avaient besoin de contrôleurs et de vigiles musclés. Sous sa direction, l'entreprise avait changé de nom pour devenir Milton Security, plus valable dans un contexte international, et elle avait misé sur une technologie de pointe.

Le personnel avait été renouvelé ; gardiens de nuit en bout de course, fétichistes de l'uniforme et lycéens essayant de gagner trois sous avaient été remplacés par des personnes dotées de compétences sérieuses. Armanskij avait engagé d'ex-policiers d'un certain âge comme chefs des opérations, des diplômés en science politique spécialistes du terrorisme international, de la protection rapprochée et de l'espionnage industriel, et surtout des techniciens en télécommunications et des experts en informatique. L'entreprise avait quitté Solna et la banlieue pour s'installer dans des locaux plus prestigieux près de Slussen, au centre de Stockholm.

Au début des années 1990, Milton Security était armée pour offrir un tout nouveau type de sécurité à un cercle exclusif de clients, principalement des entreprises de taille moyenne affichant un chiffre d'affaires extrêmement élevé, et des particuliers aisés – stars du rock croulant sous les billets, joueurs en Bourse et patrons de start-up. Une grande partie de l'activité était centrée sur l'offre de gardes du corps et de solutions de sécurité pour des entreprises suédoises à l'étranger, surtout au Moyen-Orient. Cette partie de l'activité représentait actuellement près de soixante-dix pour cent du chiffre d'affaires. Au cours du règne d'Armanskij, le chiffre d'affaires était passé de 40 millions de couronnes à près de 2 milliards. Vendre de la sécurité était une branche extrêmement lucrative.

L'activité était répartie sur trois domaines principaux : *les consultations de sécurité*, qui consistaient en l'identification de dangers possibles ou imaginés ; *les mesures préventives*, qui en général consistaient en l'installation de caméras de surveillance coûteuses, d'alarmes effraction ou incendie, en systèmes électroniques de verrouillage et en équipements informatiques ; et pour finir *une protection rapprochée* des particuliers ou des entreprises qui s'estimaient victimes de menaces, qu'elles soient réelles ou imaginées. Ce dernier marché avait plus que quadruplé en dix ans et, les dernières années, un nouveau type de clientèle était apparu sous forme de femmes passablement fortunées qui cherchaient à se protéger d'un ex-petit ami ou mari ou de harceleurs inconnus qui les auraient vues à la télé et auraient fait une fixation sur leur pull moulant ou la couleur de leur rouge à lèvres. De plus, Milton Security travaillait en partenariat avec des entreprises jouissant de la même bonne réputation qu'elle dans d'autres pays européens et aux Etats-Unis, et se chargeait de la sécurité de personnalités internationales en visite en Suède ; telle cette célèbre actrice américaine en tournage pendant deux mois à Trollhättan et dont l'agent estimait que son statut exigeait qu'elle soit accompagnée de gardes du corps lors de ses rarissimes promenades autour de l'hôtel.

Un quatrième domaine, beaucoup plus restreint, qui n'occupait que quelques collaborateurs de temps en temps, était constitué par ce qu'on appelait les ESP, c'est-à-dire les enquêtes sur la personne. Armanskij n'était pas un adepte inconditionnel de ce secteur de l'activité. Il était moins lucratif et c'était une branche délicate qui faisait plus appel au jugement et à la compétence du collaborateur qu'à une connaissance en technique de télécommunications ou en installation discrète d'appareils de surveillance. Les enquêtes sur la personne étaient acceptables lorsqu'il s'agissait de simples renseignements sur la solvabilité de quelqu'un, de vérifier le CV d'un futur collaborateur ou les agissements d'un employé qu'on soupçonnait de laisser fuir des informations sur son entreprise ou de s'adonner à une activité criminelle. Dans de tels cas, les ESP s'inscrivaient dans le domaine opératoire.

Mais à tout bout de champ ses clients venaient lui soumettre des problèmes d'ordre privé qui avaient tendance à induire des conséquences malvenues. *Je veux savoir qui est ce voyou avec qui ma fille sort… Je crois que ma femme me trompe… Le fiston est OK, mais c'est les copains qu'il fréquente… On me fait chanter…* Le plus souvent, Armanskij opposait un non catégorique. Si la fille était majeure, elle avait le droit de fréquenter tous les voyous qu'elle voulait, et il était d'avis que l'infidélité devait se régler entre époux. Dissimulés dans toutes ces demandes, il y avait des pièges qui potentiellement pouvaient mener à des scandales et causer des soucis juridiques pour Milton Security, raison pour laquelle Dragan Armanskij exerçait un contrôle strict sur ces missions, qui d'ailleurs ne généraient que de l'argent de poche dans le chiffre d'affaires total de l'entreprise.

LE SUJET DE CE MATIN était malheureusement justement une enquête sur la personne et Dragan Armanskij arrangea les plis de son pantalon avant de se pencher en arrière dans son fauteuil de bureau confortable. Avec scepticisme, il contempla Lisbeth Salander, sa collaboratrice de trente-deux ans sa cadette, et constata pour la millième fois que personne ne pouvait paraître plus mal placé qu'elle dans une entreprise de sécurité prestigieuse. Son scepticisme était à la fois réfléchi et irrationnel. Aux yeux d'Armanskij, Lisbeth Salander était sans conteste le *researcher* le plus compétent qu'il ait rencontré au cours de toutes ses années dans la branche. Durant les quatre années qu'elle avait travaillé pour lui, elle n'avait foiré aucune mission, ni rendu un seul rapport médiocre.

Au contraire – ce qu'elle produisait était à classer hors catégorie. Armanskij était persuadé que Lisbeth Salander possédait un don unique. N'importe qui pouvait sortir des renseignements bancaires ou effectuer un contrôle à la perception, mais Salander avait de l'imagination et revenait toujours avec tout autre chose que ce qu'on attendait. Il n'avait jamais vraiment compris comment elle se débrouillait, parfois sa capacité à trouver des informations semblait relever de la magie pure. Extrêmement familière des archives administratives, elle savait dénicher les renseignements les plus obscurs. Elle avait surtout la faculté de se glisser dans la peau de la personne sur qui elle enquêtait. S'il y avait une merde à mettre au jour, elle zoomait dessus tel un missile de croisière programmé.

Incontestablement, elle avait le don.

Ses rapports pouvaient constituer une véritable catastrophe pour la personne qui s'était fait coincer par son radar. Armanskij avait encore la sueur qui perlait quand il se rappelait la fois où il lui avait donné pour mission de faire un contrôle de routine sur un chercheur en pharmaceutique avant la cession d'une entreprise. Le boulot devait prendre une semaine, mais se prolongeait. Après quatre semaines de silence et plusieurs rappels à l'ordre qu'elle avait ignorés, elle était revenue avec un rapport spécifiant que l'objet de la recherche était pédophile. A deux reprises au moins le gars avait eu recours à une prostituée de treize ans à Tallinn, et certains signes indiquaient qu'il témoignait un intérêt malsain à la fille de sa compagne.

Salander avait des qualités qui par moments poussaient Armanskij au bord du désespoir. Quand elle avait découvert que l'homme était pédophile, elle n'avait pas pris le téléphone pour avertir Armanskij, elle ne s'était pas précipitée dans son bureau pour un entretien. Au contraire – sans indiquer par le moindre mot que le rapport contenait des informations explosives de proportions quasi nucléaires, elle l'avait posé sur son bureau un soir, alors qu'Armanskij était sur le point d'éteindre et de rentrer chez lui. Il avait emporté le rapport et ne l'avait ouvert que plus tard dans la soirée, au moment où, enfin décontracté, il partageait une bouteille de vin avec sa femme devant la télé chez lui à Lidingö.

Le rapport était comme toujours d'une minutie quasi scientifique avec des notes en bas de page, des citations et des indications exactes des sources. Les premières pages retraçaient le passé de l'objet, sa formation, sa carrière et sa situation économique. Ce n'était qu'à la page 24, dans un paragraphe intermédiaire, que Salander lâchait la bombe des escapades à Tallinn, sur le même ton objectif qu'elle utilisait pour dire qu'il habitait une villa à Sollentuna et qu'il conduisait une Volvo bleu marine. Pour étayer ses affirmations, elle renvoyait à une annexe volumineuse, avec des photographies de la fille mineure en compagnie de l'objet. La photo avait été prise dans le couloir d'un hôtel à Tallinn et il avait la main glissée sous le pull de la fille. Et, d'une manière ou d'une autre, Lisbeth Salander avait en plus réussi à retrouver la fille et l'avait persuadée de livrer un témoignage détaillé enregistré sur cassette.

Le rapport avait déclenché exactement le chaos qu'Armanskij voulait éviter. Pour commencer, il avait été obligé d'avaler deux comprimés que son médecin lui avait prescrits contre l'ulcère à l'estomac. Ensuite, il avait convoqué le commanditaire pour un entretien sinistre et des plus brefs. Pour finir – et malgré la réticence spontanée du commanditaire – il avait été obligé de transmettre immédiatement les données à la police. Ce qui signifiait que Milton Security risquait d'être entraînée dans un enchevêtrement d'accusations et de contre-accusations. Si le dossier ne tenait pas la route ou si l'homme était re-laxé, l'entreprise risquait une action judiciaire pour diffamation. La tuile totale !

CE N'ÉTAIT POURTANT PAS le surprenant manque d'émotion chez Lisbeth Salander qui le dérangeait le plus. L'époque voulait qu'on mise sur l'image, et l'image de Milton était celle de la stabilité conservatrice. Lisbeth Salander, elle, était tout aussi crédible sur cette image qu'une pelle mécanique dans un salon nautique.

Armanskij avait du mal à s'habituer au fait que son plus fin limier soit une fille pâle, d'une maigreur anorexique, avec des cheveux coupés archicourt et des piercings dans le nez et les sourcils. Elle avait un tatouage d'une guêpe de deux centimètres sur le cou et un cordon tatoué autour du biceps gauche. Les quelques fois où elle portait un débardeur, Armanskij avait pu constater qu'elle avait aussi un tatouage plus grand sur l'omoplate, représentant un dragon. Rousse à l'origine, elle s'était teint les cheveux en noir aile de corbeau. Elle avait toujours l'air d'émerger d'une semaine de bringue en compagnie d'une bande de hard-rockers.

Elle ne souffrait pas de troubles nutritionnels – Armanskij en était convaincu –, au contraire, elle semblait consommer toute sorte de saloperies. Elle était simplement née maigre, avec une ossature fine qui la rendait frêle et délicate comme une petite fille, avec de petites mains, des chevilles fines et des seins qu'on distinguait à peine sous ses vêtements. Elle avait vingt-quatre ans mais on lui en donnait quatorze.

Sa bouche était large, son nez petit et ses pommettes hautes, ce qui lui conférait un vague air d'Orientale. Ses mouvements étaient rapides et arachnéens et, quand elle travaillait à l'ordinateur, ses doigts volaient frénétiquement sur les touches. Son corps était voué à l'échec pour une carrière de mannequin, mais avec un maquillage adéquat, un gros plan sur son visage n'aurait déparé aucun panneau publicitaire. Sous le maquillage – parfois elle arborait un répugnant rouge à lèvres noir –, les tatouages et les piercings elle était… disons… attirante. D'une manière totalement incompréhensible.

Le fait que Lisbeth Salander travaille pour Dragan Armanskij était en soi stupéfiant. Elle n'était pas le genre de femmes qu'il croisait habituellement, encore moins à qui il envisageait d'offrir du boulot.

Il lui avait donné un emploi de fille de bureau parce que Holger Palmgren, un avocat en préretraite qui s'était occupé des affaires personnelles du vieux J. F. Milton, les avait informés que Lisbeth Salander était une *jeune fille perspicace malgré un comportement un peu perturbé*. Palmgren avait fait appel à Armanskij pour qu'il donne une chance à la fille, ce qu'Armanskij avait promis, à contre-cœur. Palmgren était de ces hommes qu'un non pousse à redoubler d'efforts, si bien qu'il était plus simple de dire oui tout de suite. Armanskij savait que Palmgren s'occupait d'enfants à problèmes et de ce genre de fadaises sociales, mais qu'il avait malgré tout un bon jugement.

Il avait regretté à l'instant même où il avait vu Lisbeth Salander.

Non seulement elle paraissait perturbée – à ses yeux elle était carrément synonyme du concept –, mais elle avait aussi loupé le collège, n'avait jamais mis un pied au lycée et manquait de toute forme d'études supérieures.

Les premiers mois, elle avait travaillé à temps plein, disons pratiquement temps plein, elle avait en tout cas surgi de temps à autre sur son lieu de travail. Elle préparait le café, s'occupait du courrier et faisait des photocopies. Le problème était qu'elle se foutait des horaires normaux de bureau ou des méthodes de travail.

Elle avait en revanche une grande capacité à irriter les collaborateurs. On l'appelait *la fille aux deux cellules cérébrales*, une pour respirer et une pour se tenir debout. Elle ne parlait jamais d'elle-même. Les collègues qui essayaient d'entamer une conversation obtenaient rarement une réponse et ils abandonnèrent vite. Les tentatives de plaisanter avec elle tombaient toujours à côté de la plaque – soit elle contemplait le plaisantin avec de grands yeux inexpressifs, soit elle réagissait avec une irritation manifeste.

Elle eut vite la réputation d'être très soupe au lait, de changer dramatiquement d'humeur si elle se mettait en tête que quelqu'un se moquait d'elle, comportement plutôt fréquent dans les bureaux. Son attitude n'encourageait ni aux confidences ni à l'amitié et elle devint rapidement un phénomène occasionnel qui rôdait tel un chat perdu dans les couloirs de Milton. On la considérait comme totalement irrécupérable.

Après un mois d'emmerdes ininterrompues, Armanskij l'avait convoquée dans son bureau avec l'intention de la renvoyer. Passivement, elle l'avait écouté énumérer ses torts, sans objections et sans même lever un sourcil. Il avait fini par dire qu'elle n'avait pas la *bonne attitude* et il était sur le point d'expliquer qu'elle ferait mieux de chercher un autre boulot, où on saurait *tirer profit de sa compétence*, quand elle l'avait interrompu au milieu d'une phrase. Pour la première fois elle parla autrement qu'avec des mots épars.

— Dites, si c'est un larbin que vous voulez, allez chercher quelqu'un à l'ANPE. Moi je sais trouver n'importe quoi sur n'importe qui, et si vous vous contentez de me mettre à trier le courrier, c'est que vous êtes un imbécile.

Armanskij se souvenait encore à quel point il était resté muet de colère et de surprise tandis qu'elle continuait sans prêter attention à lui.

— Il y a dans votre boîte un branque qui a consacré trois semaines à écrire un rapport total nul sur ce yuppie qu'ils ont l'intention de recruter comme président du conseil d'administration de l'autre start-up, vous voyez ce que je veux dire. Son rapport de merde, je l'ai photocopié hier soir et, sauf erreur, c'est celui que vous avez là.

Le regard d'Armanskij s'était posé sur le rapport et, une fois n'est pas coutume, il avait élevé la voix.

— Tu n'es pas censée lire des rapports confidentiels.

— Probablement pas, mais les routines de sécurité dans votre boîte laissent un peu à désirer. Selon vos directives, il doit copier ces choses-là lui-même, mais il m'a balancé le rapport avant de filer au resto hier. Sans oublier que son rapport précédent traînait à la cantine il y a quelques semaines.

— Comment ça, traînait ? s'était exclamé Armanskij, choqué.

— Du calme. Je l'ai enfermé dans son coffre-fort.

— Il t'a donné la combinaison de son coffre personnel ? avait suffoqué Armanskij.

— Non, pas exactement. Mais il l'a notée sur un bout de papier qu'il laisse sur son bureau avec le mot de passe de son ordi. Mais là où je veux en venir, c'est que l'ESP qu'il a faite, votre détective privé à la mords-moi-le-nœud, elle n'a pas la moindre valeur. Il a loupé que le mec a des dettes de jeu monumentales, qu'il sniffe de la coke pire qu'un aspirateur et que sa copine s'est réfugiée à SOS-Femmes en détresse parce qu'il l'avait tabassée.

Puis le silence. Armanskij n'avait rien dit pendant quelques minutes, tout occupé à feuilleter le rapport en question. Celui-ci était présenté avec compétence, écrit dans une prose compréhensible et bourré de références, de sources et de déclarations d'amis et de connaissances de l'objet. Finalement il avait levé les yeux et prononcé deux mots :

— Prouve-le.

— Combien de temps vous me donnez ?

— Trois jours. Si tu n'arrives pas à prouver tes affirmations vendredi après-midi, tu es virée.

TROIS JOURS PLUS TARD elle avait remis un rapport avec des références de sources tout aussi explicites qui avaient transformé l'agréable jeune yuppie en un fumier douteux. Armanskij avait lu son rapport plusieurs fois pendant le week-end et passé une partie du lundi à une contre-vérification peu enthousiaste de quelques-unes de ses affirmations. Avant même de commencer le contrôle, il savait que ses informations se révéleraient exactes.

Armanskij était perplexe et irrité contre lui-même de l'avoir manifestement mal jugée. Il l'avait crue bouchée, peut-être même un peu débile. Il ne s'était pas attendu à ce qu'une fille qui avait séché les cours au point de ne même pas avoir de notes en fin de collège puisse écrire un rapport qui non seulement était correct du point de vue linguistique mais qui, en outre, contenait des observations et des informations dont il se demandait comment elle avait pu les obtenir.

Il savait pertinemment que personne d'autre à Milton Security n'aurait pu sortir un extrait du journal confidentiel d'un médecin de SOS-Femmes en détresse. Quand il lui demanda comment elle s'y était prise, il n'obtint qu'une réponse évasive. Elle n'avait pas l'intention de griller ses sources, dit-elle. Peu à peu, il devint clair pour Armanskij que Lisbeth Salander n'avait en aucune façon l'intention de discuter de ses méthodes de travail, ni avec lui ni avec qui que ce soit d'autre. Cela l'inquiétait – mais pas suffisamment pour qu'il résiste à la tentation de la tester.

Il réfléchit à la chose pendant quelques jours.

Il se rappela les mots de Holger Palmgren quand il la lui avait envoyée. *Tout le monde doit avoir sa chance.* Il pensa à sa propre éducation musulmane qui lui avait appris que son devoir envers Dieu était d'aider les exclus. Il ne croyait certes pas en Dieu et n'avait pas mis les pieds dans une mosquée depuis l'adolescence, mais il avait l'impression que Lisbeth Salander était quelqu'un qui avait besoin d'une aide et d'un soutien solides. Il n'avait vraiment pas accompli beaucoup d'actions de ce genre dans sa vie.

AU LIEU DE LA VIRER, il convoqua Lisbeth Salander pour un entretien privé, où il essaya de comprendre comment était réellement fichue cette fille compliquée. Sa conviction qu'elle souffrait d'un dérangement sérieux en fut renforcée, mais il découvrit aussi que derrière son profil d'emmerdeuse se dissimulait une personne intelligente. Il la voyait frêle et dérangeante mais commençait aussi – non sans étonnement – à bien l'aimer.

Au cours des mois suivants, Armanskij prit Lisbeth Salander sous son aile. S'il avait été sincère avec lui-même, il aurait dit qu'il se chargeait d'elle comme d'un petit projet social. Il lui donnait des tâches de recherche simples et essayait de la tuyauter sur la meilleure façon de procéder. Elle écoutait patiemment, s'en allait et réalisait la mission totalement à sa façon à elle. Il demanda au responsable des services techniques de Milton de lui donner un cours d'informatique de base ; Salander resta sans moufter sur sa chaise pendant tout un après-midi avant que le responsable, un peu éberlué, vienne rapporter qu'elle semblait déjà posséder davantage de connaissances en informatique que la plupart des collaborateurs de l'entreprise.

Armanskij s'aperçut rapidement que, malgré des entretiens de plan de carrière, d'offres de formation interne et d'autres moyens de persuasion, Lisbeth Salander n'avait pas l'intention de s'adapter aux routines de bureau chez Milton. Cela le mit face à un dilemme compliqué.

Elle était toujours un élément d'irritation pour les collègues. Armanskij avait conscience qu'il n'aurait pas accepté d'un autre collaborateur de tels horaires aléatoires, et qu'en temps normal il aurait bientôt posé un ultimatum exigeant un changement. Il devinait aussi que s'il mettait Lisbeth Salander face à un ultimatum ou s'il la menaçait d'un licenciement, elle ne ferait que hausser les épaules. Par conséquent, soit il lui faudrait se séparer d'elle, soit il devrait accepter qu'elle ne fonctionnait pas comme les gens normaux.

LE PLUS GROS PROBLÈME cependant pour Armanskij était qu'il n'arrivait pas à déterminer ses propres sentiments pour la jeune femme. Elle était comme une démangeaison inconfortable, elle était repoussante et en même temps attirante. Il ne s'agissait pas d'une attirance sexuelle, en tout cas pas qu'Armanskij voulait s'avouer. Les femmes qu'il reluquait d'ordinaire étaient blondes et plantureuses, avec des lèvres pulpeuses qui titillaient son imagination. De plus il était marié depuis vingt ans avec une Finlandaise prénommée Ritva qui, à cinquante ans passés, remplissait encore plus que bien toutes ces exigences. Il n'avait jamais été infidèle, mettons qu'il avait peut-être vécu quelques rares moments que sa femme aurait pu mal interpréter si elle avait été au courant, mais son mariage était heureux et il avait deux filles de l'âge de Salander. Quoi qu'il en soit, il ne s'intéressait pas aux filles sans poitrine que de loin on pouvait confondre avec des garçons maigrelets. Ce n'était pas son style.

Malgré cela, il avait commencé à se prendre en flagrant délit de rêves mal placés sur Lisbeth Salander, et il avouait qu'il n'était pas totalement indifférent à sa présence. Mais l'attirance, se disait Armanskij, venait du fait que Salander était pour lui un être exotique. Il aurait tout aussi bien pu s'amouracher d'un tableau représentant une nymphe grecque. Salander représentait une vie irréelle, qui le fascinait mais qu'il ne pouvait pas partager – et que de toute façon elle lui interdisait de partager.

Un jour, Armanskij se trouvait à une terrasse de café sur Stortorget, dans la vieille ville, quand Lisbeth Salander était arrivée et s'était installée à une table à l'autre bout de la terrasse. Elle était accompagnée de trois filles et d'un garçon, tous habillés de façon semblable. Armanskij l'avait observée avec curiosité. Elle semblait aussi réservée qu'au bureau, mais elle avait tout de même souri à quelque chose que racontait une fille aux cheveux pourpres.

Armanskij se demandait comment Salander réagirait s'il arrivait au bureau les cheveux verts, avec un jean usé et un blouson de cuir clouté et peinturluré. L'accepterait-elle comme un des siens ? Peut-être – elle semblait accepter tout ce qui l'entourait avec un air de *j'm'en tape*, *c'est pas mon problème.* Mais le plus probable était qu'elle se foutrait de lui.

Elle lui tournait le dos et n'avait pas regardé une seule fois de son côté, elle ignorait apparemment qu'il se trouvait là. Il se sentit bizarrement dérangé par sa présence et quand, au bout d'un moment, il se leva pour s'esquiver en douce, elle tourna la tête et le regarda droit dans les yeux, comme si elle avait tout le temps su qu'il était là et qu'elle l'avait eu dans son collimateur. Son regard l'atteignit si brusquement qu'il le ressentit comme une attaque, et il fit semblant de ne pas la voir et quitta la terrasse d'un pas rapide. Elle ne l'appela pas, mais le suivit des yeux, et son regard n'avait cessé de lui brûler le dos jusqu'à ce qu'il tourne au coin de la rue.

Elle riait rarement ou jamais. Armanskij avait pourtant l'impression d'avoir noté un assouplissement de sa part. Elle avait un humour sec, qu'accompagnait éventuellement un petit sourire en coin ironique.

Parfois, Armanskij se sentait tellement provoqué par le manque de répondant émotionnel de Lisbeth Salander qu'il avait envie de la secouer et de se frayer un passage sous sa carapace pour gagner son amitié ou au minimum son respect.

En une seule occasion, alors qu'elle travaillait pour lui depuis neuf mois, il avait essayé de discuter ces sentiments avec elle. C'était au cours de la fête de Noël de Milton Security, un soir de décembre, et, pour une fois, il avait trop bu. Rien d'inconvenant ne s'était passé – il avait seulement essayé de lui dire qu'il l'aimait bien. Surtout, il avait voulu expliquer qu'il ressentait un instinct de protection et que, si elle avait besoin de quoi que ce soit, elle pouvait venir le voir en toute confiance. Il avait même essayé de la serrer dans ses bras, amicalement, cela va de soi.

58

Elle s'était dégagée de son étreinte maladroite et avait quitté la fête. Elle ne s'était plus montrée au bureau et n'avait pas répondu au portable. Dragan Armanskij avait vécu son absence comme une torture – presque comme une punition personnelle. Il n'avait personne avec qui parler de ses émotions et, pour la première fois, il avait réalisé, avec une lucidité terrifiante, quelle emprise dévastatrice Lisbeth Salander avait sur lui.

TROIS SEMAINES PLUS TARD, un soir de janvier, alors qu'Armanskij faisait des heures sup pour vérifier le bilan de l'année, Salander était revenue. Elle entra dans son bureau aussi doucement qu'un fantôme et il réalisa soudain qu'elle avait franchi la porte et l'observait depuis la pénombre. Il n'avait pas la moindre idée de combien de temps elle était restée là.

— Tu veux du café ? demanda-t-elle, en lui tendant un gobelet de la machine de la cantine.

Sans un mot il prit le gobelet, et il ressentit à la fois du soulagement et de la crainte quand elle ferma la porte du bout du pied et qu'elle s'installa dans le fauteuil des visiteurs et le regarda droit dans les yeux. Ensuite, elle posa la question taboue d'une telle façon qu'il ne pouvait ni l'expédier avec une plaisanterie, ni la contourner.

— Dragan, est-ce que je te fais bander ?

Armanskij était resté comme paralysé en réfléchissant comme un fou à la réponse qu'il allait donner. Sa première impulsion fut de tout nier d'un air offensé. Puis il vit son regard et comprit que, pour la première fois, elle posait une question. Une question sérieuse, et s'il essayait de s'en sortir avec une plaisanterie, elle prendrait ça comme une injure personnelle. Elle voulait parler avec lui et il se demandait depuis combien de temps elle mobilisait du courage pour le faire. Il repoussa lentement son stylo et s'inclina dans le fauteuil. Il finit par se détendre.

— Qu'est-ce qui te fait croire ça ? demanda-t-il.

— La façon dont tu me regardes, et la façon dont tu ne me regardes pas. Et les fois où tu as été sur le point de tendre la main pour me toucher et tu t'es retenu.

Il lui sourit tout à coup.

— J'ai le sentiment que tu me mordrais la main si je posais un doigt sur toi.

Elle ne sourit pas. Elle attendait.

— Lisbeth, je suis ton chef et même si j'étais attiré par toi, je ne ferais jamais un geste.

Elle attendait toujours.

— Entre nous, oui, il y a eu des moments où je me suis senti attiré par toi. Je n'arrive pas à l'expliquer, mais c'est comme ça. Pour une raison que je ne comprends pas moi-même, je t'aime énormément. Mais tu ne me fais pas bander.

— Tant mieux. Parce que ça ne se fera jamais.

Armanskij éclata de rire. Même si c'était pour lui fournir le renseignement le plus négatif qu'un homme pouvait recevoir, Salander venait d'une certaine manière de lui parler en confiance. Il chercha les mots appropriés.

— Lisbeth, je comprends que tu ne sois pas intéressée par un vieux qui a plus de cinquante ans.

— Je ne suis pas intéressée par un vieux qui a plus de cinquante ans *qui est mon chef*. Elle leva une main. Attends, laisse-moi parler. Parfois tu es coincé et gonflant avec tes manières de bureaucrate mais il se trouve que tu es aussi un homme attirant et que… moi aussi je peux me sentir… Mais tu es mon chef et j'ai rencontré ta femme et je veux conserver ce boulot chez toi et le truc le plus débile que je pourrais faire, ce serait d'avoir une histoire avec toi.

60

Armanskij garda le silence, il osait à peine respirer.

— Je suis parfaitement consciente de ce que tu as fait pour moi et je ne manque pas de gratitude. J'apprécie sincèrement que tu sois passé par-dessus tes préjugés et que tu m'aies donné une chance ici. Mais je ne te veux pas pour amant et tu n'es pas mon père.

Elle se tut. Après un moment, Armanskij soupira, désemparé.

— Qu'est-ce que tu veux de moi alors ?

— Je veux continuer à bosser pour toi. Si ça te convient.

Il hocha la tête et lui répondit ensuite avec autant de franchise qu'il pouvait.

— J'ai vraiment très envie que tu travailles pour moi. Mais je veux aussi que tu ressentes une forme d'amitié et de confiance pour moi.

Elle fit oui de la tête.

— Tu n'es pas quelqu'un qui incite à l'amitié, lança-t-il soudain. Elle se rembrunit un peu mais il poursuivit, inexorable. J'ai compris que tu ne veux pas qu'on se mêle de ta vie et je vais essayer de ne pas le faire. Mais ça te va si je continue à bien t'aimer ?

Salander réfléchit un long moment. Puis elle répondit en se levant, elle contourna la table et lui fit un petit câlin. Il fut totalement pris de court. Seulement quand elle le lâcha, il saisit sa main.

— On peut être amis ? demanda-t-il.

Elle hocha la tête encore une fois.

C'était la seule fois où elle lui avait témoigné de la tendresse, et la seule fois où elle l'avait touché. Un instant dont Armanskij se souvenait avec chaleur.

Quatre années s'étaient écoulées maintenant et elle n'avait toujours quasiment rien révélé à Armanskij sur sa vie privée ou sur son passé. Une fois, il avait appliqué ses propres compétences dans l'art de l'ESP sur elle. Il

61

avait aussi eu une longue conversation avec Holger Palmgren – qui ne parut pas étonné de le voir – et ce qu'il
avait fini par apprendre ne contribuait pas à augmenter
sa confiance. Il n'avait jamais discuté la chose avec elle,
pas fait la moindre allusion, ni ne l'avait laissée comprendre qu'il avait fouillé dans sa vie privée. Au lieu de
cela, il cachait son inquiétude et renforçait sa vigilance.

AVANT QUE CETTE SOIRÉE mémorable ne soit finie, Salander et Armanskij avaient conclu un marché. A l'avenir, elle effectuerait pour lui des missions en free-lance.
On lui verserait un petit revenu mensuel garanti, qu'elle
réalise des missions ou pas ; elle tirerait ses véritables
revenus des factures qu'elle lui présenterait pour chaque
mission. Elle travaillerait comme elle l'entendrait, en
contrepartie elle s'engagerait à ne jamais faire quoi que
ce soit qui pourrait le gêner ou mettre Milton Security
en difficulté.

Pour Armanskij, c'était une solution pratique qui profitait à l'entreprise, à lui-même et à Salander. Il put res-
treindre le pénible service des ESP à un seul employé
fixe, un collaborateur plus tout jeune qui faisait des boulots routiniers corrects et qui s'occupait des renseignements sur la solvabilité. Toutes les missions compliquées
et douteuses, il les laissa à Salander et à quelques autres
free-lances qui – si les choses tournaient mal – étaient
leurs propres patrons et dont Milton Security n'avait pas
à répondre. Comme il lui confiait souvent des missions,
elle bénéficia d'un revenu confortable. Revenu qui aurait pu être considérablement plus élevé, mais elle travaillait seulement quand elle en avait envie selon le
principe que si cela ne plaisait pas à Armanskij, il n'avait
qu'à la virer.

Armanskij l'accepta telle qu'elle était, à la condition qu'elle ne devait pas rencontrer les clients. Les exceptions à cette règle étaient rares et l'affaire qui se présentait aujourd'hui en était malheureusement une.

CE JOUR-LÀ, Lisbeth Salander était vêtue d'un tee-shirt noir avec une image d'E. T. exhibant des crocs de carnivore, souligné d'un *I am also an alien*. Elle portait une jupe noire dont l'ourlet était défait, un court blouson de cuir noir râpé, ceinture cloutée, de grosses Doc Martens et des chaussettes aux rayures transversales rouges et vertes, montant jusqu'aux genoux. Son maquillage pouvait laisser penser qu'elle était daltonienne. Autrement dit, elle était extrêmement soignée.

Armanskij soupira et posa son regard sur la troisième personne présente dans la pièce – un visiteur d'allure vieux jeu affublé de lunettes aux verres épais. L'avocat Dirch Frode avait soixante-huit ans et il avait insisté pour rencontrer personnellement le collaborateur auteur du rapport pour lui poser des questions. Armanskij avait essayé d'empêcher la rencontre au moyen de faux-fuyants, disant que Salander était grippée, qu'elle était en déplacement et accaparée par d'autres boulots. Frode avait répondu avec insouciance que ce n'était pas grave – l'affaire n'était pas urgente et il pouvait sans problème attendre quelques jours. Armanskij avait juré tout bas mais, au bout du compte, il n'avait pas trouvé d'autre solution que de les réunir, et à présent maître Frode observait Lisbeth Salander avec une fascination manifeste. Salander répondait avec un regard furibond, sa mine indiquant clairement qu'elle n'avait aucune sympathie pour lui.

Armanskij soupira encore une fois et regarda le dossier qu'elle avait posé sur son bureau, barré du titre CARL

MIKAEL BLOMKVIST. Le nom était suivi d'un numéro de sécu, méticuleusement écrit sur la couverture. Il prononça le nom à voix haute. Cela sortit maître Frode de son envoûtement et il tourna les yeux vers Armanskij.

— Eh bien, que pouvez-vous me dire sur Mikael Blomkvist ? demanda-t-il.

— Voici donc Mlle Salander qui a rédigé le rapport. Armanskij hésita une seconde et poursuivit ensuite avec un sourire destiné à mettre Frode en confiance mais qui véhiculait surtout des excuses désemparées : Ne soyez pas étonné par sa jeunesse. Elle est incontestablement notre meilleur limier.

— J'en suis persuadé, répondit Frode d'une voix sèche qui sous-tendait le contraire. Racontez-moi ce qu'elle a trouvé.

Manifestement, maître Frode n'avait pas la moindre idée du comportement à adopter avec Lisbeth Salander et il cherchait à fouler un terrain plus sûr en posant la question à Armanskij, comme si elle ne se trouvait pas dans la pièce. Salander saisit l'occasion et fit une grosse bulle avec son chewing-gum. Avant qu'Armanskij n'ait eu le temps de répondre, elle se tourna vers son chef comme si Frode n'existait pas.

— Peux-tu vérifier avec le client s'il désire la version longue ou courte ?

Maître Frode réalisa sur-le-champ qu'il avait gaffé. S'ensuivit un bref silence pénible, puis il se tourna vers Lisbeth Salander et essaya de réparer les dégâts en adoptant un ton gentiment paternel.

— Je vous serais très reconnaissant, mademoiselle, si vous pouviez me résumer de vive voix ce que vous avez trouvé.

Salander avait l'air d'un cruel fauve des savanes envisageant de croquer Dirch Frode pour son déjeuner.

Son regard était empli d'une haine si intense et si inattendue que Frode en eut des frissons dans le dos. Tout aussi rapidement, son visage s'adoucit. Frode se demanda s'il avait imaginé le regard. Quand elle se mit à parler, son ton était celui d'un fonctionnaire de l'Etat.

— Permettez-moi donc de dire pour commencer que cette mission n'a pas été spécialement compliquée, mis à part le fait que la mission était assez mal définie. Vous vouliez qu'on aille fouiner partout pour trouver un max sur lui, mais vous avez omis d'indiquer si vous cherchiez quelque chose en particulier. Raison pour laquelle nous en sommes arrivés à une sorte d'échantillon de sa vie. Le rapport comporte cent quatre-vingt-treize pages, mais cent vingt ne sont en fait que des copies d'articles qu'il a écrits ou des coupures de presse dans lesquelles il figure. Blomkvist est un personnage public avec peu de secrets et il n'a pas grand-chose à cacher.

— Mais il a donc des secrets ? demanda Frode.

— Tout le monde a des secrets, répondit-elle imperturbable. Il s'agit simplement de découvrir lesquels.

— Je vous écoute.

— Mikael Blomkvist est né le 18 janvier 1960, ce qui lui fait bientôt quarante-trois ans. Il est né à Borlänge, mais n'y a jamais habité. Ses parents, Kurt et Anita Blomkvist, avaient dans les trente-cinq ans quand ils l'ont eu, aujourd'hui ils sont décédés tous les deux. Son père était installateur de machines et devait se déplacer pas mal. Sa mère n'a jamais été que femme au foyer, pour autant que j'ai pu comprendre. La famille a déménagé à Stockholm quand Mikael a commencé l'école. Il a une sœur de trois ans sa cadette, elle s'appelle Annika et elle est avocate. Il a aussi quelques oncles et cousins. Il vient, ce café ?

Cette dernière réplique était destinée à Armanskij, qui sans tarder ouvrit le thermos qu'il avait commandé pour la réunion. D'un geste, il invita Salander à continuer.

— En 1966, donc, la famille a déménagé pour Stockholm. Ils habitaient Lilla Essingen. Blomkvist a suivi l'école primaire et secondaire à Bromma, puis il est allé au lycée à Kungsholmen. Ses notes au bac étaient excellentes, vous trouverez des copies dans le dossier. Du temps où il était au lycée, il faisait de la musique, il jouait de la basse dans un groupe de rock, les Bootstrap, qui a même sorti un single qui passait à la radio au cours de l'été 1979. Après le lycée, il a travaillé comme vigile dans le métro, a mis de l'argent de côté pour voyager à l'étranger. Il est parti un an et semble s'être surtout baladé en Asie – l'Inde, la Thaïlande et un petit tour en Australie. Il a commencé ses études de journalisme à Stockholm quand il avait vingt et un ans, mais les a interrompues au bout d'un an pour faire son service militaire dans le corps des chasseurs légers à Kiruna. Une sorte d'unité macho dont il est sorti avec 10-9-9, ce qui est une bonne notation. Après le service militaire, il a terminé sa formation de journaliste et il travaille depuis. Vous voulez que je pousse les détails jusqu'où ?

— Racontez tout ce qui vous semble essentiel.

— Entendu. Il serait plutôt genre premier de la classe. Jusqu'à aujourd'hui, il a été un journaliste talentueux. Dans les années 1980, il faisait un tas de remplacements comme pigiste, d'abord dans la presse régionale et ensuite à Stockholm. La liste est dans le dossier. Il a véritablement percé avec l'histoire des Frères Rapetout – cette bande de braqueurs qu'il a aidé à coincer.

— Super Blomkvist.

— Il déteste ce surnom, ce qui est compréhensible. Si je me voyais qualifiée de Fifi Brindacier sur un gros titre, quelqu'un se retrouverait avec un œil au beurre noir.

Elle jeta un regard sombre sur Armanskij, qui déglutit. Plus d'une fois, justement, il avait pensé à Lisbeth Salander en Fifi Brindacier, et il se félicita de ne jamais avoir essayé de plaisanter là-dessus. Il lui fit signe de poursuivre en agitant son index en l'air.

— Une source indique que jusque-là il voulait devenir reporter criminel – et il a fait un remplacement comme tel dans un journal du soir – mais ce qui l'a rendu célèbre, c'est son boulot comme investigateur politique et économique. Il a principalement travaillé en free-lance, il n'a eu qu'un seul emploi fixe dans un journal du soir vers la fin des années 1980. Il a donné sa démission en 1990, quand il a participé à la fondation du mensuel *Millénium*. La revue a commencé en pur outsider, sans un éditeur de poids pour la soutenir. Le tirage a augmenté, il tourne aujourd'hui autour de vingt et un mille exemplaires. La rédaction est installée dans Götgatan, à quelques rues d'ici.

— Une publication de gauche.

— Tout dépend de comment on définit la gauche. *Millénium* est généralement perçu comme s'attaquant aux dérives de la société, mais quelque chose me dit que les anarchistes le considèrent comme un journal de merde petit-bourgeois de la même veine qu'*Arena* ou *Ordfront*, alors que l'Union des étudiants modérés pense probablement que la rédaction est composée de bolcheviks. Rien n'indique que Blomkvist ait eu une activité politique, même durant la vague gauchiste quand il était au lycée. Quand il était à l'Ecole de journalisme, il vivait avec une militante des Syndicalistes qui siège aujourd'hui au Parlement pour le Vänsterpartiet. Il semblerait que son étiquette de gauchiste vienne surtout du fait qu'en tant que journaliste économique, il s'est spécialisé dans les reportages révélateurs sur la corruption et sur des affaires louches dans le monde des entreprises. Il a commis quelques portraits dévastateurs de patrons et de politiciens – sans aucun doute bien mérités – et il est à l'origine d'un certain nombre de démissions et de suites judiciaires. La plus connue est l'affaire d'Arboga, qui eut pour résultat la démission forcée d'un politicien conservateur et qu'un ancien trésorier municipal écopa d'un an de prison pour détournement de fonds. Révéler des délits peut cependant difficilement être considéré comme une attitude gauchiste.

— Je vois ce que vous voulez dire. Quoi d'autre ?

— Il a écrit deux livres. Un sur l'affaire d'Arboga et un sur le journalisme économique intitulé *Les Templiers*, paru il y a trois ans. Je ne l'ai pas lu, mais à en juger par les critiques, le bouquin est assez controversé et il a suscité pas mal de débats dans les médias.

— Côté argent ?

— Il n'est pas riche, mais il n'est pas à plaindre. Ses déclarations de revenus sont jointes au dossier. Il a un peu plus de 250 000 couronnes à la banque, placées d'une part sur un plan de retraite, d'autre part sur un fonds d'épargne. Il dispose d'un compte crédité d'environ 100 000 couronnes où il puise ses dépenses courantes, les voyages, etc. Il possède un appartement en copropriété coopérative qu'il a fini de payer – soixante-cinq mètres carrés dans Bellmansgatan – et il n'a ni emprunts ni dettes en cours.

Salander brandit un doigt.

— Il a encore un autre bien – une propriété foncière à Sandhamn. C'est une cabane de vingt-cinq mètres carrés, aménagée en maison de vacances, située au bord de l'eau, dans la partie la plus attractive du village. Apparemment, un de ses oncles avait acheté ça dans les années 1940, quand le commun des mortels pouvait encore s'offrir ce genre de choses, et c'est par le biais des héritages que la cabane est revenue à Blomkvist. Avec sa sœur, ils se sont partagé les biens. Elle a pris l'appartement des parents à Lilla Essingen et Mikael Blomkvist la cabane. Je ne sais pas combien elle vaut aujourd'hui – certainement quelques millions – mais, d'un autre côté, il ne semble pas vouloir vendre, et il s'y rend assez souvent.

— Ses revenus ?

— Il est donc copropriétaire de *Millénium* mais il ne s'octroie que 12 000 couronnes de salaire mensuel. Il compense avec des activités en free-lance – au final la somme est variable. Il est passé par un pic il y a trois ans quand un tas de médias ont fait appel à lui, ce qui lui a valu près de 450 000 couronnes sur l'année. L'année dernière, ses honoraires n'en ont fait rentrer que 120 000.

— Il va lui falloir payer 150 000 de dommages et intérêts plus les frais d'avocat et ce genre de choses, constata Frode. On peut raisonnablement se dire que l'addition sera élevée, sans oublier qu'il n'aura pas de revenus quand il purgera sa peine de prison.

— Ce qui signifie qu'il en sortira plutôt fauché, nota Salander.

— Est-il honnête ? demanda Dirch Frode.

— C'est pour ainsi dire son capital de confiance. Il tient à se présenter en solide gardien de la morale face au monde des entreprises et il est assez souvent invité par la télé pour commenter diverses affaires.

— Il ne restera sans doute pas grand-chose de ce capital après le jugement d'aujourd'hui, fit Dirch Frode d'un air réfléchi.

— Je ne peux pas dire que je sois très au courant de ce qu'on exige d'un journaliste, mais après cette baffe, de l'eau coulera sûrement sous les ponts avant que Super

Blomkvist reçoive le Grand Prix du journalisme. Il s'est magistralement grillé, constata Salander avec lucidité. Mais si vous me permettez une réflexion personnelle...

Armanskij ouvrit de grands yeux. Au cours des années où Lisbeth Salander avait travaillé pour lui, jamais auparavant elle n'avait émis la moindre réflexion personnelle dans une enquête sur un individu. Pour elle, seuls comptaient les faits bruts, mais aujourd'hui, elle se laissait aller.

— Il n'appartenait pas à ma mission d'examiner l'affaire Wennerström, mais j'ai suivi le procès et je dois avouer que j'en suis restée assez perplexe. Toute l'affaire semble biaisée et c'est totalement... ça ne ressemble pas du tout à Mikael Blomkvist de publier quelque chose à ce point tiré par les cheveux.

Salander se gratta le menton. Frode prit un air patient. Armanskij se demanda s'il se trompait ou si Salander ne savait réellement pas comment poursuivre. La Salander qu'il connaissait n'était jamais incertaine ni hésitante. Finalement, elle se décida.

— Ça restera en dehors du procès-verbal donc... je ne me suis pas vraiment plongée dans l'affaire Wennerström, mais je crois que Super Blomkvist... pardon, Mikael Blomkvist s'est fait avoir en beauté. Je crois qu'il y a tout autre chose dans cette histoire que ce qu'indique le jugement.

Cette fois, ce fut au tour de Dirch Frode de se redresser brusquement dans son fauteuil. L'avocat scruta Salander et Armanskij nota que pour la première fois depuis le début de son exposé, le commanditaire montrait un intérêt dépassant la simple politesse. Il se dit que l'affaire Wennerström représentait apparemment quelque chose de bien précis pour Frode. *Plus exactement*, pensa Armanskij dans la foulée, *l'affaire Wennerström n'intéresse*

pas Frode – c'est seulement quand Salander a insinué
que Blomkvist s'est fait avoir que Frode a réagi.

— Qu'est-ce que vous entendez par là ?

— Simple spéculation de ma part, mais je suis persuadée que quelqu'un l'a roulé dans la farine.

— Et qu'est-ce qui vous fait croire ça ?

— Tout dans le passé de Blomkvist indique qu'il est un journaliste très prudent. Toutes les révélations controversables qu'il a faites ont toujours été très bien documentées. J'ai assisté une journée au procès. Il n'a pas fourni d'arguments contradictoires, il a semblé abandonner sans la moindre lutte. Cela s'accorde très mal avec son caractère. S'il faut en croire le tribunal, il a fabriqué une histoire sur Wennerström sans l'ombre d'une preuve et l'a publiée comme pour jouer le journaliste kamikaze – ce n'est tout simplement pas le style de Blomkvist.

— Que s'est-il passé, d'après vous ?

— Je ne peux que spéculer. Blomkvist a cru en son histoire, mais quelque chose s'est passé en cours de route et l'information s'est révélée fausse. Cela veut dire que la source était quelqu'un en qui il avait confiance ou que quelqu'un lui a sciemment fourni des informations erronées – ce qui me paraît compliqué et invraisemblable. L'alternative peut être qu'il a été exposé à une menace tellement grave qu'il a jeté l'éponge et a préféré passer pour un imbécile incompétent plutôt qu'engager la lutte. Mais, comme je l'ai dit, ce ne sont que des spéculations.

SALANDER S'APPRÊTAIT à poursuivre son compte rendu, quand Dirch Frode l'interrompit d'un geste. Il resta un moment silencieux à tambouriner du bout des doigts sur l'accoudoir avant de se tourner de nouveau vers elle avec une certaine hésitation.

— Si nous désirions vous engager pour démêler l'affaire Wennerström... quelles seraient vos chances de découvrir quelque chose ?

— Je ne peux pas répondre. Il n'y a peut-être rien à découvrir.

— Mais est-ce que vous accepteriez de faire un essai ? Elle haussa les épaules.

— Ce n'est pas à moi de le déterminer. Je bosse pour Dragan Armanskij et c'est lui qui décide des boulots qu'il veut m'attribuer. Ensuite ça dépend de quel type d'information vous voulez trouver.

— Laissez-moi dire les choses ainsi... Je présume que cet entretien est confidentiel ? Armanskij hocha la tête. Je ne sais rien sur cette affaire, mais je sais de façon incontestable que Wennerström a été malhonnête dans d'autres contextes. Cette affaire a eu un impact colossal sur la vie de Mikael Blomkvist et j'aimerais savoir si vos spéculations pourraient mener quelque part.

L'entretien avait pris une tournure inattendue et Armanskij fut immédiatement sur ses gardes. Ce que Dirch Frode demandait était que Milton Security accepte de creuser une affaire judiciaire déjà jugée, dans laquelle était peut-être intervenue une forme de menace envers Mikael Blomkvist, et où Milton risquait potentiellement d'entrer en collision avec l'armée d'avocats de Wennerström. Armanskij n'était pas le moins du monde tenté par l'idée de lâcher Lisbeth Salander tel un missile de croisière incontrôlable dans un contexte pareil.

Il ne s'agissait pas uniquement d'une question de sollicitude pour son entreprise. Salander avait soigneusement marqué qu'elle ne voulait pas qu'Armanskij joue le rôle du père adoptif angoissé, et après leur accord il s'était bien gardé de se comporter comme tel, mais intérieurement il ne cesserait jamais de se faire du souci pour elle. Parfois il se surprenait à comparer Salander à ses propres filles. Il se considérait comme un bon père qui ne se mêlait pas inutilement de la vie de ses filles, mais il savait que jamais il n'accepterait qu'elles se comportent comme Lisbeth Salander ou qu'elles vivent comme elle.

Dans le fond de son cœur croate – ou bosniaque peut-être ou arménien –, il n'avait jamais réussi à se libérer d'une conviction que la vie de Salander était une course vers la catastrophe. A ses yeux, elle s'offrait en victime idéale pour quelqu'un qui lui voudrait du mal et il redoutait le matin où il serait réveillé en apprenant que quelqu'un lui avait fait du mal.

— Le coût d'une telle enquête peut vite grimper, dit Armanskij prudemment pour sonder le sérieux de la demande de Frode.

— Nous n'avons qu'à fixer un plafond, répliqua Frode lucidement. Je ne demande pas l'impossible, mais il est évident que votre collaboratrice, comme vous l'avez affirmé, est compétente.

— Salander ? fit Armanskij en levant un sourcil vers elle.

— Je n'ai rien d'autre en cours.

— OK. Mais je voudrais qu'on se mette d'accord sur les formes. Résume-nous le reste de ton rapport.

— Il n'y a pas beaucoup plus que des détails sur sa vie privée. En 1986, il s'est marié avec une certaine Monica Abrahamsson, et la même année ils ont eu une fille nommée Pernilla. Elle a seize ans aujourd'hui. Le mariage n'a pas duré longtemps ; ils ont divorcé en 1991. Abrahamsson s'est remariée, mais apparemment ils restent en bons termes. La fille habite avec sa mère et ne voit pas Blomkvist très souvent.

FRODE DEMANDA une deuxième tasse de café et se tourna de nouveau vers Salander.

— Tout à l'heure, vous avez laissé entendre que tout le monde a des secrets. Vous en avez trouvé ?

— Je voulais dire que les gens ont tous des choses qu'ils considèrent comme privées et dont ils ne font pas précisément étalage. Blomkvist, apparemment, apprécie la fréquentation des femmes. Il a eu plusieurs histoires d'amour et beaucoup de liaisons occasionnelles. Bref, il a une vie sexuelle intense. Il y a cependant une personne qui est présente dans sa vie depuis de nombreuses années et leur relation est assez inhabituelle.

— En quel sens ?

— Il a une relation sexuelle avec Erika Berger, directrice de la publication de *Millénium* ; fille de la haute société, maman suédoise, papa belge domicilié en Suède. Berger et Blomkvist se sont connus à l'Ecole de journalisme et ils ont une liaison plus ou moins permanente depuis.

— Ce n'est peut-être pas si inhabituel, constata Frode.

— Non, sans doute pas. Mais Erika Berger est en même temps mariée avec le plasticien Lars Beckman – un gars vaguement célèbre qui a pondu un tas d'horreurs installées dans des lieux publics.

— Autrement dit, elle est infidèle.

— Non. Beckman est au courant de leur relation. C'est un ménage à trois, apparemment accepté par toutes les parties concernées. Parfois elle dort chez Blomkvist et parfois chez son mari. Je ne sais pas exactement comment ça fonctionne, mais c'est sans doute ce qui a fait éclater le mariage de Blomkvist et de Monica Abrahamsson.

3

VENDREDI 20 DÉCEMBRE – SAMEDI 21 DÉCEMBRE

ERIKA BERGER leva les sourcils lorsqu'un Mikael Blomkvist manifestement transi arriva à la rédaction tard dans l'après-midi. Les bureaux de *Millénium* se trouvaient dans Götgatan, dans la partie haute de la rue, un étage au-dessus des locaux de Greenpeace. Le loyer était à vrai dire un peu supérieur aux moyens du journal, mais Erika, Mikael et Christer estimaient tous trois qu'il leur fallait conserver ce local.

Elle jeta un coup d'œil à sa montre. 17 h 10 et la nuit était depuis longtemps tombée sur Stockholm. Pensant qu'il allait revenir plus vite, elle l'avait attendu pour manger.

— Excuse-moi, fit-il en guise de salut avant qu'elle n'ait eu le temps de dire quoi que ce soit. Je voulais cogiter seul, je n'avais pas envie de parler. Je me suis baladé pour réfléchir.

— J'ai entendu le jugement à la radio. Une fille de TV4 a appelé, elle voulait un commentaire de ma part.

— Qu'est-ce que tu as dit ?

— A peu près ce qu'on avait décidé, que nous allons étudier ce jugement en détail avant de nous prononcer. C'est-à-dire que je n'ai rien dit. Et mon opinion reste la même – je crois que c'est une mauvaise stratégie. Nous apparaissons en position de faiblesse et nous perdons

75

l'appui des médias. On peut s'attendre à un sujet à la télé ce soir.

Blomkvist hocha la tête d'un air morne.

— Tu te sens comment ?

Mikael Blomkvist haussa les épaules et se laissa tomber dans son fauteuil préféré devant la fenêtre du bureau d'Erika. La pièce était chichement meublée d'une table de travail, d'une bibliothèque fonctionnelle et de meubles de bureau bon marché. L'ensemble venait de chez Ikea, à part les deux fauteuils confortables et extravagants et une petite table basse – "une concession à mon éducation", plaisantait-elle souvent. En général elle s'installait pour lire dans l'un des fauteuils, les pieds remontés, quand elle voulait faire une pause. Mikael regarda par la fenêtre. En bas, dans la pénombre, des gens pressés galopaient dans Götgatan. L'hystérie des achats de Noël arrivait dans sa dernière ligne droite.

— Je suppose que ça va passer, dit-il. Mais en ce moment, c'est comme si je venais de me ramasser une raclée monumentale.

— Oui, c'est à peu près ça, c'est valable pour nous tous. Janne Dahlman est parti tôt aujourd'hui.

— J'imagine que le verdict ne l'a pas enchanté.

— Ce n'est pas exactement l'homme le plus positif qu'on puisse trouver.

Mikael secoua la tête. Janne Dahlman était secrétaire de rédaction à *Millénium* depuis neuf mois. Il venait de commencer quand l'affaire Wennerström avait débuté et il s'était retrouvé dans une rédaction en crise. Mikael essaya de se souvenir du raisonnement qu'ils avaient eu, lui et Erika, quand ils avaient pris la décision de l'engager. Il était compétent, son passage à TT l'avait familiarisé avec les agences de presse et il avait effectué des remplacements dans les quotidiens du soir et à la radio.

Mais il n'était manifestement pas prêt à affronter les tempêtes. Au cours de l'année qui se terminait, Mikael avait souvent regretté en silence d'avoir engagé Dahlman, qui avait une tendance profondément agaçante à tout voir dans les termes les plus négatifs possible.

— Tu as eu des nouvelles de Christer ? demanda Mikael sans lâcher la rue du regard.

Christer Malm s'occupait de l'icono et de la mise en pages à *Millénium*, il était copropriétaire du journal avec Erika et Mikael, et actuellement en voyage à l'étranger avec son petit ami.

— Il a appelé. Il te passe le bonjour.

— Il faut qu'il prenne ma place comme gérant.

— Arrête, Micke, tu devrais savoir qu'en tant que gérant responsable, tu prendras toujours des gnons. Ça fait partie du boulot.

— Oui, je sais. Mais il se trouve que c'est moi qui ai rédigé ce texte qui a été publié dans un journal dont je suis rédac-chef ou, plus exactement, gérant responsable de la publication. Ça change tout. Ça s'appelle une erreur de jugement.

Erika Berger sentit que l'inquiétude qu'elle avait trimballée toute la journée était en train de s'épanouir pleinement. Avant le procès, ces dernières semaines, Mikael Blomkvist avait été d'humeur morose, mais elle ne l'avait pas senti aussi sombre et résigné qu'il semblait l'être maintenant à l'heure de la défaite. Elle contourna la table de travail, s'assit à califourchon sur ses genoux et passa les bras autour de son cou.

— Mikael, écoute-moi. On sait très bien comment tout cela est arrivé. Je suis aussi responsable que toi. Nous devons affronter cette tempête.

— Il n'y a pas de tempête à affronter. Ce verdict signifie que j'ai pris une balle dans la nuque, je suis mort d'un point de vue médiatique. Je ne peux pas rester gérant de *Millénium*. La crédibilité de notre journal est en jeu. Il faut limiter les dégâts. Tu le sais aussi bien que moi.

— Si tu crois que j'ai l'intention de te laisser endosser la faute à toi tout seul, c'est qu'au bout de toutes ces années tu n'as toujours pas compris comment je fonctionne.

— Je sais exactement comment tu fonctionnes, Ricky. Tu es d'une loyauté bornée envers tes collègues. Si tu avais le choix, tu te battrais contre les avocats de Wennerström jusqu'à ce que ta crédibilité s'envole aussi. Il faut qu'on soit plus futés que ça.

— Et tu trouves futé de quitter le navire en faisant comme si je t'avais viré ?

— On a déjà parlé de ça des centaines de fois. Si *Millénium* doit survivre, c'est à toi de jouer. Christer est un type super, un bon petit gars qui s'y connaît en photo et en maquettes, mais affronter des milliardaires n'est pas son truc. Je dois disparaître de *Millénium* pendant quelque temps, en tant que gérant, journaliste et membre du bureau ; tu reprends ma part. Wennerström sait que je suis au fait de ses agissements et je suis persuadé que tant que je me trouverai à proximité du journal, il s'emploiera à le briser. On ne peut pas se le permettre.

— Mais alors pourquoi ne pas révéler ce qui s'est passé – ça passe ou ça casse !

— Parce qu'on ne peut pas prouver le moindre truc et parce qu'en ce moment je n'ai aucune crédibilité. Wennerström a gagné ce round. C'est fini. Laisse tomber.

— D'accord, je te vire. Et qu'est-ce que tu vas faire à la place ?

— J'ai besoin d'une pause, tout simplement. Je me sens totalement épuisé, je suis en train d'aller droit dans le mur, comme on dit. Je vais m'occuper de moi pendant quelque temps. Ensuite on verra.

Erika serra fort Mikael dans ses bras, lui plaquant la tête contre sa poitrine. Ils gardèrent le silence pendant plusieurs minutes.

— Tu veux de la compagnie ce soir ? demanda-t-elle.

Mikael Blomkvist hocha la tête.

— Bien. J'ai déjà prévenu Lars que je dormais chez toi cette nuit.

LA SEULE SOURCE DE LUMIÈRE de la chambre était l'éclairage public qui entrait par la fenêtre. Erika s'était endormie peu après 2 heures du matin et Mikael, resté éveillé, observait son profil dans la pénombre. La couverture s'arrêtait à sa taille et il regarda ses seins se soulever et s'abaisser sur un rythme lent. Il était apaisé et la boule d'angoisse dans l'estomac avait lâché. Erika avait cet effet-là sur lui. Elle l'avait toujours eu. Et il savait qu'il avait exactement le même effet sur elle.

Vingt ans, pensa-t-il. Ça faisait vingt ans que lui et Erika entretenaient une liaison. Et il espérait bien qu'ils continueraient à faire l'amour ensemble pendant encore vingt ans. Au moins. Ils n'avaient jamais sérieusement essayé de cacher leur relation, même quand elle avait engendré des situations quelque peu ambiguës dans leurs rapports aux autres. Il savait qu'on parlait d'eux dans leur entourage et que les gens se posaient des questions, auxquelles Erika tout comme lui, apportaient des réponses évasives sans se soucier des commentaires.

Ils s'étaient rencontrés à une fête chez des amis communs. Ils étaient tous deux en deuxième année à l'Ecole de journalisme et chacun avait à l'époque un partenaire attitré. Au début, ils s'étaient dragués plutôt pour le fun, si ses souvenirs étaient exacts. Puis ils avaient poussé plus loin le jeu de la séduction mutuelle et, avant de se séparer, ils avaient échangé leurs numéros de téléphone. Ils savaient tous les deux qu'ils allaient se retrouver dans le même lit, et moins d'une semaine plus tard, ils avaient réalisé ce projet à l'insu de leurs partenaires respectifs.

Mikael était sûr qu'il ne s'agissait pas d'amour – en tout cas pas d'amour au sens traditionnel qui mène à un domicile commun, avec emprunts sur le dos, sapin de Noël et gamins. A quelques reprises dans les années 1980, quand ils n'avaient pas de partenaires à ménager, ils avaient envisagé de prendre un appartement ensemble. Mikael aurait bien aimé. Mais Erika s'était toujours défilée au dernier moment, arguant que ça ne fonctionnerait pas et qu'ils ne devaient pas risquer de détruire leur relation en tombant amoureux l'un de l'autre.

Ils savaient que leur entente était basée sur le sexe et Mikael s'était souvent demandé s'il était possible d'éprouver davantage de désir frénétique pour une femme que ce qu'il ressentait pour Erika. Leur liaison fonctionnait comme une véritable drogue.

Parfois ils se voyaient si souvent qu'ils avaient l'impression de former un couple, d'autres fois des semaines, voire des mois pouvaient s'écouler entre chaque rencontre. Mais, tout comme les alcooliques sont attirés par le rayon de spiritueux après une période d'abstinence, ils retournaient toujours l'un vers l'autre pour en redemander.

Ça ne marchait évidemment pas. De tels rapports étaient forcément source de douleur. Erika et lui avaient sans égards semé sur leur route des promesses non tenues et des liaisons rompues – son propre mariage avait capoté parce qu'il n'avait pas su rester éloigné d'Erika. Il n'avait jamais menti à sa femme au sujet de ses relations avec Erika, mais elle s'était dit que ça se terminerait avec leur mariage et la naissance de leur fille. En outre, pratiquement à la même époque, Erika avait épousé Lars Beckman. Mikael se l'était dit aussi et, durant les premières années de son mariage, il n'avait vu Erika que sur des bases de travail. Puis ils avaient démarré *Millénium* et, moins d'une semaine après, toutes leurs résolutions s'étaient écroulées quand, tard en fin de journée, ils avaient fait l'amour sauvagement sur la table de travail d'Erika. S'était ensuivie une période difficile, où Mikael voulait vivre avec sa famille et voir sa fille grandir alors qu'en même temps il était malgré lui attiré vers Erika comme s'il n'arrivait plus à contrôler ses actes. Ce qui n'était bien évidemment qu'une question de degré de volonté. Lisbeth Salander avait vu juste : c'était sa perpétuelle infidélité qui avait décidé Monica à rompre.

Fait étrange, Lars Beckman semblait totalement accepter leur liaison. Erika avait toujours été claire sur sa relation avec Mikael et elle avait immédiatement informé son mari quand ils l'avaient reprise. Peut-être fallait-il une âme d'artiste pour supporter cela, un artiste si occupé par sa création, ou peut-être seulement si occupé par lui-même, qu'il ne réagissait pas quand sa femme dormait chez un autre homme et écourtait même ses vacances pour pouvoir passer une semaine avec son amant dans sa cabane à Sandhamn. Mikael n'aimait pas particulièrement Lars et n'avait jamais compris pourquoi Erika en pinçait pour lui. Mais il appréciait bien sûr que Lars accepte qu'elle puisse aimer deux hommes à la fois.

Il soupçonnait même Lars de considérer la liaison de sa femme comme un piment supplémentaire dans son couple. Il n'avait cependant jamais abordé le sujet avec Erika.

MIKAEL N'ARRIVAIT PAS à dormir et vers 4 heures il abandonna. Il s'installa dans la cuisine et parcourut encore une fois le jugement du début à la fin. La lecture du dossier lui permettait d'y voir plus clair et il se rendait compte à quel point la rencontre à Arholma relevait du destin. Il n'avait jamais réussi à élucider si Robert Lindberg avait révélé l'escroquerie de Wennerström dans la foulée d'une bonne discussion entre deux verres, ou si son intention réelle avait été qu'elle soit balancée sur la voie publique.

Spontanément, Mikael penchait pour la première possibilité, mais on pouvait tout aussi bien imaginer que Robert, pour des raisons hautement privées ou professionnelles, désirait atteindre Wennerström et avait saisi l'occasion d'avoir un journaliste prêt à l'écouter dans le huis clos du carré. Robert avait peut-être bu pas mal, n'empêche qu'il avait su river ses yeux sur Mikael à l'instant décisif du récit pour lui faire prononcer les mots magiques qui le faisaient passer de pipelette à source anonyme. Du coup, Robert était assuré que Mikael pouvait raconter tout ce qu'il voulait ; mais ne s'autoriserait jamais à révéler qui était son informateur.

Mikael était quand même certain d'une chose : si la rencontre à Arholma avait été organisée par un conspirateur dans le but d'attirer son attention, la prestation de Robert avait été parfaite. Sauf que la rencontre à Arholma avait été totalement fortuite.

Robert n'avait aucune conscience de l'étendue du mépris de Mikael pour des gens comme Hans-Erik Wennerström. Après de nombreuses années d'observation du sujet, Mikael était persuadé qu'il n'existait pas un seul directeur de banque ou chef d'entreprise célèbre qui ne soit pas aussi un ripou.

Mikael n'avait jamais entendu parler de Lisbeth Salander et il ignorait absolument tout du compte rendu qu'elle avait fait plus tôt dans la journée, mais s'il avait pu l'entendre il aurait été d'accord avec elle. Son aversion prononcée pour les requins de la finance n'était pas un accès de radicalisme de gauche. Mikael ne se désintéressait pas de la politique, mais il considérait les *ismes* politiques avec la plus grande méfiance. Lors du seul scrutin où il était allé voter – les législatives de 1982 –, il avait choisi les sociaux-démocrates, peu convaincu, simplement parce qu'à ses yeux rien ne pouvait être pire que trois années de plus avec un modéré comme Gösta Bohman aux finances, un centriste comme Thorbjörn Fälldin, ou à la rigueur un libéral comme Ola Ullsten, à la tête du gouvernement. Il avait donc voté pour Olof Palme sans grand enthousiasme, et s'était retrouvé avec un assassinat de Premier ministre, le scandale de la vente d'armes de Bofors à Oman et les manigances sordides d'Ebbe Carlsson dans l'enquête sur l'assassinat d'Olof Palme.

Le mépris de Mikael pour les journalistes économiques tenait à quelque chose d'aussi bête à ses yeux que la morale. Selon lui, l'équation était simple. Un directeur de banque qui égare quelques centaines de millions dans des spéculations écervelées ne devrait pas pouvoir rester à son poste. Un chef d'entreprise qui monte des sociétés-écrans pour ses affaires personnelles devrait être incarcéré. Un propriétaire foncier qui oblige des jeunes à payer des dessous-de-table pour un studio avec WC dans la cour devrait être pendu par les pieds et mis au pilori.

Mikael Blomkvist était d'avis que la mission du journaliste économique était d'enquêter et de démasquer les requins de la finance capables de monter des crises d'intérêts pour spéculer sur des start-up fantaisistes avec l'argent des petits porteurs. Il était d'avis que la vraie mission journalistique était d'examiner les chefs d'entreprise avec le même zèle impitoyable que les journalistes politiques surveillent le moindre faux pas chez les ministres et les parlementaires. Il ne viendrait jamais à l'idée d'un journaliste politique de donner à un chef de parti un statut d'icône, et Mikael avait du mal à comprendre pourquoi tant de journalistes économiques au sein des médias les plus importants du pays étaient si prompts à élever de médiocres jeunes loups de la finance en vedettes du showbiz.

CETTE ATTITUDE quelque peu atypique dans le monde du journalisme économique l'avait plus d'une fois mené aux conflits ouverts avec des collègues, parmi lesquels William Borg, devenu un ennemi acharné. Mikael avait redressé la tête et critiqué ses collègues en les accusant de faillir à leur mission et de faire le jeu des jeunes loups de la finance. Le rôle de critique de la société avait certes donné à Mikael un certain statut et l'avait transformé en mouche du coche devant les caméras de télé – c'était lui qu'on invitait pour donner son avis quand on apprenait qu'un patron se retirait des affaires avec un parachute valant des milliards – mais cela l'avait aussi gratifié d'un cercle fidèle d'ennemis jurés.

Mikael n'avait aucun mal à s'imaginer qu'on avait débouché le champagne dans certaines rédactions au cours de la soirée.

Erika avait la même attitude que lui quant au rôle du journaliste, et ensemble, dès leur formation, ils s'étaient amusés à créer un journal imaginaire avec ce profil.

Mikael n'aurait pu imaginer meilleur patron qu'Erika. Parfaite organisatrice, elle savait mener ses collaborateurs avec chaleur et confiance mais en même temps ne craignait pas la confrontation et elle savait se montrer intraitable si nécessaire. Elle avait surtout une sensibilité exacerbée quand il s'agissait de prendre des décisions sur le contenu du numéro en préparation. Elle et Mikael étaient souvent d'avis contraires et il leur arrivait de se disputer franchement, mais ils avaient aussi une confiance inébranlable l'un en l'autre et ils formaient une équipe imbattable. Lui était le manœuvre qui trouvait le sujet, elle mettait en boîte et le vendait.

Millénium était leur création commune, mais qui jamais n'aurait pu voir le jour sans la capacité d'Erika à trouver un financement. Le fils d'ouvrier et la fille de bourgeois réunis. Erika avait hérité d'une belle somme. Elle avait personnellement mis la main au portefeuille au départ et elle avait persuadé son père et des amis d'investir des sommes considérables dans le projet.

Mikael s'était souvent demandé pourquoi Erika avait misé sur *Millénium*. Certes, elle était actionnaire – majoritaire même – et directrice de son propre journal, ce qui lui procurait un prestige et une liberté de publication qu'elle n'aurait guère eus sur un autre lieu de travail. Contrairement à Mikael, elle s'était orientée vers la télé après l'Ecole de journalisme. Elle avait du culot, elle présentait plus que bien à l'écran et elle savait s'affirmer dans la concurrence. Sans compter qu'elle avait des contacts dans le service public. Si elle avait continué, elle aurait de toute évidence atteint un poste de cadre à la télévision avec un salaire bien supérieur. Elle avait préféré abandonner et miser sur *Millénium*, un projet à haut risque qui avait démarré dans une cave exiguë et décrépite à Midsommarkransen, mais qui avait suffisamment bien réussi pour pouvoir s'installer quelques années plus tard dans des locaux plus vastes et plus agréables à Götgatan dans Södermalm, à deux pas du centre-ville.

Erika avait aussi persuadé Christer Malm de devenir associé du journal ; une célébrité du monde gay, exhibitionniste à ses heures, qui s'affichait de temps en temps dans les magazines avec son copain et qui figurait souvent dans les pages people. L'intérêt des médias s'était porté sur lui quand il s'était mis en ménage avec Arnold Magnusson, dit Arn, un comédien connu de Dramaten mais qui n'avait véritablement percé que lorsqu'il avait joué son propre rôle dans une sitcom. La vie de Christer et Arn s'était par la suite transformée en feuilleton dans les médias.

A trente-six ans, Christer Malm, photographe professionnel et designer très demandé, savait donner à *Millénium* une forme graphique moderne et attirante. Il possédait sa propre entreprise avec des bureaux au même étage que la rédaction de *Millénium*, et s'occupait de la mise en pages à temps partiel, une semaine par mois.

A part eux trois, *Millénium* consistait en deux collaborateurs à plein temps, trois personnes à temps partiel et un intérimaire. C'était le genre de périodique dont les comptes sont toujours dans le rouge, mais il était très prestigieux et les collaborateurs adoraient y travailler.

Millénium n'était pas une affaire lucrative mais le journal avait su faire face à ses dépenses, et le tirage comme les recettes publicitaires n'avaient cessé d'augmenter. Jusqu'à la situation actuelle, le mensuel avait eu l'image d'un diseur de vérité insolent et fiable.

Les choses allaient vraisemblablement changer maintenant. Mikael lisait le bref communiqué que lui et Erika avaient formulé plus tôt dans la soirée et qui s'était vite transformé en une dépêche de l'agence de presse TT déjà en ligne sur les pages Web d'*Aftonbladet*.

CONDAMNÉ EN JUSTICE, MIKAEL BLOMKVIST
ABANDONNE *MILLÉNIUM*

Stockholm (TT). Le journaliste Mikael Blomkvist quitte le poste de gérant responsable de la publication du mensuel *Millénium*, annonce Erika Berger, directrice et actionnaire majoritaire.

Mikael Blomkvist quitte *Millénium* de son propre gré. Epuisé après la période dramatique qu'il vient de vivre, il a besoin de faire un break, dit Erika Berger qui reprend le rôle de gérante responsable de la publication.

Mikael Blomkvist fut l'un des fondateurs du mensuel en 1990. Erika Berger estime pour sa part que la prétendue affaire Wennerström ne devrait pas influer sur l'avenir du journal.

"La revue paraîtra normalement le mois prochain, ajoute Erika Berger. Mikael Blomkvist a beaucoup compté pour son développement, maintenant nous allons tourner la page.

Je considère l'affaire Wennerström comme une suite de circonstances malheureuses, et je déplore le désagrément causé à Hans-Erik·Wennerström."

Nous n'avons pu joindre Mikael Blomkvist pour obtenir son commentaire.

— Je trouve ça terrifiant, avait dit Erika après avoir envoyé par mail le communiqué de presse. La plupart des gens vont en tirer la conclusion que tu n'es qu'un crétin incompétent et moi une abominable salope qui saisit l'occasion de te tirer une balle dans le dos.

— Vu toutes les autres rumeurs en circulation, nos amis auront en tout cas quelque chose de nouveau à se mettre sous la dent, essaya de plaisanter Mikael. Ce qui ne fit pas rire Erika.

— Je n'ai pas de plan B, mais je crois qu'on est en train de commettre une erreur.

— C'est la seule solution, répliqua Mikael. Si le journal se casse la figure, tous nos efforts n'auront aucun sens. Tu sais que dès maintenant nous avons perdu de grosses recettes. Qu'est-ce que ça a donné, d'ailleurs, cette société informatique ?

Elle soupira.

— Tu parles. Ils nous ont annoncé ce matin qu'ils ne souhaitent pas mettre de pub dans le numéro de janvier.

— Et Wennerström est détenteur de pas mal de parts dans cette société-là. Il n'y a pas de hasard.

— Non, mais on peut courtiser d'autres annonceurs. Wennerström a beau être un grand ponte de la finance, il ne possède pas tout dans ce monde et nous aussi, nous avons des contacts.

Mikael serra Erika contre lui.

— Un jour, on épinglera Hans-Erik Wennerström à en faire trembler Wall Street. Mais pas aujourd'hui. *Millénium* doit sortir du champ de mines. Nous ne pouvons pas courir le risque de perdre la confiance que certains nous accordent.

— Je sais tout ça, mais moi j'apparais comme la sorcière de service et toi tu vas te retrouver dans une situation détestable si nous laissons croire qu'il y a rupture entre toi et moi.

— Ricky, tant que toi et moi, nous avons confiance l'un en l'autre, nous avons une chance. Il nous faut naviguer à vue, et en ce moment l'heure a sonné de me retirer.

Elle reconnut, à contrecœur, qu'il y avait une triste logique dans ses conclusions.

4

LUNDI 23 DÉCEMBRE – JEUDI 26 DÉCEMBRE

ERIKA ÉTAIT RESTÉE chez Mikael Blomkvist pendant le week-end. Ils n'avaient pratiquement quitté le lit que pour aller aux toilettes et pour manger un morceau, mais ils n'avaient pas non plus passé leur temps à faire l'amour ; ils étaient aussi restés des heures l'un contre l'autre à discuter l'avenir et à peser des conséquences, des possibilités et des probabilités. A l'aube du lundi matin – on était à deux jours de Noël –, Erika avait embrassé Mikael, dit au revoir, "à un de ces jours", et était rentrée chez son mari.

Mikael commença son lundi en faisant la vaisselle et en mettant un peu d'ordre dans l'appartement, puis il se rendit à pied à la rédaction pour faire le ménage dans son bureau. Il n'avait aucunement l'intention de rompre avec le journal, mais il avait fini par convaincre Erika que pendant quelque temps il était important de séparer Mikael Blomkvist de *Millénium*. A partir de maintenant, il travaillerait depuis son appartement de Bellmansgatan.

Il était seul à la rédaction. On avait fermé pour Noël et les collaborateurs s'étaient envolés. Il était en train de trier des papiers et des bouquins pour remplir un carton quand le téléphone sonna.

— Je cherche à joindre Mikael Blomkvist, fit une voix inconnue mais pleine d'espoir à l'autre bout du fil.

— Moi-même.

— Je suis désolé de vous déranger à la veille de Noël. Je m'appelle Dirch Frode. Instinctivement, Mikael nota le nom et l'heure. Je suis avocat et je représente un client qui aimerait avoir un entretien avec vous.

— Eh bien, dites à votre client de m'appeler directement.

— Je veux dire, il voudrait vous rencontrer.

— OK, fixez un rendez-vous et envoyez-le-moi au bureau. Mais dépêchez-vous ; je suis en train de le vider, mon bureau.

— Mon client aimerait beaucoup que vous vous rendiez chez lui. Il habite à Hedestad – il faut trois petites heures en train.

Mikael arrêta de trier ses papiers. Les médias ont une capacité d'attirer les gens les plus fêlés, détenteurs des tuyaux les plus farfelus. Toutes les rédactions du monde reçoivent des appels de fanas d'ovnis, de graphologues, de scientologues, de paranoïaques et autres théoriciens du grand complot.

Un jour, Mikael avait écouté une conférence de l'écrivain Karl Alvar Nilsson organisée par l'Université populaire, c'était à l'occasion de l'anniversaire de l'assassinat d'Olof Palme. La conférence était parfaitement sérieuse et dans le public se trouvaient Lennart Bodström et d'autres vieux amis de Palme. Mais un tas de gens ordinaires étaient venus aussi. Et, parmi eux, une femme d'une quarantaine d'années qui s'était emparée du micro quand était venu l'instant incontournable des questions. Elle avait baissé la voix en un tout petit chuchotement. Rien que cela laissait augurer une suite intéressante et personne n'avait été spécialement surpris quand la femme commença son intervention en annonçant : *"Je sais qui a tué Olof Palme."* Les intervenants sur l'estrade répondirent avec un soupçon d'ironie que, si madame possédait cette information hautement dramatique, il serait du plus grand intérêt qu'elle la communique à la commission d'enquête. Ce à quoi elle avait vivement répliqué dans un souffle à peine audible : *"Je ne peux pas – c'est trop dangereux !"*

Mikael se demanda si ce Dirch Frode était aussi de ces prophètes qui entendaient révéler l'existence d'un hôpital psychiatrique top secret où la Säpo procédait à des expériences de contrôle mental.

— Je n'effectue pas de visites à domicile, répondit-il sèchement.

— Dans ce cas, j'espère bien pouvoir vous convaincre de faire une exception. Mon client a plus de quatre-vingts ans et se rendre à Stockholm représente pour lui un voyage éprouvant. Si vous insistez, je suppose qu'on pourra trouver un arrangement, mais pour être tout à fait franc, il serait préférable que vous ayez la gentillesse de…

— C'est qui, votre client ?

— Quelqu'un dont j'imagine que vous avez entendu parler de par votre profession. Henrik Vanger.

Mikael se laissa aller en arrière de surprise. Henrik Vanger – bien sûr qu'il avait entendu parler de lui. Gros industriel et ancien PDG du groupe Vanger, un empire qui regroupait des scieries, des forêts, des mines, des aciéries, des usines métallurgiques et textiles, fabrication et exportation. Henrik Vanger avait été l'un des très grands en son temps, avec la réputation d'un honnête patriarche à l'ancienne qui ne ployait pas quand soufflait la tempête. Il faisait partie des fondements de la vie économique suédoise, un brave élan de la vieille école, à ranger dans la catégorie des Matts Carlgren de MoDo et Hans Werthén de l'ancien Electrolux. La colonne vertébrale de l'industrie démocratique de la maison Suède, pour ainsi dire.

Le groupe Vanger, aujourd'hui encore entreprise familiale, avait été bouleversé ces vingt-cinq dernières années par des restructurations, des catastrophes boursières, des crises d'intérêts, la concurrence venue d'Asie, l'exportation qui flanche et autres tuiles qui, additionnées, avaient relégué Vanger dans le peloton de queue. L'entreprise était aujourd'hui dirigée par Martin Vanger, dont Mikael associait le nom à un homme grassouillet aux cheveux bouffants qu'il avait vu passer sur l'écran de télévision, mais qu'il ne connaissait pas vraiment. Cela faisait bien vingt ans que Henrik Vanger était hors circuit et Mikael ignorait même qu'il était toujours en vie.

— Pourquoi Henrik Vanger veut-il me rencontrer ?

— Je suis désolé. Je suis l'avocat de Henrik Vanger depuis de nombreuses années, mais c'est à lui de raconter ce qu'il attendrait de vous. En revanche, je peux vous dire que Henrik Vanger aimerait discuter avec vous d'un travail éventuel.

— Un travail ? Je n'ai aucune intention de me mettre à travailler pour les entreprises Vanger. Vous avez besoin d'un attaché de presse ?

— Il ne s'agit pas tout à fait de ce genre de travail. Je ne sais pas comment m'exprimer, sauf pour dire que Henrik Vanger est particulièrement désireux de vous voir et de vous consulter dans une affaire privée.

— Vous êtes vraiment très vague.

— Je vous prie de m'en excuser. Mais dites-moi, y a-t-il la moindre possibilité pour vous de faire une visite à Hedestad ? Nous vous rembourserons bien sûr le déplacement et vous dédommagerons de manière raisonnable.

— Votre coup de fil tombe un peu mal. Je suis assez occupé… et je suppose que vous avez vu les rubriques me concernant ces derniers jours.

— L'affaire Wennerström ? Dirch Frode laissa soudain entendre un petit rire roucoulant à l'autre bout du fil. Oui, elle a eu le mérite d'être assez divertissante. Mais, pour dire la vérité, c'est justement le battage autour du procès qui a attiré l'attention de Henrik Vanger sur vous.

— Ah bon ? Et quand est-ce que Henrik Vanger voudrait que je vienne lui rendre visite ?

— Dès que possible. Demain soir, c'est le réveillon de Noël, et je suppose que vous tenez à votre liberté. Que diriez-vous du 26 décembre ? Ou un des jours suivants ?

— Vraiment urgent, donc. Je suis désolé, mais si vous ne me donnez pas un indice acceptable quant à la finalité de ma visite, eh bien…

— Je vous assure, cette invitation est tout ce qu'il y a de sérieux. Henrik Vanger voudrait vous consulter, vous et pas quelqu'un d'autre. Il voudrait vous proposer un travail en free-lance si cela vous intéresse. Moi, je ne suis qu'un intermédiaire. C'est à lui d'expliquer de quoi il s'agit.

— Voilà un des appels les plus absurdes que j'aie reçus depuis longtemps. Je vais y réfléchir. Comment puis-je vous joindre ?

UNE FOIS LE TÉLÉPHONE raccroché, Mikael resta à contempler le fatras sur son bureau. Il avait du mal à comprendre pourquoi Henrik Vanger voudrait le rencontrer. Un voyage à Hedestad n'avait rien de particulièrement enthousiasmant, mais maître Frode avait réussi à éveiller sa curiosité.

Il alluma son ordinateur, se connecta sur www.google.com et pianota "entreprises Vanger". Des centaines de pages étaient disponibles – le groupe Vanger avait beau être à la traîne, il figurait pratiquement tous les jours dans les médias. Il sauvegarda une douzaine d'articles d'analyse du groupe et passa ensuite aux recherches sur Dirch Frode, Henrik Vanger et Martin Vanger.

Martin Vanger figurait très fréquemment en sa qualité de dirigeant actuel du groupe. Maître Dirch Frode restait plutôt en retrait, il était membre du bureau de l'Association de golf de Hedestad et son nom était associé au Rotary. Henrik Vanger ne figurait que dans des textes liés au groupe Vanger, à une exception près. Deux ans plus tôt, *Hedestads-Kuriren*, le journal local, avait célébré le quatre-vingtième anniversaire de l'ancien magnat de l'industrie, et le journaliste avait dressé un portrait express. Mikael imprima certains des textes qui semblaient contenir du solide et constitua ainsi un dossier d'une cinquantaine de pages. Puis il finit de ranger son bureau, remplit les cartons et rentra chez lui. Il ne savait pas quand ni même s'il allait revenir.

LISBETH SALANDER passait le réveillon de Noël à la maison de santé d'Äppelviken à Upplands-Väsby. Elle avait apporté comme cadeaux un flacon d'eau de toilette Dior et un pudding anglais de chez Åhléns. Elle contemplait la femme de quarante-cinq ans qui de ses doigts malhabiles essayait de défaire le nœud du paquet. Il y avait de la tendresse dans les yeux de Salander, même si elle ne cessait jamais de s'étonner que cette femme étrangère pût être sa mère. Elle avait beau essayer, elle n'arrivait pas à distinguer la moindre ressemblance dans l'aspect physique ou dans la personnalité.

Pour finir, sa mère abandonna ses efforts et regarda le paquet d'un air désemparé. Elle n'était pas dans un de ses bons jours. Lisbeth Salander avança les ciseaux qui sans cesse étaient restés bien en vue sur la table, et sa mère s'illumina comme si soudain elle se réveillait.

— Tu dois me trouver stupide.

— Non, maman. Tu n'es pas stupide. Mais la vie est injuste.

— Est-ce que tu as vu ta sœur ?

— Ça fait un moment.

— Elle ne vient jamais me voir.

— Je le sais, maman. Elle ne vient pas me voir non plus.

— Tu travailles ?

— Oui, maman. Je m'en sors bien.

— Tu habites où ? Je ne sais même pas où tu habites.

— J'habite notre ancien appartement de Lundaga-tan. Ça fait plusieurs années que j'y habite. J'ai pu reprendre le contrat.

— Cet été, je pourrais peut-être venir te voir.

— Bien sûr. Cet été.

Sa mère finit par ouvrir le paquet et huma le parfum avec ravissement.

— Merci, Camilla, fit-elle.

— Lisbeth. Je suis Lisbeth. Camilla, c'est ma sœur.

Sa mère eut l'air gênée. Lisbeth Salander proposa qu'elles aillent dans le salon télé.

LES PROGRAMMES DISNEY de Noël battaient leur plein à la télé, quand Mikael Blomkvist passa voir sa fille Pernilla chez son ex-femme Monica et le nouveau mari de celle-ci dans leur villa à Sollentuna. Il avait apporté des cadeaux pour Pernilla ; après en avoir discuté avec

Monica, ils s'étaient mis d'accord pour offrir à leur fille un truc assez coûteux, pas plus grand qu'une boîte d'allumettes, capable de contenir toute sa volumineuse collection de disques.

Père et fille passèrent une heure ensemble dans la chambre de Pernilla à l'étage. Mikael et la mère de Pernilla avaient divorcé quand elle n'avait que cinq ans et deux ans plus tard elle avait eu un nouveau père. Mikael n'avait absolument pas évité le contact ; Pernilla venait le voir quelques fois par mois et chaque année elle faisait plusieurs séjours d'une semaine dans la cabane de Sandhamn pendant les vacances. Monica n'avait pas cherché à les empêcher de se rencontrer et Pernilla n'avait rien contre le fait de se retrouver avec son papa – au contraire, les journées qu'ils passaient ensemble étaient en général de bons moments. Cela dit, Mikael avait laissé à sa fille le soin de décider dans quelle mesure elle souhaitait le voir, surtout depuis que Monica s'était remariée. Il y avait eu quelques années au début de l'adolescence où le contact avait pratiquement cessé et Pernilla n'avait demandé à le voir plus souvent que depuis deux ans.

Sa fille avait suivi son procès avec la conviction absolue que ce que Mikael affirmait était vrai ; il était innocent mais ne pouvait pas le prouver.

Elle parla d'un éventuel petit copain au lycée, et elle le surprit en révélant qu'elle était devenue membre d'une Eglise locale et se considérait comme croyante. Mikael s'abstint de tout commentaire.

On l'invita à rester dîner, mais il déclina l'offre ; il s'était déjà mis d'accord avec sa sœur pour passer le réveillon de Noël avec elle et sa famille dans leur villa à Stäket, la fameuse réserve à yuppies.

Dans la matinée, il avait aussi été convié à fêter Noël avec Erika et son mari à Saltsjöbaden. Il avait poliment décliné l'invitation, certain qu'il y avait forcément une limite à l'attitude favorable de Lars pour les drames triangulaires et il n'avait aucune envie d'explorer où se trouvait cette limite. Erika avait protesté que c'était justement son mari qui avait proposé de l'inviter et elle l'avait taquiné sur sa frilosité à se prêter aux jeux d'un trio. Mikael avait ri – Erika savait qu'il était un hétérosexuel borné et que l'offre n'était pas vraiment sérieuse – mais la décision de ne pas passer le réveillon en compagnie du mari de sa maîtresse était irrévocable.

Il venait donc frapper à la porte de sa sœur Annika Blomkvist, épouse Giannini. Son mari d'origine italienne, leurs deux enfants et un tas d'autres membres de la famille du mari étaient en train de découper le jambon de Noël. Annika avait fait son droit les doigts dans le nez, puis avait travaillé quelques années comme stagiaire au tribunal d'instance puis comme substitut du procureur avant d'ouvrir son propre cabinet d'avocats, associée à quelques amis et installée dans des bureaux avec vue sur Kungsholmen. Elle s'était spécialisée en droit de la famille et, sans que Mikael s'en rende vraiment compte, sa petite sœur avait commencé à apparaître sur les pages des magazines et dans des débats à la télé comme féministe célèbre et avocate des droits de la femme. Elle représentait souvent des femmes menacées ou harcelées par leurs maris ou ex-petits amis.

Quand Mikael l'aida à sortir les tasses pour le café, elle posa la main sur son bras et lui demanda comment il allait.

— Comme un vrai sac de merde, si tu veux savoir.

— Engage donc un véritable avocat la prochaine fois, dit-elle.

— Dans cette affaire, je pense que le meilleur avocat au monde n'aurait rien changé.

— Qu'est-ce qu'il s'est réellement passé ?

— Une autre fois, petite sœur.

Elle le serra tendrement contre elle et lui planta une bise sur la joue avant qu'ils rejoignent les autres avec le gâteau et le café.

Vers 19 heures, Mikael s'excusa et demanda s'il pouvait utiliser le téléphone dans la cuisine. Il appela Dirch Frode et l'obtint au bout du fil, avec un brouhaha de voix dans le fond.

— Joyeux Noël, salua Frode. Vous vous êtes décidé ?

— Je n'ai rien de spécial à faire et vous avez réussi à éveiller ma curiosité. Je viendrai le 26, si ça vous convient.

— C'est parfait. Si vous saviez combien votre décision m'enchante. Excusez-moi, mais je suis entouré d'enfants et de petits-enfants et j'ai du mal à entendre ce que vous dites. Puis-je vous appeler demain pour fixer une heure ?

MIKAEL BLOMKVIST regretta sa décision avant la fin de la soirée, mais à ce stade cela lui paraissait trop compliqué de revenir sur sa parole et, le matin du 26, il s'installait dans le train en partance pour le Nord. Mikael avait le permis de conduire mais ne s'était jamais donné la peine d'acheter une voiture.

Frode avait raison, le voyage était de courte durée. Il passa Uppsala, puis ce fut le collier clairsemé de petites villes industrielles le long de la côte. Hedestad était l'une des plus petites, à un peu plus d'une heure au nord de Gävle.

Dans la nuit, il y avait eu de violentes chutes de neige, mais le ciel s'était dégagé et l'air était glacial quand il descendit à la gare. Mikael réalisa immédiatement que ses vêtements n'étaient pas adaptés à l'hiver rigoureux du Norrland. Dirch Frode l'identifia cependant immédiatement, le cueillit avec bonhomie sur le quai et le fit rapidement entrer dans la chaleur d'une Mercedes. En ville, le déblayage de la neige battait son plein, et Frode slaloma prudemment entre les grandes lames des chasse-neige. La neige formait un contraste exotique avec Stockholm, on se serait dit dans un autre pays, alors qu'on n'était qu'à un peu plus de trois heures de la capitale et de ses marchés de Noël dans la vieille ville. Mikael regardait l'avocat à la dérobée ; un visage anguleux, des cheveux blancs coupés très court et d'épaisses lunettes sur un gros nez.

— Votre première visite à Hedestad ? demanda Frode. Mikael hocha la tête.

— C'est un vieux bourg industriel. Pas bien grand, il n'y a que vingt-quatre mille habitants. Mais les gens s'y plaisent. Henrik habite à Hedeby, la partie ancienne, le Village, comme on l'appelle – c'est juste à l'entrée sud de la ville.

— Vous habitez ici aussi ? demanda Mikael.

— Ça s'est fait tout seul. Je suis né en Scanie, mais j'ai commencé à travailler pour Vanger tout de suite après mon diplôme en 1962. Je suis spécialisé en droit des sociétés et, les années aidant, Henrik et moi sommes devenus des amis. Aujourd'hui, je suis à la retraite, mais Henrik reste encore mon client, le seul. Lui aussi est à la retraite et il n'a pas besoin de mes services très souvent.

— Seulement pour débaucher des journalistes de mauvaise réputation.

— Ne vous mésestimez pas. Vous n'êtes pas le seul à avoir perdu un match contre Hans-Erik Wennerström.

Mikael lorgna Frode, ne sachant pas très bien comment interpréter sa remarque.

— Parce que cette invitation a un rapport avec Wenner-ström ? demanda-t-il.

— Non, répondit Frode. Mais Henrik Vanger ne fait pas exactement partie du cercle des amis de Wenner-ström et il a suivi le procès avec un grand intérêt. C'est néanmoins pour une tout autre affaire qu'il veut vous voir.

— Affaire dont vous ne voulez pas me parler.

— Dont il ne m'appartient pas de parler. Nous avons fait en sorte que vous puissiez passer la nuit chez Hen-rik Vanger. Si cela ne vous convient pas, nous pouvons vous réserver une chambre au Grand Hôtel en ville.

— Ben, je retournerai peut-être à Stockholm avec le train de ce soir.

A l'entrée de Hedeby, le Village donc, le chasse-neige n'était pas encore passé, et Frode força la voiture à avan-cer dans d'anciennes traces de roues gelées. Il y avait là un petit noyau de vieilles maisons en bois dans le style des anciennes agglomérations minières le long du golfe de Botnie. Alentour, on voyait des villas modernes plus grandes. Le Village commençait sur la terre ferme et se poursuivait au-delà d'un pont sur une île – Hedebyön – au relief accidenté. Côté continent, une petite église en pierre peinte en blanc se dressait tout près du pont et en face scintillait un panneau lumineux vieillot qui annon-çait *Pains et pâtisseries. Café Susanne*. Une fois le pont franchi, Frode continua tout droit sur une centaine de mètres et s'engagea sur une esplanade dégagée devant un bâtiment en pierre. Le lieu était trop petit pour être qualifié de manoir, mais considérablement plus grand que les autres constructions, et il s'agissait de toute évi-dence du domaine du maître.

— Voici la maison Vanger, fit Dirch Frode. Autrefois l'animation y régnait, mais aujourd'hui seuls Henrik et une gouvernante habitent là. Ce ne sont pas les chambres d'amis qui manquent.

Ils descendirent de la voiture. Frode pointa le doigt vers le nord.

— La tradition veut que celui qui dirige le groupe Vanger habite ici, mais Martin Vanger – le petit-neveu de Henrik – voulait quelque chose de plus moderne et il s'est fait construire une villa au bout du promontoire.

Mikael regarda autour de lui et se demanda à quelle folie il avait succombé en acceptant l'invitation de maître Frode. Il se promit d'essayer à tout prix de retourner à Stockholm le soir même. Un escalier en pierre montait vers l'entrée et, avant qu'ils aient eu le temps d'y arriver, la porte s'ouvrit. Mikael reconnut immédiatement Henrik Vanger dont il avait vu des photos sur Internet.

Les photos le présentaient plus jeune, mais il avait l'air étonnamment vigoureux pour ses quatre-vingt-deux ans ; un corps musculeux, un visage bourru et buriné et des cheveux gris fournis, coiffés en arrière, qui prouvaient que ses gènes ne le destinaient pas à la calvitie. Il portait un pantalon sombre, soigneusement repassé, une chemise blanche et un tricot marron défraîchi. Il avait une fine moustache et des lunettes cerclées d'acier.

— Je suis Henrik Vanger, salua-t-il. Merci d'avoir accepté de venir me voir.

— Bonjour. J'avoue avoir trouvé l'invitation surprenante.

— Entrez au chaud. J'ai fait préparer une chambre d'amis ; vous voulez peut-être vous désaltérer ? On passera à table plus tard. Voici Anna Nygren qui s'occupe de moi.

Mikael serra brièvement la main d'une petite femme d'une soixantaine d'années qui prit son manteau qu'elle rangea dans une penderie. Elle proposa à Mikael des chaussons pour protéger ses pieds des courants d'air au sol.

Mikael la remercia, puis se tourna vers Henrik Vanger :

— Je ne suis pas sûr de rester jusqu'au repas. Ça dépend un peu du but de ce petit jeu.

Henrik Vanger échangea un regard avec Dirch Frode. Mikael percevait entre les deux hommes une connivence qu'il n'arrivait pas à interpréter.

— Bon, j'en profite pour vous laisser, dit Dirch Frode. Il faut que je rentre chez moi sévir un peu avant que mes petits-enfants démolissent toute la maison.

Il se tourna vers Mikael.

— J'habite à droite de l'autre côté du pont. Vous y êtes en cinq minutes à pied ; c'est après la pâtisserie, la troisième villa côté plage. Si vous avez besoin de moi, passez-moi un coup de fil.

Mikael glissa la main dans sa poche et enclencha un magnétophone. *Parano, moi ?* Il n'avait aucune idée de ce que voulait Henrik Vanger, mais après le pétrin de l'année passée avec Hans-Erik Wennerström, il tenait à garder un témoignage précis de toutes les choses bizarres qui se passaient dans son entourage, et cette soudaine invitation à Hedestad appartenait définitivement à cette catégorie.

L'ancien industriel tapota l'épaule de Dirch Frode en guise d'au revoir et ferma la porte d'entrée, avant de reporter son intérêt sur Mikael.

— Dans ce cas je ne vais pas y aller par quatre chemins. Ce n'est pas un jeu. Je voudrais parler avec vous, mais ce que j'ai à dire exige un long entretien. Je vous demande de m'écouter et de ne vous décider qu'ensuite. Vous êtes journaliste et je voudrais vous engager pour une mission. Anna a servi le café dans mon cabinet de travail à l'étage.

HENRIK VANGER montra le chemin et Mikael le suivit. Ils entrèrent dans un cabinet de travail tout en longueur, de près de quarante mètres carrés, situé au bout de la maison. Un des murs était dominé par des rayonnages de livres de dix mètres de long, du sol au plafond, un mélange incroyable de romans, biographies, livres d'histoire, manuels de commerce et de pêche et dossiers A4. Les livres étaient rangés sans classement visible mais apparemment consultés régulièrement, et Mikael en tira la conclusion que Henrik Vanger était un homme qui lisait. Le mur en face était occupé par un bureau en chêne sombre, placé de façon que son utilisateur soit tourné vers la pièce. Au mur était accrochée une importante collection de fleurs pressées disposée en alignements méticuleux.

Par la fenêtre sur le petit côté, Henrik Vanger pouvait observer le pont et l'église. Il y avait un canapé et des fauteuils, avec une table basse sur laquelle Anna avait disposé des tasses, un thermos et des pâtisseries maison.

Henrik Vanger fit un geste pour inviter Mikael à s'asseoir, geste que Mikael fit semblant de ne pas voir, ce qui lui permit de faire un petit tour des lieux. Il observa d'abord la bibliothèque puis le mur avec les encadrements. Le bureau était rangé, à part quelques papiers empilés. Au bout du plateau il y avait une photographie encadrée d'une jeune et belle fille brune au regard espiègle ; *une demoiselle qui fera des dégâts*, pensa Mikael. C'était manifestement une photo de première communion, décolorée, qui donnait l'impression d'être là depuis de nombreuses années. Mikael se rendit soudain compte que Henrik Vanger l'observait.

— Tu te souviens d'elle, Mikael ? demanda-t-il.

— Comment ça ? Mikael leva les sourcils.

— Oui, tu l'as rencontrée. Tu t'es même déjà trouvé dans cette pièce.

Mikael regarda autour de lui et secoua la tête.

— Non, comment pourrais-tu t'en souvenir ? J'ai connu ton père. J'ai engagé Kurt Blomkvist à plusieurs occasions dans les années 1950 et 1960 pour installer des machines et s'occuper de leur entretien. C'était un homme doué. J'ai essayé de le persuader de poursuivre ses études et de devenir ingénieur. Toi, tu étais ici au cours de l'été 1963, quand nous avons changé le parc de machines dans l'usine à papier. On avait du mal à trouver un logement pour ta famille et nous avons solutionné le problème en vous installant dans la petite maison en bois de l'autre côté de la route. Tu peux la voir de la fenêtre.

Henrik Vanger s'approcha du bureau et saisit le portrait.

— C'est Harriet Vanger, la petite-fille de mon frère Richard. Elle t'a gardé plus d'une fois cet été-là. Tu approchais de tes trois ans. Ou peut-être que tu les avais déjà – je ne m'en souviens pas. Elle en avait douze à l'époque.

— Il faut me pardonner, mais je n'ai aucun souvenir de ce que vous me racontez, de ce que tu me racontes, si tu me permets de te tutoyer aussi.

— Bien sûr. Je comprends que tu ne t'en souviennes pas, mais moi je me souviens de toi. Tu courais dans tous les coins, avec Harriet sur les talons. Je t'entendais crier dès que tu trébuchais sur quelque chose. Je me rappelle t'avoir fait cadeau d'un jouet, un tracteur en tôle jaune que j'avais eu moi-même quand j'étais gosse, et que tu as adopté avec un enthousiasme incroyable. Je crois que c'était à cause de la couleur.

Mikael se sentit devenir glacé. Il se souvenait effectivement du tracteur jaune. Quand il était plus grand, le tracteur trônait sur une étagère dans sa chambre.

— Tu t'en souviens ? Tu te souviens de ce jouet ?

— Je m'en souviens. Et ça va peut-être t'amuser d'apprendre que ce tracteur existe encore, au musée du Jouet à Stockholm. J'en ai fait don quand ils recherchaient de vieux jouets d'origine il y a dix ans de cela.

— Vraiment ? Henrik Vanger gloussa, ravi. Laisse-moi te montrer…

Le vieil homme alla chercher un album de photos dans les rayons bas de la bibliothèque. Mikael nota qu'il avait manifestement du mal à se pencher, et qu'il fut obligé de prendre appui sur le rayon pour se redresser. Henrik Vanger fit signe à Mikael de s'installer dans le canapé tout en feuilletant l'album. Il savait apparemment ce qu'il cherchait et, dès qu'il eut trouvé, il posa l'album sur la table basse. Il montra une photo d'amateur en noir et blanc au bas de laquelle on apercevait l'ombre du photographe. Au premier plan, un petit garçon blond en culotte courte fixait l'objectif d'un air troublé et un peu inquiet.

— C'est toi cet été-là. Tes parents sont là dans le fond, sur les chaises de jardin. Harriet est un peu masquée par ta mère et le garçon à gauche de ton père est le frère de Harriet, Martin Vanger, qui dirige le groupe aujourd'hui.

Mikael n'avait aucun mal à reconnaître ses parents. Sa mère était visiblement enceinte – la sœur de Mikael était en route, donc. Il contempla la photo, ne sachant pas trop que penser, tandis que Henrik Vanger servait le café et avançait l'assiette avec les gâteaux.

— Je sais que ton père est mort. Et ta mère, vit-elle encore ?

— Non, fit Mikael. Elle est morte il y a trois ans.

— C'était une femme agréable. Je me souviens très bien d'elle.

— Mais je suis persuadé que tu ne m'as pas fait venir ici pour parler de mes parents et du bon vieux temps.

— Tu as entièrement raison. Ça fait plusieurs jours que je prépare ce que je vais te dire, mais maintenant que tu es enfin là devant moi, je ne sais pas vraiment par quel bout commencer. J'imagine que tu t'es renseigné sur moi avant de venir. Alors tu sais qu'il fut un temps où j'avais une grande influence sur l'industrie suédoise et sur le marché du travail. Aujourd'hui je suis un vieux schnock qui ne devrait pas tarder à mourir, et la mort est peut-être un point de départ tout à fait convenable pour cet entretien.

Mikael prit une gorgée de café. Authentique café bouilli et amer du Norrland, pensa-t-il en se demandant vers quoi tout cela se dirigeait.

— J'ai mal à la hanche, je n'arrive plus à faire de longues promenades. Un jour, toi aussi tu t'apercevras que la force vient à manquer aux vieux bonshommes, mais je ne suis ni hypocondriaque ni sénile. Je ne suis pas obsédé par la mort non plus, mais je me trouve à l'âge où je dois accepter que mon temps tire sur sa fin. Arrive un moment où l'on a envie de faire le bilan et de démêler ce qui est inachevé. Tu comprends ce que je veux dire ?

Henrik Vanger parlait d'une voix distincte et stable, et Mikael était déjà arrivé à la conclusion que le vieux n'était ni sénile ni irrationnel.

— Ce qui m'intrigue, c'est la raison pour laquelle je suis ici, répéta Mikael.

— Je t'ai demandé de venir parce que je voudrais te demander de l'aide pour ce bilan dont je parlais. J'ai quelques affaires qui restent à régler.

— Pourquoi moi ? Je veux dire… qu'est-ce qui te fait croire que je pourrais t'aider ?

— Parce qu'au moment où j'envisageais d'engager quelqu'un, ton nom a commencé à s'afficher dans l'affaire

Wennerström. Je savais qui tu étais. Et peut-être aussi parce que tu es monté sur mes genoux quand tu étais tout gamin.

Il agita la main comme pour effacer ses paroles.

— Ne me comprends pas de travers. Je n'espère pas que tu vas m'aider pour des raisons sentimentales. J'explique seulement pourquoi l'idée m'est venue de te contacter.

Mikael rit gentiment.

— Eh bien, je n'ai pas le moindre souvenir de ces genoux-là. Mais comment as-tu su qui j'étais ? Je veux dire, ça, c'était au début des années 1960.

— Pardon, tu m'as mal compris. Vous avez déménagé à Stockholm quand ton père a obtenu ce poste de chef d'atelier chez Zarinder. C'était l'une des nombreuses entreprises du groupe Vanger, et c'est moi qui lui ai trouvé ce travail. Il manquait de diplômes, mais je savais ce qu'il valait. J'ai rencontré ton père plusieurs fois quand j'avais à faire chez Zarinder. Nous n'étions peut-être pas des amis proches, mais nous prenions toujours le temps de discuter un peu. La dernière fois que je l'ai vu, c'était l'année avant sa mort et il m'a dit que tu avais été accepté à l'Ecole de journalisme. Il était plus que fier. Puis tu es devenu célèbre dans tout le pays avec cette histoire de braqueurs – Super Blomkvist et tout ça. J'ai suivi ta carrière et j'ai lu beaucoup de tes articles au fil des ans. Il se trouve même que je lis *Millénium* assez souvent.

— OK, je comprends. Mais qu'est-ce que tu veux que je fasse très exactement ?

HENRIK VANGER examina ses mains un bref instant et sirota ensuite un peu de café comme s'il avait besoin d'une petite pause avant de pouvoir enfin en venir au fait.

— Mikael, avant d'entrer dans les détails, je voudrais qu'on se mette d'accord. Je voudrais que tu fasses deux choses pour moi. L'une est un prétexte et l'autre est ma véritable requête.

— Quelle sorte d'accord ?

— Je vais te raconter une histoire en deux parties. Une partie qui parle de la famille Vanger. C'est le prétexte. C'est une histoire longue et sombre, mais je vais essayer de m'en tenir à la stricte vérité. L'autre partie de l'histoire traite de ma véritable requête. Je crois que par moments tu vas interpréter mon récit comme... de la folie. Ce que je veux, c'est que tu écoutes mon histoire jusqu'au bout – ma demande et mon offre – avant de prendre la décision d'accepter le boulot ou pas.

Mikael soupira. De toute évidence Henrik Vanger n'avait pas l'intention d'exposer sa requête de façon brève et concise pour le laisser attraper le train de l'après-midi. Mikael était certain que s'il appelait Dirch Frode et lui demandait de le conduire à la gare, la voiture refuserait de démarrer à cause du froid.

Le vieil homme avait dû consacrer beaucoup de temps à réfléchir aux moyens de le ferrer. Mikael eut le sentiment que tout ce qui s'était passé depuis qu'il avait franchi le seuil était une mise en scène ; à commencer par la surprise d'apprendre qu'il avait rencontré Henrik Vanger quand il était enfant, la photo de ses parents dans l'album et l'accent mis sur le fait que le père de Mikael et Henrik Vanger avaient été amis, puis le vieux qui le flattait en racontant qu'il avait suivi sa carrière à distance tout au long des années... l'ensemble avait sans doute un fond de vérité, mais il s'agissait aussi de psychologie assez élémentaire. Autrement dit, Henrik Vanger était un bon manipulateur, habitué depuis des années aux personnes nettement plus endurcies derrière les portes closes des cabinets de négociation. Ce n'était pas par hasard qu'il était devenu l'un des magnats de l'industrie les plus éminents de Suède.

La conclusion de Mikael était que Henrik Vanger voulait qu'il fasse quelque chose qu'il n'avait sans doute pas la moindre envie de faire. Restait à découvrir ce dont il s'agissait et ensuite dire non. Et éventuellement avoir le temps d'attraper le train de l'après-midi.

— Désolé, pas d'accord, répondit Mikael. Il regarda l'heure. Je suis ici depuis vingt minutes. Je te donne exactement trente minutes pour raconter ce que tu veux. Ensuite j'appelle un taxi et je rentre chez moi.

Pendant un instant, Henrik Vanger sortit de son rôle de patriarche bienveillant, et Mikael entrevit le chef d'entreprise terrifiant au temps de sa toute-puissances qui venait de subir un revers ou qui était obligé de s'occuper d'un cadre récalcitrant. Sa bouche se courba rapidement en un sourire sévère.

— Je comprends.

— C'est très simple, tout cela. Tu n'as pas besoin de prendre des détours. Dis ce que tu veux que je fasse, et je serai sans aucun doute capable de juger si je veux le faire ou pas.

— Tu veux dire que si je n'arrive pas à te convaincre en trente minutes, je n'y arriverai pas non plus en trente jours.

— Quelque chose dans ce goût-là.

— Mais il se trouve que mon récit est long et compliqué.

— Abrège et simplifie. C'est ce que nous faisons dans le journalisme. Vingt-neuf minutes.

Henrik Vanger leva une main.

— Ça suffit. J'ai compris. Mais n'exagère pas non plus, s'il te plaît. J'ai donc besoin de quelqu'un qui sache faire des recherches et doté d'un esprit critique, mais qui soit également intègre. Je crois que tu l'es, et ce n'est pas un compliment. Un bon journaliste doit raisonnablement posséder ces qualités, et j'ai lu ton livre *Les Templiers* avec grand intérêt. Je suis parfaitement honnête quand je dis que je t'ai choisi parce que j'ai connu ton père et parce que je sais qui tu es. Si j'ai bien compris, tu as été licencié de ton journal après l'affaire Wennerström – ou alors tu l'as quitté de ton plein gré. Cela signifie que pour l'instant tu es sans emploi et on n'a pas besoin d'être un crack pour comprendre que tu es probablement à court d'argent.

— Ce qui te permet de saisir l'occasion pour tirer profit de ma situation, tu veux dire ?

— Peut-être. Mais, Mikael, je n'ai pas l'intention de te mentir ni d'inventer de faux prétextes. Je suis trop vieux pour ce genre de choses. Si tu n'aimes pas ce que je dis, tu n'as qu'à me demander d'aller me faire voir. Alors je n'aurai qu'à chercher quelqu'un d'autre qui voudra bien travailler pour moi.

— OK, ça consiste en quoi, le boulot que tu veux m'offrir ?

— Qu'est-ce que tu sais sur la famille Vanger ?

Mikael écarta les mains.

— Ben, à peu près ce que j'ai eu le temps de lire sur le Net depuis le coup de fil de Frode lundi dernier. De ton temps, le groupe Vanger était un des groupes industriels les plus importants de Suède, aujourd'hui l'entreprise est considérablement diminuée. Martin Vanger est PDG. D'accord, je sais deux, trois autres choses aussi, mais où veux-tu en venir ?

— Martin… c'est quelqu'un de bien, mais dans le fond, il n'aime naviguer que par faible vent. Il est tout à fait insuffisant comme PDG pour un groupe en crise. Il veut moderniser et spécialiser – ce qui est bien vu – mais il a du mal à faire passer ses idées et encore plus de mal à les financer. Il y a vingt-cinq ans, le groupe Vanger était un concurrent sérieux de l'empire Wallenberg. Nous avions environ 40 000 employés en Suède. Nous procurions de l'emploi et des revenus au pays entier. Aujourd'hui la plupart de ces emplois ont été délocalisés en Corée ou au Brésil. Actuellement, il y a un peu plus de 10 000 employés et dans un an ou deux – si Martin n'arrive pas à décoller – nous descendrons à 5 000 employés, essentiellement dans de petites manufactures. Autrement dit, le groupe Vanger est sur le point d'être relégué au dépotoir de l'histoire.

Mikael hocha la tête. Ce que racontait Henrik Vanger était à peu près ses propres conclusions après le moment passé devant son ordinateur.

— Le groupe Vanger est toujours l'une des rares entreprises purement familiales de ce pays, avec une trentaine de membres de la famille comme actionnaires plus ou moins minoritaires. Cela a toujours été la force du groupe, mais aussi notre plus grande faiblesse.

Henrik Vanger fit une pause oratoire puis se remit à parler avec beaucoup d'intensité dans la voix.

— Mikael, tu poseras des questions après, mais je voudrais que tu me croies sur parole quand je dis que je déteste la plupart des membres de ma famille. Elle est principalement composée de filous, de rapaces, de frimeurs et d'incapables. J'ai dirigé le groupe pendant trente-cinq ans – pratiquement sans cesse empêtré dans des luttes implacables avec les autres membres de la famille. C'étaient eux mes pires ennemis, et pas les concurrents.

Il fit une pause.

— J'ai dit que je veux t'engager pour faire deux choses. Je voudrais que tu écrives une chronique ou une

111

biographie de la famille Vanger. Pour simplifier, disons mon autobiographie. Le résultat ne sera pas un texte à lire dans une église, mais une histoire de haine, de disputes familiales et de cupidité incommensurable. Je mets à ta disposition tous mes journaux intimes et mes archives. Tu auras libre accès à mes pensées les plus secrètes et tu pourras publier exactement toute la merde que tu trouveras, sans restriction. Je crois que cette histoire-là fera de Shakespeare un agréable divertisseur pour tout public.

— Et ceci dans quel but ?

— Pourquoi je veux publier une histoire à scandale sur la famille Vanger ? Ou quelle est ma motivation pour te demander d'écrire cette histoire ?

— Les deux, je suppose.

— Très sincèrement, je me fiche de savoir si le livre sera publié ou pas. Mais je trouve que cette histoire mérite d'être écrite, ne serait-ce qu'en un seul exemplaire que tu transmettras à la Bibliothèque royale. Je veux que mon histoire soit accessible à la postérité quand je serai mort. Ma motivation est la plus simple qu'on puisse imaginer – la vengeance.

— De qui veux-tu te venger ?

— Tu n'es pas obligé de me croire, mais j'ai essayé d'être un homme honnête, même en tant que capitaliste et dirigeant industriel. Je suis fier que mon nom évoque un homme qui a tenu sa parole et rempli ses promesses. Je n'ai jamais joué de jeux politiques. Je n'ai jamais eu de problèmes pour négocier avec les syndicats. Et même un social-démocrate invétéré comme Tage Erlander avait du respect pour moi. A mon sens, c'était une question d'éthique ; j'étais responsable du gagne-pain de milliers de personnes et je prenais soin de mes employés. C'est amusant, mais Martin a la même attitude, même s'il est un tout autre genre d'homme. Lui aussi a essayé d'agir pour le mieux. Nous n'avons peut-être pas toujours réussi, mais globalement, il y a peu de choses dont j'aie honte.

Malheureusement, Martin et moi sommes des exceptions dans notre famille, poursuivit Henrik Vanger. Il y a de nombreuses raisons qui expliquent pourquoi le groupe Vanger frôle aujourd'hui la banqueroute, mais l'une des plus importantes est l'avidité à brève échéance qui anime beaucoup des membres de ma famille. Si tu acceptes la mission, je t'expliquerai exactement comment ils s'y sont pris pour saborder le groupe.

Mikael réfléchit un instant.

— OK. Moi non plus, je ne vais pas te mentir. Écrire un tel livre demandera des mois. Je n'ai ni l'envie ni la force de le faire.

— Je pense pouvoir te convaincre.

— J'en doute. Mais tu disais qu'il y a deux choses que tu veux que je fasse. Tu viens donc de me donner le prétexte. Quel est ton but réel ?

HENRIK VANGER se leva, péniblement encore une fois, et alla chercher sur le bureau la photographie de Harriet Vanger. Il la plaça en face de Mikael.

— Si je souhaite que tu écrives une biographie de la famille Vanger, c'est parce que je veux que tu dresses un panorama des individus avec les yeux d'un journaliste. Cela te donne aussi un alibi pour fouiller dans l'histoire de la famille. Ce que je veux réellement, c'est que tu résolves une énigme. La voilà, ta mission.

— Une énigme ?

— Harriet était donc la petite-fille de mon frère Richard, la fille de son fils. Nous étions cinq frères. Richard était l'aîné, né en 1907. J'étais le benjamin, né en 1920.

Je ne comprends pas comment Dieu a pu produire une telle fratrie qui…

Pendant quelques secondes, Henrik Vanger perdit le fil et parut plongé dans ses propres pensées. Puis il se tourna vers Mikael avec une nouvelle résolution dans la voix.

— Laisse-moi te parler de mon frère Richard Vanger. C'est aussi un échantillon de la chronique que je veux que tu écrives.

Il se versa du café et proposa une deuxième tasse à Mikael.

— En 1924, à l'âge de dix-sept ans, Richard était un nationaliste fanatique. Antisémite notoire, il a adhéré à la Ligue national-socialiste suédoise pour la liberté, l'un des tout premiers groupes nazis suédois. Fascinant, non, comme les nazis réussissent toujours à placer le mot "liberté" dans leur propagande ?

Henrik Vanger sortit un autre album de photos et feuilleta pour trouver la bonne page.

— Voici Richard en compagnie de Birger Furugård, un vétérinaire qui est rapidement devenu le leader du Mouvement de Furugård, le grand mouvement nazi du début des années 1930. Mais Richard n'est pas resté auprès de lui. Un an plus tard seulement, il a adhéré à l'Organisation de lutte fasciste suédoise, la SFKO. Il y a fait la connaissance de Per Engdahl et d'autres individus qui au fil des années allaient devenir la honte de la politique de la nation.

Il tourna une page de l'album. Richard Vanger en uniforme.

— En 1927, il s'est engagé dans l'armée – contre la volonté de notre père – et durant les années 1930 il a adhéré à la plupart des groupes nazis du pays. Tu peux être sûr de retrouver son nom dans la liste des membres du moindre groupe de conspiration malsain. En 1933 fut fondé le Mouvement de Lindholm, c'est-à-dire le Parti ouvrier national-socialiste. Es-tu un tant soit peu familier de l'histoire du nazisme suédois ?

— Je ne suis pas historien, mais j'ai lu quelques livres.

— La Seconde Guerre mondiale a donc commencé en 1939, et la guerre d'Hiver de Finlande en 1940. Un grand nombre d'activistes du Mouvement de Lindholm se sont engagés comme volontaires pour la Finlande. Richard était l'un d'eux ; il était alors capitaine dans l'armée suédoise. Il est tombé en février 1940, peu avant l'accord de paix avec l'Union soviétique. Le mouvement nazi en a fait un martyr, et son nom a été donné à un groupe militant. Aujourd'hui encore, un certain nombre de fêlés se rassemblent dans un cimetière à Stockholm au jour anniversaire de la mort de Richard Vanger pour lui rendre hommage.

— Je vois.

— En 1926, quand il avait dix-neuf ans, il fréquentait une certaine Margareta, fille d'un professeur de Falun. Ils se voyaient dans des contextes politiques et entretenaient une liaison dont est né un fils, Gottfried, en 1927. Richard a épousé Margareta à la naissance de leur fils. Pendant la première moitié des années 1930, mon frère avait installé sa femme et son enfant ici à Hedestad alors que lui-même était en poste au régiment de Gävle. Il employait son temps libre à faire des tournées de propagande pour le nazisme. En 1936, il a eu une sérieuse prise de bec avec mon père, et mon père a retiré tout soutien économique à Richard. Il lui a fallu ensuite se débrouiller par ses propres moyens. Il a déménagé pour Stockholm avec sa famille, où ils ont vécu dans une pauvreté relative.

— Il n'avait pas d'argent à lui ?

— La part qu'il détenait dans le groupe était bloquée. Il ne pouvait pas vendre en dehors de la famille. Il faut dire aussi que chez lui Richard était un tyran brutal, sans grandes qualités pour le racheter. Il battait sa femme et il maltraitait son fils. Gottfried était un enfant soumis et brimé. Il avait treize ans quand Richard est mort à la guerre ; je crois que ce fut le jour le plus heureux de la vie de Gottfried. Mon père a eu pitié de la veuve et de l'enfant et les a fait venir ici à Hedestad, il les a logés dans un appartement et a veillé à ce que Margareta ait une existence décente.

Si Richard avait représenté le côté sombre et fanatique de la famille, Gottfried en représentait le côté paresseux. Quand il a eu dix-huit ans, je l'ai pris en charge – il était malgré tout le fils de mon frère décédé – même si la différence d'âge entre nous n'était pas grande. Je n'avais que sept ans de plus que mon neveu. Je siégeais déjà dans la direction du groupe, et il était évident que j'allais reprendre le flambeau après mon père, alors que Gottfried était pratiquement considéré comme un intrus dans la famille.

Henrik Vanger réfléchit un moment.

— Mon père ne savait pas très bien comment se comporter avec son petit-fils et c'est moi qui ai insisté pour qu'on s'occupe de lui. Je lui ai donné du travail au sein du groupe. Cela se passait après la guerre. Il a sans doute essayé de s'acquitter honnêtement de sa tâche, mais il avait du mal à se concentrer. C'était un tête en l'air, un charmeur et un fêtard, il plaisait aux femmes, et il y avait des périodes où il buvait trop. J'ai du mal à préciser mes sentiments pour lui… ce n'était pas un incapable, mais il était loin d'être fiable et il m'a souvent cruellement déçu. Avec les années, il est devenu alcoolique et, en 1965, il est mort noyé par accident. Ça s'est passé ici sur l'île, à l'autre bout, où il avait fait construire une cabane ; il se retirait souvent là-bas pour boire.

— C'est donc lui le père de Harriet et de Martin ? demanda Mikael en montrant le portrait sur la table basse. A contrecœur, il dut reconnaître que le récit du vieux l'intéressait.

— Exactement. A la fin des années 1940, Gottfried a rencontré une femme qui s'appelait Isabella Koenig, une jeune Allemande arrivée en Suède après la guerre. Il se trouve qu'Isabella était une vraie beauté – je veux dire belle comme Greta Garbo ou comme Ingrid Bergman. Harriet a sans conteste reçu ses gènes plus d'Isabella que de Gottfried. Comme tu peux le voir sur la photo, elle était déjà très belle quand elle n'avait que quatorze ans.

Imitant Henrik Vanger, Mikael contempla la photo.

— Mais je poursuis. Isabella est née en 1928, elle vit toujours. Elle avait onze ans quand la guerre a éclaté, et tu peux imaginer ce que c'était que d'être adolescent à Berlin quand les bombardiers alliés déchargeaient leurs cargaisons. Je suppose que quand elle a débarqué en Suède, elle a eu l'impression d'arriver au paradis sur terre. Malheureusement, elle partageait bon nombre des vices de Gottfried ; elle était dépensière et elle faisait tout le temps la fête, elle et Gottfried ressemblaient parfois plus à des camarades de beuverie qu'à un couple marié. Elle voyageait sans arrêt, en Suède et à l'étranger, et d'une manière générale elle n'avait pas le moindre sens des responsabilités. Les enfants en ont évidemment pâti. Martin est né en 1948 et Harriet en 1950. Leur enfance a été chaotique, avec une mère qui les abandonnait sans cesse et un père qui sombrait dans l'alcoolisme.

Je suis intervenu en 1958. Gottfried et Isabella habitaient alors à Hedestad – je les ai forcés à déménager ici sur l'île. Je commençais à en avoir assez et j'avais décidé d'essayer de rompre le cercle infernal. Martin et Harriet étaient maintenant plus ou moins laissés à l'abandon.

Henrik Vanger regarda sa montre.

— Mes trente minutes sont bientôt finies, mais j'approche de la fin de mon récit. Tu m'accordes une prolongation ?

Mikael fit oui de la tête.

— Continue.

— Brièvement, donc. J'étais sans enfants – un contraste dramatique avec les autres frères et membres de la famille, qui semblaient obsédés par un besoin imbécile de perpétuer la lignée. Gottfried et Isabella sont venus habiter ici, mais leur mariage prenait l'eau. Au bout d'un an à peine, Gottfried s'est installé dans sa cabane. Il y vivait tout seul pendant de longues périodes, et emménageait chez Isabella quand il avait trop froid. Pour ma part, je me suis chargé de Martin et de Harriet, et en plus d'un point ils sont devenus les enfants que je n'ai jamais eus.

Martin était… pour dire la vérité il y eut un moment dans sa jeunesse où j'ai craint qu'il suive les traces de son père. Il était mou, introverti et hypocondriaque, mais il pouvait aussi être charmant et enthousiaste. Il a eu quelques années difficiles dans l'adolescence, mais il s'est redressé quand il est entré à l'université. Il est… eh bien, il est malgré tout le PDG de ce qui reste du groupe Vanger, ce qu'il faut considérer comme un bilan passable.

— Et Harriet ? demanda Mikael.

— Harriet est devenue la prunelle de mes yeux. J'ai essayé de lui procurer la sécurité et, partant de là, la confiance en soi, et tous les deux nous nous sommes compris. Je l'ai considérée comme ma fille, et elle en est venue à être plus proche de moi que de ses propres parents.

Comprends-moi, Harriet était très spéciale. Elle était introvertie – comme son frère – et adolescente elle avait une attirance romantique pour la religion, ce qui la distinguait de tous les autres membres de la famille. Mais elle avait des dons évidents et elle était d'une intelligence rare. Un grand sens moral et une grande droiture. Quand elle avait quatorze, quinze ans, j'étais persuadé que c'était elle – plus que son frère et tous les cousins et neveux autour de moi – qui un jour serait appelée à diriger le groupe Vanger ou au moins à y jouer un rôle central.

— Que s'est-il passé ?

— Nous en sommes maintenant à la raison véritable pour laquelle je voudrais t'engager. Je veux que tu trouves qui, dans la famille, a assassiné Harriet Vanger et qui a ensuite passé bientôt quarante ans à essayer de me faire sombrer dans la folie.

5

JEUDI 26 DÉCEMBRE

POUR LA PREMIÈRE FOIS depuis que Henrik Vanger avait entamé son monologue, le vieil homme avait réussi à surprendre Mikael, qui le pria même de répéter pour être sûr d'avoir bien entendu. Rien dans les coupures qu'il avait lues n'avait indiqué qu'un meurtre avait eu lieu au sein de la famille Vanger.

— C'était le 22 septembre 1966. Harriet avait seize ans et elle venait d'entrer en première au lycée. C'était un samedi, et ce fut la pire journée de ma vie. J'ai reconstitué le déroulement des événements tant de fois que je pense être en mesure de détailler minute par minute ce qui s'est passé ce jour-là – sauf le plus important.

Il balaya l'air de la main.

— Une grande partie de ma famille était rassemblée ici, dans cette maison. C'était un de ces affreux repas de famille annuels, quand des associés du groupe Vanger se retrouvaient pour discuter des affaires. En son temps, mon grand-père avait introduit cette tradition et le résultat était la plupart du temps des réunions plus ou moins détestables. La tradition a cessé dans les années 1980, quand Martin a décidé purement et simplement que toutes les discussions concernant l'entreprise auraient lieu lors de réunions et d'assemblées régulières. C'est la meilleure décision qu'il ait jamais prise. Ça fait maintenant vingt ans que la famille ne s'est pas retrouvée pour ce genre de rassemblement.

— Tu disais que Harriet a été assassinée…

— Attends. Laisse-moi raconter ce qui s'est passé. C'était donc un samedi. C'était aussi la fête des Enfants, avec un défilé organisé par le club d'athlétisme de Hedestad. Harriet était allée en ville dans la journée pour assister au défilé avec quelques camarades du lycée. Elle est revenue ici sur l'île un peu après 14 heures ; le dîner était prévu pour 17 heures et elle était attendue, comme tous les autres jeunes de la famille.

Henrik Vanger se leva et s'approcha de la fenêtre. Il fit signe à Mikael de le rejoindre et pointa un doigt :

— A 14 h 15, quelques minutes après le retour de Harriet à la maison, un accident dramatique s'est produit sur le pont. Un certain Gustav Aronsson, frère d'un fermier d'Östergården – une ferme d'ici sur l'île –, s'est engagé sur le pont et a percuté de plein fouet un camion-citerne qui venait sur l'île pour livrer du fuel domestique. On n'a jamais vraiment pu établir comment l'accident s'est produit – la vue est bien dégagée dans les deux sens – mais tous deux roulaient trop vite, et ce qui aurait dû rester un accident mineur s'est transformé en catastrophe. Le conducteur du camion-citerne a essayé d'éviter la collision en braquant instinctivement. Le camion a percuté la rambarde du pont et s'est renversé, couché en travers du pont avec l'arrière qui dépassait largement du bord… Un poteau en métal a percé la citerne et le fuel inflammable a commencé à gicler. Pendant ce temps, Gustav Aronsson, coincé dans sa voiture et souffrant terriblement, hurlait sans discontinuer. Le conducteur du camion-citerne était blessé, lui aussi, mais il a réussi à se dégager tout seul.

Le vieil homme fit une pause de réflexion, et se rassit.

— En fait, l'accident n'avait aucun rapport avec Harriet. Mais à sa manière il a joué un rôle. Car le chaos a été total quand les gens se sont précipités pour donner un coup de main. La menace d'incendie était permanente et l'alerte a été donnée. La police, une ambulance, les premiers secours, les pompiers, des journalistes et des curieux sont arrivés dans le plus grand désordre sur les lieux. Tout le monde s'agglutinait évidemment côté continent ; tandis qu'ici sur l'île nous faisions notre possible pour sortir Aronsson de l'épave, ce qui s'est révélé une tâche diaboliquement difficile. Il était vraiment coincé et sérieusement blessé.

Nous avons essayé de le dégager à la force de nos mains, mais ça n'a pas marché. Il fallait utiliser une scie. Le problème était que nous ne pouvions rien faire qui risquait d'envoyer des étincelles, nous étions au milieu d'une mare de fuel à côté d'un camion-citerne renversé. S'il explosait, nous aurions cessé d'exister. Il a fallu un bon moment avant qu'on reçoive du renfort du continent ; le camion était couché de toute sa longueur en travers du pont, et passer par-dessus la citerne équivalait à grimper sur une bombe.

Mikael avait toujours l'impression que le vieil homme racontait une histoire minutieusement répétée et mesurée, dans l'intention de capter son intérêt. Et il devait admettre que Henrik Vanger était un excellent conteur, sachant captiver son auditeur. En revanche, il n'avait toujours aucune idée de comment l'histoire allait finir.

— Ce qui est important avec cet accident, c'est que le pont est resté fermé durant les vingt-quatre heures suivantes. Tard le dimanche soir on a réussi à pomper le carburant restant, on a pu enlever le camion et rouvrir le pont à la circulation. Durant ces vingt-quatre heures, l'île était coupée du monde. La seule façon de rejoindre le continent était au moyen d'un canot des pompiers qui avait été mobilisé pour transporter les gens du port de plaisance ici sur l'île jusqu'au vieux port en bas de l'église. Pendant plusieurs heures, le bateau n'a été utilisé que par le personnel de secours – ce n'est qu'assez tard le samedi soir qu'on a commencé à transporter des particuliers. Tu comprends ce que cela signifie ?

Mikael hocha la tête :

— Je suppose que quelque chose est arrivé à Harriet ici sur l'île et que le nombre de suspects se limite aux personnes qui s'y trouvaient. Une sorte de mystère de la chambre close, version insulaire ?

Henrik Vanger eut un sourire ironique.

— Mikael, tu ne sais pas à quel point tu as raison. Moi aussi j'ai lu ma Dorothy Sayers. Voici les faits établis : Harriet est arrivée ici à peu près à 14 h 10. Si nous comptons aussi les enfants et les couples non mariés, en tout et pour tout près de quarante personnes étaient arrivées au cours de la journée. En comptant le personnel et les habitants fixes, il y avait soixante-quatre personnes ici ou autour de la maison. Certains – ceux qui prévoyaient de rester la nuit – étaient en train de s'installer dans des maisons d'hôtes ou des chambres d'amis.

Auparavant, Harriet avait habité une maison de l'autre côté de la route mais, comme je l'ai déjà raconté, ni son père Gottfried, ni sa mère Isabella n'étaient très équilibrés et je voyais bien à quel point Harriet était tourmentée. Elle n'arrivait pas à se concentrer sur ses études, et en 1964, quand elle a eu quatorze ans, je l'ai fait venir s'installer ici dans ma maison. Isabella a sans doute trouvé commode d'être débarrassée du souci que représentait sa fille. Harriet avait une chambre à l'étage, et nous avons passé deux ans ensemble. C'est donc ici qu'elle est arrivée ce jour-là. Nous savons qu'elle a échangé quelques mots avec Harald Vanger dans la cour – il s'agit d'un de mes frères. Ensuite elle a monté l'escalier jusqu'ici, dans cette pièce, pour me dire bonjour. Elle a dit qu'elle voulait me parler de quelque chose. D'autres membres de la famille s'y trouvaient avec moi à ce moment et je n'avais pas le temps de l'écouter. Mais elle semblait si préoccupée que je lui ai promis de la rejoindre dans sa chambre sans tarder. Elle a hoché la tête et elle est sortie par cette porte, là. C'est la dernière fois que je l'ai vue. Une minute plus tard, ça a pété sur le pont et le chaos qui a suivi a bouleversé tous les autres projets de la journée.

— Comment est-elle morte ?

— Attends. C'est plus compliqué que ça et je dois raconter l'histoire dans l'ordre chronologique. Quand la collision a eu lieu, les gens ont laissé tomber toutes leurs occupations et se sont précipités sur les lieux de l'accident. J'étais… disons que j'ai pris la direction des opérations, et j'ai été totalement accaparé durant les heures suivantes. Nous savons que Harriet aussi est descendue au pont peu après la collision – plusieurs personnes l'ont vue – mais le risque d'explosion m'a poussé à donner l'ordre de se retirer à tous ceux qui n'aidaient pas à dégager Aronsson de l'épave. Nous n'étions plus que cinq personnes sur le lieu de l'accident. Moi-même et mon frère Harald. Un certain Magnus Nilsson, employé chez moi comme homme à tout faire. Un ouvrier de la scierie nommé Sixten Nordlander et qui possédait un cabanon au port de plaisance. Et un jeune nommé Jerker Aronsson. Il n'avait que seize ans et j'aurais dû le renvoyer, mais c'était le neveu d'Aronsson coincé dans la voiture et il était arrivé à vélo pour aller en ville une minute ou deux après l'accident.

Vers 14 h 40, Harriet était dans la cuisine ici dans la maison. Elle a bu un verre de lait et échangé quelques mots avec une certaine Astrid qui était cuisinière. Ensemble, elles ont regardé par la fenêtre ce qui se passait sur le pont.

A 14 h 55, Harriet a traversé la cour. Elle a été vue entre autres par sa mère, Isabella, mais elles ne se sont pas parlé. Une minute plus tard, elle a croisé Otto Falk, le pasteur de Hedeby. A cette époque-là, le presbytère se trouvait là où Martin Vanger a sa villa aujourd'hui, le pasteur habitait donc de ce côté-ci du pont. Le pasteur, enrhumé, faisait une sieste quand la collision a eu lieu ; il n'avait pas assisté au drame, on venait de le mettre au courant et il se dirigeait vers le pont. Harriet l'a arrêté sur le chemin, elle voulait lui parler mais il l'a interrompue d'un geste de la main et a poursuivi sa route. Otto Falk est la dernière personne qui l'a vue vivante.

— Comment est-elle morte ? répéta Mikael.

— Je ne sais pas, répondit Henrik Vanger, le regard tourmenté. Nous n'avons réussi à dégager Aronsson de la voiture que vers 17 heures – il a survécu, d'ailleurs, même s'il était très amoché – et vers 18 heures, la menace d'incendie était considérée comme levée. L'île restait coupée mais les choses ont commencé à se calmer. Nous ne nous sommes rendu compte de l'absence de Harriet qu'au moment où nous passions à table pour un dîner tardif vers 20 heures. J'ai envoyé l'une de ses cousines la chercher dans sa.chambre, mais elle est revenue en disant qu'elle ne la trouvait pas. Cela ne m'a pas inquiété outre mesure ; j'ai dû croire qu'elle était allée faire un tour ou qu'elle n'avait pas été informée que le dîner était servi. Et au cours de la soirée j'ai été occupé par diverses querelles familiales. Ce n'est que le lendemain matin, parce qu'Isabella la cherchait, que nous avons réalisé que personne ne savait où elle était et que personne ne l'avait vue depuis la veille.

Il écarta grands les bras.

— Depuis ce jour-là, Harriet Vanger reste disparue sans la moindre trace.

— Disparue ? fit Mikael en écho.

— Depuis toutes ces années, nous n'avons pas réussi à trouver ne fût-ce qu'un fragment microscopique d'elle.

— Mais si elle a disparu, rien ne te dit que quelqu'un l'a assassinée.

— Je comprends ton objection. Mes pensées ont pris les mêmes chemins. Quand quelqu'un disparaît sans laisser de traces, quatre choses ont pu se passer. La personne a pu disparaître de son plein gré et se cache. Elle a pu avoir un accident mortel. Elle a pu se suicider. Et, finalement, elle peut avoir été victime d'un crime. J'ai pesé toutes ces possibilités.

— Et tu penses donc que quelqu'un lui a ôté la vie. Pourquoi ?

— Parce que c'est la seule conclusion plausible. Henrik Vanger leva un doigt. Depuis le début j'espérais qu'elle avait fait une fugue. Mais les jours passaient et nous avons tous compris que tel n'était pas le cas. Je veux dire, une jeune fille de seize ans d'un milieu relativement protégé, même si elle est futée, comment pourrait-elle se débrouiller, se cacher et rester cachée sans être découverte ? Où trouverait-elle de l'argent ? Et même si elle avait un boulot quelque part, elle aurait besoin d'avoir des papiers et d'avoir une adresse.

Il leva deux doigts.

— Ma seconde pensée a évidemment été qu'elle avait été victime d'un accident quelconque. Rends-moi un service – va ouvrir le tiroir d'en haut de mon bureau. Tu y trouveras un plan.

Mikael fit ce qu'on lui demandait, puis déplia la carte sur la table basse. Hedebyön était une masse de terre irrégulière d'environ trois kilomètres de long et d'un kilomètre et demi dans sa plus grande largeur. Une partie importante de l'île était constituée de forêt. Les habitations étaient concentrées autour du pont et du côté du port de plaisance ; à l'autre bout de l'île se trouvait une ferme, Östergården, d'où le malheureux Aronsson avait démarré son trajet en voiture.

— Souviens-toi qu'elle n'a pas pu quitter l'île, souligna Henrik Vanger. Ici sur Hedebyön on peut mourir d'accident comme n'importe où. On peut être foudroyé – mais il n'y avait pas d'orage ce jour-là. On peut être piétiné par un cheval, tomber dans un puits ou dans une crevasse. Il y a sûrement des centaines de façons d'être victime d'un accident par ici. J'ai réfléchi à tout cela.

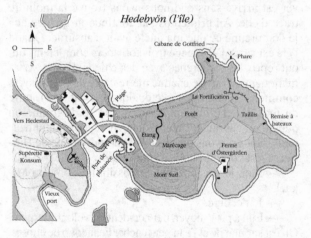

Hedebyön (l'île)

Il pointa un troisième doigt.

— Reste un problème, et valable aussi pour la troisième possibilité : que contre toute attente elle se serait suicidée. Le corps devrait alors se trouver quelque part sur cette surface limitée.

Henrik Vanger abattit la main au milieu de la carte.

— Les jours suivant sa disparition, nous avons organisé une battue, dans un sens, puis dans l'autre. Les hommes ont ratissé le moindre fossé, le moindre bout de champ, tout ce qui ressemblait à une crevasse et à un tas de terre. Nous avons fouillé chaque bâtiment, chaque cheminée, chaque puits, chaque grange, chaque grenier.

Le vieil homme détourna ses yeux de Mikael et regarda l'obscurité dehors. Sa voix se fit plus basse et plus intime.

— Au cours de l'automne je l'ai cherchée, même une fois la battue terminée et alors que les gens avaient abandonné. Dès que je n'étais pas obligé de me consacrer à mon travail, je parcourais l'île en long et en large. L'hiver est arrivé sans que nous ayons trouvé la moindre trace d'elle. Au printemps j'ai continué jusqu'à ce que je comprenne ce que ma quête avait d'absurde. Quand l'été est venu, j'ai engagé trois forestiers compétents qui ont repris les recherches avec des chiens. Ils ont systématiquement ratissé chaque mètre carré de l'île. J'avais commencé à envisager que quelqu'un avait pu lui faire du mal. Ils cherchaient donc une sorte de tombe où quelqu'un l'aurait cachée. Ils ont cherché pendant trois mois. Nous n'avons pas trouvé la moindre trace de Harriet. C'est comme si elle s'était évaporée.

— Moi, je vois pas mal de possibilités, objecta Mikael.

— Je t'écoute.

— Elle a pu se noyer, par accident ou volontairement. On est sur une île et l'eau peut cacher beaucoup de choses.

— C'est vrai. Mais ce n'est pas très vraisemblable. Ecoute-moi : si Harriet avait eu un accident et s'était noyée, cela aurait logiquement dû se passer tout près du hameau. Rappelle-toi que le remue-ménage sur le pont était le plus grand drame qu'avait connu Hedebyön depuis des décennies, et je vois mal une fille de seize ans choisir ce moment pour aller se promener de l'autre côté de l'île.

Mais plus important encore, poursuivit-il, c'est qu'il n'y a pas beaucoup de courant ici, et à cette époque-là de l'année, les vents étaient orientés au nord ou au nord-est. Quelque chose tombant dans l'eau aurait été rejeté sur la plage côté terre ferme, et là, c'est construit pratiquement tout du long. Tu imagines bien que nous y avons pensé ; nous avons évidemment inspecté tous les endroits où elle aurait pu tomber dans l'eau. J'ai aussi engagé des jeunes d'un club de plongée de Hedestad. Ils ont employé cet été-là à passer au peigne fin le fond du chenal et les plages… aucune trace. Je suis convaincu qu'elle ne se trouve pas dans la mer ; nous l'aurions trouvée.

— Mais elle a peut-être eu un accident ailleurs ? Le pont était fermé, certes, mais la distance entre l'île et le continent n'est pas très grande. Elle a pu traverser à la nage, ou en barque.

— C'était tard en septembre, l'eau était très froide et Harriet n'a sûrement pas pu aller se baigner au milieu de tout l'affolement général. Nous étions des douzaines d'yeux sur le pont et, côté terre ferme, il y avait deux ou trois cents personnes au bord de l'eau qui regardaient le spectacle.

— Une barque ?

— Non. Ce jour-là, il y avait exactement treize bateaux à Hedebyön. La plupart des bateaux de plaisance avaient déjà été mis à sec. Dans le port de plaisance avec les cabanons, il n'y avait que deux Pettersson encore dans l'eau. Il y avait sept barques, dont cinq étaient tirées sur la plage. En bas du presbytère, il y avait une barque tirée à terre et une dans l'eau. Du côté d'Östergården ils avaient un bateau à moteur et une barque.

Tous ces bateaux sont répertoriés et ils se trouvaient bel et bien à leurs emplacements respectifs. Si elle avait traversé à la rame pour partir, elle aurait évidemment été obligée de laisser l'embarcation de l'autre côté.

Henrik Vanger leva un quatrième doigt.

— Ne reste qu'une seule possibilité vraisemblable, en l'occurrence que Harriet a disparu contre son gré. Quelqu'un lui a fait du mal et s'est débarrassé du corps.

LISBETH SALANDER passa le matin du jour de Noël à lire le livre controversé de Mikael Blomkvist sur le journalisme économique. Le livre comportait deux cent dix pages, il était intitulé *Les Templiers* et sous-titré *Le journalisme économique en question*. La couverture, au design très tendance, signée Christer Malm, représentait la Bourse de Stockholm. Christer Malm avait travaillé sur Photoshop et il fallait un moment à l'observateur pour se rendre compte que le bâtiment flottait librement dans l'air. Il n'y avait pas de fond. On pouvait difficilement imaginer couverture plus explicite et efficace pour donner le ton de ce qui allait suivre.

Salander constata que Blomkvist était un excellent styliste. Le livre était écrit d'une manière directe et engageante, et même des gens non informés des dédales du journalisme économique pouvaient le lire et en tirer bénéfice. Le ton était mordant et sarcastique, mais surtout convaincant.

Le premier chapitre était une sorte de déclaration de guerre où Blomkvist ne mâchait pas ses mots. Les analystes économiques suédois étaient ces dernières années devenus une équipe de larbins incompétents, imbus de leur propre importance et totalement incapables de la moindre pensée critique. Mikael tirait cette dernière conclusion en montrant à quel point tant de journalistes économiques se contentaient tout le temps et sans la moindre objection de reproduire les affirmations livrées par les directeurs de société et par des spéculateurs en Bourse – même quand ces affirmations étaient manifestement fallacieuses et erronées. De tels journalistes étaient donc soit si naïfs et crédules qu'il aurait fallu les virer de leurs postes, soit, pire encore, des gens qui trahissaient sciemment leur mission journalistique en omettant de procéder à des examens critiques et de fournir au public une information correcte. Blomkvist écrivait qu'il avait souvent honte d'être qualifié de journaliste économique, puisqu'il risquait d'être confondu avec des personnes qu'il ne considérait même pas comme des journalistes.

Blomkvist comparait les contributions des analystes économiques au travail des journalistes chargés des affaires criminelles ou des correspondants à l'étranger. Il dressait un tableau des protestations qui s'élèveraient si un journaliste juridique d'un grand quotidien se mettait à citer sans la moindre critique les affirmations du procureur, les donnant pour automatiquement véridiques, par exemple dans un procès pour meurtre, sans se procurer de l'information du côté de la défense et sans interroger la famille de la victime pour se faire une idée de ce qui était plausible et non plausible. Il disait que les mêmes règles devaient s'appliquer aux journalistes économiques.

Le reste du livre constituait la chaîne de preuves renforçant le discours d'introduction. Un long chapitre passait au crible le rapport sur une start-up dans six quotidiens majeurs ainsi que dans *Finanstidningen*, *Dagens Industri* et à *A-ekonomi* à la télé. Il citait et additionnait ce que les reporters avaient dit et écrit avant de comparer avec la situation réelle. Décrivant le développement de l'entreprise, il citait plusieurs fois des questions simples qu'un *journaliste sérieux* aurait posées mais que la troupe réunie des spécialistes de l'économie avait omis de poser. *Bien joué !*

Un autre chapitre parlait du lancement de la privatisation de Telia – c'était la partie la plus railleuse et ironique du livre, où quelques correspondants économiques nommément cités étaient littéralement taillés en pièces, parmi eux un certain William Borg, contre qui Mikael semblait particulièrement remonté. Un autre chapitre, vers la fin du livre, comparait le niveau de compétence des journalistes économiques suédois et étrangers. Blomkvist décrivait comment des *journalistes sérieux* du *Financial Times*, de l'*Economist* et de quelques journaux économiques allemands avaient rapporté les mêmes sujets dans leurs pays. La comparaison n'était pas à l'avantage des journalistes suédois. Le dernier chapitre contenait une esquisse de proposition pour redresser cette situation lamentable. La conclusion du livre renvoyait à l'introduction :

> Si un reporter au Parlement s'acquittait de sa tâche de la même façon, en soutenant sans la moindre critique chaque motion adoptée, fût-elle totalement insensée, ou si un journaliste politique devait faillir en son jugement d'une façon semblable, alors ce journaliste serait licencié ou au moins muté dans un service où il ou elle ne pourrait pas nuire autant. Dans le monde des journalistes économiques, ce n'est cependant pas la mission journalistique normale qui a cours, à savoir procéder à des examens critiques et faire un rapport objectif des résultats aux lecteurs. Non, ici on célèbre l'escroc qui a le mieux réussi. Et c'est ici également qu'est créée la Suède du futur et qu'on sape la dernière confiance qu'on éprouve encore pour les journalistes en tant que corps de métier.

On était loin des boniments. Le ton était âpre et Salander n'avait aucune difficulté à comprendre le débat houleux qui avait suivi aussi bien dans *Journalisten*, l'organe de la branche, dans certains journaux d'économie et dans les articles de fond et d'économie des quotidiens. Même si seul un nombre restreint de journalistes économiques étaient nommés dans le livre, Lisbeth Salander supposait que la branche était suffisamment petite pour que tout le monde comprenne exactement qui était visé quand les différents journaux étaient cités. Blomkvist s'était fait de sérieux ennemis, ce qui se reflétait aussi dans des douzaines de commentaires qui se réjouissaient méchamment du verdict dans l'affaire Wennerström.

Elle referma le livre et regarda la photo de l'auteur en quatrième de couverture. Mikael Blomkvist était photographié de trois quarts. La frange châtain clair balayait négligemment son front, comme si un souffle de vent était passé juste quand le photographe avait appuyé sur le bouton, ou comme si (plus probable) le graphiste Christer Malm l'avait relooké. Il fixait l'objectif avec un sourire ironique et un regard qui se voulait sans doute charmeur et polisson. *Assez bel homme, le gars. Barré pour trois mois de prison.*

— Salut, Super Blomkvist, dit-elle à haute voix. On dirait que tu te la joues un peu, non ?

VERS MIDI, Lisbeth Salander alluma son iBook et ouvrit le programme de courriel Eudora. Elle ne tapa qu'une seule ligne éloquente :

[T'as le temps ?]

Elle signa Wasp et envoya son mail à l'adresse Plague_xyz_666@hotmail.com. Par précaution, elle passa par le programme de cryptage PGP.

Ensuite, elle enfila un jean noir, de grosses chaussures d'hiver, un col roulé chaud, un parka de marin sombre et des gants, un bonnet et un foulard du même jaune pâle. Elle ôta les anneaux de ses sourcils et de la narine, mit un rouge à lèvres rose pâle et s'examina dans le miroir de la salle de bains. Elle ressemblait à n'importe quel promeneur du dimanche et elle estimait que sa tenue était un camouflage de combat honnête pour une expédition derrière les lignes ennemies. Elle prit le métro de Zinkensdamm à Östermalmstorg, puis se dirigea à pied vers Strandvägen. Elle marcha dans l'allée centrale tout en lisant les numéros sur les immeubles. Presque arrivée au pont de Djurgården, elle s'arrêta et contempla la porte qu'elle cherchait. Elle traversa la rue et attendit à quelques mètres de l'entrée.

Elle constata que la plupart des gens qui se promenaient par ce temps frais du lendemain de Noël marchaient sur le quai, et que seules quelques rares personnes utilisaient le trottoir devant les immeubles.

Elle dut patienter près d'une demi-heure avant qu'une femme âgée avec une canne s'approche, venant de Djurgården. La femme s'arrêta et jeta un regard méfiant sur Salander, qui sourit aimablement et salua d'un mouvement poli de la nuque. La dame avec la canne lui rendit son bonjour et eut l'air d'essayer de se souvenir de la jeune femme. Salander lui tourna le dos et fit quelques pas pour s'éloigner de la porte, un peu comme si elle attendait quelqu'un en faisant les cent pas. Quand elle se retourna de nouveau, la dame avait atteint la porte et elle était en train de composer le code avec beaucoup d'application. Salander n'eut aucun mal à la voir taper 1260.

Salander attendit cinq minutes avant d'approcher de la porte. Quand elle eut pianoté le code, la serrure émit un clic. Elle ouvrit et regarda la cage d'escalier. Dans le hall d'entrée, il y avait une caméra de surveillance, elle y jeta un coup d'œil puis l'ignora ; le modèle, vendu par Milton Security, n'était activé qu'en cas d'alerte d'effraction ou d'attaque dans l'immeuble. Au fond, à gauche derrière un ascenseur antique, il y avait une autre porte avec un digicode ; elle testa 1260 et constata que la combinaison valable pour la porte d'entrée l'était aussi pour la porte d'accès à la cave et au local des poubelles. *Quelle négligence !* Elle consacra exactement trois minutes à examiner la cave, où elle repéra une buanderie non fermée à clé et un local de tri des déchets. Ensuite elle utilisa un jeu de passes qu'elle avait "emprunté" à l'expert serrurier de Milton pour ouvrir une porte fermée à clé qui donnait sur ce qui semblait être une pièce pour des réunions de la copropriété. Tout au fond de la cave, il y avait un local de bricolage. Finalement elle trouva ce qu'elle cherchait – un réduit qui faisait office de central électrique de l'immeuble. Elle examina les compteurs, les boîtiers de fusibles et les boîtes de dérivation, puis elle sortit un appareil photo digital, un Canon, de la taille d'un paquet de cigarettes. Elle prit trois photos de ce qui l'intéressait.

En sortant, elle donna au tableau près de l'ascenseur un coup d'œil furtif et lut le nom du dernier étage. *Wennerström.*

Puis elle quitta l'immeuble et marcha d'un pas vif jusqu'au Musée national, où elle entra dans la cafétéria pour se réchauffer et boire un café. Une demi-heure plus tard, elle retourna à Söder et monta dans son appartement.

Elle avait reçu une réponse de Plague_xyz_666@ hotmail.com. Elle la décrypta en PGP, la réponse laconique formait simplement le nombre 20.

6

JEUDI 26 DÉCEMBRE

LE DÉLAI de trente minutes fixé par Mikael Blomkvist était déjà largement dépassé. Il était 16 h 30 et il ne fallait plus songer au train de l'après-midi. Par contre, Mikael avait encore la possibilité d'attraper le train du soir à 21 h 30. Debout devant la fenêtre, il se massait la nuque tout en contemplant la façade éclairée de l'église de l'autre côté du pont. Henrik Vanger lui avait montré un album de coupures de presse, avec des articles sur l'événement aussi bien dans les journaux locaux que dans les médias nationaux. L'intérêt des médias avait été relativement fort pendant un moment – la fille d'une célèbre famille industrielle disparue sans laisser de traces, ça marquait. Mais comme on n'avait pas trouvé de corps et que les investigations semblaient patiner, l'intérêt avait fini par décroître peu à peu. Bien qu'une illustre famille industrielle y soit associée, le cas Harriet Vanger était une histoire oubliée plus de trente-six ans plus tard. La théorie prépondérante dans les articles de la fin des années 1960 semblait être qu'elle s'était noyée et avait été entraînée au large – une tragédie, mais qui pouvait frapper n'importe quelle famille.

Fort curieusement, Mikael avait été fasciné par le récit du vieil homme, mais lorsque Henrik Vanger avait demandé une pause pour se rendre aux toilettes, Mikael avait retrouvé son scepticisme. Le vieil homme n'était cependant pas encore arrivé au bout de son histoire, et Mikael avait fini par promettre de l'écouter jusqu'au bout.

— Et qu'est-ce qu'il lui est arrivé d'après toi ? demanda Mikael quand Henrik Vanger revint dans la pièce.

— Normalement, environ vingt-cinq personnes ont leur domicile permanent ici, mais à cause du rassemblement familial, il y avait une soixantaine de personnes sur l'île ce jour-là. Parmi elles, on peut plus ou moins en exclure entre vingt et vingt-cinq. Je crois que l'un de ceux qui restent – et de toute vraisemblance quelqu'un de la famille – a tué Harriet et s'est débarrassé du corps.

— J'ai une douzaine d'objections.

— Je t'écoute.

— Eh bien, l'une est évidemment que même si quelqu'un avait caché son corps, on aurait dû le retrouver si les recherches ont été aussi minutieuses que tu sembles le dire.

— Pour dire la vérité, les recherches ont été encore plus importantes que ce que j'ai raconté. Ce n'est que quand j'ai commencé à penser à Harriet comme une victime d'assassinat que j'ai réalisé que son corps avait pu disparaître d'autres façons. Je ne peux pas prouver ce que je vais dire, mais on reste dans les limites de ce qui est possible.

— D'accord, raconte.

— Harriet a disparu autour de 15 heures. Vers 14 h 55, le pasteur Otto Falk l'a vue, alors qu'il se précipitait sur les lieux de l'accident. A peu près au même moment est arrivé un photographe du journal local, qui dans l'heure suivante a pris un grand nombre de photos du drame. Nous – c'est-à-dire la police – avons examiné les pellicules et nous avons constaté que Harriet n'apparaissait sur aucune photo ; en revanche on pouvait voir toutes les autres personnes du hameau sur au moins une photo, à part de tout jeunes enfants.

Henrik Vanger alla chercher un autre album qu'il posa sur la table devant Mikael.

— Ce sont des photos de ce jour-là. La première est prise à Hedestad pendant le défilé des enfants. C'est le même photographe. Elle a été prise à environ 13 h 15 et on y aperçoit Harriet.

La photo était prise du premier étage d'une maison et on y voyait une rue où passait le défilé – des camions avec des clowns et des filles en maillot de bain. Des spectateurs se bousculaient sur le trottoir. Henrik Vanger montra une personne dans la foule.

— Voilà Harriet. C'est à peu près deux heures avant sa disparition, et elle est en ville avec quelques copines de sa classe. C'est la dernière photo d'elle. Mais il y a une autre photo intéressante.

Henrik Vanger feuilleta quelques pages. Le reste de l'album contenait un peu plus de cent quatre-vingts photos – six pellicules – de la catastrophe sur le pont. Après en avoir entendu le récit, c'était presque incommodant de voir soudain cela sous forme de photos contrastées en noir et blanc. Le photographe qui avait immortalisé le chaos de l'accident était un bon professionnel. Un grand nombre de gros plans s'attachaient aux activités autour du camion-citerne renversé. Mikael n'eut aucune difficulté à distinguer un Henrik Vanger de quarante-six ans gesticulant, couvert de fuel.

— Ça, c'est mon frère Harald. Henrik Vanger indiqua un homme en veston à moitié penché en avant qui pointait un doigt sur quelque chose dans l'épave où Aronsson était coincé. Mon frère Harald est un homme désagréable, mais je pense qu'on peut le rayer de la liste des suspects. Exception faite d'un très court moment, quand il a été obligé de courir jusqu'à la maison ici pour changer de chaussures, il se trouvait sur le pont en permanence.

Les photos se succédèrent. Gros plan sur le camion-citerne. Gros plan sur des spectateurs au bord de l'eau. Gros plan sur l'épave d'Aronsson. Vues d'ensemble. Photos indiscrètes au téléobjectif.

— Voici la photo intéressante, dit Henrik Vanger. Pour autant que nous avons pu l'établir, elle a été prise vers 15 h 40-15 h 45, donc environ quarante-cinq minutes après que Harriet eut rencontré le pasteur Falk. Si tu regardes notre maison, la fenêtre du milieu au premier étage. C'est la chambre de Harriet. Sur la photo précédente, la fenêtre est fermée. Ici, elle est ouverte.

— Quelqu'un se trouvait dans la chambre de Harriet à ce moment-là.

— J'ai posé la question à tout le monde ; personne ne veut reconnaître qu'il ou elle a ouvert la fenêtre.

— Ce qui veut dire que soit c'est Harriet elle-même, et donc qu'elle était en vie à ce moment-là, soit quelqu'un te ment. Mais pourquoi est-ce qu'un assassin entrerait dans sa chambre pour ouvrir la fenêtre ? Et pourquoi quelqu'un mentirait-il ?

Henrik Vanger secoua la tête. Il n'avait pas de réponse.

— Harriet a disparu vers 15 heures, ou un peu plus tard. Ces photos donnent une idée de l'endroit où les gens se trouvaient à cette heure. C'est pourquoi je peux rayer certaines personnes de la liste des suspects. Pour la même raison, je peux relever qu'un certain nombre de personnes qui ne sont pas sur les photos à l'heure en question doivent être ajoutées aux suspects.

— Tu n'as pas répondu à ma question : comment penses-tu que le corps a disparu ? Je sais déjà que tu as une réponse. Un bon vieux truc d'illusionniste.

— Il y a effectivement plusieurs manières tout à fait réalistes pour le faire. Aux alentours de 15 heures, l'assassin opère. Il ou elle n'a probablement pas utilisé d'arme – dans ce cas nous aurions dû trouver des traces de sang. Je suppose que Harriet a été étranglée et je suppose que ça s'est passé ici – derrière la clôture de la cour ; un endroit que le photographe ne peut pas voir et qui forme un angle mort avec la maison. Il y a là un raccourci bien dissimulé pour qui veut revenir à pied à la maison du presbytère – dernier endroit où elle a été vue. Aujourd'hui il y a une petite plantation et un gazon à cet endroit-là, mais dans les années 1960, c'était un terrain gravillonné qu'on utilisait comme parking pour les voitures. Tout ce que l'assassin avait à faire, c'était ouvrir le coffre de la voiture et y fourrer Harriet. Quand nous avons commencé la battue le lendemain, personne n'imaginait qu'un crime avait été commis – nous nous sommes concentrés sur les plages, les bâtiments et la partie boisée la plus proche du hameau.

— Donc, personne n'a contrôlé les coffres des voitures.

— Et le lendemain soir, l'assassin était libre de prendre sa voiture, de traverser le pont et d'aller cacher le corps ailleurs.

Mikael hocha la tête.

— Au nez et à la barbe de tous ceux qui participaient à la battue. Si ça s'est passé comme ça, nous avons à faire à un salopard qui ne manque pas de sang-froid.

Henrik Vanger laissa échapper un rire amer.

— Tu viens de donner une description frappante d'un grand nombre des membres de la famille Vanger.

ILS CONTINUÈRENT la discussion pendant le dîner à 18 heures. Anna servit du lièvre rôti avec des pommes de terre et de la gelée de groseille. Henrik Vanger avait ouvert un vin rouge bien charpenté. Mikael avait encore largement le temps d'attraper le dernier train. Il envisageait de clore la soirée.

— Je reconnais que tu m'as raconté une histoire fascinante. Mais je n'arrive pas vraiment à saisir pourquoi tu me l'as racontée.

— Je te l'ai déjà dit. Je veux trouver l'ordure qui a tué ma jeune nièce. Et c'est pour ça que je veux t'engager.

— Comment ?

Henrik Vanger posa ses couverts.

— Mikael, ça fait bientôt trente-sept ans que je me ronge à réfléchir à ce qui est arrivé à Harriet. Au fil des ans, j'en suis venu à utiliser de plus en plus de mon temps libre à la chercher.

Il se tut et enleva ses lunettes, contempla une tache invisible sur le verre. Puis il leva les yeux et regarda Mikael.

— Pour être tout à fait honnête, la disparition de Harriet est la raison qui m'a poussé à abandonner progressivement la barre du groupe. L'envie n'y était plus. Je savais qu'il y avait un assassin dans mon entourage, et les spéculations et la recherche de la vérité sont devenues un poids pour mon travail. Le pire est que le fardeau ne s'est pas allégé avec le temps – au contraire. Vers 1970, j'ai eu une période où je voulais surtout qu'on me fiche la paix. A cette époque-là, Martin était entré au conseil d'administration et il a dû se charger de plus en plus de mon travail. En 1976, je me suis retiré et Martin est devenu PDG. J'ai toujours une place au conseil d'administration, mais je n'ai pas fait grand-chose depuis mes cinquante ans. Ces derniers trente-six ans, il n'y a pas eu un jour où je n'aie pas émis des hypothèses sur la disparition de Harriet. Tu te dis peut-être que cela frise l'obsession – en tout cas, la plupart des membres de la famille le pensent. Et ils ont probablement raison.

— Ce qui s'est passé était terrible.

— Plus que ça. Ça a gâché ma vie. J'en ai pris de plus en plus conscience à mesure que le temps passait. Crois-tu, toi, bien te connaître ?

— Ben, j'ose le penser.

— Moi aussi. Je n'arrive pas à lâcher ce qui s'est passé. Mais mes motivations ont changé avec les années. Au début, il était peut-être question de chagrin. Je voulais la retrouver et au moins pouvoir l'enterrer. Il s'agissait de réhabiliter Harriet.

— Qu'est-ce qui a changé, alors ?

— Aujourd'hui il s'agit plutôt de trouver cet ignoble salopard. Mais ce qui est étrange, c'est que plus je vieillis, plus c'est devenu une sorte de hobby qui m'absorbe.

— Un hobby ?

— Oui, le mot convient. Quand l'enquête de la police s'est terminée en eau de boudin, j'ai continué. J'ai essayé de procéder de façon systématique et scientifique. J'ai collecté toutes les informations qu'il était possible de trouver – les photographies que tu as vues, l'enquête de police, j'ai noté tout ce que les gens m'ont affirmé avoir fait ce jour-là. Autrement dit, j'ai consacré presque la moitié de ma vie à collecter des informations concernant un seul jour.

— Tu as conscience que trente-six ans plus tard, l'assassin lui-même est peut-être mort et enterré ?

— Je ne le crois pas.

Mikael leva les sourcils devant cette déclaration catégorique.

— Terminons le repas avant de remonter dans mon cabinet de travail. Il reste un détail avant que mon histoire soit complète. Et c'est le plus confondant.

LISBETH SALANDER parqua la Corolla automatique à la gare de banlieue de Sundbyberg. Elle avait emprunté la Toyota dans le parc de véhicules de Milton Security. Elle n'avait pas exactement demandé la permission, mais Armanskij ne lui avait pas non plus formellement interdit d'utiliser les voitures de Milton. Tôt ou tard, pensa-t-elle, il faudra que je me trouve une voiture. Si elle n'avait pas de voiture, elle possédait par contre une moto – une Kawasaki 125 achetée d'occasion, qu'elle utilisait en été. Durant l'hiver, la bécane se trouvait enfermée dans sa cave.

Elle marcha jusqu'à Högklintavägen et sonna à l'interphone à 18 heures pile. La porte s'ouvrit après quelques secondes et elle monta l'escalier jusqu'au premier étage et poussa le bouton de la sonnette à côté de la plaque indiquant le nom banal de Svensson. Elle n'avait pas la moindre idée de qui était Svensson, ni même si une telle personne existait dans l'appartement.

— Salut Plague, salua-t-elle.

— *Wasp.* Tu ne viens que quand tu as besoin de quelque chose.

L'homme, qui avait trois ans de plus que Lisbeth Salander, mesurait 1,89 mètre et pesait 152 kilos. Elle-même mesurait 1,54 mètre et pesait 42 kilos, et elle s'était toujours sentie naine à côté de Plague. Comme d'habitude, son appartement était sombre ; la lueur d'une seule lampe allumée filtrait par l'entrée de la chambre qu'il utilisait comme bureau. Ça sentait le renfermé.

— C'est parce que tu ne te laves jamais et que ça pue le singe chez toi qu'on t'appelle Plague ? Si un jour tu te décides à sortir, je te dirai où on trouve du savon noir.

Il afficha un pâle sourire mais ne répondit pas et lui fit signe de le suivre dans la cuisine. Il s'installa à la table sans allumer. Le seul éclairage était la lumière d'un réverbère dehors devant la fenêtre.

— Je veux dire, je ne suis pas particulièrement fée du logis, mais quand les vieux cartons de lait commencent à sentir les asticots, je les ramasse et je les balance.

— Je reçois une pension pour invalidité, dit-il. Je suis socialement incompétent.

— C'est pour ça que l'Etat t'a donné un logement et qu'il a vite fait de t'oublier. T'as pas peur que les voisins se plaignent et t'envoient la DDASS pour inspection ? C'est un coup à se retrouver chez les fous.

— Tu as quelque chose pour moi ?

Lisbeth Salander ouvrit la fermeture éclair de la poche de son blouson et en sortit 5 000 couronnes.

— C'est tout ce que je peux te donner. Je les sors de mes fonds perso, et j'aurais du mal à te faire passer en frais professionnels.

— Qu'est-ce que tu veux ?

— Le manchon dont tu m'as parlé il y a deux mois. Tu as pu le faire ?

Il sourit et plaça un objet sur la table devant elle.

— Dis-moi comment ça fonctionne.

Durant l'heure qui suivit, elle écouta attentivement. Puis elle testa le manchon. Plague était peut-être socialement incompétent. Mais il était incontestablement un génie.

HENRIK VANGER s'arrêta devant son bureau et attendit d'avoir de nouveau l'attention de Mikael. Celui-ci consulta sa montre.

— Tu m'as parlé d'un détail confondant ?

Henrik Vanger hocha la tête.

— Je suis né un 1er novembre. Quand Harriet avait huit ans, elle m'a fait un cadeau d'anniversaire, un tableau. Une fleur pressée sous verre dans un cadre banal.

Henrik Vanger fit le tour du bureau et montra la première fleur. *Campanule*. Mise sous cadre d'une main maladroite.

— C'était le premier tableau. Je l'ai reçu en 1958.

Il montra le tableau suivant.

— 1959. *Renoncule*. 1960. *Marguerite*. C'est devenu une tradition. Elle fabriquait le tableau pendant l'été et le gardait pour mon anniversaire. Je les accrochais toujours ici sur le mur. En 1966, elle a disparu, et la tradition a été rompue.

Henrik Vanger se tut et montra un trou dans l'alignement de tableaux. Mikael sentit soudain les cheveux se hérisser sur sa nuque. Le mur entier était couvert de fleurs pressées.

— En 1967, un an après sa disparition, j'ai reçu cette fleur pour mon anniversaire. C'est une violette.

— Tu l'as reçue comment ? demanda Mikael à voix basse.

— Dans un paquet cadeau glissé dans une enveloppe bulle envoyée par la poste. Postée à Stockholm. Pas d'expéditeur. Pas de message.

— Tu veux dire que… Mikael fit un grand geste de la main.

— Exactement. Pour mon anniversaire, chaque année, nom de Dieu ! Tu comprends ce que je ressens ? C'est dirigé contre moi, comme si l'assassin voulait me torturer. Je me suis détruit en spéculations, me disant que Harriet a peut-être été éliminée parce que quelqu'un voulait m'atteindre, moi. Nul n'ignorait que Harriet et moi entretenions une relation privilégiée et que je la considérais comme ma propre fille.

— Qu'est-ce que tu veux que je fasse ? demanda Mikael, et sa voix était soudain devenue dure.

QUAND LISBETH SALANDER eut laissé la Corolla dans le garage au sous-sol de Milton Security, elle profita de l'occasion pour monter aux bureaux histoire d'utiliser les toilettes. Elle se servit de son passe et monta directement au deuxième étage pour éviter d'avoir à franchir l'entrée principale au premier, où travaillaient ceux qui étaient de garde. Après être allée aux toilettes, elle prit un café dans la machine que Dragan Armanskij s'était résolu à acheter quand il avait fini par comprendre que Lisbeth ne préparerait jamais le café comme on l'attendait d'elle. Puis elle rejoignit son bureau et étendit son blouson de cuir sur le dossier d'une chaise.

Son espace de travail était un cube de deux mètres sur trois derrière une cloison de verre. Il y avait un bureau avec un ordinateur Dell assez ancien, une chaise de bureau, une corbeille à papier, un téléphone et une bibliothèque abritant une série d'annuaires du téléphone et trois blocs-notes vides. Les deux tiroirs du bureau contenaient quelques stylos bille usagés, des trombones et un bloc-notes. Sur le rebord de la fenêtre il y avait une plante verte fanée, aux feuilles brunes et sèches. Lisbeth Salander examina la plante d'un air pensif, comme si c'était la première fois qu'elle la voyait. Un moment plus tard, elle la fourra résolument dans la corbeille à papier.

Elle avait rarement à faire dans sa pièce de travail et elle y passait peut-être une demi-douzaine de fois par an, avant tout quand elle avait besoin de rester seule et de travailler sur un rapport avant de le remettre. Dragan Armanskij avait insisté pour qu'elle dispose d'un lieu, estimant qu'elle devait se sentir comme appartenant à l'entreprise même si elle travaillait comme free-lance. Pour sa part, Lisbeth soupçonnait Armanskij d'espérer ainsi garder un œil sur elle et se mêler de ses affaires. Au début, elle avait été installée plus bas dans le couloir, dans une pièce plus grande qu'elle était censée partager avec un collègue, mais comme elle n'y était jamais, Armanskij avait fini par la déplacer dans ce réduit du couloir qui ne servait à personne.

Lisbeth Salander sortit le manchon ramené de chez Plague. Elle posa l'objet devant elle sur le bureau et le contempla, tout en réfléchissant et en se mordant la lèvre inférieure.

Il était plus de 23 heures, et elle était seule à l'étage. Elle se sentit soudain très lasse.

Quelques minutes plus tard, elle se leva et alla tout au bout du couloir où elle vérifia la porte du bureau de Dragan Armanskij. Fermée à clé. Elle regarda autour d'elle. La probabilité que quelqu'un surgisse dans le couloir à minuit le 26 décembre était quasi nulle. Elle ouvrit la porte avec un double du passe principal de l'entreprise, qu'elle avait piraté plusieurs années auparavant.

La pièce de travail d'Armanskij était vaste, avec bureau, chaises pour les visiteurs et une petite table de conférence pour huit personnes dans un coin. Propreté impeccable. Ça faisait longtemps qu'elle n'avait pas fouillé chez lui, et maintenant que de toute façon elle était dans les locaux... Elle passa une heure au bureau et collecta les derniers éléments d'un dossier concernant un probable espion industriel, d'un autre sur des taupes placées dans une entreprise où sévissaient des voleurs bien organisés, et apprit les mesures secrètes qui avaient été prises pour protéger une cliente qui craignait que son enfant ne soit kidnappé par son père.

Pour finir, elle replaça tous les papiers exactement à leur place, ferma à clé la porte du bureau d'Armanskij et rentra à pied chez elle dans Lundagatan. Elle était satisfaite de sa journée.

MIKAEL BLOMKVIST secoua de nouveau la tête. Henrik Vanger s'était installé derrière son bureau et contemplait Mikael de ses yeux calmes, comme s'il était déjà préparé à toutes ses objections.

— Je ne sais pas si nous saurons la vérité un jour, mais je ne voudrais pas descendre dans la tombe sans avoir fait au moins une dernière tentative, dit le vieil homme. Je voudrais t'engager pour que tu parcoures une dernière fois tout le matériel rassemblé dans cette enquête.

— C'est absolument insensé, constata Mikael.

— Pourquoi insensé ?

— J'en ai assez entendu, Henrik, je comprends ton chagrin, mais je vais rester franc. Ce que tu me demandes de faire est un gaspillage de temps et d'argent. Tu me demandes de trouver comme par magie la solution d'un mystère qui a posé une colle pendant des années à la police criminelle et aux investigateurs professionnels disposant de moyens considérablement plus importants. Tu me demandes de résoudre un crime presque quarante ans après qu'il a été commis. Comment pourrais-je y arriver ?

— Nous n'avons pas discuté de tes honoraires, répliqua Henrik Vanger.

— Ce n'est pas la peine.

— Si tu dis non, je ne pourrai pas te forcer. Mais écoute ce que j'offre. Dirch Frode a déjà établi un contrat. Nous pouvons discuter des détails, mais le contrat est simple et la seule chose qui manque est ta signature.

— Henrik, ceci ne sert à rien. Je ne peux pas résoudre l'énigme de la disparition de Harriet.

— Le contrat ne stipule pas que tu le dois. Tout ce que je demande, c'est que tu fasses de ton mieux. Si tu échoues, ça sera la volonté de Dieu ou – si tu ne crois pas en lui – du destin.

Mikael soupira. Il commençait à se sentir de plus en plus mal à l'aise et il voulait mettre un terme à sa visite à Hedeby, mais il céda quand même.

— Dis toujours.

— Je veux que pendant un an tu habites et travailles ici à Hedeby. Je veux que tu parcoures toute l'enquête sur la disparition de Harriet, document après document. Je veux que tu examines tout avec des yeux neufs, totalement neufs. Je veux que tu remettes en question toutes les anciennes conclusions comme doit le faire un journaliste d'investigation. Je veux que tu cherches ce que moi-même, la police et d'autres enquêteurs avons pu louper.

— Tu me demandes d'abandonner toute ma vie et ma carrière pour me consacrer pendant un an à quelque chose qui sera un total gaspillage de temps ?

Henrik Vanger sourit tout à coup.

— Pour ce qui concerne ta carrière, tu m'accorderas, je pense, que pour l'instant elle est assez tiède.

Mikael n'avait rien à répliquer.

— Je veux acheter un an de ta vie. Un boulot. Le salaire est supérieur à celui de n'importe quelle autre offre que jamais tu auras. Je payerai 200 000 couronnes par mois, c'est-à-dire 2,4 millions de couronnes si tu acceptes et restes une année.

Mikael demeura muet de saisissement.

— Je ne me fais aucune illusion. Je sais que la probabilité que tu réussisses est minime, mais si contre toute attente tu résolvais l'énigme, j'offre un bonus – émoluments doublés, c'est-à-dire 4,8 millions de couronnes. Soyons généreux et disons 5 millions tout rond.

Henrik Vanger se laissa aller en arrière et inclina la tête sur le côté.

— Je peux verser l'argent sur n'importe quel compte en banque de ton choix, n'importe où dans le monde. Tu peux aussi recevoir l'argent en liquide dans une valise, ensuite c'est à toi de voir si tu veux déclarer la somme au fisc.

— Ce n'est pas... sain, bégaya Mikael.

— Et pourquoi ? demanda Henrik Vanger calmement. J'ai plus de quatre-vingts ans et j'ai toujours toute ·ma tête. J'ai une immense fortune personnelle dont je dispose à ma guise. Je n'ai pas d'enfants, et je n'ai pas la moindre envie de donner de l'argent à des parents que je déteste. Mon testament stipule que la plus grande partie de mon argent ira au WWF. Quelques rares personnes qui me sont proches vont recevoir des sommes conséquentes – entre autres Anna, à l'étage du dessous.

Mikael Blomkvist secoua la tête.

— Essaie de me comprendre. Je suis âgé et je vais bientôt mourir. Il n'y a qu'une seule chose au monde que je désire : une réponse à la question qui me tourmente depuis bientôt quatre décennies. Je ne pense pas que je connaîtrai la réponse, mais j'ai suffisamment de moyens pour lancer une dernière tentative. Dis-moi ce qu'il y a d'extravagant à utiliser une partie de ma fortune à cette fin. Je dois cela à Harriet. Et je me le dois aussi à moi-même.

— Tu paierais plusieurs millions de couronnes pour rien. Tout ce que j'ai à faire, c'est de signer le contrat puis me la couler douce pendant un an.

— Tu n'en feras rien. Au contraire – tu travailleras plus dur que tu ne l'as jamais fait de toute ta vie.

— Comment peux-tu en être si sûr ?

— Parce que je peux t'offrir quelque chose que tu ne peux pas acheter pour de l'argent mais que tu désires plus que n'importe quoi au monde.

— Et de quoi s'agit-il ?

Les yeux de Henrik Vanger se rétrécirent.

— Je peux te livrer Hans-Erik Wennerström. Je peux prouver qu'il est un escroc. Il a commencé sa carrière chez moi il y a trente-cinq ans et je peux t'offrir sa tête sur un plateau. Résous l'énigme, et tu pourras faire de ta défaite au tribunal le reportage de l'année.

VENDREDI 3 JANVIER

ERIKA TOURNAIT LE DOS à Mikael. Plantée devant la fenêtre de chez lui, elle regardait la vieille ville. On était le 3 janvier et il était 9 heures du matin. Toute la neige était partie avec la pluie tombée durant les fêtes de fin d'année.

— J'ai toujours aimé la vue de chez toi, dit-elle. Seul un appartement comme celui-ci pourrait me faire abandonner Saltsjöbaden.

— Tu as les clés. Aucune objection à ce que tu quittes ta réserve de bourges pour venir habiter ici, fit Mikael. Il ferma sa valise et la posa dans l'entrée. Erika se retourna et le regarda d'un air incrédule.

— Tu n'es pas sérieux tout de même ! dit-elle. Nous baignons dans la pire des crises et toi, tu remplis deux valises et tu pars t'installer à pétaouchnok.

— Hedestad. Quelques heures de train. Et je n'y vais pas pour l'éternité.

— Ça aurait tout aussi bien pu être Oulan-Bator. Tu ne comprends donc pas que ça donnera l'impression que tu te sauves, la queue entre les jambes ?

— C'est exactement ce que je fais. Sans oublier que je vais avoir aussi une peine de prison à purger cette année.

Christer Malm était assis dans le canapé de Mikael. Il se sentait mal à l'aise. Depuis qu'ils avaient démarré

Millénium, c'était la première fois qu'il voyait Mikael et Erika à ce point en désaccord. Au fil des ans, ces deux êtres étaient devenus inséparables. S'il leur était certes arrivé de s'affronter dans de furieuses disputes, celles-ci avaient toujours concerné des affaires dont le point litigieux avait été gommé avant qu'ils tombent dans les bras l'un de l'autre et partent manger un morceau. Ou aillent au lit. L'automne dernier n'avait pas été folichon, et maintenant c'était comme si un abîme s'était ouvert. Christer Malm se demanda s'il assistait au début de la fin de *Millénium*.

— Je n'ai pas le choix, fit Mikael. *Nous* n'avons pas le choix.

Mikael traversa la pièce pour aller s'asseoir à la table de cuisine. Erika secoua la tête et s'assit en face de lui.

— Qu'est-ce que tu en penses, toi, Christer ? demanda-t-elle.

Christer Malm écarta les mains. Il s'était attendu à la question, craignant l'instant où il serait obligé de prendre position. Il était le troisième associé, mais tous trois savaient que *Millénium* était Mikael et Erika. Ils ne lui demandaient conseil que quand ils étaient vraiment en désaccord.

— Très franchement, répondit Christer, vous savez tous les deux que ce que je pense n'a aucune importance.

Il se tut. Il adorait créer des images. Il adorait travailler avec des formes graphiques. Il ne s'était jamais considéré comme artiste, mais il savait qu'il était un designer béni des dieux. Par contre, il était absolument nul en intrigues et en décisions sur des politiques à suivre.

Erika et Mikael se regardèrent. Elle chargée d'une colère froide. Lui en réfléchissant.

Je n'assiste pas à une dispute, pensa Christer Malm. *Mais à un divorce*. Ce fut Mikael qui rompit le silence.

— Bon, laissez-moi vous exposer les arguments une dernière fois. Il fixa Erika. Ceci ne signifie *pas* que j'abandonne *Millénium*. Nous y avons travaillé trop dur pour ça.

— Mais tu ne seras pas à la rédaction – ça sera à Christer et moi de porter le fardeau. Est-ce que tu comprends que tu te mets en exil toi-même ?

— Ça, c'est l'autre aspect. Je dois faire une pause, Erika. Je suis hors service. Complètement vanné. Des vacances rémunérées à Hedestad, voilà peut-être exactement ce qu'il me faut.

— Toute cette histoire sent mauvais, Mikael. Tu pourrais tout aussi bien commencer à bosser dans un ovni.

— Je le sais. Mais on me donne 2,4 millions pour avoir les fesses sur une chaise pendant un an, et je ne resterai pas inactif. C'est le troisième aspect. Le premier round contre Wennerström est terminé et il a gagné par KO. Le deuxième round est déjà en train de se dérouler – il va essayer de couler *Millénium*, définitivement puisqu'il sait que tant que le journal existe, il y a des gens à la rédaction qui savent pour quoi il roule.

— Je le sais. Ça fait six mois que je le vois aux recettes publicitaires à la fin de chaque mois.

— Exactement. C'est pour ça qu'il *faut* que je m'éloigne de la rédaction. Pour lui, je suis un chiffon rouge. Il est paranoïaque en ce qui me concerne. Tant que je resterai, il poursuivra la campagne. A présent, nous devons nous préparer au troisième round. Si nous voulons avoir la moindre chance face à Wennerström, il nous faut faire marche arrière et élaborer une nouvelle stratégie. Il nous faut trouver quelque chose pour frapper fort. Ça sera mon boulot pendant l'année qui vient.

— Je comprends tout ça, répliqua Erika. Prends tes vacances. Va-t'en à l'étranger, dore-toi la pilule sur une plage pendant un mois. Enquête sur la vie amoureuse des femmes espagnoles. Détends-toi. Pose-toi à Sandhamn et contemple les vagues.

— Et quand je reviendrai, rien n'aura changé. Wennerström va écraser *Millénium*. Tu le sais. La seule chose qui pourra l'en empêcher, c'est que nous trouvions quelque chose sur lui à utiliser pour le démolir.

— Et tu crois que tu trouveras ça à Hedestad.

— J'ai vérifié les coupures de presse. Wennerström a travaillé pour le groupe Vanger de 1969 à 1972. Il siégeait à l'état-major, responsable des placements stratégiques. Il est parti très précipitamment. Nous ne pouvons pas exclure la possibilité que Henrik Vanger détienne effectivement quelque chose sur lui.

— Mais s'il a commis un délit il y a trente ans, ça peut difficilement être prouvable aujourd'hui.

— Henrik Vanger a promis de se prêter à une interview et de raconter tout ce qu'il sait. Il est obsédé par sa nièce disparue – on dirait que c'est la seule chose qui l'intéresse, et si cela implique qu'il doit brûler Wennerström, je pense qu'il y a de grandes chances qu'il le fasse. Nous ne pouvons en tout cas pas nous permettre de louper cette possibilité – il est le premier qui se dit prêt à déballer officiellement des merdes sur Wennerström.

— Même si tu revenais avec des éléments prouvant que Wennerström a étranglé la fille, nous ne pourrions pas les utiliser. Pas après tant de temps. Il nous descendrait en flammes au procès.

— J'ai pensé à ça aussi, mais – désolé – il bûchait à l'Ecole supérieure de commerce quand elle a disparu et il n'avait aucun lien avec le groupe Vanger. Mikael fit une pause. Erika, je ne vais pas quitter *Millénium*, mais il est important que les gens en aient l'impression. Toi et Christer, vous devez continuer à faire marcher le journal.

Si vous pouvez… si vous avez une possibilité de conclure un accord de paix avec Wennerström, faites-le. Et vous ne pouvez pas le faire si je suis à la rédaction.

— D'accord, la situation est pourrie mais je crois que tu t'agrippes à des fétus de paille en allant à Hedestad.

— Tu as une meilleure idée à me proposer ?

Erika haussa les épaules.

— Nous devrions nous mettre en quête d'informateurs maintenant. Reprendre l'enquête depuis le début. Et le faire comme il faut cette fois-ci.

— Oublie ça, Ricky – le sujet est mort.

Erika laissa tomber sa tête contre ses mains sur la table en un geste d'abandon. Quand elle reprit la parole, elle eut du mal au début à croiser le regard de Mikael.

— Tu me fous vraiment en rogne contre toi. Ce n'est pas que ton sujet n'était pas bon – moi aussi, je me suis fait avoir. Et ce n'est pas que tu quittes ton boulot de gérant – la décision est sage dans la situation actuelle. Je peux accepter qu'on fasse croire aux gens qu'il y a un clash ou une lutte de pouvoir entre toi et moi – je comprends la logique de faire croire à Wennerström que je ne suis qu'une potiche inoffensive et que c'est toi qui es la menace.

Elle fit une pause et le regarda droit dans les yeux, les dents serrées.

— Mais je crois que tu te trompes. Wennerström ne mordra pas à l'hameçon. Il continuera à essayer de couler *Millénium*. La seule différence est qu'à partir de maintenant, je suis seule à devoir l'affronter et tu sais qu'on a foutrement besoin de toi ici à la rédaction. D'accord, je veux bien faire la guerre à Wennerström mais ce qui me fout en pétard, c'est que tu quittes le navire comme ça. Tu nous laisses tomber en pleine tempête.

Mikael tendit la main et lui caressa les cheveux.

— Tu n'es pas seule. Tu as Christer et le reste de la rédaction derrière toi.

— Pas Janne Dahlman. Soit dit en passant, je crois que c'était une erreur de l'engager. Il est compétent mais il fait plus de mal que de bien. Je n'ai pas confiance en lui. Tout l'automne, il s'est baladé avec ce sourire de faux jeton aux lèvres. Je ne sais pas s'il espère reprendre ton rôle ou s'il y a simplement incompatibilité d'humeur entre lui et le reste de la rédaction.

— Je crains que tu n'aies raison, répondit Mikael.

— Et qu'est-ce que je dois faire alors ? Le virer ?

— Erika, tu es la directrice et la principale actionnaire de *Millénium*. Si tu dois le virer, tu le fais.

— Nous n'avons jamais viré personne auparavant, Micke. Et maintenant tu te décharges aussi sur moi pour cette décision. Ça ne m'amuse plus de partir au boulot le matin.

Ce fut l'instant que choisit Christer Malm pour se lever tout à coup.

— Si tu veux attraper le train, il faut y aller. Erika commença à protester, mais il leva une main. Attends, Erika, tu m'as demandé ce que j'en pensais. Je trouve que c'est une putain de situation de merde. Mais si ce que dit Mikael est vrai – à savoir qu'il est en train d'aller droit dans le mur –, il faut qu'il s'en aille, ne serait-ce que pour lui-même. Nous lui devons ça.

Aussi surpris l'un que l'autre, Mikael et Erika regardèrent Christer, tandis qu'il jetait un regard gêné sur Mikael.

— Vous savez tous les deux que *Millénium*, c'est vous. Je suis associé, et vous avez toujours été réglo avec moi, et j'adore ce journal et tout ça, mais vous pourriez sans problème me remplacer par n'importe quel autre D.A. Mais vous m'avez demandé ce que j'en pense. Je vous l'ai dit. En ce qui concerne Janne Dahlman, je suis de votre avis. Et si tu as besoin de le virer, Erika, je peux le faire à ta place. Il nous faut seulement une raison valable.

Il fit une pause avant de continuer.

— Je suis d'accord avec toi, ça tombe vraiment mal que Mikael disparaisse maintenant justement. Mais je ne crois pas que nous ayons beaucoup le choix. Il regarda Mikael. Je t'accompagne à la gare. Erika et moi, nous tiendrons les positions jusqu'à ton retour.

Mikael hocha lentement la tête.

— Ce que je crains, c'est que Mikael ne revienne pas, dit Erika Berger à voix basse.

DRAGAN ARMANSKIJ réveilla Lisbeth Salander quand il l'appela à 13 h 30.

— Queskeçai ? demanda-t-elle à peine réveillée. Sa bouche avait un goût de goudron.

— L'histoire Mikael Blomkvist. Je viens de parler avec notre commanditaire, maître Frode.

— Ah oui ?

— Il a appelé pour dire que nous pouvons laisser tomber l'enquête sur Wennerström.

— Laisser tomber ? Mais j'ai déjà commencé à bosser dessus.

— Je comprends, mais Frode n'est plus intéressé.

— Comme ça, simplement ?

— C'est lui qui décide. S'il ne veut pas continuer, c'est comme ça.

— Nous étions d'accord sur une rémunération.

— Tu y as passé combien de temps ?

Lisbeth Salander réfléchit.

— Un peu plus de trois jours pleins.

— Nous étions d'accord pour un plafond de 40 000 couronnes. Je vais faire une facture de 10 000 couronnes ; tu prendras la moitié, ce qui est acceptable pour trois jours de temps gaspillé. C'est le prix qu'il aura à payer pour avoir démarré tout ça.

— Qu'est-ce que je fais du matériel que j'ai trouvé ?

— Est-ce que c'est explosif ?

Elle réfléchit encore un peu.

— Non.

— Frode n'a pas demandé de rapport. Mets tout ça au chaud quelque part, des fois que ça le reprendrait. Sinon, tu n'as qu'à le jeter. J'ai un nouveau boulot pour toi la semaine prochaine.

Armanskij raccrocha et Lisbeth Salander resta un moment avec le combiné à la main, puis elle passa dans le salon et regarda les notes qu'elle avait épinglées sur le mur et le tas de papiers qu'elle avait amassés sur le bureau. Sa récolte était surtout composée de coupures de presse et de textes téléchargés sur Internet. Elle prit les papiers et les fourra dans un tiroir du bureau.

Elle fronça les sourcils. L'étrange comportement de Mikael Blomkvist dans la salle du tribunal lui avait semblé un challenge intéressant et Lisbeth Salander n'aimait pas interrompre ce qu'elle avait commencé. *Tout le monde a des secrets. Il s'agit simplement de découvrir lesquels.*

II

ANALYSES DES CONSÉQUENCES

3 janvier au 17 mars

En Suède, 46 % des femmes ont été exposées à la violence d'un homme.

8

VENDREDI 3 JANVIER – DIMANCHE 5 JANVIER

QUAND MIKAEL BLOMKVIST descendit du train à Hedestad pour la deuxième fois, le ciel était bleu pastel et l'air glacial. Un thermomètre sur la façade de la gare indiquait moins dix-huit degrés. Il était toujours chaussé de souliers de ville peu adaptés. Cette fois, ce cher maître Frode n'était pas venu l'attendre avec une voiture chauffée. Mikael avait seulement dit quel jour il arriverait, sans préciser par quel train. Il supposa qu'il y aurait bien un bus pour le Village, mais il n'avait pas envie de se trimballer deux lourdes valises et une sacoche, à la recherche d'un arrêt de bus. Il se dirigea vers la station de taxis de l'autre côté de l'esplanade devant la gare.

Entre Noël et le Nouvel An, les chutes de neige avaient été violentes, et les congères laissées par les chasse-neige et les montagnes de neige amoncelées prouvaient que le service de la voirie à Hedestad avait travaillé d'arrache-pied. Le chauffeur de taxi, qui selon sa plaque d'identification sur le pare-brise s'appelait Hussein, hocha la tête quand Mikael demanda si le temps avait posé de gros problèmes. Il raconta avec le plus pur accent du Norrland qu'ils avaient eu la pire tempête de neige depuis des décennies et qu'il se mordait les doigts de ne pas avoir pris des vacances d'hiver pour passer Noël en Grèce.

Mikael indiqua le chemin au taxi jusqu'à la cour déblayée devant la maison de Henrik Vanger puis, ses valises montées sur le perron, il regarda la voiture disparaître en direction de Hedestad. Il se sentit tout à coup très seul et indécis. Erika avait peut-être raison de dire que tout ce projet était insensé.

Il entendit la porte derrière lui s'ouvrir et il se retourna. Henrik Vanger était là, couvert d'un épais manteau de cuir, chaussé de grosses bottines et coiffé d'une casquette à oreillettes. Mikael ne portait qu'un jean et un mince blouson de cuir.

— Si tu dois habiter ici, il faut que tu apprennes à mieux t'habiller à cette époque de l'année. Ils se serrèrent la main. Tu es sûr que tu ne veux pas loger dans la grande maison ? Non ? Alors, commençons par t'installer dans ta nouvelle demeure.

Mikael hocha la tête. L'une des exigences dans les négociations avec Henrik Vanger et Dirch Frode avait été que Mikael puisse habiter un endroit où il serait indépendant et pourrait aller et venir à sa guise. Henrik Vanger guida Mikael du côté du pont et ouvrit la grille d'une courette récemment déblayée devant une petite maison en bois. Ce n'était pas fermé à clé et le vieil homme ouvrit la porte. Ils entrèrent dans un petit vestibule où Mikael posa ses valises avec un soupir de soulagement.

— Voici ce que nous appelons la maison des invités, c'est ici que nous logeons les gens qui restent un certain temps. C'est ici que tu as habité avec tes parents en 1963. C'est l'un des bâtiments les plus anciens du hameau, quoique modernisé. J'ai veillé à ce que Gunnar Nilsson – mon homme à tout faire – mette en route le chauffage ce matin.

La maison consistait en une grande cuisine et deux petites chambres, en tout environ cinquante mètres carrés. La cuisine occupait la moitié de la surface, elle était moderne avec une cuisinière électrique, un petit réfrigérateur et l'eau courante, mais contre le mur donnant sur le vestibule, il y avait aussi un vieux poêle en fonte dans lequel brûlait un bon feu.

— Tu n'auras pas besoin d'utiliser le poêle sauf s'il fait un froid de canard. Il y a un coffre à bois dans le vestibule et une remise à bois à l'arrière de la maison. C'est resté inoccupé depuis l'automne dernier, et nous avons allumé ce matin pour réchauffer les murs. Ensuite, les radiateurs électriques devraient suffire dans la journée. Evite seulement de poser des vêtements dessus, ça pourrait mettre le feu.

Mikael hocha la tête et regarda autour de lui. Il y avait des fenêtres sur trois côtés ; de la table de cuisine, la vue donnait sur le pont à environ trente mètres de là. Outre la table, la cuisine était équipée de deux meubles de rangement, de chaises, d'une ancienne banquette en bois et d'une étagère avec des journaux. Un numéro de *Se* datant de 1967 coiffait la pile. Dans le coin près de la table, une desserte pouvait servir de bureau.

La porte d'entrée de la cuisine était d'un côté du poêle en fonte. De l'autre côté, deux portes étroites menaient à deux petites pièces. Celle de gauche, la plus proche du mur extérieur, était plutôt un réduit meublé avec un petit bureau, une chaise et une étagère alignés le long du mur, et servait de pièce de travail. L'autre pièce, entre le vestibule et la pièce de travail, était une chambre relativement petite, meublée d'un lit double assez étroit, d'une table de chevet et d'une armoire. Sur les murs, on avait accroché quelques tableaux avec des scènes de nature. Les meubles et les papiers peints de la maison étaient vieux et décolorés, mais ça sentait bon le propre. Quelqu'un s'était attaqué au parquet avec une bonne dose de savon noir. Dans la chambre, une petite porte menait directement dans le vestibule, où un vieux cagibi avait été aménagé en WC avec douche.

— L'eau peut devenir un problème, dit Henrik Vanger. Nous avons contrôlé que ça marchait ce matin, mais les tuyaux sont trop en surface et si le froid persiste, ils peuvent geler. Il y a un seau dans le vestibule ; tu viendras chercher de l'eau chez nous si nécessaire.

— J'aurai besoin d'un téléphone, dit Mikael.

— J'ai déjà fait la demande. Ils viendront l'installer après-demain. Bon, qu'est-ce que tu en dis ? Si tu changes d'avis, tu pourras venir habiter dans la grande maison quand tu voudras.

— Ça ira parfaitement, répondit Mikael, loin d'être persuadé que la situation dans laquelle il s'était fourré était raisonnable.

— Tant mieux. Nous avons encore une heure de jour. On peut faire un tour pour que tu voies le hameau. Je te propose de mettre des bottes et de grosses chaussettes. Il y en a dans l'armoire du vestibule.

Mikael obtempéra mais décida d'aller dès le lendemain courir les magasins pour s'acheter des caleçons longs et de grosses chaussures d'hiver.

LE VIEIL HOMME commença la visite en expliquant que le voisin de Mikael de l'autre côté de la route était Gunnar Nilsson, l'employé de Henrik Vanger qu'il insistait pour appeler son "homme à tout faire", mais Mikael comprit vite que celui-ci entretenait l'ensemble des bâtiments sur l'île, et qu'il administrait aussi plusieurs immeubles à Hedestad.

— Son père donc était Magnus Nilsson, qui travaillait de la même manière chez moi dans les années 1960, un de ceux qui sont venus aider lors de l'accident sur le pont. Magnus vit toujours, mais il est à la retraite et il habite à Hedestad. Gunnar habite cette maison avec sa femme ; elle s'appelle Helen. Leurs enfants sont partis vivre leur vie.

Henrik Vanger fit une pause et réfléchit un instant avant de reprendre la parole.

— Mikael, l'explication officielle de ta présence ici est que tu vas m'aider à rédiger mon autobiographie. Cela te permettra d'aller fouiller dans tous les coins sombres et de poser des questions aux gens. Ta véritable mission est une affaire entre toi et moi et Dirch Frode. Nous trois sommes les seuls à la connaître.

— Je comprends. Et je répète ce que j'ai déjà dit : c'est du gaspillage de temps. Je ne vais pas pouvoir résoudre l'énigme.

— Tout ce que je demande, c'est que tu essaies. Nous devons cependant faire attention à ce que nous disons quand il y a des gens dans les parages.

— D'accord.

— Gunnar a cinquante-six ans maintenant, il en avait donc dix-neuf quand Harriet a disparu. Il y a une question à laquelle je n'ai jamais eu de réponse – Harriet et Gunnar étaient bons amis et je crois qu'une sorte de flirt d'adolescents s'était établi entre eux, en tout cas elle l'intéressait beaucoup. Le jour de sa disparition, il était cependant à Hedestad, il est de ceux qui sont restés coincés sur la terre ferme quand le pont a été bloqué. Compte tenu de leur relation, on l'a bien sûr considéré comme suspect. Il a mal vécu cela, mais la police a contrôlé son alibi et il est solide. Il a passé toute la journée avec des copains et il n'est revenu ici que tard dans la soirée.

— J'imagine que tu as une liste complète de qui se trouvait sur l'île et qui faisait quoi pendant la journée.

— C'est exact. On continue ?

Ils s'arrêtèrent dans la montée à la croisée des chemins devant la maison Vanger, et Henrik Vanger indiqua le port de plaisance.

— Toute l'île de Hedeby appartient à la famille Vanger, ou plus exactement à moi. Exception faite de la ferme d'Östergården et de quelques maisons particulières ici au hameau. Les cabanons en bas dans ce qui autrefois était le port de pêche sont des propriétés privées, mais ils servent de maisons de campagne et ils restent d'une manière générale inhabités en hiver. La seule exception est la maison tout au bout – tu vois que la cheminée fume.

Mikael hocha la tête. Il était déjà gelé jusqu'aux os.

— La bicoque misérable est pleine de courants d'air, mais elle sert d'habitation tout au long de l'année. C'est Eugen Norman qui habite là. Il a soixante-dix-sept ans, c'est une sorte d'artiste peintre. Moi, j'appelle ça un peintre du dimanche, mais il est assez connu pour ses paysages. Il fait un peu fonction de l'obligatoire original du village.

Henrik Vanger guida les pas de Mikael le long de la route vers le promontoire en indiquant chacune des maisons qu'ils dépassaient. Le hameau comportait six maisons côté ouest de la route et quatre maisons côté est. La première, tout près de la maison des invités où allait loger Mikael et face à la maison Vanger, appartenait au frère de Henrik Vanger, Harald. C'était une bâtisse carrée en pierre, à un étage, à première vue abandonnée ; les rideaux étaient tirés aux fenêtres et le chemin qui montait vers la maison n'avait pas été déblayé, il y avait bien cinquante centimètres de neige. A regarder de plus près, des traces de pas révélaient que quelqu'un avait pataugé dans la neige entre la route et la porte.

— Harald est un solitaire. On ne s'est jamais bien entendus, lui et moi. A part des querelles concernant les entreprises – il est actionnaire –, nous nous sommes à peine parlé depuis soixante ans. Il est plus âgé que moi, quatre-vingt-douze ans, et c'est le seul de mes cinq frères qui soit encore en vie. Je te raconterai les détails plus tard, mais il a fait des études de médecine, il a surtout travaillé à Uppsala. Il est revenu ici sur Hedebyön quand il a eu soixante-dix ans.

— J'ai compris que vous ne vous appréciez pas. Pourtant vous êtes voisins.

— Je le trouve détestable et j'aurais préféré qu'il reste à Uppsala, mais la maison lui appartient. Je parle comme un vrai salaud, non ?

— Tu parles comme quelqu'un qui n'aime pas son frère.

— J'ai passé les premières vingt-cinq, trente années de ma vie à excuser des gens comme Harald seulement parce que nous étions de la même famille. Ensuite j'ai découvert que la parenté n'est pas une garantie d'amour et que j'avais très peu de raisons de prendre la défense de Harald.

La maison suivante appartenait à Isabella, la mère de Harriet Vanger.

— Elle aura soixante-quinze ans cette année, elle a toujours de l'allure et prend de grands airs. Elle est aussi la seule dans le hameau qui parle avec Harald et qui lui rende visite de temps à autre, mais ils n'ont pas grand-chose en commun.

— Quels étaient les rapports entre elle et Harriet ?

— Bonne question. Les femmes aussi doivent entrer dans le cercle des suspects. Je t'ai dit que souvent elle laissait les enfants se débrouiller tout seuls. Je ne sais pas trop, je crois qu'elle aurait bien voulu mais qu'elle était incapable de prendre ses responsabilités. Harriet et elle n'étaient pas proches l'une de l'autre, mais elles n'étaient jamais fâchées. Isabella peut se montrer coriace, parfois elle est un peu décalée aussi. Tu comprendras ce que je veux dire quand tu la verras.

La voisine d'Isabella était une Cécilia Vanger, fille de Harald Vanger.

— Auparavant elle était mariée et habitait à Hedestad, mais elle s'est séparée de son mari il y a un peu plus de vingt ans. La maison m'appartient et je lui ai proposé de venir s'installer ici. Cécilia est professeur et elle est tout le contraire de son père en plus d'un aspect. Je peux ajouter qu'elle et son père ne se parlent pas plus que nécessaire.

Le Hameau

— Quel âge a-t-elle ?

— Elle est née en 1946. Elle avait donc vingt ans quand Harriet a disparu. Et, oui, elle était l'une des invitées sur l'île ce jour-là.

Il réfléchit un moment.

— Cécilia peut sembler fofolle, mais en réalité elle est plus futée que beaucoup d'autres. Ne la sous-estime pas. Si quelqu'un découvre ce que tu fabriques réellement ici, ce sera elle. Je dirais qu'elle est l'un des membres de ma famille que j'apprécie le plus.

— Est-ce que cela signifie que tu ne la soupçonnes pas ?

— Je n'irai pas jusque-là. Je voudrais que tu considères l'affaire sans la moindre restriction, indépendamment de ce que je pense ou crois.

La maison qui jouxtait celle de Cécilia appartenait à Henrik Vanger mais elle était louée à un couple âgé qui avait travaillé dans la direction du groupe Vanger. Venus habiter sur l'île dans les années 1980, ils n'avaient donc rien à voir avec la disparition de Harriet. La maison suivante appartenait à Birger Vanger, le frère de Cécilia Vanger. Elle était vide depuis plusieurs années, depuis que Birger Vanger s'était installé dans une villa moderne à Hedestad même.

La plupart des bâtisses le long de la route étaient de solides maisons en pierre datant du début du siècle précédent. La dernière cependant était d'un type différent, c'était une villa d'architecte moderne en brique blanche, aux huisseries sombres. Elle était joliment située, Mikael pouvait deviner que la vue de l'étage devait être magnifique, vers la mer à l'est et vers Hedestad au nord.

— C'est ici qu'habite Martin Vanger, le frère de Harriet et actuel PDG du groupe Vanger. Le presbytère était situé ici autrefois, mais il a été partiellement détruit par un incendie dans les années 1970 et Martin a fait construire cette villa quand il a repris les rênes.

Tout au fond, côté est de la route, habitait Gerda Vanger, veuve de Greger, un autre frère de Henrik, et son fils Alexander Vanger.

— Gerda est invalide, elle souffre de rhumatismes. Alexander a une petite part dans le groupe Vanger mais il possède également quelques affaires personnelles, entre autres des restaurants. Il passe en général plusieurs mois par an à la Barbade aux Antilles, il y a investi un peu d'argent dans le tourisme.

Entre la maison de Gerda et celle de Henrik Vanger se trouvaient deux petites maisons vides, utilisées pour loger différents membres de la famille en visite. De l'autre côté de la maison de Henrik, il y en avait une autre, qu'un ancien employé du groupe, à la retraite désormais, et son épouse avaient rachetée, mais le couple passait l'hiver en Espagne et la maison restait inhabitée.

Ils étaient maintenant revenus à la croisée des chemins et le petit tour était terminé. Le jour déclinait déjà. Mikael prit l'initiative.

— Henrik, je ne peux que répéter que nous nous lançons dans une entreprise qui ne donnera aucun résultat, mais je vais faire ce pour quoi j'ai été engagé. J'écrirai ton autobiographie et, comme tu me l'as demandé, je lirai tout les dossiers concernant Harriet Vanger avec autant de soin et d'attention que j'en serai capable. Je veux simplement que tu comprennes que je ne suis pas un détective privé, pour que tu ne places pas en moi des espoirs inconsidérés.

— Je ne m'attends à rien. Je te l'ai dit, je veux seulement que soit faite une dernière tentative pour trouver la vérité.

— Alors c'est parfait.

— Je me couche tôt, expliqua Henrik Vanger. Tu pourras me trouver à partir de l'heure du petit-déjeuner et tout au long de la journée. Je vais aménager une pièce de travail ici dont tu disposeras comme tu l'entends.

— Non merci. J'ai déjà une pièce de travail dans la maison des invités et c'est là que j'ai l'intention de travailler.

— Comme tu voudras.

— Quand j'aurai besoin de parler avec toi, nous le ferons dans ton cabinet de travail, mais je ne vais pas t'assommer de questions dès ce soir.

— Je comprends. Le vieil homme semblait d'une timidité trompeuse.

— Il va me falloir quelques semaines pour lire tous les dossiers. Nous travaillerons sur deux fronts. Nous nous verrons quelques heures par jour quand je t'interrogerai pour collecter du matériau pour ta biographie. Quand j'aurai des questions au sujet de Harriet que je voudrais discuter, je viendrai les discuter avec toi.

— Ça me semble raisonnable.

— Je vais travailler assez librement, je n'aurai pas d'horaires fixes.

— Tu t'organises comme tu veux.

— Tu n'as pas oublié que, dans quelques mois, je dois purger une peine de prison. Je ne sais pas encore quand j'y aurai droit, mais je ne vais pas faire appel. Ce qui signifie que ça se passera en cours d'année.

Henrik Vanger fronça les sourcils.

— C'est malencontreux. Il faudra qu'on trouve une solution l'heure venue. Tu pourrais demander un sursis.

— Si tout va bien et que j'ai suffisamment d'éléments concernant ta famille, je pourrai travailler en prison. Mais oublions ça pour l'instant. Autre chose : je suis toujours associé à *Millénium* et en ce moment c'est un journal en crise. S'il arrive quoi que ce soit qui exige ma présence à Stockholm, je serai obligé de lâcher ce que j'ai en cours ici pour m'y rendre.

— Je ne t'ai pas engagé comme esclave. Je veux que tu travailles de façon rationnelle et continue sur le boulot que je t'ai confié, mais il est évident que tu t'organises comme tu veux, tu travailles selon tes propres méthodes. Si tu as besoin de te libérer, tu le fais, mais si je me rends compte que tu négliges le travail, je considérerai que tu as rompu le contrat.

Mikael hocha la tête. Henrik Vanger regardait en direction du pont. L'homme était maigre et Mikael trouva tout à coup qu'il ressemblait à un épouvantail.

— Pour ce qui est de *Millénium*, nous devrions avoir un entretien au sujet de la crise pour voir si je peux être utile en quoi que ce soit.

— Le meilleur moyen que tu aies de m'être utile, c'est de me donner la tête de Wennerström dès aujourd'hui.

— Oh non, ce n'est pas dans mes intentions. Le vieil homme lança un regard sévère à Mikael. La seule raison pour laquelle tu as accepté ce travail, c'est parce que je t'ai promis de démasquer Wennerström. Si je te le livrais maintenant, tu pourrais être tenté de laisser tomber mon boulot. L'information, tu l'auras dans un an.

— Henrik, pardonne-moi de te le dire crûment, mais rien ne me dit que tu seras en vie dans un an.

Henrik Vanger soupira et regarda en direction du port de plaisance d'un air soucieux.

— Je comprends. Je vais parler avec Dirch Frode et nous verrons comment on peut arranger ça. Mais en ce qui concerne *Millénium*, je pourrais peut-être intervenir autrement. J'ai compris que le problème est celui des annonceurs qui se retirent.

Mikael hocha lentement la tête avant de répondre :

— Les annonceurs sont un problème immédiat, mais la crise est plus profonde. C'est un problème de confiance.

Peu importe le nombre d'annonceurs que nous avons si les gens ne veulent pas acheter le journal.

— Je comprends bien. Mais moi, je suis toujours membre du conseil d'administration d'un groupe assez important, même s'il s'agit d'un membre passif. Nous aussi nous avons besoin de passer nos communications quelque part. Nous en discuterons plus tard. Veux-tu manger un morceau… ?

— Non. Je vais m'installer chez moi, faire quelques courses et me familiariser avec les lieux. Demain j'irai à Hedestad acheter des vêtements d'hiver.

— Bonne idée.

— Je voudrais que tu déplaces les archives concernant Harriet chez moi.

— A manipuler…

— Avec la plus grande prudence – je m'en doute.

MIKAEL RETOURNA à la maison des invités et il claquait des dents quand il fut à l'intérieur. Devant la fenêtre, un thermomètre indiquait moins quinze degrés, et il ne se souvenait pas d'avoir jamais été aussi frigorifié qu'après cette promenade d'à peine une demi-heure.

Il consacra l'heure suivante à son installation dans ce qui allait être son logis pour l'année à venir. Il sortit les vêtements de sa valise et les rangea dans l'armoire de la chambre. Articles de toilette dans le meuble de la salle de bains. Son deuxième bagage était une grosse valise sur roulettes ; il en sortit des livres, des CD et un lecteur de CD, des carnets de notes, un petit dictaphone Sanyo, un appareil photo numérique Minolta et divers autres objets qu'il avait jugés indispensables pour un exil d'un an.

Il rangea les livres et les CD dans la bibliothèque de la pièce de travail, à côté de deux classeurs contenant des documents relatifs à son enquête sur Hans-Erik Wennerström. Le matériau n'avait aucune valeur, mais il n'arrivait pas à s'en débarrasser. Ces deux classeurs, il fallait que d'une manière ou d'une autre ils se transforment en éléments déterminants pour la poursuite de sa carrière.

Pour finir, il ouvrit la sacoche et en sortit son iBook qu'il posa sur la table de travail. Puis il s'arrêta soudain et regarda partout dans la pièce, une expression de stupidité peinte sur la figure. *De l'avantage de la vie à la campagne !* Il venait de se rendre compte qu'il n'y avait pas de prise pour le câble. Il n'avait même pas de prise téléphonique pour brancher un vieux modem.

Mikael retourna dans la cuisine et appela Telia à partir de son portable. Après avoir insisté un peu, il réussit à persuader quelqu'un de sortir la commande qu'avait faite Henrik Vanger pour la maison des invités. Il demanda si la ligne avait la capacité de l'ADSL, et on lui répondit que c'était possible par l'intermédiaire d'un relais à Hedeby. Ça prendrait quelques jours.

IL ÉTAIT un peu plus de 16 heures quand Mikael eut terminé ses rangements. Il mit les grosses chaussettes et les bottes, et passa un pull supplémentaire. Il s'arrêta net à la porte d'entrée ; on ne lui avait pas donné de clés pour la maison et ses instincts d'habitant de Stockholm se révoltaient à l'idée de laisser la porte d'entrée ouverte. Il retourna dans la cuisine et fouilla dans les tiroirs. Il finit par trouver la clé sur un clou dans le garde-manger.

Le thermomètre était descendu à moins dix-sept. Mikael traversa le pont d'un pas vif et monta la côte devant l'église. La supérette Konsum n'était qu'à trois cents mètres de là. Il remplit deux sacs en papier de produits de base qu'il traîna à la maison avant de traverser le pont une nouvelle fois. Là, il s'arrêta au café Susanne. La femme derrière le comptoir avait la cinquantaine. Il lui demanda si elle était la Susanne de l'enseigne et se présenta en disant qu'il allait probablement venir régulièrement pendant un certain temps. Il était le seul client et Susanne offrit le café pour accompagner le sandwich qu'il venait de commander. Il acheta aussi du pain et des viennoiseries. Il prit *Hedestads-Kuriren* du présentoir à journaux et s'installa à une table où il avait vue sur le pont et sur l'église dont la façade était éclairée. Dans l'obscurité, ça ressemblait à une carte de Noël. Quatre ou cinq minutes suffisaient pour lire le journal. La seule information d'intérêt était un court article expliquant qu'un élu de la commune du nom de Birger Vanger (libéral) entendait miser sur IT TechCent – un centre de développement technologique à Hedestad. Il resta là une demi-heure, jusqu'à la fermeture du café à 18 heures.

A 19 H 30, Mikael appela Erika, mais il n'obtint pour toute réponse qu'une voix lui expliquant que l'abonnée ne pouvait pas être jointe. Il s'assit sur la banquette de la cuisine et essaya de lire un roman, qui au dire de la quatrième de couverture était le début sensationnel d'une adolescente féministe. Le roman racontait les tentatives de l'auteur pour mettre de l'ordre dans sa vie sexuelle pendant un voyage à Paris, et Mikael se demanda si on l'appellerait féministe si lui-même écrivait un roman avec un vocabulaire de lycéen sur sa propre vie sexuelle. Probablement pas. Une des raisons qui avaient poussé Mikael à acheter le livre était que l'éditeur décrivait la débutante comme "une nouvelle Carina Rydberg". Il constata bientôt qu'il n'en était rien, ni côté style, ni côté contenu. Il reposa le livre et se mit à lire une nouvelle sur Hopalong Cassidy dans un *Rekordmagasinet* des années 1950.

Chaque demi-heure était ponctuée par une brève sonnerie sourde de la cloche de l'église. Les fenêtres de chez Gunnar Nilsson, l'homme à tout faire de l'autre côté de la route, étaient éclairées, mais Mikael ne distinguait personne à l'intérieur. La maison de Harald Vanger était plongée dans le noir. Vers 21 heures, une voiture traversa le pont et disparut vers le promontoire. Vers minuit, l'éclairage de la façade de l'église s'éteignit. C'était apparemment l'ensemble des réjouissances qu'offrait Hedeby un vendredi soir début janvier. Le silence était impressionnant.

Il fit une nouvelle tentative d'appeler Erika, et tomba sur son répondeur qui lui dit de laisser un message. Ce qu'il fit, puis il éteignit et alla se coucher. Sa dernière pensée avant de s'endormir fut que le danger était grand et imminent que l'isolement le rende fou.

SE RÉVEILLER dans un silence total lui était complètement inhabituel. Mikael passa d'un sommeil profond à un état d'éveil absolu en une fraction de seconde, et resta ensuite tranquille à écouter. Le froid régnait dans la pièce. Il tourna la tête et regarda la montre qu'il avait posée sur un tabouret à côté du lit. 7 h 08 – il n'avait jamais été un lève-tôt et il lui fallait deux salves de sonnerie pour émerger. Mais là, réveillé sans alarme, il se sentait reposé.

Il mit de l'eau à chauffer pour le café avant de passer sous la douche où il fut soudain envahi par la sensation jouissive de l'autocontemplation. *Super Blomkvist – explorateur des causes perdues.*

178

Au moindre frôlement, le mitigeur passait d'une eau brûlante à l'eau glacée. Le journal du matin n'était pas au rendez-vous pour le petit-déjeuner. Le beurre était congelé. Il n'y avait pas de raclette pour le fromage dans le tiroir des couverts. Dehors la nuit était totale. Le thermomètre indiquait moins vingt et un degrés. On était samedi.

L'ARRÊT DE BUS à Hedeby-Village était situé en face de Konsum, et Mikael entama son exil par une tournée shopping. A Hedestad, il descendit en face de la gare et rejoignit le centre-ville pour y acheter de grosses chaussures d'hiver, deux paires de caleçons longs, quelques chemises chaudes en flanelle, un épais trois-quarts, un bonnet chaud et des gants fourrés. A Teknikbutiken, il trouva un petit poste de télévision portable avec antenne téléscopique. Le vendeur lui assura qu'au Village, il réussirait au moins à capter la chaîne nationale et Mikael lui fit promettre un remboursement si ça se révélait faux.

Il passa s'inscrire à la bibliothèque et emprunta deux romans policiers d'Elizabeth George. Dans une papeterie, il se trouva des stylos et des blocs-notes. Il acheta aussi un sac de sport pour porter ses nouvelles acquisitions.

Pour finir, il se paya un paquet de cigarettes ; il avait arrêté de fumer dix ans auparavant, mais il faisait des rechutes épisodiques et il ressentait un besoin soudain de nicotine. Il fourra le paquet dans la poche de sa veste sans l'ouvrir. La dernière visite fut chez un opticien où il se procura du liquide de rinçage et commanda de nouvelles lentilles de contact.

Vers 14 heures, de retour sur l'île, il était en train d'enlever les étiquettes des vêtements quand il entendit la porte d'entrée s'ouvrir. Une femme blonde d'une cinquantaine d'années frappa sur le chambranle de la porte de la cuisine tout en entrant. Elle portait un gâteau de Savoie sur un plat.

— Bonjour, je viens vous souhaiter la bienvenue. Je m'appelle Helen Nilsson, j'habite de l'autre côté de la route. Nous sommes voisins maintenant.

Mikael lui serra la main et se présenta.

— Je vous ai vu à la télé. C'est agréable de voir la lumière allumée le soir dans la maison des invités.

Mikael prépara du café – elle commença par refuser mais finit par s'asseoir à la table de cuisine. Elle regarda par la fenêtre.

— Voilà Henrik qui arrive avec mon mari. C'est des cartons pour vous, je crois.

Henrik Vanger et Gunnar Nilsson s'arrêtèrent devant la maison avec un diable et Mikael sortit vite saluer les deux hommes et aider à porter quatre gros cartons. Ils les posèrent par terre à côté du poêle. Mikael ajouta des tasses et coupa le gâteau de Helen en tranches.

Gunnar et Helen Nilsson étaient des gens sympathiques. Ils ne semblaient pas très curieux de savoir pourquoi Mikael se trouvait à Hedestad – qu'il travaille pour Henrik Vanger semblait suffisant comme explication. Mikael constata que les Nilsson et Henrik Vanger se comportaient de manière très naturelle entre eux, sans distinction entre patron et employés. Ils bavardèrent du village et de qui avait construit la maison où habitait Mikael. Les époux Nilsson corrigeaient Vanger lorsque sa mémoire faisait défaut et, pour sa part, il raconta avec humour la fois où Gunnar Nilsson était rentré tard un soir et avait découvert le demeuré local en train d'essayer d'entrer par la fenêtre de la maison des invités. Nilsson était alors allé demander au cambrioleur pas très futé pourquoi il ne passait pas par la porte qui n'était pas fermée à clé. Gunnar Nilsson observa avec scepticisme le petit poste de télévision et offrit à Mikael de venir chez eux le soir s'il y avait un programme qu'il voulait regarder. Ils avaient une parabole.

Henrik Vanger s'attarda un petit moment après le départ des Nilsson. Le vieil homme expliqua qu'il préférait laisser Mikael trier lui-même les archives. A lui de passer le voir s'il rencontrait un problème. Mikael le remercia, certain que ça irait très bien comme ça.

Quand il fut seul de nouveau, Mikael porta les cartons dans la pièce de travail et commença à en parcourir le contenu.

LES INVESTIGATIONS personnelles de Henrik Vanger sur la disparition de sa jeune nièce s'étaient poursuivies pendant trente-six ans. Mikael avait du mal à déterminer si l'intérêt relevait d'une obsession malsaine ou bien s'il s'était transformé au fil du temps en un jeu intellectuel. De toute évidence, le vieux patriarche avait mis la main à la pâte avec l'application d'un archéologue amateur – les dossiers couvraient presque sept mètres linéaires.

Vingt-six classeurs formaient la base de l'enquête policière sur la disparition de Harriet Vanger. Mikael avait du mal à imaginer qu'une disparition "normale" ait un résultat aussi étoffé. Henrik Vanger avait vraisemblablement été suffisamment influent pour que la police de Hedestad suive toutes les pistes, les plausibles comme les inconcevables.

En plus de l'enquête de la police, il y avait des dossiers rassemblant des coupures de presse, des albums de photos, des plans, des objets souvenirs, des articles de journaux sur Hedestad et les entreprises Vanger, le journal intime de Harriet Vanger (relativement mince), des livres d'école, des certificats de santé, etc. Il y avait aussi une bonne quinzaine de volumes reliés au format A4 de cent pages chacun, qu'on pouvait définir comme le journal de bord personnel des investigations de Henrik Vanger. Dans ces carnets, le patriarche avait noté, d'une écriture appliquée, ses propres réflexions, ses idées, ses pistes en cul-de-sac et ses observations. Mikael feuilleta un peu au hasard. Le texte était d'une bonne tenue d'écriture et il eut le sentiment que ces volumes étaient des copies au propre de douzaines de carnets plus anciens. Pour finir, il y avait une dizaine de classeurs avec du matériel sur différentes personnes de la famille Vanger ; les pages étaient écrites à la machine et elles avaient manifestement été rédigées sur une longue période.

Henrik Vanger avait mené l'enquête contre sa propre famille.

VERS 19 HEURES, Mikael entendit un miaulement autoritaire et il ouvrit la porte d'entrée. Un chat roux se faufila devant lui dans la chaleur.

— Je te comprends, dit Mikael.

Le chat passa un moment à flairer partout dans la maison. Mikael versa un peu de lait dans une soucoupe, que son invité ne tarda pas à laper. Ensuite le chat sauta sur la banquette et se roula en boule, bien décidé à ne pas quitter les lieux.

IL ÉTAIT 22 HEURES passées avant que Mikael ait réussi à avoir une idée claire du matériau et qu'il ait tout rangé sur les étagères dans un ordre compréhensible. Il alla dans la cuisine, mit de l'eau à chauffer pour le café et se prépara deux sandwiches. Il offrit un peu de saucisson et de pâté de foie au chat. Il n'avait pas mangé convenablement de toute la journée, mais se sentait bizarrement peu concerné par la nourriture. Après avoir cassé la croûte, il sortit le paquet de cigarettes de la poche de sa veste et l'ouvrit.

Il écouta la messagerie de son portable ; Erika n'avait pas appelé et il essaya de la joindre. De nouveau, il n'obtint que son répondeur.

L'une des premières mesures de Mikael dans son investigation privée fut de scanner le plan de Hedebyön. Pendant qu'il avait encore tous les noms en tête après la visite guidée par Henrik, il porta sur chaque maison le nom de ses habitants. Il réalisa rapidement que le clan Vanger offrait une galerie de personnages si vaste qu'il lui faudrait du temps pour se familiariser avec chacun.

UN PEU AVANT MINUIT, il enfila des vêtements chauds et ses chaussures neuves et sortit se promener de l'autre côté du pont. Il tourna sur la route qui longeait le chenal en bas de l'église. La glace recouvrait le chenal et le vieux port, mais au loin il pouvait voir une bande plus sombre d'eau libre. L'éclairage de la façade de l'église s'éteignit tandis qu'il se tenait là, et il fut entouré d'obscurité. Le froid était vif et le ciel étoilé.

Soudain, Mikael se sentit très découragé. Il n'arrivait pas à comprendre comment il avait pu se laisser convaincre d'accepter cette mission insensée. Erika avait raison, c'était gâcher son temps. Il aurait dû se trouver à Stockholm en ce moment – dans le lit d'Erika par exemple – en train de préparer les hostilités contre Hans-Erik Wennerström. Mais il n'avait même pas le cœur à cela, et il n'avait pas le moindre soupçon du début d'une stratégie d'attaque.

S'il avait fait jour à cet instant, il serait allé voir Henrik Vanger pour rompre le contrat et rentrer chez lui.

Mais du haut de la butte de l'église, il pouvait constater que la maison Vanger était déjà éteinte et silencieuse. De l'église, il voyait toutes les habitations de l'île. La maison de Harald aussi était éteinte, mais il y avait de la lumière chez Cécilia, tout comme dans la villa de Martin au bout du promontoire, et une lampe était allumée dans la maison louée. Côté port de plaisance, c'était allumé chez Eugen Norman, le peintre dans la maison des courants d'air, dont la cheminée crachait un beau panache d'escarbilles. C'était éclairé aussi à l'étage au-dessus du salon de thé et Mikael se demanda si Susanne habitait là et dans ce cas si elle vivait seule.

MIKAEL DORMIT longtemps le dimanche matin et fut réveillé, affolé, par un vacarme irréel qui emplit toute la maison. Il lui fallut une seconde pour trouver ses repères et comprendre qu'il s'agissait des cloches appelant à l'office et qu'il devait donc être un peu moins de 11 heures. Il resta un moment au lit, sans volonté. Quand il entendit un miaulement exigeant devant la porte, il se leva et fit sortir le chat.

Vers midi, il s'était douché et avait pris le petit-déjeuner. Il entra résolument dans la pièce de travail et saisit le premier classeur de l'enquête policière. Puis il hésita. De la fenêtre sur le petit côté de la maison, il vit le panneau du café Susanne et il glissa le classeur dans sa sacoche et enfila son manteau. En arrivant au salon, il découvrit que c'était bondé et il eut tout à coup la réponse à une question qui était restée tapie dans son cerveau : comment un salon de thé pouvait survivre dans un trou comme le village de Hedeby. Susanne comptait sur les fidèles se rendant à l'église, et sur les collations après les enterrements et autres cérémonies.

184

Il opta pour une promenade. Konsum étant fermé le dimanche, il poursuivit encore quelques centaines de mètres sur la route de Hedestad, où il acheta des journaux dans une station-service ouverte. Il consacra une heure à faire le tour du village à pied et à se familiariser avec les environs côté terre ferme. La zone la plus proche de l'église et devant Konsum en formait le noyau avec des bâtiments anciens, des maisons en pierre à un étage que Mikael estima construites dans les années 1910 ou 1920, alignées pour former une courte rue. Au début de la voie d'accès se dressaient de petits immeubles bien entretenus pour familles avec enfants et, plus loin, sur la berge et côté sud de Konsum, quelques villas. Hedeby-Village était sans conteste le lieu de résidence des gens aisés de Hedestad.

Quand il revint près du pont, l'assaut du café Susanne s'était calmé, mais la patronne était encore occupée à débarrasser les tables.

— Le rush du dimanche ? lança-t-il en entrant.

Elle hocha la tête et glissa une mèche de cheveux derrière l'oreille.

— Bonjour, monsieur Mikael.

— Vous vous souvenez de mon prénom ?

— Difficile de faire autrement, répondit-elle. Je vous ai vu à la télé au procès avant Noël.

Mikael fut soudain gêné.

— Il faut bien qu'ils remplissent les infos avec quelque chose, murmura-t-il, en se hâtant vers la table du coin d'où il avait vue sur le pont. Quand son regard croisa celui de Susanne, elle souriait.

À 15 HEURES, Susanne annonça qu'elle allait fermer pour la journée. Depuis l'affluence d'après l'office, quelques rares clients étaient passés. Mikael avait lu un peu plus d'un cinquième du premier classeur de l'enquête policière sur la disparition de Harriet Vanger. Il le referma, rangea son bloc-notes dans la sacoche et traversa le pont d'un pas rapide pour rentrer chez lui.

Le chat attendait sur le perron et Mikael regarda autour de lui en se demandant à qui ce chat appartenait. Il le fit néanmoins entrer, c'était quand même une forme de compagnie.

Il essaya à nouveau de joindre Erika mais n'obtint encore que le répondeur de son portable. Elle était manifestement furieuse contre lui. Il aurait pu essayer son numéro direct à la rédaction ou à son domicile, mais, buté comme il l'était, il décida de ne pas le faire. Il avait déjà laissé suffisamment de messages comme ça. Il se prépara du café, poussa le chat sur la banquette de la cuisine et ouvrit le classeur sur la table.

Il lisait lentement en se concentrant pour ne pas rater de détails. Lorsqu'il referma le classeur tard le soir, il avait rempli plusieurs pages de son bloc-notes – aussi bien des points de repère que des questions dont il espérait trouver la réponse dans les classeurs suivants. Tout était rangé par ordre chronologique ; il ne savait pas trop si c'était Henrik Vanger qui l'avait classé ou si c'était le système de la police dans les années 1960.

La première feuille était une photocopie d'un formulaire de déclaration rempli au stylo à la permanence de la police de Hedestad. L'agent qui avait pris l'appel avait signé Ag Ryttinger, ce que Mikael interpréta comme "agent de garde". Henrik Vanger était désigné comme le déclarant, son adresse et son numéro de téléphone étaient notés. Le rapport était daté du dimanche 23 septembre 1966, 11 h 14. Le texte était bref et sec :

Appel de Hrk Vanger décl. que sa nièce (?) Harriet Ulrika VANGER, née le 15 janv. 1950 (seize ans) a disparu

de son domicile sur Hedeby-île depuis samedi a.-m. Le
décl. exprime une grande inquiétude.

A 11 h 20, une note établissait que P-014 (policier ?
patrouille ? péniche ? papillon ?) avait été dépêché sur
les lieux.

A 11 h 35, une autre écriture, plus difficile à interpréter que celle de Ryttinger, avait ajouté que *Magnus-*
son, a. p. rapp. pont Hedeby-île tjrs fermé. Trnsp. par
barque. Dans la marge, la signature était illisible.

A 12 h 14, Ryttinger de nouveau : *Appel tél. Magnus-*
son à H-by rapp. que Harriet Vanger, seize ans, est ab-
sente depuis début d'a.-m. samedi. Fam. exprime grande
inquiétude. N'a apparemment pas dormi dans son lit.
N'a pas pu quitter l'île à cause d'accident sur le pont.
Aucun des membres de la famille ne sait où HV se trouve.

A 12 h 19 : *G. M. inform. de l'affaire au tél.*

La dernière information était notée à 13 h 42 : *G. M.*
arrivé à H-by ; se charge de l'affaire.

LA FEUILLE SUIVANTE révéla que les mystérieuses initiales G. M. étaient pour Gustaf Morell, un inspecteur
de police arrivé par bateau sur l'île de Hedeby où il avait
pris la direction des opérations et fait une déclaration
formelle sur la disparition de Harriet Vanger. Contrairement aux notes préliminaires avec leurs abréviations,
les rapports de Morell étaient écrits à la machine et dans
une prose lisible. Dans les pages suivantes, il rendait
compte des mesures qui avaient été prises avec une ob-
jectivité et un luxe de détails qui surprirent Mikael.

Morell avait opéré de façon systématique. Il avait
d'abord interrogé Henrik Vanger en compagnie d'Isabella Vanger, la maman de Harriet. Ensuite il avait successivement parlé avec Ulrika Vanger, Harald Vanger,

Greger Vanger, le frère de Harriet : Martin Vanger, puis Anita Vanger. Mikael tira la conclusion que ces personnes avaient été interrogées selon une sorte d'échelle d'importance décroissante.

Ulrika Vanger était la mère de Henrik, et elle avait apparemment le statut proche d'une reine mère. Ulrika Vanger habitait la maison Vanger et elle ne pouvait donner aucun renseignement. Elle était allée se coucher tôt la veille au soir et elle n'avait pas vu Harriet depuis plusieurs jours. Elle n'avait en fait insisté pour rencontrer l'inspecteur Morell que pour exprimer son opinion, à savoir que la police devait réagir immédiatement.

Harald Vanger était le frère de Henrik, et numéro deux sur la liste des membres de la famille influents. Il expliquait qu'il avait rencontré Harriet très rapidement quand elle revenait du défilé de Hedestad, mais qu'il *"ne l'avait pas vue depuis que l'accident avait eu lieu sur le pont, et qu'il ne savait pas où elle se trouvait à l'heure actuelle"*.

Greger Vanger, frère de Henrik et Harald, déclarait qu'il avait rencontré la jeune fille disparue quand elle était venue dans le cabinet de travail de Henrik pour demander un entretien avec son grand-oncle après sa visite à Hedestad plus tôt dans la journée. Greger Vanger déclarait qu'il n'avait pas personnellement parlé avec elle, à part un bref bonjour. Il ne savait pas où elle pouvait se trouver, mais exprimait l'opinion qu'elle était sans doute allée chez une copine sans avoir pensé à le dire et qu'elle n'allait sûrement pas tarder à resurgir. A la question de savoir comment elle aurait quitté l'île dans ce cas, il n'avait pas su répondre.

Martin Vanger était interrogé à la va-vite. Elève de terminale dans un lycée à Uppsala, il logeait là-bas chez Harald Vanger. Il n'y avait pas eu de place pour lui dans la voiture de Harald et il avait pris le train pour Hedeby. Il était arrivé tellement tard qu'il s'était retrouvé du mauvais côté du pont après l'accident et n'avait pu rejoindre l'île en barque que tard dans la soirée. Il était interrogé dans l'espoir que sa sœur se serait confiée à lui et lui aurait peut-être avoué qu'elle avait l'intention de faire une fugue. La question avait été accueillie avec les protestations de la mère de Harriet, mais l'inspecteur Morell estimait à cet instant qu'une fugue représentait plutôt un espoir. Martin n'avait cependant pas parlé avec sa sœur depuis les dernières grandes vacances et il n'avait aucun renseignement digne d'intérêt à donner.

Anita Vanger, la fille de Harald, était annoncée, de façon erronée, comme "cousine" de Harriet – en réalité Harriet était la fille de son cousin. Elle était en première année de fac à Stockholm, elle avait passé l'été à Hedeby. Elle avait presque le même âge que Harriet, et elles étaient très proches. Elle déclarait qu'elle était arrivée sur l'île avec son père le samedi, qu'elle se réjouissait de revoir Harriet, mais qu'elle n'en avait pas eu le temps. Anita Vanger se déclarait inquiète parce que ça ne ressemblait pas à Harriet de disparaître sans rien dire à sa famille. En cela, elle était suivie par Henrik autant que par Isabella Vanger.

Tandis que l'inspecteur Morell interrogeait les membres de la famille, il avait donné l'ordre aux agents de police Magnusson et Bergman – la patrouille 014 ! – d'organiser une première battue pendant qu'il faisait encore jour. Le pont étant toujours fermé, il était difficile de faire venir du renfort du continent ; la première battue était constituée d'une trentaine de personnes disponibles de sexes et d'âges divers. Furent fouillés au cours de l'après-midi les cabanons inhabités dans le port de plaisance, les plages du promontoire et les berges du chenal, la partie boisée près du hameau ainsi que le mont Sud au-dessus du port de plaisance, cela depuis que quelqu'un avait avancé la théorie que Harriet aurait pu y monter pour avoir une bonne vue d'ensemble de l'accident sur le pont. Des patrouilles furent également envoyées à Östergården et à la maisonnette de Gottfried de l'autre côté de l'île, où Harriet se rendait parfois.

Les recherches n'avaient cependant donné aucun résultat et avaient été interrompues vers 22 heures, bien après la nuit venue. Dans la nuit, la température était tombée à zéro degré.

Au cours de l'après-midi, l'inspecteur Morell avait établi son QG dans un salon que Henrik Vanger avait mis à sa disposition au rez-de-chaussée de la maison Vanger. Il avait pris une série de mesures.

Accompagné d'Isabella Vanger, il avait inspecté la chambre de Harriet pour essayer de déterminer s'il manquait quelque chose, des vêtements, un sac ou autre bagage pouvant indiquer que Harriet Vanger avait fugué. Isabella Vanger, peu coopérative, ne semblait pas avoir la moindre idée de la garde-robe de sa fille. *Elle était souvent en jean, mais ils se ressemblent tous.* Le sac à main de Harriet avait été retrouvé sur son bureau. Il contenait sa carte d'identité, un portefeuille avec 9 couronnes et 50 *öre*, un peigne, un miroir de poche et un mouchoir. Après l'inspection, la chambre de Harriet avait été mise sous scellés.

Morell avait convoqué d'autres personnes pour interrogatoire, membres de la famille comme employés. Tous les interrogatoires étaient minutieusement consignés.

Les participants de la première battue revenant progressivement avec des informations décevantes, le commissaire avait pris la décision de lancer des recherches plus systématiques. Au cours de la soirée et de la nuit, des renforts avaient été appelés ; Morell avait entre autres pris contact avec le président du Club d'orientation de Hedestad pour lui demander de convoquer ses membres pour une battue. Vers minuit, il lui avait été répondu que cinquante-trois athlètes actifs, surtout de la section junior, seraient à la maison Vanger à 7 heures pile le lendemain matin. Henrik Vanger avait contribué en convoquant purement et simplement toute l'équipe du matin, cinquante hommes, de l'usine de papeterie Vanger locale. Henrik Vanger avait aussi prévu la restauration de tous ces gens.

Mikael Blomkvist n'avait aucun mal à s'imaginer les scènes qui avaient dû se dérouler à la maison Vanger durant ces journées riches en événements. Il ressortait nettement que l'accident sur le pont avait contribué à la confusion durant les premières heures ; d'une part en compliquant la possibilité d'obtenir des renforts efficaces de la terre ferme, d'autre part parce que tout le monde estimait que deux événements aussi dramatiques au même endroit et au même moment avaient forcément un lien. Une fois le camion-citerne retiré du pont, et en dépit de toute vraisemblance, l'inspecteur Morell était même allé s'assurer que Harriet Vanger ne se trouvait pas sous l'épave. C'était la seule action irrationnelle que Mikael arrivait à distinguer dans les agissements de l'inspecteur, puisque la jeune fille disparue avait été vue sur l'île après l'accident, preuve à l'appui. Pourtant, sans arriver à se l'expliquer, le responsable des investigations avait eu du mal à se défaire de la pensée qu'un des événements avait d'une façon ou d'une autre causé l'autre.

LES PREMIÈRES vingt-quatre heures virent les espoirs de dénouement rapide et heureux de l'affaire s'amenuiser pour être graduellement remplacés par deux spéculations.

Malgré les difficultés évidentes à pouvoir quitter l'île sans se faire remarquer, Morell ne voulait pas exclure la possibilité que Harriet ait fait une fugue. Il décida d'élargir les recherches et donna ordre aux policiers patrouillant dans Hedestad d'ouvrir les yeux. Il donna également pour mission à un collègue de la division criminelle d'interroger les chauffeurs de car et le personnel des chemins de fer au cas où quelqu'un l'aurait vue.

Plus les réponses négatives arrivaient, et plus il sembla probable que Harriet Vanger avait été victime d'un accident. Cette hypothèse allait dominer l'organisation des recherches pour les jours suivants.

La grande battue deux jours après sa disparition avait été réalisée – pour autant que Mikael Blomkvist put en juger – avec une très grande compétence. Des policiers et des pompiers ayant l'expérience d'affaires similaires avaient organisé les recherches. Il existait certes sur l'île quelques zones où le terrain était difficile d'accès, mais la superficie était malgré tout limitée et l'île entière fut passée au peigne fin dans la journée. Un bateau de la police et deux bateaux de plaisanciers volontaires sondèrent de leur mieux les eaux autour de l'île.

Le lendemain, les recherches avaient repris en équipe réduite. Cette fois-ci, des patrouilles furent envoyées pour une deuxième battue dans des zones plus difficiles d'accès, ainsi que dans un secteur appelé "la Fortification" – un ensemble de bunkers abandonnés établis par la défense côtière durant la Seconde Guerre mondiale. Furent aussi examinés ce jour-là tous les petits réduits, puits, caves en terre, remises et greniers du hameau.

On pouvait lire une certaine frustration dans une note de service annonçant que les recherches étaient interrompues au troisième jour après la disparition. Gustaf Morell n'en avait naturellement pas conscience, mais à cet instant-là il était en réalité arrivé aussi loin dans ses recherches qu'il arriverait jamais. Plongé dans la plus grande perplexité, il avait du mal à indiquer la prochaine étape logique ou un endroit où les recherches devraient reprendre. Harriet Vanger s'était apparemment volatilisée et le calvaire de Henrik Vanger, qui allait se poursuivre sur bientôt quarante ans, avait commencé.

9

LUNDI 6 JANVIER – MERCREDI 8 JANVIER

MIKAEL AVAIT CONTINUÉ à lire jusqu'au petit matin, puis s'était levé tard le jour des Rois. Une Volvo bleu marine, dernier modèle, était garée devant la maison de Henrik Vanger. Au moment où Mikael posait la main sur la poignée de la porte d'entrée, celle-ci s'ouvrit et un homme d'une cinquantaine d'années sortit. Ils faillirent entrer en collision. L'homme semblait pressé.

— Oui ? Puis-je vous aider ?

— Je viens voir Henrik Vanger, répondit Mikael.

Le regard de l'homme s'adoucit. Il sourit et tendit la main.

— Vous devez être Mikael Blomkvist, l'homme qui va aider Henrik à réaliser la chronique familiale ?

Mikael hocha la tête et serra la main. Henrik Vanger avait apparemment commencé à répandre l'histoire censée expliquer la présence de Mikael à Hedestad. L'homme était en surcharge pondérale – résultat de nombreuses années de stress dans des bureaux et des salles de réunion – mais Mikael remarqua immédiatement sur son visage des traits qui rappelaient Harriet Vanger.

— Je m'appelle Martin Vanger, confirma-t-il. Soyez le bienvenu à Hedestad.

— Merci.

— Je vous ai vu à la télé il y a quelque temps de cela.

— J'ai l'impression que tout le monde m'a vu à la télé.

— Wennerström n'est pas… très populaire dans cette maison.

— C'est ce que m'a dit Henrik. J'attends la suite des événements.

— Il m'a expliqué l'autre jour qu'il vous avait engagé. Martin Vanger éclata de rire. Il m'a dit que c'était probablement à cause de Wennerström que vous aviez accepté ce boulot.

Mikael hésita une seconde avant de se décider à parler franc.

— J'avoue que c'est une des raisons. Mais pour tout dire, j'avais besoin de m'éloigner de Stockholm, et Hedestad est apparu au bon moment. Je crois. Je ne peux pas faire comme si le procès n'avait jamais eu lieu. Il va falloir que j'aille en prison.

Martin Vanger hocha la tête, soudain sérieux.

— Vous avez la possibilité de faire appel ?

— Dans mon cas, ça ne changera rien.

Martin Vanger consulta sa montre.

— Je dois être à Stockholm ce soir, je me dépêche. Je serai de retour dans quelques jours. Il faudra que vous passiez dîner. J'ai très envie d'entendre ce qui s'est réellement passé au cours de ce procès.

Ils se serrèrent la main avant que Martin Vanger descende et ouvre la portière de la Volvo. Il se retourna et lança à Mikael :

— Henrik est à l'étage. Allez-y.

HENRIK VANGER était assis dans le canapé de son cabinet de travail avec *Hedestads-Kuriren*, *Dagens Industri*, *Svenska Dagbladet* et les deux journaux du soir sur la table devant lui.

— J'ai croisé Martin sur le perron.

— Le voilà parti au secours de l'empire, répondit Henrik Vanger en brandissant le thermos. Café ?

— Volontiers, répondit Mikael. Il s'assit en se demandant pourquoi Henrik Vanger avait l'air de s'amuser tant.

— Je vois qu'on parle de toi dans le journal.

Henrik Vanger poussa l'un des journaux du soir, ouvert sur le titre "Court-circuit journalistique". L'article était écrit par un ancien chroniqueur du *Finansmagasinet Monopol*, connu comme le parfait insipide en costard-cravate, expert en l'art de dénigrer avec mépris tous ceux qui s'étaient engagés pour une cause ou qui avaient relevé la tête. Avec lui, féministes, antiracistes et militants de l'environnement étaient assurés d'en prendre pour leur grade. Le bonhomme n'était cependant pas connu pour émettre lui-même la moindre opinion controversable. Maintenant il s'était apparemment converti en critique ; plusieurs semaines après le procès de l'affaire Wennerström, il focalisait son énergie sur Mikael Blomkvist, qu'il décrivait, en le nommant, comme un véritable imbécile. Erika Berger était dépeinte comme une potiche des médias parfaitement incompétente :

> La rumeur court que *Millénium* est en train de sombrer, bien que sa directrice soit une féministe en minijupe et qu'elle nous fasse des mines à la télé. Le journal a survécu plusieurs années durant sur l'image que la rédaction a réussi à vendre – celle de jeunes reporters avides d'enquêtes et démasquant les forbans du monde des affaires. La ficelle commerciale marche peut-être auprès de jeunes anarchistes désireux d'entendre ce message, mais elle ne fonctionne pas au tribunal. Et Super Blomkvist vient d'en faire l'expérience.

Mikael vérifia sur son portable s'il avait eu un appel d'Erika. Il n'y en avait pas. Henrik Vanger attendait, silencieux ; Mikael réalisa soudain que le vieil homme avait l'intention de lui laisser le soin de rompre le silence.

— C'est un crétin, dit Mikael.

Henrik Vanger rit, mais ajouta un commentaire dépourvu de tout sentimentalisme :

— Possible. Mais ce n'est pas lui qui a été condamné par la justice.

— C'est vrai. Et il ne le sera jamais non plus. Il n'est pas du genre à lever des lapins, il prend toujours le train en marche et jette la dernière pierre dans les termes les plus dégradants possible.

— Des comme lui, j'en ai vu plein dans ma vie. Un bon conseil – si tu veux bien en accepter un de moi –, ignore-le quand il s'excite, n'oublie jamais rien et rends-lui la monnaie de sa pièce quand tu en auras l'occasion. Mais pas maintenant qu'il attaque en position de force.

Mikael l'interrogea du regard.

— J'ai eu de nombreux ennemis au fil des ans. J'ai appris une chose, et c'est de ne pas accepter un combat quand tu es sûr de le perdre. Par contre, ne laisse jamais s'en tirer quelqu'un qui t'a démoli. Sois patient et riposte quand tu seras en position de force – même si tu n'as plus besoin de riposter.

— Merci pour ce cours de philosophie. Maintenant j'aimerais que tu me parles de ta famille. Mikael posa un magnétophone sur la table entre eux et appuya sur les boutons d'enregistrement.

— Qu'est-ce que tu veux savoir ?

— J'ai lu le premier classeur ; sur la disparition de Harriet et les recherches des premiers jours. Mais il y a tellement de Vanger que je n'arrive pas à les distinguer les uns des autres.

IMMOBILE dans la cage d'escalier vide, Lisbeth Salander resta le regard fixé sur la plaque de laiton annonçant *Maître N. E. Bjurman, avocat*, pendant près de dix minutes avant de sonner. La serrure de la porte émit son petit clic.

On était mardi. C'était la deuxième rencontre et elle avait de mauvais pressentiments.

Elle n'avait pas peur de maître Bjurman – Lisbeth Salander avait rarement peur des gens ou des choses. Elle ressentait par contre un profond malaise devant ce nouveau tuteur. Le prédécesseur de Bjurman, maître Holger Palmgren, avait été d'une tout autre trempe ; correct, poli et aimable. Leur relation avait brutalement pris fin trois mois auparavant, Palmgren ayant été frappé d'une attaque cérébrale. Du coup, Nils Erik Bjurman avait hérité d'elle selon une logique hiérarchique qui lui échappait.

Durant les douze années où Lisbeth Salander avait été l'objet de soins sociaux et psychiatriques, dont deux passées dans une clinique pédiatrique, elle n'avait jamais – pas une seule fois – répondu ne fût-ce qu'à la simple question "comment tu te sens aujourd'hui ?"

Lisbeth Salander avait treize ans quand le tribunal de première instance, selon la loi sur la protection des mineurs, avait décidé qu'elle serait internée à la clinique pédopsychiatrique Sankt Stefan à Uppsala. La décision s'appuyait principalement sur une note disant qu'elle présentait des troubles psychiatriques et qu'on la considérait comme potentiellement dangereuse pour ses camarades de classe et éventuellement pour elle-même.

Cette supposition était fondée sur des jugements empiriques plus que sur une analyse soigneusement établie. Chaque tentative des médecins ou d'une quelconque autorité pour engager une conversation sur ses sentiments, ses pensées ou son état de santé avait été accueillie, à leur grande frustration, par un silence compact et obtus, et un regard obstinément dirigé vers le sol, le plafond ou les murs. Elle avait systématiquement croisé les bras et refusé de participer aux tests psychologiques. Sa totale résistance à toutes les tentatives pour la mesurer, peser, cartographier, analyser et pour l'éduquer s'appliquait aussi au travail à l'école – les autorités pouvaient la transporter dans une salle de classe et l'enchaîner au banc, mais elles ne pouvaient pas l'empêcher de refuser d'écouter et de ne pas toucher au stylo lors des tests. Elle avait quitté le collège sans carnet de notes.

Le simple établissement d'un diagnostic sur ses contre-performances mentales s'était par conséquent avéré déjà des plus compliqués. Lisbeth Salander, en bref, était tout sauf maniable.

Elle était âgée de treize ans quand la décision avait été prise aussi de lui attribuer un administrateur ad hoc pour veiller sur ses intérêts et ses biens jusqu'à sa majorité. L'administrateur ainsi désigné était maître Holger Palmgren, qui malgré un début relativement compliqué avait réussi là où les psychiatres et les médecins avaient échoué. Petit à petit, il avait gagné non seulement une certaine confiance mais aussi une once de chaleur de la part de cette fille compliquée.

Pour ses quinze ans, les médecins s'étaient plus ou moins mis d'accord sur le fait qu'elle n'était pas violente et dangereuse pour l'entourage et qu'elle ne constituait pas un danger pour elle-même. Sa famille ayant été déclarée incompétente et comme elle n'avait personne d'autre qui pouvait se porter garant de son bien-être, la décision avait été prise que Lisbeth Salander allait pouvoir quitter la clinique pédopsychiatrique d'Uppsala et rejoindre la société par l'intermédiaire d'une famille d'accueil.

L'opération ne fut pas simple. Elle fugua de chez sa première famille d'accueil dès la deuxième semaine. Les familles n° 2 et n° 3 passèrent rapidement à la trappe. Puis Palmgren eut un entretien sérieux avec elle et lui expliqua que si elle continuait sur le chemin qu'elle avait choisi, elle allait immanquablement se retrouver de nouveau dans une institution. La menace déguisée eut pour effet qu'elle accepta la famille d'accueil n° 4 – un couple âgé habitant Midsommarkransen.

CELA NE SIGNIFIAIT PAS que son comportement était irréprochable. A dix-sept ans, Lisbeth Salander avait été arrêtée par la police à quatre reprises, deux fois dans un état d'ébriété si avancé qu'on dut la conduire aux soins intensifs, et une fois manifestement sous l'emprise de drogues. A l'une de ces occasions, on l'avait trouvée ivre morte et les vêtements en désordre sur la banquette arrière d'une voiture garée à Söder Mälarstrand. Elle était en compagnie d'un homme également ivre et considérablement plus âgé qu'elle.

La dernière intervention eut lieu trois semaines avant ses dix-huit ans, quand elle avait balancé un coup de pied dans la tête d'un passager à la station de métro Gamla Stan. Elle était parfaitement sobre. L'incident eut pour conséquence une mise en examen pour coups et blessures. Salander expliqua son geste en disant que l'homme l'avait tripotée, et son apparence physique étant telle qu'on lui donnait plutôt douze ans que dix-huit, elle avait considéré que le tripoteur avait des penchants pédophiles. Dans la mesure où elle avait expliqué quoi que ce soit, s'entend. Ses déclarations furent cependant étayées par des témoins, et le procureur classa l'affaire.

Pourtant, fort des informations sur son passé, le tribunal avait ordonné un examen psychiatrique. Fidèle à ses habitudes, elle avait refusé de répondre aux questions et de participer aux examens, et les médecins consultés par la direction de la Santé et des Affaires sociales avaient fini par donner un avis basé sur "leurs observations de la patiente". Savoir exactement ce qu'on pouvait observer quand il s'agissait d'une jeune femme muette, assise sur une chaise les bras croisés et faisant la moue était un peu flou. Il fut seulement établi qu'elle souffrait de troubles psychiques, de nature telle que des mesures s'imposaient. Le rapport médicolégal préconisait un internement d'office en clinique psychiatrique. Parallèlement, un sous-directeur de la commission des Affaires sociales fit un rapport où il se rangeait aux conclusions de l'expertise psychiatrique.

Se référant au palmarès de Lisbeth Salander, le rapport constatait qu'il y avait un *gros risque d'abus d'alcool ou de drogue*, et que manifestement elle *manquait d'instinct de conservation*. Son dossier était plein de termes catégoriques du genre : *introvertie, socialement limitée, manque d'empathie, égocentrique, comportement psychopathe* et *asociale, difficultés de collaboration* et *incapacité d'assimiler un enseignement.* Une personne lisant son dossier pouvait très facilement être amenée à tirer la conclusion qu'elle était gravement arriérée. Un autre fait lui portait également préjudice : l'équipe d'intervention des services sociaux l'avait à plusieurs reprises observée en compagnie de différents hommes aux environs de Mariatorget. Une fois, elle avait aussi été interpellée à Tantolunden, de nouveau en compagnie d'un homme considérablement plus âgé qu'elle. On supposait que Lisbeth Salander pratiquait ou risquait de commencer à pratiquer la prostitution sous une forme ou une autre.

Le jour où le tribunal de première instance – la juridiction qui devait déterminer son avenir – se réunit pour prendre une décision sur la question, l'issue semblait déterminée d'avance. Elle était manifestement une enfant à problèmes et il était peu vraisemblable que les magistrats suivent une autre voie que les recommandations données par l'enquête sociale et l'enquête de psychiatrie légale.

Au matin du jour où devait siéger le tribunal, on vint chercher Lisbeth Salander à la clinique pédopsychiatrique où elle était restée enfermée depuis l'incident à la station Gamla Stan. Elle se sentait comme un bœuf à l'abattoir et n'avait aucun espoir de survivre à la journée. La première personne qu'elle vit dans la salle d'audience fut Holger Palmgren et il lui fallut un moment avant de comprendre qu'il n'était pas là en sa qualité d'administrateur mais qu'il était son avocat et conseiller juridique. Elle découvrit alors un tout nouvel aspect de cet homme.

A sa grande surprise, Palmgren se trouvait manifestement dans son coin du ring et il avait vigoureusement plaidé contre la proposition d'internement. Elle ne manifesta aucune surprise, ne fût-ce qu'en levant un sourcil, mais elle écouta intensément chaque mot prononcé. Palmgren se révéla brillant pendant les deux heures où il interrogea le docteur Jesper H. Löderman, le médecin qui avait apposé sa signature sous la recommandation d'enfermer Salander dans une institution. Chaque observation du rapport fut passée au crible et le médecin fut prié d'expliquer le fondement scientifique de chaque affirmation. Peu à peu il devint évident que, puisque la patiente avait refusé de faire le moindre test, les conclusions des médecins n'étaient fondées que sur des suppositions et non pas sur une certitude.

Vers la fin des délibérations du tribunal, Palmgren laissa entendre que, selon toute vraisemblance, un internement coercitif non seulement s'opposait aux décisions du Parlement en matière d'affaires de ce genre, mais dans le cas présent pouvait aussi devenir un cheval de bataille pour les politiques et les médias. Il était donc dans l'intérêt de tous de trouver une solution alternative convenable. Un tel langage était inhabituel lors des délibérations dans ce type d'affaire et les membres du tribunal avaient manifesté une certaine inquiétude.

La solution fut effectivement un compromis. Le tribunal établit que Lisbeth Salander relevait de la maladie mentale, mais que sa folie ne nécessitait pas forcément un internement. En revanche, on prit en considération la recommandation du directeur des Affaires sociales concernant une mise sous tutelle. Sur quoi le président du tribunal se tourna avec un sourire venimeux vers Holger Palmgren, qui jusque-là avait été son administrateur ad hoc, lui demandant s'il voulait bien assumer ce rôle. Le président s'attendait de toute évidence à ce que Holger Palmgren fasse marche arrière et essaie de se décharger de la responsabilité sur quelqu'un d'autre, mais Palmgren déclara au contraire avec bonhomie qu'il se chargerait avec plaisir de la tâche d'être le tuteur de Mlle Salander – à une condition.

"Cela suppose évidemment que Mlle Salander ait confiance en moi et qu'elle m'accepte comme tuteur."

Il s'était tourné directement vers elle. Lisbeth Salander était un peu perplexe après les échanges de répliques qui avaient fusé au-dessus de sa tête tout au long de la journée. Jusque-là, personne n'avait demandé son avis. Elle avait longuement regardé Holger Palmgren puis hoché la tête une fois.

PALMGREN était un mélange étrange de juriste et de travailleur social de la vieille école. A ses débuts, il avait été délégué à la commission des Affaires sociales et il avait consacré presque toute sa vie à manier des gamins difficiles. Un respect à contrecœur, à la limite de l'amitié, s'était établi entre l'avocat et sa protégée incomparablement la plus difficile.

Leur relation avait duré en tout et pour tout onze ans, depuis l'année où Lisbeth avait eu treize ans jusqu'à l'année passée, lorsqu'elle s'était rendue chez Palmgren quelques semaines avant Noël, alors qu'il n'était pas venu à l'un de leurs rendez-vous fixes. Il n'avait pas ouvert la porte, alors qu'elle entendait des bruits dans l'appartement, et elle était entrée en escaladant une gouttière jusqu'au balcon du deuxième étage. Elle l'avait trouvé par terre dans le vestibule, conscient mais incapable de parler et de bouger après une attaque cérébrale. Il n'avait que soixante-quatre ans. Elle avait appelé l'ambulance et l'avait accompagné à l'hôpital avec une sensation grandissante de panique dans le ventre. Pendant trois jours et trois nuits, elle n'avait pratiquement pas quitté le couloir des soins intensifs. Tel un chien de garde fidèle, elle avait surveillé chaque pas des médecins et des infirmières qui passaient la porte dans un sens ou dans l'autre. Elle avait arpenté le couloir en long et en large et braqué ses yeux sur chaque médecin qui s'approchait d'elle. Finalement, un médecin, dont elle n'avait jamais su le nom, l'avait introduite dans une pièce et lui avait expliqué la gravité de la situation. L'état de Holger Palmgren était critique après une hémorragie cérébrale sévère. Il ne se réveillerait probablement pas. Elle n'avait ni pleuré, ni affiché le moindre sentiment. Elle s'était levée, avait quitté l'hôpital et n'y était jamais retournée.

Cinq semaines plus tard, la commission des Tutelles avait convoqué Lisbeth Salander pour une première rencontre avec son nouveau tuteur. Sa première impulsion avait été d'ignorer la convocation, mais Holger Palmgren avait soigneusement inculqué dans sa conscience que tout acte entraîne des conséquences. A ce stade, elle avait appris à analyser les conséquences avant d'agir, et en y réfléchissant elle avait compris que l'issue la plus indolore était de satisfaire la commission des Tutelles en se comportant comme si elle se souciait réellement de ce qu'ils disaient.

Elle s'était donc docilement présentée en décembre – une courte pause dans son enquête sur Mikael Blomkvist – au cabinet de Bjurman à Sankt Eriksplan, où une femme d'un certain âge, représentante de la commission, avait tendu le dossier volumineux à maître Bjurman. La dame lui avait gentiment demandé comment elle allait et avait semblé satisfaite de la réponse que constituait son silence obstiné. Au bout d'une demi-heure, elle avait laissé Salander aux bons soins de l'avocat.

Lisbeth Salander avait détesté maître Bjurman cinq secondes après lui avoir serré la main.

Elle l'avait regardé à la dérobée pendant qu'il lisait son dossier. Un peu plus de cinquante ans. Corps athlétique ; tennis les mardis et vendredis. Blond. Cheveux fins. Petite fossette au menton. After-shave Boss. Costume bleu. Cravate rouge avec épingle en or et des boutons de manchette fantaisie portant les initiales N.E.B. Lunettes cerclées d'acier. Yeux gris. A en juger par les magazines sur une table basse, il s'intéressait à la chasse et au tir au fusil.

Au cours des années où elle avait régulièrement rencontré Palmgren, il lui offrait du café et bavardait avec elle. Même ses pires fugues des familles d'accueil ou ses absences systématiques à l'école n'avaient pas réussi à le déstabiliser. La seule fois où il s'était véritablement emporté, c'était quand elle avait été mise en examen pour coups et blessures sur le gros dégueulasse qui l'avait tripotée dans le métro. *Est-ce que tu comprends ce que tu as fait ? Tu as blessé un homme, Lisbeth.* On aurait dit un vieux professeur et elle avait patiemment ignoré chaque mot de l'engueulade.

Bjurman n'était pas pour le bavardage. Il avait d'emblée constaté qu'il y avait incompatibilité entre les devoirs de Holger Palmgren dictés par le règlement des tutelles et le fait qu'il avait apparemment laissé Lisbeth

Salander gérer elle-même son appartement et son budget. Il avait entrepris une sorte d'interrogatoire. *Combien tu gagnes ? Je veux une copie de ta comptabilité. Qui est-ce que tu fréquentes ? Est-ce que tu paies ton loyer à temps ? Est-ce que tu bois ? Est-ce que Palmgren était d'accord pour ces anneaux que tu as sur la figure ? Est-ce que tu t'en sors question hygiène ?*

Va te faire foutre.

Palmgren était devenu son administrateur ad hoc peu après que Tout Le Mal était arrivé. Il avait insisté pour la rencontrer au moins une fois par mois lors de rendez-vous fixes, parfois plus souvent. Depuis qu'elle était revenue à Lundagatan, ils étaient pratiquement voisins ; Palmgren habitait Hornsgatan à quelques pâtés de maisons de chez elle, et ils s'étaient régulièrement croisés et étaient allés prendre un café chez Giffy ou ailleurs dans le quartier. Palmgren n'avait jamais été importun, mais il était passé la voir quelques fois, avec un petit cadeau pour son anniversaire par exemple. Elle avait une invitation permanente pour venir le voir à n'importe quel moment, un privilège dont elle se servait rarement, mais ces dernières années elle avait passé les réveillons de Noël chez lui après la visite chez sa mère. Ils mangeaient du jambon de Noël et jouaient aux échecs. Ce jeu ne l'intéressait absolument pas, mais depuis qu'elle avait appris les règles, elle n'avait jamais perdu une partie. Palmgren était veuf et Lisbeth Salander avait considéré comme un devoir d'avoir pitié de lui et de sa solitude en ces jours de fête.

Elle estimait lui être redevable, et elle payait toujours ses dettes.

C'était Palmgren qui avait sous-loué l'appartement de sa mère dans Lundagatan jusqu'à ce que Lisbeth ait besoin d'un logement personnel. L'appartement de quarante-neuf mètres carrés était décrépit et crasseux, mais ça lui faisait un toit.

Maintenant Palmgren était hors jeu, et encore un lien avec la société normale venait d'être coupé. Nils Bjurman était d'un autre genre. Elle n'avait pas l'intention de passer un réveillon chez lui. La toute première mesure du bonhomme avait été d'établir de nouvelles règles concernant l'accès à son compte en banque sur lequel était versé son salaire. Palmgren avait gentiment fermé l'œil sur le régime des tutelles et l'avait laissée gérer elle-même son budget. Elle payait ses factures et elle pouvait utiliser son épargne quand ça lui chantait.

Elle s'était préparée pour la rencontre avec Bjurman la semaine avant Noël, et une fois face à lui elle avait essayé d'expliquer que son prédécesseur lui avait fait confiance et qu'elle ne l'avait jamais déçu. Palmgren l'avait laissée mener sa barque sans se mêler de sa vie privée.

— C'est justement un des problèmes, répondit Bjurman en tapotant son dossier.

Puis il lui sortit un long discours sur les règles et les décrets administratifs concernant les tutelles, avant de l'informer qu'un nouvel ordre allait entrer en vigueur.

— Il t'a laissée agir à ta guise, n'est-ce pas ? Je me demande comment il s'est débrouillé pour ne pas se faire taper sur les doigts.

Parce que ça faisait quarante ans que le vieux s'occupait de gosses à problèmes, ducon !

— Je ne suis plus un enfant, dit Lisbeth Salander, comme si cela suffisait comme explication.

— Non, tu n'es pas un enfant. Mais j'ai été désigné pour être ton tuteur et, en tant que tel, je suis juridiquement et économiquement responsable de toi.

La première mesure de Bjurman fut d'ouvrir un nouveau compte en banque à son nom à lui, qu'elle devait

indiquer à la compta chez Milton et qu'ils devraient dorénavant utiliser. Salander comprit qu'elle avait mangé son
pain blanc ; désormais maître Bjurman allait régler ses
factures et elle recevrait une somme fixe comme argent de
poche chaque mois. Il attendait d'elle qu'elle lui fournisse
les reçus de ses dépenses. Il avait décidé qu'elle recevrait
1 400 couronnes par semaine – "pour la nourriture, les
vêtements, les séances de cinéma et des trucs comme ça".

Selon qu'elle choisissait de travailler beaucoup ou peu,
Lisbeth Salander pouvait gagner pas loin de 160 000 couronnes par an. Elle aurait facilement pu doubler la somme
en travaillant à plein temps et en acceptant toutes les
missions que Dragan Armanskij proposait. Par ailleurs,
elle avait peu de frais et ne dépensait pas beaucoup.
L'appartement lui coûtait 2 000 couronnes par mois et,
malgré ses revenus modestes, elle avait 90 000 couronnes
sur son compte épargne. Dont elle ne disposait donc plus
librement.

— C'est moi qui suis responsable de ton argent, ex-
pliqua-t-il. Il faut que tu mettes de l'argent de côté pour ton
avenir. Mais ne t'inquiète pas ; je me chargerai de tout ça.

*Je me suis chargée de moi-même depuis que j'ai dix
ans, espèce de connard !*

— Tu t'en sors suffisamment bien d'un point de vue
social pour qu'on n'ait pas besoin de t'interner, mais la
société est responsable de toi.

Il l'avait minutieusement questionnée sur ses tâches
chez Milton Security. Instinctivement, elle avait menti
sur son travail. La réponse qu'elle avait fournie était une
description de ses toutes premières semaines au boulot.
Maître Bjurman eut donc l'impression qu'elle préparait
le café et triait le courrier – occupations adaptées à un
individu un peu bas de plafond. Il parut satisfait de ses
réponses.

Elle ne savait pas pourquoi elle avait menti, mais elle était persuadée qu'elle avait bien fait. Même si maître Bjurman avait figuré sur une liste d'espèces d'insectes menacées d'extinction, elle n'aurait pas beaucoup hésité à l'écraser sous son talon.

MIKAEL BLOMKVIST avait passé cinq heures en compagnie de Henrik Vanger et il consacra une grande partie de la nuit et tout le mardi à mettre au propre ses notes et à assembler le puzzle de la généalogie des Vanger. L'histoire familiale qui ressortait des entretiens avec Henrik Vanger était une version franchement différente de celle donnée dans le portrait officiel de la famille. Mikael savait très bien que toutes les familles ont des squelettes dans le placard. La famille Vanger avait un cimetière entier.

A ce stade, Mikael fut obligé de se rappeler que sa mission réelle n'était pas d'écrire une biographie sur la famille Vanger, mais de percer à jour ce qui était arrivé à Harriet Vanger. Il avait accepté le boulot convaincu qu'en réalité il resterait à gaspiller une année le cul sur une chaise, et que tout le travail qu'il ferait pour Henrik Vanger ne rimait à rien. Au bout d'un an, il toucherait son salaire extravagant – le contrat rédigé par Dirch Frode avait été signé. Le salaire véritable, espérait-il, serait l'information sur Hans-Erik Wennerström, que Henrik Vanger affirmait posséder.

Depuis son entretien avec Henrik Vanger, il commençait à se dire que l'année ne serait pas nécessairement perdue. Un livre sur la famille Vanger avait une valeur en soi – c'était tout simplement un bon sujet.

Qu'il puisse trouver l'assassin de Harriet Vanger ne lui venait pas à l'esprit une seule seconde – si toutefois elle avait réellement été assassinée et qu'elle n'ait pas été victime d'un accident absurde ou n'ait pas disparu d'une autre manière. Mikael était d'accord avec Henrik sur la quasi-invraisemblance qu'une fille de seize ans puisse disparaître de son plein gré et réussir à rester cachée de tous les systèmes de surveillance officiels pendant trente-six ans. En revanche, Mikael ne voulait pas exclure que Harriet Vanger ait fait une fugue, qu'elle ait peut-être rejoint Stockholm, et que quelque chose se soit passé en route – la drogue, la prostitution, une agression ou tout simplement un accident.

De son côté, Henrik Vanger était persuadé que Harriet avait été assassinée et qu'un membre de la famille était responsable – peut-être en collaboration avec un autre. La force de son raisonnement reposait sur le fait que Harriet avait disparu durant les heures dramatiques d'isolement de l'île alors que tous les yeux étaient braqués sur l'accident.

Erika l'avait bien signifié à Mikael : sa mission était plus qu'insensée si le but était de résoudre l'énigme d'un meurtre, mais il commençait à comprendre que le sort de Harriet Vanger avait joué un rôle central dans la famille et surtout pour Henrik Vanger. Qu'il ait tort ou raison, les accusations de Henrik Vanger portées contre ses proches étaient d'une grande importance pour l'histoire de cette famille. L'accusation était ouvertement formulée de sa part depuis plus de trente ans, et elle avait marqué les réunions de famille et créé des oppositions enflammées qui avaient contribué à déstabiliser le groupe. Un examen de la disparition de Harriet remplirait par conséquent une fonction sous forme de chapitre indépendant, et même comme fil rouge dans l'histoire de la famille – et les sources étaient abondantes. Un point de départ logique serait d'établir une galerie des personnages, que

Harriet Vanger soit sa mission première ou qu'il se contente d'écrire une chronique familiale. C'était de cela qu'avait traité son entretien avec Henrik Vanger dans la journée.

La famille Vanger comportait une centaine de personnes, en comptant les enfants de cousins et les arrière-cousins de toutes les branches. La famille était si nombreuse que Mikael fut obligé de créer une base de données dans son iBook. Il utilisa le programme NotePad (www. ibrium.se), un de ces produits complets que deux gars de KTH à Stockholm avaient créés et qu'ils proposaient en shareware pour trois fois rien sur Internet. Rares étaient les programmes aussi indispensables à un journaliste investigateur, estimait Mikael. Chaque membre de la famille eut droit à sa propre fiche.

L'arbre généalogique pouvait être reconstitué avec certitude jusqu'au début du XVIᵉ siècle, époque où le nom était Vangeersad. Selon Henrik Vanger, le nom était peut-être issu du hollandais Van Geerstad ; si tel était le cas, on pouvait encore remonter l'arbre généalogique jusqu'au XIIᵉ siècle.

A une époque plus récente, la famille était établie dans le Nord de la France, et elle était arrivée en Suède avec Jean-Baptiste Bernadotte au début du XIXᵉ siècle. Alexandre Vangeersad ne connaissait pas personnellement le roi, mais il s'était fait remarquer comme chef de garnison capable et, en 1818, il reçut le domaine de Hedeby en remerciement de longs et fidèles services. Alexandre Vangeersad était aussi pourvu d'une fortune personnelle qu'il avait utilisée pour acheter des étendues forestières non négligeables dans le Norrland. Son fils Adrian était né en France mais, à la demande du père, celui-ci vint habiter le coin perdu de Hedeby dans le Norrland, loin des salons parisiens, pour administrer le domaine. Exploitant les terres et les forêts selon de nouvelles méthodes importées du continent, il fonda l'usine de pâte à papier autour de laquelle Hedestad s'était développée.

Le petit-fils d'Alexandre s'appelait Henrik et il raccourcit le nom en Vanger. Il développa un réseau commercial avec la Russie et créa une petite flotte de goélettes marchandes assurant la liaison avec les pays baltes, l'Allemagne et l'Angleterre des aciéries au milieu du XIXe. Henrik Vanger l'Ancien diversifia l'entreprise familiale et démarra une modeste exploitation minière et les premières industries métallurgiques du Norrland. Il laissa deux fils, Birger et Gottfried, les deux fondateurs des activités financières de la famille Vanger.

— Tu as une idée des anciennes lois sur l'héritage ? avait demandé Henrik Vanger.

— Ça n'entre pas particulièrement dans mes domaines de compétence.

— Je te comprends. Moi aussi, ça me laisse perplexe. Selon la tradition familiale, Birger et Gottfried étaient comme chien et chat – des concurrents légendaires pour le pouvoir et l'influence dans l'entreprise familiale. Cette lutte de pouvoir est devenue un poids menaçant la survie de l'entreprise, et leur père a décidé – peu avant sa mort – de créer un système où chaque membre de la famille aurait une part d'héritage dans l'entreprise. Cela partait probablement d'un bon sentiment, mais il en est résulté une situation intenable. Plutôt que de faire venir des gens compétents et des partenaires possibles de l'extérieur, nous nous retrouvons avec une direction composée de membres de la famille avec chacun un ou deux pour cent de droit de vote.

— La règle est valable encore aujourd'hui ?

— Tout à fait. Si un membre de la famille veut vendre sa part, ça doit se faire au sein de la famille. L'assemblée générale annuelle réunit aujourd'hui une cinquantaine de membres de la famille. Martin possède un peu plus de dix pour cent des actions. Moi, j'en ai cinq pour cent puisque j'en ai vendu entre autres à Martin. Mon frère Harald possède sept pour cent, mais la plupart de ceux qui viennent aux AG n'ont que un ou un demi pour cent.

— Je l'ignorais totalement. Ça fait très Moyen Age.

— C'est complètement insensé. Ça signifie que si Martin veut mener une certaine politique aujourd'hui, il est obligé de faire du lobbying à grande échelle pour s'assurer le soutien d'au moins vingt à vingt-cinq pour cent des copropriétaires. C'est un patchwork d'alliances, de divisions et d'intrigues.

Henrik Vanger poursuivit :

— Gottfried Vanger est mort sans enfants en 1901. Ou, pardon, il était père de quatre filles, mais à cette époque-là les femmes ne comptaient pas. Elles possédaient des parts, mais c'étaient les hommes de la famille qui touchaient les intérêts. Ce n'est que quand le droit de vote a été introduit, au milieu du XXe siècle, que les femmes ont pu assister à l'assemblée générale.

— Oh, en voilà, de bons radicaux !

— Ne te moque pas. L'époque n'était pas la même. Quoi qu'il en soit, le frère de Gottfried, Birger, avait trois fils – Johan, Fredrik et Gideon Vanger, tous nés à la fin du XIXe. On peut éliminer Gideon ; il a vendu sa part pour émigrer en Amérique, où nous avons toujours une branche. Mais Johan et Fredrik ont fait de l'entreprise le groupe Vanger moderne.

Henrik Vanger avait sorti un album de photos et montrait des clichés des personnages tout en racontant. Les photos du début du siècle dernier présentaient deux hommes aux mentons solides et aux cheveux bien plaqués sur le crâne, fixant l'objectif sans l'ombre d'un sourire. Puis il reprit :

— Johan Vanger était le génie de la famille, il a fait des études d'ingénieur et développé l'industrie mécanique avec plusieurs nouvelles inventions qu'il a fait breveter. L'acier et le fer sont ainsi la base du groupe, mais la société a étendu ses activités à d'autres domaines, comme le textile. Johan Vanger est mort en 1956, il avait alors trois filles – Sofia, Märit et Ingrid – qui furent les premières femmes à avoir automatiquement accès à l'assemblée générale du groupe.

L'autre frère, Fredrik Vanger, était mon père. L'homme d'affaires, le patron d'industrie qui a transformé les inventions de Johan en revenus, c'était lui. Mon père n'est mort qu'en 1964. Il a participé activement à la direction jusqu'à sa mort, même si, dès les années 1950, il m'avait abandonné la direction au quotidien.

Johan Vanger, contrairement à la génération précédente, n'a eu que des filles. Henrik Vanger montra des photos de femmes aux poitrines généreuses, arborant ombrelles et chapeaux à larges bords. Et Fredrik – mon père – n'a eu que des fils. Nous étions cinq frères en tout. Richard, Harald, Greger, Gustav et moi.

POUR ESSAYER de s'y retrouver dans tous les membres de la famille, Mikael dessina un arbre généalogique sur quelques feuilles A4 scotchées. Il inscrivit en gras le nom des membres présents sur l'île de Hedeby pour la réunion de famille en 1966, et qui donc, au moins théoriquement, pouvaient être liés à la disparition de Harriet Vanger.

Mikael laissa de côté les enfants de moins de douze ans – il partait du principe que quel qu'ait été le sort de Harriet Vanger, il était obligé de mettre une limite à ce qui était plausible. Sans trop se poser de questions, il barra aussi Henrik Vanger – si le patriarche était impliqué dans la disparition de la petite-fille de son frère, ses agissements depuis les dernières trente-six années tenaient de la psychopathologie. La mère de Henrik Vanger, qui en 1966 avait l'âge honorable de quatre-vingt-un ans, pouvait raisonnablement être biffée aussi. Restaient vingt-deux membres de la famille qui, selon Henrik Vanger, devaient entrer dans le groupe des "suspects". Neuf étaient morts depuis et certains avaient atteint des âges respectables.

Mikael n'était cependant pas prêt à avaler sans autre forme de procès la conviction de Henrik Vanger selon laquelle un membre de la famille était responsable de la disparition de Harriet. Il fallait ajouter à la liste des suspects une série d'autres personnes.

Dirch Frode avait commencé à travailler comme avocat de Henrik Vanger au printemps 1962. Et quand Harriet avait disparu, "l'homme à tout faire" actuel, Gunnar Nilsson – qu'il ait un alibi ou pas –, avait dix-neuf ans, et de même son père, Magnus Nilsson, était particulièrement présent sur l'île de Hedeby, tout comme l'artiste peintre Eugen Norman et le pasteur Otto Falk. Ce Falk, était-il marié ? Le fermier d'Östergården, Martin Aronsson, comme son fils Jerker Aronsson, s'étaient trouvés sur l'île et à proximité de Harriet Vanger tout au long de son enfance – quelles étaient leurs relations ? Martin Aronsson, était-il marié ? Y avait-il d'autres personnes à la ferme ?

Quand Mikael eut inscrit tous les noms, le groupe en était arrivé à une quarantaine de personnes. Il finit par rejeter le marqueur d'un geste frustré. Il était déjà 3 h 30 du matin et le thermomètre indiquait toujours moins vingt et un degrés. La vague de froid semblait vouloir s'installer. Il aurait voulu se trouver dans son lit à Bellmansgatan.

FREDRIK VANGER
(1886-1964)
ép. Ulrika
(1885-1969)

JOHAN VANGER
(1884-1956)
ép. Gerda
(1888-1960)

Richard (1907-1940)
ép. Margareta
(1906-1959)

Sofia (1909-1977)
ép. **Åke Sjögren**
(1906-1967)

Gottfried
(1927-1965)
ép. **Isabella** (1928-)

Magnus Sjögren
(1929-1994)
Sara Sjögren (1931-)
Erik Sjögren (1951-)
Håkan Sjögren (1955-)

Martin (1948-)
Harriet (1950-)

Märit (1911-1988)
ép. **Algot Günther**
(1904-1987)

Harald (1911-)
ép. **Ingrid**
(1925-1992)

Ossian Günther (1930-)
ép. **Agnes** (1933-)
Jakob Günther (1952-)

Birger (1939-)
Cécilia (1946-)
Anita (1948-)

Greger (1912-1974)
ép. **Gerda** (1922-)

Ingrid (1916-1990)
ép. **Harry Karlman**
(1912-1984)

Alexander (1946-)

Gunnar Karlman (1942-)
Maria Karlman (1944-)

Gustav (1918-1955)
pas marié, sans enfants

Henrik (1920-)
ép. Edith (1921-1958)
sans enfants

216

MIKAEL BLOMKVIST se réveilla à 9 heures le mercredi matin quand le technicien de Telia frappa à la porte pour installer la prise téléphonique et l'ADSL. A 11 heures il pouvait se connecter et ne se sentait plus totalement handicapé d'un point de vue professionnel. Le téléphone, par contre, restait silencieux. Erika n'avait pas répondu à ses appels depuis une semaine. Elle devait vraiment être fâchée. Il commençait aussi à se sentir tête de lard et refusait de l'appeler au bureau ; tant qu'il l'appelait sur son portable, elle pouvait voir que c'était lui et choisir si elle voulait répondre ou pas. C'était donc qu'elle ne voulait pas.

Quoi qu'il en soit, il ouvrit sa boîte aux lettres et passa en revue les trois cent cinquante mails qui lui avaient été adressés pendant la semaine passée. Il en conserva une douzaine, le reste était des spams ou des mailings auxquels il était abonné. Le premier mail qu'il ouvrit était de demokrat88@yahoo.com et disait : J'ESPÈRE QU'AU TROU ON TE FERA SUCER DES BITES SALOPARD DE COMMUNISTE. Mikael archiva le mail dans un dossier intitulé *Critique intelligente*.

Il écrivit un court message à erika.berger@millenium.se.

> [Salut Ricky. Je suppose que tu m'en veux à mort puisque tu ne me rappelles pas. Je voudrais juste te dire que maintenant j'ai le Net et je suis joignable par mails si tu te sens de me pardonner. A part cela, Hedeby est un petit coin rustique qui vaut le détour. M.]

A l'heure du déjeuner, il rangea son iBook dans la sacoche et gagna le café Susanne, où il prit ses quartiers à la table du coin habituelle. Quand Susanne lui servit son café avec un sandwich, elle jeta un regard curieux sur l'ordinateur et demanda sur quoi il travaillait. Mikael utilisa pour la première fois sa couverture et expliqua qu'il était employé par Henrik Vanger pour écrire une biographie. Ils échangèrent des politesses. Susanne invita Mikael à faire appel à elle quand il serait prêt pour les véritables révélations.

— Je sers les Vanger depuis trente-cinq ans et je connais la plupart des ragots sur la famille, dit-elle avant de regagner sa cuisine d'un pas chaloupé.

LE TABLEAU que Mikael avait dessiné indiquait que la famille Vanger s'évertuait à produire sans cesse de nouveaux rejetons. Avec les enfants, les petits-enfants et les arrière-petits-enfants – qu'il ne se donna pas la peine de mentionner –, les frères Fredrik et Johan Vanger avaient environ cinquante descendants. Mikael constata aussi que dans la famille on avait tendance à vivre très vieux. Fredrik Vanger était mort à soixante-dix-huit ans, son frère Johan à soixante-douze. Ulrika Vanger était morte à quatre-vingt-quatre ans. Des deux frères encore en vie, Harald Vanger avait quatre-vingt-douze ans et Henrik Vanger quatre-vingt-deux.

La seule réelle exception était Gustav, le frère de Henrik, mort d'une affection pulmonaire à l'âge de trente-sept ans. Henrik lui avait expliqué que Gustav avait toujours été de santé fragile et qu'il avait suivi sa propre voie, quelque peu en marge du reste de la famille. Il était resté célibataire sans enfants.

Pour le reste, ceux qui étaient morts jeunes avaient disparu pour d'autres raisons que des maladies. Richard Vanger était tombé comme volontaire durant la guerre d'Hiver de Finlande, à trente-quatre ans seulement. Gottfried Vanger, le père de Harriet, s'était noyé l'année précédant la disparition de sa fille. Et Harriet elle-même n'était alors âgée que de seize ans. Mikael nota l'étrange similitude dans cette branche de la famille où grand-père, père et fille avaient été victimes d'accidents. De Richard ne restait que Martin Vanger, qui à cinquante-cinq ans n'était toujours pas marié et n'avait pas d'enfants. Henrik Vanger lui avait cependant appris que Martin avait une compagne, une femme qui habitait à Hedestad.

Martin Vanger avait dix-huit ans quand sa sœur avait disparu. Il faisait partie des quelques rares parents proches qui assez certainement pouvaient être rayés de la liste de ceux qu'on pouvait associer à sa disparition. Cet automne-là, il habitait à Uppsala, il était en terminale au lycée. Il devait prendre part à la réunion de famille, mais n'était arrivé que tard dans l'après-midi et se trouvait donc parmi les spectateurs du mauvais côté du pont pendant l'heure critique où sa sœur s'était volatilisée.

Mikael nota deux autres particularités dans l'arbre généalogique. La première était que les mariages sem-blaient être à vie ; aucun membre de la famille Vanger n'avait jamais divorcé, ni ne s'était remarié, même quand le partenaire était mort jeune. Mikael se demanda quelle fréquence les statistiques générales indiquaient. Cécilia Vanger vivait séparée de son mari depuis plusieurs an-nées mais, si Mikael avait bien compris, ils étaient tou-jours mariés.

L'autre particularité était que la famille semblait géo-graphiquement éclatée entre le côté "hommes" et le côté "femmes". Les descendants de Fredrik Vanger, auxquels appartenait Henrik, avaient traditionnellement joué un rôle de premier plan dans l'entreprise et avaient princi-palement habité à Hedestad ou dans les environs. Les membres de la branche Johan Vanger – uniquement des filles à la première génération – avaient essaimé vers d'autres coins du pays ; ils habitaient à Stockholm, Malmö et Göteborg ou à l'étranger, et ne venaient à Hedestad que pour les vacances d'été et des réunions importantes concernant le groupe. Ingrid Vanger était une exception, dont le fils Gunnar Karlman habitait à Hedestad. Il était rédacteur en chef du journal local *Hedestads-Kuriren*.

En conclusion de son enquête personnelle, Henrik notait que le "mobile caché du meurtre de Harriet" était peut-être à rechercher dans la structure de l'entreprise et le fait qu'il avait signalé très tôt les qualités exceptionnelles de Harriet. L'intention était peut-être de nuire à Henrik lui-même, ou bien Harriet avait découvert une sorte d'information sensible touchant au groupe et constituait ainsi un danger pour quelqu'un. Tout cela n'était que des spéculations mais, partant de cette hypothèse, il avait néanmoins identifié un cercle de treize personnes qu'il présentait comme "particulièrement intéressantes".

L'entretien de la veille avec Henrik Vanger avait aussi éclairé Mikael sur un autre point. Depuis leur tout premier entretien, le vieil homme avait parlé de sa famille dans des termes si méprisants et dégradants que c'en était bizarre. Mikael s'était demandé si les soupçons du patriarche envers sa famille avaient fait flancher sa jugeote, mais maintenant il commençait à comprendre que Henrik Vanger était en réalité d'une clairvoyance stupéfiante.

L'image qui était en train de se dessiner révélait une famille jouissant d'une réussite sociale et économique mais qui, au quotidien, était manifestement en plein dysfonctionnement.

LE PÈRE DE HENRIK VANGER, homme froid et insensible, avait engendré ses enfants puis abandonné à son épouse le soin de s'occuper de leur éducation et de leur bien-être. Avant l'âge de seize ans, ils n'avaient guère vu leur père, sauf à l'occasion de fêtes de famille particulières où l'on tenait à ce qu'ils soient présents tout en restant invisibles. Henrik Vanger ne se souvenait pas de son père comme de quelqu'un ayant d'une manière ou d'une autre exprimé une forme d'amour ; en revanche, il s'était souvent entendu traiter d'incompétent et il avait été la cible de critiques anéantissantes. Les châtiments corporels étaient rares, puisque pas nécessaires. Les seules fois où il avait gagné le respect de son père plus tard dans la vie, c'était quand il avait œuvré pour le groupe Vanger.

Le frère le plus âgé, Richard, s'était révolté. Après une querelle dont on n'avait jamais discuté la raison dans la famille, Richard était parti pour Uppsala avec l'intention d'y faire des études. Il y avait entamé la carrière nazie dont Henrik Vanger avait déjà parlé à Mikael, et qui plus tard allait le mener aux tranchées de la guerre d'Hiver en Finlande.

Ce que le vieil homme n'avait pas raconté tout de suite, c'était que deux autres frères avaient emprunté des chemins identiques.

Harald Vanger et son frère Greger avaient suivi les traces de leur grand frère à Uppsala en 1930. Harald et Greger avaient été très proches, mais Henrik Vanger ne savait pas dire s'ils avaient beaucoup fréquenté Richard. Il était établi que les frères avaient adhéré au mouvement fasciste de Per Engdahl, la Nouvelle Suède. Harald Vanger avait ensuite loyalement suivi Per Engdahl au fil des années, d'abord à l'Union nationale de Suède, puis à l'Opposition suédoise et pour finir au Mouvement néosuédois, quand il fut fondé à la fin de la guerre. Il en resta membre jusqu'à la mort de Per Engdahl dans les années 1990, et par périodes il fut l'un des bailleurs de fonds les plus importants du fascisme suédois resurgi.

Harald Vanger avait fait médecine à Uppsala et s'était presque tout de suite retrouvé dans des cercles qui se passionnaient pour l'hygiène et la biologie des races. A une époque, il travaillait à l'Institut suédois de biologie des races et fut, en tant que médecin, un acteur de premier ordre dans la campagne de stérilisation des éléments indésirables de la population.

Citation, Henrik Vanger, cassette 2, 02950 :
Harald est allé plus loin que ça. En 1937, il a été le coauteur – sous pseudonyme, Dieu soit loué – d'un livre intitulé La Nouvelle Europe des peuples. *Je n'ai appris cela que dans les années 1970. J'ai une copie que tu pourras lire. C'est probablement l'un des livres les plus ignobles qui aient été publiés en suédois. Harald n'y argumente pas seulement en faveur de la stérilisation mais aussi de l'euthanasie – une aide à mourir active pour les personnes qui dérangeaient son goût esthétique et qui ne concordaient pas avec son image du peuple suédois parfait. Un plaidoyer pour un massacre, donc, rédigé dans une prose académique irréprochable et qui contenait tous les arguments médicaux nécessaires. Débarrassez-vous des handicapés. Ne laissez pas la population sami s'étendre ; il y a chez eux des gènes mongols. Les malades mentaux accueilleront la mort comme une libération, n'est-ce pas ? Les femmes aux mœurs dissolues, les bougnoules, les gitans et les juifs – tu vois le tableau. Dans les fantasmes de mon frère, Auschwitz aurait pu se trouver en Dalécarlie.*

Après la guerre, Greger Vanger devint professeur et plus tard proviseur du lycée de Hedestad. Henrik pensait qu'il avait abandonné le nazisme depuis la guerre pour rester apolitique. Il mourut en 1974 et ce n'est que lorsque Henrik examina ses papiers qu'il apprit grâce aux lettres conservées que, dans les années 1950, son frère avait adhéré au Parti nordique national, le NRP, une secte sans importance politique mais totalement fêlée, dont il était resté membre jusqu'à sa mort.

Citation, Henrik Vanger, cassette 2, 04167 : *"Trois de mes frères étaient donc politiquement déments. Jusqu'où allait leur maladie en d'autres circonstances ?"*

Le seul des frères qui dans une certaine mesure trouvait grâce aux yeux de Henrik Vanger était Gustav à la santé fragile, mort des suites d'une maladie pulmonaire en 1955. Gustav ne s'intéressait pas à la politique et apparaissait surtout comme un esprit artiste détourné du monde, sans le moindre intérêt pour les affaires ni pour une activité au sein du groupe Vanger. Mikael demanda à Henrik Vanger :

— Il ne reste que toi et Harald aujourd'hui. Pourquoi est-il revenu vivre à Hedeby ?

— Il est revenu en 1979, peu avant ses soixante-dix ans. La maison lui appartient.

— Ça doit faire bizarre de vivre si près d'un frère qu'on déteste.

Henrik Vanger regarda Mikael, surpris.

— Tu m'as mal compris. Je ne déteste pas mon frère. A la rigueur, j'éprouve de la pitié pour lui. C'est un parfait imbécile et c'est lui qui me hait.

— Il te hait ?

— Tout à fait. Je crois que c'est pour ça qu'il est revenu vivre ici. Pour pouvoir passer ses dernières années à me haïr de près.

— Pourquoi est-ce qu'il te hait ?

— Parce que je me suis marié.

— Je crois qu'il va falloir que tu m'expliques.

HENRIK VANGER avait perdu le contact avec ses frères aînés assez tôt. Il était le seul de la fratrie à révéler des talents pour les affaires – le dernier espoir de son père. Il ne s'intéressait pas à la politique et évitait Uppsala, au lieu de cela il avait choisi d'étudier l'économie à Stockholm. Depuis ses dix-huit ans, il avait passé toutes les vacances comme stagiaire dans l'un des nombreux bureaux du groupe Vanger ou aidé à l'organisation des conseils d'administration. Il apprenait tous les dédales de la société familiale.

Le 10 juin 1941 – au beau milieu de la guerre mondiale qui faisait rage –, Henrik fut envoyé en Allemagne pour une visite de six semaines aux bureaux commerciaux du groupe Vanger à Hambourg. Il n'avait alors que vingt et un ans, et l'agent allemand des entreprises Vanger, un vétéran âgé du nom de Hermann Lobach, lui servait de chaperon et de mentor.

— Je ne vais pas te fatiguer avec tous les détails, mais quand j'y suis allé, Hitler et Staline étaient toujours de bons amis, et le front est n'existait pas encore. Tout le monde croyait Hitler invincible. Il y avait un sentiment de... d'optimisme et de désespoir, je crois que ce sont les mots qui conviennent. Plus d'un demi-siècle après, il est toujours difficile de mettre des mots sur les atmosphères qui régnaient. Ne te méprends pas – je n'ai jamais été nazi et Hitler apparaissait à mes yeux comme un ridicule personnage d'opérette. Mais il était difficile de ne pas être contaminé par la foi en l'avenir qui régnait parmi les gens ordinaires à Hambourg. La guerre s'approchait tout doucement et plusieurs fois au cours de mon séjour à Hambourg la ville a été bombardée. Malgré cela les gens semblaient penser que c'était un moment d'irritation passager – la paix allait bientôt venir et Hitler allait instaurer sa *Neuropa*, la nouvelle Europe. Les gens voulaient croire que Hitler était Dieu. C'est ce que laissait entendre la propagande.

Henrik Vanger ouvrit l'un de ses nombreux albums de photos.

— Voici Hermann Lobach. Il a disparu en 1944, tué et enseveli probablement lors d'un bombardement. Nous n'avons jamais su ce qui lui est arrivé. Au cours de mon séjour à Hambourg, je suis devenu très proche de lui. J'avais une chambre dans son appartement somptueux dans les quartiers où résidaient les familles aisées. Nous nous voyions quotidiennement. Il était aussi peu nazi que moi, mais il était membre du parti nazi par commodité. La carte de membre ouvrait des portes et facilitait ses possibilités de faire des affaires pour le compte du groupe Vanger – et des affaires, c'est exactement ce que nous faisions. Nous construisions des wagons pour leurs trains – je me suis toujours demandé si des wagons sont partis à destination de la Pologne. Nous vendions du tissu pour leurs uniformes et des tubes cathodiques pour leurs postes de radio – mais officiellement nous ne savions pas à quoi servait la marchandise. Et Hermann Lobach savait s'y prendre pour mener à bon port un contrat, il était distrayant et jovial. Le nazi parfait. Petit à petit, j'ai compris qu'il était aussi un homme qui essayait désespérément de cacher un secret.

Dans la nuit du 22 juin 1941, Hermann Lobach est venu frapper à la porte de ma chambre et m'a réveillé. Ma chambre jouxtait celle de sa femme et il m'a fait signe de ne pas faire de bruit, de m'habiller et de le suivre. Nous sommes descendus au rez-de-chaussée et nous sommes installés dans un petit fumoir. Manifestement, Lobach était resté éveillé toute la nuit. Il avait allumé la radio et j'ai compris que quelque chose de dramatique s'était passé. L'opération Barbarossa avait débuté. L'Allemagne avait attaqué l'Union soviétique pendant le week-end de la Saint-Jean.

Henrik Vanger fit un geste d'impuissance avec la main.

— Hermann Lobach a sorti deux verres et nous a versé des schnaps généreux. De toute évidence, il était secoué. Quand je lui ai demandé quelles pourraient être les conséquences, il m'a répondu avec lucidité que cela signifiait la fin pour l'Allemagne et pour le nazisme. Je ne l'ai cru qu'à moitié – Hitler semblait invincible – mais Lobach a trinqué avec moi à la défaite de l'Allemagne. Ensuite il s'est attelé aux choses pratiques.

Mikael hocha la tête pour indiquer qu'il suivait l'histoire.

— Premièrement, il n'avait aucune possibilité de contacter mon père pour des instructions, mais de son propre chef il avait décidé d'interrompre mon séjour en Allemagne et de me renvoyer chez moi dès que possible. Deuxièmement, il voulait me demander de lui rendre un service.

Henrik Vanger montra un portrait jauni et écorné d'une femme brune vue de trois quarts.

— Hermann Lobach était marié depuis quarante ans, mais en 1919 il avait rencontré une femme qui avait la moitié de son âge et qui était d'une beauté ravageuse. Il est tombé fou amoureux d'elle. Elle n'était qu'une pauvre et modeste couturière. Lobach lui a fait la cour et, comme tant d'autres hommes fortunés, il avait les moyens de l'installer dans un appartement à une distance commode de son bureau. Elle est devenue sa maîtresse. En 1921, elle a mis au monde une fille qu'ils ont appelée Edith.

— Homme riche d'un certain âge, jeune femme pauvre et un enfant de l'amour – ça n'a pas dû causer un grand scandale, même dans les années 1940, commenta Mikael.

— C'est vrai. S'il n'y avait pas eu un problème. La femme était juive et Lobach était par conséquent père d'une fille juive au beau milieu de l'Allemagne nazie. Concrètement, il était un *traître à sa race*.

— Ah – ça change tout. Que s'est-il passé ?

— La mère d'Edith a été arrêtée en 1939. Elle a disparu et on se doute de ce qui lui est arrivé. Tout le monde savait qu'elle avait une fille qui n'avait pas encore été inscrite sur les listes de transport, et cette jeune fille était donc recherchée par la section de la Gestapo affectée à la traque des Juifs en fuite. En été 1941, la semaine même où je suis arrivé à Hambourg, ils avaient fait le lien entre la mère d'Edith et Hermann Lobach et il avait été convoqué pour interrogatoire. Il avait reconnu la liaison et la paternité, mais avait déclaré qu'il n'avait pas la moindre idée de l'endroit où sa fille se trouvait et qu'il n'avait pas eu de contact avec elle depuis dix ans.

— Et où se trouvait-elle ?

— Je l'avais croisée tous les jours au domicile de Lobach. Une fille de vingt ans mignonne et calme qui faisait le ménage dans ma chambre et aidait à servir au dîner. En 1937, les persécutions des Juifs duraient depuis plusieurs années et la mère d'Edith avait supplié Hermann de l'aider. Et il l'avait aidée – Lobach aimait sa fille illégitime autant que ses enfants légitimes. Il l'avait cachée à l'endroit le plus invraisemblable – devant le nez de tout le monde. Il s'était procuré de faux papiers et l'avait engagée comme bonne.

— Sa femme savait qui elle était ?

— Non, elle ignorait tout de l'arrangement.

— Et ensuite, que s'est-il passé ?

— Cela avait fonctionné pendant quatre ans, mais Lobach sentait que le piège se resserrait. D'ici peu, la Gestapo viendrait frapper à sa porte. Voilà tout ce qu'il m'a raconté cette nuit-là, à quelques semaines de mon départ pour la Suède. Puis il a fait venir sa fille et nous a présentés. Elle était très timide et n'a même pas osé croiser mon regard. Lobach m'a supplié de sauver sa vie.

— Comment ?

— Il avait tout arrangé. A l'origine, je devais rester encore trois semaines et ensuite prendre le train de nuit pour Copenhague puis le ferry pour traverser le Sund – un voyage assez anodin même en temps de guerre. Deux jours après notre conversation, un cargo appartenant au groupe Vanger devait cependant quitter Hambourg à destination de la Suède. Lobach voulait me renvoyer avec le cargo, pour que je quitte l'Allemagne sans tarder. Toute modification de projets de voyage devait être approuvée par les services de sécurité ; des tracas bureaucratiques mais pas un problème insurmontable. Lobach tenait à me faire monter à bord du navire.

— Avec Edith, je suppose.

— Edith a embarqué illégalement, cachée dans une des trois cents caisses contenant des pièces pour machines. Ma tâche était de la protéger si elle était découverte avant que nous ayons quitté les eaux territoriales de l'Allemagne et d'empêcher le capitaine de faire une bêtise. Sinon, je devais attendre jusqu'à ce que nous soyons à bonne distance de l'Allemagne avant de la laisser sortir.

— Bon.

— Ça paraissait simple, mais ça a été un voyage cauchemardesque. Le capitaine s'appelait Oskar Granath, et il était loin d'être ravi d'avoir soudain la responsabilité de l'héritier arrogant de son employeur. Nous avons quitté Hambourg vers 9 heures un soir d'été. Nous étions en train de sortir du port lorsque les sirènes d'alerte aérienne se sont mises à hurler. Un raid anglais – le pire que j'aie vécu, et le port était évidemment un objectif prioritaire. Je n'exagère pas en disant que j'ai failli pisser dans mon froc quand des bombes ont commencé à éclater tout près. Mais, d'une façon ou d'une autre, nous nous en sommes sortis et, après une panne de moteur et une horrible nuit de tempête dans des eaux truffées de mines, nous sommes arrivés en Suède, à Karlskrona, le lendemain après-midi. Maintenant tu vas me demander ce qui est arrivé à la fille.

— Je crois le savoir déjà.

— Mon père est devenu fou furieux, bien entendu. Mon acte insensé faisait courir des risques énormes. Et la fille pouvait être extradée à n'importe quel moment – songe qu'on était en 1941. Mais à ce stade, j'étais aussi fou amoureux d'elle que Lobach l'avait été de sa mère. Je l'ai demandée en mariage et j'ai posé un ultimatum à mon père – soit il acceptait le mariage, soit il se trouvait un autre jeune espoir pour l'entreprise familiale. Il a cédé.

— Mais elle est morte ?

— Oui, elle est morte bien trop jeune. En 1958. Nous avons vécu un peu plus de seize années ensemble. Elle avait un problème cardiaque, de naissance. Et je me suis révélé stérile – nous n'avons jamais eu d'enfants. Et c'est pour cela que mon frère me hait.

— Parce que tu t'es marié avec elle.

— Parce que je me suis marié – ce sont ses termes – avec une sale pute de Juive. Pour lui, je trahissais la race, le peuple, la morale et tout ce qu'il défendait.

— Mais il est complètement fou.

— Je ne l'aurais pas mieux dit moi-même.

10

JEUDI 9 JANVIER – VENDREDI 31 JANVIER

A EN CROIRE *Hedestads-Kuriren*, le premier mois de Mikael en exil fut le plus froid de mémoire d'homme, ou au moins (Henrik Vanger lui fournit ce renseignement) depuis l'hiver de guerre 1942. Il était enclin à croire cette information. En une semaine à Hedeby, il avait tout appris sur les caleçons longs, les chaussettes en laine et les doubles tee-shirts.

Il vécut quelques jours et nuits terribles mi-janvier quand le froid descendit jusqu'aux inconcevables moins trente-sept degrés. Il n'avait jamais rien vécu de semblable, même pas au cours de l'année passée à Kiruna pendant son service militaire. Un matin, la conduite d'eau avait gelé. Gunnar Nilsson lui procura deux gros bidons en plastique pour qu'il puisse cuisiner et se laver, mais le froid était paralysant. Des roses de glace s'étaient formées sur les carreaux des fenêtres, côté intérieur, et il avait beau pousser à fond le poêle à bois, il se sentait continuellement gelé. Il passait un long moment tous les jours à fendre du bois dans la remise derrière la maison.

Des fois, il avait envie de pleurer et envisageait de prendre un taxi jusqu'à la ville et de sauter dans le premier train en partance pour le Sud. Au lieu de cela, il enfilait un pull de plus et s'enroulait dans une couverture, assis à la table de cuisine avec son café et de vieux rapports de police.

Ensuite la tendance s'inversa et la température monta jusqu'aux agréables moins dix degrés.

MIKAEL AVAIT COMMENCÉ à connaître des gens à Hedeby. Martin Vanger tint sa promesse et lui offrit un dîner préparé par ses soins – rôti d'élan arrosé d'un vin rouge italien. Ce chef d'entreprise n'était pas marié mais il fréquentait une certaine Eva Hassel, qui leur tint compagnie. Eva Hassel était une femme chaleureuse et distrayante, que Mikael trouva extrêmement attirante. Elle était dentiste et habitait à Hedestad, mais elle passait ses week-ends chez Martin Vanger. Mikael finit par apprendre qu'ils se connaissaient depuis de nombreuses années mais qu'ils avaient commencé à se fréquenter seulement à l'âge mûr et qu'ils n'avaient pas estimé nécessaire de se marier.

— Il se trouve qu'elle est mon dentiste, dit Martin Vanger en riant.

— Et me voir mêlée à cette famille de cinglés n'est pas mon truc, dit Eva Hassel en tapotant affectueusement le genou de Martin Vanger.

La villa de Martin Vanger était un rêve de célibataire dessiné par un architecte, avec des meubles en noir, blanc et chrome. Des pièces de design coûteuses qui auraient fasciné Christer Malm, le graphiste de *Millénium*. La cuisine était équipée pour un cuisinier professionnel. Dans le salon trônait une chaîne stéréo avec le fin du fin côté platine vinyles et une excellente collection de jazz, de Tommy Dorsey à John Coltrane. Martin Vanger avait de l'argent et son foyer était somptueux et fonctionnel, bien que relativement impersonnel. Mikael nota que les tableaux sur les murs étaient de simples reproductions et posters qu'on trouvait chez Ikea – jolis mais pas de quoi pavoiser. Les étagères, au moins dans la partie de la maison que Mikael pouvait voir, étaient soigneusement remplies de l'*Encyclopédie nationale* et de quelques livres souvenirs du genre que les gens offrent en cadeau de Noël faute d'une meilleure idée. En résumé, Mikael n'arrivait à distinguer que deux passions dans la vie de Martin Vanger : la musique et la cuisine. La première se manifestait dans trois mille albums trente-trois tours, à vue de nez. La deuxième pouvait se lire dans l'embonpoint de Martin Vanger.

En tant que personne, Martin Vanger était un étrange mélange de stupidité, de causticité et d'amabilité. Il ne fallait pas être très doué en analyse pour arriver à la conclusion que le chef d'entreprise était un homme qui avait des problèmes. Tandis qu'ils écoutaient *Night in Tunisia*, la conversation s'orienta sur le groupe Vanger, et Martin Vanger n'essaya pas de cacher qu'il se battait pour la survie du groupe. Ce choix de sujet rendit Mikael perplexe ; Martin Vanger n'ignorait pas qu'il avait pour invité un journaliste économique qu'il connaissait très peu, et pourtant il discutait les problèmes internes de sa société avec tant de franchise que cela paraissait imprudent. Apparemment, il considérait Mikael comme faisant partie de la famille, puisqu'il travaillait pour Henrik Vanger, et à l'instar de l'ancien PDG il estimait que la famille ne pouvait s'en prendre qu'à elle-même pour la situation dans laquelle se trouvait l'entreprise. En revanche, il n'avait pas l'amertume et le mépris intransigeant du vieil homme pour la famille. Martin Vanger semblait plutôt amusé par la folie incurable de celle-ci. Eva Hassel hocha la tête mais ne fit pas de commentaires. Ils avaient manifestement débattu de cette question auparavant.

Martin Vanger savait donc que Mikael avait été engagé pour écrire une chronique familiale et il demanda comment le travail avançait. Mikael répondit en souriant qu'il avait du mal à s'y retrouver dans les membres de la famille, puis il demanda à Martin Vanger s'il pouvait revenir pour l'interviewer à un moment qui conviendrait. A plusieurs reprises, il envisagea d'orienter la conversation sur l'obsession du vieil homme pour la disparition de Harriet Vanger. Il se disait que Henrik Vanger avait dû tanner le frère de Harriet à plus d'une reprise avec ses théories. Martin savait sans doute aussi que si Mikael devait écrire une chronique familiale, il ne pourrait pas éviter de remarquer qu'un membre de la famille avait disparu sans laisser de traces. Mais Martin ne fit absolument pas mine de vouloir entamer ce sujet et Mikael décida d'attendre. En temps utile, ils auraient des raisons de discuter de Harriet.

Après plusieurs tournées de vodka, ils terminèrent la soirée vers 2 heures du matin. Mikael était passablement ivre quand il tituba sur les trois cents mètres pour rentrer chez lui. Globalement, ça avait été une soirée agréable.

UN APRÈS-MIDI, la deuxième semaine de Mikael à Hedeby, on frappa à la porte de sa maison. Mikael posa le classeur de l'enquête de police qu'il venait de sortir – le sixième – et tira la porte de la pièce de travail derrière lui avant d'aller ouvrir à une femme blonde d'une cinquantaine d'années habillée pour le pôle Nord.

— Bonjour. Je passe juste faire connaissance. Je m'appelle Cécilia Vanger.

Ils se serrèrent la main et Mikael sortit des tasses pour le café. Cécilia Vanger, fille du nazi Harald Vanger, avait l'air d'une femme ouverte et charmante sous bien des aspects. Mikael se souvint que Henrik Vanger avait parlé d'elle avec estime et qu'il avait mentionné qu'elle ne voyait pas son père, mais qu'elle habitait juste à côté de chez lui. Ils bavardèrent un moment avant qu'elle en vienne à la raison de sa venue.

— J'ai compris que vous alliez écrire un livre sur la famille. Je ne suis pas sûre que ce soit une idée qui me plaise, dit-elle. J'avais envie de voir à quoi vous ressemblez.

— Eh bien, Henrik Vanger m'a engagé. C'est son sujet, pour ainsi dire.

— Et le bon Henrik n'est pas entièrement objectif quand il s'agit de donner son point de vue sur la famille.

Mikael la regarda, ne sachant trop où elle voulait exactement en venir.

— Vous vous opposez à un livre sur votre famille ?

— Je n'ai pas dit ça. Et mon avis n'a sans doute pas d'importance. Mais je pense que vous avez peut-être déjà compris qu'il n'a pas toujours été très facile d'être une Vanger.

Mikael n'avait aucune idée de ce que Henrik avait dit et dans quelle mesure Cécilia connaissait sa mission. Il écarta les mains en un geste d'excuse :

— J'ai été contacté par Henrik Vanger pour écrire une chronique familiale. Henrik a des opinions hautes en couleur sur plusieurs des membres, mais je pense que je vais m'en tenir aux faits avérés.

Cécilia Vanger sourit, mais sans chaleur.

— Ce que je voudrais savoir, c'est si je dois choisir l'exil et émigrer quand le livre sortira.

— Je ne crois pas, répondit Mikael. Les gens sont capables de voir la différence entre une personne et une autre.

— Comme mon père, par exemple.

— Votre père le nazi ? demanda Mikael. Cécilia Vanger leva les yeux au ciel.

— Mon père est fou. Je ne le vois qu'une ou deux fois par an, bien que nos maisons se touchent.

— Pourquoi vous ne voulez pas le voir ?

— Attendez avant de vous précipiter avec un tas de questions – est-ce que vous avez l'intention de citer ce que je dis ? Ou est-ce que je peux mener une conversation normale avec vous sans avoir à craindre d'être présentée comme une imbécile ?

Mikael hésita une seconde, pas très sûr de la formulation qu'il devait employer.

— J'ai pour mission d'écrire un livre qui commence lorsque Alexandre Vangeersad débarque avec Bernadotte et qui se termine aujourd'hui. Il suivra l'empire industriel au long de nombreuses décennies, mais parlera évidemment aussi de la raison pour laquelle l'empire s'écroule et des divergences qui existent au sein de la famille. Dans ce genre de récit, il est impossible d'éviter que de la boue ne remonte à la surface. Mais cela ne signifie pas que je vais faire un portrait abominable de vous ni donner une image infâme de la famille. J'ai par exemple rencontré Martin Vanger, que je considère comme un homme sympathique et que je m'apprête à décrire comme tel.

Cécilia Vanger ne répondit pas.

— Ce que je sais de vous, c'est que vous êtes professeur…

— Pire que ça même, je suis proviseur au lycée de Hedestad.

— Pardon. Je sais que Henrik Vanger vous aime bien, que vous êtes mariée mais séparée… et ça doit être à peu près tout. Bien sûr que vous pouvez parler avec moi sans avoir à craindre d'être citée ou livrée en pâture. Par contre, je vais sûrement venir frapper chez vous un jour et demander à vous parler d'un événement précis parce que j'aurai besoin de votre version. Mais je vous dirai clairement quand je poserai une question de ce genre.

— Donc je peux vous parler… *off the record*, comme vous dites.

— Bien sûr.

— Et ceci est *off the record* ?

— Vous êtes une voisine qui est passée dire bonjour et boire une tasse de café, rien de plus.

— Parfait. Est-ce que je peux vous demander quelque chose ?

— Je vous en prie.

— Dans quelle mesure ce livre parlera-t-il de Harriet Vanger ?

Mikael se mordit la lèvre inférieure et hésita. Il essaya de rester léger.

— Très franchement, je n'en sais rien. C'est vrai qu'il y aura peut-être un chapitre – c'est effectivement un événement dramatique, on ne peut pas le nier, et qui a influencé au moins Henrik Vanger.

— Mais vous n'êtes pas ici pour enquêter sur sa disparition ?

— Qu'est-ce qui vous fait croire ça ?

— Eh bien, le fait que Gunnar Nilsson a traîné ici quatre gros cartons. Cela devrait correspondre au recueil des recherches personnelles de Henrik au fil des ans. Et quand j'ai jeté un œil dans l'ancienne chambre de Harriet où Henrik conserve d'ordinaire sa collection, elle n'y était plus.

Cécilia Vanger n'était pas bête.

— Je préférerais que vous discutiez de ça avec Henrik et pas avec moi, répondit Mikael. Mais sinon, bien sûr, Henrik m'a pas mal parlé de la disparition de Harriet et je trouve intéressant de lire les documents là-dessus.

Une nouvelle fois, Cécilia Vanger arbora un sourire triste.

— Parfois je me demande qui est le plus fou – mon père ou mon oncle. J'ai dû discuter la disparition de Harriet avec lui des milliers de fois.

— Que pensez-vous qu'il lui soit arrivé ?

— Est-ce que la question fait partie de l'interview ?

— Non, fit Mikael en riant. Je pose la question par curiosité.

— Ce que j'aimerais savoir, c'est si vous aussi vous êtes fêlé. Si vous avez adhéré au raisonnement de Henrik ou si c'est vous qui poussez Henrik.

— Vous voulez dire que Henrik est fêlé ?

— Ne me comprenez pas de travers. Henrik est l'un des hommes les plus chaleureux et les plus attentionnés que je connaisse. Je l'aime énormément. Mais sur ce sujet il est obsédé.

— Son obsession, cela dit, semble fondée. Harriet a réellement disparu.

— C'est simplement que j'en ai marre de toute cette foutue histoire. Elle a empoisonné nos vies pendant tant d'années et elle ne s'arrête jamais.

Elle se leva soudain et enfila son manteau de fourrure.

— Je dois y aller. Vous m'avez l'air sympa. C'est ce que dit Martin aussi, mais son jugement n'est pas toujours le meilleur. Passez boire un café quand vous voudrez. Je suis presque toujours chez moi le soir.

— Merci, dit Mikael. Quand elle se dirigea vers la porte d'entrée, il lança derrière elle : Vous n'avez pas répondu à la question qui n'était pas une question d'interview.

Elle s'arrêta devant la porte et répondit sans le regarder.

— Je n'ai aucune idée de ce qui est arrivé à Harriet. Mais je crois que c'était un accident qui a une explication tellement simple et banale que nous serions surpris si un jour nous apprenions la réponse.

Elle se retourna et lui sourit – pour la première fois avec chaleur. Puis elle fit un signe de la main et s'en alla. Mikael resta immobile à la table, pensif. Cécilia Vanger était l'une des personnes inscrites en gras sur sa liste de membres de la famille présents sur l'île quand Harriet Vanger avait disparu.

SI LA CONNAISSANCE de Cécilia Vanger avait été relativement agréable à faire, ce ne fut pas le cas pour Isabella Vanger. Âgée de soixante-quinze ans, la mère de Harriet Vanger était une femme très élégante, une sorte de Lauren Bacall âgée. Mince, vêtue d'un manteau d'astrakan noir et d'un bonnet assorti, elle s'appuyait sur une canne noire lorsque Mikael tomba sur elle un matin en se rendant au café Susanne. Il pensa à un vampire sur le retour : d'une beauté picturale mais venimeuse comme un serpent. Isabella Vanger rentrait manifestement chez elle après une promenade ; elle le héla depuis la croisée des chemins.

— Vous là, jeune homme ! Venez par ici.

On pouvait difficilement se méprendre sur le ton de commandement. Mikael regarda autour de lui et tira la conclusion que c'était lui qu'elle appelait. Il s'approcha.

— Je suis Isabella Vanger, annonça la femme.

— Bonjour, je m'appelle Mikael Blomkvist. Il tendit une main qu'elle ignora superbement.

— C'est vous, le type qui fouille dans nos histoires de famille ?

— Disons que je suis le type que Henrik Vanger a contacté pour l'aider dans son historique de la famille Vanger.

238

— Ce ne sont pas vos affaires.

— Où est le problème ? Que Henrik Vanger m'ait contacté ou bien que j'aie accepté ? Dans le premier cas, je pense que cela regarde Henrik, dans le deuxième, c'est mon problème.

— Vous savez très bien ce que je veux dire. Je n'aime pas que des gens fouinent dans ma vie.

— Hé là, je ne vais pas fouiner dans votre vie. Pour le reste, il faudra que vous en discutiez avec Henrik.

Isabella Vanger leva soudain sa canne et frappa la poitrine de Mikael avec le pommeau. Un coup sans aucune violence, mais la surprise le fit reculer d'un pas.

— Tenez-vous à bonne distance de moi.

Isabella Vanger tourna les talons et poursuivit vers chez elle. Mikael resta cloué sur place, le visage figé comme s'il venait de rencontrer un personnage de BD en chair et en os. Tournant les yeux, il vit Henrik Vanger à la fenêtre de son cabinet de travail. Il tenait une tasse de café à la main qu'il leva avec ironie. Mikael écarta les mains en un geste d'impuissance, secoua la tête et reprit son chemin en direction du café Susanne.

LE SEUL VOYAGE que Mikael entreprit au cours du premier mois fut une excursion d'une journée au bord du lac Siljan. Il emprunta la Mercedes de Dirch Frode et roula dans un paysage enneigé pour aller passer un après-midi en compagnie du commissaire Gustaf Morell. Mikael avait essayé de se faire une idée de Morell en se basant sur l'impression émanant de l'enquête de police ; il trouva un vieillard diminué qui se déplaçait lentement et parlait encore plus lentement.

Sur un bloc-notes, Mikael avait griffonné une dizaine de questions, partant surtout d'idées qui lui étaient venues à l'esprit en lisant l'enquête. Morell fournit une réponse pédagogique à chaque question. Pour finir, Mikael rangea son bloc et expliqua au commissaire en retraite que ces questions n'étaient qu'un prétexte pour venir le voir. Ce qu'il voulait en réalité, c'était bavarder avec lui et pouvoir poser la seule question d'importance : y avait-il quelque chose dans l'enquête qu'il n'avait pas couché sur papier – une réflexion ou une intuition qu'il pourrait lui communiquer ?

Morell, tout comme Henrik Vanger, ayant passé trente-six ans à réfléchir au mystère de la disparition de Harriet, Mikael s'était attendu à rencontrer une certaine réticence à l'égard du nouveau qui venait fouiner dans les fourrés où Morell s'était égaré. Morell, pourtant, n'affichait pas l'ombre d'une hostilité. Il bourra soigneusement sa pipe et craqua une allumette avant de répondre.

— Oh, bien sûr que j'ai des idées. Mais elles sont tellement vagues et fuyantes que je n'arrive pas très bien à les formuler.

— Qu'est-ce qui est arrivé à Harriet, selon vous ?

— Je crois qu'elle a été assassinée. Là-dessus, je suis d'accord avec Henrik. C'est la seule explication plausible. Mais nous n'avons jamais compris le mobile. Je crois qu'elle a été tuée pour une raison précise – ce n'est l'œuvre ni d'un fou ni d'un violeur ou quelque chose comme ça. Si nous connaissions le motif, nous saurions qui l'a tuée.

Morell réfléchit un instant.

— Le meurtre a pu être commis à l'improviste. Je veux dire par là que quelqu'un a saisi l'occasion quand une possibilité s'est offerte dans le chaos occasionné par l'accident. L'assassin a caché le corps et l'a transporté plus tard, tandis que se déroulait la battue pour la retrouver.

240

— Dans ce cas, nous parlons de quelqu'un qui agit de sang-froid.

— Il y a un détail. Harriet est venue dans le cabinet de Henrik et a demandé à lui parler. Cela me semble un drôle de comportement – elle le savait débordé par tous les membres de la famille qui grouillaient de partout. Je crois que Harriet constituait une menace pour quelqu'un, qu'elle voulait raconter quelque chose à Henrik et que l'assassin a compris qu'elle allait… disons moucharder.

— Henrik était occupé avec quelques membres de la famille…

— Il y avait quatre personnes dans la pièce, en dehors de Henrik. Son frère Greger, le fils d'une cousine, un certain Magnus Sjögren, et il y avait les deux enfants de Harald Vanger, Birger et Cécilia. Mais cela ne signifie rien de spécial. Supposons que Harriet avait découvert que quelqu'un détournait de l'argent de l'entreprise – juste une hypothèse. Elle a pu garder cette info pendant des mois, voire en discuter plusieurs fois avec le quelqu'un en question. Elle a pu essayer de le faire chanter, ou elle a pu avoir pitié de lui sans savoir si elle devait le dénoncer ou pas. Elle a pu se décider brusquement et en informer l'assassin, qui, affolé, l'a supprimée.

— Vous parlez d'un "il".

— D'un point de vue statistique, la plupart des assassins sont des hommes. Mais il est vrai que la famille Vanger comporte quelques bonnes femmes qui sont de véritables harpies.

— J'ai rencontré Isabella.

— Elle en fait partie. Mais il y en a d'autres. Cécilia Vanger peut être assez cassante. Avez-vous rencontré Sara Sjögren ? Mikael secoua la tête. C'est la fille de Sofia Vanger, l'une des cousines de Henrik. Une femme vraiment désagréable et dépourvue de scrupules, croyez-moi.

Mais elle habitait à Malmö et pour autant que j'ai pu trouver, elle n'avait aucune raison d'éliminer Harriet.

— Hm hm.

— Le seul problème, c'est que nous avons beau tourner et retourner l'histoire, nous ne comprenons jamais le mobile. Tout est là. Découvrons-le et nous saurons ce qui s'est passé et qui est le responsable.

— Vous avez travaillé à fond sur ce cas. Y a-t-il une piste que vous n'ayez pas suivie ?

Gustaf Morell gloussa.

— Eh non, Mikael. J'ai consacré un temps fou à l'affaire et je ne vois pas le moindre détail que je n'aie pas remonté aussi loin que possible. Même ensuite, quand je suis monté en grade et que j'ai quitté Hedestad.

— Quitté ?

— Oui, je ne suis pas originaire de Hedestad. J'y étais stationné entre 1963 et 1968. Ensuite j'ai été nommé commissaire et j'ai rejoint la police de Gävle pour le restant de ma carrière. Mais même en poste à Gävle, j'ai continué à travailler sur la disparition de Harriet.

— Henrik Vanger ne vous a pas lâché, j'imagine.

— Oui, bien sûr, mais ce n'était pas pour ça. L'énigme Harriet me fascine encore aujourd'hui. Je veux dire… comprenez que tout flic a son propre mystère non résolu. Je me souviens que quand j'étais à Hedestad, mes collègues plus âgés parlaient du cas Rebecka en prenant le café. Il y avait en particulier un policier qui s'appelait Torstensson – il est mort depuis de nombreuses années – qui revenait année après année sur ce cas. Durant son temps libre et ses vacances. Quand c'était le calme plat côté voyous locaux, il sortait souvent les classeurs et se mettait à réfléchir.

— Là aussi, il s'agissait d'une fille disparue ?

Le commissaire Morell eut l'air surpris une seconde. Puis il sourit quand il comprit que Mikael cherchait une sorte de lien.

— Non, je ne l'ai pas mentionné pour cette raison. Je parle de *l'âme* d'un policier. Le cas Rebecka date de bien avant la naissance même de Harriet Vanger, et il est prescrit depuis longtemps. Dans les années 1940, une femme de Hedestad a été attaquée, violée et assassinée. Ça n'a rien d'inhabituel. Au cours de leur carrière, tous les policiers ont au moins une fois à élucider ce type d'événement, mais ce que je veux dire, c'est qu'il y a des cas qui s'incrustent et se glissent sous la peau des investigateurs. Cette fille a été tuée d'une façon particulièrement brutale. L'assassin l'avait ligotée et il lui a enfoncé la tête dans les braises d'une cheminée. Je ne sais pas combien de temps il a fallu à cette pauvre fille pour mourir, ni quelles douleurs elle a pu endurer.

— Quelle horreur !

— Exactement. L'horreur totale. Le pauvre Torstensson était le premier investigateur sur place quand on l'avait trouvée, et le meurtre n'a jamais été élucidé, bien qu'ils aient fait venir en renfort des experts de Stockholm. Il n'a jamais réussi à lâcher le cas.

— Je le comprends.

— Mon cas Rebecka est donc Harriet. Nous ne savons pas comment elle est morte. Techniquement, nous ne pouvons même pas prouver qu'il y a eu meurtre. Mais je n'ai jamais réussi à lâcher.

Il réfléchit un moment.

— Enquêteur criminel, ça peut être le métier le plus solitaire du monde. Les amis de la victime sont révoltés et désespérés, mais tôt ou tard – au bout de quelques semaines ou mois – la vie quotidienne reprend le dessus. Pour les plus proches, ça met plus longtemps, mais eux aussi finissent par surmonter le chagrin et le désespoir. La vie continue. Pourtant les meurtres non résolus vous rongent. En fin de compte, il ne reste qu'une seule personne qui pense à la victime et essaie de lui rendre justice – le flic qui est resté avec l'enquête sur les bras.

TROIS AUTRES PERSONNES de la famille Vanger avaient leur domicile sur l'île. Alexander Vanger, né en 1946 et fils de Greger, habitait une maison en bois rénovée, construite au début du XXᵉ siècle. Henrik apprit à Mikael qu'Alexander Vanger se trouvait à l'heure actuelle aux Antilles, où il se consacrait à ses occupations favorites – faire de la voile et passer le temps à musarder. Henrik démolit son neveu avec une telle vigueur que Mikael en tira la conclusion qu'Alexander Vanger avait été l'objet de controverses. Il se contenta de constater qu'Alexander avait vingt ans quand Harriet Vanger avait disparu, et qu'il faisait partie de ceux qui s'étaient trouvés sur place.

Avec Alexander habitait sa mère Gerda, quatre-vingts ans et veuve de Greger Vanger. Mikael ne l'apercevait jamais ; elle était de santé fragile et restait alitée la plupart du temps.

La troisième personne était évidemment Harald Vanger. Au cours du premier mois, Mikael n'avait même pas réussi à apercevoir l'ombre du vieux biologiste des races. La maison de Harald Vanger, le voisin le plus proche de Mikael, avait un air lugubre avec ses fenêtres occultées de lourds rideaux. A plusieurs reprises, Mikael avait eu l'impression de deviner un léger mouvement de ces rideaux, et une fois, tard dans la nuit alors qu'il s'apprêtait à se coucher, il avait soudain vu une lumière dans une chambre à l'étage. Les rideaux étaient mal tirés. Pendant plus de vingt minutes, il était resté fasciné, dans le noir de la cuisine, à regarder la lumière avant de tout laisser tomber et d'aller se coucher en grelottant. Au matin, le rideau avait repris sa place.

Harald Vanger semblait être un esprit invisible mais perpétuellement présent, marquant la vie du hameau par son absence. Dans l'imagination de Mikael, Harald Vanger prenait de plus en plus la forme d'un Gollum malveillant espionnant son entourage de derrière les rideaux et s'adonnant à des activités mystérieuses dans son trou fermé à double tour.

Une fois par jour, Harald Vanger recevait la visite d'une aide à domicile, une femme âgée venant de l'autre côté du pont, qui pataugeait dans les congères avec des cabas chargés de nourriture jusqu'à sa porte, puisqu'il refusait de faire déblayer l'accès. Gunnar Nilsson, "l'homme à tout faire", secoua la tête quand Mikael lui posa la question. Il expliqua qu'il s'était proposé de déblayer, mais que manifestement Harald Vanger refusait que quiconque pose un pied sur son terrain. Une seule fois, le premier hiver après le retour de Harald Vanger sur l'île, Gunnar Nilsson était machinalement arrivé avec le tracteur pour déblayer la neige de l'accès, comme il le faisait devant toutes les maisons. Une initiative qui lui avait valu de voir débouler un Harald Vanger vociférant et l'obligeant à s'en aller.

Gunnar Nilsson, par ailleurs, regrettait de ne pas pouvoir déblayer la cour de Mikael, mais la grille était trop étroite pour laisser passer le tracteur. Restait donc à utiliser l'huile de coude et une pelle à neige.

AU MILIEU DU MOIS DE JANVIER, Mikael Blomkvist donna pour mission à son avocat d'essayer de savoir quand il était censé purger ses trois mois de prison. Il tenait à se débarrasser de la corvée au plus vite. Aller en prison se révéla être plus facile que ce qu'il avait imaginé. Au bout d'une semaine de palabres, il fut décidé que Mikael se présenterait le 17 mars au centre de détention de Rullåker près d'Östersund, un établissement pénitentiaire souple pour les condamnations légères. L'avocat de Mikael l'informa en outre que la peine serait très vraisemblablement écourtée.

— Tant mieux, fit Mikael sans grand enthousiasme.

Il était assis à la table de la cuisine et caressait le chat tigré roux, qui avait pris l'habitude de surgir à intervalles réguliers pour passer la nuit chez lui. Helen Nilsson, de l'autre côté de la route, lui avait appris que le chat s'appelait Tjorven, qu'il n'appartenait à personne en particulier, mais qu'il faisait la tournée des maisons.

MIKAEL RENCONTRAIT son commanditaire pratiquement tous les après-midi. Parfois pour un bref entretien, parfois pour des heures à discuter la disparition de Harriet Vanger et toutes sortes de détails dans l'investigation privée de Henrik Vanger.

Régulièrement, Mikael formulait une théorie que Henrik s'appliquait à torpiller. Mikael essayait de garder une distance vis-à-vis de sa mission, mais en même temps il sentait qu'il y avait des moments où il était lui-même terriblement fasciné par l'énigme que constituait la disparition de Harriet.

Mikael avait promis à Erika qu'il allait aussi élaborer une stratégie leur permettant de reprendre la lutte contre Hans-Erik Wennerström, mais en un mois à Hedestad, il n'avait même pas ouvert les vieux dossiers dont le contenu l'avait mené au tribunal. Au contraire – il repoussait en bloc le problème. Chaque fois qu'il commençait à réfléchir à Wennerström et à sa propre situation, il tombait dans un découragement et une faiblesse insondables. Dans ses moments de lucidité, il se demandait s'il n'était pas en train de devenir aussi fêlé que le vieux Vanger. Sa carrière professionnelle s'était écroulée comme un château de cartes et sa réaction avait été de se terrer dans un petit village à la campagne pour chasser des fantômes. Sans compter qu'Erika lui manquait.

Henrik Vanger regardait son collègue d'investigation avec une inquiétude discrète. Il devinait que Mikael Blomkvist ne se trouvait pas toujours dans un équilibre parfait. Vers la fin janvier, le vieil homme prit une décision qui le surprit lui-même. Il souleva le combiné du téléphone et appela Stockholm. La conversation dura vingt minutes et tourna principalement autour de Mikael Blomkvist.

PRÈS D'UN MOIS avait été nécessaire pour que la colère d'Erika se calme. A 21 h 30 un des derniers soirs de janvier, elle appela.

— Tu as donc vraiment l'intention de rester là-bas, dit-elle pour commencer. L'appel le prit tellement de court que Mikael ne sut tout d'abord pas quoi répondre. Puis il sourit, et serra la couverture autour de lui.

— Salut Ricky. Tu devrais venir y goûter, toi aussi.

— Pourquoi ? Ça présente un attrait particulier d'habiter à Pétaouchnok ?

— Je viens juste de me laver les dents avec de l'eau glacée. Ça fait chanter les plombages.

— Tu n'as qu'à t'en prendre à toi-même. Mais je t'avoue qu'il fait aussi un froid de canard ici à Stockholm.

— Raconte.

— Nous avons perdu deux tiers de nos annonceurs fixes. Personne n'a envie de le dire clairement, mais...

— Je sais. Dresse une liste de ceux qui se désistent. Un jour nous les présenterons dans un reportage de circonstance.

— Micke… j'ai fait des calculs et si nous n'avons pas de nouveaux annonceurs, nous coulerons à l'automne. C'est aussi simple que ça.

— Le vent va tourner.

Elle eut un rire fatigué à l'autre bout de la ligne.

— Tu ne peux pas te contenter de rester là-haut dans l'enfer lapon et d'affirmer des trucs pareils.

— N'exagère pas, le village sami le plus proche est au moins encore à plus de cinq cents kilomètres d'ici.

Erika se tut un moment, puis reprit :

— Je sais. Quand un homme a une mission, il faut qu'il la remplisse, et à vos ordres, mon colonel. Je ne te demande pas de te justifier. Pardon d'avoir été vache et de ne pas avoir répondu à tes coups de fil. Est-ce qu'on peut reprendre au début ? Est-ce que j'ose venir te rendre visite ?

— Quand tu veux.

— Il faut que j'emporte un fusil avec des balles à loups ?

— Pas du tout. Nous engagerons quelques Lapons avec des traîneaux à chiens. Tu viens quand ?

— Vendredi soir. OK ?

La vie parut d'un coup infiniment plus gaie à Mikael.

À PART LE MINCE SENTIER déblayé jusqu'à la porte, le terrain était couvert de près d'un mètre de neige. Mikael fixa la pelle d'un œil critique pendant une minute, puis il alla demander aux Nilsson si Erika pouvait garer sa BMW chez eux pendant sa visite. Ça ne posait aucun problème. Il y avait plein de place dans leur garage et ils lui proposèrent même un chauffe-moteur.

Erika fit le trajet dans l'après-midi et arriva vers 18 heures. Ils se regardèrent chacun sur la réserve pendant quelques secondes et se serrèrent l'un contre l'autre pendant bien plus longtemps.

Il n'y avait pas grand-chose à voir dehors dans l'obscurité du soir à part l'église éclairée, et la supérette Konsum comme le café Susanne étaient en train de fermer. Ils gagnèrent rapidement la maison. Mikael prépara le dîner pendant qu'Erika furetait dans tous les coins, lançant des commentaires sur les *Rekordmagasinet* des années 1950 et feuilletant ses classeurs dans la pièce de travail. Ils mangèrent des côtes d'agneau avec des pommes de terre à la crème – beaucoup trop de calories – accompagnées de vin rouge. Mikael essaya de reprendre le sujet mais Erika n'était pas d'humeur à discuter de *Millénium*. Au lieu de cela, ils parlèrent pendant deux heures d'eux-mêmes et des activités de Mikael. Ensuite, ils allèrent vérifier si le lit était assez large pour deux.

LA TROISIÈME RENCONTRE avec maître Nils Bjurman avait été annulée, reportée puis finalement fixée à 17 heures ce même vendredi. Lors des autres rendez-vous, Lisbeth Salander avait été accueillie par une femme d'une cinquantaine d'années parfumée au musc et faisant office de secrétaire. Cette fois-ci elle était absente et maître Bjurman dégageait une faible odeur d'alcool. Il fit signe à Salander de s'asseoir dans un fauteuil et feuilleta distraitement des papiers jusqu'à ce qu'il semble soudain se rendre compte de sa présence.

S'ensuivit un nouvel interrogatoire. Il questionna Lisbeth Salander sur sa vie sexuelle – qu'elle estimait définitivement relever de sa vie privée et qu'elle n'avait pas l'intention de discuter avec qui que ce soit.

Après le rendez-vous, elle sut qu'elle avait mal géré l'entretien. Silencieuse au départ, elle avait évité de répondre à ses questions et il avait interprété cela comme de la timidité, de la déficience mentale ou une tentative de dissimulation, et il l'avait pressée pour avoir des réponses. Comprenant qu'il n'abandonnerait pas, elle lui avait fourni des réponses sommaires et anodines du genre qu'elle supposait coller avec son profil psychologique. Elle avait mentionné Magnus – décrit comme un programmeur en informatique de son âge un peu tocard, qui se comportait en gentleman avec elle, l'emmenait au cinéma et parfois la fourrait dans son lit. Magnus était une pure fiction qui prit forme à mesure qu'elle en parlait, mais Bjurman avait saisi ce prétexte pour dresser une carte détaillée de sa vie sexuelle pendant l'heure suivante. *A quelle fréquence est-ce que tu fais l'amour ?* De temps en temps. *Qui prend l'initiative – toi ou lui ?* Moi. *Est-ce que vous utilisez des préservatifs ?* Evidemment – elle avait entendu parler du HIV. *Quelle est ta position préférée ?* Ben, sur le dos en général. *Est-ce que tu aimes le sexe oral ?* Euh, attendez là… *Est-ce que tu as déjà pratiqué la sodomie ?*

— Non, ça ne m'amuse pas spécialement qu'on me la fourre dans le cul – mais ce n'est pas tes oignons, alors là, pas du tout !

C'était la seule fois où elle s'était laissé emporter en compagnie de Bjurman. Consciente qu'il pourrait se méprendre sur son regard, elle avait fixé le plafond pour que ses yeux ne trahissent pas ses sentiments. Quand elle le regarda de nouveau, il ricanait de l'autre côté du bureau. Lisbeth Salander avait soudain compris que sa vie allait prendre une tournure dramatique. Elle quitta maître Bjurman avec un sentiment de dégoût. Elle n'avait pas été préparée à ça. Palmgren n'aurait jamais eu l'idée de poser ce genre de questions, en revanche il avait toujours été disposé à l'écouter, offre dont elle avait rarement profité.

Bjurman était un *blème grave* et elle comprit qu'il était même en train de passer au niveau *maxiblème*.

11

SAMEDI 1er FÉVRIER – MARDI 18 FÉVRIER

PROFITANT DES COURTES HEURES de jour le samedi, Mikael et Erika firent une promenade qui les mena des cabanes du port à la ferme d'Östergården. Bien qu'habitant sur l'île depuis un mois, Mikael n'en avait jamais auparavant visité l'intérieur ; le froid plus diverses tempêtes de neige avaient eu un effet dissuasif sur de tels exercices. Mais le samedi était ensoleillé et agréable, comme si Erika avait apporté un soupçon de printemps à l'horizon. Il ne faisait que moins cinq degrés. La route était bordée de congères hautes d'un bon mètre formées par le chasse-neige. Dès qu'ils eurent quitté la zone des cabanes, ils se retrouvèrent dans une forêt de sapins dense, et Mikael fut surpris de constater que le mont Sud, dominant le port de plaisance, était bien plus haut et plus inaccessible qu'on ne l'aurait dit en le regardant depuis le hameau. Un moment, il se demanda combien de fois Harriet Vanger y avait joué quand elle était petite, puis il cessa d'y penser. Quelques kilomètres plus loin, la forêt prit fin brusquement devant une clôture entourant la ferme d'Östergården. Ils pouvaient voir un bâtiment blanc en bois et une imposante grange rouge. Ils s'abstinrent d'aller jusqu'à la ferme et rebroussèrent chemin.

Ils passaient devant l'accès à la maison Vanger, quand Henrik Vanger frappa quelques coups sonores sur la fenêtre à l'étage et, avec force gestes, les invita à monter. Mikael et Erika se regardèrent.

— Tu veux rencontrer un industriel de légende ? demanda Mikael.

— Est-ce qu'il mord ?

— Pas le samedi.

Henrik Vanger les accueillit à la porte de son cabinet de travail et leur serra la main.

— Je vous reconnais. Vous devez être Mlle Berger, fit-il. Mikael n'a pas soufflé mot de votre visite à Hedeby.

L'UNE DES PLUS GRANDES QUALITÉS d'Erika était sa capacité à nouer des liens d'amitié avec les individus les plus divers. Mikael l'avait vue brancher son charme sur de petits garçons de cinq ans, prêts à abandonner leur maman dans les dix minutes. Les vieillards de quatre-vingts ans et des poussières ne semblaient pas constituer des exceptions. Ses fossettes souriantes n'étaient que des amuse-gueules. En deux minutes, Erika et Henrik Vanger avaient totalement ignoré Mikael et bavardaient comme s'ils se connaissaient depuis l'enfance – disons depuis l'enfance d'Erika, si l'on considérait la différence d'âge.

Sans prendre de gants, Erika commença par reprocher à Henrik Vanger d'avoir attiré son meilleur rédacteur dans ce trou perdu. Le vieil homme répliqua que, pour autant qu'il avait pu comprendre en lisant divers communiqués de presse, elle l'avait déjà licencié, et si elle ne l'avait pas déjà fait, il serait grand temps de délester la rédaction. Jouant l'intéressée, Erika examina Mikael d'un œil critique. De toute façon, un break rustique à la campagne ne ferait que du bien au jeune M. Blomkvist, ajouta Henrik Vanger. Erika était entièrement d'accord.

Pendant cinq minutes, ils plaisantèrent ainsi sur les revers de Mikael. Mikael se cala au fond de son fauteuil, jouant l'offensé, mais bien renfrogné quand Erika lâcha quelques commentaires équivoques, éventuellement applicables à ses défauts en tant que journaliste, mais tout aussi bien à ses performances sexuelles défaillantes. La tête en arrière, Henrik Vanger riait aux éclats.

Mikael en resta stupéfait ; il ne s'agissait que de vannes amicales, mais jamais auparavant il n'avait vu Henrik Vanger aussi décontracté et à l'aise. Il comprit soudain qu'un Henrik Vanger de cinquante ans plus jeune – disons trente ans, même – avait dû être un homme à femmes séducteur et attirant. Il ne s'était jamais remarié. Il y avait forcément eu des femmes sur son chemin, mais il était resté célibataire depuis bientôt un demi-siècle.

Mikael avala une gorgée de café et tendit de nouveau l'oreille en réalisant que la conversation était soudain devenue sérieuse et portait sur *Millénium*.

— Mikael m'a laissé comprendre que vous avez des problèmes au journal.

Erika se tourna vers Mikael.

— Non, il n'a pas discuté vos affaires internes, mais il faudrait être sourd et aveugle pour ne pas se rendre compte que votre journal, tout comme les entreprises Vanger, se trouve au bout du rouleau.

— Je pense que nous allons redresser la situation, répondit Erika prudemment.

— J'en doute, répliqua Henrik Vanger.

— Ah bon, pourquoi ?

— Voyons voir, vous avez combien d'employés, six ? Un tirage de vingt et un mille exemplaires qui sortent une fois par mois, les frais d'impression et de distribution, les locaux… Il vous faut un chiffre d'affaires disons de 10 millions. Environ la moitié de cette somme est forcément assurée par les annonceurs.

— Et ?

— Hans-Erik Wennerström est un salopard rancunier et mesquin qui ne vous oubliera pas de sitôt. Vous avez perdu combien d'annonceurs ces derniers mois ?

Erika attendit la suite en observant Henrik Vanger. Mikael se surprit à retenir sa respiration. Lorsque lui et le vieil homme avaient abordé le sujet *Millénium*, il s'était agi soit de commentaires taquins, soit de la situation du journal par rapport à la capacité de Mikael de faire un bon boulot à Hedestad. Mikael et Erika étaient cofondateurs et copropriétaires du journal, mais il était évident que Vanger parlait en ce moment uniquement à Erika, de patron à patron. Un échange selon un code que Mikael n'arrivait ni à comprendre ni à interpréter, ce qui venait peut-être du fait qu'au fond il n'était qu'un fils d'ouvrier pauvre du Norrland et elle une fille de la haute, dotée d'un bel arbre généalogique international.

— Puis-je avoir encore du café ? demanda Erika. Henrik Vanger la servit immédiatement.

— Bon, admettons que vous soyez perspicace. L'eau commence à monter dans les caves de *Millénium*. Mais on rame.

— Combien de temps avant le naufrage ?

— Nous avons six mois devant nous pour inverser le processus. Huit, neuf mois au maximum. Nous n'avons tout simplement pas assez de liquidités pour nous maintenir à flot plus longtemps que ça.

Le visage du vieil homme était insondable quand il regarda par la fenêtre. L'église était toujours en place.

— Savez-vous qu'un jour j'ai été propriétaire d'un journal ?

Avec le plus bel ensemble, Mikael et Erika secouèrent la tête. Henrik Vanger éclata de rire.

— Nous possédions six quotidiens du Norrland. C'était dans les années 1950 et 1960. L'idée venait de mon père – il pensait qu'il pouvait y avoir des avantages politiques à être soutenus par les médias. Nous sommes même toujours l'un des propriétaires de *Hedestads-Kuriren*, Birger Vanger est président du conseil d'administration de l'association des propriétaires. C'est le fils de Harald, ajouta-t-il à l'intention de Mikael.

— Il est aussi élu municipal, constata Mikael.

— Martin aussi siège au CA. Il tient Birger en laisse.

— Pourquoi avez-vous liquidé vos parts dans les journaux ? demanda Mikael.

— Restructuration dans les années 1960. L'activité journalistique était en quelque sorte plus un hobby qu'un intérêt. Quand nous avons eu besoin de resserrer le budget, c'est l'un des premiers biens que nous avons mis en vente dans les années 1970. Mais je sais ce que ça signifie que de s'occuper d'un journal… Est-ce que je peux poser une question personnelle ?

La question était adressée à Erika, qui haussa un sourcil et d'un geste invita Vanger à poursuivre.

— Je n'ai pas questionné Mikael là-dessus et si vous ne voulez pas répondre, vous n'êtes pas obligés. Je voudrais savoir pourquoi vous vous êtes retrouvés dans ce bourbier. Est-ce que vous aviez un sujet ou pas ?

Mikael et Erika échangèrent des regards. Cette fois, ce fut au tour de Mikael d'avoir l'air insondable. Erika hésita une seconde avant de parler.

— Nous avions un sujet. Mais en réalité on en abordait un autre.

Henrik Vanger hocha la tête, comme s'il comprenait exactement Erika. Alors que Mikael lui-même ne comprenait pas.

256

— Je ne veux pas en parler, coupa Mikael. J'ai mené mes recherches et j'ai écrit le papier. J'avais toutes les sources nécessaires. Ensuite, c'est parti en vrille.

— Mais tu avais une source pour tout ce que tu as écrit ?

Mikael hocha la tête. La voix de Henrik Vanger fut soudain tranchante.

— Je ne veux pas jouer celui qui comprend comment vous avez pu poser le pied sur une mine pareille. Je n'arrive pas à trouver de cas similaire, à part peut-être l'affaire Lundahl dans *Expressen* dans les années 1960, si vous en avez entendu parler, jeunes comme vous êtes. Votre informateur aussi était un parfait mythomane ? Il secoua la tête et se tourna vers Erika en baissant la voix. J'ai été éditeur de journaux autrefois et je peux le redevenir. Que diriez-vous d'un copropriétaire de plus ?

La question fusa comme un éclair dans un ciel bleu, mais Erika ne parut pas le moins du monde surprise.

— Qu'est-ce que vous voulez dire par là ?

Henrik Vanger évita la question en en posant une autre.

— Combien de temps restez-vous à Hedestad ?

— Je rentre demain.

— Est-ce que ça vous dirait – à vous et Mikael, j'entends – de venir réjouir un vieil homme en partageant son dîner ce soir ? A 19 heures ?

— Ça me dit. C'est avec plaisir que nous viendrons. Mais vous avez évité la question que je viens de poser. Pourquoi voudriez-vous devenir copropriétaire de *Millénium* ?

— Je n'évite pas la question. Je me disais que nous pourrions en parler en mangeant un morceau. Il faut que je discute avec mon avocat, maître Dirch Frode, avant de pouvoir formuler quoi que ce soit de concret. Mais pour faire simple, disons que j'ai de l'argent à investir. Si le journal survit et commence à être rentable, je ferai des bénéfices. Sinon – eh bien, il m'est arrivé de subir des pertes plus importantes que ça dans ma vie.

Mikael était sur le point d'ouvrir la bouche quand Erika posa la main sur son genou.

— Mikael et moi, nous nous sommes battus très fort pour être entièrement indépendants.

— Balivernes. Personne n'est entièrement indépendant. Mais je ne cherche pas à reprendre le journal et je me fous totalement de son contenu. Cette pourriture de Stenbeck s'est rempli les poches en publiant *Moderna Tider*, alors moi je peux bien épauler *Millénium*. Qui en outre est un bon journal.

— Y a-t-il un rapport avec Wennerström ? demanda soudain Mikael. Henrik Vanger sourit.

— Mikael, j'ai plus de quatre-vingts ans. Il y a des choses que je regrette de ne pas avoir faites et des gens que je regrette de ne pas avoir un peu plus emmerdés. Mais, à ce propos. Il se tourna de nouveau vers Erika. Un tel investissement comporte au moins une condition.

— Dites-nous, fit Erika Berger.

— Mikael doit reprendre son poste de gérant responsable.

— Non, dit Mikael instantanément.

— Si, dit Henrik Vanger sur un ton tout aussi ferme. Wennerström aura une attaque si nous sortons un communiqué de presse annonçant que les entreprises Vanger épaulent *Millénium* et qu'en même temps tu reviens comme gérant. Ce serait le signal le plus net que nous pouvons envoyer – tout le monde comprendra que ce n'est pas une prise de pouvoir et que la politique rédactionnelle reste la même. Et rien que ça donnera aux annonceurs qui envisagent de se retirer une raison de réfléchir un peu plus. Wennerström n'est pas tout-puissant. Lui aussi a des ennemis, et certaines entreprises vont se dire qu'il est temps de penser à communiquer.

— C'EST QUOI cette histoire de dingue ? lâcha Mikael à l'instant où Erika fermait la porte d'entrée.

— Je crois qu'on appelle cela un sondage préliminaire en vue d'un accord commercial, répondit-elle. Tu ne m'avais pas dit que Henrik était aussi craquant.

Mikael se plaça face à elle.

— Ricky, tu savais exactement sur quoi allait porter cet entretien.

— Hé là, mon chou ! Il n'est que 15 heures et je veux qu'on s'occupe très bien de moi avant le dîner.

Mikael Blomkvist bouillonnait de colère. Mais il n'avait jamais réussi à rester en colère contre Erika pendant très longtemps.

ERIKA PORTAIT une robe noire, une courte veste et des escarpins que par précaution elle avait glissés dans son sac de voyage. Elle avait insisté pour que Mikael s'habille aussi. Il avait enfilé son pantalon noir, une chemise grise avec une cravate sombre, et choisi une veste grise. Quand, à l'heure pile, ils frappèrent chez Henrik Vanger, ils s'aperçurent que Dirch Frode et Martin Vanger aussi faisaient partie des invités, tous deux en veston-cravate, alors que Henrik paradait en nœud papillon et tricot marron.

— L'avantage d'avoir plus de quatre-vingts ans est que personne n'ose critiquer votre façon de vous habiller, constata-t-il.

Erika fut d'excellente humeur tout au long du dîner.

La discussion ne commença pour de bon que lorsqu'ils se furent déplacés vers un salon avec cheminée et que le cognac eut été versé dans tous les verres. Ils parlèrent pendant près de deux heures avant d'avoir une esquisse d'accord sur la table.

Dirch Frode allait créer une société pour le compte de Henrik Vanger, et dont le conseil d'administration consisterait en lui-même, Frode et Martin Vanger. La société investirait pendant une période de quatre ans une somme d'argent qui couvrirait l'écart entre les recettes et les dépenses de *Millénium*. L'argent proviendrait des ressources personnelles de Henrik Vanger. En contrepartie, Henrik Vanger aurait un poste déterminant dans le conseil d'administration du journal. L'accord courrait sur quatre ans, mais pourrait être résilié par *Millénium* au bout de deux ans. Une telle résiliation reviendrait cependant très cher, puisque la part de Henrik ne pourrait être rachetée qu'à hauteur de la totalité de la somme investie.

En cas de mort subite de Henrik Vanger, Martin Vanger le remplacerait au conseil d'administration pour la période couverte par l'accord. Martin déciderait, le moment voulu, de poursuivre ou non son engagement au-delà. Ce dernier semblait effectivement tenté par la possibilité de rendre la monnaie de sa pièce à Hans-Erik Wennerström et Mikael se demanda en quoi consistait réellement leur différend.

L'accord préliminaire posé, Martin Vanger remplit de nouveau les verres de cognac. Henrik Vanger saisit l'occasion pour se pencher vers Mikael et lui expliquer à voix basse que la convention n'affectait en aucune manière l'arrangement conclu entre eux.

Il fut aussi décidé que cette réorganisation, pour qu'elle soit médiatisée au maximum, serait présentée à la mi-mars, le jour même où Mikael Blomkvist entrerait en prison. Associer un événement fortement négatif et une restructuration était si erroné d'un point de vue communication que cela ne pourrait que confondre les détracteurs de Mikael et donner un maximum d'audience à l'entrée de Henrik Vanger. Le signal ne pourrait aussi être que clairement perçu : on hissait le pavillon de la peste flottant au-dessus de la rédaction de *Millénium* et le journal avait des protecteurs qui n'étaient pas près de céder. Les entreprises Vanger avaient beau être en crise, elles formaient toujours un groupement industriel de poids et capable de jouer sur la place publique si nécessaire.

Tout l'entretien avait été une discussion entre Erika d'une part et Henrik et Martin de l'autre. Aucun d'eux n'avait demandé son avis à Mikael.

Tard dans la nuit, Mikael était allongé la tête sur la poitrine d'Erika et la regardait droit dans les yeux.

— Depuis combien de temps est-ce que toi et Henrik Vanger discutez cet accord ? demanda-t-il.

— Depuis environ une semaine, sourit-elle.

— Est-ce que Christer est au parfum ?

— Evidemment.

— Pourquoi est-ce que je n'en ai rien su ?

— Et pourquoi devrais-je discuter de ça avec toi ? Tu as démissionné de ton poste, tu as quitté la rédaction et le CA et tu es allé t'installer au fond des bois.

Mikael réfléchit un moment à la chose.

— Tu veux dire que je mérite d'être traité comme un crétin.

— Oh oui, dit-elle en appuyant ses mots.

— Tu m'en as vraiment voulu ?

— Mikael, je ne me suis jamais sentie aussi furieuse, abandonnée et trahie que quand tu es sorti de la rédaction. Jamais auparavant je n'ai été aussi en colère contre toi. Elle le saisit fermement par les cheveux et le poussa plus bas dans le lit.

QUAND ERIKA quitta le village le dimanche, Mikael en voulait tant à Henrik Vanger qu'il ne tenait pas à tomber sur lui ni sur aucun autre membre du clan. Il partit donc pour Hedestad et passa l'après-midi à se promener en ville, aller à la bibliothèque et prendre un café dans une pâtisserie. Le soir il alla au cinéma voir *Le Seigneur des anneaux*, qu'il n'avait toujours pas vu alors que le film était sorti depuis un an. Et il se dit que les orques, contrairement aux humains, étaient des êtres simples et pas compliqués.

Il termina la soirée au McDonald's à Hedestad et revint sur l'île à minuit avec le dernier bus. Il prépara du café et s'installa à la table de cuisine après avoir sorti un classeur. Il lut jusqu'à 4 heures du matin.

UN CERTAIN NOMBRE de points d'interrogation dans l'enquête sur Harriet Vanger apparaissaient de plus en plus étranges au fur et à mesure que Mikael avançait dans la documentation. Il ne s'agissait pas de découvertes révolutionnaires qu'il était le seul à faire, mais de ces problèmes qui avaient tenu le commissaire Gustaf Morell occupé pendant de longues périodes, surtout de son temps libre.

Au cours de la dernière année de sa vie, Harriet Vanger avait changé. Un changement que pouvait dans une certaine mesure expliquer la métamorphose que tous les jeunes subissent à un moment de leur adolescence. Harriet commençait certes à devenir une adulte, mais pour ce qui la concernait, plusieurs personnes, aussi bien des camarades de classe, des professeurs et plusieurs membres de la famille, affirmaient qu'elle était devenue renfermée et réservée.

La fille qui deux ans auparavant avait été une adolescente tout à fait normale et fofolle avait apparemment pris ses distances avec son entourage. A l'école, elle avait continué à fréquenter ses amis, mais de façon qualifiée d'impersonnelle par une de ses copines. Le mot utilisé par la copine avait été suffisamment inhabituel pour que Morell le note et pose des questions consécutives. L'explication qu'on lui avait donnée était que Harriet avait cessé de parler d'elle-même, de discuter des derniers potins ou de livrer des confidences.

Au cours de sa jeunesse, Harriet Vanger avait été chrétienne comme le sont les enfants – école du dimanche, prière du soir et confirmation. La dernière année, elle semblait aussi être devenue croyante. Elle lisait la Bible et allait régulièrement à l'église. Elle ne s'était cependant pas confiée au pasteur Otto Falk, un ami de la famille Vanger, et au printemps elle avait frayé avec une congrégation de pentecôtistes de Hedestad. Son engagement dans l'Eglise pentecôtiste n'avait pas duré longtemps. Deux mois plus tard, elle avait quitté la congrégation et s'était mise à lire des livres sur le catholicisme.

Exaltation religieuse de l'adolescence ? Peut-être, mais personne d'autre dans la famille Vanger n'avait été particulièrement croyant et il était difficile de savoir quelles impulsions guidaient ses pensées. Une explication de son intérêt pour Dieu pouvait évidemment être que son papa était mort noyé par accident un an plus tôt. Gustaf Morell tirait en tout cas la conclusion que quelque chose était intervenu dans la vie de Harriet qui l'opprimait ou qui l'influençait, mais il avait du mal à déterminer quoi. Morell, tout comme Henrik Vanger, avait consacré beaucoup de temps à parler avec ses amies dans l'espoir de trouver quelqu'un à qui elle aurait pu se confier.

On avait beaucoup attendu d'Anita Vanger, de deux ans son aînée, la fille de Harald Vanger qui avait passé l'été 1966 sur l'île et estimait être devenue une amie proche de Harriet. Mais elle non plus n'avait pas de renseignements particuliers à fournir. Elles s'étaient vues au cours de l'été, s'étaient baignées, promenées, avaient parlé de films, de groupes pop et de livres. Harriet avait souvent accompagné Anita à ses leçons de conduite. Un jour, elles s'étaient gentiment soûlées avec une bouteille de vin qu'elles avaient dérobée dans la réserve. Elles avaient aussi passé plusieurs semaines toutes seules dans la maisonnette de Gottfried tout au bout de l'île, une bicoque rustique construite par le père de Harriet au début des années 1950.

Les questions sur les pensées intimes et les sentiments de Harriet Vanger restaient sans réponse. Mikael nota cependant une discordance dans la description : les indications sur son caractère renfermé venaient en grande partie de ses camarades de classe et dans une certaine mesure de membres de la famille, alors qu'Anita Vanger ne l'avait pas du tout trouvée fermée. Il nota mentalement de discuter la question avec Henrik Vanger à l'occasion.

UN PROBLÈME plus concret, sur lequel Morell s'était posé un tas de questions, était une page mystérieuse du calepin de Harriet Vanger, un cadeau de Noël joliment relié qu'elle avait reçu l'année précédant sa disparition. La première moitié du calepin était un calendrier journalier avec emploi du temps heure par heure où Harriet notait des rendez-vous, des dates de contrôles écrits au lycée, des devoirs à faire et ce genre de choses. Il y avait de la place pour des notes personnelles mais Harriet n'écrivait son journal intime que très sporadiquement. Elle avait commencé en janvier avec beaucoup d'ambition en posant quelques notes sur les personnes rencontrées pendant les vacances de Noël et quelques commentaires sur des films qu'elle avait vus. Ensuite, elle n'avait rien écrit de personnel jusqu'à la fin de l'année scolaire, quand elle s'était éventuellement – selon la manière d'interpréter les notes – intéressée de loin à un garçon qui n'était pas nommé.

Le vrai mystère se trouvait cependant dans la partie répertoire téléphonique. Minutieusement calligraphiés en ordre alphabétique, on trouvait des membres de la famille, des camarades de classe, certains professeurs, quelques membres de l'Eglise pentecôtiste et d'autres personnes de son entourage facilement identifiables. Sur la toute dernière page du répertoire, blanche et n'appartenant pas au registre alphabétique, il y avait cinq noms associés à autant de numéros de téléphone. Trois prénoms de femmes et deux initiales.

Magda – 32016
Sara – 32109
RJ – 30112
RL – 32027
Mari – 32018

Les numéros de téléphone à cinq chiffres commençant par 32 correspondaient à des numéros de Hedestad dans les années 1960. L'exception en 30 menait à Norrbyn, près de Hedestad. Le seul problème, une fois que l'inspecteur Morell eut systématiquement contacté tout le cercle des connaissances de Harriet, était que personne n'avait la moindre idée de qui correspondait à ces numéros de téléphone.

Le premier numéro, "Magda", semblait prometteur. Il menait à une mercerie au 12, rue du Parc. Le téléphone était au nom d'une Margot Lundmark, dont la mère se prénommait bien Magda et épisodiquement travaillait dans la boutique. Magda avait cependant soixante-neuf ans et ignorait totalement qui était Harriet Vanger. Rien non plus n'indiquait que Harriet se soit jamais rendue à la boutique ni y ait fait des achats. La couture ne faisait pas partie de ses occupations.

Le deuxième numéro, "Sara", menait à une famille avec des enfants en bas âge, les Toresson, qui habitaient à Väststan de l'autre côté du chemin de fer. La famille consistait en Anders, Monica et leurs enfants Jonas et Peter, qui à cette époque-là n'avaient pas encore atteint l'âge d'aller à l'école. Il n'y avait aucune Sara dans la famille, et ils ne savaient pas non plus qui était Harriet Vanger, à part qu'on avait parlé de sa disparition dans les journaux. Le seul lien très vague entre Harriet et la famille Toresson était qu'Anders, couvreur de profession, avait pendant quelques semaines un an auparavant refait la toiture de l'école que Harriet fréquentait en dernière année de collège. Il existait donc théoriquement une possibilité qu'ils se soient rencontrés, même si cela devait être jugé plus qu'invraisemblable.

Les trois autres numéros de téléphone menaient à des culs-de-sac identiques. Le numéro 32027 avait effectivement été attribué à une Rosemarie Larsson, mais celle-ci était décédée depuis de nombreuses années.

L'inspecteur Morell avait focalisé une grande partie de ses investigations pendant l'hiver 1966-1967 à essayer d'expliquer pourquoi Harriet avait noté ces noms et numéros.

Une première supposition était que les numéros de téléphone étaient écrits selon une sorte de code personnel – et Morell s'était évertué à essayer de raisonner comme une adolescente. La série en 32 s'appliquant manifestement à Hedestad, il avait essayé de permuter les trois autres chiffres. Ni 32601, ni 32160 ne menait à une Magda. Acharné à résoudre le mystère des numéros, il découvrit que s'il modifiait suffisamment les numéros, il trouvait tôt ou tard un lien avec Harriet. Si par exemple il ajoutait 1 à chacun des trois derniers chiffres de 32016, il obtenait le numéro 32127 – qui était le numéro du cabinet de maître Dirch Frode à Hedestad. Le problème était simplement qu'un tel lien ne signifiait absolument rien. De plus, il ne trouvait jamais de code qui pouvait expliquer les cinq numéros en même temps.

Morell avait élargi son raisonnement. Les chiffres pouvaient-ils signifier autre chose ? Les numéros d'immatriculation des véhicules dans les années 1960 associaient une lettre pour le département et cinq chiffres – encore une impasse.

L'inspecteur avait ensuite abandonné les chiffres pour se concentrer sur les noms. Il était allé jusqu'à constituer une liste de toutes les personnes à Hedestad nommées Mari, Magda et Sara ou qui avaient pour initiales RL et RJ. Il avait obtenu un répertoire de trois cent sept personnes en tout. Parmi celles-ci, vingt-neuf avaient une forme de connexion avec Harriet ; un camarade de classe du collège s'appelait par exemple Roland Jacobsson, RJ. Ils n'avaient cependant pas été particulièrement proches et n'avaient pas eu de contact depuis que Harriet avait commencé au lycée. Il n'y avait en outre aucun lien avec le numéro de téléphone.

Le mystère du carnet de téléphone était resté irrésolu.

SA QUATRIÈME RENCONTRE avec maître Bjurman n'était pas prévue dans les rendez-vous fixes. Elle avait été obligée de prendre contact avec lui.

La deuxième semaine de février, l'ordinateur portable de Lisbeth Salander rendit l'âme dans un accident si stupide qu'elle fut près d'assassiner la terre entière. Arrivée à vélo pour une réunion chez Milton Security, elle s'était garée derrière un pilier dans le garage et avait posé son sac à dos par terre pour sortir l'antivol. Une Saab rouge sombre avait choisi ce moment pour reculer. Elle avait le dos tourné et elle entendit le craquement. Le conducteur ne s'était rendu compte de rien et il avait tranquillement monté la rampe pour disparaître par la sortie du garage.

Le sac à dos contenait son Apple iBook 600 blanc avec son disque dur de 25 Go et 420 Mo de mémoire vive, fabriqué en janvier 2002 et pourvu d'un écran de 14 pouces. Quand elle l'avait acheté, c'était le fin du fin de chez Apple. Les ordinateurs de Lisbeth Salander disposaient des configurations les plus récentes et parfois les plus coûteuses – l'équipement informatique était grosso modo le seul poste extravagant dans ses dépenses.

Elle ouvrit son sac et constata que le couvercle de l'ordinateur était brisé. Elle essaya de le démarrer mais il ne manifesta même pas un dernier soubresaut. Elle emporta les restes au MacJesus Shop de Timmy dans Brännkyrkagatan, avec l'espoir qu'au moins une partie du disque dur serait récupérable. Après un petit moment de trifouillage, Timmy secoua la tête.

— Désolé. Plus d'espoir, annonça-t-il. Tu peux commander un bel enterrement.

La perte de l'ordinateur était un coup au moral mais pas une catastrophe. Lisbeth Salander s'était parfaitement bien entendue avec lui au cours de cette année de vie commune. Elle avait fait dès copies de tous ses documents et elle possédait un vieux Mac G3 fixe, plus un PC Toshiba portable qu'elle pourrait utiliser. Mais – *bordel de merde !* – elle avait besoin d'une bécane rapide et moderne.

Elle opta, on pouvait s'y attendre, pour le meilleur choix possible : le nouvel Apple PowerBook G4 à 1 Ghz, coque en alu et doté d'un processeur PowerPC 7451, AltiVec Velocity Engine, 960 Mo de RAM et d'un disque dur de 60 Go. Il avait BlueTooth et un graveur CD et DVD intégré.

Il avait surtout le premier écran 17 pouces du monde des portables avec une carte graphique Nvidia et une résolution de 1 440 x 900 pixels qui ébahissaient les adeptes des PC et déclassaient tout ce qu'on pouvait trouver d'autre sur le marché.

C'était la Rolls des ordinateurs portables, mais l'astuce qui avait le plus titillé le désir de Lisbeth Salander, c'était que le clavier était pourvu d'un rétro-éclairage, permettant de voir les lettres des touches même dans l'obscurité totale. Simple, non ? Pourquoi est-ce que personne n'y avait pensé avant ?

Ce fut le coup de foudre dès qu'elle le vit.

Il coûtait 38 000 couronnes hors taxes.

Là, sérieux, y avait un blème.

Elle passa quand même commande chez MacJesus, chez qui elle achetait toujours tous ses accessoires informatiques et qui du coup lui accordait une ristourne raisonnable. Quelques jours plus tard, Lisbeth Salander fit ses comptes. L'assurance de son ordinateur accidenté couvrirait une bonne partie de l'achat, mais en considérant la franchise et le prix élevé de la nouvelle acquisition, il lui manquait quand même un peu plus de 18 000 couronnes. A la maison, elle gardait 10 000 couronnes dans une boîte à café pour avoir toujours du liquide accessible, mais cela ne couvrait pas toute la somme. Tout en le maudissant, elle se décida à appeler maître Bjurman et à lui expliquer qu'elle avait besoin d'argent pour une dépense imprévue. Bjurman répondit qu'il n'avait pas le temps de la recevoir dans la journée. Salander répliqua qu'il lui faudrait vingt secondes pour faire un chèque de 10 000 couronnes. Il expliqua qu'il ne pouvait pas rédiger un chèque avec si peu d'éléments, mais il finit par céder et, après un instant de réflexion, il lui fixa rendez-vous après la journée de travail, à 19 h 30.

MIKAEL RECONNAISSAIT qu'il n'avait pas la compétence pour juger une enquête criminelle, mais il constata quand même que l'inspecteur Morell avait été exceptionnellement consciencieux et qu'il avait remué ciel et terre bien au-delà de ce qu'exigeait son boulot. L'enquête de police formelle mise de côté, Mikael voyait revenir Morell dans les notes de Henrik ; une amitié s'était développée et Mikael se demanda si Morell était devenu aussi obsédé que le chef d'entreprise. De toute évidence, Morell n'était pas passé à côté de grand-chose. La solution de l'énigme Harriet Vanger ne pouvait se trouver dans une enquête de police pratiquement parfaite. Toutes les questions imaginables avaient déjà été posées et tous les indices avaient été vérifiés, même les plus absurdes.

Il n'avait pas encore lu toute l'enquête, mais plus il avançait dans ce qui s'était passé, plus les indices et les pistes explorées devenaient obscurs. Il ne s'attendait pas à trouver quelque chose que son prédécesseur aurait loupé et il ne voyait pas sous quel nouvel angle on pouvait attaquer le problème. Une conclusion s'imposait progressivement : la seule voie carrossable qu'il pouvait

emprunter était d'essayer de trouver les motivations psychologiques des personnes impliquées.

Le point d'interrogation le plus manifeste concernait
Harriet elle-même. Qui était-elle réellement ?

De la fenêtre de sa maison, Mikael avait vu la lumière
à l'étage de la maison de Cécilia Vanger s'allumer vers
17 heures. Il frappa à sa porte vers 19 h 30, au moment
où la télé donnait les titres du journal. Elle ouvrit en
peignoir, les cheveux mouillés sous une serviette-éponge
jaune. Dès qu'il la vit ainsi Mikael s'excusa de la déranger, et il s'apprêtait à repartir quand elle lui fit signe
d'entrer dans la cuisine. Elle brancha la cafetière électrique et disparut en haut de l'escalier pendant quelques
minutes, puis redescendit vêtue d'un jean et d'une chemise en flanelle à carreaux.

— Je commençais à me dire que tu n'osais pas venir.
On peut se tutoyer, peut-être ?

— Entendu. Oui, j'aurais dû appeler avant, mais
quand j'ai vu la lumière, j'ai soudain eu envie de passer.

— Et moi j'ai vu que ça reste allumé toute la nuit chez
toi. Et que tu sors souvent te promener après minuit.
Monsieur est un oiseau de nuit ?

Mikael haussa les épaules.

— C'est le rythme que j'ai pris ici. Ses yeux se portèrent sur quelques manuels scolaires empilés au bord
de la table. Tu enseignes toujours, madame le proviseur ?

— Non, en tant que proviseur je n'en ai pas le temps.
Mais j'ai été prof d'histoire, de religion et d'éducation
civique. Et il me reste quelques années à tirer.

— A tirer ?

Elle sourit.

— J'ai cinquante-six ans. Bientôt la retraite.

— Franchement, je te donnais la quarantaine.

— Flatteries, tout ça. Et toi, quel âge ?

— Un peu plus de quarante, sourit Mikael.

— Et hier encore tu n'en avais que vingt. Ça va tellement vite. La vie, je veux dire.

Cécilia Vanger servit le café et demanda à Mikael s'il avait faim. Il répondit qu'il avait déjà mangé ; ce qui était vrai à un détail près : il s'enfilait des sandwiches au lieu de préparer de vrais repas. Mais il n'avait pas faim.

— Alors, qu'est-ce qui t'amène ? L'heure est venue de poser ces fameuses questions ?

— Sincèrement… je ne suis pas venu pour poser des questions. Je crois que j'avais simplement envie de te voir.

Cécilia Vanger sourit soudain.

— Tu as été condamné à la prison, tu quittes Stockholm pour Hedeby, tu te plonges dans les dossiers favoris de Henrik, tu ne dors pas la nuit, tu fais de longues promenades nocturnes quand il fait un froid de canard… j'ai loupé quelque chose ?

— Ma vie est en train de se casser la figure.

Mikael lui rendit son sourire.

— Qui c'était, la femme qui est venue te voir ce week-end ?

— Erika… c'est la patronne de *Millénium*.

— Ta petite amie ?

— Pas exactement. Elle est mariée. Je suis plutôt un ami et un "amant occasionnel".

Cécilia Vanger éclata de rire.

— Qu'est-ce que tu trouves si drôle ?

— La façon dont tu as dit ça. Amant occasionnel. J'aime bien l'expression.

Mikael rit. Cette Cécilia Vanger, décidément, lui plaisait.

— Moi aussi j'aurais bien besoin d'un amant occasionnel, dit-elle.

Elle se débarrassa de ses pantoufles et posa le pied sur le genou de Mikael. Machinalement il mit la main sur son pied et toucha la peau. Il hésita une seconde – il sentit qu'il naviguait dans des eaux totalement inattendues et incertaines. Mais il se mit tout doucement à masser la plante de son pied avec le pouce.

— Moi aussi je suis mariée, fit Cécilia Vanger.

— Je sais. On ne divorce pas dans le clan Vanger.

— Je n'ai pas rencontré mon mari depuis bientôt vingt ans.

— Qu'est-ce qui s'est passé ?

— Ça ne te regarde pas. Je n'ai pas fait l'amour depuis… hmm, disons trois ans, maintenant.

— Tu m'étonnes.

— Pourquoi ? C'est une question d'offre et de demande. Je ne tiens absolument pas à avoir un petit ami, ni un mari légitime, ni un compagnon. Je me sens très bien avec moi-même. Avec qui ferais-je l'amour ? Un des professeurs de l'école ? Ça m'étonnerait. Un élève ? Radio-Caniveau aurait quelque chose de croustillant à se mettre sous la dent. On surveille de près les gens qui s'appellent Vanger. Et ici sur Hedebyön n'habitent que des membres de la famille ou des gens qui sont déjà mariés.

Elle se pencha en avant et l'embrassa dans le cou.

— Je te choque ?

— Non. Mais je ne sais pas si c'est une bonne idée. Je travaille pour ton oncle.

— Et je serai certainement la dernière à aller le lui dire. Mais à mon avis Henrik n'aurait probablement rien contre.

Elle se plaça à califourchon sur lui et l'embrassa sur la bouche. Ses cheveux étaient encore mouillés et elle sentait le shampooing. Il s'empêtra dans les boutons de sa chemise en flanelle puis la lui rabattit sur les épaules.

Elle ne s'était pas donné la peine de mettre de soutien-gorge. Elle se serra contre lui quand il embrassa ses seins.

MAÎTRE BJURMAN contourna la table et lui montra son relevé de compte – dont elle connaissait le solde jusqu'au dernier *öre* mais dont elle ne pouvait plus disposer elle-même. Il se tenait derrière son dos. Soudain il se mit à masser la nuque de Lisbeth et laissa une main glisser par-dessus l'épaule gauche et sur son sein. Il posa la main sur le sein droit et l'y laissa. Comme elle ne semblait pas protester, il serra le sein. Lisbeth Salander ne bougea pas d'un poil. Elle sentit son haleine dans la nuque et elle examina le coupe-papier sur le bureau ; elle pourrait facilement l'atteindre avec sa main libre.

Mais elle n'en fit rien. Une chose que Holger Palmgren lui avait apprise par cœur au cours des années, c'était que les actes impulsifs menaient tout droit aux emmerdes, et les emmerdes pouvaient avoir des conséquences désagréables. Elle n'entreprenait jamais rien sans au préalable considérer les conséquences.

Ce premier abus sexuel – qu'en termes juridiques on qualifiait d'abus sexuel et de pouvoir sur une personne dépendante, et qui théoriquement pouvait coûter jusqu'à deux ans de prison à Bjurman – ne dura que quelques brèves secondes. Mais il fut suffisant pour qu'une frontière soit irrémédiablement franchie. Lisbeth Salander le considéra comme une démonstration de force de la part d'une troupe ennemie – une manière de marquer qu'au-delà de leur relation juridique soigneusement définie, elle était à la merci de son bon vouloir, et sans armes. Quand leurs yeux se croisèrent quelques secondes plus tard, la bouche de Bjurman était ouverte et elle pouvait lire le désir sur son visage. Le visage de Salander ne trahit aucun sentiment.

Bjurman regagna son côté du bureau et s'assit dans son fauteuil de cuir confortable.

— Je ne peux pas te faire des chèques comme ça, fit-il soudain. Pourquoi est-ce que tu as besoin d'un ordinateur aussi cher ? Il y a des appareils bien meilleur marché sur lesquels tu peux jouer à tes jeux.

— Je veux pouvoir disposer de mon argent comme auparavant.

Maître Bjurman lui jeta un regard plein de pitié.

— Ça, on verra plus tard. Il faut d'abord que tu apprennes à être sociable et à t'entendre avec les gens.

Le sourire de maître Bjurman aurait sans doute été un peu atténué s'il avait pu lire les pensées de Lisbeth derrière ses yeux inexpressifs.

— Je crois que toi et moi nous allons être de bons amis, dit Bjurman. Il faut qu'on puisse avoir confiance l'un en l'autre.

Comme elle ne répondait pas, il devint plus explicite.

— Tu es une femme adulte maintenant, Lisbeth.

Elle fit oui de la tête.

— Viens ici, dit-il en tendant une main.

Lisbeth Salander posa le regard sur le coupe-papier pendant quelques secondes avant de se lever et de s'avancer vers lui. *Conséquences.* Il prit sa main et l'appuya contre son bas-ventre. Elle pouvait sentir son sexe à travers le pantalon en gabardine sombre.

— Si tu es gentille avec moi, je serai gentil avec toi, dit-il.

Il l'avait raide comme un bâton quand il posa l'autre main derrière sa nuque et la força à se mettre à genoux, le visage devant son bas-ventre.

— Tu as déjà fait ce genre de choses, n'est-ce pas ? dit-il en ouvrant sa braguette. Elle sentit qu'il venait de se laver avec de l'eau et du savon.

Lisbeth Salander tourna son visage sur le côté et essaya de se lever, mais il la tenait d'une main ferme. D'un point de vue force pure, elle ne pouvait pas se mesurer avec lui ; elle pesait 42 kilos contre ses 95. Il lui prit la tête à deux mains et tourna son visage de façon à la voir droit dans les yeux.

— Si tu es gentille avec moi, je serai gentil avec toi, répéta-t-il. Tu m'embêtes, et je peux te faire interner avec les fous pour le restant de ta vie. Ça te ferait plaisir ?

Elle ne répondit pas.

— Est-ce que ça te ferait plaisir ? répéta-t-il.

Elle secoua la tête.

Il attendit jusqu'à ce qu'elle baisse le regard, soumise, pensa-t-il. Puis il l'attira plus près de lui. Lisbeth Salander desserra les lèvres et le prit dans sa bouche. Il ne cessa de lui maintenir la nuque et de la presser violemment contre lui. Elle ne put empêcher le réflexe de mastication tout au long des dix minutes qu'il se déhancha ; quand enfin il éjacula, il la tenait tellement serrée qu'elle avait du mal à respirer.

Il la laissa utiliser un petit cabinet de toilette attenant à son bureau. Lisbeth Salander tremblait de tout son corps quand elle se lava le visage et essaya d'enlever les taches sur son pull. Elle mangea de son dentifrice pour se débarrasser du goût. En revenant dans son cabinet de travail, elle le trouva installé comme si de rien n'était à son bureau, en train de feuilleter des papiers.

— Assieds-toi, Lisbeth, lui dit-il sans la regarder.

Elle s'assit. Finalement il tourna les yeux vers elle et sourit.

— Tu es adulte maintenant, n'est-ce pas, Lisbeth ?

Elle fit oui de la tête.

— Alors tu dois aussi être capable de jouer à des jeux d'adultes, dit-il comme s'il parlait à un enfant.

Elle ne répondit pas. Un petit pli se forma sur le front de Bjurman.

— Je ne pense pas que ce soit une bonne idée que tu parles de nos jeux à quelqu'un d'autre. Réfléchis – qui te croirait ? Il y a des papiers qui attestent ton irresponsabilité. Comme elle ne répondait pas, il poursuivit : Ce serait ta parole contre la mienne. Laquelle pèserait le plus lourd, à ton avis ?

Il soupira devant son entêtement à ne pas répondre. Il fut soudain irrité de la voir assise là, muette, les yeux braqués sur lui – mais il se maîtrisa.

— On va devenir de bons amis, toi et moi, dit-il. Je trouve que tu t'es montrée sage en faisant appel à moi aujourd'hui. Tu pourras toujours t'adresser à moi.

— J'ai besoin de 10 000 couronnes pour mon ordinateur, dit-elle soudain à voix basse, comme si elle reprenait la conversation qu'ils avaient eue avant l'interruption.

Maître Bjurman haussa les sourcils. *Quelle foutue dure à cuire. Elle est totalement barjo, ma parole.* Il lui tendit le chèque qu'il avait préparé quand elle était au cabinet de toilette. *C'est mieux qu'une pute ; elle se fait payer avec son propre argent !* Il lui adressa un sourire supérieur. Lisbeth Salander prit le chèque et s'en alla.

12

MERCREDI 19 FÉVRIER

SI LISBETH SALANDER avait été une citoyenne ordinaire, elle aurait selon toute vraisemblance appelé la police pour dénoncer le viol à l'instant même où elle quittait le bureau de maître Bjurman. Les hématomes sur sa nuque et son cou, ainsi que les taches de sperme comportant l'ADN de Bjurman sur son corps et ses vêtements auraient constitué des preuves matérielles lourdes. Même si maître Bjurman se dérobait en prétendant qu'elle *était d'accord* ou *c'est elle qui m'a séduit* ou *c'est elle qui voulait me faire une fellation* et autres affirmations qu'avancent systématiquement les violeurs, il s'était de toute façon rendu coupable de tant d'infractions contre le règlement des tutelles qu'on lui aurait immédiatement retiré le contrôle qu'il avait sur elle. Une dénonciation aurait probablement permis à Lisbeth Salander d'obtenir un véritable avocat, bien au courant des abus de pouvoir sur les femmes, ce qui à son tour aurait pu amener une discussion du cœur du problème – en l'occurrence sa mise sous tutelle.

Depuis 1989, la notion de majeur incapable n'existe plus.

Il existe deux degrés d'assistance – la gérance légale bénévole et la tutelle.

Un gérant intervient pour aider bénévolement les personnes qui pour diverses raisons ont du mal à assumer

278

leurs activités quotidiennes, payer leurs factures ou s'occuper de leur hygiène. Le gérant désigné est généralement un parent ou un ami proche. Si la personne est seule dans la vie, les autorités sociales se chargent de trouver quelqu'un pour remplir cette fonction. La gérance est une forme modérée de tutelle où la personne concernée garde le contrôle de ses ressources et où les décisions sont prises en commun.

La tutelle est une forme de contrôle considérablement plus stricte, où la personne concernée est privée de la libre disposition de son argent et interdite de décisions en différents domaines. La formulation exacte signifie que le tuteur *gère les biens et accomplit tous les actes civiques ou procédures juridiques* de la personne concernée. En Suède, près de quatre mille personnes sont ainsi placées sous tutelle. Les causes les plus fréquentes de mise sous tutelle sont une maladie psychique manifeste ou une maladie psychique liée à une forte dépendance à l'alcool ou aux drogues. Une partie moindre est constituée de déments séniles. On peut s'étonner de trouver parmi celles qui sont mises sous tutelle autant de personnes relativement jeunes, trente-cinq ans ou moins. L'une d'elles était Lisbeth Salander.

Priver une personne du contrôle de sa vie, c'est-à-dire de son compte en banque, est l'une des mesures les plus dégradantes auxquelles une démocratie peut avoir recours, encore plus quand il s'agit d'une personne jeune. C'est dégradant même si l'intention de cette mesure peut être considérée comme bonne et socialement justifiée. Les questions de tutelle sont donc une problématique politique qui peut s'avérer très délicate, entourées de dispositions rigoureuses et contrôlées par une commission des Tutelles. Celle-ci dépend du Conseil général, à son tour coiffé par le procureur général.

De façon générale, la commission des Tutelles travaille dans des conditions difficiles. Eu égard aux questions sensibles que traite cette administration, il est surprenant que si peu de réclamations ou de scandales aient été révélés dans les médias.

En quelques rares occasions, on trouve dans les dossiers une action en justice contre un gérant ou un tuteur indélicat qui a détourné de l'argent ou qui a indûment vendu l'appartement de son client pour fourrer l'argent dans sa propre poche. Mais ces cas sont relativement rares, et à cela il existe deux raisons possibles : soit l'administration s'acquitte merveilleusement bien de sa tâche, soit les personnes concernées n'ont pas la possibilité de porter plainte et de se faire entendre d'une façon convaincante auprès des journalistes et des autorités.

La commission des Tutelles est tenue de vérifier chaque année s'il y a lieu de demander la levée d'une tutelle. Lisbeth Salander persistant dans son refus obstiné de se soumettre aux examens psychiatriques – elle n'échangeait même pas un bonjour de politesse avec ses médecins –, l'administration n'avait jamais trouvé de raisons de modifier sa décision. D'où un état de statu quo, et d'année en année sa tutelle avait été reconduite.

Le texte de loi stipule cependant que la mise sous tutelle *doit être adaptée à chaque cas particulier.* Holger Palmgren, du temps où il était responsable, avait interprété ceci à sa façon et avait laissé à Lisbeth Salander le soin de gérer son propre argent et sa propre vie. Il avait méticuleusement rempli les exigences de l'administration et fait un rapport mensuel et une révision annuelle, mais à part cela il avait traité Lisbeth Salander comme n'importe quelle jeune femme normale et ne s'était pas mêlé de son choix de vie ou de fréquentations. A son avis, ce n'était ni à lui ni à la société de décider si cette jeune personne voulait avoir une boucle dans le nez et un tatouage sur le cou. Cette attitude quelque peu laxiste à l'égard de la décision du tribunal d'instance était une des raisons pour lesquelles Lisbeth et lui s'étaient si bien entendus.

Tant que Holger Palmgren avait été son tuteur, Lisbeth Salander ne s'était pas spécialement posé de questions sur son statut juridique. Maître Nils Bjurman interprétait cependant la loi sur la tutelle de manière radicalement différente.

QUOI QU'IL EN SOIT, Lisbeth Salander n'appartenait pas à la catégorie des gens normaux. Elle avait une connaissance rudimentaire du droit – domaine qu'elle n'avait jamais eu de raisons d'approfondir – et sa confiance dans le service du maintien de l'ordre était pratiquement inexistante. Pour elle, la police était une puissance ennemie relativement imprécise, dont les interventions concrètes au cours des années avaient été de l'arrêter ou de l'humilier. La dernière fois qu'elle avait eu affaire à la police était un après-midi de mai l'année précédente. Elle empruntait Götgatan pour se rendre à Milton Security, quand elle s'était soudain trouvée nez à nez avec un gendarme mobile, muni d'un casque à visière, qui, sans qu'il y ait eu la moindre provocation de sa part, lui avait asséné un coup de matraque sur l'épaule. Son réflexe de défense avait été de passer immédiatement à l'offensive avec la bouteille de Coca qu'elle tenait à la main. Heureusement, le policier avait déjà tourné les talons et était reparti en trombe avant qu'elle n'ait eu le temps d'agir. Plus tard, elle avait appris que la Rue nous appartient avait organisé une manifestation ce jour-là dans le quartier.

L'idée de se rendre au QG des casques à visière ou de dénoncer Nils Bjurman pour abus sexuel n'existait pas dans sa conscience. Qu'aurait-elle dénoncé, d'ailleurs ? Bjurman lui avait touché les seins. N'importe quel agent de police jetterait un regard sur elle pour constater qu'avec ses bourgeons miniature cela paraissait invraisemblable, et si cela avait eu lieu elle devrait plutôt être fière que *quelqu'un* ait bien voulu s'en donner la peine. Quant à cette histoire de pipe – c'était sa parole contre celle de Bjurman et, en général, la parole des autres pesait plus lourd que la sienne. *La police n'était pas une bonne alternative.*

Après avoir quitté le bureau de Bjurman, elle rentra chez elle, prit une douche, avala deux sandwiches au fromage et aux cornichons puis s'installa pour réfléchir dans le canapé du salon au tissu râpé et bouloché.

Un individu normal aurait peut-être considéré son manque de réaction comme un élément à charge – une preuve que d'une certaine manière elle était si anormale que même un viol n'arrivait pas à provoquer une réponse émotionnelle satisfaisante.

Son cercle d'amis était plutôt restreint, et n'était pas non plus composé de gens de la classe moyenne à l'abri dans leurs pavillons de banlieue. Le fait était qu'à sa majorité, Lisbeth Salander ne connaissait pas une seule fille qui, au moins une fois, n'avait pas été forcée d'accomplir une forme d'acte sexuel contre son gré. La majeure partie de ces abus était le fait de petits amis plus âgés qui, moyennant une certaine dose de persuasion, s'étaient arrangés pour arriver à leurs fins. A sa connaissance, de tels incidents avaient parfois eu pour conséquences des crises de larmes et de rage, mais jamais une plainte dans un commissariat.

Dans le monde de Lisbeth Salander, ceci était l'état naturel des choses. En tant que fille, elle était une proie autorisée, surtout à partir du moment où elle portait un blouson de cuir noir élimé, où elle avait des piercings aux sourcils, des tatouages et un statut social inexistant.

Pas de quoi verser des larmes pour ça.

En revanche il était hors de question que maître Bjurman puisse l'obliger à lui faire une pipe *impunément*. Lisbeth Salander n'oubliait jamais un affront, et par nature elle était tout sauf disposée à pardonner.

Son statut juridique posait cependant un problème. Aussi loin que remontaient ses souvenirs, on l'avait considérée comme coriace et d'une violence que rien ne motivait. Les premières notes la concernant se trouvaient dans le dossier de l'infirmière de l'école primaire. Elle avait été renvoyée chez elle parce qu'elle avait frappé un camarade de classe et l'avait poussé contre un porte-manteau si fort qu'il avait saigné. Elle se souvenait encore avec irritation de sa victime ; un gros garçon du nom de David Gustavsson qui n'arrêtait pas de l'embêter et de lui balancer des trucs sur la tête et qui au fil du temps était devenu un parfait tortionnaire, même si, à cette époque, elle ne connaissait pas le mot. A son retour à l'école, David avait promis de se venger sur un ton menaçant, et elle l'avait étendu d'une droite bien placée, le poing renforcé d'une balle de golf, d'où à nouveau du sang versé et une nouvelle note dans le dossier.

Les règles de vie commune à l'école l'avaient toujours laissée perplexe. Elle s'occupait de ses affaires et ne se mêlait pas de ce que faisaient les gens autour d'elle. Il s'en trouvait pourtant toujours un prêt à ne jamais lui foutre la paix.

En CM1, on l'avait renvoyée à la maison à plusieurs reprises à la suite de violentes disputes avec des camarades. Les garçons de sa classe, considérablement plus forts qu'elle, apprenaient vite qu'il pouvait s'avérer désagréable de chercher noise à cette fille rachitique – contrairement aux autres filles, elle ne battait jamais en retraite et n'hésitait pas une seconde à avoir recours aux poings ou à divers instruments pour se défendre. Elle affichait une attitude qui signifiait qu'elle se laisserait maltraiter à mort plutôt qu'accepter des saloperies.

En outre, elle se vengeait.

En CM2, Lisbeth Salander avait eu des démêlés avec un garçon beaucoup plus grand et fort qu'elle. D'un point de vue purement physique, elle n'avait pas représenté un grand obstacle pour lui. Pour commencer, il s'était amusé à la faire tomber plusieurs fois, puis il l'avait giflée quand elle essayait de contre-attaquer. Rien à faire, malgré sa supériorité, cette idiote continuait à le chercher, et au bout d'un moment même les autres élèves avaient commencé à trouver que ça allait trop loin. Elle était si manifestement sans défense que ça en devenait pénible. Finalement, le garçon lui avait balancé un coup de poing magistral qui lui avait fendu la lèvre et lui avait fait voir trente-six chandelles. Ils l'avaient abandonnée par terre derrière le gymnase. Elle était restée à la maison deux jours. Au matin du troisième jour, elle attendait son tortionnaire avec une batte de base-ball et la lui abattit sur l'oreille. Ceci lui valut une convocation chez le principal qui décida de porter plainte contre elle pour coups et blessures, ce qui eut pour résultat une enquête sociale.

Ses camarades de classe la considéraient comme cinglée et la traitaient en conséquence. Elle suscitait peu de sympathie aussi parmi les professeurs, qui par moments la vivaient comme une plaie. Elle n'avait jamais été spécialement loquace et elle était considérée comme l'élève qui ne levait jamais la main et qui en général ne répondait pas quand le professeur essayait de l'interroger directement. Personne ne savait si c'était parce qu'elle

284

ne connaissait pas la réponse ou s'il y avait une autre raison, mais ses notes reflétaient un état de fait. Manifestement elle avait des problèmes mais, curieusement, personne n'avait vraiment envie de se charger de cette fille difficile, bien que son cas fût discuté à maintes reprises parmi les professeurs. Elle se retrouva donc dans la situation où même les professeurs la laissaient tomber et l'abandonnaient claquemurée dans son silence renfrogné.

Un jour, un remplaçant qui ne connaissait pas son comportement particulier l'avait sommée de répondre à une question de mathématiques, et elle avait fait une crise d'hystérie et avait frappé le prof à coups de poing et de pied. Elle termina le primaire et entra au collège dans une autre école, sans avoir un seul camarade à qui dire au revoir. Une fille au comportement déviant et que personne n'aimait.

Ensuite était arrivé Tout Le Mal auquel elle ne voulait pas penser, juste quand elle était à la porte de l'adolescence, la dernière crise, histoire de parachever le dessin, et qui fit qu'on ressortit les dossiers du primaire. Depuis, d'un point de vue juridique, on l'avait considérée comme… eh bien, comme cinglée. *Une malade mentale.* Lisbeth Salander n'avait jamais eu besoin de papiers pour savoir qu'elle était différente. D'un autre côté, personne ne l'avait ennuyée non plus, tant que son tuteur avait été Holger Palmgren, un homme qu'elle pouvait mener par le bout du nez en cas de besoin.

Avec l'arrivée de Bjurman, la mise sous tutelle menaçait de devenir un poids dramatique dans sa vie. Peu importe vers qui elle se tournerait, des pièges potentiels s'ouvriraient, et que se passerait-il si elle perdait le combat ? La mettrait-on en institution ? Enfermée dans une maison de fous ? *Bonjour l'alternative !*

PLUS TARD DANS LA NUIT, quand Cécilia Vanger et Mikael s'étaient calmés, les jambes emmêlées et la poitrine de Cécilia reposant contre Mikael, elle leva les yeux vers lui.

— Merci. Il y avait longtemps. Tu n'es pas mal au lit.

Mikael sourit. Il ressentait toujours une satisfaction puérile devant la flatterie à consonance sexuelle.

— Ça m'a bien plu, dit Mikael. Inattendu, mais plaisant.

— Je veux bien qu'on remette ça, dit Cécilia Vanger. Si ça te dit.

Mikael la regarda.

— Tu essaies de me dire que tu voudrais un amant ?

— Un amant occasionnel, comme tu disais, fit Cécilia Vanger. Mais je veux que tu rentres chez toi avant de t'endormir. Je ne veux pas me réveiller demain matin avec toi ici, avant que j'aie mis de l'ordre dans mes muscles et mon visage. Et puis il serait peut-être bon que tu n'ailles pas clamer dans tout le village ce qu'on fait ensemble.

— M'étonnerait que je fasse ça, dit Mikael.

— Je ne voudrais surtout pas qu'Isabella le sache. Elle est vraiment une peau de vache.

— Et ta voisine la plus proche… ça va, je l'ai rencontrée.

— Oui, heureusement que de chez elle on ne voit pas ma porte d'entrée. Mikael, sois discret, s'il te plaît.

— Je serai discret.

— Merci. Tu bois ?

— Parfois.

— J'ai envie d'un truc sympa avec du gin. Ça te dit ?

— Volontiers.

Elle s'enveloppa d'un drap et disparut au rez-de-chaussée. Mikael en profita pour aller au cabinet de toilette se passer le visage sous le robinet. Nu comme un ver, il détaillait sa bibliothèque quand elle revint avec une carafe d'eau glacée et deux gin au citron vert. Ils portèrent un toast.

— Pourquoi tu es venu chez moi ? demanda-t-elle.

— Pour rien de spécial. Simplement je…

— Tu es resté chez toi à lire l'enquête de Henrik. Puis tu viens me voir. On n'a pas besoin d'avoir bac plus douze pour comprendre ce qui te tracasse.

— As-tu lu l'enquête ?

— En partie. J'ai vécu toute ma vie d'adulte avec l'enquête. On ne peut pas fréquenter Henrik sans être contaminé par l'énigme Harriet.

— Il se trouve que c'est un problème fascinant. Je veux dire, c'est un mystère de la chambre close à l'échelle d'une île. Et rien dans l'enquête ne semble suivre la logique normale. Toutes les questions restent sans réponse, tous les indices mènent à un cul-de-sac.

— Mmm, ces choses-là obsèdent les gens.

— Toi, tu étais sur l'île ce jour-là.

— Oui. J'étais ici et j'ai assisté aux événements. A l'époque, je faisais mes études à Stockholm. J'aurais préféré être restée chez moi ce week-end.

— Comment était Harriet, réellement ? Les gens ont l'air de l'avoir interprétée d'un tas de manières différentes.

— C'est *off the record* ou… ?

— Je n'enregistre pas.

— Je n'ai pas la moindre idée de ce qu'il y avait dans la tête de Harriet. Je suppose que tu veux parler de la dernière année. Un jour, elle était frappadingue religieuse. Le lendemain elle se maquillait comme une pute et allait à l'école avec le pull le plus moulant qu'elle avait pu trouver. Pas besoin d'être psychologue pour comprendre

287

qu'elle était profondément malheureuse. Mais je ne vivais pas ici, comme je te l'ai dit, et j'ai seulement entendu les ragots.

— Qu'est-ce qui a déclenché ces problèmes ?

— Gottfried et Isabella, évidemment. Quel souk, leur mariage ! Des noceurs, toujours prêts à se bagarrer. Pas physiquement – Gottfried n'était pas du genre à se battre et il avait plutôt peur d'Isabella. Elle pouvait se montrer terrible. Au début des années 1960, il s'est installé de façon plus ou moins permanente dans sa cabane au bout de l'île, où Isabella ne mettait jamais les pieds. Périodiquement, on le voyait apparaître ici au Village, on aurait dit un clochard. Ensuite il redevenait sobre et s'habillait de nouveau avec soin et essayait de faire son boulot.

— Mais personne n'avait envie d'aider Harriet ?

— Si, Henrik bien sûr. Pour finir, elle est venue habiter chez lui. Mais n'oublie pas qu'il était occupé à jouer son rôle de grand industriel. En général, il était en voyage d'affaires quelque part et n'avait pas de temps à consacrer à Harriet et à Martin. Je n'ai pas trop suivi l'histoire, puisque j'habitais d'abord à Uppsala et ensuite à Stockholm – et moi non plus je n'ai pas eu une jeunesse très facile avec Harald comme père, je peux te l'assurer. Mais, petit à petit, j'ai compris que le problème venait du fait que Harriet ne se confiait jamais à personne. Au contraire, elle essayait de maintenir les apparences et de faire comme s'ils étaient une famille heureuse.

— Refus systématique.

— Exactement. Mais elle avait changé après la noyade de son père. Elle ne pouvait plus faire comme si tout était carré. Jusque-là elle avait été… je ne sais pas comment le dire, surdouée et précoce, mais surtout, surtout, une adolescente à peu près ordinaire. La dernière année, elle était toujours d'une intelligence brillante, meilleures

288

notes partout, mais c'était comme si elle n'avait pas de vraie personnalité.

— Comment son père s'est-il noyé ?

— Gottfried ? De façon on ne peut plus banale. Il est tombé d'une barque juste en bas de sa cabane. Sa braguette était ouverte et son taux d'alcool était extrêmement élevé, je te laisse deviner comment ça s'est passé. C'est Martin qui l'a trouvé.

— Je ne le savais pas.

— C'est drôle. Martin a évolué, il est devenu une personne vraiment bien. Si tu m'avais demandé il y a trente-cinq ans, j'aurais dit qu'il était celui de la famille qui avait besoin d'un psy.

— C'est-à-dire ?

— Harriet n'était pas la seule à souffrir de la situation. Pendant bon nombre d'années, Martin était tellement taciturne et renfermé qu'on aurait pu le qualifier d'ours. Les deux enfants vivaient de sales moments. Je veux dire, on était tous dans ce cas. J'avais mes problèmes avec mon père – j'imagine que tu as compris qu'il est fou à lier. Ma sœur Anita avait les mêmes problèmes, tout comme Alexander, mon cousin. C'était dur d'être jeune dans la famille Vanger.

— Qu'est-ce qu'elle est devenue, ta sœur ?

— Anita habite à Londres. Elle y est allée dans les années 1970 travailler pour une agence de voyages suédoise et elle y est restée. Elle a vécu avec un type qu'elle ne s'est jamais donné la peine de présenter à la famille et dont elle est séparée depuis. Aujourd'hui elle est chef d'escale à la British Airways. On s'entend bien, elle et moi, mais nous avons très peu de contacts, nous ne nous voyons qu'une fois tous les deux ans à peu près. Elle ne rentre jamais à Hedestad.

— Pourquoi pas ?

— Notre père est fou. Ça suffit comme explication ?

— Mais toi, tu es restée.

— Moi et Birger, mon frère.

— Le politicien.

— Tu veux rire ? Birger est plus âgé qu'Anita et moi. Nous ne nous sommes jamais trop bien entendus. Il se considère comme un politicien terriblement important avec un avenir au Parlement et peut-être un fauteuil de ministre si les conservateurs devaient gagner. En réalité, c'est un conseiller municipal moyennement doué dans un patelin perdu, ce qui devrait représenter à la fois le sommet et le terminus de sa carrière.

— Une chose qui me fascine avec la famille Vanger, c'est la haine réciproque de tous les côtés.

— Ce n'est pas tout à fait vrai. J'aime énormément Martin et Henrik. Et je me suis toujours bien entendue avec ma sœur, même si nous nous voyons trop peu souvent. Je déteste Isabella, je n'ai pas beaucoup de sympathie pour Alexander. Et je ne parle pas avec mon père. Je dirais que c'est à peu près moitié-moitié dans la famille. Mais je vois ce que tu veux dire. Tu peux l'entendre comme ça : quand on est membre de la famille Vanger, on apprend très tôt à parler clairement. Nous disons ce que nous pensons.

— Oui, j'ai remarqué que vous y allez franco. Mikael tendit la main et toucha ses seins. Un quart d'heure chez toi que déjà tu me sautais dessus.

— Très franchement, la première fois où je t'ai vu, je me suis demandé comment tu étais au lit. Et ça m'a semblé tout à fait normal d'essayer.

POUR LA PREMIÈRE FOIS de sa vie, Lisbeth Salander ressentit un besoin pressant de demander conseil. Un problème se posait cependant : pour pouvoir demander conseil, elle serait obligée de se confier à quelqu'un, ce qui signifiait qu'elle serait obligée de se livrer et de raconter ses secrets. A qui pourrait-elle parler ? Le contact avec autrui n'était tout simplement pas son fort.

Quand elle passait mentalement en revue son carnet d'adresses, Lisbeth Salander comptait très exactement dix personnes qui d'une façon ou d'une autre pouvaient appartenir à son cercle de connaissances. Une estimation généreuse, elle en convenait elle-même.

Elle pouvait parler avec Plague, qui était un point à peu près fixe dans son existence. Mais il n'était absolument pas un ami et il était définitivement le dernier qui pourrait contribuer à résoudre ses problèmes. Ce n'était pas une bonne solution.

La vie sexuelle de Lisbeth Salander n'était pas vraiment aussi modeste qu'elle l'avait laissé croire à maître Bjurman. Et la plupart du temps, les rapports qu'elle avait eus s'étaient déroulés selon ses conditions et sur son initiative. Depuis ses quinze ans, elle avait eu une cinquantaine de partenaires, autrement dit quelque chose comme cinq partenaires par an, ce qui est normal pour une célibataire de son âge considérant le sexe comme un passe-temps.

Elle avait cependant rencontré la majeure partie de ces partenaires occasionnels sur une période de deux ans, à l'époque tumultueuse de la fin de son adolescence. Lisbeth Salander s'était trouvée alors à une croisée des chemins sans réel contrôle sur sa vie, et son avenir aurait pu prendre la forme d'une autre série de notations dans des dossiers, concernant drogues, alcool et internement dans différents établissements de soins. Depuis ses vingt ans et ses débuts à Milton Security, elle s'était considérablement calmée et elle estimait maîtriser sa vie.

Elle ne ressentait plus la nécessité d'accorder des faveurs à qui lui avait offert trois bières au troquet, et elle ne ressentait pas le moindre accomplissement personnel en suivant chez lui un soûlard dont elle connaissait à peine le nom. Cette dernière année, elle n'avait eu qu'un seul partenaire sexuel régulier, ce qu'on ne pouvait guère qualifier d'attitude dévergondée, comme l'insinuaient les dossiers médicaux de la fin de son adolescence.

A part cela le sexe, pour elle, était lié à quelqu'un dans l'espèce de bande de filles dont en réalité elle n'était pas membre, mais où on l'acceptait parce qu'elle était devenue la copine de Cilla Norén. Elle avait rencontré Cilla à la fin de son adolescence lorsque, sur la demande pressante de Holger Palmgren, elle avait essayé de compléter ses bulletins de notes du collège avec la formation pour adultes de Komvux. Cilla avait des cheveux couleur prune avec des mèches noires, un pantalon de cuir noir, un anneau dans la narine et autant de clous à sa ceinture que Lisbeth. Elles s'étaient dévisagées avec méfiance pendant la première leçon.

Pour une raison que Lisbeth n'arrivait pas vraiment à comprendre, elles avaient commencé à se voir. Lisbeth n'était pas de celles qui se font vite une copine et surtout pas durant ces années-là, mais Cilla avait ignoré son silence et l'avait entraînée au troquet. Par son intermédiaire, Lisbeth était devenue membre des Evil Fingers, à l'origine un groupe de banlieue composé de quatre adolescentes d'Enskede qui aimaient le hard rock, et qui dix ans plus tard formaient une bande assez importante de copines qui se retrouvaient au Moulin les mardis soir pour dire du mal des garçons, parler féminisme, sciences occultes, musique et politique, et boire d'énormes quantités de bière. Elles méritaient effectivement leur nom.

Salander gravitait à la périphérie de la bande et apportait rarement sa contribution aux discussions, mais elle était acceptée telle qu'elle était et elle pouvait aller et venir à sa guise et rester toute la soirée avec sa chope à la main sans rien dire. On l'invitait aussi pour les anniversaires de l'une ou l'autre, pour Noël et autres fêtes de ce genre, même si elle n'y allait quasiment jamais.

Durant les cinq ans qu'elle avait fréquenté les Evil Fingers, les filles avaient changé. Les couleurs des cheveux étaient devenues plus normales et les vêtements provenaient plus souvent de H&M que des friperies de l'Armée du Salut. Elles suivaient des études ou travaillaient et l'une d'elles avait pondu un gamin. Lisbeth avait l'impression d'être la seule qui n'avait pas changé d'un poil, ce qui signifiait peut-être aussi qu'elle piétinait sur place.

Mais elles s'amusaient toujours quand elles se retrouvaient. S'il existait un endroit où elle ressentait une sorte d'appartenance, c'était bien en compagnie des Evil Fingers, et par extension aussi en compagnie des garçons qui constituaient le cercle d'amis de la bande de filles.

Les Evil Fingers l'écouteraient. Elles se mobiliseraient pour elle aussi. Mais elles ignoraient totalement que Lisbeth Salander était sous le coup d'une décision de justice la déclarant juridiquement irresponsable. Elle ne voulait pas qu'elles aussi se mettent à la regarder de travers. *Ce n'était pas une bonne solution.*

Pour le reste, pas une seule camarade de classe d'autrefois ne figurait dans son carnet d'adresses. Elle manquait de toute forme de réseau, de soutien ou de contacts politiques. Vers qui alors pourrait-elle se tourner pour raconter ses problèmes avec maître Nils Bjurman ?

Si, peut-être quelqu'un. Elle réfléchit longuement à l'idée de se confier à Dragan Armanskij ; d'aller frapper

293

à sa porte pour lui expliquer sa situation. Il lui avait dit que si elle avait besoin d'aide pour quoi que ce soit, elle ne devait pas hésiter à s'adresser à lui. Elle était convaincue de sa sincérité.

Armanskij lui aussi l'avait touchée une fois, mais le geste avait été gentil, sans mauvaises intentions, ça n'avait rien eu d'une démonstration de force. Elle répugnait cependant à lui demander de l'aide. Il était son chef et cela la rendrait redevable. Lisbeth Salander sourit en pensant à ce que serait sa vie avec Armanskij pour tuteur au lieu de Bjurman. L'idée n'avait rien de désagréable, mais Armanskij aurait sans doute pris sa mission avec tant de sérieux qu'il l'aurait étouffée de sa sollicitude. *C'était… hmmm, peut-être une bonne solution.*

Alors qu'elle était parfaitement au courant du rôle de SOS-Femmes en détresse, jamais l'idée ne lui vint d'y faire appel. Ces centres étaient à ses yeux pour les *victimes*, et elle ne s'était jamais considérée comme telle. La seule bonne alternative qui lui restait était par conséquent d'agir comme elle avait toujours agi – prendre l'affaire en main et résoudre elle-même ses problèmes. *Là, c'était la bonne solution.*

Et une solution qui n'augurait rien de bon pour maître Nils Bjurman.

13

JEUDI 20 FÉVRIER – VENDREDI 7 MARS

LA DERNIÈRE SEMAINE de février, Lisbeth Salander s'attribua à elle-même une mission, avec maître Nils Bjurman, né en 1950, comme objectif prioritaire. Elle travailla environ seize heures par jour et fit une enquête sur la personne plus minutieuse que jamais auparavant. Elle utilisa toutes les archives et tous les documents officiels qu'elle pouvait trouver. Elle fouina dans ses relations familiales et personnelles. Elle vérifia ses comptes et établit en détail sa carrière et ses missions.

Le résultat fut décevant.

Il était juriste, membre de l'ordre des avocats et auteur d'une thèse d'un verbiage respectable quoique exceptionnellement ennuyeuse sur le droit commercial. Sa réputation était irréprochable. Maître Bjurman n'avait jamais été épinglé. Une seule fois, il avait été signalé à l'ordre des avocats – considéré comme intermédiaire dans une affaire de dessous-de-table immobiliers dix ans auparavant, mais il avait pu prouver son innocence et l'affaire avait été classée. Ses comptes étaient en ordre ; maître Bjurman était fortuné, disposant d'au moins 10 millions de couronnes. Il payait plus d'impôts que nécessaire, était membre de Greenpeace et d'Amnesty International et apparaissait comme donateur régulier à la Fondation pour le cœur et les poumons. Son nom était rarement apparu dans un média mais à plusieurs reprises il avait signé des pétitions soutenant des prisonniers politiques dans le Tiers Monde. Il habitait un cinq-pièces dans Upplandsgatan près d'Odenplan, et il était secrétaire de l'association des copropriétaires de son immeuble. Il était divorcé, sans enfants.

Lisbeth Salander se focalisa sur son ex-femme, prénommée Elena. Elle était née en Pologne mais avait vécu en Suède toute sa vie. Elle travaillait dans la rééducation et était remariée, apparemment pour le meilleur, avec un collègue de Bjurman. Rien à chercher de ce côté. Leur mariage avait duré quatorze ans et le divorce s'était passé à l'amiable.

Maître Bjurman avait régulièrement le contrôle de jeunes ayant eu quelques démêlés avec la justice. Il avait été administrateur de quatre jeunes avant de devenir le tuteur de Lisbeth Salander. Chacune de ses missions concernait des mineurs, et elles avaient pris fin sur une simple décision du tribunal le jour de leur majorité. L'un de ces clients faisait toujours appel à Bjurman comme avocat, là non plus il ne semblait pas y avoir de petite bête à trouver. Si Bjurman avait mis sur pied un système pour tirer profit de ses protégés, rien n'apparaissait en tout cas en surface, et Lisbeth eut beau chercher en profondeur, elle ne trouva rien de bizarre. Tous les quatre avaient des vies rangées avec petits amis et petites amies, un emploi, un logement et une panoplie de cartes de fidélité.

Elle avait appelé chacun des quatre en se présentant comme secrétaire aux affaires sociales chargée d'une enquête concernant les enfants ayant autrefois été sous gérance pour savoir comment ils s'en sortaient dans la vie par rapport aux autres enfants. *Mais oui, bien sûr que vous resterez absolument anonymes.* Elle avait bricolé un questionnaire en dix points. Plusieurs des questions étaient formulées de manière à inciter ses interlocuteurs à donner leur avis sur le fonctionnement de la gérance – s'ils avaient eu une opinion sur Bjurman, elle était sûre que cela aurait suinté au moins chez un des interviewés. Mais aucun n'avait quoi que ce soit de négatif à dire.

Une fois son ESP terminée, Lisbeth Salander rassembla toute la documentation dans un sac en papier de supermarché et le posa avec les vingt autres sacs de journaux dans l'entrée. Maître Bjurman était apparemment irréprochable. Il n'y avait tout simplement rien dans son passé que Lisbeth Salander pouvait utiliser comme levier. Pour elle, et elle avait de quoi étayer son opinion, ce gars n'était qu'une brute et un ignoble salopard – mais elle ne trouvait rien qu'elle aurait pu utiliser comme preuve.

L'heure était venue de considérer d'autres possibilités. Après avoir passé en revue toutes les analyses, restait une solution relativement tentante – du moins totalement réaliste. Le plus simple serait que Bjurman disparaisse simplement de sa vie. Un infarctus foudroyant. *Game over.* Le hic, c'était que même les vicelards de cinquante-cinq balais ne faisaient pas d'infarctus sur commande.

On pouvait cependant y remédier.

MIKAEL BLOMKVIST menait sa liaison avec le proviseur Cécilia Vanger dans la plus grande discrétion. Elle avait fixé trois impératifs : elle ne voulait pas que quelqu'un sache qu'ils se voyaient. Elle voulait qu'il vienne chez elle seulement quand elle l'appelait au téléphone et qu'elle était d'humeur. Et elle ne voulait pas qu'il passe la nuit chez elle.

L'attitude de Cécilia rendait Mikael perplexe. Lorsqu'il tombait sur elle au café Susanne, elle était aimable mais froide et distante. Mais quand ils se retrouvaient dans sa chambre, elle était passionnément enflammée.

Mikael ne tenait pas particulièrement à fouiner dans sa vie privée, mais on l'avait embauché pour fouiner dans la vie privée de toute la famille Vanger. Il se sentait partagé et en même temps curieux. Un jour, il demanda à Henrik Vanger avec qui elle avait été mariée et ce qui s'était passé. Il posa la question en même temps qu'il expédiait le passé d'Alexander et de Birger et de tous les autres membres de la famille présents sur l'île quand Harriet avait disparu.

— Cécilia ? Autant que je sache, elle n'avait pas de rapports avec Harriet.

— Parle-moi de son passé.

— Elle est venue habiter ici après ses études et a commencé à travailler comme professeur. Elle a rencontré un certain Jerry Karlsson, qui malheureusement travaillait dans le groupe Vanger. Ils se sont mariés. Je croyais leur mariage heureux – au moins au début. Mais plus tard j'ai compris que tout n'allait pas pour le mieux. Il la battait. C'était l'histoire habituelle – il la frappait mais elle lui trouvait des circonstances atténuantes. Jusqu'au jour où il l'a frappée une fois de trop. Elle s'est retrouvée grièvement blessée et a dû être hospitalisée. Je lui ai parlé et lui ai offert mon aide. Elle est venue s'installer ici sur l'île et elle a refusé de rencontrer son mari depuis. Je me suis chargé de le faire licencier.

— Mais elle est toujours mariée avec lui.

— Sur le papier, c'est tout. Je ne sais pas pourquoi elle n'a pas demandé le divorce. Mais elle n'a jamais voulu se remarier, si bien que le problème ne s'est jamais posé.

— Ce Jerry Karlsson, avait-il un rapport…

— … avec Harriet ? Non, il n'habitait pas à Hedestad en 1966 et il n'avait pas encore commencé à travailler pour le groupe.

— Bon.

— Mikael, j'aime Cécilia. Elle est peut-être difficile, mais elle est une des rares personnes bien de ma famille.

AUSSI SYSTÉMATIQUEMENT qu'un parfait bureaucrate, Lisbeth Salander consacra une semaine à planifier le décès de maître Nils Bjurman. Elle envisagea – et rejeta – différentes méthodes jusqu'à ce qu'elle dispose d'un nombre de scénarios réalistes entre lesquels choisir. *Ne pas agir dans l'impulsion.* Sa première pensée avait été d'essayer d'arranger un accident, mais à y réfléchir, elle était rapidement arrivée à la conclusion que peu importait qu'on parle de meurtre.

Une seule condition devait être remplie. Maître Bjurman devait mourir de manière qu'elle-même ne puisse jamais être associée au crime. Elle se doutait bien que tôt ou tard son nom apparaîtrait dans une enquête policière à venir quand les flics examineraient les activités de Bjurman. Mais elle n'était qu'un grain de poussière dans toute une galaxie de clients actuels ou anciens, elle ne l'avait rencontré que quelques rares fois et, à moins que Bjurman n'ait noté dans son agenda qu'il l'avait forcée à lui faire une pipe – ce qu'elle jugeait invraisemblable –, elle n'avait aucune raison de l'assassiner. Il n'y aurait pas la moindre preuve que sa mort avait un rapport quelconque avec ses clients ; on pourrait penser à des ex-petites amies, des parents, des connaissances, des collègues et un tas d'autres gens. On pourrait même cataloguer cela de *random violence*, scénario dans lequel meurtrier et victime ne se connaissaient pas.

Mettons même que son nom apparaisse, et alors ? Elle ne serait qu'une pauvre fille sous tutelle, bardée de documents prouvant qu'elle était mentalement handicapée.

Il y avait donc intérêt à ce que la mort de Bjurman advienne selon un schéma suffisamment compliqué pour qu'une handicapée mentale ne soit pas très vraisemblable dans le rôle de l'auteur du crime.

Elle rejeta d'emblée la solution arme à feu. S'en procurer une ne lui poserait pas de gros problèmes d'ordre pratique, mais les flics étaient doués pour retrouver l'origine des flingues.

Elle envisagea l'arme blanche, un couteau pouvait s'acheter dans n'importe quelle quincaillerie, mais elle rejeta cette solution aussi. Même si elle déboulait sans crier gare et lui plantait le couteau dans le dos, rien ne garantissait qu'il crèverait tout de suite et sans bruit, ni même qu'il crèverait. Cela signifiait donc raffut monstre attirant l'attention, plus sang qui pourrait tacher ses vêtements et constituer des preuves accablantes.

Elle envisagea aussi une bombe, mais cela s'avérait trop compliqué. Mettre au point la bombe ne serait pas un problème – Internet fourmillait de manuels pour fabriquer les objets les plus meurtriers. Difficile, par contre, de trouver un moyen d'exploser le salopard sans qu'un passant innocent dérouille aussi. Sans compter, une nouvelle fois, que rien ne garantissait l'élimination du salopard.

Le téléphone sonna.

— Salut Lisbeth, c'est Dragan. J'ai un boulot pour toi.

— J'ai pas le temps.

— C'est important.

— Je suis occupée.

Elle raccrocha.

Pour finir, elle se décida pour une solution inattendue – le poison. Ce choix la surprenait, mais à y réfléchir il était parfait.

Lisbeth Salander consacra quelques jours et nuits à passer Internet au peigne fin à la recherche d'un poison adéquat. Le choix était vaste. Avec en premier le poison le plus mortel, toutes catégories confondues, que la science connaisse – l'acide cyanhydrique, aussi connu sous le nom d'acide prussique.

L'acide cyanhydrique est utilisé dans l'industrie chimique, entre autres comme composant de certaines peintures. Quelques milligrammes suffisent à liquider quelqu'un ; un litre dans le réservoir d'eau d'une ville moyenne peut l'anéantir dans sa totalité.

Pour des raisons évidentes, une telle substance mortelle était entourée de contrôles de sécurité rigoureux. Mais si un fanatique politique avec des projets d'assassinat ne pouvait pas entrer dans la pharmacie la plus proche et demander dix millilitres d'acide cyanhydrique, on pouvait fabriquer ça en quantités quasi illimitées dans une cuisine ordinaire. Un modeste équipement de laboratoire, disponible dans une boîte de petit chimiste pour enfants, en vente pour 200 couronnes, et quelques ingrédients qu'on pouvait extraire de produits ménagers courants suffisaient. La recette était en ligne sur Internet.

Il y avait aussi la nicotine. D'une seule cartouche de cigarettes, elle pourrait en extraire suffisamment de milligrammes pour concocter un sirop pas trop épais. Mieux encore, bien qu'un peu plus difficile à fabriquer : le sulfate de nicotine, qui avait l'avantage d'être absorbable par la peau ; il suffirait donc d'enfiler des gants en caoutchouc, de remplir un pistolet à eau et de tirer sur la figure de maître Bjurman. En vingt secondes, il aurait perdu connaissance et en quelques minutes il serait mort.

Jusque-là, Lisbeth Salander n'avait pas soupçonné que tant de produits ménagers parfaitement ordinaires fournis par sa droguerie locale pouvaient se transformer en armes mortelles. Après avoir potassé le sujet pendant quelques jours, elle était convaincue qu'il n'y avait pas d'obstacles techniques pour régler son compte au cher tuteur.

Ne restaient que deux problèmes : la mort de Bjurman ne lui rendrait pas le contrôle de sa propre vie et il n'y avait aucune garantie que le successeur de Bjurman ne soit pas dix fois pire. *Analyse des conséquences.*

Ce qu'il lui fallait trouver était une manière de contrôler son tuteur et par là même de maîtriser sa propre situation. Allongée dans le vieux canapé du séjour toute une soirée, elle passa mentalement la situation en revue. Vers 22 heures, elle avait éliminé les projets d'assassinat par empoisonnement et élaboré un plan B.

Le plan n'était pas séduisant et il sous-entendait qu'elle laissait Bjurman s'attaquer à elle encore une fois. Mais si elle le menait à bout, c'était bingo pour elle.

Pensait-elle.

AU COURS DES DERNIERS JOURS du mois de février, Mikael avait pris un rythme qui transformait le séjour à Hedeby en un train-train quotidien. Il se levait à 9 heures tous les matins, prenait son petit-déjeuner et travaillait jusqu'à midi à se gaver de nouvelles données. Puis il faisait une promenade d'une heure, quel que soit le temps. Dans l'après-midi, il se remettait au boulot, chez lui ou au café Susanne, en approfondissant ce qu'il avait lu dans la matinée ou en écrivant des passages de ce qui allait devenir l'autobiographie de Henrik. Il s'était ménagé du temps libre entre 15 et 18 heures, qu'il utilisait pour faire des courses, laver son linge, aller à Hedestad et expédier d'autres affaires courantes. Vers 19 heures, il passait chez Henrik Vanger lui exposer les points d'interrogation qui avaient surgi au cours de la journée. Vers 22 heures, il était de retour à la maison et lisait jusqu'à

1 ou 2 heures du matin. Il épluchait systématiquement les documents fournis par Henrik.

Il découvrit avec surprise que le travail de rédaction de l'autobiographie de Henrik avançait comme sur des roulettes. Il disposait déjà du premier jet de près de cent vingt pages de la chronique familiale – la vaste période depuis le débarquement de Jean-Baptiste Bernadotte en Suède jusqu'aux environs des années 1920. A partir de là, il était obligé d'avancer plus lentement et de commencer à peser ses mots.

A la bibliothèque de Hedestad, il avait commandé des livres traitant du nazisme à cette époque, entre autres la thèse de doctorat de Helene Lööw *La Croix gammée et la gerbe des Vasa*. Il avait écrit le brouillon d'une quarantaine d'autres pages sur Henrik et ses frères, focalisées sur Henrik en tant que personnage principal. Il avait une longue liste de recherches à faire concernant des entreprises de cette époque, leur structure et leur fonctionnement, et il découvrit que la famille Vanger avait aussi été intimement mêlée à l'empire d'Ivar Kreuger – encore une histoire parallèle qu'il fallait rafraîchir. Il calcula qu'en tout il lui restait à peu près trois cents pages à écrire. Il avait établi un planning pour avoir une première mouture à présenter à Henrik Vanger début septembre, et il prévoyait d'utiliser l'automne pour peaufiner son texte.

En revanche, Mikael n'avançait pas d'un millimètre dans l'enquête sur Harriet Vanger. Il avait beau lire et réfléchir sur les détails des nombreux dossiers, il n'en trouvait pas un seul qui aurait pu faire bouger les choses.

Un samedi soir fin février, il eut un long entretien avec Henrik Vanger, où il rendit compte de ses progrès inexistants. Le vieil homme l'écouta patiemment énumérer tous les culs-de-sac qu'il avait visités.

— Autrement dit, Henrik, je ne trouve rien dans l'enquête qui n'ait pas déjà été exploité jusqu'à la moelle.

— Je comprends ce que tu veux dire. Moi aussi j'y ai réfléchi à me rendre malade. Et en même temps je suis sûr que nous avons dû louper quelque chose. Aucun crime n'est aussi parfait que ça.

— Mais nous ne sommes même pas en mesure de déterminer s'il y a réellement eu un crime.

Henrik Vanger soupira et fit un geste frustré avec la main.

— Continue, demanda-t-il. Va jusqu'au bout.

— Ça ne sert à rien.

— Peut-être. Mais n'abandonne pas.

Mikael soupira.

— Les numéros de téléphone, finit-il par dire.

— Oui.

— Ils signifient forcément quelque chose.

— Oui.

— Ils ont été notés sciemment.

— Oui.

— Mais nous ne savons pas les interpréter.

— Non.

— Ou alors nous les interprétons mal.

— Exactement.

— Ce ne sont pas des numéros de téléphone. Ils veulent dire tout autre chose.

— Peut-être.

Mikael soupira de nouveau et rentra chez lui continuer à lire.

MAÎTRE NILS BJURMAN poussa un soupir de soulagement lorsque Lisbeth Salander le rappela pour expliquer qu'elle avait besoin de davantage d'argent. Elle s'était dérobée à leur dernier rendez-vous fixe en invoquant qu'elle devait travailler, et une petite inquiétude avait commencé à le ronger. Etait-elle en train de se transformer en un enfant à problèmes intraitable ? D'avoir annulé le rendez-vous l'avait, cela dit, empêchée d'avoir son argent de poche, et tôt ou tard elle serait obligée de prendre contact avec lui. Il s'inquiétait aussi de la possibilité qu'elle ait pu parler de son culot à quelqu'un.

Son bref appel pour dire qu'elle avait besoin d'argent confirmait de manière satisfaisante que la situation était sous contrôle. Mais il allait devoir la dompter, celle-là, décida Nils Bjurman. Il fallait qu'elle comprenne qui commandait, alors seulement pourrait s'établir une relation plus constructive. C'est pourquoi il lui indiqua que cette fois-ci ils se verraient à son domicile près d'Odenplan, pas dans son bureau. Devant cette exigence, Lisbeth Salander était restée silencieuse à l'autre bout de la ligne un bon moment – *elle a du mal à comprendre, cette conne* – avant d'accepter.

Le plan de Lisbeth avait été de le rencontrer à son bureau, comme la fois précédente. Maintenant elle était obligée de le voir en territoire inconnu. Le rendez-vous avait été fixé au vendredi soir. Il lui avait communiqué le code et à 20 h 30 elle sonna à sa porte, une demi-heure plus tard que convenu. C'était le temps qu'il lui avait fallu dans l'obscurité de la cage d'escalier pour passer en revue son plan une dernière fois, envisager des solutions de rechange, se blinder et mobiliser le courage nécessaire.

VERS 20 HEURES, Mikael arrêta son ordinateur et se couvrit pour sortir. Il laissa la lumière allumée dans la pièce de travail. Le ciel était étoilé et la température avoisinait le zéro. Il monta la côte d'un pas alerte, passa devant la maison de Henrik Vanger, sur la route d'Östergården. Juste après la maison de Henrik, il bifurqua à gauche et suivit un sentier qui longeait la plage. Les bouées lumineuses clignotaient sur l'eau et les lumières de Hedestad scintillaient dans la nuit, c'était beau. Il avait besoin d'air frais, mais il voulait avant tout éviter les yeux inquisiteurs d'Isabella Vanger. A la maison de Martin Vanger, il rejoignit la route et arriva chez Cécilia Vanger peu après 20 h 30. Ils montèrent tout de suite dans sa chambre.

Ils se voyaient une ou deux fois par semaine. Cécilia Vanger était non seulement devenue sa maîtresse dans ce trou perdu, elle était aussi devenue la personne à qui il avait commencé à se confier. Il discutait bien plus de Harriet Vanger avec elle qu'avec Henrik.

LE PLAN FOIRA presque immédiatement.

Maître Nils Bjurman était en robe de chambre quand il ouvrit la porte de son appartement. Il avait eu le temps d'être énervé par son retard et il lui fit signe d'entrer. Elle portait un jean noir, un tee-shirt noir et le blouson de cuir incontournable. Des boots noirs et un petit sac à dos avec sangle en bandoulière sur la poitrine.

— Tu ne sais pas lire l'heure, salua Bjurman hargneusement.

Salander ne dit rien. Elle regarda autour d'elle. L'appartement ressemblait à ce qu'elle s'était figuré après examen des plans aux archives municipales. Les meubles étaient clairs, en bouleau et en hêtre.

— Entre, fit Bjurman sur un ton plus aimable. Il mit son bras sur ses épaules et la guida à travers un petit vestibule dans l'appartement. *Pas la peine de sortir le baratin*. Il ouvrit la porte d'une chambre. Il n'y avait aucune hésitation à avoir sur les services qu'il attendait de Lisbeth Salander.

Elle jeta un rapide coup d'œil dans la pièce. Chambre de célibataire. Lit double avec une haute tête de lit en inox. Une commode qui faisait aussi office de table de nuit. Lampes de chevet à lumière tamisée. Un placard avec miroir le long d'un mur. Un fauteuil en rotin et une petite table dans le coin près de la porte. Il lui prit la main et la guida vers le lit.

— Raconte-moi pourquoi tu as besoin d'argent cette fois-ci. Encore des machins pour ton ordinateur ?

— Pour m'acheter à manger, répondit-elle.

— Bien sûr. Je suis vraiment stupide, c'est vrai que tu as raté notre dernier rendez-vous. Il mit la main sous son menton et lui redressa le visage de façon que leurs yeux se rencontrent. Comment tu vas ?

Elle haussa les épaules.

— Tu as réfléchi à ce que j'ai dit l'autre fois ?

— Quoi ?

— Lisbeth, ne te fais pas plus bête que tu ne l'es. Je veux que toi et moi, on soit bons amis et qu'on s'épaule.

Elle ne répondit pas. Maître Bjurman résista à l'impulsion de lui administrer une gifle pour la réveiller.

— Est-ce que tu as aimé notre jeu pour grandes personnes de l'autre fois ?

— Non.

Il haussa les sourcils.

— Lisbeth, ne sois pas idiote.

— J'ai besoin d'argent pour acheter de quoi manger.

— C'est exactement ce dont nous avons parlé la dernière fois. Il te suffit d'être gentille avec moi pour que je sois gentil avec toi. Mais si tu t'évertues à me contrarier… Il serra plus fort son menton et elle se dégagea.

— Je veux mon argent. Qu'est-ce que tu veux que je fasse ?

— Tu sais très bien ce que je veux. Il la prit par l'épaule et l'attira vers le lit.

— Attends, fit Lisbeth Salander rapidement.

Elle lui lança un regard résigné, puis hocha sèchement la tête. Elle enleva le blouson de cuir clouté et regarda autour d'elle dans la pièce. Elle jeta le blouson sur le fauteuil en rotin, posa son sac à dos sur la table ronde et fit quelques pas hésitants en direction du lit. Puis elle s'arrêta, prise d'une appréhension soudaine. Bjurman s'approcha.

— Attends, fit-elle encore, d'une voix comme si elle essayait de le raisonner. Je ne veux pas être obligée de te faire une pipe chaque fois que j'ai besoin d'argent.

Le visage de Bjurman changea d'expression. Subitement, il la gifla du plat de la main. Salander écarquilla les yeux mais, avant qu'elle ait eu le temps de réagir, il l'avait saisie par l'épaule et jetée à plat ventre sur le lit. Elle fut prise de court par cette violence soudaine. Comme elle essayait de se retourner, il la plaqua sur le lit et s'assit à califourchon sur elle.

Tout comme la fois précédente, elle fut une proie facile pour lui, d'un point de vue purement physique. Sa seule possibilité de résister consistait à lui planter les ongles dans les yeux ou à utiliser une arme. Mais le scénario qu'elle avait prévu était déjà parti en fumée. *Merde*, pensa Lisbeth Salander quand il lui arracha le tee-shirt. Avec une lucidité terrifiante, elle comprit qu'elle avait été un peu légère sur ce coup.

Elle entendit qu'il ouvrait un tiroir de la commode à côté du lit, puis un cliquetis de métal. Tout d'abord elle ne comprit pas ce qui se passait, puis elle vit la boucle se refermer autour de son poignet. Il souleva ses bras, passa les menottes autour d'un des montants de la tête de lit et bloqua son autre main. En un tournemain il lui enleva ses chaussures et son jean. Finalement il lui retira son slip qu'il brandit en l'air.

— Il faut que tu apprennes à me faire confiance, Lisbeth, dit-il. Je vais t'apprendre les règles de ce jeu pour les grands. Sois désagréable avec moi, et tu seras punie. Sois gentille avec moi, et nous serons amis.

Il s'assit de nouveau à califourchon sur elle.

— Alors, comme ça tu n'aimes pas la sodomie…, dit-il.

Lisbeth Salander ouvrit la bouche pour crier. Il la prit par les cheveux et fourra le slip dans sa bouche. Elle sentit qu'il mettait quelque chose autour de ses chevilles, il écarta ses jambes et les attacha de sorte qu'elle soit totalement livrée. Elle l'entendit bouger dans la pièce mais elle ne pouvait pas le voir. Les minutes passèrent. Elle avait du mal à respirer. Puis elle ressentit une douleur infernale quand brutalement il lui enfonça quelque chose dans l'anus.

LA RÈGLE de Cécilia Vanger était que Mikael ne devait pas rester dormir. Peu après 2 heures du matin il se rhabilla, alors qu'elle restait nue sur le lit et lui adressait un petit sourire.

— Tu me plais, Mikael. J'aime ta compagnie.

— Tu me plais aussi.

Elle l'attira sur le lit et réussit à enlever la chemise qu'il venait de mettre. Il resta une heure de plus.

Lorsque enfin Mikael passa devant la maison de Harald Vanger, il eut la nette impression de voir un rideau bouger à l'étage. Mais il faisait trop sombre pour qu'il en soit absolument sûr.

LISBETH SALANDER put remettre ses vêtements vers 4 heures du matin le samedi. Elle prit son blouson de cuir et le sac à dos, et gagna en boitillant le vestibule, où il l'attendait, frais et douché et habillé avec soin. Il lui donna un chèque de 2 500 couronnes.

— Je te ramène chez toi, dit-il en ouvrant la porte.

Elle sortit de l'appartement et se tourna vers lui. Son corps avait l'air frêle et son visage était gonflé par les pleurs, et il eut presque un mouvement de recul en croisant son regard. Jamais auparavant dans sa vie il n'avait rencontré une telle haine sèche et brûlante. Lisbeth Salander avait l'air aussi mentalement malade que son dossier l'indiquait.

— Non, dit-elle, si bas qu'il eut du mal à distinguer les mots. Je peux rentrer toute seule.

Il posa une main sur son épaule.

— Sûre ?

Elle hocha la tête. La main sur son épaule serra plus fort.

— Tu te rappelles notre accord. Tu reviens ici samedi prochain.

Elle hocha la tête de nouveau. Soumise. Il la lâcha.

14

SAMEDI 8 MARS – LUNDI 17 MARS

LISBETH SALANDER passa la semaine au lit avec des
douleurs au bas-ventre, des hémorragies à l'anus et
d'autres plaies, moins visibles, qui prendraient plus de
temps à guérir. Ce qu'elle avait vécu dépassait de loin
le premier viol dans son bureau ; il n'avait plus été question de force et d'humiliation mais d'une brutalité systématique.

Elle réalisait bien trop tard qu'elle avait mésestimé
Bjurman, et de beaucoup.

Elle l'avait pris pour un homme de pouvoir qui aimait
dominer, pas pour un sadique accompli. Il l'avait gardée
menottée toute la nuit. A plusieurs reprises, elle avait
cru qu'il allait la tuer et à un moment il avait appuyé un
oreiller sur son visage jusqu'à ce qu'elle s'évanouisse
presque.

Elle ne pleura pas.

A part les larmes causées par la douleur physique
proprement dite pendant le viol, elle n'en versa pas une
seule. Une fois quitté l'appartement de Bjurman, elle
avait boitillé jusqu'à la station de taxis d'Odenplan, était
rentrée chez elle et avait gagné son appartement en grim-
pant les escaliers avec difficulté. Elle avait pris une
douche et avait lavé le sang de son bas-ventre. Ensuite
elle avait bu un demi-litre d'eau et avalé deux Rohypnol,

elle s'était écroulée dans son lit, la couverture tirée sur sa tête.

Elle se réveilla vers midi le dimanche, la tête douloureuse et vide de pensées, avec des douleurs dans les muscles et le bas-ventre. Elle se leva, but deux verres de lait et mangea une pomme. Puis elle reprit deux somnifères et retourna se coucher.

Le mardi seulement elle eut assez de force pour s'extraire du lit. Elle sortit acheter un carton de pizzas Billy Pan, en mit deux au micro-ondes et remplit un thermos de café. Ensuite elle passa la nuit sur Internet à lire des articles et des thèses sur la psychopathologie du sadisme.

Son attention fut attirée par un article publié par un groupe de femmes aux Etats-Unis, où l'auteur soutenait que le sadique choisissait ses *liaisons* avec une précision quasi intuitive : la meilleure victime du sadique était celle qui se prêtait à tous ses désirs de son plein gré parce qu'elle croyait ne pas avoir le choix. Le sadique ciblait ses choix sur des êtres qui dépendaient d'autrui et il avait une capacité inquiétante d'identifier des proies convenables.

Maître Bjurman l'avait choisie comme victime.

Cela la fit réfléchir.

Cela indiquait quelle idée son entourage se faisait d'elle.

LE VENDREDI, une semaine après le deuxième viol, Lisbeth Salander quitta son domicile pour se rendre chez un tatoueur à Hornstull. Elle avait appelé pour fixer rendez-vous et il n'y avait pas d'autres clients dans la boutique. Le propriétaire la salua d'un hochement de tête quand il la reconnut.

Elle choisit un petit tatouage simple représentant un mince cordon et demanda qu'on le lui fasse sur la cheville. Elle montra l'endroit.

— La peau est très mince. Ça fait super mal à cet endroit, dit le tatoueur.

— Ça ira, dit Lisbeth Salander, elle enleva son pantalon et présenta sa jambe.

— D'accord, un cordon. Tu as déjà pas mal de tatouages. Tu es sûre que tu en veux un autre ?

— C'est un rappel, répondit-elle.

MIKAEL BLOMKVIST quitta le café Susanne à la fermeture, à 14 heures le samedi. Il avait passé la journée à mettre au propre ses notes dans son iBook, et il fit un tour chez Konsum acheter deux, trois trucs à manger et des cigarettes avant de rentrer à la maison. Il avait découvert la spécialité locale : la *pölsa* sautée avec des pommes de terre et des betteraves rouges – un plat qu'il n'avait jamais particulièrement aimé, mais qui pour une étrange raison allait parfaitement bien dans une petite maison à la campagne.

Vers 19 heures, il se mit à réfléchir en regardant par la fenêtre de la cuisine. Cécilia Vanger n'avait pas appelé. Il l'avait croisée très brièvement au café en début d'après-midi quand elle était venue acheter du pain, mais elle était plongée dans ses propres pensées. Tout laissait croire qu'elle n'allait pas appeler ce samedi soir. Il jeta un coup d'œil sur son petit poste de télévision qu'il n'allumait presque jamais. Puis il s'installa sur la banquette de la cuisine et ouvrit un polar de Sue Grafton.

LISBETH SALANDER revint à l'appartement de Bjurman à Odenplan à l'heure convenue le samedi soir. Il la fit entrer avec un sourire poli et accueillant.

— Et comment vas-tu aujourd'hui, ma chère Lisbeth ? fit-il pour la saluer.

Elle ne répondit pas.

— J'y suis peut-être allé un peu trop fort la dernière fois, dit-il. Tu m'as semblé un peu KO.

Elle le gratifia d'un sourire en coin, et il sentit une inquiétude soudaine l'envahir. *Cette nana est cinglée. Il faut que je m'en souvienne.* Il se demanda si elle allait pouvoir s'adapter.

— On va dans la chambre ? demanda Lisbeth Salander.

D'un autre côté, si ça se trouve elle ne demande que ça… Il lui passa le bras sur l'épaule, comme il l'avait fait à leur rendez-vous précédent pour l'amener dans la chambre. *Aujourd'hui je vais y aller plus doucement avec elle. Pour créer la confiance.* Il avait déjà préparé les menottes sur la commode. Ce n'est que lorsqu'ils furent devant le lit que maître Bjurman se rendit compte que quelque chose clochait.

C'était elle qui l'amenait au lit, pas le contraire. Il s'arrêta et la regarda avec perplexité sortir quelque chose de sa poche qu'il crut d'abord être un téléphone portable. Puis il vit ses yeux.

— Dis bonne nuit, dit-elle.

Elle lui enfonça la matraque électrique dans l'aisselle gauche et fit partir 75 000 volts. Quand ses jambes commencèrent à se dérober sous lui, elle approcha son épaule et mobilisa toutes ses forces pour le faire tomber sur le lit.

CÉCILIA VANGER se sentait vaguement ivre. Elle avait décidé de ne pas appeler Mikael Blomkvist. Leur liaison avait pris la tournure d'un vaudeville saugrenu, avec une mise en scène obligeant Mikael à faire des tours et des détours pour pouvoir venir la rejoindre sans se faire remarquer. Elle se comportait comme une adolescente amoureuse incapable de maîtriser son désir. Sa conduite ces dernières semaines avait été absurde.

Le problème est qu'il me plaît beaucoup trop, pensat-elle. Je vais en souffrir. Elle passa un long moment à souhaiter que Mikael Blomkvist ne soit jamais venu à Hedeby.

Elle avait débouché une bouteille de vin et bu deux verres en solitaire. Elle alluma la télé pour *Rapport* et essaya de comprendre l'état du monde mais se lassa immédiatement des commentaires rationnels qui expliquaient pourquoi le président Bush devait écraser l'Irak sous les bombes. Elle s'installa alors dans le canapé du salon avec le livre de Gellert Tamas sur ce fou qui à Stockholm avait tué onze personnes pour des motifs racistes. Elle ne réussit à lire que quelques pages avant d'être obligée de poser le bouquin. Le sujet l'avait tout de suite fait penser à son père. Elle se demanda sur quoi il fantasmait.

La dernière fois qu'ils s'étaient vus vraiment était en 1984, quand elle les avait accompagnés, lui et Birger, à une chasse au lièvre au nord de Hedestad, pour que Birger teste un nouveau chien de chasse – un *Hamilton stövare* dont il était le propriétaire depuis peu. Harald Vanger avait soixante-treize ans et elle avait fait son possible pour accepter sa folie, cette folie qui avait transformé son enfance en cauchemar et influencé toute sa vie adulte.

Cécilia n'avait jamais été aussi fragile qu'à cette époquelà de sa vie. Son mariage avait tourné en eau de boudin trois mois auparavant. Femme battue – l'expression était si banale. Pour elle, cela avait pris la forme d'une maltraitance légère mais continuelle. Des gifles, des bourrades et des menaces lunatiques. Se retrouver par terre dans la cuisine. Les éclats de son mari étaient toujours inexplicables et les coups rarement suffisamment forts pour qu'elle soit réellement blessée. Il évitait de frapper avec le poing. Elle s'était adaptée.

Jusqu'au jour où, soudain, elle avait rendu les coups et où il avait totalement perdu le contrôle. Pour finir, pris de folie, il l'avait frappée dans le dos à coups de ciseaux.

Pris de remords, paniqué, il l'avait conduite à l'hôpital, où il avait inventé une histoire délirante d'accident invraisemblable que l'ensemble du personnel aux urgences avait percée à jour à l'instant même où il avait prononcé les mots. Elle avait eu honte. On lui avait posé douze points de suture et elle était restée deux jours à l'hôpital. Ensuite Henrik Vanger était venu la chercher et l'avait emmenée chez lui. Elle n'avait plus jamais parlé avec son mari.

Ce jour ensoleillé, trois mois après la rupture du mariage, Harald Vanger avait été d'une humeur enjouée, presque aimable. Mais soudain, en pleine forêt, il avait commencé à invectiver grossièrement sa fille en faisant des commentaires vulgaires sur sa vie et ses mœurs sexuelles, et il avait craché qu'il allait de soi qu'une pute comme elle était incapable de garder un homme.

Son frère n'avait même pas remarqué que chaque mot du père l'atteignait comme un coup de fouet. Birger Vanger s'était contenté de rire et de poser un bras autour de ses épaules, et de désarmer la situation à sa façon en sortant un commentaire du genre *on sait bien comment sont les bonnes femmes*. Il avait lancé un clin d'œil insouciant à Cécilia et proposé à Harald Vanger de se tenir à l'affût sur un petit relief du terrain.

Il y avait eu une seconde, un instant glacial, où Cécilia Vanger avait regardé son père et son frère et soudain pris conscience qu'elle tenait un fusil de chasse chargé à la main. Elle avait fermé les yeux. C'était ça, ou bien

316

lever le fusil et tirer les deux cartouches. Elle avait envie de les tuer, tous les deux. Puis elle avait laissé tomber l'arme à ses pieds, avait tourné les talons et était retournée à l'endroit où ils avaient garé la voiture. Elle les avait abandonnés sur place et était rentrée seule à la maison. Depuis ce jour, elle n'avait parlé avec son père qu'en de très rares occasions, quand les circonstances l'y avaient obligée. Elle lui avait refusé l'accès de sa maison et elle n'était jamais allée le voir chez lui.

Tu as gâché ma vie, pensa Cécilia Vanger. *Tu as gâché ma vie dès mon enfance.*

A 20 h 30, Cécilia Vanger souleva le combiné du téléphone, appela Mikael Blomkvist et lui demanda de venir.

MAÎTRE NILS BJURMAN souffrait le martyre. Ses muscles étaient hors d'usage. Son corps semblait paralysé. Il n'était pas certain d'avoir perdu connaissance, mais il était désorienté et n'avait aucun souvenir des événements. Lorsqu'il reprit lentement le contrôle de son corps, il se retrouva nu sur le dos dans son lit, les poignets bloqués dans des menottes et les jambes douloureusement écartées. Il avait des brûlures aux endroits où les électrodes avaient touché son corps.

Lisbeth Salander avait tiré le fauteuil en rotin jusqu'au bord du lit et, ses boots sur le lit, attendait patiemment en fumant une cigarette. Quand Bjurman essaya de parler, il comprit que sa bouche était fermée avec du ruban adhésif large. Il tourna la tête. Elle avait ouvert et retourné un des tiroirs de la commode.

— J'ai trouvé tes joujoux, dit Salander.

Elle brandit une cravache et farfouilla dans la collection de godemichés, de bâillons et de masques en caoutchouc répandus par terre.

— Ça sert à quoi, ce machin ? Elle montra un énorme *bijou anal*. Non, n'essaie pas de parler – je n'entends pas ce que tu dis. C'est ça que tu as utilisé sur moi la semaine dernière ? Il suffit que tu hoches la tête. Elle se pencha vers lui, se réjouissant d'avance de sa réponse.

Nils Bjurman sentit soudain une terreur froide lui labourer la poitrine, et il perdit le contrôle. Il tira sur ses menottes. *Elle avait pris le dessus. Impossible.* Il était dans l'incapacité totale de faire quoi que ce soit quand Lisbeth Salander se pencha et plaça le bouchon anal entre ses fesses.

— Alors comme ça t'es un sadique, constata-t-elle. T'aimes bien enfoncer des trucs dans les gens, pas vrai ? Elle le fixa. Son visage était un masque inexpressif. Sans lubrifiant, c'est ça ?

Bjurman hurla sous le scotch quand Lisbeth Salander écarta brutalement ses fesses et appliqua le bouchon à l'endroit prévu.

— Arrête de chouiner, dit Lisbeth Salander en imitant sa voix. Si tu fais des histoires, je serai obligée de te punir.

Elle se leva et contourna le lit. Il ne put que la suivre du regard… *merde, c'est quoi ça ?* Lisbeth Salander avait déplacé sa télé grand écran du salon dans la chambre. Elle avait posé son lecteur de DVD par terre. Elle le regarda, tenant toujours la cravache à la main.

— Est-ce que j'ai ton entière attention ? demanda-t-elle. N'essaie pas de parler – il suffit que tu hoches la tête. Tu entends ce que je dis ?

Il hocha la tête.

— Bien. Elle se pencha pour attraper son sac à dos. Tu le reconnais ? Il hocha la tête. C'est le sac à dos que j'avais quand je suis venue te voir la semaine dernière. Je l'ai emprunté à Milton Security. Elle ouvrit une fermeture éclair dans la partie inférieure du sac. Voici une caméra digitale. Est-ce que des fois tu regardes *Les Infiltrés* sur TV3 ? Les vilains reporters utilisent un sac comme celui-ci pour tourner des scènes avec une caméra cachée.

Elle referma la poche.

— L'objectif, c'est ça la question que tu te poses ? Toute la finesse est là. Grand-angle avec fibre optique. L'œil ressemble à un bouton, il est dissimulé dans la boucle de la lanière. Tu te souviens peut-être que j'ai posé le sac à dos ici sur la table avant que tu commences tes attouchements. J'ai bien vérifié que l'objectif était dirigé sur le lit.

Elle montra un DVD, qu'elle glissa ensuite dans le lecteur. Puis elle tourna le fauteuil en rotin et s'installa de façon à pouvoir voir l'écran télé. Elle alluma une autre cigarette et appuya sur la télécommande. Maître Bjurman se vit ouvrir la porte à Lisbeth Salander. *Tu ne sais pas lire l'heure*, saluait-il hargneusement.

Elle lui passa le DVD en entier. Le film durait quatre-vingt-dix minutes, il prit fin au milieu d'une scène où maître Bjurman, nu et assis contre la tête du lit, buvait un verre de vin tout en contemplant Lisbeth Salander allongée, les mains attachées dans le dos.

Elle éteignit la télé et resta assise dans le fauteuil en rotin sans dire un mot pendant dix bonnes minutes et sans le regarder. Bjurman n'osa même pas bouger. Elle se leva et se dirigea vers la salle de bains. Puis revint et se rassit dans le fauteuil. Sa voix était comme du papier de verre.

— J'ai commis une erreur la semaine dernière, dit-elle. Je m'attendais à ce que tu m'obliges encore une fois à te tailler une pipe, ce qui est absolument dégueulasse, mais qui ne dépasse pas outre mesure mes capacités. Je m'étais dit que j'allais facilement obtenir des preuves impeccables, des preuves nickel pour prouver que tu es un immonde salopard pervers. Je t'avais mésestimé. Je n'avais pas compris à quel point tu es une pourriture de chez pourriture.

Je vais être claire. Ce film te montre en train de violer une fille de vingt-quatre ans, handicapée mentale dont tu es le tuteur en charge. Et tu es loin de soupçonner à quel point je peux être handicapée mentale quand il faut. On passe ce DVD à n'importe qui et il comprendra que tu es non seulement une ordure mais aussi un sadique fou furieux. Instructif, comme film, non ? Il me semble que c'est toi et pas moi qui serais interné. Tu es d'accord avec moi ?

Elle attendit. Il ne réagit pas, mais elle pouvait voir qu'il tremblait. Elle prit la cravache et frappa un coup sec sur ses organes sexuels.

— Tu es d'accord avec moi ? répéta-t-elle d'une voix plus forte.

Il hocha la tête.

— Bien. Comme ça c'est clair pour tous les deux.

Elle tira le fauteuil et s'assit de façon à pouvoir le regarder dans les yeux.

— Bon, qu'est-ce qu'on pourrait faire toi et moi pour y remédier ? Il ne pouvait pas répondre. Tu n'as pas d'idées ? Comme il ne réagissait pas, elle avança la main, saisit ses bourses et tira jusqu'à ce que le visage de Bjurman se torde de douleur. Est-ce que tu as quelques bonnes idées ? répéta-t-elle.

Il secoua la tête.

— Tant mieux. Parce que si jamais tu devais avoir une idée à l'avenir, ça me foutrait vachement en rogne contre toi.

Elle se laissa aller en arrière et alluma une nouvelle cigarette.

— Alors je vais te dire, moi, ce qui va se passer. La semaine prochaine, dès que tu auras réussi à expulser ce mastard en caoutchouc de ton cul, tu donneras des instructions à ma banque qu'il n'y a que moi – *et moi seule* – qui ai désormais accès à mon compte. Tu comprends ce que je dis ?

Maître Bjurman hocha la tête.

— Parfait. Tu ne me contacteras plus jamais. A l'avenir, nous ne nous verrons que si j'en avais envie. En clair, tu viens d'être frappé d'interdiction de visite.

Il hocha la tête plusieurs fois et poussa soudain un soupir. *Elle n'a pas l'intention de me tuer.*

— Si tu essaies de prendre contact avec moi, des copies de ce DVD vont arriver dans toutes les rédactions des journaux de Stockholm. Tu comprends ?

Il hocha plusieurs fois la tête. *Il faut que je mette la main sur le film.*

— Une fois par an, tu enverras ton rapport concernant mon état à la commission des Tutelles. Tu écriras que je mène une existence tout à fait normale, que j'ai un travail fixe, que je me conduis comme il faut et que tu ne vois absolument rien d'anormal dans mon comportement. D'accord ?

Il hocha la tête.

— Tous les mois tu formuleras un rapport écrit mais fictif sur nos rencontres. Tu raconteras en détail à quel point je suis positive et combien ça roule pour moi. Tu me posteras une copie. Tu comprends ?

Il hocha de nouveau la tête. Lisbeth Salander nota distraitement les gouttes de sueur qui apparaissaient sur son front.

— Dans un an ou deux, tu entameras des pourparlers avec le juge pour obtenir la révocation de ma tutelle. Tu utiliseras à cet effet tes rapports fictifs sur nos rencontres mensuelles. Tu trouveras un psy qui prêtera serment que je suis absolument normale. Tu feras un effort. Tu feras exactement tout ce qui est en ton pouvoir pour que je sois déclarée émancipée.

Il hocha la tête.

— Tu sais pourquoi tu feras tout ce que tu peux ? Parce que tu as une putain de bonne raison. Si tu échoues, je balance ce petit film à tout le monde.

Il écoutait chaque syllabe que Lisbeth Salander prononçait. Un soudain éclat de haine passa dans ses yeux. Il se dit qu'elle commettait une erreur en le laissant vivre. *Tu le payeras cher, sale pute. Tôt ou tard. Je vais t'écraser.* Mais il continua à hocher la tête avec enthousiasme à chaque question.

— C'est aussi valable si tu essaies de prendre contact avec moi. Elle passa la main devant son cou. Au revoir ce bel appart et ton beau boulot et tous tes millions sur le compte offshore.

Les yeux de Bjurman s'écarquillèrent quand elle mentionna l'argent. *Merde alors, comment peut-elle savoir…*

Elle sourit, tira une bouffée en avalant la fumée. Puis elle lâcha la cigarette sur la moquette et l'écrasa sous le talon.

— Tu me donneras des doubles de tes clés pour ici et pour ton bureau.

Bjurman fronça les sourcils. Elle se pencha avec un sourire béat.

— J'aurai désormais le contrôle sur ta vie. Quand tu t'y attendras le moins, peut-être quand tu dormiras, je serai soudain dans ta chambre avec ça dans la main. Elle montra la matraque électrique. Je te surveillerai. Si jamais je te trouve avec une fille – et peu importe qu'elle soit ici de son plein gré ou pas –, si jamais je te trouve avec une femme quelle qu'elle soit…

Lisbeth Salander passa de nouveau ses doigts devant son cou.

— S'il m'arrivait de mourir… si j'avais un accident et que je passais sous une voiture ou je ne sais quoi… des copies de ce film seraient postées à l'adresse des journaux. Plus une histoire détaillée où je raconte comment c'est de t'avoir comme tuteur.

Autre chose encore. Elle se pencha en avant si bien que son visage ne fut qu'à quelques centimètres du sien. Si jamais tu me touches, je te tuerai. Tu peux me croire sur parole.

Maître Bjurman la crut soudain. Il n'y avait aucune place pour du bluff dans ses yeux.

— Souviens-toi que je suis folle.

Il hocha la tête.

Elle le fixa d'un regard circonspect.

— Je ne crois pas que nous deviendrons bons amis, toi et moi, dit Lisbeth Salander d'une voix grave. Là, maintenant, t'es en train de te réjouir que je sois suffisamment idiote pour te laisser vivre. Tu crois que t'as le contrôle bien que tu sois mon prisonnier, parce que tu t'imagines que la seule chose que je puisse faire si je ne te tue pas, c'est te relâcher. Alors t'es bourré d'espoir de pouvoir bientôt reprendre ton pouvoir sur moi. N'est-ce pas ?

Il secoua la tête, soudain pris d'un mauvais pressentiment.

— Je vais te faire un cadeau pour que tu te souviennes toujours de notre accord.

Elle afficha un sourire en coin, grimpa sur le lit et s'agenouilla entre ses jambes. Maître Bjurman ne comprit pas ce qu'elle voulait dire mais il eut peur soudain.

Puis il vit l'aiguille dans sa main.

Il remua violemment la tête et essaya de se tortiller jusqu'à ce qu'elle appuie un genou dans son entrejambe, comme avertissement.

— Ne bouge pas. C'est la première fois que j'utilise ces instruments.

Elle travailla avec concentration pendant deux heures. Quand elle eut fini, il ne chouinait plus. Il semblait plutôt se trouver dans un état proche de l'apathie.

Elle descendit du lit, inclina la tête et regarda son œuvre d'un œil critique. Ses talents artistiques avaient leurs limites. Les lettres partaient dans tous les sens, ça donnait une petite touche impressionniste. Elle avait utilisé des couleurs rouge et bleue en tatouant le message, c'était écrit en lettres capitales sur cinq lignes qui couvraient tout son ventre, depuis les tétins jusqu'audessus de son sexe : JE SUIS UN PORC SADIQUE, UN SALAUD ET UN VIOLEUR.

Elle ramassa les aiguilles et remit les tubes de couleur dans son sac à dos. Puis elle alla se laver les mains dans la salle de bains. Elle se rendit compte qu'elle se sentait considérablement mieux en revenant dans la chambre.

— Bonne nuit, dit-elle.

Avant de partir, elle ouvrit l'une des menottes et plaça la clé sur le ventre de Bjurman. Elle emporta le DVD et le trousseau de clés de Bjurman en partant.

CE FUT ALORS qu'ils partageaient une cigarette peu après minuit que Mikael raconta qu'ils n'allaient pas pouvoir se voir pendant quelque temps. Cécilia tourna vers lui un visage étonné.

— Qu'est-ce que tu veux dire ? demanda-t-elle.

Il prit un air penaud.

324

— Lundi prochain je vais en prison purger mes trois mois.

Les explications supplémentaires étaient superflues. Cécilia resta silencieuse un long moment. Elle se sentit tout à coup prête à fondre en larmes.

DRAGAN ARMANSKIJ avait commencé à perdre espoir lorsque Lisbeth Salander frappa soudain à sa porte le lundi après-midi. Il ne l'avait pas vue depuis qu'il avait annulé l'enquête sur l'affaire Wennerström au début du mois de janvier, et chaque fois qu'il avait essayé de l'appeler, soit elle n'avait pas répondu, soit elle avait raccroché en expliquant qu'elle était occupée.

— Tu n'aurais pas du boulot pour moi ? demanda-t-elle sans s'embarrasser de salutations inutiles.

— Salut. Sympa de te voir. Je croyais que tu étais morte ou quelque chose du genre.

— J'avais deux trois petites choses à tirer au clair.

— C'est souvent que tu as des choses à tirer au clair.

— C'était une urgence. Je suis de retour. Est-ce que tu as du boulot pour moi ?

Armanskij secoua la tête.

— Désolé. Pas en ce moment.

Lisbeth Salander le contempla d'un œil tranquille. Un moment plus tard, il prit son élan et se mit à parler.

— Lisbeth, tu sais que je t'aime bien et que je te fais travailler quand je peux. Mais tu es restée invisible pendant deux mois et j'ai eu un tas de boulots. C'est simple, on ne peut pas compter sur toi. J'ai été obligé de faire appel à d'autres pour pallier ton absence et en ce moment je n'ai rien pour toi.

— Augmente le volume.

— Quoi ?

— La radio.

... le magazine Millénium. *L'annonce que le vétéran de l'industrie Henrik Vanger est devenu copropriétaire de* Millénium *et qu'il siégera au CA arrive le jour même où l'ancien gérant responsable de la publication, Mikael Blomkvist, commence à purger ses trois mois de prison pour diffamation de l'homme d'affaires Hans-Erik Wennerström. Erika Berger, directrice de* Millénium, *a précisé lors de la conférence de presse que Mikael Blomkvist reprendra son poste de rédacteur en chef dès sa sortie de prison.*

— Merde alors, fit Lisbeth Salander tellement bas qu'Armanskij ne put rien entendre, il vit seulement ses lèvres bouger. Elle se leva brusquement et se dirigea vers la porte.

— Attends. Tu vas où ?

— Chez moi. J'ai deux trois trucs à vérifier. Appelle quand tu auras quelque chose pour moi.

LA NOUVELLE que *Millénium* avait reçu du renfort sous la forme de Henrik Vanger était un événement bien plus important que ce que Lisbeth Salander avait prévu. *Aftonbladet* avait déjà publié sur le Web une longue dépêche provenant de l'agence de presse TT qui dressait le bilan de la carrière de Henrik Vanger et qui constatait que c'était la première fois en plus de vingt ans que le vieux magnat de l'industrie se montrait au public. L'annonce qu'il entrait dans le capital de *Millénium* semblait tout aussi inimaginable que de voir soudain les vieux conservateurs Peter Wallenberg ou Erik Penser virer leur cuti pour s'associer à ETC ou devenir sponsors d'*Ordfront Magasin*.

L'événement était si énorme que l'édition de 19 h 30 de *Rapport* en fit un des premiers sujets et y consacra trois minutes. Erika Berger était interviewée à une table de conférence à la rédaction de *Millénium*. Tout à coup l'affaire Wennerström était redevenue d'actualité.

— Nous avons commis l'année dernière une grave erreur qui a eu pour conséquence que notre journal a été condamné pour diffamation. C'est évidemment une chose que nous regrettons… et nous avons l'intention de revenir sur cette affaire à un moment propice.

— Qu'entendez-vous par revenir sur l'affaire ? demanda le reporter.

— Je veux dire que nous allons raconter notre version des éléments, ce que nous n'avons pas encore fait.

— Mais vous auriez pu le faire au cours du procès.

— Nous avons choisi de ne pas le faire. Mais nous allons bien entendu garder notre ligne éditoriale critique.

— Est-ce que cela veut dire que vous vous en tenez toujours à la version pour laquelle vous avez été condamnés ?

— Je n'ai pas de commentaire à apporter sur ce sujet.

— Vous avez licencié Mikael Blomkvist après le jugement.

— Vous vous trompez totalement. Lisez notre communiqué de presse. Il avait besoin d'un break et d'une pause bien méritée. Il reviendra comme responsable de la publication plus tard cette année.

La caméra fit un panoramique de la rédaction tandis que le reporter énumérait quelques données sur l'histoire mouvementée de *Millénium*, magazine connu pour son indépendance impertinente. Mikael Blomkvist n'était pas en mesure de donner ses commentaires. Il venait d'être incarcéré au centre de détention de Rullåker, situé au bord d'un petit lac en pleine forêt à une dizaine de kilomètres d'Östersund, dans le Jämtland.

Au passage, Lisbeth Salander nota que Dirch Frode apparaissait soudain dans l'entrebâillement d'une porte à la rédaction, tout au bord de l'image télévisée. Elle fronça les sourcils et se mordit pensivement la lèvre inférieure.

CE LUNDI avait été pauvre en événements et Henrik Vanger put bénéficier de quatre minutes à l'édition de 21 heures. Il était interviewé dans un studio de la télé locale à Hedestad. Le reporter commença par constater qu'*après deux décennies de silence, le mythique industriel Henrik Vanger est revenu sous les feux de la rampe.* En introduction, le reportage fit une présentation de la vie de Henrik Vanger en images télé noir et blanc, où on le voyait en compagnie du Premier ministre Tage Erlander inaugurant des usines dans les années 1960. Ensuite la caméra zoomait sur un canapé dans un studio d'enregistrement où Henrik Vanger était tranquillement installé, les jambes croisées. Il portait une chemise jaune, une fine cravate verte et une veste marron décontractée. Qu'il soit un épouvantail maigre et vieillissant n'échappait à personne, mais il parlait avec une voix sonore et ferme. Sans compter qu'il parlait franc. Le reporter commença par lui demander ce qui l'avait poussé à devenir copropriétaire de *Millénium*.

— *Millénium* est un bon journal que j'ai suivi avec beaucoup d'intérêt pendant plusieurs années. Aujourd'hui il est en butte à certaines attaques. Il a de puissants ennemis qui organisent un boycott d'annonceurs dans le but de le torpiller.

De toute évidence, le reporter n'était pas préparé à une telle réponse, mais flaira immédiatement que l'histoire, déjà particulière en elle-même, avait des dimensions tout à fait inattendues.

— Qui se trouve derrière ce boycott ?

— Voilà une des choses que *Millénium* va minutieusement vérifier. Mais laissez-moi saisir l'occasion pour déclarer que *Millénium* n'a pas l'intention de se faire couler de sitôt.

— Est-ce pour cette raison que vous êtes entré comme associé ?

— La liberté d'expression en prendrait un sale coup si des intérêts particuliers avaient le pouvoir de réduire au silence des voix qui les dérangent dans les médias.

Henrik Vanger semblait avoir passé sa vie à défendre la liberté d'expression, tendance radicale-culturelle. Mikael Blomkvist se mit soudain à rire dans la salle de télévision au centre de détention de Rullåker, qu'il inaugurait ce soir. Ses codétenus lui jetèrent des regards inquiets.

Plus tard le soir, allongé sur le lit dans sa cellule qui lui rappelait une chambre de motel exiguë avec une petite table, une chaise et une étagère fixée au mur, il admit que Henrik et Erika avaient eu raison quant à la façon de balancer cette information sur le marché. Sans en avoir parlé à quiconque, il savait que quelque chose avait changé dans l'attitude vis-à-vis de *Millénium*.

L'apparition de Henrik Vanger n'était ni plus ni moins qu'une déclaration de guerre à Hans-Erik Wennerström. Le message était limpide – désormais tu ne te bats pas contre un journal avec six employés et un budget annuel qui correspond à un déjeuner d'affaires du Wennerstroem Group. Maintenant tu te bats aussi contre les sociétés Vanger, qui certes ne sont que l'ombre de leur grandeur d'antan mais qui constituent néanmoins un défi autrement plus ardu. Wennerström pouvait maintenant choisir : soit se retirer du conflit, soit envisager la tâche de réduire aussi en miettes les sociétés Vanger.

Henrik Vanger venait d'annoncer à la télévision qu'il était prêt à se battre. Il n'avait peut-être aucune chance contre Wennerström, mais la guerre allait coûter cher.

Erika avait soigneusement choisi ses mots. En fait, elle n'avait pas dit grand-chose, mais son affirmation selon laquelle le journal n'avait pas encore "donné sa version" laissait entendre qu'il y avait réellement une version à donner. Bien que Mikael soit mis en examen, jugé et à l'heure actuelle incarcéré, elle ne s'était pas gênée pour dire – sans le dire – qu'en réalité il était innocent et qu'une autre vérité existait.

En se gardant d'utiliser le mot "innocence", elle rendait son innocence d'autant plus tangible. La façon évidente dont il allait retrouver son poste de responsable de la publication soulignait que *Millénium* n'avait rien à se reprocher. Aux yeux du grand public, la vérité n'était pas un problème – tout le monde adore la théorie du complot, et dans le choix entre un homme d'affaires plein aux as et une belle directrice de journal pleine de fougue, il n'était pas difficile de déterminer où iraient les sympathies. Les médias n'achèteraient cependant pas l'histoire aussi facilement – mais Erika avait sans doute désarmé un certain nombre de critiques qui n'oseraient pas relever la tête.

Aucun des événements de la journée n'avait fondamentalement fait évoluer la situation, mais ils avaient acheté du temps et ils avaient quelque peu modifié l'équilibre des forces. Mikael imagina que Wennerström avait passé une soirée désagréable. Wennerström ne pouvait pas savoir dans quelle mesure – ou dans quelque très petite mesure – ils savaient quelque chose, et avant de pouvoir jouer son prochain pion, il allait être obligé de fouiller pour découvrir où ils en étaient vraiment.

LE VISAGE SÉVÈRE, Erika éteignit le poste de télé et le lecteur vidéo après avoir regardé d'abord sa propre prestation, et ensuite celle de Henrik Vanger. Elle regarda l'heure, 2 h 45, et étouffa une impulsion d'appeler Mikael. Il était incarcéré, et il était peu probable qu'il ait pu garder son téléphone portable dans la cellule. Elle était arrivée si tard chez elle à Saltsjöbaden que son mari était déjà endormi. Elle se leva et alla se servir au bar un Aberlour costaud – elle buvait de l'alcool à peu près une fois par an –, s'assit devant la fenêtre et regarda le bassin et le phare à l'entrée du détroit de Skurusund.

Mikael et elle avaient eu un violent échange de mots quand ils s'étaient retrouvés seuls après l'accord qu'elle avait conclu avec Henrik Vanger. Au fil des ans, ils s'étaient gaillardement disputés au sujet de l'orientation à donner à un texte, de la mise en pages, de l'évaluation de la crédibilité des sources et de mille autres choses qui relèvent de la fabrication d'un journal. Mais la dispute dans la maison des invités de Henrik Vanger avait touché à des principes où elle savait qu'elle évoluait en terrain peu sûr.

— Je ne sais pas ce que je vais faire maintenant, avait dit Mikael. Henrik Vanger m'a engagé pour écrire son autobiographie. Jusqu'à présent j'ai été libre de me lever pour partir à l'instant même où il essaierait de me forcer à écrire quelque chose qui n'est pas la vérité, ou de me persuader d'orienter l'histoire d'une façon ou d'une autre. Désormais, il est un des propriétaires de notre journal – et de plus le seul doté de suffisamment de moyens financiers pour sauver le journal. Et moi, d'un coup, je suis assis sur deux chaises, dans une position que la commission d'éthique professionnelle n'apprécierait pas.

— Tu as une meilleure idée à proposer ? répondit Erika. Parce que c'est le moment de la révéler maintenant, avant de mettre au propre et de signer l'accord.

— Ricky, Vanger nous utilise dans une sorte de vendetta privée contre Hans-Erik Wennerström.

— Et alors ? Nous aussi, nous sommes bien en train d'exercer une vendetta privée contre Wennerström.

Mikael évita de la regarder et alluma une cigarette d'un geste irrité. Leur prise de bec se poursuivit un long moment, jusqu'à ce qu'Erika entre dans la chambre de Mikael, se déshabille et se glisse dans le lit. Elle faisait semblant de dormir lorsque, deux heures plus tard, Mikael vint se blottir contre elle.

Au cours de la soirée, un reporter de *Dagens Nyheter* lui avait posé cette même question :

— Dans quelle mesure *Millénium* va-t-il maintenant pouvoir rester crédible et affirmer son indépendance ?

— Comment ça ?

Le reporter avait levé les sourcils. Il estimait sa question suffisamment éloquente, mais il clarifia néanmoins son propos.

— La tâche de *Millénium* est entre autres d'observer la bonne marche des entreprises. Comment le journal va-t-il maintenant pouvoir revendiquer qu'il observe la bonne marche des entreprises Vanger ?

Erika l'avait dévisagé d'un air stupéfait, comme si la question était totalement inattendue.

— Est-ce que vous insinuez que la crédibilité de *Millénium* diminue parce qu'un financier connu disposant de ressources conséquentes est entré en scène ?

— Oui, il me semble assez évident que vous ne serez pas crédibles pour observer les entreprises Vanger.

— La règle ne s'applique-t-elle qu'à *Millénium* ?

— Pardon ?

— Je veux dire, vous travaillez pour un journal qui est totalement aux mains d'intérêts économiques lourds. Est-ce que cela signifie qu'aucun des journaux détenus par le groupe Bonniers n'est crédible ? *Aftonbladet* est détenu par une grosse société norvégienne qui à son tour est un acteur de poids dans le domaine de l'informatique et de la communication – cela signifie-t-il pour autant que les analyses d'*Aftonbladet* de l'industrie électronique ne sont pas crédibles ? *Metro* appartient au groupe Stenbeck. Est-ce que vous voulez dire qu'aucun journal en Suède soutenu par de gros intérêts économiques n'est crédible ?

— Non, bien sûr que non.

— Dans ce cas, pourquoi est-ce que vous insinuez que la crédibilité de *Millénium* diminuerait parce que nous aussi nous avons l'appui de financiers ?

Le reporter avait levé la main.

— D'accord, je retire ma question.

— Non. On ne la retire pas. Je veux que soit reproduit exactement ce que je viens de dire. Et vous pouvez ajouter que si *Dagens Nyheter* décide de focaliser plus particulièrement sur les entreprises Vanger, nous focaliserons un peu plus sur Bonniers.

Cela dit, il s'agissait bel et bien d'un dilemme éthique.

Mikael travaillait pour Henrik Vanger, qui à son tour se trouvait dans une position où il pouvait couler *Millénium* en un coup de crayon. Que se passerait-il si Mikael et Henrik Vanger se fâchaient pour une raison ou pour une autre ?

Et surtout : quel prix fixait-elle à sa propre crédibilité, et à quel moment passerait-elle de directrice indépendante à directrice corrompue ? Elle n'aimait ni les questions ni les réponses.

LISBETH SALANDER quitta Internet et ferma son Power-Book. Elle n'avait pas de boulot et elle avait faim. La première chose ne la troublait pas directement depuis qu'elle avait repris le contrôle de son compte en banque et que maître Bjurman avait pris le statut d'une vague gêne dans son passé. Elle remédia à la faim en se rendant dans la cuisine et en branchant la cafetière. Elle se prépara trois gros sandwiches avec du fromage, de la crème de poisson et un œuf archidur, son premier semblant de repas depuis de nombreuses heures. Elle dévora ses sandwiches nocturnes blottie dans le canapé du salon tout en se concentrant sur l'information qu'elle venait d'obtenir.

Dirch Frode de Hedestad l'avait engagée pour faire une enquête sur la personne de Mikael Blomkvist, qui avait été condamné à une peine de prison pour diffamation du financier Hans-Erik Wennerström. Quelques mois plus tard, Henrik Vanger, lui aussi de Hedestad, fait son entrée dans le CA de *Millénium* et prétend qu'il y a une conspiration destinée à démolir le journal. Tout ceci le jour même où Mikael Blomkvist commence à purger sa peine. Le plus fascinant : un article mineur datant d'il y a deux ans – "Les deux mains vides" – sur Hans-Erik Wennerström, qu'elle avait trouvé dans l'édition en ligne de *Finansmagasinet Monopol*. On pouvait y lire qu'il avait commencé son ascension de financier justement dans les entreprises Vanger à la fin des années 1960.

Pas besoin d'être un surdoué pour en déduire que les événements étaient liés d'une façon ou d'une autre. Il y avait anguille sous roche et Lisbeth Salander adorait la pêche à l'anguille. D'autant plus qu'elle n'avait rien d'autre à faire.

III

FUSIONS

16 mai au 14 juillet

En Suède, 13 % des femmes ont été victimes de violences sexuelles aggravées en dehors d'une relation sexuelle.

15

VENDREDI 16 MAI – SAMEDI 31 MAI

MIKAEL BLOMKVIST fut libéré du centre de détention de Rullåker le vendredi 16 mai, deux mois après y avoir été incarcéré. Le jour où il s'était présenté à la maison d'arrêt, il avait déposé, sans trop y croire, une demande de réduction de peine. Il ne connut jamais les dessous techniques de sa libération, mais il imaginait un rapport avec le fait qu'il ne profitait jamais de ses permissions de week-end et que le centre de détention accueillait quarante-deux personnes alors que le nombre de places était de trente et une. Toujours est-il que le directeur de la prison – un homme d'une quarantaine d'années, ancien exilé polonais du nom de Peter Sarowsky, avec qui Mikael s'entendait très bien – signa une recommandation de réduction de peine.

La période passée à Rullåker avait été calme et agréable. L'établissement, selon la formule de Sarowsky, était une prison pour magouilleurs et conducteurs en état d'ivresse, pas pour de véritables criminels. Les routines quotidiennes rappelaient le fonctionnement d'une auberge de jeunesse. Ses quarante et un codétenus, dont la moitié étaient des immigrés de la deuxième génération, considéraient Mikael comme une sorte d'oiseau exotique – ce qu'il était effectivement. Il était le seul prisonnier dont on parlait à la télé, ce qui lui conféra une certaine importance, mais aucun de ses codétenus ne le considérait comme un délinquant de poids.

Et le directeur de l'établissement pas plus que les autres. Dès le premier jour, Mikael fut convoqué pour un entretien où il se vit proposer différentes activités, une formation à Komvux ou des possibilités d'autres études, ainsi qu'une orientation professionnelle. Mikael répliqua qu'il ne ressentait pas un grand besoin d'insertion sociale, qu'il avait mené à bien ses études depuis des dizaines d'années et qu'il avait déjà un job. Par contre, il demanda l'autorisation de conserver son iBook dans sa cellule pour pouvoir continuer à travailler sur le livre qu'il était payé pour écrire. Sa requête fut tout de suite acceptée et Sarowsky fournit même une armoire à clé pour qu'il puisse laisser son ordinateur dans la cellule sans se le faire voler ou vandaliser. Le risque était cependant minime qu'un des détenus s'amuse à ce genre de choses – ils étendaient plutôt une main protectrice au-dessus de Mikael.

Ainsi Mikael passa-t-il deux mois relativement agréables à travailler environ six heures par jour sur la chronique de la famille Vanger, ne s'interrompant que pour quelques heures de ménage ou de récréation. Mikael et deux codétenus, dont un venait de Skövde et l'autre avait ses racines au Chili, avaient pour mission de nettoyer quotidiennement le gymnase du centre de détention. Récréation signifiait regarder la télé, jouer aux cartes ou faire de la muscu. Mikael découvrit qu'il ne se débrouillait pas trop mal au poker, mais il perdait régulièrement quelques pièces de 50 *öre* par jour. Le règlement autorisait le jeu tant que la cagnotte ne dépassait pas 5 couronnes.

L'annonce de sa libération lui fut faite la veille, Sarowsky l'ayant convoqué dans son bureau pour lui offrir un schnaps. Le soir, Mikael rassemblait ses vêtements et ses carnets.

UNE FOIS LIBÉRÉ, Mikael se rendit directement à sa petite maison de Hedeby. En s'engageant sur le pont, il entendit un miaulement et il fit les derniers mètres accompagné par le chat roux, qui lui souhaitait la bienvenue en se frottant contre ses jambes.

— D'accord, entre, dit-il. Mais je n'ai pas eu le temps d'acheter de lait.

Il défit son bagage. Il avait l'impression de revenir de vacances et il découvrit que la compagnie de Sarowsky autant que des autres détenus lui manquait. Cela pouvait sembler bizarre, mais le séjour à Rullåker avait été agréable. Sa libération était cependant intervenue de façon si inattendue qu'il n'avait prévenu personne.

Il était un peu plus de 18 heures. Il fila à Konsum acheter des produits de base avant la fermeture. Au retour, il appela Erika sur son portable, mais n'obtint que son répondeur annonçant que pour le moment elle n'était pas joignable. Il laissa un message proposant qu'ils se rappellent le lendemain.

Puis il passa voir son employeur. Henrik lui-même ouvrit la porte et fut sidéré de voir Mikael.

— Tu t'es évadé ? s'exclama le vieil homme.

— Libération anticipée dans la légalité la plus parfaite.

— Ça, c'est une bonne surprise !

— Pour moi aussi. Je l'ai appris hier soir.

Ils se regardèrent pendant quelques secondes. Puis le vieil homme étonna Mikael en l'enlaçant et en le serrant fort dans ses bras.

— J'allais passer à table. Est-ce que tu veux te joindre à moi ?

Anna servit de l'omelette au lard, avec des airelles. Ils restèrent dans la salle à manger pendant près de deux heures. Mikael raconta jusqu'où il en était arrivé dans la chronique familiale et rendit compte des endroits où il y avait des trous et des lacunes. Ils ne parlèrent pas de Harriet Vanger, mais s'étendirent longuement sur *Millénium*.

— Nous avons eu trois réunions du CA. Mlle Berger et votre partenaire Christer Malm ont eu la délicatesse de convoquer deux des réunions ici, tandis que Dirch m'a représenté à une réunion à Stockholm. J'aurais vraiment aimé avoir quelques années de moins, je l'avoue, c'est trop éprouvant pour moi de me déplacer aussi loin. J'essaierai de descendre l'été prochain.

— Il me semble qu'ils peuvent sans problème organiser les réunions ici, répondit Mikael. Alors, qu'est-ce que ça fait d'être sociétaire du journal ?

Henrik Vanger grimaça un sourire.

— C'est une des choses les plus amusantes qui me soient arrivées depuis des années, tu sais. J'ai regardé les finances et ça ne se présente pas trop mal. Je n'aurai pas à verser autant d'argent que je croyais – le gouffre entre recettes et dépenses est en train de diminuer.

— J'ai eu Erika au téléphone la semaine dernière. J'ai cru comprendre que le volet pub s'est consolidé.

Henrik Vanger hocha la tête.

— La tendance est en train de s'inverser, mais ça prendra du temps. Au début, ce sont des sociétés du groupe Vanger qui ont acheté des pages pour soutenir. Mais deux anciens clients – un opérateur de téléphone et une agence de voyages – sont déjà de retour. Il afficha un large sourire. Nous menons aussi une campagne un peu plus personnalisée parmi les vieux ennemis de Wennerström. Et crois-moi, la liste est longue.

— As-tu eu des nouvelles de Wennerström ?

— Non, pas exactement. Mais nous avons laissé filtrer qu'il organise le boycott de *Millénium*. Du coup, les gens le trouvent mesquin. Il paraît qu'un journaliste de *Dagens Nyheter* lui a posé la question et s'est fait rembarrer.

— Tu te régales de tout ça.

— Ce n'est pas le mot juste. J'aurais dû faire ça il y a plusieurs années.

— Mais qu'est-ce qu'il y a entre toi et Wennerström ?

— N'essaie pas. Tu le sauras à la fin de l'année.

L'AIR VÉHICULAIT une agréable sensation de printemps. Lorsque Mikael quitta Henrik vers 21 heures, la nuit était tombée. Il hésita un instant. Puis il alla frapper à la porte de Cécilia Vanger.

Il n'était pas sûr de ce qu'il allait trouver. Cécilia ouvrit de grands yeux et eut tout de suite l'air gênée, mais elle le fit entrer dans le vestibule. Ils étaient aussi embarrassés l'un que l'autre. Elle aussi demanda s'il s'était évadé et il expliqua ce qu'il en était.

— Je voulais simplement venir te faire un petit coucou. Je te dérange ?

Elle évita son regard. Mikael se rendit tout de suite compte qu'elle n'était pas particulièrement heureuse de le voir.

— Non… non, entre. Tu veux du café ?

— Avec plaisir.

Il la suivit dans la cuisine. Elle lui tourna le dos pendant qu'elle versait de l'eau dans la cafetière. Mikael s'approcha d'elle et posa une main sur son épaule. Elle se figea.

— Cécilia, on dirait que tu n'as pas vraiment envie de m'offrir un café.

— Je ne t'attendais que dans un mois, dit-elle. Tu m'as prise au dépourvu.

Il la sentait mal à l'aise, il la fit pivoter pour la regarder dans les yeux. Ils se turent un bref instant. Elle refusait toujours de croiser son regard.

— Cécilia. Laisse tomber le café. Qu'est-ce qui ne va pas ?

Elle secoua la tête et respira à fond.

— Mikael, je veux que tu t'en ailles. Ne demande rien. Va-t'en simplement.

MIKAEL RENTRA effectivement chez lui, mais resta indécis devant la grille du jardin. Plutôt que d'entrer, il se rendit au bord de l'eau à côté du pont et s'assit sur un rocher. Il alluma une cigarette en se demandant ce qui avait bien pu modifier si radicalement l'attitude de Cécilia Vanger vis-à-vis de lui.

A ce moment, il entendit un bruit de moteur et aperçut un grand bateau blanc entrer dans le chenal sous le pont. Quand le bateau passa à sa hauteur, Mikael vit que c'était Martin Vanger qui était à la barre, scrutant l'eau pour éviter d'éventuels hauts-fonds. Il s'agissait d'un yacht de croisière de douze mètres – un mastodonte impressionnant. Mikael se leva et suivit le sentier qui longeait l'eau. Il vit alors que plusieurs bateaux avaient déjà été mis à l'eau, amarrés à différents pontons, aussi bien des bateaux à moteur que des voiliers, en particulier plusieurs Pettersson et un IF qui se mit à tanguer après le passage du yacht. Il y avait aussi des bateaux plus gros et plus coûteux, dont un Hallberg-Rassy. L'été était de retour et Mikael put ainsi se faire une idée des moyens financiers des plaisanciers de Hedeby – Martin Vanger possédait sans conteste le bateau le plus gros et le plus cher du coin.

Il s'arrêta en bas de la maison de Cécilia et lorgna vers les fenêtres éclairées à l'étage. Puis il rentra chez lui se préparer du café. Il jeta un coup d'œil dans sa pièce de travail en attendant que le café soit prêt.

Avant de se présenter à la prison, il avait restitué la plus grande partie des archives de Henrik Vanger sur Harriet. Il lui avait paru sage de ne pas abandonner toute la documentation dans une maison inoccupée pendant une si longue période. A présent les étagères paraissaient vides. Tout ce qu'il lui restait de l'enquête était cinq des carnets de notes de Henrik Vanger qu'il avait emportés à Rullåker et qu'à ce stade il connaissait par cœur. Et, comme il pouvait le constater, un album de photos qu'il avait oublié sur l'étagère d'en haut.

Il le prit et retourna dans la cuisine. Il se versa du café, s'assit et commença à le feuilleter.

C'étaient les photos qui avaient été prises le jour où Harriet avait disparu. D'abord la dernière photo de Harriet, au défilé de la fête des Enfants à Hedestad. Suivaient cent quatre-vingts photos d'une extrême netteté de l'accident du camion-citerne sur le pont. Photo par photo, il avait examiné l'album à la loupe plusieurs fois. Là, il le feuilleta distraitement ; il savait qu'il n'y trouverait rien qui l'avancerait. Il se sentit brusquement dégoûté de l'énigme Harriet Vanger et referma l'album d'un coup sec.

Agacé, il s'approcha de la fenêtre de la cuisine et scruta l'obscurité dehors.

Puis il tourna de nouveau son regard vers l'album de photos. Il n'arrivait pas vraiment à expliquer la sensation, mais une pensée fugace s'était soudain présentée, comme s'il réagissait à quelque chose qu'il venait de voir. On aurait dit qu'un être invisible lui avait doucement soufflé dans l'oreille, et les cheveux dans sa nuque se dressèrent légèrement.

Il se rassit et rouvrit l'album. Il le parcourut page après page, toutes les photos du pont. Il contempla un

Henrik Vanger plus jeune couvert de fuel et un jeune Harald Vanger, cet homme qu'il n'avait pas encore vu. La rambarde démolie du pont, les bâtiments, les fenêtres et les véhicules qu'on voyait sur les images. Il n'avait aucun problème pour identifier Cécilia Vanger, vingt ans, au milieu des spectateurs. Elle portait une robe claire et une veste sombre, et elle apparaissait sur une vingtaine de photos.

Il ressentit une brusque excitation. Au fil des ans, Mikael avait appris à se fier à ses instincts. Il avait réagi à quelque chose dans l'album, mais il était incapable de dire exactement quoi.

VERS 23 HEURES, il était toujours assis à la table de cuisine en train d'examiner les photos, quand il entendit la porte d'entrée s'ouvrir.

— Je peux entrer ? demanda Cécilia Vanger.

Sans attendre la réponse, elle s'assit en face de lui de l'autre côté de la table. Mikael eut un étrange sentiment de déjà-vu. Elle portait une robe claire, serrée à la taille, et une veste gris-bleu, des vêtements quasiment identiques à ceux qu'elle avait sur les photos de 1966.

— Le problème, c'est toi, fit-elle.

Mikael leva les sourcils.

— Je suis désolée, mais tu m'as prise de court ce soir en venant frapper à ma porte. Maintenant je suis tellement retournée que je n'arrive pas à dormir.

— Pourquoi retournée ?

— Tu ne comprends pas ?

Il secoua la tête.

— Je peux te le dire sans que tu te fiches de moi ?

— Je promets de ne pas me moquer de toi.

— Quand je t'ai séduit cet hiver, je n'ai pas réfléchi et j'ai cédé à mes impulsions. Je voulais m'amuser. Rien

344

de plus. Le premier soir, c'était juste un coup de tête et je n'avais aucune intention de démarrer quelque chose de durable avec toi. Puis c'est devenu autre chose. Je veux que tu saches que les semaines où tu as été mon amant occasionnel ont été les plus agréables de toute ma vie.

— Moi aussi j'ai trouvé ça vraiment sympa.

— Mikael, je t'ai menti et je me suis menti à moi-même tout le temps. Je n'ai jamais été spécialement débridée côté sexe. Si j'ai eu cinq ou six partenaires dans toute ma vie, c'est bien tout. La première fois, j'avais vingt et un ans. Puis ça a été mon mari, que j'ai rencontré quand j'en avais vingt-cinq et qui s'est révélé être un salaud. Et depuis, trois hommes que j'ai rencontrés à quelques années d'intervalle. Mais toi, tu as fait ressortir je ne sais pas quoi en moi. Je n'en avais jamais assez. Sans doute parce qu'avec toi, il n'y a pas la moindre exigence.

— Cécilia, tu n'es pas obligée…

— Chut – ne m'interromps pas. Sinon je n'arriverai jamais à dire ce que j'ai à dire.

Mikael garda le silence.

— Le jour où tu es parti pour la prison, j'étais effroyablement malheureuse. Tout à coup, tu n'étais plus là, comme si tu n'avais jamais existé. Plus de lumière ici, dans la maison des invités. Et mon lit brusquement froid et vide. Tout à coup, j'étais redevenue une vieille de cinquante-six ans.

Elle se tut un instant et regarda Mikael droit dans les yeux.

— Je suis tombée amoureuse de toi cet hiver. Sans le vouloir, c'est juste arrivé. Et soudain j'ai réalisé que tu n'étais ici que temporairement et qu'un jour tu seras parti pour de bon, alors que moi je serai ici pour le restant de ma vie. Ça faisait tellement mal, une douleur abominable, et j'ai décidé de ne pas te laisser entrer quand tu reviendrais de prison.

— Je suis désolé.

— Ce n'est pas ta faute.

Ils ne dirent rien pendant un moment.

— Quand tu es parti ce soir, j'ai pleuré. J'aurais voulu qu'on me donne une chance de revivre ma vie. Ensuite j'ai décidé une chose.

— Quoi donc ?

— Que je devais être totalement cinglée si j'arrêtais de te voir simplement parce qu'un jour tu partiras d'ici. Mikael, est-ce qu'on peut reprendre ? Est-ce que tu peux oublier ce qui s'est passé tout à l'heure ?

— C'est oublié, dit Mikael. Et merci de me l'avoir dit.

Elle continua à fixer la table.

— Si tu veux de moi, moi j'en ai très envie.

Elle croisa soudain son regard. Puis elle se leva et se dirigea vers la chambre. Elle laissa tomber la veste par terre et retira sa robe par la tête en marchant.

MIKAEL ET CÉCILIA furent réveillés en même temps par le bruit de la porte d'entrée qui s'ouvrait et les pas de quelqu'un dans la cuisine. Ils entendirent le bruit sourd d'un sac qu'on posait par terre à côté du poêle. Puis Erika fut à la porte de la chambre avec un sourire qui se transforma en affolement.

— Oh mon Dieu !

Elle fit un pas en arrière.

— Salut Erika, dit Mikael.

— Salut. Pardon. Je demande mille fois pardon de m'être précipitée comme ça. J'aurais dû frapper avant.

— Nous aurions dû fermer à clé. Erika, je te présente Cécilia Vanger. Cécilia, Erika Berger est la directrice de *Millénium*.

— Bonjour, dit Cécilia.

— Bonjour, dit Erika.

Elle avait l'air de ne pas savoir si elle devait s'approcher et serrer poliment la main de Cécilia ou bien si elle devait simplement partir.

— Eh, je… je peux sortir faire un tour…

— Et si tu allais plutôt préparer du café ? Mikael regarda le réveil sur la table de nuit. Midi passé de peu.

Erika hocha la tête et referma la porte de la chambre. Mikael et Cécilia se regardèrent. Cécilia était gênée. Ils avaient fait l'amour et parlé jusqu'à 4 heures du matin. Puis Cécilia avait dit qu'elle passait la nuit là et que désormais elle allait se foutre totalement de montrer à tout le monde qu'elle baisait avec Mikael. Elle avait dormi dos contre son ventre, le bras de Mikael serré sur sa poitrine.

— T'inquiète pas, tout va bien, dit Mikael. Erika est mariée et elle n'est pas ma petite amie. Nous nous voyons de temps en temps, mais elle se fout de savoir que toi et moi avons une liaison. Par contre, elle est probablement terriblement gênée en ce moment.

Dans la cuisine, Erika avait préparé un petit-déjeuner avec café, jus de fruits, marmelade d'oranges, fromage et pain grillé. Ça sentait bon. Cécilia se dirigea droit sur elle et tendit la main.

— C'était trop rapide tout à l'heure. Bonjour.

— Cécilia, excuse-moi d'être arrivée comme ça avec mes gros sabots d'éléphant, dit Erika vraiment malheureuse.

— Laisse, laisse, je t'en prie. Allez, café maintenant !

— Salut, dit Mikael en serrant Erika dans ses bras avant de s'asseoir. Comment tu es arrivée ici ?

— J'ai pris la voiture ce matin, qu'est-ce que tu crois ? J'ai eu ton message cette nuit vers 2 heures et j'ai essayé de te rappeler.

— J'avais coupé le portable, dit Mikael en adressant un sourire à Cécilia Vanger.

APRÈS LE PETIT-DÉJEUNER, Erika s'excusa et laissa Mikael et Cécilia, prétextant qu'elle devait aller saluer Henrik Vanger. Cécilia débarrassa la table en tournant le dos à Mikael. Il s'approcha et l'enlaça.

— Qu'est-ce qui va se passer maintenant ? dit Cécilia.

— Rien. C'est comme ça tout simplement – Erika est ma meilleure amie. On a une liaison sporadique qui dure depuis vingt ans et j'espère qu'elle durera encore vingt ans de plus. Mais nous n'avons jamais formé un couple et nous ne nous interdisons jamais nos aventures perso.

— C'est ça que nous avons ? Une aventure ?

— Je ne sais pas ce que nous avons, mais apparemment nous sommes bien l'un avec l'autre.

— Elle dormira où cette nuit ?

— On lui trouvera une chambre quelque part. Une chambre d'amis chez Henrik. Elle ne va pas dormir dans mon lit.

Cécilia réfléchit un instant.

— Je ne sais pas si j'arriverai à m'y faire. Toi et elle vous fonctionnez peut-être comme ça, mais je ne sais pas… je n'ai jamais… Elle secoua la tête. Je rentre chez moi maintenant. Il faut que j'y réfléchisse un peu.

— Cécilia, tu m'as posé des questions là-dessus et j'ai parlé de la relation qu'on a, moi et Erika. Son existence ne peut pas être une surprise pour toi.

— C'est vrai. Mais tant qu'elle se trouvait à une distance confortable là-bas à Stockholm, je pouvais l'ignorer.

Cécilia enfila sa veste.

— La situation est comique, sourit-elle. Viens dîner ce soir. Avec Erika. Je crois que je vais bien l'aimer.

ERIKA AVAIT DÉJÀ RÉGLÉ la question du logement. Les fois précédentes où elle était venue voir Henrik Vanger, elle avait dormi dans une de ses chambres d'amis, et elle demanda tout bonnement à pouvoir utiliser la chambre de nouveau. Henrik avait du mal à cacher son enthousiasme et il lui assura qu'elle était la bienvenue quand elle voulait.

Ce genre de formalités expédié, Mikael et Erika traversèrent le pont et s'installèrent sur la terrasse du café Susanne avant la fermeture.

— Je suis plus que mécontente, dit Erika. Je suis venue ici pour célébrer ton retour à la liberté et je te trouve au lit avec la femme fatale du village.

— Excuse-moi.

— Alors ça fait combien de temps que toi et Miss Gros Lolos…

Erika fit bouger son index.

— A peu près depuis que Henrik s'est associé à nous.

— Ah oui.

— Quoi, ah oui ?

— Simple curiosité.

— Cécilia est une femme estimable. Je l'aime bien.

— Je ne la critique pas. Je suis simplement mécontente. Une friandise à portée de main et me voilà obligée de passer au régime. C'était comment, la prison ?

— Du genre vacances studieuses correctes. Comment va le journal ?

— Mieux. On est encore en train de zigzaguer dans le rouge, mais pour la première fois en un an le volume d'annonces augmente. On est toujours loin au-dessous de ce qu'on avait avant, mais ça remonte, c'est déjà ça. Grâce à Henrik. Mais le plus étrange, c'est que les abonnements se sont envolés.

— C'est normal, c'est toujours en dents de scie.

— Avec quelques centaines en plus ou en moins. Mais nous avons eu trois mille abonnés en plus ces derniers mois. L'augmentation est assez constante avec deux cent cinquante nouveaux par semaine. J'ai d'abord cru que c'était un hasard, mais de nouveaux abonnés continuent à affluer. C'est la plus grande augmentation de tirage jamais réalisée pour un mensuel. Ils représentent plus que les revenus des annonceurs. En même temps, nos anciens abonnés semblent globalement renouveler.

— Comment ça se fait ? demanda Mikael interloqué.

— Je ne sais pas. Aucun de nous n'arrive à comprendre. On n'a pas fait de campagne de pub. Christer a consacré une semaine à vérifier systématiquement leur profil. Premièrement, il s'agit d'abonnés entièrement nouveaux. Deuxièmement, il y a soixante-dix pour cent de femmes. Normalement, ce sont soixante-dix pour cent d'hommes qui s'abonnent. Troisièmement, on peut distinguer l'abonné type comme un salarié moyen en banlieue avec un boulot qualifié : profs, petits cadres, fonctionnaires.

— La révolte de la classe moyenne contre le capitalisme ?

— Je ne sais pas. Mais si la tendance se poursuit, on va assister à un énorme changement dans le listing des abonnés. On a eu une conférence de rédaction il y a deux semaines et on a décidé d'intégrer progressivement de nouveaux sujets dans le journal ; je veux davantage d'articles sur le monde du travail, en liaison avec des syndicats, comme celui des fonctionnaires, par exemple, et ce genre de textes, mais aussi davantage de reportages d'investigation, sur le féminisme ou des sujets d'actu comme ça.

— Fais quand même attention à ne pas tout chambouler, dit Mikael. Si nous avons de nouveaux abonnés, c'est probablement parce qu'ils aiment ce qu'il y a déjà dans le journal.

CÉCILIA VANGER avait aussi invité Henrik Vanger à dîner, peut-être pour diminuer le risque de sujets de conversation équivoques. Elle avait préparé un sauté de gibier et elle servit un vin rouge pour l'accompagner. Erika et Henrik monopolisèrent une grande partie de la conversation en parlant du développement de *Millénium* et des nouveaux abonnés, puis la discussion glissa doucement sur d'autres sujets. Erika se tourna soudain vers Mikael et lui demanda comment son travail avançait.

— Je compte avoir terminé un premier jet complet de la chronique familiale dans un mois à peu près, que Henrik pourra lire.

— Une chronique dans l'esprit de la famille Addams, sourit Cécilia.

— Elle comporte certains aspects historiques, admit Mikael.

Cécilia jeta un regard en coin à Henrik Vanger.

— Mikael, en réalité Henrik ne s'intéresse pas du tout à la chronique familiale. Il veut que tu résolves l'énigme de la disparition de Harriet.

Mikael ne dit rien. Depuis qu'il avait commencé sa relation avec Cécilia, il lui avait parlé relativement ouvertement de Harriet. Cécilia avait déjà compris que c'était sa véritable mission, même s'il ne l'avait jamais clairement avoué. Par contre, il n'avait jamais raconté à Henrik qu'il avait discuté de cela avec Cécilia. Les sourcils broussailleux de Henrik se contractèrent légèrement. Erika se tut.

— Je t'en prie, dit Cécilia à Henrik. Je ne suis pas complètement idiote. Je ne sais pas exactement quel accord vous avez conclu, toi et Mikael, mais son séjour ici à Hedeby tourne bien autour de Harriet, n'est-ce pas ?

Henrik hocha la tête et regarda Mikael.

— Je t'avais bien dit qu'elle est futée. Il se tourna vers Erika. Je suppose que Mikael t'a expliqué ce qu'il fabrique ici à Hedeby.

Elle fit oui de la tête.

— Et je suppose que tu trouves cette occupation insensée. Non, tu n'es pas obligée de répondre. C'est une occupation absurde et insensée. Mais j'ai besoin de savoir.

— Je n'ai pas d'opinions là-dessus, dit Erika, très diplomate.

— Bien sûr que tu en as. Henrik se tourna vers Mikael. La moitié de l'année sera bientôt écoulée. Raconte. Est-ce que tu as trouvé quoi que ce soit que nous n'avons pas déjà démêlé ?

Mikael évita de rencontrer le regard de Henrik. Il pensa immédiatement à la sensation étrange qu'il avait eue la veille au soir en feuilletant l'album de photos. La sensation ne l'avait pas quitté de la journée, mais il n'avait pas eu le temps de s'installer de nouveau pour ouvrir l'album. Il ne savait trop s'il gambergeait, mais il savait qu'une idée faisait son chemin. Il avait été sur le point de penser quelque chose de décisif. Finalement il leva les yeux sur Henrik et secoua la tête.

— Je n'ai pas trouvé le moindre truc.

Le vieil homme l'examina soudain avec une expression attentive. Il s'abstint de commenter la réplique de Mikael et finit par hocher la tête.

— Je ne sais pas ce que vous en pensez, vous les jeunes, mais pour moi l'heure est venue de me retirer. Merci pour le dîner, Cécilia. Bonne nuit, Erika. Passe me voir demain avant de partir.

UNE FOIS QUE HENRIK VANGER eut refermé la porte d'entrée, le silence s'installa. Ce fut Cécilia qui le rompit.

— Mikael, ça veut dire quoi, ça ?

— Ça veut dire que Henrik Vanger est aussi sensible aux réactions des gens qu'un sismographe. Hier soir quand tu es venue chez moi, j'étais en train de regarder l'album de photos.

— Oui ?

— J'ai vu quelque chose. Je ne sais pas quoi et je n'arrive pas à poser le doigt dessus. C'était quelque chose qui est presque devenu une pensée, mais je l'ai loupée.

— Mais tu pensais à quoi ?

— Je ne sais pas. Et ensuite tu es passée et je... hmm... j'ai eu des choses plus sympas en tête.

Cécilia rougit. Elle évita les yeux d'Erika et s'échappa dans la cuisine sous prétexte de faire du café.

C'ÉTAIT UN JOUR DE MAI chaud et ensoleillé. La végétation avait démarré et Mikael se prit sur le fait de fredonner *Vienne le temps des fleurs*.

Erika passa la nuit dans la chambre d'amis de Henrik. Après le dîner, Mikael avait demandé à Cécilia si elle voulait de la compagnie. Elle répondit qu'elle devait préparer les conseils de classe et qu'elle était fatiguée et préférait dormir. Erika déposa une bise sur la joue de Mikael et quitta l'île tôt le lundi matin.

Lorsque Mikael était allé en prison à la mi-mars, la neige couvrait encore le paysage. Maintenant, les bouleaux étaient verts et la pelouse qui entourait sa maisonnette était grasse et luisante. Pour la première fois, il avait la possibilité de se balader partout sur l'île. Vers 8 heures, il passa chez Henrik demander un thermos à Anna. Il parla brièvement avec Henrik et lui emprunta sa carte de l'île. Il voulait voir de plus près la cabane de Gottfried, qui avait surgi de façon indirecte plusieurs fois dans l'enquête de police, puisque Harriet y avait passé pas mal de temps. Henrik expliqua que la cabane appartenait à

Martin Vanger mais qu'elle était restée globalement inhabitée depuis des années. Il arrivait de temps en temps
qu'un parent de passage l'occupe.

Mikael eut juste le temps d'attraper Martin Vanger
qui se rendait à son travail à Hedestad. Il présenta sa
requête et lui demanda à pouvoir emprunter la clé. Martin le regarda avec un sourire amusé.

— Je suppose que la chronique familiale en est arrivée au chapitre sur Harriet maintenant.

— J'aimerais simplement jeter un coup d'œil…

Martin Vanger lui demanda d'attendre et revint avec
la clé.

— Ça ne te pose pas de problème, alors ?

— En ce qui me concerne, tu peux t'y installer si tu
veux. A part le fait qu'elle se trouve à l'autre bout de l'île,
c'est un endroit plus sympa que la maison où tu loges.

Mikael prépara du café et quelques sandwiches. Il
remplit une bouteille d'eau avant de partir et il fourra ses
provisions dans un sac à dos qu'il jeta sur l'épaule. Il suivit un chemin étroit et à moitié envahi de broussailles
qui courait le long de la baie côté nord de l'île. La maisonnette de Gottfried était située sur un promontoire à
environ deux kilomètres du hameau et il ne lui fallut
qu'une demi-heure pour faire le trajet sans se presser.

Martin Vanger avait raison. Au sortir d'une courbe
du sentier, Mikael vit s'ouvrir un lieu verdoyant face à
la mer. La vue était dégagée sur Hedestad, à la fois vers
l'embouchure du fleuve, le port de transit à gauche et le
port de commerce à droite.

Il trouva étonnant que personne n'ait pris possession
de la cabane de Gottfried. C'était une construction rustique en rondins lasurés, avec un toit de tuiles et des
encadrements de fenêtre peints en vert, et une petite
véranda ensoleillée devant l'entrée. Manifestement,
l'entretien de la maison et du jardin avait été négligé

depuis longtemps ; la peinture des portes et des fenêtres s'était écaillée et ce qui aurait dû être un gazon était maintenant des buissons d'un mètre de haut. Une bonne journée de travail avec faux et débroussailleuse serait nécessaire pour venir à bout de tout cela.

Mikael déverrouilla la porte et ouvrit les volets de l'intérieur. L'ossature semblait être celle d'une vieille grange d'environ trente-cinq mètres carrés. L'intérieur était lambrissé et formait une grande pièce unique, avec de larges fenêtres donnant sur la mer de part et d'autre de la porte d'entrée. Au fond de la pièce, un escalier menait à une chambre-mezzanine qui couvrait la moitié de la surface de la maison. Sous l'escalier il y avait une petite niche avec un réchaud à gaz, une paillasse et un meuble-lavabo. Le mobilier était simple ; à gauche de la porte, un banc fixé au mur, un bureau en mauvais état et une étagère murale en teck. Plus loin du même côté il y avait trois placards. A droite de la porte, une table ronde avec cinq chaises en bois, et au milieu du petit côté trônait une cheminée.

Plusieurs lampes à pétrole indiquaient que l'électricité n'arrivait pas jusqu'ici. Sur le rebord d'une fenêtre était posé un vieux transistor Grundig. L'antenne était cassée. Mikael appuya sur le bouton *on*, mais les piles étaient à plat.

Mikael monta l'étroit escalier et jeta un coup d'œil sur la mezzanine : un lit double, un matelas sans literie, une table de nuit et une commode.

MIKAEL PASSA UN MOMENT à fouiller la maison. La commode était vide à part quelques serviettes et du linge de maison avec un faible relent de moisi. Dans les placards se trouvaient quelques vieux vêtements de travail, une

355

salopette, une paire de bottes en caoutchouc, une paire de chaussures de sport usées et un petit poêle à pétrole. Dans les tiroirs du bureau il trouva du papier, des crayons, un carnet de croquis vide, un jeu de cartes et quelques marque-pages. L'armoire de cuisine contenait de la vaisselle, des tasses à café, des verres, des bougies et quelques paquets oubliés de sel, de sachets de thé et des choses comme ça. Dans un tiroir de la table il y avait des couverts.

Il trouva les seuls vestiges à caractère intellectuel sur l'étagère murale au-dessus du bureau. Mikael déplaça une chaise et grimpa pour mieux voir. Sur l'étagère d'en bas il y avait de vieux numéros de *Se*, de *Rekordmagasinet*, de *Tidsfördriv* et de *Lektyr* de la fin des années 1950 et du début des années 1960. Des *Bildjournalen* de 1965 et 1966, *Mitt Livs Novell* et quelques magazines de bandes dessinées : *91:an*, *Fantomen* et *Romans*. Mikael ouvrit un numéro de *Lektyr* de 1964 et constata que la pin-up avait l'air relativement innocente.

Une cinquantaine de livres aussi, dont à peu près la moitié étaient des polars en format poche de la série Manhattan de Wahlström : des Mickey Spillane aux titres évocateurs tels qu'*Aucune pitié à espérer*, sur les couvertures classiques de Bertil Hegland. Il trouva aussi six *Kitty*, quelques *Club des Cinq* d'Enid Blyton et un volume des *Détectives jumeaux* de Sivar Ahlrud – *Le Mystère dans le métro*. Mikael sourit avec nostalgie. Trois livres d'Astrid Lindgren : *Nous, les enfants de Bullerbyn*, *Super Blomkvist et Rasmus* et *Fifi Brindacier*. Sur l'étagère d'en haut il y avait une radio ondes courtes, deux livres d'astronomie, un livre sur les oiseaux, un livre intitulé *L'Empire du mal* qui parlait de l'Union soviétique, un livre sur la guerre d'Hiver en Finlande, le *Catéchisme* de Luther, le livre d'hymnes de l'Eglise suédoise ainsi qu'une Bible.

Mikael ouvrit la Bible et lut à l'intérieur de la couverture : *Harriet Vanger, 12-05-1963*. La Bible de confirmation de Harriet. Découragé, il remit le livre en place.

JUSTE DERRIÈRE LA MAISON se trouvait une remise abritant le bois et les outils, avec une faux, un râteau, un marteau et une caisse contenant en vrac des clous, des rabots, une scie et d'autres outils. Le cabinet d'aisances était situé à vingt mètres dans la forêt côté est. Mikael farfouilla un peu puis retourna vers la maison. Il sortit une chaise et s'assit sur la véranda, ouvrit son thermos et se versa du café. Il alluma une cigarette et regarda la baie de Hedestad à travers le rideau de broussailles.

La cabane de Gottfried était bien plus modeste que ce qu'il avait cru. Ceci était donc l'endroit où s'était retiré le père de Harriet et de Martin lorsque le mariage avec Isabella avait commencé à prendre l'eau à la fin des années 1950. C'est ici qu'il avait habité et qu'il s'était soûlé. Et, en contrebas près du ponton, qu'il s'était noyé, avec un taux élevé d'alcool dans le sang. La vie dans la cabane avait sans doute été agréable en été, mais lorsque la température commençait à flirter avec le zéro, cela avait dû être bien froid et misérable. Selon Henrik, Gottfried avait continué à travailler au sein du groupe Vanger – avec des interruptions pour ses périodes d'ivrognerie frénétique – jusqu'en 1964. Le fait qu'il ait pu habiter dans cette cabane de façon plus ou moins permanente et pourtant se montrer au travail rasé, lavé et portant veste et cravate indiquait malgré tout une certaine discipline personnelle.

Mais ceci était aussi un endroit où Harriet Vanger était venue si souvent que ça avait été l'un des premiers lieux où on l'avait cherchée. Henrik avait raconté qu'au cours de la dernière année, elle s'était souvent rendue à la cabane, apparemment pour passer en paix les week-ends ou les vacances. Le dernier été, elle avait habité ici pendant trois mois, même si elle était passée au hameau tous les jours. C'était aussi ici que son amie Anita Vanger, la sœur de Cécilia, lui avait tenu compagnie pendant six semaines.

Que faisait-elle ici dans la solitude ? Les magazines et les romans jeunesse étaient éloquents. Le carnet de croquis lui avait peut-être appartenu. Mais il y avait également sa Bible.

Voulait-elle rester à proximité de son papa noyé – et traverser ici une période de deuil ? L'explication était-elle aussi simple ? Ou devait-on associer cet isolement à ses interrogations religieuses ? La cabane était monacale ; y vivait-elle comme dans un couvent ?

MIKAEL SUIVIT LA RIVE vers le sud-est, mais le terrain, barré par autant de crevasses que de genévriers, était quasi impraticable. Il retourna vers chez lui et s'engagea un peu sur le chemin de Hedeby. D'après la carte, il devait y avoir un sentier à travers la forêt menant à ce qui s'appelait la Fortification, et il lui fallut vingt minutes pour trouver l'embranchement envahi par la végétation. La Fortification était des restes de la défense côtière datant de la Seconde Guerre mondiale : des bunkers en béton avec des abris de tir éparpillés autour d'un bâtiment de commandement. Tout était envahi par les broussailles.

Mikael continua le sentier jusqu'à une remise à bateaux dans une clairière sur la mer. A côté de la remise il trouva l'épave d'un voilier. Il retourna à la Fortification et suivit un sentier jusqu'à une clôture – il avait rejoint les terres de la ferme d'Östergården.

Il continua sur le sentier qui serpentait à travers la forêt, par endroits parallèle au champ tout près de la ferme. Le sentier était difficilement praticable et il fut obligé de contourner quelques mouillères. Finalement, il arriva à un marécage avec une grange. Apparemment, le sentier s'arrêtait là, mais il se trouvait à cent mètres seulement de la route d'Östergården.

De l'autre côté de la route s'élevait le mont Sud. Mikael grimpa une forte pente et il dut s'aider des mains sur les derniers mètres. Le mont Sud se terminait en une falaise presque verticale sur la mer. Mikael revint à Hedeby par la crête. Il s'arrêta au-dessus des cabanons et jouit de la vue sur le vieux port des pêcheurs, sur l'église et sur la petite maison où il était logé. Il s'assit sur un rocher et se versa une dernière lichette de café tiède.

Il n'avait pas la moindre idée de ce qu'il fabriquait à Hedeby, mais la vue lui plaisait.

CÉCILIA VANGER gardait ses distances et Mikael ne voulait pas paraître collant. Au bout d'une semaine, il alla quand même frapper à sa porte. Elle le fit entrer et brancha la cafetière.

— Tu dois me trouver vraiment idiote, une prof respectable de cinquante-six ans qui se comporte comme une gamine.

— Cécilia, tu es une femme adulte et tu as le droit d'agir à ta guise.

— Je sais. C'est pour ça que j'ai décidé de ne plus te voir. Je n'arrive pas à gérer…

— Tu ne me dois aucune explication. J'espère que nous sommes toujours amis.

— Je veux bien qu'on reste amis. Mais une liaison avec toi est trop compliquée pour moi. Les liaisons n'ont jamais été mon fort. Je crois que j'ai besoin de rester seule un moment.

16

DIMANCHE 1er JUIN – MARDI 10 JUIN

APRÈS SIX MOIS de spéculations infructueuses, une brèche s'ouvrit dans le cas Harriet Vanger lorsque Mikael, en l'espace de quelques jours dans la première semaine de juin, trouva trois nouvelles pièces du puzzle. Deux tout seul, la troisième avec un peu d'aide.

Après la visite d'Erika, il avait rouvert l'album de photos et était resté plusieurs heures à regarder les clichés les uns après les autres en essayant de comprendre ce qui l'avait fait réagir. Finalement, il avait tout laissé tomber et s'était remis à travailler sur la chronique familiale.

Un des premiers jours de juin, Mikael se rendit à Hedestad. Il était en train de penser à tout autre chose quand le bus tourna dans la rue de la Gare et que soudain il comprit ce qui avait germé dans son cerveau. La lumière le frappa comme un éclair dans un ciel sans nuages. Il en fut si secoué qu'il continua jusqu'au terminus à la gare, puis retourna immédiatement à Hedeby pour vérifier si ses souvenirs étaient exacts.

Il s'agissait de la toute première photo de l'album.

La dernière photo qu'on avait de Harriet avait été prise en ce jour funeste dans la rue de la Gare à Hedestad, quand elle regardait le défilé de la fête des Enfants.

La photo faisait tache dans l'album. Elle s'y était retrouvée parce qu'elle avait été prise le même jour, mais c'était la seule des quelque cent quatre-vingts photos de l'album à ne pas être focalisée sur l'accident du pont. Chaque fois que Mikael et (supposait-il) tous les autres avaient regardé l'album, c'étaient les personnes et les détails des photos du pont qui avaient attiré leur attention. Il n'y avait rien de dramatique dans les photos d'une foule contemplant le défilé de la fête des Enfants à Hedestad, plusieurs heures avant les événements décisifs.

Henrik Vanger avait probablement vu la photo des milliers de fois et constaté avec regret qu'il ne reverrait plus jamais Harriet. Il était probablement irrité qu'elle ait été prise de si loin que Harriet Vanger n'apparaissait que comme n'importe quel personnage dans la foule.

Mais ce n'était pas cela qui avait fait réagir Mikael.

La photo était prise de l'autre côté de la rue, probablement d'une fenêtre au premier étage. Le grand-angle captait l'avant d'un des camions du défilé. Sur le plateau, vêtues de maillots de bain scintillants et de sarouals exotiques, des femmes lançaient des bonbons aux spectateurs. Certaines semblaient danser. Devant le camion sautillaient trois clowns.

Harriet était au premier rang du public sur le trottoir. A côté d'elle, trois copines de classe et autour d'elles au moins cent autres habitants de Hedestad.

C'était cela que le subconscient de Mikael avait noté et qui soudain était remonté à la surface lorsque le bus était passé exactement à l'endroit où la photo avait été prise.

Le public se comportait comme un public doit se comporter. Les yeux du public suivent toujours la balle dans un match de tennis ou le palet sur la glace lors d'un match de hockey. Ceux qui étaient les plus à gauche regardaient les clowns qui se trouvaient juste devant eux. Ceux qui étaient plus près du camion braquaient leur regard sur le plateau avec les filles peu vêtues. Leurs visages étaient souriants. Des enfants pointaient le doigt. Certains riaient. Tout le monde avait l'air heureux.

Tous sauf une personne.

Harriet Vanger regardait sur le côté. Ses trois copines et tous ceux qui l'entouraient regardaient les clowns. Le visage de Harriet était tourné trente ou trente-cinq degrés plus à droite. Son regard semblait fixé sur quelque chose de l'autre côté de la rue, mais en dehors du coin gauche inférieur de la photo.

Mikael sortit la loupe et essaya de distinguer les détails. La photo était prise de trop loin pour qu'il puisse être vraiment sûr, mais contrairement à tous les autres, le visage de Harriet n'exprimait aucune joie. La bouche était un trait mince. Les yeux grands ouverts. Ses mains reposaient mollement le long de son corps.

Elle avait l'air d'avoir peur. D'avoir peur ou d'être en colère.

MIKAEL SORTIT LA PHOTO de l'album, la fourra dans une pochette plastique et prit le bus suivant pour Hedestad. Il descendit dans la rue de la Gare et se plaça à l'endroit d'où la photo avait dû être prise. C'était juste en bordure de ce qui constituait le centre-ville. Il s'agissait d'un bâtiment en bois à un étage abritant une boutique vidéo et *Sundström, la Mode au Masculin*, établi en 1932 à en croire un panonceau sur la porte d'entrée. Il entra et s'aperçut tout de suite que la boutique occupait les deux étages ; un escalier en colimaçon menait au premier.

En haut de l'escalier, deux fenêtres donnaient sur la rue. C'était là que le photographe s'était tenu.

— Je peux vous aider ? demanda un vendeur d'un certain âge lorsque Mikael sortit la pochette avec la photographie. Il y avait peu de monde dans la boutique.

— Eh bien, en fait je voudrais seulement vérifier d'où cette photo a été prise. Vous me permettez d'ouvrir la fenêtre une seconde ?

On le lui permit et il brandit la photo devant lui. Il pouvait voir l'endroit exact où s'était tenue Harriet Vanger. L'un des deux bâtiments en bois qu'on apercevait derrière elle avait disparu, remplacé par une construction carrée en brique. L'autre bâtiment, qui avait survécu, abritait une papeterie en 1966 ; aujourd'hui on y trouvait un magasin de diététique et un solarium. Mikael referma la fenêtre, remercia et s'excusa pour le dérangement.

En bas dans la rue, il alla se placer à l'endroit où s'était tenue Harriet. Il lui fut facile de se repérer entre la fenêtre au premier étage de la boutique de vêtements et la porte du solarium. Il tourna la tête et visa le long de la ligne de mire de Harriet. Pour autant que Mikael pouvait l'estimer, elle avait regardé vers le coin du bâtiment qui abritait la Mode-au-Masculin. C'était un coin de maison tout à fait ordinaire, d'où s'échappait une rue latérale. *Qu'est-ce que tu as pu voir là, Harriet ?*

MIKAEL FOURRA LA PHOTO dans sa sacoche et rejoignit à pied le parc de la gare, où il s'assit à une terrasse et commanda un *caffè latte*. Il se sentait soudain ébranlé.

Dans les polars anglais, cela s'appelait *new evidence*, ce qui avait plus de poids encore qu'une "nouvelle donnée". Il venait tout à coup de voir quelque chose de nouveau, que personne d'autre n'avait remarqué dans une investigation qui piétinait depuis trente-sept ans.

Le problème était seulement qu'il ne savait pas très bien quelle valeur avait son nouvel acquis, ni même s'il en avait. Pourtant, ça semblait important.

Le jour de septembre où Harriet avait disparu avait été dramatique de plusieurs manières. C'était un jour de fête à Hedestad avec plusieurs milliers de personnes dans les rues, jeunes comme vieux. Et il y avait eu le rassemblement familial annuel sur l'île. Rien que ces deux événements constituaient des écarts collectifs de la routine ordinaire de la localité. Et, comme cerise sur le gâteau, l'accident du pont était venu jeter son ombre sur tout le reste.

L'inspecteur Morell, Henrik Vanger et tous ceux qui avaient réfléchi sur la disparition de Harriet s'étaient concentrés sur les événements advenus sur l'île. Morell avait même écrit qu'il n'arrivait pas à se dégager du soupçon que l'accident et la disparition de Harriet étaient liés. Mikael fut tout à coup convaincu que c'était entièrement faux.

La chaîne d'incidents n'avait pas débuté sur l'île mais dans la ville de Hedestad plusieurs heures auparavant ce jour-là. Harriet Vanger avait vu quelque chose ou quelqu'un qui lui avait fait peur et qui l'avait poussée à rentrer à la maison et aller tout droit voir Henrik Vanger qui malheureusement n'avait pas eu le temps de s'occuper d'elle. Ensuite avait eu lieu l'accident sur le pont. Ensuite le meurtrier avait frappé.

MIKAEL FIT UNE PAUSE. C'était la première fois qu'il avait sciemment formulé la supposition que Harriet avait été tuée. Il hésita, mais réalisa bientôt qu'il s'était rangé à la conviction de Henrik Vanger. Harriet était morte et maintenant il pourchassait un assassin.

Il retourna à l'investigation. Dans les milliers de pages, seule une minime partie parlait des heures à Hedestad. Harriet s'était trouvée avec trois copines de classe, dont chacune avait été interrogée sur ce qu'elle avait observé. Elles s'étaient retrouvées dans le parc de la gare à 9 heures du matin. L'une des filles devait s'acheter un jean et les autres l'avaient accompagnée. Elles avaient pris un café dans le restaurant des magasins EPA et s'étaient ensuite rendues au terrain de sport où elles avaient déambulé parmi les stands des forains et les pêches aux canards et où elles avaient également croisé d'autres camarades de l'école. Midi passé, elles s'étaient rapprochées du centre-ville pour regarder le défilé de la fête des Enfants. Un peu avant 14 heures, Harriet avait soudain annoncé qu'il fallait qu'elle rentre. Elles s'étaient séparées à un arrêt de bus près de la rue de la Gare.

Aucune de ses camarades n'avait remarqué quoi que ce soit d'inhabituel. L'une, Inger Stenberg, pour décrire le changement de Harriet Vanger au cours de la dernière année, avait affirmé qu'elle était devenue "impersonnelle". Elle disait que ce jour-là Harriet avait été taciturne comme d'habitude et qu'elle avait surtout suivi les autres.

L'inspecteur Morell avait interviewé tous ceux qui avaient rencontré Harriet au cours de la journée, même s'ils n'avaient fait que se dire bonjour à la fête foraine. Sa photo avait été publiée dans les journaux locaux quand elle avait été signalée disparue. Plusieurs habitants de Hedestad avaient contacté la police pour dire qu'ils pensaient l'avoir vue dans la journée, mais personne n'avait rien remarqué d'inhabituel.

MIKAEL PASSA LA SOIRÉE à réfléchir à la manière dont il pouvait s'y prendre pour continuer à fouiller la piste qu'il venait de formuler. Le lendemain matin, il alla trouver Henrik Vanger devant son petit-déjeuner.

— Tu me disais que la famille Vanger a toujours des intérêts dans *Hedestads-Kuriren.*

— Effectivement.

— J'aurais besoin de consulter les archives de photos du journal. De 1966.

Henrik Vanger posa son verre de lait et s'essuya la lèvre supérieure.

— Mikael, qu'est-ce que tu as trouvé ?

Il regarda le vieil homme droit dans les yeux.

— Rien de concret. Mais je pense que nous avons pu commettre une erreur d'interprétation en ce qui concerne le déroulement des événements.

Il montra la photo et parla de ses conclusions ; Henrik Vanger resta sans rien dire un long moment.

— Si j'ai raison, nous devons nous concentrer sur ce qui s'est passé à Hedestad ce jour-là, pas seulement sur ce qui s'est passé sur l'île, dit Mikael. Je ne sais pas comment on fait après tant d'années, mais beaucoup de photos des festivités n'ont certainement jamais été publiées. Ce sont ces photos-là que je veux voir.

Henrik Vanger utilisa le téléphone mural dans la cuisine. Il appela Martin Vanger, expliqua ce qu'il cherchait et demanda qui était le responsable de l'iconographie au *Kuriren* aujourd'hui. Dix minutes plus tard, la personne avait été localisée et l'autorisation obtenue.

LE RESPONSABLE de l'iconographie à *Hedestads-Kuriren* s'appelait Madeleine Blomberg, dite Maja, et elle avait la soixantaine. Elle était la première femme à ce poste que Mikael ait rencontrée pendant sa carrière dans un métier où l'on estimait encore que la photographie était un domaine artistique réservé aux hommes.

On était un samedi et la rédaction était vide, mais Maja Blomberg n'habitait qu'à cinq minutes à pied, et elle accueillit Mikael à la porte du journal. Elle avait travaillé à *Hedestads-Kuriren* la plus grande partie de sa vie. Débutant comme correctrice d'épreuves en 1964, elle avait ensuite travaillé au développement des photos et avait passé un certain nombre d'années dans la chambre noire tout en étant envoyée comme photographe supplémentaire lorsque les effectifs venaient à manquer. Elle avait fini par obtenir le titre de rédacteur, et il y avait dix ans, quand l'ancien responsable de l'iconographie avait pris sa retraite, elle était devenue chef du département photo. Le titre ne signifiait cependant pas qu'elle dirigeait un vaste empire. Le département photo avait fusionné avec le département pub dix ans plus tôt et ne comportait que six personnes, toutes chargées du même travail à tour de rôle.

Mikael demanda comment les archives étaient organisées.

— A vrai dire, il règne une assez grosse pagaille. Depuis que nous avons les ordinateurs et les photos numériques, nous archivons tout sur des CD. Un de nos stagiaires a scanné toutes les photos anciennes importantes, mais ça ne fait qu'un ou deux pour cent de toutes les photos des archives qui sont répertoriées. Les photos plus anciennes sont rangées dans des classeurs à négatifs par dates. Elles se trouvent soit ici à la rédaction, soit au grenier.

— Ce qui m'intéresse, ce serait des photos prises au défilé de la fête des Enfants en 1966, mais aussi plus généralement toutes les photos qui ont été prises cette semaine-là.

Maja Blomberg scruta Mikael du regard.

— Ce serait donc la semaine où Harriet Vanger a disparu ?

— Vous connaissez l'histoire ?

— On ne peut pas avoir travaillé à *Hedestads-Kuriren* toute sa vie sans la connaître, et quand Martin Vanger m'appelle tôt le matin mon jour de congé, j'en tire des conclusions. J'ai corrigé les papiers qui parlaient du cas dans les années 1960. Pourquoi est-ce que vous fouillez là-dedans ? Y aurait-il eu de nouvelles révélations ?

Maja Blomberg semblait elle aussi avoir du flair. Mikael secoua la tête avec un petit sourire et lança sa couverture.

— Non, et je doute fort que nous ayons un jour la réponse à ce qui lui est arrivé. Gardez cela pour vous, mais le fait est que j'écris l'autobiographie de Henrik Vanger. La disparition de Harriet est un sujet en marge, mais c'est aussi un chapitre qu'on ne peut pas ignorer. Je cherche des photos qui pourraient illustrer ce jour-là, de Harriet et de ses copines.

Maja Blomberg eut l'air sceptique, mais son allégation était plausible et elle n'avait aucune raison de mettre en doute ce qu'il disait.

Le photographe d'un journal utilise en moyenne entre deux et dix pellicules par jour. Lors de grands événements, le nombre peut facilement doubler. Chaque pellicule contient trente-six négatifs ; il n'est donc pas inhabituel qu'un journal accumule plus de trois cents photos chaque jour, dont seules quelques rares sont publiées. Une rédaction bien organisée sectionne les pellicules et place les négatifs dans des pochettes contenant six fenêtres. Une pellicule devient ainsi à peu près une page dans un classeur à négatifs. Un classeur contient un peu plus de cent dix pellicules. En un an, on accumule entre vingt et trente classeurs. Au fil des ans, cela finit par devenir une quantité effarante de classeurs, qui généralement n'ont pas la moindre valeur commerciale et qui encombrent les étagères de la rédaction. Cependant, tous les photographes et les rédacteurs photo sont persuadés que les images représentent un *document historique d'une valeur inestimable* et ils n'en jettent jamais rien.

Fondé en 1922, *Hedestads-Kuriren* disposait d'une rédaction photo dès 1937. Le grenier du *Kuriren* abritait plus de douze cents classeurs de photos, rangés par dates. Les images de septembre 1966 représentaient quatre classeurs d'archives cartonnés bas de gamme.

— Comment on va s'y prendre ? demanda Mikael. J'aurais besoin d'un négatoscope et il me faudra sans doute copier les photos qui m'intéressent.

— Nous n'avons plus de chambre noire. On scanne tout. Tu sais te servir d'un scanner de négatifs ?

— Oui, j'ai déjà fait des photos, j'ai moi-même un Agfa à la maison. Je travaille sous Photoshop.

— Alors tu es aussi bien équipé que nous.

Maja Blomberg fit faire à Mikael un rapide tour de la petite rédaction, lui indiqua une place devant un négatoscope et alluma un ordinateur et un scanner. Elle lui montra aussi où se trouvait la cafetière dans la salle à manger. Ils s'arrangèrent pour que Mikael puisse travailler seul et librement, mais il devait appeler Maja Blomberg quand il voudrait quitter la rédaction, pour qu'elle vienne fermer à clé et brancher l'alarme. Elle le laissa en lançant un joyeux "amuse-toi bien".

IL FALLUT PLUSIEURS HEURES à Mikael pour parcourir les classeurs. Deux photographes travaillaient à *Hedestads-Kuriren* à cette époque-là. Celui qui avait travaillé le jour en question était Kurt Nylund – que Mikael connaissait déjà. A l'époque des faits, Kurt Nylund avait une vingtaine d'années. Il était par la suite venu habiter à Stockholm et il était devenu un photographe professionnel reconnu, qui avait travaillé en free-lance mais aussi avec Pressens Bild à Marieberg. Leurs chemins s'étaient croisés à plusieurs reprises dans les années 1990, quand *Millénium* avait acheté des photographies à Pressens Bild. Mikael avait le souvenir d'un homme maigre aux cheveux fins. Kurt Nylund avait utilisé une pellicule peu sensible, pas trop granuleuse et que de nombreux photographes de presse utilisaient.

Mikael sortit les pochettes avec les photos du jeune Nylund et les posa sur le négatoscope, où il les examina l'une après l'autre à la loupe. Lire des négatifs est cependant un art qui exige une certaine habitude, que Mikael n'avait pas. Il se rendit compte que pour déterminer si les photos contenaient une information de valeur, il serait obligé de scanner chaque image pour l'observer ensuite sur un écran d'ordinateur. Cela prendrait des heures. Il commença donc par essayer d'évaluer les clichés qui pourraient éventuellement l'intéresser.

D'abord, il cocha toutes les photos prises de l'accident du camion-citerne. Mikael put constater que le classeur de Henrik Vanger avec ses cent quatre-vingts photos n'était pas complet ; la personne qui avait copié la collection – peut-être Nylund lui-même – avait éliminé environ trente photos qui étaient soit floues, soit d'une qualité si médiocre qu'on ne pourrait pas les publier.

Mikael débrancha l'ordinateur de *Hedestads-Kuriren* et brancha le scanner sur son propre iBook. Il passa deux heures à scanner le reste des photos.

L'une d'elles capta immédiatement son intérêt. A un moment entre 15 h 10 et 15 h 15, exactement les minutes où Harriet avait disparu, quelqu'un avait essayé d'ouvrir la fenêtre de sa chambre ; Henrik Vanger avait en vain essayé de trouver qui. Tout à coup Mikael avait une photo sur son écran qui avait dû être prise exactement au moment où la fenêtre était ouverte. Il pouvait voir une silhouette et un visage, mais flous, pas mis au point. Il décida que l'analyse de cette photo pouvait attendre qu'il ait entré toutes les photos dans son ordinateur.

Les heures suivantes, Mikael examina des photos de la fête des Enfants. Kurt Nylund avait pris six pellicules, soit plus de deux cents photos. C'était un flot discontinu d'enfants avec des ballons, d'adultes, une cohue avec des vendeurs de hot-dogs, le défilé proprement dit, un artiste local sur une estrade et une distribution de prix.

Finalement, Mikael décida de scanner l'ensemble des photos. Au bout de six heures, il avait un dossier réunissant quatre-vingt-dix photos. Il serait obligé de revenir à *Hedestads-Kuriren*.

Vers 21 heures, il appela Maja Blomberg, la remercia puis rentra chez lui sur l'île.

Il fut de retour à 9 heures le dimanche matin. Il n'y avait toujours personne lorsque Maja Blomberg le fit entrer. Il n'avait pas réalisé que c'était le week-end de Pentecôte, et que le journal ne sortirait que le mardi. Il put utiliser la même table de travail que la veille et passa ensuite la journée à scanner. Vers 18 heures, il restait environ quarante photos de la fête des Enfants. Mikael avait examiné les négatifs et décidé que des gros plans de charmants visages d'enfants ou des photos d'un artiste sur scène n'avaient tout simplement pas d'intérêt pour lui. Ce qu'il avait scanné était l'animation des rues et des foules.

MIKAEL CONSACRA le lundi de Pentecôte à examiner le nouveau matériau photographique. Il fit deux découvertes. La première le remplit de consternation. La deuxième fit battre la chamade à son cœur.

La première découverte était le visage à la fenêtre de Harriet Vanger. La photo était floue à cause du mouvement et c'est pourquoi elle avait été éliminée de la collection originale. Le photographe s'était tenu devant l'église et avait visé le pont. Les bâtiments se trouvaient en arrière-plan. Mikael cadra l'image de façon à n'avoir que la fenêtre en question et fit ensuite divers essais en ajustant le contraste et en augmentant la précision jusqu'à obtenir ce qu'il estimait être la meilleure qualité possible.

Le résultat fut une image à gros pixels avec une échelle de gris minimale, qui montrait une fenêtre rectangulaire, un rideau, un bout de bras et un visage diffus en forme de demi-lune un peu en retrait dans la pièce.

Il pouvait constater que le visage n'appartenait pas à Harriet Vanger, qui avait les cheveux aile de corbeau, mais à une personne aux cheveux beaucoup plus clairs.

Il constata aussi qu'il pouvait distinguer des parties plus sombres où se trouvaient les yeux, le nez et la bouche, mais que c'était impossible de faire sortir des traits de visage nets. Mais il était persuadé qu'il voyait une femme ; la partie plus claire à côté du visage continuait jusqu'aux épaules et indiquait une chevelure féminine. Il constata que la personne portait des vêtements clairs.

Il fit une estimation de la taille de la personne en se référant à la fenêtre ; une femme d'environ 1,70 mètre.

En faisant défiler d'autres photos de l'accident du pont, il constata qu'une personne correspondait tout à fait au signalement qu'il distinguait – Cécilia Vanger, vingt ans.

KURT NYLUND avait pris en tout dix-huit photos depuis la fenêtre au premier étage de *Sundström, la Mode au Masculin*. On voyait Harriet Vanger sur dix-sept. Harriet et ses copines étaient arrivées rue de la Gare en même temps que Kurt Nylund avait commencé à photographier. Mikael estima que les photos avaient dû être prises dans un laps de temps de cinq minutes. Sur la première photo, Harriet et ses copines descendaient la rue et entraient dans le champ. Sur les photos 2 à 7, elles étaient immobiles, elles regardaient le défilé. Ensuite elles s'étaient déplacées environ six mètres plus loin dans la rue. Sur la toute dernière photo, qui avait peut-être été prise un peu plus tard, le groupe entier avait disparu.

Mikael constitua une série d'images où il cadra Harriet à la taille et travailla pour obtenir le meilleur contraste. Il plaça les photos dans un dossier à part, ouvrit le logiciel Graphic Converter et lança la fonction diaporama. L'effet fut un film muet et saccadé où chaque image apparaissait deux secondes.

Harriet arrive, photo de profil. Harriet s'arrête et regarde la chaussée. Harriet tourne le visage vers la rue. Harriet ouvre la bouche pour dire quelque chose à sa copine. Harriet rit. Harriet touche son oreille avec la main gauche. Harriet sourit. Harriet a soudain l'air surpris, le visage dans un angle d'environ vingt degrés à gauche de l'objectif. Harriet écarquille les yeux et arrête de sourire. La bouche de Harriet devient un mince trait. Harriet fixe son regard sur quelque chose. Sur son visage on peut lire… quoi ? Du chagrin, un choc, de la colère ? Harriet baisse les yeux. Harriet n'est plus là.

Mikael repassa la séquence, en boucle.

Elle confirmait très nettement l'hypothèse qu'il avait formulée. Quelque chose s'était passé, quelque chose dans la rue de la Gare à Hedestad. La logique était évidente.

Elle voit quelque chose – quelqu'un – de l'autre côté de la rue. Elle est choquée. Plus tard elle prend contact avec Henrik Vanger pour un entretien privé qui n'a jamais lieu. Ensuite elle disparaît sans laisser de traces.

Quelque chose s'était passé ce jour-là. Mais les photos n'expliquaient pas quoi.

A 2 HEURES DU MATIN le mardi, Mikael fit du café et se prépara des sandwiches qu'il mangea sur la banquette de la cuisine. Il était en même temps découragé et excité. Contre toute attente il avait trouvé de nouveaux indices. Le seul problème était que, s'ils apportaient un éclairage nouveau sur le déroulement des événements, cela ne l'approchait pas d'un millimètre de la solution de l'énigme.

Il réfléchissait intensément au rôle que Cécilia Vanger avait joué dans le drame. Sans prendre de gants, Henrik Vanger avait rendu compte des occupations de tous les protagonistes au cours de la journée, et Cécilia n'avait pas constitué d'exception. En 1966, elle habitait à Uppsala, mais elle était arrivée à Hedeby deux jours avant ce samedi funeste. Elle était logée dans une chambre d'amis chez Isabella Vanger. Elle déclarait avoir aperçu Harriet tôt le matin, mais ne pas lui avoir parlé. Le samedi elle était allée à Hedestad faire quelques courses. Elle n'avait pas vu Harriet et elle était revenue sur l'île à 13 heures environ, au moment où Kurt Nylund prenait la suite de photos rue de la Gare. Elle s'était changée et vers 14 heures elle avait aidé à mettre le couvert pour le dîner.

En tant qu'alibi, c'était faible. Les heures étaient approximatives, surtout concernant son retour sur l'île, mais Henrik Vanger n'avait jamais pensé une seconde qu'elle pourrait avoir menti. Cécilia Vanger était une des personnes de la famille que Henrik préférait. De plus elle avait été la maîtresse de Mikael. Il avait du mal à rester objectif, et il ne pouvait absolument pas se l'imaginer dans le rôle d'une meurtrière.

Et voilà maintenant qu'une photo mise au placard venait insinuer qu'elle avait menti en disant qu'elle n'était jamais entrée dans la chambre de Harriet. Les pensées se bagarraient dur dans la tête de Mikael.

Si tu as menti à ce sujet, quels autres mensonges as-tu proférés ?

Mikael fit le bilan de ce qu'il savait sur Cécilia. Il la voyait comme une personne somme toute plutôt réservée, apparemment marquée par son passé, avec pour résultat qu'elle vivait seule, n'avait pas de vie sexuelle et avait du mal à approcher autrui. Elle gardait ses distances vis-à-vis des autres, et quand pour une fois elle se laissait aller et se jetait sur un homme, elle choisissait Mikael, un étranger de passage. Cécilia avait dit qu'elle rompait leur relation parce qu'elle ne supportait pas l'idée qu'il allait disparaître de sa vie tout aussi soudainement. Mais c'était peut-être précisément pour la même raison qu'elle avait osé faire le pas et entamer une liaison avec lui. Puisqu'il n'était là que temporairement, elle n'avait pas à craindre qu'il transforme sa vie de façon radicale. Il soupira et écarta ces spéculations psychologiques.

IL FIT LA DEUXIÈME DÉCOUVERTE tard dans la nuit. La clé de l'énigme – il en était persuadé – était ce que Harriet avait vu rue de la Gare à Hedestad. Mikael ne saurait jamais ce que c'était s'il n'inventait pas une machine à remonter le temps et ne se plaçait pas derrière elle pour regarder par-dessus son épaule.

Au moment même où cette pensée lui effleurait l'esprit, il se frappa le front avec le plat de la main et se précipita sur son iBook. Il cliqua pour faire surgir la suite d'images non cadrées de la rue de la Gare et regarda... *là* !

Derrière Harriet Vanger, à environ un mètre à sa droite se tenait un jeune couple, lui en tee-shirt rayé et elle en veste claire. Elle tenait un appareil photo à la main. En agrandissant la photo, Mikael avait l'impression de voir qu'il s'agissait d'un Kodak Instamatic avec flash incorporé – un appareil de vacances bon marché pour des gens qui ne connaissent rien à la photo.

La femme tenait l'appareil à hauteur de son menton. Puis elle le levait et photographiait les clowns, au moment où le visage de Harriet changeait d'expression.

Mikael compara la position de l'appareil photo avec la ligne de mire de Harriet. La femme avait photographié presque exactement ce que Harriet Vanger avait regardé.

Mikael prit soudain conscience que son cœur battait très fort. Il se laissa aller en arrière et extirpa son paquet de cigarettes de la poche de sa chemise. *Quelqu'un avait pris une photo.* Mais comment pourrait-il identifier cette femme ? Comment ferait-il pour obtenir sa photo ? La pellicule avait-elle même été développée et, dans ce cas, la photo existait-elle encore quelque part ?

Mikael ouvrit le dossier avec les photos que Kurt Nylund avait prises de la foule tout au long de la journée. Il passa l'heure suivante à agrandir chaque photo et à l'examiner centimètre carré par centimètre carré. Il ne retrouva le couple que sur la toute dernière. Kurt Nylund avait photographié un autre clown, avec des ballons à la main, qui posait devant son objectif, un éternel sourire aux lèvres. La photo avait été prise dans le parking à l'entrée du terrain de sport où la fête se déroulait. Ce devait être après 14 heures – ensuite, Nylund avait été averti de l'accident du camion-citerne et avait interrompu la couverture de la fête des Enfants.

La femme était presque entièrement cachée, mais on voyait nettement le profil de l'homme en tee-shirt rayé. Il tenait des clés à la main et se penchait en avant pour ouvrir une portière de voiture. L'image s'intéressait au clown au premier plan et la photo était légèrement floue. La plaque d'immatriculation était en partie cachée mais elle commençait par AC3 quelque chose.

Les plaques des voitures dans les années 1960 commençaient avec la lettre des départements, et Mikael gamin avait appris à identifier la provenance des voitures. AC désignait le Västerbotten.

Puis Mikael repéra autre chose. Sur la vitre arrière, il y avait un autocollant. Il zooma, mais le texte disparut dans un brouillard. Il détoura l'autocollant et se mit à travailler le contraste et la netteté. Il lui fallut un petit moment. Il ne pouvait toujours pas lire le texte, mais essaya de s'appuyer sur les formes floues pour déterminer de quelles lettres il pouvait s'agir. Beaucoup de lettres se ressemblaient trop. Un O pouvait être pris pour un D, un B pour un E et plusieurs autres lettres. Après avoir joué avec un papier et un crayon, et avoir éliminé certaines lettres, il se retrouva avec un texte incompréhensible.

E U SER E DE R JÖ

Il fixa l'image jusqu'à en avoir les larmes aux yeux. Puis bientôt le texte lui apparut : MENUISERIE DE NORSJÖ, suivi de signes plus petits et impossibles à lire mais qui formaient probablement un numéro de téléphone.

17

MERCREDI 11 JUIN – SAMEDI 14 JUIN

POUR LE TROISIÈME MORCEAU du puzzle, Mikael reçut
une aide inattendue.

Après avoir travaillé sur les photos toute la nuit, il
dormit lourdement jusque dans l'après-midi. Il se réveilla avec un mal de tête diffus, se doucha et se rendit
au café Susanne prendre un petit-déjeuner. Il n'arrivait
pas à rassembler ses idées. Il devrait aller voir Henrik
Vanger et rapporter ses découvertes. Au lieu de cela, il
alla frapper chez Cécilia. Il voulait lui demander ce
qu'elle avait fait dans la chambre de Harriet et pourquoi
elle avait menti et dit qu'elle n'y était pas allée. Personne
n'ouvrit.

Il était en train de quitter les lieux quand il entendit
une voix.

— Ta putain n'est pas là.

Le Gollum venait de sortir de sa caverne. Il était
grand, presque deux mètres de haut, mais tellement
courbé par l'âge que ses yeux étaient au niveau de ceux
de Mikael. Sa peau était tavelée de lentigos sombres. Il
était vêtu d'un pyjama et d'une robe de chambre marron
et il s'appuyait sur une canne. Il ressemblait à la version
hollywoodienne du vieillard acariâtre.

— Qu'est-ce que vous avez dit ?
— J'ai dit que ta putain n'est pas là.

Mikael s'approcha si près que son nez toucha presque Harald Vanger.

— C'est de ta propre fille que tu parles, vieux saligaud.

— Ce n'est pas moi qui viens rôder ici la nuit, répondit Harald Vanger avec un sourire édenté. Son haleine puait. Mikael le contourna et poursuivit son chemin sans se retourner. Il monta chez Henrik Vanger et le trouva dans son cabinet de travail.

— Je viens de rencontrer ton frère, dit Mikael, et il avait du mal à contenir sa hargne.

— Harald ? Alors comme ça, il a osé une sortie. Ça lui arrive une ou deux fois par an.

— Je frappais à la porte de Cécilia quand il a surgi. Il a dit, je cite : Ta putain n'est pas là, fin de citation.

— C'est bien du Harald, répondit Henrik Vanger calmement.

— Il qualifie sa propre fille de putain.

— Ça fait des années qu'il fait ça. C'est pour ça qu'ils ne se parlent plus.

— Pourquoi ?

— Cécilia a perdu sa virginité quand elle avait vingt et un ans. Ça s'est passé ici à Hedestad, une histoire d'amour qu'elle avait eue pendant l'été, l'année après la disparition de Harriet.

— Et ?

— L'homme qu'elle aimait s'appelait Peter Samuelsson, il travaillait comme assistant de gestion dans le groupe Vanger. Un garçon futé. Il travaille pour ABB aujourd'hui. J'aurais été fier de l'avoir comme gendre si elle avait été ma fille. Mais il avait un défaut.

— Ne dis pas ce que je crois que c'est.

— Harald a mesuré sa tête ou vérifié son arbre généalogique ou je ne sais pas quoi et a découvert qu'il était un quart juif.

— Seigneur Dieu.

— Depuis, il l'a appelée putain.

— Il savait que Cécilia et moi…

— Tout le hameau le sait, j'imagine, sauf Isabella peut-être, parce qu'aucune personne raisonnable n'irait lui raconter quoi que ce soit et qu'elle a heureusement la bonté de s'endormir vers 22 heures. Harald a probablement suivi le moindre de tes pas.

Mikael s'assit, il se sentait très bête.

— Tu veux donc dire que tout le monde est au courant…

— Evidemment.

— Et tu n'as rien contre ?

— Je t'en prie, Mikael, ce n'est vraiment pas mes oignons.

— Où elle est, Cécilia ?

— L'année scolaire est finie. Elle s'est envolée pour Londres pour voir sa sœur samedi dernier et ensuite elle part en vacances à… hmm, en Floride il me semble. Elle sera de retour dans un mois.

Mikael se sentit encore plus bête.

— Nous avons pour ainsi dire tiré un trait sur notre relation.

— Je comprends, mais ce n'est toujours pas mes oignons. Comment va le boulot ?

Mikael se versa du café du thermos de Henrik. Il regarda le vieil homme.

— J'ai trouvé du nouveau et je crois qu'il faut que quelqu'un me prête une voiture.

MIKAEL PASSA un long moment à rendre compte de ses conclusions. Il sortit son iBook de la sacoche et fit défiler la série de photos montrant la réaction de Harriet rue de la Gare. Il montra aussi comment il avait trouvé les photographes du dimanche et leur voiture avec l'autocollant de la Menuiserie de Norsjö. Quand il eut terminé son exposé, Henrik demanda à revoir la séquence de photos. Mikael s'exécuta.

Lorsque Henrik Vanger leva les yeux de l'écran de l'ordinateur, son visage était gris. Mikael eut soudain peur et posa une main sur son épaule. Henrik lui fit signe d'arrêter. Il resta silencieux un moment.

— Merde alors, tu as fait ce que je croyais impossible. Tu as découvert quelque chose de totalement nouveau. Comment comptes-tu procéder maintenant ?

— Je dois trouver cette photo, si elle existe encore.

Mikael ne dit rien du visage à la fenêtre et de son soupçon sur Cécilia. Ce qui indiquait probablement qu'il était loin d'être un détective privé objectif.

QUAND MIKAEL SORTIT, Harald Vanger avait disparu du chemin, sans doute pour retourner dans sa caverne. En prenant le virage, il vit quelqu'un de dos sur le perron de sa maison en train de lire un journal. L'espace d'une seconde, il s'imagina que c'était Cécilia Vanger, mais il réalisa tout de suite que ce n'était pas le cas. S'approchant, il reconnut immédiatement la fille brune sur le perron.

— Salut papa, dit Pernilla Abrahamsson.

Mikael serra sa fille dans ses bras.

— Mais d'où tu sors, toi ?

— De la maison, évidemment. Je vais à Skellefteå. Je reste ici pour la nuit.

— Et comment as-tu trouvé ?

— Maman savait où tu étais. Et j'ai demandé au café là-bas où tu habitais. Elle m'a indiqué cette maison. Est-ce que je suis la bienvenue ?

— Bien entendu. Entre. Tu aurais dû me prévenir, j'aurais acheté quelque chose de bon à manger.

— Je me suis arrêtée sur un coup de tête. Je voulais te faire un coucou pour ta sortie de prison, mais tu ne m'as jamais appelée.

— Pardon.

— Pas de panique. Maman m'a dit que tu es toujours plongé dans tes cogitations.

— C'est ça qu'elle dit de moi ?

— Plus ou moins. Mais ça ne fait rien. Je t'aime quand même.

— Je t'aime aussi, mais tu sais…

— Je sais. Je crois que je suis assez mûre pour mon âge.

MIKAEL PRÉPARA du thé et sortit de quoi grignoter. Il prit soudain conscience que ce qu'avait dit sa fille était vrai. Elle n'était plus une petite fille, elle avait presque dix-sept ans et elle serait bientôt une femme adulte. Il fallait qu'il apprenne à ne plus la traiter comme une enfant.

— Alors, c'était comment ?

— Quoi donc ?

— La prison.

Mikael rit.

— Tu me croirais si je disais que c'était comme des vacances payées pour ne faire que penser et écrire ?

— C'est clair. Je ne crois pas qu'il y ait grosse différence entre une prison et un couvent, et les gens sont toujours entrés au couvent pour évoluer.

— Mmouais, c'est une façon de voir les choses. J'espère que tu n'auras pas de problèmes parce que ton papa a fait de la taule.

— Pas du tout. Je suis fière de toi et je ne manque pas une occasion de souligner que tu es allé en taule pour tes convictions.

— Mes convictions ?

— J'ai vu Erika Berger à la télé.

Mikael blêmit. Il n'avait pas accordé une seule pensée à sa fille lorsque Erika avait construit la stratégie, et elle l'estimait manifestement blanc comme neige.

— Pernilla, je ne suis pas innocent. Je suis désolé de ne pas pouvoir discuter ce qui s'est passé, mais je n'ai pas été injustement condamné. Le tribunal a rendu son jugement en se basant sur ce qu'il a appris au cours du procès.

— Mais tu n'as jamais raconté ta version.

— Non, parce que je ne peux pas la prouver. J'ai fait une gaffe monumentale et c'est pourquoi j'ai été obligé d'aller en prison.

— D'accord. Mais réponds à ma question : est-ce que Wennerström est une crapule, oui ou non ?

— Il est une des plus sinistres crapules que j'aie jamais rencontrées.

— Tu vois. Ça me suffit. J'ai un cadeau pour toi.

Elle tira un paquet de son sac. Mikael ouvrit et trouva un CD des meilleurs morceaux d'Eurythmics. Elle savait que c'était un de ses vieux favoris. Il lui fit un petit café serré, transféra immédiatement le disque dans son iBook puis ils écoutèrent ensemble *Sweet Dreams*.

— Qu'est-ce que tu vas faire à Skellefteå ? demanda Mikael.

— Camp d'études bibliques avec une congrégation qui s'appelle la Lumière de la Vie, répondit Pernilla comme si c'était la chose la plus naturelle au monde.

Mikael sentit soudain un frisson lui parcourir le corps. Il réalisa à quel point sa fille et Harriet Vanger se ressemblaient. Pernilla avait seize ans, tout comme Harriet quand elle avait disparu. Toutes deux avaient un père absent. Toutes deux étaient attirées par un engouement religieux vers des sectes mineures ; Harriet dans la communauté locale des pentecôtistes et Pernilla dans une succursale de quelque chose d'aussi farfelu que la Lumière de la Vie.

Mikael ne savait pas très bien comment manier l'intérêt nouveau de sa fille pour la religion. Il avait peur d'arriver avec ses gros sabots et d'empiéter sur son droit à décider elle-même du chemin qu'elle voulait suivre dans la vie. D'un autre côté, la Lumière de la Vie était exactement le type de congrégation qu'Erika et lui descendraient volontiers en flammes dans un reportage dénonciateur dans *Millénium*. Il décida de débattre de la question avec la mère de Pernilla à la première occasion qui se présenterait.

PERNILLA DORMIT dans le lit de Mikael et lui passa la nuit sur la banquette de la cuisine. Il se réveilla avec un torticolis et les muscles endoloris. Pernilla avait hâte de poursuivre son voyage, si bien que Mikael prépara tout de suite le petit-déjeuner et l'accompagna jusqu'à la gare. Il leur restait un moment avant le départ du train et ils achetèrent des gobelets de café au point journaux et s'installèrent sur un banc au bout du quai pour bavarder. Peu avant l'arrivée du train, Pernilla changea de sujet.

— Ça ne te plaît pas que j'aille à Skellefteå, annonça-t-elle tout à coup.

Mikael ne sut pas comment tourner sa réponse. Ce fut elle qui continua :

— T'inquiète pas. Mais tu n'es pas croyant, n'est-ce pas ?

— Non, je ne suis en tout cas pas un bon croyant.

— Tu ne crois pas en Dieu ?

— Non, je ne crois pas en Dieu, mais je respecte que tu le fasses. Tout le monde doit croire en quelque chose.

Quand son train arriva en gare, ils se serrèrent longuement l'un contre l'autre, jusqu'à ce que Pernilla soit obligée de monter à bord. A la portière elle se retourna.

— Papa, ce n'est pas du prosélytisme que je fais. Pour moi, tu es libre de croire ce que tu veux et je t'aimerai toujours. Mais je crois que tu devrais persévérer dans tes études bibliques.

— Comment ça ?

— J'ai vu les citations que tu as affichées chez toi, dit-elle. Mais pourquoi tu vas chercher des passages aussi sinistres ? Allez, bisous. Ciao.

Elle agita la main et disparut. Perplexe, Mikael resta sur le quai et regarda le train filer vers le nord. Le dernier wagon disparaissait dans la courbe quand enfin la signification de son commentaire se fraya un chemin dans sa conscience et qu'une sensation glaciale lui emplit la poitrine.

MIKAEL SE PRÉCIPITA hors de la gare et consulta l'heure. Il n'y avait pas de bus pour Hedeby avant quarante minutes. Ses nerfs ne supporteraient pas une telle attente. Il courut vers la station de taxis de l'autre côté de l'esplanade de la gare et trouva Hussein et son accent du pays.

Dix minutes plus tard, Mikael réglait la course et fonçait dans sa pièce de travail. Il avait scotché le bout de papier au-dessus du bureau.

Magda – 32016
Sara – 32109
RJ. – 30112
RL – 32027
Mari – 32018

Il regarda autour de lui. Puis il se souvint où il pourrait trouver une Bible. Il prit le bout de papier, trouva les clés qu'il avait laissées dans un bol sur le rebord de la fenêtre, puis il courut jusqu'à la cabane de Gottfried. Ses mains tremblaient presque quand il prit la Bible de Harriet sur l'étagère.

Ce n'était pas des numéros de téléphone que Harriet avait notés. Les chiffres indiquaient des chapitres et des versets du Lévitique, le troisième livre du Pentateuque. Les châtiments.

(Magda), le Lévitique, chapitre XX, verset 16 :
"La femme qui s'approche d'un animal quelconque pour s'accoupler à lui : tu tueras la femme et l'animal. Ils devront mourir, leur sang retombera sur eux."

(Sara), le Lévitique, chapitre XXI, verset 9 :
"Si la fille d'un homme qui est prêtre se profane en se prostituant, elle profane son père et doit être brûlée au feu."

(RJ), le Lévitique, chapitre I, verset 12 :
"Puis il le dépècera par quartiers et le prêtre disposera ceux-ci, ainsi que la tête et la graisse, au-dessus du bois placé sur le feu de l'autel."

(RL), le Lévitique, chapitre XX, verset 27 :
"L'homme ou la femme qui parmi vous serait nécromant ou devin : ils seront mis à mort, on les lapidera, leur sang retombera sur eux."

(Mari), le Lévitique, chapitre XX, verset 18 :
"L'homme qui couche avec une femme pendant ses règles et découvre sa nudité : il a mis à nu la source de son sang, elle-même a découvert la source de son sang, aussi tous deux seront retranchés du milieu de leur peuple."

MIKAEL SORTIT s'asseoir sur le perron devant sa maison. Incontestablement, c'était à cela que Harriet se référait lorsqu'elle avait noté les chiffres dans son carnet de téléphone. Chaque citation était soigneusement soulignée dans la Bible de Harriet. Il alluma une cigarette et écouta le chant des oiseaux tout proches.

Il avait les chiffres. Mais il n'avait pas les noms. Magda, Sara, Mari, RJ et RL.

Tout à coup un gouffre s'ouvrit lorsque le cerveau de Mikael exécuta un saut intuitif. Il se souvint du sacrifice par le feu à Hedestad dont avait parlé le commissaire Gustaf Morell. Le cas Rebecka, vers la fin des années 1940, la fille qui avait été violée et assassinée. Pour la tuer, on avait posé sa tête sur des charbons ardents. *"Puis il le dépècera par quartiers et le prêtre disposera ceux-ci, ainsi que la tête et la graisse, au-dessus du bois placé sur le feu de l'autel."* Rebecka. RJ. Quel était son nom de famille ?

A quelle histoire de dingues Harriet avait-elle été mêlée, nom de Dieu ?

HENRIK VANGER s'était senti mal tout à coup et était allé se coucher dans l'après-midi, expliqua-t-on à Mikael quand il vint frapper à la porte. Anna le fit quand même entrer et il put voir le vieil homme pendant quelques minutes.

— Rhume d'été, expliqua Henrik en reniflant. Qu'est-ce qui t'amène ?

— J'ai une question.

— Oui ?

— Est-ce que tu as entendu parler d'un meurtre qui a eu lieu ici à Hedestad dans les années 1940 ? Une fille du nom de Rebecka quelque chose qui avait été tuée la tête posée dans une cheminée ?

— Rebecka Jacobsson, fit Henrik Vanger sans hésiter une seconde. C'est un nom que je n'oublierai pas de sitôt, mais que je n'ai pas entendu mentionner depuis des années.

— Mais tu es au courant du meurtre ?

— Et comment. Rebecka Jacobsson avait vingt-trois ou vingt-quatre ans quand elle a été tuée. Cela a dû se passer… je crois que c'était en 1949. Il y a eu une très vaste enquête dans laquelle j'ai personnellement joué un petit rôle.

— Toi ? s'exclama Mikael tout surpris.

— Oui. Rebecka Jacobsson était une employée de bureau dans le groupe Vanger. Une fille appréciée, qui était très jolie. Mais comment se fait-il que tu poses des questions sur elle tout à coup ?

Mikael ne savait pas très bien quoi dire. Il se leva et s'approcha de la fenêtre.

— Je ne sais pas très bien, Henrik, j'ai peut-être trouvé quelque chose, mais il faut d'abord que je réfléchisse un moment.

— Tu laisses entendre qu'il y a un lien entre Harriet et Rebecka. Il y a eu… plus de dix-sept ans entre les deux événements.

— Laisse-moi le temps d'y réfléchir. Je reviendrai demain si tu te sens mieux.

MIKAEL NE RENCONTRA PAS Henrik Vanger le lendemain. Peu avant 1 heure du matin, il était encore assis à sa table de cuisine en train de lire dans la Bible de Harriet quand il entendit le bruit d'une voiture qui traversait le pont à grande vitesse. Il regarda par la fenêtre et aperçut le gyrophare bleu d'une ambulance.

Pris d'un mauvais pressentiment, Mikael se précipita derrière l'ambulance. Elle s'était garée devant la maison de Henrik Vanger. Il y avait de la lumière au rez-de-chaussée et Mikael comprit tout de suite que quelque chose était arrivé. Il grimpa l'escalier du perron en deux enjambées et tomba sur Anna Nygren toute bouleversée dans le vestibule.

— Le cœur, dit-elle. Il m'a réveillée il y a un moment et s'est plaint d'avoir mal à la poitrine. Puis il s'est écroulé.

Mikael serra dans ses bras la loyale gouvernante et resta jusqu'à ce que les ambulanciers descendent avec un Henrik Vanger inanimé sur la civière. Martin Vanger, manifestement très stressé, leur emboîta le pas. Il était déjà couché lorsque Anna l'avait prévenu ; il était pieds nus dans une paire de pantoufles et sa braguette était ouverte. Il salua Mikael brièvement et se tourna vers Anna.

— Je l'accompagne à l'hôpital. Appelez Birger et Cécilia, donna-t-il comme consigne. Et prévenez Dirch Frode.

— Je peux aller chez Frode, proposa Mikael. Anna hocha la tête avec reconnaissance.

Venir frapper à une porte à minuit passé signifie souvent de mauvaises nouvelles, pensa Mikael en posant le doigt sur la sonnette de Dirch Frode. Il attendit plusieurs minutes avant que Dirch Frode vienne ouvrir, de toute évidence mal réveillé.

— J'ai de mauvaises nouvelles. On vient d'emmener Henrik Vanger à l'hôpital. Il semblerait que ce soit un infarctus. Martin tenait à ce que je vienne te prévenir.

— Mon Dieu, dit Dirch Frode. Il consulta sa montre. On est vendredi 13, dit-il avec une logique incompréhensible et un air de perplexité.

MIKAEL FUT DE RETOUR chez lui à 2 h 30. Il hésita un instant puis décida de remettre au matin le coup de téléphone à Erika. Ce n'est que vers 10 heures le lendemain matin, après avoir brièvement parlé avec Dirch Frode sur son portable et s'être assuré que Henrik Vanger était toujours vivant, qu'il appela Erika pour lui annoncer que le nouvel associé de *Millénium* venait d'être hospitalisé pour un infarctus. Comme il s'y attendait, son annonce fut accueillie avec tristesse et inquiétude.

TARD DANS LA SOIRÉE, Dirch Frode passa chez Mikael avec des nouvelles détaillées de l'état de Henrik Vanger.

— Il est vivant, mais il ne va pas bien. Il a fait un infarctus sérieux et en plus il semble touché d'une sorte d'infection.

— Tu l'as rencontré ?

— Non. Il est en soins intensifs. Martin et Birger sont avec lui.

— Quel est le pronostic ?

Dirch Frode fit osciller sa main d'un côté et de l'autre.

— Il a survécu à l'infarctus et c'est toujours bon signe. Et Henrik est dans une très bonne condition générale. Sauf qu'il est âgé. Il ne nous reste plus qu'à attendre.

Ils se turent un moment pour méditer sur la fragilité de la vie. Mikael servit du café. Dirch Frode avait l'air découragé.

— Il faut que je te pose quelques questions sur la suite des événements, fit Mikael.

Frode le regarda.

— Rien ne change en ce qui concerne ton emploi. Les conditions sont définies dans un contrat qui court jusqu'à la fin de l'année, que Henrik Vanger soit vivant ou pas. Tu n'as pas d'inquiétudes à te faire.

— Je ne m'inquiète pas et ce n'est pas à cela que je faisais allusion. Je voudrais savoir à qui je dois faire mes rapports en son absence.

Dirch Frode soupira.

— Mikael, tu sais tout aussi bien que moi que toute cette histoire de Harriet Vanger est un passe-temps pour Henrik.

— N'en sois pas si sûr.

— Qu'est-ce que tu veux dire ?

— J'ai trouvé de nouveaux indices, dit Mikael. J'en ai informé Henrik hier, en partie. Je crains que cela ait pu contribuer à déclencher son infarctus.

Dirch Frode jeta un regard étrange sur Mikael.

— Tu plaisantes.

Mikael secoua la tête.

— Dirch, ces derniers jours, j'ai déterré plus de matériel sur la disparition de Harriet que ne l'a fait l'enquête officielle en trente-cinq ans. Mon problème actuel est que nous n'avons jamais déterminé à qui je fais mon rapport si Henrik est absent.

— Tu peux le faire à moi.

— D'accord. Il faut que je poursuive sur cette voie. Tu as un petit moment ?

Mikael rendit compte de ses nouvelles découvertes aussi pédagogiquement que possible. Il montra la séquence de photos de la rue de la Gare et exposa sa théorie. Ensuite il expliqua comment sa propre fille l'avait amené à élucider le mystère du calepin de téléphone. Pour finir, il mentionna l'assassinat brutal de Rebecka Jacobsson en 1949.

La seule information qu'il garda pour lui était le visage de Cécilia Vanger à la fenêtre de Harriet. Il voulait se donner le temps de lui parler avant de la mettre dans une position où on pouvait la soupçonner de quelque chose.

De gros plis soucieux apparurent sur le front de Dirch Frode.

— Tu prétends que l'assassinat de Rebecka a quelque chose à voir avec la disparition de Harriet ?

— Je ne sais pas. Ça paraît invraisemblable. Mais en même temps, il reste le fait que Harriet a noté les initiales RJ dans son calepin avec le renvoi à la loi sur les holocaustes rituels. Rebecka Jacobsson a été brûlée vivante. Le lien avec la famille Vanger est manifeste – elle travaillait pour le groupe Vanger.

— Et comment tu expliques tout cela ?

— Je ne l'explique pas, pas encore. Mais je veux continuer. Je te considère comme le représentant de Henrik. Tu dois prendre les décisions à sa place.

— Nous devrions peut-être informer la police.

— Non. En tout cas, pas sans l'autorisation de Henrik. Le meurtre de Rebecka est prescrit depuis longtemps et l'affaire est classée. Ils ne vont pas rouvrir l'enquête sur un meurtre qui a eu lieu il y a cinquante-quatre ans.

— Je comprends. Qu'est-ce que tu comptes faire ?

Mikael se leva et fit le tour de la table.

— Premièrement, je voudrais suivre la piste de la photo. Si nous arrivions à voir ce que Harriet a vu… je crois que ça pourrait donner une clé pour la suite. Deuxièmement, j'ai besoin d'une voiture pour me rendre à Norsjö et suivre la piste là où elle me mène. Et, troisièmement, je voudrais remonter les citations de la Bible. Nous avons fait le lien entre une des citations et un assassinat particulièrement horrible. Il nous en reste quatre. Pour réaliser ça… en fait, j'aurais besoin d'aide.

— Quelle sorte d'aide ?

— J'aurais besoin d'un assistant de recherche qui saurait fouiller de vieilles archives de presse et trouver Magda, Sara et les autres noms. Sauf erreur de ma part, Rebecka n'est pas la seule victime.

— Tu veux dire mettre quelqu'un d'autre dans le secret…

— On se retrouve brusquement avec une quantité effarante de travail de fouille à faire. Si j'étais un flic lancé dans une enquête, je pourrais débloquer du temps et des ressources et affecter du monde pour fouiller à ma place. J'ai besoin d'un professionnel qui s'y connaît en archives et qui en même temps soit digne de confiance.

— Je vois… en fait, j'en connais une de vraiment compétente. C'est elle qui a réalisé l'enquête sur toi, dit Frode avant de se mordre la lèvre.

— QUI A FAIT QUOI ? demanda Mikael Blomkvist d'une voix cassante.

Dirch Frode comprit trop tard qu'il venait de dire quelque chose qu'il aurait sans doute dû taire. Je me fais vieux, pensa-t-il.

— J'ai pensé à voix haute. Ce n'était rien, essaya-t-il.

— Tu as fait mener une enquête sur moi ?

— Ça n'a rien de dramatique, Mikael. Nous voulions t'engager et nous avons vérifié quelle sorte d'homme tu es.

— Alors c'est pour ça que Henrik Vanger semble toujours savoir exactement quelle est ma position. Et cette enquête, elle était très approfondie ?

— Assez approfondie, oui.

— Est-ce qu'elle soulevait les problèmes de *Millénium* ?

Dirch Frode eut un haussement d'épaules.

— C'était d'actualité.

Mikael alluma une cigarette. La cinquième de la journée. Il réalisa que c'était en train de devenir une habitude.

— Un rapport écrit ?

— Mikael, il ne faut pas y attacher tant d'importance.

— Je veux lire ce rapport, dit-il.

— S'il te plaît, ça n'a rien d'extraordinaire. On a juste voulu en savoir un peu plus avant de t'engager.

— Je veux lire ce rapport, répéta Mikael.

— Seul Henrik peut donner son accord.

— Ah bon ? Alors je vais le dire autrement : je veux ce rapport en main propre avant une heure. Si je ne l'ai pas, je donne ma démission sur-le-champ et je prends le train du soir pour Stockholm. Il se trouve où, ce rapport ?

Dirch Frode et Mikael Blomkvist se mesurèrent du regard pendant quelques secondes. Puis Dirch Frode soupira et baissa les yeux.

— Chez moi, dans mon bureau.

LE CAS HARRIET VANGER était sans hésitation l'histoire la plus bizarre à laquelle avait jamais été mêlé Mikael Blomkvist. De façon globale, cette dernière année, depuis l'instant où il avait publié l'histoire de Hans-Erik Wennerström, n'avait été qu'un long tour de montagnes russes – en gros en chute libre. Et ce n'était apparemment pas fini.

Dirch Frode avait encore essayé de traîner et Mikael n'eut en main le rapport de Lisbeth Salander qu'à 18 heures. Un peu plus de quatre-vingts pages d'analyse et cent pages de copies d'articles, de diplômes et d'autres détails marquants de la vie de Mikael.

Ce fut pour lui une expérience étrange de se voir décrit dans ce qu'il fallait bien considérer comme une combinaison d'autobiographie et de rapport de services secrets. Mikael fut sidéré de voir à quel point le rapport était détaillé. Lisbeth Salander avait pointé des détails qu'il croyait enterrés pour toujours dans le compost de l'histoire. Elle était allée ressortir une liaison de sa jeunesse avec une femme à l'époque syndicaliste brillante et aujourd'hui politicienne à temps plein. *Avec qui avait-elle pu discuter de cette histoire ?* Elle avait trouvé son groupe de rock Bootstrap, dont personne aujourd'hui ne devrait en toute justice se souvenir. Elle avait examiné ses finances au plus près. *Mais merde alors, comment avait-elle fait ?*

En tant que journaliste, Mikael avait consacré de nombreuses années à chercher des infos sur différentes personnes et il était capable de juger la qualité de ce travail en professionnel. Pour lui, aucun doute, Lisbeth Salander était un as de la recherche. Il doutait fort de pouvoir lui-même produire un rapport équivalent sur une personne totalement inconnue.

Mikael se dit aussi qu'il n'y avait jamais eu de raison pour lui et Erika d'observer une distance polie en compagnie de Henrik Vanger ; il était déjà informé en détail de leur relation durable et du triangle qu'ils formaient avec Lars Beckman. Lisbeth Salander avait aussi évalué avec une effrayante exactitude l'état de *Millénium* ; Henrik Vanger savait à quel point ça allait mal quand il avait pris contact avec Erika et offert de s'associer. *A quel jeu joue-t-il réellement ?*

L'affaire Wennerström n'était traitée que superficiellement, mais Lisbeth Salander avait manifestement assisté à quelques audiences au tribunal. Elle s'interrogeait aussi sur l'étrange comportement de Mikael quand il refusait de se prononcer au cours du procès. *Une nana futée, quelle qu'elle soit.*

La seconde d'après, Mikael bondit, n'en croyant pas ses yeux. Lisbeth Salander avait écrit un bref passage sur sa façon de voir la suite des événements après le procès. Elle reproduisait presque mot pour mot le communiqué de presse que lui et Erika avaient envoyé quand il quittait le poste de gérant responsable de *Millénium*.

Bon sang, mais c'est que Lisbeth Salander avait uti-lisé son brouillon original ! Il vérifia de nouveau la pre-mière page du rapport. Il était daté de trois jours avant que Mikael Blomkvist ait reçu sa condamnation. *Ce n'était pas possible.*

Ce jour-là, le communiqué de presse n'existait que dans un seul endroit au monde. Dans l'ordinateur de Mi-kael. Dans son iBook personnel, pas dans son ordinateur de travail à la rédaction. Le texte n'avait jamais été im-primé. Erika Berger elle-même n'avait pas eu de copie, même s'ils avaient discuté le sujet de façon générale.

Mikael Blomkvist posa lentement l'enquête que Lis-beth Salander avait faite sur lui. Il décida de ne pas al-lumer d'autres cigarettes. A la place, il enfila son blouson et sortit dans la nuit claire, une semaine avant la Saint-Jean. Il suivit la plage le long du chenal, devant le terrain de Cécilia Vanger, puis devant le yacht tape-à-l'œil amarré en contrebas de la villa de Martin Vanger. Il marcha lentement et réfléchit. Pour finir, il s'assit sur un rocher et regarda les balises qui clignotaient dans la baie de Hedestad. Il n'y avait qu'une conclusion possible.

Tu es entrée dans mon ordinateur, mademoiselle Sa-lander, se dit-il à haute voix. *Espèce de hacker de mes deux.*

18

MERCREDI 18 JUIN

LISBETH SALANDER émergea en sursaut d'un sommeil sans rêves. Elle avait une vague nausée. Elle n'avait pas besoin de tourner la tête pour savoir que Mimmi était déjà partie au boulot, mais son odeur s'attardait dans l'air confiné de la chambre. Elle avait bu trop de bière à la réunion du mardi au Moulin avec les Evil Fingers la veille au soir. Peu avant la fermeture, Mimmi avait surgi et l'avait accompagnée chez elle et dans son lit.

Contrairement à Mimmi, Lisbeth Salander ne s'était jamais considérée comme une vraie lesbienne. Elle n'avait jamais consacré du temps à déterminer si elle était hétéro-, homo- ou peut-être bisexuelle. De façon générale, elle se fichait des étiquettes et estimait que ça ne regardait personne, avec qui elle passait la nuit. S'il avait absolument fallu choisir, sa préférence sexuelle serait allée aux garçons – en tout cas, ils venaient en tête des statistiques. Le seul problème était d'en trouver un qui ne soit pas un débile et qui éventuellement valait quelque chose au lit, et Mimmi représentait un doux compromis incroyablement doué pour l'allumer. Elle avait rencontré Mimmi dans un chapiteau à bière à la Gay Pride un an auparavant et elle était la seule personne que Lisbeth ait présentée aux Evil Fingers. Leur relation s'était maintenue tant bien que mal au cours de l'année mais n'était encore qu'un passe-temps pour toutes les deux. Mimmi était un corps chaud et doux contre lequel se blottir, mais c'était aussi un être humain en compagnie duquel Lisbeth pouvait se réveiller et même prendre son petit-déjeuner.

Le réveil sur la table de nuit indiquait 9 h 30 et elle en était à se demander ce qui l'avait réveillée lorsqu'on sonna de nouveau à la porte. Stupéfaite, elle s'assit dans le lit. *Personne* ne venait jamais sonner chez elle à cette heure de la journée. Et d'ailleurs, quasiment personne ne venait jamais sonner. Mal réveillée, elle s'enroula dans le drap et tituba dans le vestibule pour ouvrir la porte. Elle se trouva nez à nez avec Mikael Blomkvist, sentit la panique envahir son corps et fit malgré elle un pas en arrière.

— Bonjour mademoiselle Salander, salua-t-il joyeusement. Je vois que la soirée a été mouvementée. Puis-je entrer ?

Sans attendre d'y avoir été invité, il franchit la porte et la referma derrière lui. Il contempla avec curiosité le tas de vêtements par terre dans le vestibule et la montagne de sacs de journaux, il jeta un coup d'œil par la porte de la chambre tandis que le monde de Lisbeth Salander se mettait à basculer – *qui, quoi, comment ?* Très amusé, Mikael Blomkvist regardait sa bouche grande ouverte.

— Je me suis dit que tu n'avais pas encore pris ton petit-déjeuner, alors j'ai apporté des bagels. Un au rôti de bœuf, un à la dinde avec moutarde de Dijon et un végétarien avec des avocats. Je ne sais pas ce que tu préfères. Le rôti de bœuf ? Il disparut dans la cuisine et trouva tout de suite la cafetière électrique. Tu le ranges où, le café ? cria-t-il. Salander resta comme paralysée dans le vestibule jusqu'à ce qu'elle entende le robinet couler. Elle fit trois enjambées rapides.

— Stop ! Elle réalisa qu'elle avait hurlé et elle baissa d'un ton. Il n'est pas question que tu entres comme ça chez les gens, merde ! Ce n'est pas chez toi ici. On ne se connaît même pas.

Mikael Blomkvist arrêta de verser l'eau dans le compartiment prévu et tourna la tête vers elle. Il répondit d'une voix grave.

— Faux ! Tu me connais mieux que la plupart des gens. N'est-ce pas ?

Il lui tourna le dos et continua à verser l'eau puis commença à ouvrir les pots sur la paillasse.

— D'ailleurs, je sais comment tu fais. Je connais tes secrets.

LISBETH SALANDER ferma les yeux et elle aurait voulu que le sol s'ouvre sous ses pieds. Elle se trouvait dans un état de paralysie intellectuelle. Elle avait la gueule de bois. La situation était irréelle et son cerveau refusait de fonctionner. Jamais auparavant elle n'avait rencontré l'un de ses objets d'enquête face à face. *Il sait où j'habite !* Il se trouvait dans sa cuisine. C'était impossible. Ça ne devait pas pouvoir arriver. *Il sait qui je suis !*

Elle se rendit compte soudain que le drap avait glissé et elle le serra davantage autour de son corps. Il dit quelque chose qu'elle commença par ne pas comprendre.

— Il faut qu'on parle toi et moi, répéta-t-il. Mais j'ai l'impression qu'il faudrait d'abord que tu passes sous la douche.

Elle essaya de parler de façon cohérente.

— Dis donc, si tu as l'intention de faire des histoires, ce n'est pas à moi qu'il faut t'en prendre. J'ai fait un boulot. Discutes-en avec mon chef.

Il se planta devant elle et leva les mains, paumes vers l'extérieur. *Je ne suis pas armé.* Un signe de paix universel.

— J'ai déjà parlé avec Dragan Armanskij. Il veut d'ailleurs que tu l'appelles – tu n'as pas répondu au portable hier soir.

Il s'approcha d'elle. Elle ne ressentit pas de menace mais recula quand même de quelques centimètres quand il frôla son bras et indiqua la porte de la salle de bains. Elle n'aimait pas qu'on la touche sans autorisation, même si l'intention était amicale.

— Tout va bien, fit-il d'une voix calme. Mais il faut absolument que je te parle. Dès que tu seras réveillée, j'entends. Le café sera prêt quand tu seras habillée. Allez. A la douche.

Elle lui obéit sans volonté. *Lisbeth Salander n'est jamais sans volonté,* pensa-t-elle.

DANS LA SALLE DE BAINS, elle s'appuya contre la porte et essaya de rassembler ses pensées. Elle était plus ébranlée que ce à quoi elle aurait pu s'attendre. Puis elle prit lentement conscience que sa vessie était en train d'exploser et qu'une douche n'était pas seulement un bon conseil mais aussi une nécessité après l'agitation de la nuit. Quand elle eut fini, elle se coula dans la chambre et enfila une culotte, un jean et un tee-shirt barré d'*Armageddon was yesterday – today we have a serious problem.*

Après une seconde de réflexion, elle prit son blouson de cuir qu'elle avait jeté sur une chaise. Elle en sortit la matraque électrique, contrôla la charge et la fourra dans la poche arrière du jean. Une odeur de café se répandait dans l'appartement. Elle respira à fond et retourna dans la cuisine.

— Tu ne fais jamais le ménage ? dit-il d'un ton moqueur.

Il avait mis toute la vaisselle sale dans l'évier, vidé les cendriers, jeté la vieille brique de lait et nettoyé la table de cinq semaines de journaux, il avait passé une éponge et disposé des tasses et – ce n'était donc pas une plaisanterie – des bagels. Ça avait l'air appétissant et elle avait effectivement faim après la nuit avec Mimmi. *D'accord, on verra bien où tout ça va nous mener.* Elle s'installa en face de lui, sur ses gardes.

— Tu n'as pas répondu à ma question. Rôti de bœuf, dinde ou végétarien ?

— Rôti de bœuf.

— Alors je prends la dinde.

Ils mangèrent en silence tout en s'observant mutuellement. Quand elle eut fini son bagel, elle engloutit aussi la moitié du végétarien. Elle trouva un paquet de cigarettes fripé sur le rebord de la fenêtre et en sortit une.

— Tant mieux, comme ça je le sais, dit-il, rompant le silence. Je ne suis peut-être pas aussi doué que toi pour les enquêtes personnelles, mais maintenant je sais en tout cas que tu n'es pas végétalienne ni – comme le croyait Dirch Frode – anorexique. Je vais entrer ces données dans mon rapport sur toi.

Salander le dévisagea, mais en voyant sa mine elle comprit qu'il se fichait d'elle. Il avait l'air de tellement s'amuser qu'elle ne put s'empêcher de répondre de la même façon. Elle le gratifia d'un sourire de guingois. La situation était insensée. Elle repoussa l'assiette. Les yeux de ce type étaient amicaux. Après tout, il n'était probablement pas un méchant, décida-t-elle. Rien non plus dans l'ESP qu'elle avait faite n'insinuait qu'il était un salopard prompt à tabasser ses copines ou des choses comme ça. Elle se souvint que c'était elle qui savait tout sur lui – pas le contraire. *Connaissance égale pouvoir.*

— Pourquoi tu rigoles ? demanda-t-elle.

— Pardon. Je n'avais pas prévu de faire une telle entrée. Je n'avais pas l'intention de te faire peur, alors que c'est manifestement ce qui s'est passé. Mais tu aurais dû voir ta mine quand tu as ouvert la porte. C'était impayable. Je n'ai pas pu résister à la tentation de te faire marcher un peu.

Silence. A sa grande surprise, Lisbeth Salander trouva soudain sa compagnie forcée relativement acceptable – ou en tout cas pas désagréable.

— Considère que je me suis vengé d'avoir appris que tu avais farfouillé dans ma vie privée, dit-il gaiement. Tu as peur de moi ?

— Non, répondit Salander.

— Tant mieux. Je ne suis ici ni pour te faire du mal ni pour faire des histoires.

— Si tu essaies de me toucher, je te ferai très mal. Sérieux.

Mikael l'observa. Elle mesurait un peu plus de cent cinquante centimètres et n'avait pas l'air d'avoir grand-chose à opposer s'il avait été un malfaiteur qui s'était introduit dans son appartement. Mais ses yeux étaient inexpressifs et calmes.

— Ce n'est pas d'actualité, finit-il par dire. Je n'ai pas de mauvaises intentions. J'ai besoin de parler avec toi. Si tu veux que je m'en aille, tu n'as qu'à le dire. Il réfléchit une seconde. Bizarrement, j'ai l'impression de... non rien. Il s'interrompit.

— Quoi ?

— Je ne sais trop si ce que je vais dire a un sens, mais il y a quatre jours, je ne connaissais pas ton existence. Puis j'ai pu lire ton analyse de moi – il fouilla dans sa sacoche et trouva le rapport –, ce qui n'a pas été totalement une lecture amusante.

Il se tut et regarda un moment par la fenêtre.

— Est-ce que je peux te taxer une cigarette ?

Elle poussa le paquet vers lui.

— Tu as dit tout à l'heure que nous ne nous connaissions pas et j'ai répondu que c'était faux. Il montra le rapport. Je ne t'ai pas encore rattrapée – je n'ai fait que quelques petites vérifs de routine pour sortir ton adresse, ton état civil et des trucs comme ça – mais toi, tu sais définitivement pas mal de choses sur moi. Une bonne part sont des trucs très personnels que seuls mes amis très proches connaissent. Et maintenant je suis ici dans ta cuisine en train de manger des bagels avec toi. Ça fait une demi-heure qu'on se connaît et j'ai comme la sensation qu'on se connaît depuis des années. Tu comprends ce que je veux dire ?

Elle hocha la tête.

— Tu as de beaux yeux, dit-il.

— Tu as des yeux gentils, répondit-elle.

Il n'arriva pas à déterminer si c'était de l'ironie.

Silence.

— Pourquoi tu es ici ? demanda-t-elle soudain.

Super Blomkvist – le surnom lui vint à l'esprit et elle étouffa une impulsion de le dire à voix haute – prit soudain un air sérieux. Elle discernait une fatigue dans son regard. L'assurance qu'il avait affichée depuis qu'il s'était introduit chez elle s'était envolée, et elle en tira la conclusion que les pitreries étaient terminées ou du moins avaient été ajournées. Pour la première fois, elle sentit qu'il l'examinait, avec intensité et réflexion. Elle n'arrivait pas à déterminer ce qui se passait dans sa tête, mais elle sentit immédiatement que sa visite avait pris une tonalité plus sérieuse.

LISBETH SALANDER était consciente que son calme n'était que superficiel et qu'elle ne contrôlait pas vraiment ses nerfs. La visite totalement inattendue de Blomkvist l'avait secouée d'une façon qu'elle n'avait jamais auparavant connue dans son travail. Elle gagnait sa vie à espionner des gens. En réalité, elle n'avait jamais vraiment défini ce qu'elle faisait pour Dragan Armanskij comme un *vrai travail*, plutôt comme un passe-temps complexe, presque un hobby.

La vérité était – depuis longtemps elle l'avait constaté – qu'elle aimait fouiner dans la vie d'autrui et révéler des secrets que les gens essayaient de dissimuler. Elle avait agi ainsi – sous une forme ou une autre – depuis aussi longtemps qu'elle pouvait s'en souvenir. Et elle le faisait encore aujourd'hui, pas seulement quand Armanskij lui donnait des missions mais parfois rien que par plaisir. Cela faisait monter en elle une poussée de satisfaction – exactement comme dans un jeu vidéo compliqué, à la différence qu'il s'agissait de personnes vivantes. Et voilà que tout à coup son hobby était installé dans sa cuisine et lui offrait des bagels. Situation totalement absurde.

— J'ai un problème fascinant, dit Mikael. Dis-moi, quand tu as fait ton ESP sur moi pour Dirch Frode, est-ce que tu savais à quoi elle allait servir ?

— Non.

— Le but était d'obtenir des informations sur moi parce que Frode, ou plus exactement son commanditaire, voulait m'engager pour un boulot free-lance.

— Ah bon.

Il lui adressa un faible sourire.

— Un jour, toi et moi on aura une conversation sur les aspects éthiques du fouinage dans la vie privée d'autrui. Mais pour le moment, j'ai d'autres chats à fouetter… Le boulot qu'on m'a donné, et que pour une raison incompréhensible j'ai accepté, est sans conteste la mission la plus bizarre que j'aie jamais eue. Est-ce que je peux te faire confiance, Lisbeth ?

— Comment ça ?

— Dragan Armanskij dit que tu es entièrement fiable. Mais je te pose quand même la question. Est-ce que je peux te raconter des secrets sans que tu les divulgues, à qui que ce soit ?

— Attends. Tu as donc parlé avec Dragan ; c'est lui qui t'a envoyé ici ?

Je vais te péter la gueule, sale connard d'Arménien.

— Eh bien, pas exactement. Tu n'es pas la seule à savoir dénicher une adresse et il se trouve que je me suis débrouillé tout seul. Je t'ai recherchée dans les registres de l'état civil. Il y a trois personnes qui s'appellent Lisbeth Salander, et les deux autres étaient hors de question. Mais j'ai contacté Armanskij hier et nous avons eu une longue conversation. Lui aussi au début a cru que je venais faire des histoires parce que tu as fouiné dans ma vie privée, mais il a fini par comprendre que ma requête était tout à fait légitime.

— Ce qui veut dire ?

— Le commanditaire de Dirch Frode m'a donc engagé pour un boulot. Je suis arrivé maintenant à un point où j'ai besoin de l'aide d'un enquêteur qualifié et ça de toute urgence. Frode m'a parlé de toi et de ta compétence. Ça lui a échappé, et c'est comme ça que j'ai appris que tu avais fait une ESP sur moi. Hier j'ai parlé avec Armanskij et j'ai expliqué ce que je voulais. Il a donné le feu vert et il a essayé de t'appeler mais tu ne répondais pas au téléphone, alors… me voici. Tu peux appeler Armanskij pour vérifier si tu veux.

IL FALLUT PLUSIEURS MINUTES à Lisbeth Salander pour trouver son téléphone portable sous le tas de vêtements que Mimmi l'avait aidée à enlever. Mikael Blomkvist contempla sa fouille chaotique avec beaucoup d'intérêt tout en vaquant dans l'appartement. Tous les meubles, sans exception, semblaient sortir droit de bennes à ordures. Sur une petite table de travail dans le séjour trônait une impressionnante installation informatique. Et elle avait un lecteur de CD sur une étagère. Sa collection de CD, en revanche, était tout sauf impressionnante – une malheureuse dizaine de disques de groupes dont Mikael n'avait jamais entendu parler. Sur les pochettes, les artistes ressemblaient à des vampires issus des confins de l'espace. La musique, de toute évidence, n'était pas le domaine de Lisbeth.

Salander constata qu'Armanskij l'avait appelée pas moins de sept fois au cours de la soirée et deux fois dans la matinée. Elle composa son numéro tandis que Mikael s'adossait au chambranle pour écouter la conversation.

— C'est moi… Désolée, je l'avais coupé… Je sais qu'il veut m'engager… Non, il est ici chez moi… Elle leva la voix. Dragan, j'ai la gueule de bois et j'ai mal à la tête, alors arrête ton baratin ; est-ce que tu as donné le feu vert ou pas ?… Merci.

Clic.

Lisbeth Salander regarda Mikael Blomkvist par l'entrebâillement de la porte. Il contemplait ses CD et sortait des livres des étagères, et il venait de trouver un flacon de médicament marron sans étiquette qu'il brandissait vers la lumière avec curiosité. Il s'apprêtait à dévisser le bouchon quand elle tendit la main et lui prit le flacon, retourna dans la cuisine, s'assit et se massa les tempes jusqu'à ce que Mikael se soit rassis.

— Les règles sont simples, dit-elle. Rien de ce que tu discutes avec moi ou avec Dragan Armanskij n'atteindra quelqu'un d'extérieur. Nous allons signer un contrat dans lequel Milton Security s'engage à garder le silence. Je veux savoir en quoi consiste le boulot avant de décider si je veux travailler pour toi ou pas. Cela signifie que je garderai le silence sur tout ce que tu me raconteras, que j'accepte le boulot ou pas, à condition que tu ne révèles pas qu'il s'agit d'une activité criminelle d'envergure. Dans ce cas, je ferai un rapport à Dragan, qui à son tour préviendra la police.

— Bien. Il hésita. Armanskij ne sait peut-être pas exactement ce pour quoi je veux t'engager…

— Il m'a dit que tu voulais de l'aide pour une recherche historique.

— Oui, c'est exact. Mais ce que je veux que tu fasses, c'est m'aider à identifier un meurtrier.

IL FALLUT PLUS D'UNE HEURE à Mikael pour raconter tous les détails embrouillés du cas Harriet Vanger. Il n'en omit pas un. Il avait eu l'autorisation de Frode de l'engager et, pour ce faire, il devait pouvoir lui accorder entièrement sa confiance.

Il parla aussi de ses relations avec Cécilia Vanger et comment il avait découvert son visage à la fenêtre de Harriet. Il donna à Lisbeth autant de précisions qu'il pouvait sur sa personnalité. Il commençait à admettre que Cécilia avait grimpé très haut sur la liste des suspects. Mais il était encore loin de comprendre comment Harriet pouvait avoir des liens avec un assassin en activité à une époque où elle était encore une petite fille.

Cela fait, il donna à Lisbeth Salander une copie de la liste du carnet de téléphone.

Magda – 32016
Sara – 32109
RJ – 30112
RL – 32027
Mari – 32018

— Qu'est-ce que tu attends de moi ?

— J'ai identifié RJ, Rebecka Jacobsson, et j'ai fait le rapprochement entre elle et une citation de la Bible qui parle des sacrifices par immolation. Elle a été tuée d'une façon semblable à ce qui est décrit dans la citation – sa tête a été posée sur des braises. Si j'ai raison, nous trouverons quatre autres victimes – Magda, Sara, Mari et RL.

— Tu crois qu'elles sont mortes ? Tuées ?

— Un assassin qui opérait dans les années 1950 et peut-être 1960. Et qui d'une façon ou d'une autre a un lien avec Harriet Vanger. J'ai parcouru de vieux numéros de *Hedestads-Kuriren*. L'assassinat de Rebecka est le seul crime monstrueux que j'ai trouvé qui ait un lien avec Hedestad. Je veux que tu continues les recherches sur le reste de la Suède.

Lisbeth Salander resta plongée dans ses pensées et un silence inexpressif si long que Mikael commença à se tortiller d'impatience. Il se demandait s'il n'avait pas fait le mauvais choix lorsqu'elle finit par lever les yeux.

— D'accord. Je prends le boulot. Mais tu commences par signer le contrat avec Armanskij.

DRAGAN ARMANSKIJ imprima le contrat que Mikael
Blomkvist allait emporter à Hedestad et transmettre à
Dirch Frode pour signature. En revenant dans la pièce
de travail de Lisbeth Salander, il vit de l'autre côté de
la cloison vitrée qu'elle et Mikael Blomkvist étaient pen-
chés sur son PowerBook. Mikael posait la main sur son
épaule – *il la touchait* – et lui indiquait quelque chose.
Armanskij prit son temps.

Mikael dit quelque chose qui sembla surprendre Salander. Puis elle rit bruyamment.

Jamais auparavant Armanskij ne l'avait entendue rire,
bien qu'il ait essayé de gagner sa confiance pendant plusieurs années. Mikael Blomkvist la connaissait depuis
cinq minutes et elle riait déjà en sa compagnie.

Brusquement il détesta Mikael Blomkvist avec une
intensité qui le surprit. Il s'éclaircit la gorge sur le pas
de la porte et posa la chemise en plastique avec le contrat.

MIKAEL EUT LE TEMPS de faire une rapide visite à la rédaction de *Millénium* dans l'après-midi. C'était la première fois depuis qu'il avait fait le ménage dans son
bureau avant Noël et ça paraissait soudain étrange de
grimper ces escaliers pourtant si familiers. Ils n'avaient
pas changé le code d'accès, et il put se glisser par la
porte de la rédaction sans se faire remarquer et rester
un instant à se contenter de regarder autour de lui.

Le local de *Millénium* était en forme de L. L'entrée
proprement dite était un grand hall occupant beaucoup
de surface sans être vraiment utilisable. Ils y avaient
installé un ensemble canapé et fauteuils où ils pouvaient
accueillir des visiteurs. Derrière le canapé s'ouvrait une
salle à manger avec kitchenette, des toilettes et deux ca-
gibis aménagés avec des rayonnages d'archives. Il y avait

aussi une table de travail pour l'intérimaire. A droite de l'entrée, une cloison vitrée donnait sur l'atelier de Christer Malm, dont la propre entreprise occupait quatre-vingts mètres carrés avec entrée séparée depuis la cage d'escalier. A gauche se trouvait la rédaction, environ cent cinquante mètres carrés avec façade vitrée donnant sur Götgatan.

Erika avait conçu l'aménagement et avait fait installer des cloisons vitrées pour créer trois pièces individuelles et un vaste bureau commun pour les trois autres collaborateurs. Elle s'était octroyé la plus grande, au fond de la rédaction, et avait placé Mikael à l'autre bout du local. C'était le seul bureau qu'on pouvait voir depuis l'entrée. Il nota que personne ne s'y était installé.

La troisième pièce, légèrement à l'écart, était occupée par Sonny Magnusson, soixante ans, le très efficace vendeur d'espaces publicitaires de *Millénium* depuis quelques années. Erika avait déniché Sonny quand il s'était retrouvé au chômage après des restructurations dans la société où il avait travaillé la plus grande partie de sa vie. Sonny avait alors l'âge où on ne peut se voir offrir un emploi. Erika l'avait choisi exprès ; elle avait proposé un petit salaire fixe et un pourcentage sur les recettes de la publicité. Sonny avait mordu à l'hameçon et aucun des deux ne l'avait regretté. Mais cette dernière année il avait eu beau être un vendeur énergique, les recettes de publicité avaient plongé de manière catastrophique. Les revenus de Sonny avaient nettement diminué, mais plutôt que d'essayer de trouver autre chose, il s'était serré la ceinture pour demeurer fidèlement à son poste. *Contrairement à moi, qui suis la cause de la dégringolade*, pensa Mikael.

Rassemblant son courage, Mikael était finalement entré dans la rédaction pour l'heure presque vide. Il pouvait voir Erika dans son bureau, un combiné de téléphone plaqué sur l'oreille. Seuls deux collaborateurs se trouvaient à la rédaction. Monika Nilsson, trente-sept ans, reporter généraliste expérimentée, spécialisée dans la surveillance politique et probablement la personne la plus rompue au cynisme que Mikael ait jamais rencontrée. Elle travaillait à *Millénium* depuis neuf ans et s'y plaisait énormément. Henry Cortez avait vingt-quatre ans et c'était le plus jeune collaborateur de la rédaction ; il avait franchi les portes en tant que stagiaire à sa sortie même de l'institut pour la formation des journalistes JMK deux ans auparavant, en expliquant que c'était à *Millénium* et nulle part ailleurs qu'il voulait travailler. Erika n'avait pas de budget pour l'embaucher, mais elle avait proposé un bureau dans un coin et l'avait intégré comme free-lance permanent.

Tous deux poussèrent des cris de ravissement en voyant Mikael. On lui fit la bise et on lui tapa dans le dos. Leur première question fut pour s'enquérir s'il allait reprendre le travail et ils soupirèrent, déçus, quand il expliqua qu'il était encore détaché pour six mois dans le Norrland et qu'il passait juste faire coucou et parler avec Erika.

Erika aussi fut contente de le voir, elle servit du café et ferma la porte de son bureau. Elle commença par lui demander des nouvelles de Henrik Vanger. Mikael n'en savait pas plus que ce que Dirch Frode avait raconté ; son état était grave mais le vieil homme était toujours en vie.

— Qu'est-ce que tu fais en ville ?

Mikael se sentit soudain embarrassé. Il était monté à la rédaction sur un coup de tête, Milton Security ne se trouvant qu'à quelques pâtés de maisons de là. Il lui paraissait ardu d'expliquer à Erika qu'il venait d'engager un consultant privé en sécurité, ex-pirate de son ordinateur. Il se contenta de hausser les épaules et de dire qu'il avait été obligé de descendre à Stockholm pour des affaires concernant Vanger et qu'il retournait tout de suite dans le Nord. Il demanda comment allaient les choses à la rédaction.

— A côté des bonnes nouvelles concernant le volume de pub et les abonnés qui ne font qu'augmenter, on a aussi un nuage gris qui grossit dans le ciel.

— Ah oui ?

— Janne Dahlman. J'ai été obligée de le prendre entre quatre yeux en avril. Nous venions d'annoncer que Henrik Vanger devenait notre associé. Je ne sais pas si c'est seulement sa nature ou si ça touche à quelque chose de plus profond. S'il joue à une sorte de jeu.

— Qu'est-ce qu'il s'est passé ?

— Je n'ai plus aucune confiance en lui. Une fois signé l'accord avec Henrik Vanger, Christer et moi avions à choisir entre informer tout de suite l'ensemble de la rédaction que nous ne risquions plus la fermeture à l'automne, ou bien…

— Ou bien informer certains collaborateurs de façon sélective.

— Exactement. Je suis peut-être paranoïaque, mais je ne voulais pas que Dahlman évente l'histoire. Alors nous avons décidé d'informer l'ensemble de la rédaction le jour où l'accord serait rendu public. Nous avons donc gardé le silence pendant un mois.

— Et ?

— Eh bien, c'était les premières bonnes nouvelles que la rédaction avait depuis un an. Tout le monde a sauté en l'air, sauf Dahlman. Je veux dire, nous ne sommes pas la plus grande rédaction au monde. Il y avait trois personnes qui jubilaient, plus l'intérimaire, et un qui

412

s'est fâché tout rouge parce que nous n'avions pas donné cette information plus tôt.

— Il n'a pas tout à fait tort…

— Je sais. Mais il se trouve qu'il a continué à râler là-dessus tous les jours et ça a plombé l'ambiance à la rédaction. Après deux semaines de cette merde, je l'ai fait venir dans mon bureau et lui ai expliqué que si je n'avais pas informé la rédaction, c'était parce que je n'avais pas confiance en lui et que je n'étais pas certaine qu'il sache garder le silence.

— Il l'a pris comment ?

— Il a été terriblement blessé évidemment, et furieux. Je n'ai pas reculé et je lui ai donné un ultimatum – soit il faisait un effort, soit il commençait à se chercher un autre boulot.

— Et ?

— Il a fait un effort. Mais il reste à l'écart et c'est très tendu entre lui et le reste de l'équipe. Christer ne le supporte pas et il le montre assez clairement.

— Et Dahlman, tu le soupçonnes de quoi ?

Erika soupira.

— Je ne sais pas. Nous l'avons embauché il y a un an, quand nous avions déjà démarré l'embrouille avec Wennerström. Je ne peux absolument rien prouver mais j'ai le sentiment qu'il ne travaille pas pour nous.

Mikael hocha la tête.

— Fais confiance à tes instincts.

— C'est peut-être simplement un pauvre type qui répand une mauvaise ambiance parce qu'il n'est pas à sa place.

— Possible. Mais je suis d'accord avec toi que nous avons fait une erreur de jugement en l'embauchant.

Vingt minutes plus tard, sur les passerelles des voies rapides de Slussen, Mikael filait vers le Nord dans la

413

voiture empruntée à la femme de Dirch Frode, une Volvo vieille de dix ans qu'elle n'utilisait jamais, et que Mikael avait désormais le droit d'emprunter autant qu'il voulait.

LES DÉTAILS étaient minimes et subtils, et Mikael aurait pu les louper s'il n'avait pas été attentif. Une pile de papiers était un peu plus de guingois qu'avant. Un classeur n'était pas exactement à sa place sur l'étagère. Le tiroir du bureau était entièrement fermé – Mikael se souvenait très précisément qu'il était resté un peu entrouvert la veille quand il avait quitté l'île pour se rendre à Stockholm.

Il resta immobile un moment, en proie au doute. Puis une certitude s'imposa : quelqu'un était entré dans la maison.

Il sortit sur le perron et regarda autour de lui. Il avait fermé la porte à clé, mais c'était une vieille serrure ordinaire, qu'on pouvait probablement ouvrir en trifouillant avec un petit tournevis, et il était impossible de savoir combien de clés se baladaient dans la nature. Il rentra et passa systématiquement au crible sa pièce de travail pour vérifier si quelque chose avait disparu. Au bout d'un moment, il constata que tout semblait être encore là.

Le fait restait néanmoins que quelqu'un était entré, s'était installé dans sa pièce de travail et avait feuilleté ses papiers et ses classeurs. Il avait emporté l'ordinateur avec lui, si bien que la personne n'avait pas pu le toucher. Deux questions se posaient. Qui ? Et est-ce que le visiteur mystérieux avait pu déduire quoi que ce soit de son intrusion ?

Les classeurs étaient une partie de ceux de Henrik Vanger qu'il avait repris chez lui après sa sortie de prison. Il n'y avait aucun matériau nouveau. Les cahiers de notes sur le bureau étaient indéchiffrables pour un non-initié – mais la personne qui avait fouillé son bureau était-elle non initiée ?

Le plus grave était une petite chemise en plastique au milieu du bureau où il avait mis la liste de numéros de téléphone et une copie au propre des citations de la Bible auxquelles ils se référaient. Celui qui avait fouillé la pièce de travail savait maintenant qu'il avait décrypté le code de la Bible.

Qui ?

Henrik Vanger était à l'hôpital. Il ne soupçonnait pas Anna, la gouvernante. Dirch Frode ? Mais il lui avait déjà raconté tous les détails. Cécilia Vanger avait ajourné son voyage en Floride et était revenue de Londres en compagnie de sa sœur. Il ne l'avait pas vue depuis son retour, mais il l'avait aperçue la veille traversant le pont en voiture. Martin Vanger. Harald Vanger. Birger Vanger – il avait surgi pour un conseil de famille auquel Mikael n'avait pas été convié le lendemain de l'infarctus de Henrik. Alexander Vanger. Isabella Vanger – elle était tout sauf sympathique.

Avec qui Frode avait-il parlé ? Qu'avait-il laissé échapper ? Combien des plus proches avaient capté que Mikael avait réellement fait une percée dans les recherches ?

Il était 20 heures passées. Il appela *SOS Serrures* à Hedestad et commanda une nouvelle serrure pour la maison. Le serrurier expliqua qu'il pouvait venir le lendemain. Mikael promit de doubler le tarif s'il pouvait venir tout de suite. Ils se mirent d'accord pour qu'il passe vers 22 h 30 installer une nouvelle serrure de sécurité.

EN ATTENDANT le serrurier, Mikael alla frapper chez Dirch Frode vers 20 h 30. La femme de Frode lui indiqua le jardin derrière la maison et offrit une bière fraîche, que Mikael accepta avec plaisir. Il voulait avoir des nouvelles de Henrik Vanger.

Dirch Frode secoua la tête.

— Ils l'ont opéré. Il a de l'artériosclérose dans ses coronaires. Le médecin dit que le fait même qu'il soit encore en vie incite à l'espoir, mais dans l'immédiat son état est critique.

Ils méditèrent ceci un instant en sirotant leurs bières.

— Est-ce que tu lui as parlé ?

— Non. Il n'était pas en état de discuter. Comment ça s'est passé à Stockholm ?

— Lisbeth Salander a accepté. J'ai apporté les contrats de Dragan Armanskij. Tu signes puis tu vas les poster.

Dirch Frode parcourut les documents.

— .Elle n'est pas bon marché, constata-t-il.

— Henrik a les moyens.

Frode hocha la tête, alla chercher un stylo et griffonna sa signature.

— Autant que je signe pendant que Henrik est encore en vie. Tu pourras passer par la boîte aux lettres de Konsum ?

À MINUIT DÉJÀ, Mikael était au lit, mais il avait du mal à s'endormir. Jusque-là, tout son séjour sur l'île de Hedeby en était resté aux bizarreries historiques. Mais si quelqu'un était suffisamment intéressé par ses agissements pour s'introduire dans sa pièce de travail, l'histoire était peut-être plus proche du présent que ce qu'on pensait.

Brusquement, Mikael fut frappé par l'idée que d'autres encore pouvaient aussi s'intéresser à ses occupations. La soudaine apparition de Henrik Vanger au conseil d'administration de *Millénium* n'avait pas pu passer inaperçue à Hans-Erik Wennerström. Ou bien remuer ce genre de pensées indiquait-il qu'il était en train de devenir parano ?

Mikael se leva. Tout nu devant la fenêtre de la cuisine, il regarda pensivement l'église de l'autre côté du pont. Il alluma une cigarette.

Il n'arrivait pas à cerner Lisbeth Salander. Elle avait un comportement singulier avec de longues pauses au milieu des conversations. Son appartement était un bordel proche du chaos, avec une montagne de sacs de journaux dans le vestibule et une cuisine qui n'avait pas été nettoyée depuis bien un an. Ses vêtements étaient éparpillés par terre et il l'avait manifestement trouvée après une soirée bien arrosée en boîte. Il avait remarqué des traces de suçons dans son cou, révélateurs d'activités nocturnes. Elle avait plusieurs tatouages et des piercings sur le visage, et probablement aussi à des endroits qu'il n'avait pas vus. Autrement dit, elle était spéciale.

D'un autre côté, Armanskij l'avait assuré qu'elle était sans conteste la meilleure enquêteuse de leur société, et son reportage approfondi sur lui avait indéniablement indiqué qu'elle faisait les choses à fond. *Bizarre, comme nana.*

LISBETH SALANDER était devant son PowerBook en train de réfléchir à ses réactions face à Mikael Blomkvist. Jamais auparavant dans sa vie d'adulte elle n'avait laissé franchir sa porte à quelqu'un qu'elle n'avait pas expressément invité, et ceux-là se comptaient sur les doigts d'une main. Sans la moindre gêne, Mikael avait déboulé dans sa vie et elle n'avait su opposer que quelques plates protestations.

Et ce n'était pas tout – il l'avait taquinée. S'était moqué d'elle.

D'habitude, ce genre de comportement l'aurait poussée mentalement à défaire le cran de sûreté d'un pistolet. Mais elle n'avait pas ressenti la moindre menace et aucune hostilité de la part de Mikael Blomkvist. Il avait eu toutes les raisons de l'engueuler dans les règles – même de porter plainte contre elle après avoir découvert qu'elle avait piraté son ordinateur. Mais non, il avait pris cela aussi comme une plaisanterie.

Ça avait été la partie la plus délicate de leur conversation. On aurait dit que Mikael faisait exprès de ne pas entamer ce sujet et pour finir elle n'avait pas pu s'empêcher de poser la question.

— Tu as dit que tu savais ce que j'ai fait.

— Tu as joué les hackers. Tu es entrée dans mon ordinateur.

— Comment tu le sais ? Lisbeth était totalement sûre de ne pas avoir laissé de traces et que son effraction ne pourrait être découverte, sauf si une grosse pointure en sécurité était en train de scanner le disque dur en même temps qu'elle s'y introduisait.

— Tu as commis une erreur. Il expliqua qu'elle avait cité la version d'un texte qui n'existait que dans son ordinateur et nulle part ailleurs.

Lisbeth Salander garda le silence un long moment. Finalement elle le regarda avec des yeux inexpressifs.

— Comment tu t'y es prise ? demanda-t-il.

— C'est mon secret. Qu'est-ce que tu as l'intention de faire ?

Mikael haussa les épaules.

— Qu'est-ce que je peux faire ? A l'extrême je devrais avoir une discussion avec toi sur l'éthique et la morale et sur le danger de fouiller dans la vie privée des gens.

— Exactement ce que tu fais en tant que journaliste.

Il hocha la tête.

— Bien sûr. C'est justement pour ça que nous, les journalistes, avons un comité d'éthique qui surveille les aspects moraux. Quand j'écris un texte sur un fumier dans le monde bancaire, je laisse de côté par exemple sa vie sexuelle. Je n'écris pas qu'une fraudeuse de chèques est lesbienne ou qu'elle rêve de faire l'amour avec son chien ou des choses comme ça, même si ça se trouve être la vérité. Même les fumiers ont droit à une vie privée, et c'est si facile de nuire aux gens en s'attaquant à leur façon de vivre. Tu vois ce que je veux dire ?

— Oui.

— Donc, tu portes atteinte à mon intégrité. Mon employeur n'a pas besoin de savoir avec qui je fais l'amour. C'est mon problème.

Le visage de Lisbeth Salander se fendit en un sourire coincé.

— Tu trouves que je n'aurais pas dû en parler.

— Pour ce qui me concerne, cela ne change pas grand-chose. La moitié de la ville connaît ma liaison avec Erika. Je parle du principe.

— Alors, ça va peut-être t'amuser de savoir que moi aussi j'ai des principes qui correspondent à ton comité d'éthique. J'appelle ça *le principe de Salander*. D'après moi, un fumier est toujours un fumier et si je peux lui nuire en déterrant des saloperies sur lui, c'est qu'il l'a mérité. Je ne fais que lui rendre la monnaie de sa pièce.

— D'accord, sourit Mikael Blomkvist. Je ne raisonne pas entièrement à l'opposé de toi, mais…

— Mais il se trouve que lorsque je fais une ESP, je regarde aussi ce que m'inspire la personne. Je ne suis pas neutre. Si j'ai l'impression que c'est une personne bien, je peux mettre une sourdine à mon rapport.

— Vraiment ?

— Dans ton cas, j'ai mis une sourdine. J'aurais pu écrire un livre sur ta vie sexuelle. J'aurais pu raconter à Frode qu'Erika Berger a un passé au club Xtrême et qu'elle flirtait avec le BDSM dans les années 1980 – ce qui indéniablement aurait créé certaines associations d'idées inévitables quant à votre vie sexuelle à tous les deux.

Mikael Blomkvist rencontra le regard de Lisbeth Salander. Après un moment il regarda par la fenêtre et éclata de rire.

— Tu ne rates vraiment rien, toi. Pourquoi tu ne l'as pas inclus dans le rapport ?

— Toi et Erika Berger, vous êtes des adultes et apparemment vous vous aimez bien. Ce que vous faites au lit ne regarde personne et tout ce que j'aurais obtenu en parlant d'elle aurait été de vous nuire ou de procurer du matériel de chantage à quelqu'un. Qui sait – je ne connais pas Dirch Frode et ce matériel aurait pu se retrouver chez Wennerström.

— Et tu ne veux pas fournir du matériel à Wennerström ?

— Si je devais choisir mon côté dans le match entre toi et lui, je pense que je choisirais ton côté du ring.

— Moi et Erika, nous avons une… notre relation est…

— Je m'en fous de savoir ce qu'est votre relation. Mais tu n'as pas répondu à ma question : qu'est-ce que tu as l'intention de faire maintenant que tu sais que j'ai piraté ton ordinateur ?

La pause de Mikael fut presque aussi longue que la sienne.

— Lisbeth, je ne suis pas ici pour t'emmerder. Je ne vais pas te faire chanter. Je suis ici pour demander ton aide pour une enquête. Tu peux répondre oui ou non. Si tu dis non, je m'en vais et je trouve quelqu'un d'autre et tu n'auras plus jamais de mes nouvelles. Il réfléchit une seconde puis il lui sourit. A condition que je ne te retrouve pas dans mon ordinateur, j'entends.

Elle le fixa d'un regard vide.

19

JEUDI 19 JUIN – DIMANCHE 29 JUIN

MIKAEL PASSA DEUX JOURS à parcourir ses documents en attendant de savoir si Henrik Vanger allait survivre ou pas. Il restait en contact étroit avec Dirch Frode. Le jeudi soir, Frode vint le voir dans la maison des invités pour annoncer que l'alerte semblait levée pour l'instant.

— Il est faible mais j'ai pu parler avec lui un moment aujourd'hui. Il veut te rencontrer au plus tôt.

Vers 13 heures le samedi de la Saint-Jean, Mikael se rendit donc à l'hôpital de Hedestad et trouva le service où Henrik Vanger était soigné. Il tomba sur Birger Vanger, très irrité, qui lui barra le chemin en lui expliquant avec beaucoup d'autorité que Henrik Vanger était dans l'incapacité de recevoir des visites. Mikael garda son calme et contempla le conseiller municipal.

— C'est drôle. Henrik Vanger m'a fait parvenir le message très clair qu'il désirait me voir aujourd'hui.

— Tu ne fais pas partie de la famille et tu n'as rien à foutre ici.

— C'est vrai que je ne fais pas partie de la famille. Mais j'agis sur la demande expresse de Henrik Vanger et je ne reçois d'ordres que de lui.

L'échange aurait pu tourner à la dispute violente si Dirch Frode n'était pas sorti de la chambre de Henrik juste à ce moment-là.

— Ah, te voilà. Henrik demandait justement où tu étais.

Frode tint la porte ouverte et Mikael entra dans la chambre en se glissant devant Birger Vanger.

Henrik Vanger paraissait avoir pris dix ans au cours de la semaine écoulée. Ses paupières restaient à demi baissées sur ses yeux, un tuyau d'oxygène entrait dans son nez et ses cheveux étaient plus emmêlés que jamais. Une infirmière arrêta Mikael en posant une main sur son bras.

— Deux minutes. Pas plus. Et pas d'émotions. Mikael hocha la tête et s'assit sur une chaise de façon à pouvoir voir le visage de Henrik. Non sans surprise, il se sentit envahi de tendresse et il tendit la main pour serrer doucement celle du vieil homme, toute molle. Henrik Vanger parla par à-coups d'une voix faible.

— Du nouveau ?

Mikael fit oui de la tête.

— Je te ferai un rapport dès que tu iras mieux. Je n'ai pas encore résolu l'énigme, mais j'ai trouvé de nouvelles données et je suis en train de suivre quelques fils. Dans une semaine ou deux, je pourrai dire si ça mène quelque part.

Henrik Vanger essaya de hocher la tête. Ce fut plutôt un battement des paupières pour signifier qu'il avait compris.

— Je dois m'absenter quelques jours.

Les sourcils de Henrik Vanger se contractèrent.

— Non, je n'abandonne pas le navire. Je dois partir pour une recherche. Je me suis mis d'accord avec Dirch Frode pour lui adresser mes rapports. Est-ce que ça te va ?

— Dirch est… mon mandataire… de tout point de vue.

Mikael hocha la tête.

— Mikael… si jamais… il m'arrivait de… je veux que tu termines… le boulot quand même.

— Je promets de terminer le boulot.

— Dirch a toutes les… procurations.

— Henrik, je veux que tu te rétablisses vite. Je t'en voudrais terriblement si tu t'éteignais maintenant que j'ai autant avancé dans mon travail.

— Deux minutes, fit l'infirmière.

— Je dois partir. La prochaine fois que je passe, je compte avoir une longue conversation avec toi.

BIRGER VANGER attendait Mikael quand il sortit dans le couloir et l'arrêta en posant une main sur son épaule.

— Je ne veux pas que tu perturbes Henrik davantage. Il est gravement malade et ne doit pas être dérangé ou troublé de quelque façon que ce soit.

— Je comprends ton inquiétude et tu as toute ma sympathie. Je ne vais pas le perturber.

— Tout le monde a compris que Henrik t'avait embauché pour fouiller dans son petit hobby… Harriet. Dirch Frode dit que Henrik avait été très troublé par une conversation que vous avez eue juste avant son infarctus. Il m'a dit que tu pensais avoir peut-être déclenché la crise.

— Je ne le pense plus. Henrik Vanger est bourré d'artériosclérose dans les coronaires. Il aurait pu avoir un infarctus rien qu'en allant aux toilettes. Je suis sûr que tu le sais aussi.

— Je veux avoir un droit de regard total sur ces bêtises. C'est dans ma famille que tu es en train de fouiner.

— Donc, comme je disais… je travaille pour Henrik. Pas pour la famille.

Birger Vanger n'était apparemment pas habitué à ce qu'on lui tape sur les doigts. Un bref instant il dévisagea Mikael avec un regard sans doute destiné à inspirer du respect, mais qui lui donnait surtout l'air d'un élan bouffi de suffisance. Puis Birger Vanger pivota sur ses talons et entra dans la chambre de Henrik.

Mikael se retint d'éclater de rire. Ce n'était pas très indiqué de rire dans le couloir si près du lit de malade de Henrik, qui pourrait aussi être son lit de mort. Mais Mikael s'était soudain remémoré une strophe d'un abécédaire rimé de Lennart Hyland, qu'on avait republié dans les années 1960 pour la quête humanitaire de la radio et que pour une raison incompréhensible il avait mémorisée quand il apprenait à lire et à écrire. C'était la lettre E : *L'Elan solitaire sous la bruine contemple bêtement la forêt en ruine.*

À L'ENTRÉE DE L'HÔPITAL, Mikael tomba sur Cécilia Vanger. Il avait essayé de l'appeler sur son portable une douzaine de fois depuis son retour de vacances interrompues, mais elle n'avait jamais répondu. Elle n'était pas non plus chez elle sur l'île quand il était passé par là et avait frappé à sa porte.

— Salut Cécilia, dit-il. Je suis désolé pour Henrik.

— Merci, répondit-elle en secouant la tête.

Mikael essaya de lire ses sentiments, mais ne ressentit ni chaleur ni froideur.

— Il faut qu'on parle, dit-il.

— Je suis désolée de t'avoir exclu de cette façon. Je comprends que tu sois en colère, mais j'ai du mal à me supporter moi-même en ce moment.

Mikael fronça les sourcils avant de comprendre ce qu'elle voulait dire. Il posa vivement une main sur son bras et lui sourit.

— Attends, tu ne m'as pas bien compris, Cécilia. Je ne suis absolument pas en colère contre toi. J'espère que nous resterons amis, mais si tu n'as pas envie de me voir... si telle est ta décision, je la respecterai.

— Les liaisons, ce n'est pas mon fort, dit-elle.

— A moi non plus. On va prendre un café ensemble ?

Il fit un signe de la tête vers la cafétéria de l'hôpital.

Cécilia Vanger hésita.

— Non, pas aujourd'hui. Je voudrais voir Henrik maintenant.

— D'accord, mais il faut quand même que je te parle. D'un point de vue professionnel.

— Qu'est-ce que tu veux dire ?

Elle dressa l'oreille tout à coup.

— Tu te souviens quand on s'est rencontrés la première fois, quand tu es venue me voir en janvier. J'ai dit que tout ce qu'on se disait était *off the record*, et que si j'avais de véritables questions à te poser, je le dirais. C'est au sujet de Harriet.

Le visage de Cécilia Vanger s'enflamma soudain de fureur.

— Espèce de salaud.

— Cécilia, j'ai trouvé des choses dont je dois tout simplement te parler.

Elle fit un pas en arrière.

— Tu ne comprends donc pas que toute cette foutue chasse à cette foutue Harriet est une façon pour Henrik de rester occupé. Tu ne comprends pas qu'il est peut-être en train de mourir là-haut et que la dernière chose dont il a besoin, c'est qu'on le trouble et lui donne de faux espoirs...

Elle se tut.

— C'est peut-être un hobby pour Henrik, mais là, j'ai trouvé plus de nouveaux éléments que tout le monde

426

en trente-cinq ans. Il y a des questions dans l'enquête qui n'ont pas eu de réponse, et je travaille selon les instructions de Henrik.

— Si Henrik meurt, cette putain d'enquête va se terminer rapidos. Et tu vas te faire virer la tête la première, dit Cécilia Vanger en l'évitant pour passer la porte.

TOUT ÉTAIT FERMÉ. Hedestad était pratiquement déserte et la population semblait avoir rejoint les festivités de la Saint-Jean à la campagne. Mikael finit par trouver la terrasse du Grand Hôtel, où il put commander un café et un sandwich et s'installer avec les journaux du soir. Rien d'important ne s'était passé dans le monde.

Il posa les journaux et réfléchit à Cécilia Vanger. Il n'avait mentionné ni à Henrik ni à Dirch Frode qu'il la soupçonnait d'avoir ouvert la fenêtre de la chambre de Harriet. Il avait peur de la transformer en suspecte, et la dernière chose qu'il souhaitait était de lui nuire. Mais il faudrait poser la question, tôt ou tard.

Il s'attarda à la terrasse pendant une heure avant de décider de repousser le problème et de consacrer la Saint-Jean à autre chose qu'à la famille Vanger. Son portable restait silencieux. Erika était partie en week-end et s'amusait quelque part avec son mari, et il n'avait personne avec qui parler.

Il fut de retour sur l'île vers 16 heures et prit encore une décision – arrêter de fumer. Il faisait de l'entraînement régulier depuis son service militaire, de la gym et du jogging le long de Söder Mälarstrand, mais avait complètement arrêté quand les problèmes avec Hans-Erik Wennerström avaient commencé. A Rullåker, il s'était remis à soulever de la ferraille, surtout comme une thérapie, mais depuis sa libération il n'avait pas beaucoup progressé. L'heure était venue de s'y remettre. Avec beaucoup de détermination, il enfila un survêtement et fit un tour paresseux sur le chemin menant à la cabane de Gottfried, bifurqua vers la Fortification et enchaîna sur un tempo plus soutenu hors piste. Il n'avait pas pratiqué la course d'orientation depuis son service militaire, mais il avait toujours préféré courir dans la forêt plutôt que sur le plat des pistes d'entraînement. Il suivit la clôture d'Östergården pour revenir au hameau. Il se sentait complètement brisé lorsque, soufflant comme un bœuf, il fit les derniers mètres avant la maison des invités.

Vers 18 heures, il avait pris sa douche. Attaché malgré lui au traditionnel repas de la Saint-Jean, il mit à bouillir des pommes de terre, prépara son hareng mariné à la moutarde avec de la ciboulette et des œufs durs, et s'installa sur une table bancale dehors côté pont. Il se versa une rasade d'aquavit et se porta un toast. Puis il ouvrit un polar intitulé *Le Chant des sirènes*, de Val McDermid.

VERS 19 HEURES, Dirch Frode passa le voir et s'installa lourdement dans la chaise de jardin en face de lui. Mikael lui servit une lichette de Skåne.

— Tu as éveillé pas mal de ressentiment aujourd'hui, dit Frode.

— J'ai cru comprendre, oui.

— Birger Vanger est un bouffon.

— Je le sais.

— Mais Cécilia Vanger n'est pas un bouffon et elle est furieuse contre toi.

Mikael hocha la tête.

— Elle m'a donné instruction de veiller à ce que tu cesses de farfouiller dans les affaires de la famille.

— Je vois. Et ta réponse ?

Dirch Frode regarda son verre d'aquavit, puis il fit soudain cul sec.

— Ma réponse est que Henrik a donné des instructions très claires sur ce qu'il veut que tu fasses. Tant qu'il n'a pas modifié ses instructions, tu es employé selon le contrat que nous avons formulé. J'attends que tu fasses tout ton possible pour remplir ta part du contrat.

Mikael hocha la tête. Il regarda le ciel où des nuages de pluie s'étaient accumulés.

— Il y a de l'orage dans l'air, dit Frode. Si ça se met à souffler vraiment fort, je serai là pour t'épauler.

— Merci.

Ils observèrent un instant de silence.

— Tu m'offres un autre verre de gnôle ? demanda Dirch Frode.

QUELQUES MINUTES seulement après le départ de Dirch Frode, Martin Vanger freina et gara sa voiture au bord de la route devant la maison des invités. Il descendit et vint saluer Mikael qui lui souhaita une bonne Saint-Jean et lui proposa un verre.

— Non, il ne vaut mieux pas. Je suis sur l'île uniquement pour me changer, ensuite je retourne en ville passer la soirée avec Eva.

Mikael attendit.

— J'ai parlé avec Cécilia. Elle est un peu en vrac en ce moment – elle est très proche de Henrik. J'espère que tu lui pardonnes si elle dit des choses… désagréables ?

— J'aime beaucoup Cécilia, répondit Mikael.

— C'est ce que j'ai compris. Mais elle a ses humeurs. Sache seulement qu'elle est totalement contre le fait que tu remues le passé.

Mikael soupira. Tout le monde à Hedestad semblait avoir compris pourquoi Henrik l'avait embauché.

— Ton avis ?

Martin Vanger écarta les mains en un geste de perplexité.

— Cette histoire de Harriet est une obsession chez Henrik depuis des décennies. Je ne sais que dire… Harriet était ma sœur, mais en quelque sorte c'est tellement loin. Dirch Frode m'a dit que tu as un contrat en béton que seul Henrik peut rompre, et j'ai peur que dans son état actuel cela fasse plus de mal que de bien.

— Et toi, tu veux que je poursuive ?

— Tu as trouvé quelque chose ?

— Je suis désolé, Martin, mais ce serait une rupture de contrat si je t'en parlais sans l'autorisation de Henrik.

— Je comprends. Il sourit brusquement. Henrik aime bien les conspirations, il a plein de théories là-dessus. Mais je ne voudrais pas que tu lui donnes de faux espoirs.

— Je te le promets. La seule chose que je lui donne est des faits que je peux étayer par des documents.

— Bien… D'ailleurs, à ce propos, il faut qu'on réfléchisse à un autre contrat aussi. Maintenant que Henrik est malade et qu'il ne peut pas remplir ses devoirs au conseil d'administration de *Millénium*, je me suis engagé à prendre sa place.

Mikael attendit.

— Je pense qu'il nous faudra convoquer une réunion pour faire le point sur la situation.

— C'est une bonne idée. Mais pour autant que j'ai compris, la décision est déjà prise d'organiser la prochaine réunion en août.

— Je sais, mais nous pouvons peut-être l'avancer.

Mikael sourit poliment.

— Sans doute, mais tu t'adresses au mauvais interlocuteur. Pour l'instant, je ne siège pas au conseil d'administration de *Millénium*. J'ai quitté le journal en décembre et je n'ai aucun mot à dire sur les décisions que vous prenez au conseil d'administration. Je te propose de contacter Erika Berger à ce sujet.

Martin Vanger ne s'était pas attendu à cette réponse. Il réfléchit un moment avant de se lever.

— Tu as raison, bien sûr. Je vais l'appeler. Il tapota l'épaule de Mikael pour prendre congé et s'éloigna vers sa voiture.

Mikael le regarda pensivement. Rien de précis n'avait été dit, mais la menace avait très nettement flotté dans l'air. Martin Vanger avait placé *Millénium* dans la balance. Un instant plus tard, Mikael se versa un nouveau verre d'aquavit et reprit le Val McDermid.

Vers 21 heures, le chat tigré roux arriva et se frotta contre ses jambes. Il le souleva et le gratta derrière les oreilles.

— Alors comme ça, on est deux à s'ennuyer le soir de la Saint-Jean, fit-il.

Aux premières gouttes de pluie, il rentra se coucher. Le chat préféra rester dehors.

LISBETH SALANDER sortit sa Kawasaki pour la Saint-Jean et consacra la journée à lui accorder une bonne révision. Une petite cylindrée de 125 centimètres cubes n'était sans doute pas la bécane idéale pour frimer, mais c'était la sienne et elle savait la conduire. Elle l'avait rénovée toute seule, écrou par écrou, et elle l'avait débridée pour pouvoir rouler juste un peu au-dessus de la vitesse autorisée.

Dans l'après-midi, elle enfila le casque et la combinaison de cuir et se rendit à la maison de santé d'Äppelviken, où elle passa la soirée dans le parc avec sa maman. Elle en ressortit avec une pointe d'inquiétude et de mauvaise conscience. Sa maman paraissait plus absente que jamais auparavant. Pendant les trois heures où elles étaient restées ensemble, elles n'avaient échangé que quelques rares paroles, et sa mère ne semblait pas savoir avec qui elle parlait.

MIKAEL CONSACRA plusieurs jours à essayer d'identifier la voiture immatriculée AC. Quelque peu perplexe au début, il finit par contacter un mécanicien à la retraite à Hedestad qui sut déterminer que la voiture était une Ford Anglia, modèle apparemment banal mais dont Mikael n'avait jamais entendu parler. Puis il contacta un fonctionnaire aux Mines pour voir s'il était possible d'obtenir une liste de toutes les Ford Anglia qui en 1966 avaient eu la plaque d'immatriculation AC3 quelque chose. Il avait essayé d'autres pistes quand la réponse arriva qu'un tel examen des registres était sans doute possible, mais que ça prendrait du temps et qu'on évoluait là légèrement en dehors du principe de ce qui était accessible au public.

Ce n'est que plusieurs jours après le week-end de la Saint-Jean que Mikael se mit au volant de sa Volvo d'emprunt et se dirigea vers le nord sur l'E4. Il n'avait jamais aimé conduire vite et il manœuvrait la voiture sans se presser. Juste avant le pont de Härnösand, il s'arrêta prendre un café à la pâtisserie de Vesterlund.

L'arrêt suivant fut Umeå, où il fit halte à un motel et mangea un plat du jour. Il acheta un atlas routier et poursuivit jusqu'à Skellefteå, où il bifurqua à gauche en direction de Norsjö. Vers 18 heures, il était arrivé et il prit une chambre à l'hôtel Norsjö.

Il commença ses recherches tôt le lendemain matin. La Menuiserie de Norsjö n'existait pas dans l'annuaire. La réceptionniste de l'hôtel perdu des lointains nordiques, une fille d'une vingtaine d'années, n'en avait jamais entendu parler.

— A qui pourrais-je demander ?

Elle eut l'air troublée pendant une seconde, avant de s'illuminer et de dire qu'elle allait appeler son père. Deux minutes plus tard, elle revint et expliqua que la Menuiserie de Norsjö avait fermé boutique au début des années 1980. Si Mikael avait besoin de parler avec quelqu'un qui en savait un peu plus sur l'entreprise, il devrait aller voir un certain Hartman qui y avait travaillé comme contremaître et qui habitait maintenant le quartier des Tournesols.

NORSJÖ ÉTAIT UN PETIT BOURG avec une rue principale, fort à-propos baptisée Grand-Rue, traversant la localité de bout en bout et bordée de boutiques et de rues transversales avec des maisons d'habitation. A l'entrée est du bourg s'étendait une petite zone industrielle et des écuries ; à la sortie côté ouest se dressait une très belle église en bois. Mikael nota que le village offrait également une congrégation des missionnaires et une congrégation des pentecôtistes. Une autre affiche sur un panneau à l'arrêt du bus vantait un musée de la Chasse et un musée du Ski. Une affiche défraîchie annonçait que Veronika allait chanter à la fête de la Saint-Jean. Il pouvait marcher d'un bout à l'autre du village en un peu plus de vingt minutes.

Le quartier des Tournesols était un lotissement pavillonnaire situé à environ cinq minutes de l'hôtel. Hartman n'ouvrit pas quand Mikael sonna à la porte. Il était 9 h 30, et il supposa que l'homme qu'il cherchait était soit au boulot, soit sorti faire une course s'il était à la retraite.

L'étape suivante fut la quincaillerie dans la Grand-rue. Quand on habite Norsjö, on passe forcément à la quincaillerie à un moment ou un autre, se dit Mikael. Il y avait deux vendeurs dans la boutique ; Mikael choisit celui qui semblait le plus âgé, la cinquantaine entamée.

— Bonjour, je cherche un couple qui habitait probablement ici à Norsjö dans les années 1960. L'homme travaillait peut-être à la Menuiserie de Norsjö. Je ne sais pas comment ils s'appelaient, mais j'ai ici deux photos qui datent de 1966.

Le vendeur regarda longuement les photos, puis finit par secouer la tête en expliquant qu'il ne reconnaissait ni l'homme ni la femme.

Au déjeuner, Mikael prit un hot-dog français au kiosque près de l'arrêt de bus. Abandonnant les boutiques, il était passé à la mairie, à la bibliothèque et à la pharmacie. Il n'y avait personne au commissariat et il se mit à poser carrément la question au hasard à des personnes âgées. Vers 14 heures, il aborda deux femmes plus jeunes qui, si elles ne reconnurent pas le couple sur la photo, lui donnèrent une bonne idée.

— Si la photo a été prise en 1966, ces gens doivent avoir la soixantaine aujourd'hui. Pourquoi vous n'iriez pas demander aux retraités à la maison du troisième âge à Solbacka ?

A l'accueil de la maison en question, Mikael se présenta à une femme d'une trentaine d'années et expliqua ce qui l'amenait. Elle lui lança un regard suspicieux mais finit par se laisser amadouer. Elle accompagna Mikael à la salle de séjour où il passa une demi-heure à montrer les photos à un grand nombre de pensionnaires ayant dans les soixante-dix ans ou plus. Malgré leur amabilité, aucun ne sut identifier les personnes photographiées à Hedestad en 1966.

Vers 17 heures, il retourna aux Tournesols et frappa chez les Hartman. Cette fois-ci, la chance lui sourit. Les Hartman, tous deux retraités, avaient passé la journée dehors. On le fit entrer dans la cuisine, où madame mit tout de suite un café en route pendant que Mikael expliquait ce qu'il cherchait. Exactement comme pour les autres tentatives au cours de la journée, ce fut un flop. Hartman se gratta la tête, alluma une pipe et constata après un moment qu'il ne reconnaissait pas les gens sur la photo. Mari et femme parlaient entre eux le patois typique de Norsjö que par moments Mikael eut du mal à comprendre. Madame voulait sans doute dire "cheveux bouclés" quand elle constata que la femme sur la photo avait "des *knövelhära*".

— Mais vous ne vous êtes pas trompé, c'est un auto-collant de la menuiserie, dit le mari. C'est futé de l'avoir reconnu. Le seul problème, c'est que nous avons distribué ces autocollants à droite et à gauche. Aux chauffeurs routiers, aux clients qui achetaient ou livraient du bois, aux réparateurs et aux machinistes et à plein d'autres.

— Alors, ça va être plus compliqué de les retrouver que ce que je pensais.

— Pourquoi vous voulez les retrouver ?

Mikael avait décidé de dire la vérité quand les gens demandaient. Chaque histoire qu'il essaierait d'inventer autour du couple sur la photo serait de toute façon invraisemblable et ne ferait que créer de la confusion.

— C'est une longue histoire. Je fais des recherches sur un crime qui a eu lieu à Hedestad en 1966 et je crois qu'il y a une possibilité, même si elle est microscopique, que les personnes sur la photo aient vu ce qui s'était passé. Ils ne sont absolument pas soupçonnés de quoi que ce soit et je ne pense même pas qu'ils sachent eux-mêmes qu'ils détiennent peut-être des informations qui pourraient résoudre ce crime.

— Un crime ? Quelle sorte de crime ?

— Je suis désolé, mais je ne peux pas en dire plus. Je comprends que ça doit paraître vraiment mystérieux d'arriver près de quarante ans plus tard et d'essayer de trouver ces gens, mais le crime n'a jamais été résolu et ce n'est que récemment que de nouveaux éléments ont refait surface.

— Je vois. Oui, effectivement, c'est une drôle de recherche que vous faites là.

— Combien de personnes travaillaient à la menuiserie ?

— L'équipe au complet comptait quarante personnes. J'y ai été employé depuis mes dix-sept ans au milieu des années 1950 et jusqu'à ce que l'usine cesse son activité. Ensuite je suis devenu chauffeur routier.

Hartman réfléchit un moment.

— Mais je peux affirmer que le gars sur la photo n'a jamais travaillé à la menuiserie. A moins qu'il n'ait été chauffeur, mais je crois que je l'aurais reconnu dans ce cas. Il y a aussi une autre possibilité. Ça peut très bien être son père ou quelqu'un de sa famille qui travaillait à l'usine et qu'il ne s'agit pas de sa voiture.

Mikael hocha la tête.

— Je comprends que les possibilités sont nombreuses. Vous verriez quelqu'un avec qui je pourrais parler ?

— Oui, dit Hartman en dressant l'index. Passez demain dans la matinée, et on ira faire un tour pour discuter avec les vieux.

LISBETH SALANDER se trouvait confrontée à un problème de méthodologie de taille. Elle était experte dans l'art

436

de sortir des informations sur n'importe qui, mais au départ elle avait toujours disposé d'un nom et du numéro personnel d'identité d'un individu encore en vie. Si la personne figurait dans une base de données, ce qui était inconditionnellement le cas de tout le monde, l'objectif se retrouvait très vite dans sa toile d'araignée. Si la personne possédait un ordinateur avec une connexion à Internet, une adresse e-mail et peut-être même avait son propre site, ce qui était le cas de presque tous ceux qui étaient sur la sellette pour son type de recherche, elle pouvait percer leurs secrets les plus intimes.

Le travail qu'elle avait accepté de faire pour Mikael Blomkvist était tout différent. En bref, la mission consistait cette fois à identifier quatre numéros personnels à partir de données extrêmement vagues. De plus, ces personnes avaient vécu il y avait plusieurs dizaines d'années. Ce qui excluait probablement la possibilité qu'elles figurent dans une base de données.

La thèse de Mikael, basée sur le cas Rebecka Jacobsson, était que ces personnes avaient été victimes d'un meurtrier. Elles devraient donc apparaître dans diverses enquêtes de police non résolues. Elle ne disposait d'aucune indication relative à la date et au lieu où ces meurtres auraient été commis, sauf qu'ils dataient forcément d'avant 1966. Du point de vue de la recherche, elle se trouvait face à une situation entièrement nouvelle.

Bon, alors, je fais ça comment, moi ?

Elle alluma l'ordinateur, lança le moteur de recherche www.google.com et entra les mots-clés Magda + meurtre. C'était la forme de recherche la plus simple qu'elle puisse faire. A sa grande surprise, une porte s'ouvrit tout de suite dans ses investigations. La première occurrence était la grille horaire de Télé-Värmland à Karlstad, qui indiquait un épisode de la série *Meurtres dans le Värmland* diffusée en 1999. Puis elle trouva un court article du *Värmlands Folkblad.*

> Un nouvel épisode de la série *Meurtres dans le Värm-land* s'attache au cas Magda Lovisa Sjöberg de Ran-moträsk, un meurtre mystérieux et abominable qui mobilisa la police de Karlstad il y a plusieurs dizaines d'années. En avril 1960, la fermière Lovisa Sjöberg, quarante-six ans, fut retrouvée, assassinée de la ma-nière la plus brutale, dans l'étable de sa ferme. Le re-porter Claes Gunnars retrace ses dernières heures et la chasse infructueuse au meurtrier. Ce meurtre suscita beaucoup d'émoi en son temps et de nombreuses théo-ries sur le coupable ont été avancées. Dans l'émission, un parent plus jeune mis en cause racontera à quel point sa vie a été détruite par l'accusation. 20 heures.

Elle trouva des informations plus consistantes dans l'article "Le cas Lovisa a bouleversé toute une région", publié dans le magazine *Värmlandskultur,* dont le texte figurait intégralement sur le Net. Avec un ravissement manifeste et sur un ton racoleur, on racontait comment le mari de Lovisa Sjöberg, le bûcheron Holger Sjöberg, avait trouvé sa femme morte en rentrant chez lui après le travail vers 17 heures. Elle avait été victime de vio-lence sexuelle aggravée, poignardée et finalement tuée avec une fourche. Le meurtre avait eu lieu dans l'étable de la famille, mais ce qui avait créé le plus d'émoi était que, son forfait accompli, le meurtrier l'avait attachée agenouillée dans un box de cheval.

Plus tard, on découvrit qu'une des bêtes de la ferme, une vache, avait été blessée d'un coup de couteau à l'en-colure.

Au départ, le mari fut soupçonné, mais il pouvait présenter un alibi en béton. Il se trouvait avec ses col-lègues de travail depuis 6 heures du matin sur une coupe à quarante kilomètres de la ferme. Lovisa Sjöberg était encore en vie à 10 heures du matin, quand une voisine était passée la voir. Personne n'avait rien vu ni rien entendu ; la ferme était située à près de quatre cents mètres du voisin le plus proche.

Après avoir abandonné le mari comme suspect principal, l'enquête de police se reporta sur un neveu de la femme assassinée, un jeune homme de vingt-trois ans. L'homme avait plusieurs fois eu maille à partir avec la justice, en proie à de sérieux soucis financiers, il avait régulièrement emprunté de l'argent à sa tante. L'alibi du neveu était considérablement plus fragile et il fut placé en garde à vue puis relâché faute de preuves, comme on disait. Nombre d'habitants du village l'estimaient malgré cela très vraisemblablement coupable.

La police suivit aussi d'autres pistes. Une grande partie des investigations tournait autour d'un mystérieux marchand ambulant qu'on avait vu dans la région, de même qu'une rumeur circulait sur un groupe de "gitans" qui auraient accompli toute une série de vols. Rien n'était dit sur la raison qui aurait poussé ceux-ci à commettre un meurtre brutal à caractère sexuel et sans rien dérober.

Un moment, l'intérêt se porta sur un voisin dans le village, un célibataire qui dans sa jeunesse avait été soupçonné pour un crime homosexuel – ceci se passait à une époque où l'homosexualité était encore punie par la loi – et qui, selon plusieurs déclarations, avait la réputation d'être "bizarre". Pourquoi un éventuel homosexuel commettrait un crime sexuel contre une femme ne fut pas non plus élucidé. Aucune de ces pistes ou d'autres n'aboutit jamais à une arrestation ni à une condamnation.

Lisbeth Salander estima que le lien avec la liste du carnet de téléphone de Harriet Vanger était manifeste.

La citation du Lévitique XX, 16 disait : *"La femme qui s'approche d'un animal quelconque pour s'accoupler à lui : tu tueras la femme et l'animal. Ils devront mourir, leur sang retombera sur eux."* Impossible d'attribuer au hasard le fait qu'une paysanne prénommée Magda, propriétaire d'une étable, avait été trouvée assassinée et son corps mis en scène attaché dans un box à cheval.

La question à se poser était cependant de savoir pourquoi Harriet Vanger avait noté comme prénom Magda au lieu de Lovisa, qui était manifestement le prénom usuel de la victime. Si son nom complet n'avait pas été indiqué dans la grille horaire de la télé, Lisbeth l'aurait loupée.

Et bien entendu demeurait la question fondamentale : y avait-il un lien entre le meurtre de Rebecka en 1949, le meurtre de Magda Lovisa en 1960 et la disparition de Harriet Vanger en 1966 ? Et si tel était le cas, comment Harriet Vanger avait-elle bien pu l'apprendre ?

LE SAMEDI, Hartman accompagna Mikael pour une promenade sans grand espoir à travers Norsjö. Dans la matinée, ils rendirent visite à cinq anciens employés qui habitaient suffisamment près pour pouvoir y aller à pied. Trois résidaient au centre-ville, deux à Sörbyn, en périphérie du bourg. Tous offrirent du café. Tous étudièrent les photos puis secouèrent la tête.

Après un déjeuner sans prétention chez les Hartman, ils prirent la voiture pour une autre tournée qui les conduisit dans quatre villages des environ de Norsjö où vivaient d'anciens employés de la menuiserie. A chaque arrêt, Hartman était chaleureusement accueilli, mais personne ne fut en mesure de les aider. Mikael commençait

440

à désespérer et à se demander si cette histoire de voyage à Norsjö n'allait être qu'une impasse.

Vers 16 heures, Hartman se gara devant une ferme peinte en rouge typique du Västerbotten, à Norsjövallen au nord de Norsjö, et présenta Mikael à Henning Forsman, maître menuisier à la retraite.

— Mais oui, ça c'est le fiston d'Assar Brännlund, dit Henning Forsman à peine Mikael eut-il exhibé la photo. *Bingo !*

— Ah bon, ce serait le gars d'Assar, fit Hartman, puis il se tourna vers Mikael : Il travaillait pour les mines de Boliden.

— Et je peux le trouver où ?

— Ce gars-là ? Eh bien, il va falloir que vous creusiez. Il s'appelait Gunnar, il est mort dans une explosion au milieu des années 1970. *Merde.*

— Mais sa femme est toujours en vie. Celle-là sur la photo. Elle s'appelle Mildred, elle habite à Bjursele.

— Bjursele ?

— C'est à une dizaine de kilomètres sur la route de Bastuträsk. Elle habite la bicoque rouge tout en longueur du côté droit quand vous arrivez au village. La troisième maison. Je connais la famille assez bien.

"BONJOUR, je m'appelle Lisbeth Salander, je suis en train de faire une thèse de criminologie sur la violence à l'égard des femmes au XXᵉ siècle. J'aurais aimé savoir s'il est possible de passer au district de police de Landskrona pour compulser les documents concernant un cas de 1957. Il s'agit du meurtre d'une femme de quarante-cinq ans du nom de Rakel Lunde. Vous sauriez où ces documents peuvent se trouver aujourd'hui ?"

BJURSELE RESSEMBLAIT à une publicité vivante pour la vie rurale du Västerbotten. Le village était composé d'une vingtaine de maisons, relativement serrées, formant un demi-cercle à l'extrémité d'un lac. Au milieu du village il y avait un croisement avec un panneau indiquant Hemmingen, "11 km", et un autre qui pointait vers Bastuträsk, "17 km". A côté du croisement, un petit pont franchissait une rivière que Mikael supposa être le *sele* de Bjur. A cette époque, en plein été, c'était beau comme une carte postale.

Mikael s'était garé dans la cour devant une boutique Konsum définitivement fermée, de l'autre côté de la route un peu en biais par rapport à la troisième maison à droite. Quand il frappa à la porte, personne ne vint ouvrir.

Il se promena pendant une heure sur la route de Hemmingen. Il passa devant un endroit où la rivière se transformait en un torrent impétueux, rencontra deux chats et aperçut un chevreuil, mais pas un seul être humain avant de revenir sur ses pas. La porte de Mildred Brännlund restait fermée.

Sur un poteau près du pont, une affichette délavée invitait à assister au BTCC, autrement dit au *Bjursele Tukting Car Championship 2002*. Mikael regarda pensivement l'affichette. *Tukter* une voiture était apparemment la distraction hivernale qui consistait à conduire un véhicule sur le lac gelé jusqu'à ce qu'elle se transforme en épave.

Il attendit jusqu'à 22 heures avant d'abandonner et de retourner à Norsjö, où il dîna tard, puis monta se coucher pour lire la fin du polar de Val McDermid.

Une fin abominable.

VERS 22 HEURES, Lisbeth Salander put ajouter un autre nom à la liste de Harriet Vanger. Elle le fit avec

442

beaucoup d'hésitation après y avoir réfléchi pendant des heures.

Elle avait trouvé un raccourci. Régulièrement, on publiait des articles sur des meurtres non résolus, et dans le supplément du dimanche d'un journal du soir elle était tombée sur un article de 1999 intitulé "Tueurs de femmes en liberté". L'article était sommaire, mais il y avait les noms et les photos de plusieurs victimes qui avaient fait couler beaucoup d'encre. Le cas Solveig à Norrtälje, le meurtre d'Anita à Norrköping, Margareta à Helsingborg et une série d'autres énigmes.

Les cas les plus anciens dataient des années 1960, et aucun des meurtres n'avait sa place dans la liste que Mikael avait donnée à Lisbeth. Pourtant, un cas attira son attention.

En juin 1962, une prostituée de trente-deux ans, Lea Persson de Göteborg, s'était rendue à Uddevalla pour voir sa mère et son fils de neuf ans dont la mère avait la garde. Quelques jours plus tard, Lea avait embrassé sa mère, dit au revoir et était partie pour la gare prendre le train du retour à Göteborg. On la retrouva deux jours plus tard derrière un conteneur abandonné dans une friche industrielle. Elle avait été violée et son corps avait fait l'objet de sévices particulièrement brutaux.

Le meurtre de Lea fit grand bruit sous forme de feuilleton de l'été dans le journal mais le coupable ne fut jamais identifié. Il n'y avait pas de Lea dans la liste de Harriet Vanger. Aucune des citations bibliques de Harriet ne correspondait non plus.

En revanche, un détail très bizarre fit se dresser les antennes de Lisbeth Salander. A environ dix mètres de l'endroit où le corps de Lea fut retrouvé, on avait découvert un pot de fleurs avec un pigeon dedans. Quelqu'un avait mis une ficelle autour du cou du pigeon puis l'avait tirée par le trou au fond du pot. Ensuite, on avait placé le pot sur un petit feu entre deux briques. Rien ne prouvait que cette cruauté à l'égard d'un animal avait le moindre rapport avec le meurtre de Lea ; il s'agissait peut-être d'enfants qui s'étaient amusés à un jeu cruel et ignoble. Dans les médias, cependant, le cas fut baptisé "Meurtre au pigeon".

Lisbeth Salander n'était pas une lectrice de la Bible – elle n'en possédait même pas – mais au cours de la soirée elle se rendit à l'église de Högalid et, comme elle insistait, on lui prêta une Bible. Elle s'installa sur un banc dans le parc devant l'église et lut le Lévitique. En arrivant au chapitre XII, verset 8, elle leva les sourcils. Le chapitre XII parlait de la purification de la femme accouchée.

> *"Si elle est incapable de trouver la somme nécessaire pour une tête de petit bétail, elle prendra deux tourterelles ou deux pigeons, l'un pour l'holocauste et l'autre en sacrifice pour le péché. Le prêtre fera sur elle le rite d'expiation et elle sera purifiée."*

Lea aurait très bien pu figurer dans le répertoire téléphonique de Harriet Vanger en tant que Lea 31208.

Lisbeth Salander se rendit soudain compte qu'aucune des recherches dont elle avait été jusque-là chargée n'avait eu ne fût-ce qu'une fraction des dimensions qu'avait cette mission.

MILDRED BRÄNNLUND, remariée et portant désormais le nom de Berggren, ouvrit quand Mikael Blomkvist frappa à sa porte vers 10 heures le dimanche matin. La femme avait bien quarante ans de plus et elle avait pris environ autant de kilos, mais Mikael la reconnut tout de suite.

— Bonjour, je m'appelle Mikael Blomkvist. Vous êtes Mildred Berggren, j'imagine.

— Oui, effectivement.

— Pardonnez-moi de vous déranger de la sorte, mais depuis quelque temps j'essaie de vous retrouver pour une affaire qui est assez compliquée à expliquer. Mikael lui sourit. Est-ce que je peux entrer et accaparer un peu de votre temps ?

Le mari de Mildred ainsi qu'un fils dans les trente-cinq ans étaient à la maison, et sans trop d'hésitation elle invita Mikael à s'asseoir dans la cuisine. Il serra la main de tout le monde. Mikael avait bu plus de café ces derniers jours que jamais dans sa vie, mais il avait fini par apprendre que, dans le Norrland, refuser était d'une impolitesse rare. Quand les tasses furent sur la table, Mildred s'assit et demanda, pleine de curiosité, ce qu'elle pouvait faire pour lui. Mikael comprenant mal son patois de Norsjö, elle passa au suédois de Stockholm.

Mikael respira à fond.

— C'est une longue et étrange histoire. En septembre 1966, vous vous trouviez à Hedestad avec votre mari de l'époque, Gunnar Brännlund.

Elle eut l'air stupéfaite. Il attendit jusqu'à ce qu'elle hoche la tête avant de placer la photo prise dans la rue de la Gare devant elle sur la table.

— Et alors cette photo a été prise. Vous souvenez-vous à quelle occasion ?

— Doux Seigneur, dit Mildred Berggren. Ça fait une éternité.

Son deuxième mari et son fils regardèrent la photo par-dessus son épaule.

— On était en voyage de noces. On était allés à Stockholm et Sigtuna en voiture, on était sur le chemin du retour et on s'était simplement arrêtés quelque part. Vous avez dit Hedestad ?

445

— Oui, c'était à Hedestad. Cette photo a été prise vers 13 heures. Ça fait quelque temps que j'essaie de vous identifier, ça n'a pas été très facile.

— Vous avez trouvé une vieille photo de moi et vous me retrouvez. Je n'arrive même pas à imaginer comment vous avez fait.

Mikael lui montra la photo du parking.

— C'est grâce à cette autre photo, qui a été prise un peu plus tard dans la journée, que j'ai pu vous pister. Mikael expliqua comment il avait trouvé Hartman, via la Menuiserie de Norsjö, qui à son tour l'avait mené à Henning Forsman à Norsjövallen.

— Je suppose que vous avez une bonne raison pour mener cette drôle de recherche.

— En effet. La jeune fille sur la photo, devant vous, s'appelait Harriet. Elle a disparu ce jour-là et pas mal de gens se disent qu'elle a été tuée. Permettez-moi de vous montrer.

Mikael sortit son iBook et expliqua le contexte tandis que l'ordinateur démarrait. Puis il passa la séquence montrant le changement d'expression du visage de Harriet.

— C'est en examinant ces vieilles photos que je vous ai vue. Vous tenez un appareil photo à la main juste derrière Harriet et vous semblez photographier justement ce qu'elle regarde et qui a déclenché cette réaction chez elle. Je sais que c'est un pari insensé. Mais la raison qui m'a poussé à vous chercher, c'est que vous avez peut-être encore les photos de ce jour-là.

Mikael s'attendait à ce que Mildred Berggren écarte les mains en disant que ces photos-là avaient disparu depuis longtemps, que la pellicule n'avait jamais été développée ou qu'elle les avait jetées. Au lieu de cela, elle regarda Mikael de ses yeux bleu clair et annonça comme

446

la chose la plus naturelle au monde qu'évidemment elle avait conservé toutes ses photos de vacances.

Elle passa dans une autre pièce et en revint une minute ou deux plus tard avec un carton contenant des albums dans lesquels elle avait rassemblé un grand nombre de photos. Il fallut un moment pour trouver celles du voyage en question. Elle en avait pris trois à Hedestad. Une était floue et montrait la rue principale. Une montrait son mari de l'époque. La troisième montrait les clowns dans le défilé.

Mikael se pencha dessus, tout excité. Il vit un personnage de l'autre côté de la rue. La photo ne lui dit absolument rien.

20

MARDI 1ᵉʳ JUILLET – MERCREDI 2 JUILLET

LA PREMIÈRE CHOSE que fit Mikael le matin de son retour à Hedestad fut d'aller voir Dirch Frode pour avoir des nouvelles de Henrik Vanger. Il apprit que l'état de santé du vieil homme s'était considérablement amélioré au cours de la semaine. Il était toujours faible et fragile mais il pouvait maintenant s'asseoir dans le lit. Son état n'était plus considéré comme critique.

— Dieu soit loué, fit Mikael. J'ai réalisé que je l'aime bien.

Dirch Frode hocha la tête.

— Je le sais. Et Henrik t'apprécie aussi. Alors, ce voyage dans le Grand Nord ?

— Fructueux et insatisfaisant. Je te raconterai plus tard. Pour le moment, j'ai juste une question à te poser.

— Vas-y.

— Quel sera le sort de *Millénium* si Henrik venait à disparaître ?

— Rien de particulier. Martin prendra son siège dans votre conseil d'administration.

— Y a-t-il un risque, même hypothétique, que Martin crée des problèmes pour *Millénium* si je n'arrête pas d'enquêter sur la disparition de Harriet Vanger ?

Dirch Frode jeta soudain un regard perçant sur Mikael.

— Que s'est-il passé ?

— A vrai dire, rien. Mikael relata la conversation qu'il avait eue avec Martin Vanger le soir de la Saint-Jean. Quand je suis rentré de Norsjö, Erika m'a appelé. Martin l'avait contactée pour lui demander de bien préciser qu'ils ont besoin de moi à la rédaction.

— Je comprends. Je suppose que Cécilia est venue le tarabuster. Mais je ne pense pas que Martin jouerait donnant, donnant. Il est beaucoup trop honnête pour ça. Et rappelle-toi que moi aussi je siège au conseil d'administration de la petite société annexe que nous avons fondée au moment d'entrer dans *Millénium*.

— Mais si une situation complexe devait se présenter, quelle serait sa position ?

— Les contrats sont faits pour être respectés. Je travaille pour Henrik. Lui et moi sommes amis depuis quarante-cinq ans et nous fonctionnons à peu près de la même façon dans ce genre de contexte. Si Henrik venait à disparaître, il se trouve que c'est moi – et pas Martin – qui hérite de sa part dans la société annexe. Nous avons un contrat bien ficelé stipulant que nous nous engageons à renflouer *Millénium* pendant quatre ans. Si Martin avait envie de nous mettre des bâtons dans les roues – ce que j'ai du mal à croire –, il pourrait à la rigueur freiner un petit nombre de nouveaux annonceurs.

— Ce qui est la base même de l'existence de *Millénium*.

— Oui, mais considère les choses comme ceci : s'adonner à de telles bassesses prend du temps. Martin est en train de se battre pour sa survie industrielle et il travaille quatorze heures par jour. Il n'a pas le temps de faire autre chose.

Mikael observa un silence pensif.

— Si je peux me permettre de demander – je sais que ça ne me regarde pas –, mais quel est l'état général du groupe ?

449

Dirch Frode prit un air préoccupé.

— Nous avons des problèmes.

— Oui, même un simple et mortel journaliste économique comme moi peut le comprendre. Je veux dire, c'est sérieux à quel point ?

— Entre nous ?

— Seulement entre nous.

— Nous avons perdu deux grandes commandes dans l'industrie électronique ces dernières semaines et nous sommes en train d'être éjectés du marché russe. En septembre, nous serons obligés de licencier 1 600 salariés à Örebro et à Trollhättan. Pas terrible comme cadeau pour des gens qui travaillent avec le groupe depuis de nombreuses années. Chaque fois que nous démantelons une usine, la confiance dans le groupe en prend un coup.

— Martin Vanger est sous pression ?

— Il tire la charge d'un bœuf tout en marchant sur des œufs.

MIKAEL RENTRA chez lui et appela Erika. Elle n'était pas à la rédaction et il discuta avec Christer Malm à la place.

— Voici ce qu'il se passe : Erika m'a appelé hier à mon retour de Norsjö. Martin Vanger l'a contactée et il l'a, comment dire, encouragée à proposer qu'on me donne plus de responsabilités à la rédaction.

— C'est aussi mon avis, dit Christer.

— Je le comprends. Mais le fait est que j'ai un contrat avec Henrik Vanger que je ne peux pas rompre et Martin agit à la demande d'une personne ici qui veut que je cesse de fouiner et disparaisse du village. Sa proposition est donc une tentative de m'éloigner d'ici.

— Je comprends.

— Tu peux dire à Erika que je retournerai à Stockholm quand j'aurai terminé ici. Pas avant.

— Je comprends. Tu es complètement fou. Je vais transmettre le message.

— Christer. Il se passe quelque chose ici et je n'ai pas l'intention de me retirer. `

Christer poussa un gros soupir.

MIKAEL ALLA FRAPPER à la porte de Martin Vanger. Eva Hassel ouvrit et le salua amicalement.

— Bonjour. Martin est là ?

En réponse à la question, Martin Vanger sortit avec son porte-documents à la main. Il déposa une bise sur la joue d'Eva Hassel et salua Mikael.

— Je m'en vais au bureau. Tu voulais me parler ?

— Ça peut attendre, si tu es pressé.

— Dis toujours.

— Je n'ai pas l'intention de retourner travailler à la rédaction de *Millénium* avant d'avoir terminé la mission que Henrik m'a confiée. Je t'en informe dès à présent pour que tu ne me comptes pas dans le conseil d'administration avant la fin de l'année.

Martin Vanger balança sur ses talons un moment.

— Je comprends. Tu crois que je veux me débarrasser de toi. Il fit une pause. Mikael, on parlera de tout ça plus tard. Je n'ai vraiment pas de temps à consacrer à une activité de loisir dans le conseil d'administration de *Millénium* et j'aurais voulu ne jamais avoir accepté la proposition de Henrik. Mais crois-moi, je ferai de mon mieux pour la survie de *Millénium*.

— Je n'en ai jamais douté, répondit Mikael poliment.

— On se bloque un moment la semaine prochaine, pour passer les finances en revue, et je te donnerai mon

451

opinion là-dessus. Mais je pense sincèrement que *Millénium* n'a pas les moyens d'avoir un de ses acteurs-clés en train de se rouler les pouces ici sur Hedebyön. J'aime le journal et je crois que nous pouvons le remonter ensemble, mais tu es indispensable pour ce travail-là. Moi, ici, je me retrouve coincé dans un conflit d'intérêts. Suivre les souhaits de Henrik ou accomplir mon boulot au conseil d'administration de *Millénium*.

MIKAEL ENFILA UNE TENUE de sport et se lança dans un jogging soutenu jusqu'à la Fortification puis rejoignit la cabane de Gottfried avant de revenir sur un rythme plus calme le long de l'eau. Dirch Frode était assis à la table de jardin. Il attendit patiemment que Mikael s'enfile une bouteille d'eau et s'essuie le visage.

— Tu es sûr que c'est bon pour la santé, avec la chaleur qu'il fait ?

— Euh, répondit Mikael.

— Je me suis trompé. Ce n'est pas Cécilia en premier lieu qui harcèle Martin. C'est Isabella qui est en train de mobiliser le clan Vanger pour te tremper dans du goudron et te rouler dans des plumes, et si possible aussi te brûler sur un bûcher. Elle est soutenue par Birger.

— Isabella ?

— C'est une femme méchante et mesquine qui d'une manière générale n'aime pas les autres. En ce moment on dirait que sa haine se porte sur toi en particulier. Elle répand des rumeurs selon lesquelles tu serais un escroc qui aurait persuadé Henrik de l'embaucher et qui l'a excité au point qu'il en a fait un infarctus.

— Et quelqu'un est prêt à gober ça ?

— Il y a toujours des gens qui sont prêts à croire les mauvaises langues.

— J'essaie de trouver ce qui est arrivé à sa fille – et elle me hait. S'il s'agissait de ma fille, je crois que j'aurais réagi autrement.

VERS 14 HEURES, le téléphone portable de Mikael sonna.

— Bonjour, je m'appelle Conny Torsson, je travaille à *Hedestads-Kuriren*. Est-ce que tu aurais le temps de répondre à quelques questions ? On nous a rancardés que tu habites ici au Village.

— Dans ce cas la machine à rancarder ne fonctionne pas très vite. J'habite ici depuis le 1er janvier.

— Je l'ignorais. Qu'est-ce que tu fais à Hedeby ?

— J'écris. Et je prends une sorte d'année sabbatique.

— Tu travailles sur quoi ?

— Désolé. Tu le sauras quand ça sera publié.

— Tu viens juste d'être libéré de prison…

— Oui ?

— Quelle est ton opinion sur les journalistes qui falsifient des données ?

— Les journalistes qui falsifient des données sont des imbéciles.

— Alors tu veux dire que tu es un imbécile ?

— Pourquoi je voudrais dire ça ? Je n'ai jamais falsifié de données.

— Mais tu as été condamné pour diffamation.

— Et ?

Le reporter Conny Torsson hésita si longtemps que Mikael fut obligé de lui donner un coup de main.

— J'ai été condamné pour diffamation, pas pour avoir falsifié des données.

— Mais tu as publié ces données.

— Si tu appelles pour discuter de ma condamnation, je n'ai pas de commentaires à faire.

— J'aimerais passer t'interviewer.

— Désolé, mais je n'ai rien à dire à ce sujet.

— Alors tu ne veux pas discuter du procès ?

— Tu as parfaitement compris, répondit Mikael, mettant un point final à la conversation. Il réfléchit un long moment avant de retourner à son ordinateur.

LISBETH SALANDER suivit les instructions qu'on lui avait données et engagea sa Kawasaki sur le pont. Elle s'arrêta à la première petite maison à gauche. C'était le bled ici. Mais tant que son commanditaire payait, elle était prête à aller au pôle Nord. Et puis ça avait été le pied de rouler longtemps plein pot sur l'E4. Elle gara la bécane et défit la courroie qui maintenait en place son sac de voyage.

Mikael Blomkvist ouvrit la porte et lui fit un signe de la main. Il sortit et inspecta sa moto avec une stupéfaction non dissimulée.

— Cool. Tu fais de la moto.

Lisbeth Salander ne dit rien, mais l'observa attentivement lorsqu'il toucha le guidon et tâta la poignée des gaz. Elle n'aimait pas qu'on tripote ses affaires. Puis elle vit son sourire, un sourire de gamin, ce qu'elle considéra comme une circonstance atténuante. D'habitude, les gens intéressés par les motos n'avaient que du mépris pour sa petite cylindrée.

— J'avais une bécane quand j'avais dix-neuf ans, dit-il en se tournant vers elle. Merci d'être venue. Entre, je vais te montrer la maison.

Mikael avait emprunté un lit de camp à Nilsson de l'autre côté de la route et l'avait installé dans la pièce de travail. Méfiante, Lisbeth Salander fit un tour dans la maison, mais sembla se détendre après avoir constaté qu'il n'y avait pas de piège perfide. Mikael indiqua la salle de bains.

— Si tu veux prendre une douche et te rafraîchir.

— Il faut que je me change. J'ai pas l'intention de me balader en combinaison de cuir.

— Tu te prépares, je m'occupe du dîner pendant ce temps.

Mikael fit des côtes d'agneau sauce au vin et mit la table dehors tandis que Lisbeth prenait une douche et se changeait. Elle sortit pieds nus, vêtue d'un débardeur noir et d'une courte jupe en jean. Le repas sentait bon et elle avala deux grosses portions. Mikael lorgna en douce son tatouage dans le dos.

— CINQ PLUS TROIS, dit Lisbeth Salander. Cinq cas de la liste de ta chère Harriet et trois cas qui selon moi auraient dû y figurer.

— Raconte.

— Ça ne fait que onze jours que je travaille dessus et je n'ai pas eu le temps de sortir toutes les enquêtes de police. Dans certains cas, elles ont été transférées aux archives nationales, et dans certains elles sont encore conservées dans le district concerné. J'ai fait trois déplacements d'une journée dans différents districts, je n'ai pas eu le temps de faire plus. Mais les cinq sont identifiées.

Lisbeth Salander plaça une pile de papiers impressionnante sur la table, un peu plus de cinq cents pages A4. Elle répartit rapidement le matériel en différents tas.

— On va les prendre par ordre chronologique. Elle donna une liste à Mikael.

```
1949 - Rebecka Jacobsson, Hedestad (30112)
1954 - Mari Holmberg, Kalmar (32018)
1957 - Rakel Lunde, Landskrona (32027)
1960 - (Magda) Lovisa Sjöberg, Karlstad (32016)
1960 - Liv Gustavsson, Stockholm (32016)
```

```
1962 - Lea Persson, Uddevalla (31208)
1964 - Sara Witt, Ronneby (32109)
1966 - Lena Andersson, Uppsala (30112)
```

— Le premier cas dans cette série semble être Rebecka Jacobsson, 1949, dont tu connais déjà les détails. Le cas suivant que j'ai trouvé est Mari Holmberg, une prostituée de trente-deux ans de Kalmar qui a été tuée à son domicile en octobre 1954. On ne sait pas exactement quand elle a été tuée puisqu'elle n'a été découverte qu'après un certain temps. Probablement neuf, dix jours.

— Et comment est-ce que tu fais le lien entre elle et la liste de Harriet ?

— Elle était ligotée et son corps couvert de blessures terribles mais la cause du décès était l'asphyxie. L'assassin avait enfoncé une serviette hygiénique dans sa gorge.

Mikael garda le silence avant d'ouvrir la Bible à l'endroit indiqué, le vingtième chapitre du Lévitique, verset 18.

"L'homme qui couche avec une femme pendant ses règles et découvre sa nudité : il a mis à nu la source de son sang, elle-même a découvert la source de son sang, aussi tous deux seront retranchés du milieu de leur peuple."

Lisbeth hocha la tête.

— Harriet Vanger a fait le même lien. Bon. Le suivant.

— Mai 1957, Rakel Lunde, quarante-cinq ans. Elle était femme de ménage et elle passait pour une sorte d'originale dans la région. Elle était diseuse de bonne aventure, elle avait pour hobby de tirer les cartes, de lire dans la main et des choses comme ça. Rakel habitait à côté de Landskrona dans une maison assez isolée, où elle a été tuée au petit matin. On l'a retrouvée nue et attachée à un séchoir à linge, dehors dans sa cour, la bouche scotchée. Cause du décès : on avait projeté sur elle une lourde

456

pierre, à plusieurs reprises. Elle avait de nombreuses contusions et fractures.

— Quelle horreur. Lisbeth, c'est vraiment monstrueux, tout ça.

— Et ce n'est que le début. Les initiales RL coïncident – tu trouves la citation ?

— C'est flagrant. *"L'homme ou la femme qui parmi vous serait nécromant ou devin : ils seront mis à mort, on les lapidera, leur sang retombera sur eux."*

— Ensuite vient Lovisa Sjöberg à Ranmo près de Karlstad. C'est elle que Harriet désigne sous le nom de Magda. Son nom complet était Magda Lovisa, mais tout le monde l'appelait Lovisa.

Mikael écouta attentivement Lisbeth relater les détails bizarres du meurtre de Karlstad. Quand elle alluma une cigarette, il la questionna du regard en montrant le paquet. Elle le poussa vers lui.

— Le meurtrier s'était donc attaqué à la bête aussi ?

— La Bible dit que si une femme s'accouple avec un animal, tous deux seront mis à mort.

— Il est quand même fort peu probable que cette femme se soit accouplée avec une vache !

— La citation peut être interprétée au sens large. Il suffit qu'elle entre en contact avec un animal, ce qu'une fermière doit indéniablement faire tous les jours.

— D'accord. Continue.

— Le cas suivant sur la liste de Harriet est Sara. Je l'ai identifiée comme Sara Witt, trente-sept ans, domiciliée à Ronneby. Elle a été tuée en janvier 1964. On l'a retrouvée attachée dans son lit. Elle avait fait l'objet de graves sévices sexuels, mais la cause du décès était l'asphyxie. Elle a été étranglée. Le meurtrier a aussi allumé un incendie criminel. L'intention était que toute la maison brûle, mais, d'une part, le feu s'est éteint de lui-même, d'autre part, les pompiers sont arrivés très vite sur les lieux.

— Et le lien ?

— Ecoute un peu voir. Sara Witt était fille de pasteur et épouse de pasteur. Son mari était en déplacement justement ce week-end-là.

— *"Si la fille d'un homme qui est prêtre se profane en se prostituant, elle profane son père et doit être brûlée au feu."* Bon. Ça colle avec la liste. Tu dis que tu as trouvé d'autres cas.

— J'ai trouvé trois autres femmes qui ont été tuées dans des circonstances tellement étranges qu'elles auraient dû figurer sur la liste de Harriet. Le premier cas est une jeune femme du nom de Liv Gustavsson. Elle avait vingt-deux ans et habitait à Farsta. C'était une passionnée de chevaux – elle faisait des compétitions et était assez douée. Elle avait aussi une petite animalerie avec sa sœur.

— Oui.

— On l'a trouvée dans la boutique. Elle était restée pour faire sa comptabilité et elle était seule. Elle a dû faire entrer le meurtrier de son plein gré. Elle a été violée et étranglée.

— Ça ne ressemble pas tout à fait à la liste de Harriet.

— Pas tout à fait, si ce n'était une chose. Le meurtrier a parachevé son affaire en enfonçant une perruche dans son vagin, puis en libérant tous les animaux qu'il y avait dans la boutique. Des chats, des tortues, des souris blanches, des lapins, des oiseaux. Même les poissons de l'aquarium. Tu imagines le spectacle épouvantable qu'a découvert sa sœur le lendemain matin.

Mikael hocha la tête.

— Elle a été tuée en août 1960, quatre mois après le meurtre de la fermière Magda Lovisa à Karlstad. Dans les deux cas, il s'agit de femmes que leur profession met

458

en contact avec des animaux, et dans les deux cas, il y a eu des sacrifices d'animaux. La vache à Karlstad a survécu, certes, mais j'imagine que c'est assez difficile de tuer une vache avec un simple poinçon. Une perruche, c'est plus facile pour ainsi dire. Sans compter qu'il y a un autre sacrifice d'animal au palmarès.

— Lequel ?

Lisbeth parla de l'étrange "Meurtre au pigeon" de Lea Persson à Uddevalla. Mikael réfléchit en silence si longtemps que Lisbeth s'impatienta.

— D'accord, finit-il par dire. J'achète ta théorie. Il reste un cas.

— Un cas que j'ai trouvé. Je ne sais pas combien j'en ai loupé.

— Parle-m'en.

— Février 1966 à Uppsala. La victime la plus jeune était une lycéenne de dix-sept ans qui s'appelait Lena Andersson. Elle a disparu après une fête de sa classe et on l'a retrouvée trois jours plus tard dans un fossé dans la plaine d'Uppsala, assez loin de la ville. Elle avait été tuée ailleurs et transportée après sa mort.

Mikael hocha la tête.

— Ce meurtre a beaucoup fait jaser les médias, mais les circonstances exactes autour de sa mort n'ont jamais été rendues publiques. La fille avait été atrocement torturée. J'ai lu le rapport du légiste. On l'avait torturée avec du feu. Ses mains et ses seins étaient grièvement brûlés, et tout son corps était couvert de brûlures à différents endroits. Ils ont trouvé des taches de stéarine sur elle qui démontraient qu'on a dû utiliser une bougie. Ses mains totalement carbonisées indiquaient qu'elles avaient dû être maintenues dans un feu plus important. Pour finir, le meurtrier a scié sa tête et l'a lancée à côté du corps.

Mikael pâlit.

— Mon Dieu, dit-il.

— Je n'ai aucune citation biblique qui colle, mais il y a plusieurs passages qui parlent d'immolation et de sacrifice pour le péché, et à quelques endroits il est préconisé que l'animal de sacrifice – en général un taureau – soit dépecé de la sorte que *la tête soit séparée de la graisse*. L'utilisation de feu rappelle aussi le premier meurtre, celui de Rebecka ici à Hedestad.

QUAND LES MOUSTIQUES commencèrent leur danse du soir, Mikael et Lisbeth débarrassèrent la table de jardin et s'installèrent dans la cuisine pour continuer à parler.

— Que tu n'aies pas trouvé de citation biblique exacte ne veut pas dire grand-chose. Il ne s'agit pas de citations mais d'une parodie grotesque de ce que dit la Bible – ce sont plutôt des associations à des versets épars.

— Je sais. Ça manque même de logique, prends par exemple la citation comme quoi tous deux doivent être exterminés si un homme fait l'amour à une fille qui a ses règles. Si on interprète ça littéralement, le meurtrier aurait dû se suicider.

— Et tout ça nous mène à quoi ? demanda Mikael.

— Soit ta Harriet avait un drôle de hobby qui consistait à collectionner des citations bibliques pour les associer ensuite aux victimes de meurtres dont elle avait entendu parler… soit elle savait qu'il y avait un lien entre les meurtres.

— Entre 1949 et 1966, et peut-être aussi avant et après. Il y aurait donc eu un fou furieux de meurtrier sadique qui a rôdé avec une Bible sous le bras et tué des femmes pendant dix-sept ans sans que personne ait fait le rapprochement entre les meurtres. Ça paraît incroyable.

Lisbeth Salander repoussa sa chaise et alla chercher le café sur la cuisinière. Elle alluma une cigarette et souffla la fumée tout autour d'elle. Mikael jura intérieurement et lui vola encore une cigarette.

— Non, ce n'est pas du tout incroyable, dit-elle en dressant le pouce. Nous avons plusieurs douzaines de meurtres de femmes non résolus en Suède au XXe siècle. J'ai entendu un jour Persson, ce professeur en criminologie, dire à *Recherché* que les tueurs en série sont très rares en Suède, mais que nous en avons sûrement eu qui n'ont jamais été repérés.

Mikael hocha la tête. Elle leva un deuxième doigt.

— Ces meurtres ont été commis sur une très longue période et à des endroits très dispersés dans le pays. Deux ont eu lieu successivement en 1960, mais les circonstances étaient relativement différentes – une paysanne à Karlstad et une fille de vingt-deux ans dingue des chevaux à Stockholm.

Trois doigts.

— Il n'y a pas de schéma clair et net. Les meurtres ont été commis de façons différentes et il n'y a pas de véritable signature, par contre certains éléments reviennent à chaque fois. Des animaux. Du feu. Violences sexuelles aggravées. Et, comme tu l'as dit, une parodie de connaissances bibliques. Mais aucun enquêteur de la police n'a apparemment interprété les meurtres en partant de la Bible.

Mikael hocha la tête. Il l'étudia en douce. Avec son corps frêle, son débardeur noir, les tatouages et les anneaux sur la figure, Lisbeth Salander faisait vraiment désordre dans la maison des invités à Hedeby. Lorsqu'il essaya d'être sociable au cours du dîner, elle resta taciturne et répondit à peine. Mais quand elle travaillait, elle était pro jusqu'au bout des ongles. Son appartement à Stockholm avait un air de ruine après un bombardement, mais Mikael se devait de reconnaître que Lisbeth

Salander était particulièrement bien ordonnée dans sa tête. *Etrange !*

— On a du mal à voir le rapport entre une prostituée à Uddevalla assassinée derrière un conteneur dans une friche industrielle et l'épouse du pasteur à Ronneby étranglée et victime d'un incendie criminel. A moins d'avoir la clé que Harriet nous a donnée, s'entend.

— Ce qui mène à la question suivante, dit Lisbeth.

— Comment Harriet a-t-elle bien pu être mêlée à cette merde ? Elle, une fille de seize ans qui vivait dans un milieu plutôt protégé.

— Il n'y a qu'une réponse, dit-elle.

Mikael hocha la tête de nouveau.

— Il y a forcément un lien avec la famille Vanger.

VERS 23 HEURES, ils avaient ressassé la série de meurtres et discuté des relations et des détails curieux au point que les pensées tournoyaient dans la tête de Mikael. Il se frotta les yeux et s'étira, et demanda à Lisbeth si elle avait envie de faire un tour dehors. Elle avait l'air de considérer ce genre d'exercice comme un gaspillage de temps, mais elle fit oui de la tête après avoir réfléchi un bref instant. Mikael suggéra qu'elle mette plutôt un pantalon à cause des moustiques.

Ils firent le tour par le port de plaisance, passèrent sous le pont en direction du promontoire de chez Martin Vanger. Mikael indiqua les différentes maisons et raconta qui habitait où. Il avait du mal à formuler ses pensées quand il montra la maison de Cécilia Vanger. Lisbeth le regarda en douce.

Ils passèrent devant le yacht tape-à-l'œil de Martin Vanger et arrivèrent sur le promontoire où ils s'assirent sur un rocher et partagèrent une cigarette.

— Il y a un autre lien entre les victimes, dit Mikael soudain. Tu y as peut-être déjà pensé.

— Quoi ?

— Les prénoms.

Lisbeth Salander réfléchit un moment. Puis elle secoua la tête.

— Toutes ont des prénoms bibliques.

— Ce n'est pas vrai, répondit Lisbeth vivement. Il n'y a ni Liv ni Lena dans la Bible.

Mikael secoua la tête.

— Il se trouve que si. Liv signifie "vivre", c'est-à-dire le sens biblique du prénom Eve. Et cogite un peu, Lisbeth – Lena, c'est une abréviation de quoi ?

Lisbeth Salander serra si fort les yeux qu'elle fut irritée et elle jura intérieurement. Mikael avait pensé plus vite qu'elle. Elle n'aimait pas ça.

— De Magdalena tout comme Magda. Autrement dit Madeleine, dit-elle.

— La pécheresse, la première femme, la Vierge Marie... les voilà toutes rassemblées. Cette histoire est suffisamment dingue pour faire péter les plombs à un psy. Mais en fait c'est à autre chose que je pense par rapport aux prénoms.

Lisbeth attendit patiemment.

— Ce sont également des prénoms féminins juifs traditionnels. La famille Vanger a eu plus que sa part d'antisémites cinglés, de nazis et de théoriciens de la conspiration. Harald Vanger, là-haut, a plus de quatre-vingt-dix ans et il était au meilleur de sa forme dans les années 1960. La seule fois où je l'ai rencontré, il a craché que sa fille était une putain. Il a manifestement des problèmes avec les femmes.

DE RETOUR à la maison, ils se préparèrent des sand-wiches et réchauffèrent le café. Mikael jeta un coup d'œil sur les quelque cinq cents pages que l'enquêteuse favorite de Dragan Armanskij avait produites.

— Tu as fait un travail de fouille fantastique en un temps record, dit-il. Merci. Et merci aussi d'avoir eu la gentillesse de venir jusqu'ici m'apporter ton rapport.

— Et ensuite, qu'est-ce qu'il se passe ? demanda Lisbeth.

— Je parlerai avec Dirch Frode demain matin pour qu'on s'arrange pour te payer.

— Ce n'est pas ce que je voulais dire.

Mikael la regarda.

— Eh bien… le travail de recherche pour lequel je t'ai engagée est terminé, dit-il avec prudence.

— Je n'en ai pas terminé avec cette histoire.

Mikael se pencha en arrière sur la banquette de la cuisine et rencontra ses yeux. Il ne put rien y détecter du tout. Pendant six mois il avait travaillé seul sur la disparition de Harriet et tout à coup il y avait quelqu'un d'autre – une enquêteuse habile – qui comprenait les implications. Il prit sa décision sur un coup de tête.

— Je sais. Cette histoire me rampe sous la peau à moi aussi. Je parlerai avec Dirch Frode demain. Nous t'embaucherons encore une semaine ou deux comme… hmm, assistante de recherche. Je ne sais pas s'il est prêt à payer le même tarif que ce qu'il paie à Armanskij, mais nous devrions bien réussir à lui faire aligner un mois de salaire correct.

Lisbeth Salander le gratifia soudain d'un sourire. Elle n'avait absolument pas envie d'être mise sur la touche et elle aurait volontiers fait le boulot pour rien.

— Je m'endors, dit-elle, puis elle gagna sa chambre sans rien dire de plus et ferma la porte.

Deux minutes plus tard elle ouvrit la porte et pointa la tête.

— Je crois que tu te trompes. Ce n'est pas un tueur en série malade qui a trop lu la Bible. C'est simplement un fumier ordinaire qui hait les femmes.

21

JEUDI 3 JUILLET – JEUDI 10 JUILLET

LISBETH SALANDER se réveilla avant Mikael, vers 6 heures du matin. Elle mit de l'eau à chauffer pour le café et passa sous la douche. Quand Mikael se réveilla vers 7 h 30, il la trouva en train de lire son résumé du cas Harriet Vanger sur son iBook. Il arriva dans la cuisine, une serviette de bain autour de la taille, en se frottant les yeux.

— Le café est prêt, dit-elle.

Mikael regarda par-dessus son épaule.

— Ce document était protégé par un code d'accès, dit-il.

Elle tourna la tête et le regarda.

— Il faut trente secondes pour télécharger du Net un programme qui décrypte les codes de Word, dit-elle.

— On aura un entretien tous les deux sur la notion de ce qui t'appartient et ce qui m'appartient, dit Mikael, et il entra sous la douche.

Quand il revint, Lisbeth avait fermé l'ordinateur et l'avait remis en place dans la pièce de travail. Elle avait démarré son propre PowerBook. Mikael était à peu près persuadé qu'elle avait déjà transféré tout le contenu de son ordinateur.

Lisbeth Salander était une droguée de l'informatique avec une conception hautement libérale de la morale et de l'éthique.

MIKAEL AVAIT JUSTE eu le temps de s'installer à la table du petit-déjeuner quand on frappa à la porte. Il alla ouvrir. Martin Vanger avait l'air tellement crispé que pendant une seconde Mikael crut qu'il venait annoncer la mort de Henrik Vanger.

— Non, Henrik va aussi bien qu'hier. Je viens pour autre chose. Est-ce que je peux entrer un moment ?

Mikael le fit entrer et le présenta à sa "collaboratrice" Lisbeth Salander. Elle jeta un demi-coup d'œil au grand patron avec un bref hochement de tête avant de retourner à son ordinateur. Martin Vanger salua automatiquement mais il avait l'air tellement distrait qu'il semblait à peine la remarquer. Mikael lui servit une tasse de café et lui dit de s'asseoir.

— De quoi il s'agit ?

— Tu n'es pas abonné à *Hedestads-Kuriren* ?

— Non. Je le lis de temps en temps au café Susanne.

— Alors tu n'as pas lu le journal d'aujourd'hui ?

— A t'entendre, on dirait que je devrais le faire.

Martin Vanger posa *Hedestads-Kuriren* sur la table devant Mikael. On lui avait consacré deux colonnes à la une comme amorce et la suite en page 4. Il fixa le titre.

LE JOURNALISTE CONDAMNÉ POUR DIFFAMATION
SE CACHE À CÔTÉ DE CHEZ VOUS

Le texte était illustré d'une photo prise au téléobjectif depuis l'église de l'autre côté du pont et on voyait Mikael au moment où il sortait de sa maison.

Le reporter Conny Torsson avait fait de la belle ouvrage en concoctant son portrait dévastateur de Mikael. L'article récapitulait l'affaire Wennerström et soulignait que Mikael avait quitté *Millénium* la queue entre les jambes et qu'il venait de purger une peine de prison.

Pour finir, le texte affirmait, selon la formule, que Mikael avait décliné l'offre de faire une déclaration à *Hedestads-Kuriren*. Le ton était tel que tout habitant de Hedestad ne pouvait que se dire qu'une Tête de Veau de la Capitale, un Individu Louche, rôdait dans le coin. Aucune des affirmations du texte n'était attaquable en justice, mais elles étaient tournées de manière à donner un éclairage suspect de Mikael ; la photo et le texte jouaient dans le registre description des terroristes politiques. *Millénium* était décrit comme un "journal d'agitation" peu crédible et le livre de Mikael sur le journalisme économique était présenté comme un ramassis d'affirmations visant à dénigrer des journalistes respectés.

— Mikael… les mots me manquent pour exprimer ce que je ressens en lisant cet article. Il est ignoble.

— Ça, c'est une commande, répondit Mikael calmement. Il scruta Martin Vanger du regard.

— J'espère que tu comprends que je n'ai rien à voir avec ça. J'ai avalé mon café de travers ce matin en lisant le journal.

— Qui ?

— J'ai passé quelques coups de fil tout à l'heure. Conny Torsson travaille comme remplaçant pour l'été. Mais il a fait ce boulot à la demande de Birger.

— Je ne savais pas que Birger avait de l'influence à la rédaction – sauf erreur, il n'est que conseiller municipal et homme politique.

— De façon formelle, il n'a aucune influence. Mais le rédacteur en chef de *Kuriren* est Gunnar Karlman, fils d'Ingrid Vanger de la branche Johan Vanger. Birger et Gunnar sont des amis proches depuis de nombreuses années.

— Je vois.

— Torsson sera viré immédiatement.

— Il a quel âge ?

— Je n'en sais rien. Pour tout dire, je ne l'ai jamais rencontré.

— Ne le licencie pas. Quand il m'a appelé, il paraissait assez jeune et assez peu expérimenté comme reporter.

— Mais ça ne se passera pas comme ça, sans aucune conséquence.

— Si tu veux mon avis, je trouve la situation un peu absurde lorsque le rédacteur en chef d'un journal qui est la propriété de la famille Vanger s'attaque à un autre journal auquel Henrik Vanger est associé et où toi tu sièges au CA. Le rédacteur en chef Karlman s'attaque donc à toi et à Henrik.

Martin Vanger pesa les paroles de Mikael mais secoua lentement la tête.

— Je comprends ce que tu veux dire. Je devrais mieux cerner les responsabilités. Karlman a des parts dans le groupe et il a toujours essayé de me tirer dans le dos, mais ceci ressemble plus à une vengeance de Birger parce que tu l'as pris de haut dans le couloir à l'hôpital. Pour lui, tu es un empêcheur de tourner en rond.

— Je le sais. C'est pour ça que je pense que Torsson est quand même le plus honnête dans l'affaire. Il en faut beaucoup pour qu'un jeune remplaçant dise non quand le rédacteur en chef lui ordonne d'écrire d'une certaine façon.

— Je pourrais exiger qu'on t'adresse des excuses publiques dans les pages de demain.

— Ne fais pas ça. Le seul résultat serait une lutte interminable qui rendrait la situation encore pire.

— Alors tu veux dire que je dois laisser tomber ?

— Oui, ce serait mieux. Karlman fera des histoires et au pire tu seras qualifié de salaud en ta qualité de propriétaire qui d'une façon illégale cherche à influencer la libre opinion du public.

— Excuse-moi, Mikael, mais je ne suis pas d'accord avec toi. Moi aussi j'ai le droit de formuler une opinion. Mon avis est que cet article pue – et j'ai l'intention de bien clarifier ce que j'en pense. Je suis malgré tout le suppléant de Henrik à la direction de *Millénium* et à ce titre je ne peux pas laisser passer ce genre d'insinuations.

— D'accord.

— Je vais donc demander un droit de réponse. Où je vais dépeindre Karlman comme un idiot. Tant pis pour lui.

— Vas-y, agis selon tes convictions.

— Pour moi il est important aussi que tu comprennes réellement que je n'ai rien à voir avec cette attaque infâme.

— Je te crois, dit Mikael.

— De plus, je n'ai pas vraiment envie de discuter de cela maintenant, mais ceci remet sur le tapis ce que nous nous sommes déjà dit. Il est important que tu te réinstalles à la rédaction de *Millénium*, pour que nous puissions montrer un front uni. Tant que tu seras absent, les ragots continueront bon train. Je crois en *Millénium* et je suis persuadé que nous pouvons gagner ce combat ensemble.

— Je comprends ton point de vue, mais maintenant c'est à mon tour de ne pas être d'accord avec toi. Je ne peux pas rompre mon contrat avec Henrik et le fait est que je n'en ai pas envie non plus. Je l'aime bien, tu sais. Et cette histoire de Harriet…

— Oui ?

— Je comprends que tu trouves ça pénible et je réalise que Henrik est obsédé par ça depuis des années.

— Entre nous, j'aime Henrik et il est mon mentor, mais en ce qui concerne Harriet, son obsession a pris des allures de manie à avoir raison envers et contre tout.

— Quand j'ai commencé ce boulot, j'avais l'impression que c'était un gaspillage de temps. Mais le fait est que contre toute attente nous avons trouvé du nouveau. Je crois que nous sommes près de faire une percée et qu'il sera peut-être possible de répondre à la question de ce qui est arrivé.

— Tu ne veux pas me dire ce que vous avez trouvé ?

— Selon les termes du contrat, je ne dois pas discuter de cela avec qui que ce soit sans l'accord personnel de Henrik.

Martin Vanger se tint le menton. Mikael lut du doute dans ses yeux. Puis Martin finit par se décider.

— D'accord, dans ce cas le mieux que nous ayons à faire, c'est de résoudre au plus vite l'énigme de Harriet. On n'a qu'à dire : Je te donne tout le soutien que je peux pour que tu termines le travail aussi vite que possible d'une façon satisfaisante et qu'ensuite tu retournes à *Millénium*.

— Bien. Je n'ai pas envie d'avoir à me battre contre toi aussi.

— Ça ne sera pas nécessaire. Tu as mon entier soutien. Tu peux venir me voir dès que tu veux si tu rencontres des problèmes. Je peux faire pression sur Birger pour qu'il ne mette pas des bâtons dans les roues. Et je vais essayer de calmer Cécilia.

— Merci. Il faut que je trouve un moyen de lui poser quelques questions et elle ignore mes tentatives de lui parler depuis un mois maintenant.

Martin Vanger sourit soudain.

— Vous avez peut-être d'autres choses à régler. Mais ce ne sont pas mes affaires.

Ils se serrèrent la main.

LISBETH SALANDER avait écouté en silence l'échange de répliques entre Mikael et Martin Vanger. Une fois Martin parti, elle saisit *Hedestads-Kuriren* et parcourut l'article. Elle reposa le journal sans le moindre commentaire.

Mikael ne dit rien, il réfléchit. Gunnar Karlman était né en 1942, il avait donc vingt-quatre ans en 1966. Il faisait aussi partie des personnes présentes sur l'île lors de la disparition de Harriet.

APRÈS LE PETIT-DÉJEUNER, Mikael affecta sa collaboratrice à la lecture de l'enquête de police. Il fit un tri du matériel et lui passa les classeurs centrés sur la disparition de Harriet. Il lui donna toutes les photos de l'accident sur le pont, ainsi que la longue synthèse qu'il avait rédigée à partir des investigations privées de Henrik.

Puis Mikael se rendit chez Dirch Frode et lui fit établir un contrat stipulant que Lisbeth était embauchée comme collaboratrice pour un mois.

En revenant à la maison des invités, il trouva Lisbeth dans le jardin, plongée dans l'enquête de police. Mikael entra réchauffer du café. Il la regarda par la fenêtre de la cuisine. On aurait dit qu'elle ne faisait que parcourir l'enquête superficiellement, elle ne consacrait que dix, tout au plus quinze secondes à chaque page. Elle feuilletait machinalement et Mikael fut surpris de voir qu'elle négligeait la lecture ; et cela ne le ravissait guère compte tenu de l'application avec laquelle il avait mené sa propre enquête. Il emporta deux tasses de café dans le jardin et se joignit à elle.

— Ce que tu as écrit sur la disparition de Harriet, tu l'as écrit avant de réaliser que nous pourchassions un tueur en série.

— C'est exact. J'ai noté ce qui m'a paru important, des questions que je voulais poser à Henrik Vanger et ce genre de choses. Comme tu l'as sans doute remarqué, c'est assez mal structuré. Jusqu'à maintenant, en fait, j'ai tâtonné dans le noir tout en essayant d'écrire une histoire – un chapitre dans la biographie de Henrik Vanger.

— Et maintenant ?

— Auparavant, toutes les investigations ont été centrées sur Hedebyön. Maintenant je suis persuadé que cette histoire a commencé non pas sur l'île mais à Hedestad plus tôt dans la journée. Cela déplace la perspective.

Lisbeth hocha la tête. Elle réfléchit un moment.

— T'es doué, d'avoir trouvé ce truc avec les photos, dit-elle.

Mikael leva les sourcils. Lisbeth Salander ne semblait pas être du genre à prodiguer des louanges et Mikael se sentit étrangement flatté. D'un autre côté, du point de vue journalistique, c'était effectivement un exploit assez inhabituel.

— A toi maintenant de fournir les détails. Dis-moi le résultat de cette chasse à la photo que tu es allé chercher à Norsjö.

— Tu veux dire que tu n'as *pas* regardé cette photo-là dans mon ordinateur ?

— Je n'avais pas le temps. J'ai préféré regarder où tu en es dans tes pensées et les conclusions que tu tires.

Mikael soupira, démarra son iBook et ouvrit le dossier photos.

— C'est fascinant. La balade à Norsjö a été une avancée et une totale déception. J'ai trouvé la photo, mais elle ne dit pas grand-chose.

La dénommée Mildred Berggren a conservé toutes ses photos de vacances dans un album, où elle a soigneusement collé toute la collection. La photo à laquelle je pensais y était, prise avec une pellicule couleur bon marché. Trente-sept ans plus tard, la copie est assez pâle et jaunie, mais Mildred a aussi conservé les négatifs dans une boîte à chaussures. J'ai pu emprunter tous les négatifs de Hedestad et je les ai scannés. Voici ce que Harriet a vu.

Il cliqua sur un document titré HARRIET/bd-19.eps.

Lisbeth comprit sa déception. Elle vit une photo en plan large, assez mal cadrée, qui montrait des clowns dans le défilé de la fête des Enfants. En arrière-plan, on voyait le coin de la boutique de Sundström. Une dizaine de personnes se bousculaient sur le trottoir, entre les clowns et l'avant du camion suivant.

Mikael pointa du doigt.

— Je crois que c'est cet individu qu'elle a vu. D'une part parce que j'ai essayé de calculer ce qu'elle regardait en me basant sur son visage et l'angle dans lequel il était tourné – j'ai fait un croquis exact du carrefour – et d'autre part parce que c'est la seule personne qui semble regarder droit dans l'appareil photo. C'est-à-dire qu'il fixait Harriet.

Lisbeth vit un personnage flou un peu en retrait derrière les spectateurs, dans la rue transversale. Il portait une doudoune sombre avec une partie rouge sur les épaules et un pantalon sombre, sans doute un jean. Mikael zooma pour que le personnage remplisse tout l'écran à partir de la taille. L'image devint immédiatement encore plus floue.

— C'est un homme. Il mesure environ 1,80 mètre, corpulence normale. Cheveux cendrés mi-longs, pas de barbe. Mais il est impossible de distinguer les traits ou même d'estimer son âge. Ça peut être un adolescent comme un quinquagénaire.

— On peut bidouiller la photo…

— J'ai bidouillé la photo. J'ai même envoyé une copie à Christer Malm de *Millénium*, qui est un crack en traitement d'images. Mikael cliqua sur une autre photo. Ce que nous avons là est ce qu'on peut obtenir de mieux. L'appareil photo est tout simplement trop nul et la distance trop grande.

— Tu as montré cette photo à quelqu'un ? Les gens peuvent reconnaître l'attitude...

— Je l'ai montrée à Dirch Frode. Il n'a aucune idée de qui ça peut être.

— Dirch Frode n'est probablement pas le gars le plus vif à Hedestad.

— Non, mais c'est pour lui et Henrik Vanger que je travaille. Je veux montrer la photo à Henrik avant de commencer à la faire circuler.

— Il ne s'agit peut-être que d'un simple spectateur.

— C'est possible. Mais dans ce cas il a su déclencher une drôle de réaction chez Harriet.

DURANT LA SEMAINE qui suivit, Mikael et Lisbeth travaillèrent sur le cas Harriet pratiquement du réveil au coucher. Lisbeth continua à lire l'enquête et asséna toute une série de questions auxquelles Mikael essaya de répondre. Il ne pouvait y avoir qu'une seule vérité et chaque réponse peu claire, chaque donnée équivoque menèrent à des discussions approfondies. Ils consacrèrent une journée entière à vérifier les horaires des acteurs pendant l'accident sur le pont.

Lisbeth Salander laissait Mikael de plus en plus perplexe. Alors qu'elle ne faisait que parcourir superficiellement les textes de l'enquête, elle semblait continuellement s'arrêter aux détails les plus obscurs et les plus incompatibles.

Ils faisaient une pause chaque après-midi, quand la chaleur les empêchait de rester dans le jardin. A plusieurs reprises, ils allèrent se baigner dans le chenal ou boire un café à la terrasse du café Susanne. Susanne se mit à regarder Mikael avec une froideur ostensible. Il se rendit compte que Lisbeth n'avait pas vraiment l'air d'avoir l'âge requis et que malgré cela elle habitait chez lui, ce qui aux yeux de Susanne le transformait en un vieux en manque de chair fraîche. C'était désagréable.

Mikael continuait ses tours de jogging tous les soirs. Lisbeth ne faisait aucun commentaire sur ses exercices quand il revenait hors d'haleine à la maison. Courir à travers champs n'était apparemment pas l'idée qu'elle se faisait d'un loisir d'été.

— J'ai dépassé la quarantaine, lui dit Mikael. Je suis obligé de faire de l'exercice pour ne pas m'empâter complètement.

— Ah bon.

— Tu ne pratiques aucune activité physique ?

— Un peu de boxe de temps en temps.

— De la boxe ?

— Oui, tu sais, avec des gants.

Mikael alla prendre une douche et essaya d'imaginer Lisbeth sur un ring de boxe. Il n'était pas impossible qu'elle se moquât de lui. Une question indispensable s'imposait.

— Tu boxes dans quelle catégorie de poids ?

— Aucune. Je fais un peu de sparring contre les gars d'un club de boxe à Söder.

Pourquoi est-ce que je ne suis pas étonné ? pensa Mikael. Mais il constata qu'elle venait en tout cas de raconter quelque chose sur elle-même. Il n'avait toujours aucune donnée de base la concernant ; pourquoi elle avait commencé à travailler pour Armanskij, quelle était sa formation ou ce que faisaient ses parents. Dès que Mikael essayait de lui parler de sa vie privée, elle se fermait comme une huître et répondait par monosyllabes ou l'ignorait totalement.

UN APRÈS-MIDI, Lisbeth Salander posa soudain un classeur et regarda Mikael avec un pli entre les sourcils.

— Qu'est-ce que tu sais sur Otto Falk ? Le pasteur.

— Assez peu. J'ai rencontré le pasteur actuel, une femme, dans l'église quelques fois au début de l'année et elle m'a dit que Falk vit toujours mais qu'il est pensionnaire dans une maison de retraite à Hedestad. Alzheimer.

— Il est d'où ?

— D'ici, de Hedestad. Il a fait ses études à Uppsala et il avait dans les trente ans quand il est revenu.

— Il n'était pas marié. Et Harriet le voyait.

— Pourquoi tu demandes ça ?

— Je constate seulement que le flic, ce Morell, est assez indulgent avec lui lors des interrogatoires.

— Dans les années 1960, les pasteurs jouissaient encore d'un autre statut social. C'était tout naturel qu'il habite ici sur l'île, au plus près du pouvoir si je puis dire.

— Je me demande si les policiers ont vraiment passé au crible le presbytère. On voit sur les photos que c'était une grande bâtisse en bois, et il devait y avoir plein d'endroits où cacher un corps pendant un moment.

— C'est vrai. Mais rien dans la doc n'indique qu'il aurait un lien avec des meurtres en série ni avec la disparition de Harriet.

— Tu te trompes, dit Lisbeth Salander avec un petit sourire en coin. Premièrement il était pasteur, et les pasteurs sont bien placés pour avoir un rapport particulier

avec la Bible. Deuxièmement, il est le dernier à avoir vu
Harriet et parlé avec elle.

— Mais il s'est immédiatement rendu sur le lieu de
l'accident et il y est resté plusieurs heures. On le voit sur
plein de photos, surtout pendant le laps de temps où
Harriet a dû disparaître.

— Bof, je me charge de démonter son alibi vite fait.
Mais c'est à autre chose que je pensais. Nous sommes
confrontés à un tueur de femmes sadique.

— Oui ?

— J'ai été... j'avais un peu de temps libre ce printemps
et j'ai lu des choses sur les sadiques dans un tout autre
contexte. Un des documents que j'ai lus était un manuel
du FBI aux Etats-Unis, qui affirme qu'un nombre frappant
de tueurs en série arrêtés viennent de foyers avec des dys-
fonctionnements et que dans leur enfance ils ont pris plaisir à torturer des animaux. De nombreux tueurs en série
américains ont de plus été arrêtés pour incendie criminel.

— Sacrifice d'animaux et sacrifice par le feu, tu veux
dire.

— Oui. Les animaux torturés et le feu interviennent
dans plusieurs des cas notés par Harriet. Mais je pensais
plutôt au presbytère qui a brûlé vers la fin des années 1970.

Mikael réfléchit un moment.

— C'est vague, finit-il par dire.

Lisbeth Salander hocha la tête.

— Je suis d'accord. Mais ça vaut d'être noté. Je ne
trouve rien dans l'enquête sur la cause de l'incendie et
j'aimerais beaucoup savoir s'il y a eu d'autres incendies
mystérieux dans les années 1960. Ce serait intéressant
aussi de se renseigner sur des cas éventuels de cruauté
envers des animaux ou des amputations d'animaux dans
la région à cette époque-là.

QUAND LISBETH alla se coucher le septième soir à Hedeby, elle était légèrement irritée contre Mikael Blomkvist. Pendant une semaine, elle avait passé pratiquement chaque minute éveillée avec lui ; habituellement, sept minutes passées en compagnie de quelqu'un suffisaient à lui donner mal à la tête.

Elle avait constaté depuis longtemps que les relations sociales n'étaient pas son fort et elle s'était préparée à une vie de solitaire. Elle en était parfaitement satisfaite pourvu que les gens la laissent tranquille sans se mêler de ses affaires. Malheureusement, l'entourage était moins sage et avisé ; et cela l'obligeait continuellement à se bagarrer contre des autorités sociales, des autorités de protection de l'enfance et autre commission des Tutelles, contre le fisc, la police, les curateurs, des psychologues, des psychiatres, des professeurs et des videurs qui ne voulaient jamais la laisser entrer dans les boîtes de nuit bien qu'elle ait maintenant vingt-cinq ans (à part ceux du Moulin, qui la connaissaient). Il existait toute une armée de gens qui semblaient n'avoir rien de mieux à foutre que d'essayer de diriger sa vie et, si possible, de corriger la façon de vivre qu'elle avait choisie.

Très tôt, elle avait appris que ça ne servait à rien de pleurer. Elle avait aussi appris qu'à chaque occasion où elle avait cherché à alerter quelqu'un sur quelque chose dans sa vie, la situation n'avait fait qu'empirer. C'était donc à elle-même de résoudre ses problèmes avec les méthodes qu'elle jugeait nécessaires. Attitude dont maître Nils Bjurman avait fait les frais.

Mikael Blomkvist avait la même faculté irritante que tous les autres de venir fouiller dans sa vie privée et de poser des questions auxquelles elle ne voulait pas répondre. Sauf qu'il ne réagissait pas du tout comme la plupart des hommes qu'elle avait rencontrés.

Quand elle ignorait ses questions, il se contentait de hausser les épaules, lâchait le sujet et la laissait tranquille. *Stupéfiant.*

La priorité de Lisbeth, quand elle avait pu s'emparer de son iBook le premier matin dans la maison, avait évidemment été de transférer toutes les données sur son propre ordinateur. De cette façon, ce serait moins grave s'il la virait ; elle aurait de toute façon accès au matériau.

Mais ensuite elle avait fait exprès de le provoquer en lisant ostensiblement les documents dans son iBook. Elle s'était attendue à un accès de rage. Il avait plutôt eu l'air résigné, avait grommelé une espèce de vanne sur elle et était allé se doucher, et il n'avait abordé le problème que plus tard. *Drôle de mec.* Elle en aurait presque tiré la conclusion qu'il avait confiance en elle.

Mais le fait qu'il soit au courant de ses talents de hacker était grave. Lisbeth Salander savait très bien que le terme juridique appliqué au type de piratage qu'elle pratiquait, professionnellement et pour son compte personnel, était l'intrusion informatique illégale et que celle-ci pouvait valoir jusqu'à deux ans de prison. C'était un point sensible pour elle – elle ne voulait pas être enfermée et une peine de prison signifierait très vraisemblablement qu'on lui confisquerait son ordinateur, et ainsi la seule occupation où elle excellait. Elle n'avait jamais envisagé de raconter à Dragan Armanskij ni à qui que ce soit comment elle faisait pour obtenir l'information qu'ils achetaient.

A part Plague et quelques rares personnes connectées qui comme elle s'occupaient de piratage à l'échelle professionnelle – et la plupart de ceux-ci ne la connaissaient que sous le pseudo de Wasp et ne savaient ni qui elle était ni où elle habitait –, seul Super Blomkvist était tombé sur son secret. Il l'avait démasquée parce qu'elle avait commis une erreur que même des débutants de douze ans dans la branche ne commettaient pas, ce qui prouvait que son cerveau était en train d'être rongé par les vers et qu'elle méritait le fouet. Mais il n'était pas devenu fou de rage et il n'avait pas crié à l'assassin – non, il l'avait embauchée.

Elle était donc vaguement irritée contre lui.

Ils venaient d'avaler un sandwich avant qu'elle se retire dans sa chambre, quand il lui avait soudain demandé si elle était un bon pirate. Et elle se surprit à répondre spontanément à la question.

— Je suis probablement la meilleure en Suède. Il y a peut-être deux ou trois autres personnes de mon niveau.

Elle n'avait aucune hésitation sur le degré de véracité de sa réponse. A une époque, Plague avait été meilleur qu'elle, mais elle l'avait dépassé depuis belle lurette.

En revanche, elle s'étonna elle-même de prononcer ces mots. Jamais elle ne l'avait fait auparavant. Elle n'avait même pas eu d'interlocuteur pour ce genre de conversation, et elle savoura soudain le fait qu'il semblait impressionné par ses connaissances. Ensuite, il avait gâché ce sentiment en posant la question problématique, à savoir comment elle avait appris le piratage.

Elle ne savait pas comment répondre. *Je l'ai toujours su.* Elle avait préféré aller se coucher sans dire bonne nuit.

Pour l'irriter encore davantage, Mikael ne parut pas réagir quand elle tourna les talons. De son lit, elle l'écouta bouger dans la cuisine, débarrasser et faire la vaisselle. Il restait toujours debout plus longtemps qu'elle, mais à présent il était manifestement aussi en train d'aller se coucher. Elle l'entendit dans la salle de bains, puis il entra dans sa chambre et ferma la porte. Un moment plus tard, elle entendit le grincement quand il se mit au lit, à cinquante centimètres d'elle, mais de l'autre côté de la cloison.

Pendant la semaine qu'elle avait passée chez lui, il n'avait pas essayé de la draguer. Il avait travaillé avec elle, avait demandé son opinion, lui avait tapé sur les doigts quand elle réfléchissait mal et avait apprécié ses objections lorsque c'était elle qui le corrigeait. Il l'avait ni plus ni moins traitée comme un être humain.

Elle réalisa soudain qu'elle aimait la compagnie de Mikael Blomkvist et peut-être même lui faisait confiance. Elle n'avait jamais fait confiance à personne, à part peut-être à Holger Palmgren. Mais pour de tout autres raisons. Palmgren avait été une bonne âme prévisible.

Elle se leva soudain, se mit devant la fenêtre et regarda nerveusement l'obscurité dehors. Ce qui la paralysait plus que tout, c'était de se montrer nue devant quelqu'un pour la première fois. Elle était persuadée que son corps rachitique était repoussant. Ses seins étaient pathétiques. Elle n'avait pas de hanches qui en vaillent le nom. A ses propres yeux, elle n'avait pas grand-chose à offrir. Mais à part cela, elle était une femme tout à fait normale, avec exactement les mêmes envies et pulsions sexuelles que les autres. Elle réfléchit pendant près de vingt minutes avant de se décider.

MIKAEL ÉTAIT COUCHÉ et avait ouvert un roman de Sara Paretsky quand il entendit la poignée de porte, puis il leva les yeux sur Lisbeth Salander. Elle s'était entortillée dans un drap et se tenait dans l'ouverture de la porte sans rien dire. Comme si elle réfléchissait.

— Quelque chose qui ne va pas ? demanda Mikael.

Elle fit non de la tête.

— Qu'est-ce que tu veux ?

Elle s'approcha de lui, prit son livre et le posa sur la table de nuit. Puis elle se pencha en avant et l'embrassa sur la bouche. Ses intentions ne pouvaient guère être plus nettement manifestées. Elle grimpa vite dans son lit et resta assise à le fixer d'un regard scrutateur. Elle mit une main sur le drap par-dessus son ventre. Comme il ne protestait pas, elle se pencha et mordilla l'un de ses tétins.

Mikael Blomkvist était totalement perplexe. Après quelques secondes, il la prit par les épaules et l'éloigna de façon à pouvoir voir son visage. Quant à lui, il n'était pas indifférent.

— Lisbeth… je ne sais pas si c'est une très bonne idée. On doit travailler ensemble.

— Je veux faire l'amour avec toi. Et ça ne me posera aucun problème pour travailler avec toi, par contre j'aurai un problème de taille avec toi si tu me fous à la porte maintenant.

— Mais on se connaît à peine.

Elle eut un rire soudain, bref, presque un toussotement.

— Quand j'ai fait mon ESP sur toi, j'ai pu constater que ce n'est pas ça qui t'a empêché avant. Au contraire, tu es de ceux qui ont du mal à rester à l'écart des femmes. Qu'est-ce qui ne va pas ? Je ne suis pas assez sexy pour toi ?

Mikael secoua la tête et essaya de trouver quelque chose d'intelligent à dire. Comme il ne répondait pas, elle repoussa le drap et s'installa à califourchon sur lui.

— Je n'ai pas de préservatifs, dit Mikael.

— On s'en fout.

QUAND MIKAEL se réveilla, Lisbeth était déjà debout. Il l'entendit traficoter avec la cafetière dans la cuisine. Il était presque 7 heures. Il n'avait dormi que deux heures et resta les yeux fermés.

483

Il n'arrivait pas à cerner Lisbeth Salander. A aucun moment elle n'avait insinué, ne fût-ce que par l'intermédiaire d'un regard, qu'elle était un tant soit peu intéressée par lui.

— Bonjour, fit Lisbeth Salander à la porte. Elle sourit un peu, vraiment.

— Salut, dit Mikael.

— On n'a plus de lait. J'y vais, à la station-service. Ils ouvrent à 7 heures.

Elle pivota si vite que Mikael n'eut pas le temps de répondre. Il l'entendit se chausser, prendre son sac et son casque de moto, et disparaître par la porte d'entrée. Il ferma les yeux. Puis il entendit la porte se rouvrir et seulement quelques secondes plus tard elle se montra de nouveau à la porte. Cette fois-ci, elle ne souriait pas.

— Il faut que tu viennes voir, dit-elle d'une voix bizarre.

Mikael fut immédiatement debout et enfila son jean. Pendant la nuit, quelqu'un était venu leur faire un cadeau dont ils se seraient bien passés. Sur le perron gisait le cadavre à moitié carbonisé d'un chat dépecé. Les pattes et la tête du chat avaient été tranchées, le corps dépouillé, le ventre ouvert et les entrailles arrachées ; les restes étaient jetés à côté du cadavre, qui semblait avoir été grillé sur un feu. La tête du chat était intacte et avait été placée sur la selle de la moto de Lisbeth Salander. Mikael reconnut le pelage roux.

22

JEUDI 10 JUILLET

ILS PRIRENT le petit-déjeuner dans le jardin en silence et sans lait dans le café. Lisbeth avait sorti un petit appareil photo Canon digital et photographié la macabre mise en scène avant que Mikael arrive avec un sac-poubelle pour tout enlever. Il avait placé le chat dans le coffre arrière de la voiture qu'on lui prêtait, mais n'était pas très sûr de ce qu'il allait faire de ce cadavre. Logiquement, il devrait porter plainte pour cruauté envers les animaux, peut-être aussi pour menaces, mais il ne savait pas très bien comment expliquer pourquoi il y avait eu cette menace.

Vers 8 h 30, Isabella Vanger passa à pied et se dirigea vers le pont. Elle ne les vit pas ou fit semblant de ne pas les voir.

— Tu te sens comment ? demanda Mikael finalement à Lisbeth.

— Bien. Elle le regarda, interloquée. *D'accord. Il aimerait que je sois sur les nerfs.* Quand je trouverai le salaud qui a torturé à mort un pauvre chat innocent rien que pour nous filer un avertissement, je vais y aller à coups de batte de base-ball.

— Tu penses que c'est un avertissement ?

— Tu as une meilleure explication ? Et ça veut dire quelque chose.

Mikael hocha la tête.

— Quelle que soit la vérité dans cette histoire, nous avons suffisamment inquiété quelqu'un pour que cette personne s'affole. Mais il y a un autre problème aussi, dit-il.

— Je sais. Il s'agit d'un sacrifice d'animal du même style que 1954 et 1960. Mais il semble impossible qu'un tueur qui était en activité il y a cinquante ans rôde et pose des animaux torturés devant ta porte.

— Les seuls à pouvoir figurer sur la liste dans ce cas sont Harald Vanger et Isabella Vanger. Il y a un certain nombre de parents âgés du côté de Johan Vanger, mais aucun n'habite la région.

Mikael soupira avant de poursuivre :

— Isabella est une peau de vache qui n'hésiterait sans doute pas à tuer un chat, mais je doute qu'elle ait passé son temps à tuer des femmes à la chaîne dans les années 1950. Harald Vanger… je ne sais pas, il semble tellement faible qu'il arrive à peine à marcher et j'ai du mal à croire qu'il soit sorti en douce la nuit pour trouver un chat et faire ça.

— A moins que ce ne soit deux personnes. Une vieille et une jeune.

Mikael entendit une voiture passer, leva les yeux et vit Cécilia Vanger disparaître au bout du pont. *Harald et Cécilia*, pensa-t-il. Mais l'idée contenait un grand point d'interrogation ; père et fille ne se voyaient pas et se parlaient à peine. Malgré la promesse de Martin Vanger de lui parler, elle n'avait toujours pas répondu à un seul des appels téléphoniques de Mikael.

— C'est forcément quelqu'un qui sait que nous fouillons et que nous avons fait des progrès, dit Lisbeth Salander en se levant et en rentrant dans la maison.

En revenant, elle était vêtue de sa combinaison de moto.

486

— Je pars pour Stockholm. Je serai de retour ce soir.

— Qu'est-ce que tu vas faire ?

— Chercher des trucs. Si un mec est assez dingue pour tuer un chat comme ça, il – ou elle, d'ailleurs – peut très bien nous tomber dessus la prochaine fois. Ou foutre le feu à la baraque pendant qu'on roupille. Je veux que tu ailles à Hedestad acheter deux extincteurs et deux détecteurs d'incendie aujourd'hui. L'un des extincteurs doit être au halon.

Sans rien dire de plus elle coiffa son casque, démarra la moto et disparut par le pont.

MIKAEL BALANÇA LE CADAVRE dans une poubelle à la station-service avant de se rendre à Hedestad acheter les extincteurs et les détecteurs d'incendie. Il rangea ses achats dans le coffre arrière de la voiture et rejoignit ensuite l'hôpital. Il avait appelé et fixé rendez-vous avec Dirch Frode à la cafétéria. Il raconta ce qui s'était passé le matin. Dirch Frode blêmit.

— Mikael, je n'avais jamais imaginé que cette histoire puisse devenir dangereuse.

— Pourquoi pas ? La mission était bien de démasquer un assassin.

— Mais qui pourrait... C'est de la pure folie. Si vous n'êtes pas en sécurité, toi et Mlle Salander, il faut tout arrêter. Je peux en parler à Henrik.

— Non. Surtout pas. N'allons pas provoquer un autre infarctus.

— Il demande tout le temps comment tu t'en sors.

— Dis-lui que je continue à débrouiller les fils.

— Qu'est-ce que vous comptez faire maintenant ?

— J'ai quelques questions. Le premier incident a eu lieu peu après l'infarctus de Henrik quand j'étais à

Stockholm pour la journée. Quelqu'un a fouillé ma pièce de travail. C'était juste après que j'ai percé le code de la Bible et découvert les photos de la rue de la Gare. J'en avais parlé à toi et à Henrik. Martin était au courant puisque c'est lui qui m'a facilité l'accès à *Hedestads-Kuriren*. Qui d'autre était au courant ?

— Eh bien, je ne sais pas exactement à qui Martin avait parlé. Mais Birger et Cécilia le savaient aussi. Ils ont discuté de ta chasse aux photos entre eux. Même Alexander est au courant. Et puis aussi Gunnar et Helen Nilsson. Ils étaient venus rendre visite à Henrik et ils ont été mêlés à la conversation. Et Anita Vanger.

— Anita ? Celle de Londres ?

— La sœur de Cécilia. Elle a pris l'avion avec Cécilia quand Henrik a fait son infarctus, mais elle était descendue à l'hôtel et, pour autant que je sache, elle n'a pas mis les pieds sur l'île. Tout comme Cécilia, elle ne veut pas rencontrer son père. Mais elle est repartie il y a une semaine, quand Henrik est sorti des soins intensifs.

— Cécilia habite où ? Je l'ai vue ce matin quand elle a traversé le pont, mais sa maison est éteinte et fermée.

— Tu la soupçonnes ?

— Non, je demande seulement où elle habite.

— Elle habite chez son frère, Birger. De chez lui, on peut facilement aller à pied à l'hôpital.

— Sais-tu où elle se trouve en ce moment ?

— Non. En tout cas, elle n'est pas avec Henrik.

— Merci, dit Mikael et il se leva.

LA FAMILLE VANGER gravitait autour de l'hôpital de Hedestad. Dans le hall d'entrée, Birger Vanger se dirigeait vers les ascenseurs. Mikael n'avait pas envie de le croiser et il attendit qu'il ait disparu avant de sortir dans le hall. Mais il tomba sur Martin Vanger dans le sas d'entrée, presque exactement à l'endroit où il avait rencontré Cécilia Vanger lors de sa visite précédente. Ils se serrèrent la main.

— Tu es passé voir Henrik ?

— Non, j'ai juste vu Dirch Frode en vitesse.

Martin Vanger avait les yeux creux et un air fatigué. Mikael fut soudain frappé de voir qu'il avait considérablement vieilli depuis six mois qu'ils se connaissaient. La lutte pour sauver l'empire vangérien était coûteuse et la maladie soudaine de Henrik n'avait pas été encourageante.

— Comment ça va pour toi ? demanda Martin Vanger.

Mikael annonça d'emblée qu'il n'avait pas l'intention d'interrompre son séjour pour rentrer à Stockholm.

— Pas mal, merci. Ça devient chaque jour de plus en plus intéressant. Quand Henrik ira mieux, j'espère pouvoir satisfaire sa curiosité.

BIRGER VANGER habitait un pavillon mitoyen en brique blanche de l'autre côté de la route, à cinq minutes seulement à pied de l'hôpital. Personne ne vint ouvrir quand Mikael sonna à la porte. Il appela sur le portable de Cécilia, mais n'obtint pas de réponse. Il resta un moment dans la voiture à tambouriner des doigts sur le volant. Birger Vanger était une page blanche dans la collection ; né en 1939, il n'avait que dix ans quand Rebecka Jacobsson avait été tuée. Il en avait vingt-sept, par contre, quand Harriet avait disparu.

Au dire de Henrik Vanger, Birger et Harriet ne s'étaient guère fréquentés. Birger avait grandi dans sa famille à Uppsala et il était venu à Hedestad pour travailler au sein du groupe, mais il avait laissé tomber quelques années plus tard pour s'investir dans la politique. Il se trouvait à Uppsala quand le meurtre de Lena Andersson avait été commis.

Mikael n'arrivait pas à décortiquer l'histoire, mais l'incident avec le chat avait créé un sentiment de menace imminente et suggéré que le temps commençait à presser.

L'ANCIEN PASTEUR de Hedeby, Otto Falk, avait trente-six ans quand Harriet avait disparu. Il en avait soixante-douze aujourd'hui, plus jeune que Henrik Vanger mais dans une condition intellectuelle bien inférieure. Mikael le trouva à la maison de santé *L'Hirondelle*, un bâtiment de brique jaune plus haut sur les berges de la Hede à l'autre bout de la ville. Mikael se présenta à la réception et demanda à parler au pasteur Falk. Il expliqua qu'il savait que le pasteur souffrait de la maladie d'Alzheimer et se renseigna sur son degré de communicabilité. Une surveillante lui répondit que le pasteur Falk avait reçu son diagnostic trois ans auparavant et que l'évolution de sa maladie était brutale. Falk pouvait communiquer mais il avait une exécrable mémoire proche, ne reconnaissait pas certains membres de sa famille et était globalement en train d'entrer dans le brouillard. On mit aussi Mikael en garde contre des crises d'angoisse qui pouvaient frapper le vieil homme si on le harcelait avec des questions auxquelles il ne pouvait pas répondre.

Le vieux pasteur était assis sur un banc dans le jardin avec trois autres patients et un aide-soignant. Mikael passa une heure à essayer de parler avec lui.

Le pasteur Falk prétendit qu'il se souvenait très bien de Harriet Vanger. Son visage s'éclaircit et il la décrivit comme une fille charmante. Mikael se rendit vite compte cependant que le pasteur avait réussi à oublier qu'elle était disparue depuis bientôt trente-sept ans ; il parlait d'elle comme s'il venait de la voir et demanda à Mikael de lui transmettre son bonjour et de l'encourager à venir lui rendre visite. Mikael promit de le faire.

Quand Mikael aborda ce qui s'était passé le jour où Harriet avait disparu, le pasteur resta interloqué. Il ne se rappelait manifestement pas l'accident du pont. Pourtant, vers la fin de leur conversation, il mentionna quelque chose qui fit se dresser les oreilles de Mikael.

Mikael avait orienté la conversation sur l'intérêt de Harriet pour la religion, et le pasteur Falk devint soudain pensif. On aurait dit qu'un nuage était passé sur son visage. Il se mit à balancer d'avant en arrière un petit moment, puis regarda soudain Mikael et demanda qui il était. Mikael se présenta de nouveau et le vieil homme réfléchit encore un instant. Finalement, il secoua la tête et prit un air irrité.

— Elle est encore en train de chercher. Il faut qu'elle fasse attention et vous devez la mettre en garde.

— Contre quoi dois-je la mettre en garde ?

Le pasteur Falk devint soudain agité. Il secoua la tête, les sourcils froncés.

— Elle doit lire *sola scriptura* et comprendre *sufficientia scripturae*. Ce n'est que comme ça qu'elle pourra maintenir une *sola fide*. Joseph les exclut formellement. Ils n'ont jamais été inclus dans le canon.

Mikael ne comprit goutte mais nota assidûment. Ensuite le pasteur Falk se pencha vers lui et chuchota sur un ton confidentiel :

— Je crois qu'elle est catholique. Elle est éprise de magie et elle n'a pas encore trouvé son Dieu. Il faut la guider.

Le mot "catholique" avait apparemment une connotation négative pour le pasteur Falk.

— Je croyais qu'elle s'intéressait au pentecôtisme.

— Non, non, pas le pentecôtisme. Elle cherche la vérité interdite. Elle n'est pas une bonne chrétienne.

Là-dessus le pasteur Falk sembla oublier autant Mikael que leur conversation et se tourna pour parler avec l'un des autres patients.

MIKAEL FUT DE RETOUR sur l'île peu après 14 heures. Il passa frapper à la porte de Cécilia Vanger, mais sans succès. Il tenta son portable, mais n'obtint pas de réponse.

Il installa un détecteur d'incendie dans la cuisine et un dans le vestibule. Il plaça un des extincteurs près du poêle à côté de la porte de la chambre et l'autre près de la porte des toilettes. Puis il se prépara un déjeuner, composé de café et de sandwiches, et s'assit dans le jardin où il entra les notes de son entretien avec le pasteur Falk dans son iBook. Il réfléchit un long moment, puis il leva les yeux vers l'église.

Le nouveau presbytère de Hedeby était une villa moderne tout à fait normale, à quelques minutes de marche de l'église. Mikael frappa à la porte du pasteur Margareta Strandh vers 16 heures et expliqua qu'il venait demander conseil sur une question théologique. Margareta Strandh était une femme brune de l'âge de Mikael, vêtue d'un jean et d'une chemise de flanelle. Elle était pieds nus et avait du vernis rouge sur les ongles des orteils. Il l'avait déjà croisée au café Susanne à quelques reprises et lui avait parlé du pasteur Falk. Mikael fut très gentiment reçu et invité à venir s'asseoir dans son jardin, ainsi qu'à passer tout de suite au tutoiement.

Mikael raconta qu'il avait interrogé Otto Falk et donna ses réponses, en ajoutant qu'il n'en avait pas compris la signification. Margareta Strandh écouta et demanda ensuite à Mikael de répéter mot pour mot ce que Falk avait dit. Elle réfléchit un instant.

— Je suis entrée en fonction ici à Hedeby il y a trois ans seulement et je n'ai jamais rencontré le pasteur Falk. Il avait pris sa retraite plusieurs années auparavant, mais j'ai compris qu'il était assez traditionaliste. Ce qu'il t'a dit signifie à peu près qu'il faut s'en tenir uniquement aux écrits – *sola scriptura* – et qu'ils sont *sufficientia scripturae*. Cette dernière expression signifie pour les croyants traditionalistes la reconnaissance de l'Ecriture sainte comme seule source d'autorité. *Sola fide* signifie "la foi unique" ou "la foi pure".

— Je vois.

— Tout cela reste pour ainsi dire de l'ordre des dogmes fondateurs. C'est en gros la base de l'Eglise et ça n'a rien d'extraordinaire. Il a simplement dit : *Lis la Bible – elle donne suffisamment de connaissance et garantit la foi pure.*

Mikael se sentit gêné.

— Maintenant permets-moi de te demander dans quel contexte cet entretien a eu lieu.

— J'ai posé des questions sur quelqu'un qu'il a connu il y a très longtemps et sur qui j'écris.

— Quelqu'un en quête religieuse ?

— Quelque chose dans ce genre.

— D'accord. Je crois que je comprends le rapport. Le pasteur Falk a dit deux autres choses – que *Joseph les exclut formellement* et qu'*ils n'ont jamais été inclus dans le canon.* Est-il possible que tu aies mal entendu et qu'il ait dit Josèphe au lieu de Joseph ? En fait ce sont les mêmes noms.

— Ce n'est pas impossible, dit Mikael. J'ai enregistré la conversation si tu veux écouter.

— Non, je ne pense pas que ce soit nécessaire. Ces deux phrases établissent de façon assez claire ce qu'il a voulu dire. Josèphe était un historien juif et la phrase *ils n'ont jamais été inclus dans le canon* indique probablement qu'ils n'ont jamais fait partie du canon hébraïque.

— Ce qui veut dire ?

Elle rit.

— Le pasteur Falk a affirmé que cette personne avait un engouement pour des sources ésotériques, plus précisément pour les apocryphes. Le mot *apokryphos* veut dire "caché" et les apocryphes sont donc les livres cachés que certains contestent fortement et que d'autres considèrent comme devant faire partie de l'Ancien Testament. Ce sont les livres de Tobie, Judith, Esther, Baruch, Sirach, les Maccabées et deux ou trois autres.

— Pardonne mon ignorance. J'ai entendu parler des apocryphes mais je ne les ai jamais lus. Qu'est-ce qu'ils ont de particulier ?

— En fait ils n'ont rien de particulier, à part qu'ils ont été écrits un peu plus tard que le reste de l'Ancien Testament. C'est pour cela que les apocryphes ont été rayés de la Bible hébraïque – non pas que les docteurs de la loi se soient méfiés de leur contenu mais simplement parce qu'ils ont été écrits après l'époque où l'œuvre de révélation de Dieu a été terminée. En revanche, les apocryphes figurent dans la vieille traduction grecque de la Bible. Du coup, par exemple, ils ne sont pas controversés dans l'Eglise catholique.

— Je vois.

— En revanche, ils sont particulièrement controversés dans l'Eglise protestante. A l'époque de la Réforme, les théologiens cherchaient à s'approcher au plus près de la vieille Bible hébraïque. Martin Luther a retiré les apocryphes de la Bible de la Réforme, et plus tard Calvin a soutenu que les apocryphes ne devaient en aucun cas servir de base pour des confessions de foi. Ils contiennent donc des affirmations qui contredisent *claritas Scripturae* – la clarté des Ecritures.

— Autrement dit, des livres censurés.

— Exactement. Les apocryphes soutiennent par exemple qu'on peut pratiquer la magie, que le mensonge est autorisé dans certains cas et ce genre d'affirmations, qui évidemment indignent les exégètes dogmatiques des Ecritures.

— Je vois. Si quelqu'un éprouve un engouement pour la religion, il n'est pas impossible que les apocryphes apparaissent sur sa liste de lecture, au grand dam d'un homme comme le pasteur Falk.

— Tout à fait. On est presque inévitablement confronté aux apocryphes si on s'intéresse à la Bible ou au catholicisme, et il est tout aussi probable que quelqu'un qui s'intéresse à l'ésotérisme d'une manière générale les lise.

— Est-ce que par hasard tu aurais un exemplaire des apocryphes ?

Elle rit une nouvelle fois. Un rire lumineux, amical.

— Bien entendu. Les apocryphes ont été édités par la commission biblique dans les années 1980 dans le cadre d'une étude nationale.

DRAGAN ARMANSKIJ se demanda ce qui pouvait bien se passer lorsque Lisbeth Salander demanda un entretien privé. Il ferma la porte et lui fit signe de s'asseoir dans le fauteuil des visiteurs. Elle expliqua que le travail pour Mikael Blomkvist était terminé – Dirch Frode allait payer avant la fin du mois – mais qu'elle avait décidé de poursuivre l'investigation. Mikael lui avait offert un salaire mensuel considérablement inférieur.

— En somme, je suis sur une affaire perso, dit Lisbeth Salander. Jusqu'à présent je n'ai jamais accepté de boulot qui ne provenait pas de toi, selon notre accord. Ce que je veux savoir, c'est ce qui va se passer dans notre relation si je prends des boulots de mon côté.

Dragan Armanskij écarta les mains.

— Tu es ton propre patron, tu peux prendre les boulots que tu veux et facturer comme tu veux. Je serai ravi que tu aies tes propres rentrées d'argent. Par contre, ce serait déloyal de ta part de détourner pour ton compte des clients que tu as rencontrés par notre intermédiaire.

— Ça n'entre pas dans mes projets. J'ai accompli le boulot selon le contrat que nous avons établi avec Blomkvist. Ce boulot-là est terminé maintenant. A présent, c'est *moi* qui tiens à rester sur le cas. Je l'aurais même fait gratuitement.

— Ne fais jamais rien gratuitement.

— Tu comprends ce que je veux dire. Je veux savoir où cette histoire va mener. J'ai persuadé Mikael Blomkvist de demander à Dirch Frode un avenant en tant que collaboratrice de recherche.

Elle tendit le contrat à Armanskij qui le parcourut.

— Avec ce salaire-là, tu peux tout aussi bien travailler pour rien. Lisbeth, tu es douée. Tu n'as pas à travailler pour de l'argent de poche. Tu sais que tu peux gagner bien plus que ça chez moi si tu acceptais un plein temps.

— Je ne veux pas travailler à plein temps. Mais, Dragan, je reste fidèle. Tu as été correct avec moi depuis que j'ai commencé ici. Je veux savoir si ce genre de contrat est OK pour toi, parce que je ne veux pas d'histoires entre nous.

— Je comprends. Il réfléchit un instant. Ton contrat est OK pour moi. Merci de m'avoir posé la question. Si d'autres situations de ce type se présentaient à l'avenir, je tiens à ce que tu m'en parles pour qu'il n'y ait pas de malentendus.

496

Lisbeth Salander garda le silence pendant une minute ou deux, tout en soupesant s'il y avait quelque chose à ajouter. Elle épingla Dragan Armanskij du regard sans rien dire. Puis elle hocha la tête, se leva et partit, comme d'habitude sans dire au revoir. Une fois obtenue la réponse qu'elle attendait, tout l'intérêt qu'elle pouvait porter à Armanskij s'envola. Il sourit avec sérénité. Le fait qu'elle soit venue lui demander conseil signifiait un nouveau sommet dans le processus de sa sociabilisation.

Il ouvrit un dossier avec un rapport sur la sécurité dans un musée où l'on prévoyait une exposition d'impressionnistes français. Puis il posa le dossier et regarda la porte par laquelle Salander venait de sortir. Il la revoyait rire en compagnie de Mikael Blomkvist dans son bureau et se demanda si elle était en train de devenir adulte ou si c'était Blomkvist qui l'attirait. Il se sentit soudain inquiet aussi. Il n'avait jamais pu se débarrasser de l'impression que Lisbeth Salander était une victime parfaite. Et voilà maintenant qu'elle traquait un forcené dans un patelin perdu.

EN REMONTANT VERS LE NORD, Lisbeth Salander fit un crochet par la maison de santé d'Äppelviken pour voir sa maman. A part la visite du jour de la Saint-Jean, elle n'avait pas vu sa mère depuis Noël et elle culpabilisait de se donner si rarement le temps. Cette nouvelle visite quelques semaines plus tard seulement était un record.

Sa mère se trouvait dans la salle de séjour commune. Lisbeth resta un peu plus d'une heure et l'emmena faire une promenade jusqu'à la mare aux canards dans le parc devant l'établissement. Sa mère continua à confondre Lisbeth avec sa sœur. Comme d'habitude, elle n'était pas tout à fait présente mais la visite semblait l'agiter.

Quand Lisbeth dit au revoir, sa mère ne voulut pas lâcher la prise autour de sa main. Lisbeth promit de revenir bientôt, mais sa mère la regarda avec inquiétude et un air très malheureux.

On aurait dit qu'elle avait le pressentiment d'une catastrophe à venir.

MIKAEL PASSA DEUX HEURES dans le jardin derrière sa petite maison à feuilleter les apocryphes, sans arriver à d'autres conclusions que c'était un gaspillage de temps.

Par contre, une pensée le frappa. Il se demanda soudain si Harriet Vanger avait été si croyante que ça. Son intérêt pour les études bibliques datait de la dernière année avant sa disparition. Elle avait fait le lien entre un certain nombre de citations bibliques et une série de meurtres, et ensuite elle avait lu avec application non seulement la Bible mais aussi les apocryphes et s'était intéressée au catholicisme.

Avait-elle en fait mené la même enquête que celle que lui-même et Lisbeth Salander menaient trente-sept ans plus tard – était-ce la chasse à un tueur qui avait stimulé son intérêt plutôt qu'une foi ? Le pasteur Falk avait laissé entendre qu'à ses yeux en tout cas elle avait été quelqu'un qui cherche et pas une bonne chrétienne.

Il fut interrompu dans ses réflexions par Erika qui l'appelait sur le portable.

— Je voulais seulement te dire que Lars et moi partons en vacances la semaine prochaine. Je serai absente un mois.

— Vous allez où ?

— A New York. Lars a une exposition et ensuite on pense aller aux Antilles. Un ami nous prête une maison à Antigua, on va rester deux semaines.

— Ça me paraît super. Amusez-vous bien. Et bonjour à Lars.

— Je n'ai pas pris de vraies vacances depuis trois ans. Le prochain numéro est prêt et nous avons presque terminé le numéro suivant. J'aurais voulu que tu supervises tout ça, mais Christer a promis de s'en charger.

— Il peut m'appeler s'il a besoin d'aide. Comment ça se passe avec Janne Dahlman ?

Elle hésita un instant.

— Il part en vacances la semaine prochaine. J'ai mis Henry comme secrétaire de rédaction temporaire. C'est lui et Christer qui mèneront la barque.

— D'accord.

— Je n'ai pas confiance en Dahlman. Mais il fait un effort. Je serai de retour le 7 août.

IL ÉTAIT BIENTÔT 19 heures et Mikael avait essayé d'appeler Cécilia Vanger cinq fois. Il lui avait envoyé un SMS lui demandant de le contacter, mais sans obtenir de réponse.

Il referma résolument les apocryphes, se mit en tenue de sport et ferma à clé la porte avant de partir pour son jogging quotidien.

Il suivit l'étroit sentier le long de la plage, puis il bifurqua dans la forêt. Il passa en force à travers fourrés et arbres déracinés aussi vite qu'il le put et il arriva épuisé à la Fortification, avec un pouls bien trop élevé. Il s'arrêta en bordure d'un coin au soleil et fit des étirements pendant quelques minutes.

Soudain il entendit une forte détonation, en même temps qu'une balle venait frapper le mur de béton à quelques centimètres de sa tête. Puis il ressentit une douleur à la racine des cheveux où des éclats avaient ouvert une plaie profonde.

Mikael resta pétrifié pendant ce qui lui sembla une éternité, incapable de comprendre ce qui venait de se passer. Puis il se jeta à plat ventre dans la tranchée et se fit un mal de chien en atterrissant sur l'épaule. Le deuxième coup de feu arriva juste au moment où il plongeait. La balle se ficha dans le mur en béton à l'endroit où il s'était tenu.

Mikael dressa la tête et regarda autour de lui. Il se trouvait à peu près au milieu de l'ouvrage de défense. A droite et à gauche, des passages étroits, profonds d'un mètre et couverts de végétation, couraient vers des abris de tir éparpillés sur une ligne de deux cent cinquante mètres de long. Courbé en deux, il se mit à courir vers le sud dans le labyrinthe.

Il entendit soudain résonner en lui la voix inimitable du capitaine Adolfsson lors d'un exercice d'hiver à l'école des chasseurs légers à Kiruna. *Nom de Dieu, Blomkvist, baisse la tête si tu veux pas avoir le cul arraché par une balle !* Vingt ans plus tard, il se souvenait des exercices que le capitaine Adolfsson leur faisait faire.

Environ soixante mètres plus loin, il s'arrêta, le souffle coupé et le cœur palpitant. Il n'entendait pas d'autres bruits que sa propre respiration. *L'œil humain perçoit les mouvements plus rapidement que les formes et les silhouettes. Pas d'affolement quand vous vous déplacez !* Mikael leva lentement les yeux à quelques centimètres au-dessus du bord de l'abri. Le soleil était juste en face de lui et l'empêchait de distinguer les détails, mais il ne perçut aucun mouvement.

Il baissa la tête et poursuivit jusqu'au dernier abri. *Peu importe si l'ennemi a des armes très performantes. Tant qu'il ne peut pas vous voir, il ne peut pas vous toucher. A couvert, à couvert, à couvert ! On ne s'expose pas !*

Mikael se trouvait maintenant à environ trois cents mètres des terres de la ferme d'Östergården. A quarante mètres devant lui s'étendait un bosquet broussailleux quasi impénétrable avec quantité de jeunes repousses. Mais pour atteindre ce bosquet en quittant la tranchée, il serait obligé de dévaler une pente où il serait totalement exposé. C'était la seule issue. Dans son dos, il y avait la mer.

Mikael s'accroupit et réfléchit. Il prit soudain conscience de la douleur à sa tempe et découvrit qu'il saignait abondamment et que son tee-shirt était trempé de sang. Des fragments de la balle ou des éclats du mur en béton avaient ouvert une plaie profonde à la racine des cheveux. *Les plaies du cuir chevelu saignent toujours beaucoup et longtemps,* pensa-t-il avant de se concentrer de nouveau sur sa situation. Un seul coup de feu aurait pu être un coup parti involontairement. Deux coups de feu signifiaient que quelqu'un avait essayé de le tuer. Il ne savait pas si le tireur était encore là-bas, le fusil rechargé et attendant qu'il se montre.

Il essaya de se calmer et de penser de façon rationnelle. Les choix qui s'offraient à lui étaient attendre ou essayer de quitter les lieux d'une façon ou d'une autre. Si le tireur était toujours embusqué, la deuxième possibilité ne convenait définitivement pas. Mais s'il attendait, le tireur pourrait tranquillement monter vers la Fortification, le trouver et le tuer à bout portant.

Il (ou elle ?) ne peut pas savoir si j'ai pris à droite ou à gauche. Fusil, peut-être pour la chasse à l'élan. Probablement avec lunette de visée. Ça signifiait que le tireur avait un champ de vision limité s'il guettait Mikael à travers la lentille.

Si vous vous retrouvez coincés, prenez l'initiative. C'est mieux que d'attendre. Il guetta le moment favorable et écouta les bruits pendant deux minutes, se hissa ensuite par-dessus le bord de la tranchée et dévala la pente aussi vite qu'il le put.

Un troisième coup de feu claqua quand il était à mi-chemin des broussailles, mais la balle le loupa grossièrement. L'instant d'après, il se jetait de tout son long dans le rideau de jeunes arbrisseaux et roulait à travers un océan d'orties. Il fut sur pied immédiatement et, plié en deux, il commença à s'éloigner du tireur. Au bout de cinquante mètres, il s'arrêta et écouta. Soudain, il entendit une branche craquer quelque part entre lui et la Fortification. Très doucement, il se glissa sur le ventre.

Sur les coudes, bordel ! Pas à quatre pattes ! avait aussi fait partie des expressions favorites du capitaine Adolfsson. Mikael parcourut les cent cinquante mètres suivants au ras du sol dans la végétation du sous-bois. Il avança sans faire de bruit, très attentif aux brindilles et aux branches. A deux reprises, il entendit des craquements soudains dans les broussailles. Le premier semblait venir de sa proximité immédiate, peut-être à vingt mètres à droite du point où il se trouvait. Il se figea et resta comme pétrifié. Au bout d'un moment il leva doucement la tête et guetta mais il ne vit personne. Il resta immobile longtemps, les nerfs en alerte, prêt à s'enfuir ou même à lancer une contre-attaque désespérée si *l'ennemi* venait droit sur lui. Le craquement qu'il entendit ensuite venait de beaucoup plus loin. Puis rien, silence.

Il sait que je suis ici. Mais s'est-il installé quelque part pour attendre que je commence à bouger ou bien s'est-il retiré ?

Mikael continua à avancer dans la végétation du sous-bois, jusqu'à ce qu'il arrive à la clôture des pâturages d'Östergården.

Ici commençait l'autre moment critique. Un sentier longeait la clôture à l'extérieur. Il resta étendu de tout son long par terre et guetta. Il put entrevoir les bâtiments droit devant lui, à environ quatre cents mètres de distance sur un terrain en pente faible, et à droite des maisons il vit une douzaine de vaches en train de brouter. *Comment se fait-il que personne n'ait entendu les coups de feu et ne soit venu voir ce qui se passe ? L'été. Ce n'est pas sûr qu'il y ait quelqu'un à la ferme en ce moment.*

Pas question de s'aventurer sur le pâturage – il y serait totalement exposé –, cela dit, le sentier droit longeant la clôture était l'endroit où lui-même se serait posté pour avoir le champ libre pour tirer. Il se retira en douceur dans les fourrés jusqu'à ce qu'une forêt de pins clairsemés prenne la relève.

MIKAEL CONTOURNA les terres d'Östergården et prit par le mont Sud pour rentrer. En passant la ferme, il put constater que la voiture n'y était pas. Il s'arrêta au sommet du mont Sud et contempla Hedeby. Les petits cabanons de l'ancien port des pêcheurs étaient occupés par des estivants ; quelques femmes en maillot de bain étaient en train de bavarder sur un ponton. Il sentit l'odeur d'un barbecue. Des enfants barbotaient dans l'eau autour des pontons.

Mikael consulta sa montre. 20 heures dépassées de peu. Les coups de feu avaient été tirés cinquante minutes plus tôt. Gunnar Nilsson arrosait son gazon, il était torse nu et en short. *Ça fait combien de temps que tu es là, toi ?* La maison de Henrik Vanger était vide à part la gouvernante Anna Nygren. La maison de Harald Vanger semblait déserte comme toujours. Il vit soudain Isabella Vanger assise dans le jardin derrière sa maison.

Elle parlait avec quelqu'un. Il fallut une seconde à Mikael pour réaliser que c'était Gerda Vanger, née en 1922 et de santé fragile, qui habitait avec son fils Alexander dans une des maisons derrière celle de Henrik. Il ne l'avait jamais rencontrée, mais l'avait vue sur son terrain en quelques occasions. La maison de Cécilia Vanger semblait vide, mais soudain Mikael vit une lampe s'allumer dans sa cuisine. *Elle est chez elle. Est-ce que le tireur pouvait être une femme ?* Il ne doutait pas une seconde que Cécilia Vanger savait manier un fusil. Plus loin il vit la voiture de Martin Vanger sur l'esplanade devant sa maison. *Ça fait combien de temps que tu es chez toi ?*

Ou était-ce quelqu'un d'autre, à qui il n'avait même pas songé encore ? Frode ? Alexander ? Trop de possibilités.

Il descendit du mont Sud, suivit le chemin jusqu'au hameau et alla directement chez lui sans rencontrer personne. La première chose qu'il vit était la porte entrouverte de la maison. D'instinct, il se ramassa sur lui-même. Puis il sentit l'odeur de café et aperçut Lisbeth Salander par la fenêtre de la cuisine.

LISBETH ENTENDIT MIKAEL dans le vestibule et se tourna vers lui. Elle se figea. Le visage de Mikael était dans un état épouvantable, avec du sang étalé partout qui commençait à coaguler. Le côté gauche de son tee-shirt était trempé de sang.

— Ce n'est qu'une plaie du cuir chevelu, ça saigne vachement mais ce n'est pas grave, fit Mikael avant qu'elle ait eu le temps de dire quoi que ce soit.

Elle pivota et alla chercher la trousse de premiers secours dans le garde-manger, une trousse qui ne contenait que deux paquets de pansements, de l'antimoustique et une petite boîte de steri-strips. Il ôta ses vêtements et les laissa tomber par terre, puis il alla se regarder dans la glace de la salle de bains.

La plaie à la tempe s'étendait sur environ trois centimètres, elle était tellement profonde que Mikael put soulever un gros bout de chair. Ça saignait toujours et elle aurait probablement nécessité quelques points de suture, mais il s'en tirerait avec un simple strip, pensa-t-il. Il humecta une serviette et s'essuya le visage.

Il appuya la serviette sur la tempe pendant qu'il entrait sous la douche en fermant les yeux. Puis il cogna le carrelage si fort avec son poing qu'il se fit mal aux doigts. *Salopard*, pensa-t-il. *Je t'aurai !*

Lorsque Lisbeth toucha son bras, il sursauta comme s'il avait reçu une décharge et il la dévisagea avec une telle rage dans les yeux que, malgré elle, elle fit un pas en arrière. Elle lui donna un savon et retourna dans la cuisine sans un mot.

MIKAEL COLLA trois bouts de strip quand il eut fini de se doucher. Il entra dans sa chambre, enfila un jean et un tee-shirt propres, et prit le dossier avec les photos qu'il avait sorties sur l'imprimante. La rage le faisait presque trembler.

— Tu restes ici, rugit-il à Lisbeth Salander.

Il se rendit chez Cécilia Vanger et posa la main sur la sonnette. Une minute et demie s'écoula avant qu'elle vienne ouvrir.

— Je ne veux pas te parler, dit-elle. Puis elle vit son visage, et le sang qui avait déjà commencé à suinter à travers les steri-strips. Qu'est-ce que tu t'es fait ?

— Laisse-moi entrer. Il faut qu'on parle.

Elle hésita.

— On n'a rien à se dire.

— A présent on a des choses à se dire et on peut les discuter soit ici sur le pas de la porte, soit dans la cuisine.

La voix de Mikael trahissait sa rage contenue et Cécilia Vanger fit un pas sur le côté et le laissa entrer. Il alla s'asseoir à la table de cuisine.

— Qu'est-ce que tu t'es fait ? demanda-t-elle de nouveau.

— Tu prétends que mes recherches de la vérité sur la disparition de Harriet Vanger sont un passe-temps thérapeutique pour Henrik. C'est possible, mais, il y a une heure, quelqu'un a essayé de me trouer le crâne et, la nuit dernière, quelqu'un a déposé un chat découpé en morceaux sur mon perron.

Cécilia Vanger ouvrit la bouche, mais Mikael l'interrompit.

— Cécilia, je m'en fous de savoir quelles sont tes idées fixes et ce qui te préoccupe et que tout à coup tu vois rouge dès que je m'aperçois. Je ne t'approcherai plus après et tu n'auras pas à craindre que je t'importune ou que je te poursuive. Là, maintenant, j'aurais préféré ne jamais avoir entendu parler ni de toi ni de qui que ce soit de la famille Vanger. Mais je veux des réponses à mes questions. Plus tu réponds vite, plus vite tu seras débarrassée de moi.

— Que veux-tu savoir ?

— Primo : où étais-tu il y a une heure ?

Le visage de Cécilia s'assombrit.

— Il y a une heure j'étais à Hedestad. Je suis rentrée il y a une demi-heure.

— Est-ce qu'il y a des témoins pour l'attester ?

— Je n'en sais rien. Je n'ai pas à me justifier devant toi.

— Secundo : pourquoi as-tu ouvert la fenêtre de la chambre de Harriet Vanger le jour où elle a disparu ?

— Pardon ?

— Tu as entendu ma question. Pendant toutes ces années, Henrik a essayé de trouver qui avait ouvert la fenêtre de la chambre de Harriet, juste pendant les minutes critiques de sa disparition. Tout le monde a nié l'avoir fait. Quelqu'un ment.

— Et qu'est-ce qui te fait croire que c'était moi ?

— Cette photo, dit Mikael, et il lança la photographie floue sur la table.

Cécilia Vanger s'approcha de la table et regarda la photo. Mikael eut l'impression de lire de la surprise et de la peur. Elle leva les yeux sur lui. Mikael sentit soudain un petit filet de sang couler sur sa joue et tomber goutte à goutte sur son tee-shirt.

— Il y avait une soixantaine de personnes sur l'île ce jour-là, dit-il. Vingt-huit étaient des femmes. Cinq ou six avaient des cheveux mi-longs blonds. Une seule portait une robe claire.

Elle regarda intensément la photo.

— Et toi tu crois que c'est moi sur cette photo.

— Si ce n'est pas toi, j'aimerais vraiment savoir qui tu crois que c'est. Cette photo n'a pas été divulguée jusqu'à maintenant. Ça fait plusieurs semaines que je la détiens, mais je ne l'ai pas montrée à Henrik ni à personne d'autre parce que j'avais une peur bleue de faire de toi une suspecte ou de te faire du mal. Mais j'ai besoin d'avoir une réponse.

— Tu l'auras, ta réponse. Elle prit la photo et la lui tendit. Ce jour-là je ne suis pas allée dans la chambre de Harriet. Ce n'est pas moi sur cette photo. Je n'ai absolument rien à voir avec sa disparition.

Elle se dirigea vers la porte d'entrée.

— Tu as eu ta réponse. Maintenant je veux que tu t'en ailles. Je crois que tu devrais montrer cette plaie à un médecin.

LISBETH SALANDER le conduisit à l'hôpital de Hedestad. On lui fit deux points de suture et un gros pansement sur la plaie, et on lui donna une pommade à la cortisone pour les piqûres d'orties sur son cou et ses mains.

En quittant l'hôpital, pendant un long moment Mikael se demanda s'il ne devait pas aller voir la police. Il vit soudain les gros titres. "Le journaliste condamné pour diffamation cible d'un mystérieux sniper." Il secoua la tête.

— On rentre à la maison, dit-il à Lisbeth.

Quand ils furent de retour sur l'île, il faisait nuit, ce qui allait très bien à Lisbeth Salander. Elle posa un sac de sport sur la table de cuisine.

— J'ai emprunté de l'équipement à Milton Security, et le moment est venu de s'en servir. Prépare du café en attendant.

Elle plaça les quatre détecteurs de mouvement à piles autour de la maison et expliqua que si quelqu'un s'approchait à moins de six, sept mètres, un signal radio déclencherait un bip qu'elle installa dans la chambre de Mikael. Simultanément, deux caméras vidéo ultrasensibles qu'elle avait placées dans des arbres devant et derrière la maison commenceraient à envoyer des signaux à un ordinateur portable qu'elle rangea dans le placard du vestibule. Elle dissimula les caméras avec du tissu sombre afin que seuls les objectifs apparaissent.

Elle plaça une troisième caméra dans un nichoir à oiseaux au-dessus de la porte. Pour y entrer le câble, elle perça un trou à travers le mur. L'objectif était dirigé vers la route et l'allée qui menait de la grille jusqu'à la porte d'entrée. La caméra prenait une photo à faible résolution par seconde, qu'elle stockait sur le disque dur d'un deuxième ordinateur portable dans le placard.

Ensuite, elle installa un paillasson avec capteurs de pression dans le vestibule. Si quelqu'un réussissait à déjouer les détecteurs de mouvement et entrait dans la maison, une alarme de cent quinze décibels se déclencherait. Lisbeth montra comment il fallait faire pour désactiver les détecteurs avec la clé d'un petit boîtier qu'elle avait placé dans le placard. Elle avait aussi emprunté des jumelles de vision nocturne qu'elle posa sur la table dans la pièce de travail.

— Tu ne laisses pas grand-chose au hasard, dit Mikael en lui remplissant sa tasse.

— Autre chose. Plus de jogging avant que nous ayons résolu tout ça.

— Crois-moi. J'ai perdu tout intérêt pour l'entraînement.

— Je ne plaisante pas. Cette affaire a commencé comme une énigme historique mais ce matin il y avait un chat mort sur le perron et ce soir quelqu'un a essayé de te trouer le crâne. On a débusqué quelqu'un.

Ils prirent un repas tardif avec au menu viandes froides et une salade de pommes de terre. Mikael se sentit soudain lessivé et il avait un mal de crâne terrifiant. Il n'arrivait plus à parler et alla se coucher.

Lisbeth Salander resta debout et continua à lire l'enquête jusque vers 2 heures du matin. La mission à Hedeby avait pris la tournure de quelque chose de menaçant et de compliqué à la fois.

23

VENDREDI 11 JUILLET

MIKAEL SE RÉVEILLA à 6 heures parce que le soleil tombait droit sur son visage par les rideaux mal tirés. Sa tête était vaguement douloureuse et il sentit un élancement quand il tripota le pansement. Lisbeth Salander était allongée sur le ventre, un bras posé sur lui. Il regarda le dragon qui s'étendait sur son dos, depuis l'omoplate droite jusqu'à la fesse.

Il compta ses tatouages. En plus du dragon sur le dos et de la guêpe sur le cou, elle avait un cordon autour d'une cheville, un autre cordon autour du biceps gauche, un signe chinois sur la hanche et une rose sur le mollet. A part le dragon, tous les tatouages étaient petits et discrets.

Mikael descendit lentement du lit et tira le rideau. Il alla aux toilettes et revint au lit à pas feutrés, et essaya de s'y glisser sans réveiller Lisbeth.

Quelques heures plus tard, ils prirent le petit-déjeuner dans le jardin. Lisbeth Salander regarda Mikael.

— On a une énigme à résoudre. Comment on procède ?

— On va faire le bilan des données dont on dispose. On va essayer d'en trouver d'autres.

— Une des données est que quelqu'un de notre entourage cherche à t'atteindre.

— La question est de savoir *pourquoi*. Est-ce parce qu'on est en train de résoudre le mystère de Harriet ou parce qu'on a découvert un tueur en série inconnu jusque-là ?

— Ça doit être lié.

Mikael hocha la tête.

— Si Harriet a réussi à trouver qu'il y avait un tueur en série, c'était forcément quelqu'un de son entourage. Quand on prend la galerie de personnages des années 1960, il y avait au moins deux douzaines de candidats potentiels. Aujourd'hui il n'en reste pratiquement personne, à part Harald Vanger, et on ne va pas me faire croire que c'est lui, à bientôt quatre-vingt-quinze ans, qui court les bois avec un fusil. Il n'aurait pas la force de soulever une carabine à gros gibier. Tous sont soit trop vieux aujourd'hui pour être dangereux, soit trop jeunes pour avoir pu opérer dans les années 1950. Ce qui nous ramène à la case numéro un.

— A moins que deux personnes ne collaborent. Une vieille et une jeune.

— Harald et Cécilia. Je ne crois pas. Je pense qu'elle dit la vérité quand elle affirme que ce n'était pas elle à la fenêtre.

— Alors, qui c'est ?

Ils ouvrirent l'iBook de Mikael et passèrent l'heure suivante à examiner en détail tous ceux qu'on voyait sur les photos de l'accident du pont.

— J'imagine que tous les gens du village ont dû venir voir l'accident. C'était en septembre. La plupart portent des vestes ou des pulls. Une seule personne a des cheveux blonds longs et une robe claire.

— Cécilia Vanger apparaît sur beaucoup de photos. On a l'impression qu'elle se déplace en permanence. Entre les maisons et les gens qui regardent l'accident.

Ici elle parle avec Isabella. Ici elle est avec le pasteur Falk. Ici elle est avec Greger Vanger, le frère intermédiaire.

— Attends, fit Mikael soudain. Qu'est-ce qu'il a à la main, Greger ?

— Un truc carré. On dirait une sorte de petite boîte.

— Mais c'est un Hasselblad. Lui aussi avait un appareil photo.

Ils firent défiler les photos encore une fois. On voyait Greger sur plusieurs photos, mais il était souvent caché. Sur une photo, on voyait très nettement qu'il avait une boîte carrée à la main.

— Je crois que tu as raison. C'est un appareil photo.

— Ce qui signifie qu'on peut se lancer dans une autre chasse aux photos.

— C'est bon, on laisse de côté pour l'instant, dit Lisbeth Salander. Permets-moi de formuler une hypothèse.

— Je t'en prie.

— Qu'est-ce que tu dis de ça : quelqu'un de la jeune génération sait que quelqu'un de la vieille génération était un tueur en série mais il ne veut pas que ce soit divulgué. L'honneur de la famille et tout ça. Cela voudrait dire qu'il y a deux personnes mêlées à l'histoire mais qu'elles ne bossent pas ensemble. Le tueur peut être mort depuis longtemps alors que notre persécuteur veut simplement qu'on largue toute l'affaire et qu'on se tire d'ici.

— J'y ai pensé, répondit Mikael. Mais pourquoi dans ce cas déposer un chat découpé en morceaux sur notre perron ? C'est une référence directe aux meurtres. Mikael tapota la Bible de Harriet. Encore une fois une parodie des lois sur les sacrifices par immolation.

Lisbeth Salander se pencha en arrière et regarda l'église tout en citant la Bible d'un air pensif. On aurait dit qu'elle parlait toute seule.

— *"Puis il immolera le taureau devant Iahvé, et les fils d'Aaron, les prêtres, offriront le sang. Ils le feront couler sur le pourtour de l'autel qui se trouve à l'entrée de la Tente du Rendez-Vous. Il écorchera ensuite la victime, la dépècera par quartiers."*

Elle se tut et se rendit soudain compte que Mikael la regardait, le visage tendu. Il ouvrit la Bible au début du Lévitique.

— Tu connais le verset 12 aussi ?

Lisbeth se tut.

— Puis il le…, commença Mikael en hochant la tête pour l'inciter à continuer.

— *"Puis il le dépècera par quartiers et le prêtre disposera ceux-ci, ainsi que la tête et la graisse, au-dessus du bois placé sur le feu de l'autel."* Sa voix était glaciale.

— Et le suivant ?

Elle se leva tout à coup.

— Lisbeth, tu as une mémoire photographique, s'exclama Mikael stupéfait. C'est pour ça que tu lis les pages de l'enquête en dix secondes.

La réaction fut quasi explosive. Son regard épingla Mikael avec une telle rage qu'il en resta interloqué. Puis les yeux de Lisbeth se remplirent de désespoir, elle se retourna soudain et partit vers la grille de jardin en courant.

— Lisbeth, appela Mikael tout surpris.

Elle disparut sur la route.

MIKAEL RENTRA son ordinateur dans la maison, activa l'alarme et ferma à clé la porte avant de partir à sa recherche. Il la trouva vingt minutes plus tard sur un ponton dans le port de plaisance, où elle trempait ses pieds dans l'eau tout en fumant une cigarette. Elle l'entendit arriver et il vit ses épaules se raidir un peu. Il s'arrêta à deux mètres d'elle.

— Je ne sais pas ce que j'ai fait de mal, mais je n'avais vraiment pas l'intention de te mettre dans cet état-là.

Elle ne répondit pas.

Il s'avança puis s'assit à côté d'elle et posa doucement la main sur son épaule.

— S'il te plaît, Lisbeth, parle-moi.

Elle tourna la tête et le regarda.

— Il n'y a rien à dire, dit-elle. Je suis un monstre, c'est aussi simple que ça.

— Je serais heureux si j'avais ne serait-ce que la moitié de ta mémoire.

Elle jeta le mégot dans l'eau.

Mikael resta silencieux un long moment. *Que dois-je dire ? Tu es une nana tout à fait normale. Qu'est-ce que ça peut faire si tu es un peu différente ? Qu'est-ce que c'est que cette image de toi-même que tu trimballes ?*

— Je t'ai sue différente des autres depuis la première seconde où je t'ai vue, dit-il. Et je vais te dire une chose. Ça fait un bail que spontanément j'ai autant aimé quelqu'un dès le premier instant.

Des enfants sortirent d'un cabanon en face dans le port et se jetèrent dans l'eau. Eugen Norman, l'artiste peintre avec qui Mikael n'avait pas encore échangé un seul mot, était assis sur une chaise devant sa maison en train de suçoter une pipe tout en contemplant Mikael et Lisbeth.

— J'ai très envie d'être ton ami, si tu veux de moi comme ami, dit Mikael. Mais c'est à toi de le décider. Je retourne à la maison. Tu n'as qu'à rentrer quand tu en auras envie.

Il se leva et la laissa tranquille. Il n'était qu'à mi-chemin dans la montée quand il entendit ses pas derrière lui. Ils rentrèrent ensemble en silence.

ELLE L'ARRÊTA au moment où ils arrivaient devant la maison.

— J'étais en train de formuler une pensée... on se disait que tout est une parodie de la Bible. D'accord, c'est un chat qu'il a dépecé, mais j'imagine que c'était pas simple de trouver un taureau. Il suit quand même la trame de base. Je me demande...

Elle leva les yeux vers l'église.

— *"... les prêtres offriront le sang. Ils le feront couler sur le pourtour de l'autel qui se trouve à l'entrée de la Tente du Rendez-Vous..."*

Ils traversèrent le pont et montèrent vers l'église en regardant autour d'eux. Mikael vérifia la porte de l'église, qui était fermée à clé. Ils déambulèrent un petit moment à regarder au hasard les pierres tombales du cimetière et arrivèrent à la chapelle qui se trouvait près de l'eau. Mikael écarquilla les yeux. Ce n'était pas une chapelle, c'était un caveau. Au-dessus de la porte, des mots étaient gravés : Vanger puis une strophe en latin, qu'il ne savait pas déchiffrer.

— *"Pour reposer jusqu'à la fin des temps"*, dit Lisbeth Salander.

Mikael la regarda. Elle haussa les épaules.

— Je l'ai déjà croisée quelque part, cette phrase, dit-elle.

Mikael éclata de rire. Elle se figea et prit d'abord un air furieux, puis elle réalisa qu'il ne se moquait pas d'elle mais de ce que la situation avait de comique, et elle se détendit.

Mikael vérifia la porte. Elle était fermée à clé. Il réfléchit un instant et dit à Lisbeth de s'asseoir là pour l'attendre. Puis il alla frapper à la porte de Henrik, et Anna Nygren vint ouvrir. Il expliqua qu'il voulait regarder de plus près la chapelle mortuaire de la famille Vanger et demanda où Henrik gardait la clé. Anna eut l'air d'hésiter mais céda quand Mikael lui rappela qu'il travaillait directement pour Henrik. Elle alla chercher la clé dans son bureau.

Dès que Mikael et Lisbeth ouvrirent la porte, ils surent qu'ils avaient eu raison. La puanteur de cadavre brûlé et de restes carbonisés flottait, lourde, dans l'air. Mais le tortionnaire de chat n'avait pas fait de feu. Dans un coin, il y avait un chalumeau comme ceux qu'utilisent les skieurs pour farter leurs skis. Lisbeth sortit son appareil photo numérique d'une poche de sa jupe en jean et prit quelques photos. Elle emporta la lampe à souder.

— Ça peut devenir des preuves. Il a peut-être laissé des empreintes digitales, dit-elle.

— Bien sûr, on peut demander à tous les membres de la famille Vanger de nous fournir leurs empreintes digitales, ironisa Mikael. J'aimerais te voir essayer d'obtenir celles d'Isabella.

— Il y a des moyens, répondit Lisbeth.

Par terre, il y avait du sang en abondance, ainsi qu'une paire de cisailles qu'ils supposèrent avoir servi à couper la tête du chat.

Mikael regarda autour de lui. Une tombe principale surélevée était manifestement celle d'Alexandre Vangeersad, et quatre autres au sol abritaient les tout premiers membres de la famille. Ensuite, la famille Vanger avait apparemment opté pour l'incinération. Une trentaine de petites niches dans le mur portaient des noms de membres du clan. Mikael suivit l'histoire familiale dans l'ordre chronologique et se demanda où ils enterraient les membres qui ne trouvaient pas leur place dans la chapelle – ceux qui n'étaient peut-être pas considérés comme suffisamment importants.

— MAINTENANT on en est sûrs, dit Mikael quand ils retraversèrent le pont. C'est un fou furieux qu'on pourchasse.

— Explique.

Mikael s'arrêta au milieu du pont et s'appuya contre le parapet.

— Si c'était un cinglé ordinaire qui avait essayé de nous faire peur, il aurait tué le chat dans son garage ou dans la forêt. Lui, il est allé dans la chapelle familiale. Ça relève de l'obsession. Tu imagines le risque qu'il a pris. C'est l'été et les gens se promènent tard. Le chemin du cimetière est un raccourci fréquenté par les gens de Hedeby. Même si le type a fermé la porte, le chat n'a pas dû se laisser faire et ça devait sentir le brûlé.

— Le type ?

— Je vois mal Cécilia Vanger se balader avec un chalumeau.

Lisbeth haussa les épaules.

— Je n'ai confiance en aucun de ces barges, y compris le père Frode et ton Henrik. Ces gens sont tous capables de t'entuber. Alors, qu'est-ce qu'on fait maintenant ?

Il y eut un moment de silence. Puis Mikael posa la question.

— J'ai réussi à trouver pas mal de secrets te concernant. Combien de personnes savent que tu joues au hacker ?

— Personne.

— A part moi, tu veux dire.

— Où tu veux en venir ?

— Je veux savoir si tu es d'accord avec moi. Si tu me fais confiance.

Elle le regarda un long moment. Pour finir elle haussa de nouveau les épaules.

— Je n'y peux rien.

— Est-ce que tu me fais confiance ? insista Mikael.

— Pour l'instant, répondit-elle.

— Bien. On va faire une petite promenade jusque chez Dirch Frode.

TOUT EN SOURIANT poliment, la femme de maître Frode, qui rencontrait Lisbeth Salander pour la première fois, ouvrit grands les yeux quand elle la vit, et elle leur indiqua le jardin derrière la maison. Frode s'illumina en voyant Lisbeth. Il se leva et salua avec courtoisie.

— Je suis content de te voir, dit-il. J'avais mauvaise conscience de ne pas t'avoir suffisamment exprimé ma gratitude pour le travail extraordinaire que tu as fait pour nous. Aussi bien cet hiver que maintenant.

Lisbeth le dévisagea avec méfiance.

— J'ai été payée pour, dit-elle.

— Il ne s'agit pas de ça. Je t'ai mal jugée quand je t'ai vue la première fois. Je voudrais m'en excuser.

Mikael fut surpris. Dirch Frode était capable de présenter ses excuses à une fille de vingt-cinq ans couverte de piercings et de tatouages pour quelque chose dont il n'avait même pas besoin de s'excuser. L'avocat grimpa soudain de quelques échelons dans l'estime de Mikael. Lisbeth Salander regardait droit devant elle et l'ignorait.

Frode se tourna vers Mikael.

— Qu'est-ce que tu t'es fait au front ?

Ils s'installèrent. Mikael résuma les événements des derniers jours. Quand il raconta que quelqu'un avait tiré sur lui trois coups de fusil, Frode bondit. Son indignation paraissait incontestable.

— Tout ça est de la pure folie. Il fit une pause et darda ses yeux sur Mikael. Je suis désolé, mais il faut que ça

518

s'arrête. Je ne peux pas mettre vos vies en péril. Je dois en parler à Henrik et annuler le contrat.

— Assieds-toi, dit Mikael.

— Tu ne comprends pas…

— Ce que je comprends, c'est que Lisbeth et moi sommes arrivés si près du but que celui qui est derrière tout ça est paniqué et agit de façon irrationnelle. Lisbeth et moi, nous aimerions te poser quelques questions. Premièrement : combien y a-t-il de clés pour la chapelle funéraire de la famille Vanger et qui en possède une ?

Frode réfléchit un instant.

— A vrai dire, je n'en sais rien. Je dirais que plusieurs membres de la famille ont accès à la chapelle. Je sais que Henrik a une clé et qu'Isabella s'y rend parfois, mais je ne sais pas si elle a sa propre clé ou si elle emprunte celle de Henrik.

— Bon. Tu sièges toujours au CA du groupe Vanger. Existe-t-il des archives de l'entreprise ? Une bibliothèque ou quelque chose comme ça, où ils auraient conservé des coupures de presse et des informations sur le groupe d'année en année ?

— Oui. Au siège de la société à Hedestad.

— Nous devons y avoir accès. Existe-t-il aussi de vieux bulletins du comité d'entreprise et ce genre de matériau ?

— Je suis obligé de répondre encore une fois que je ne sais pas. Je n'ai pas mis les pieds aux archives depuis au moins trente ans. Mais je vais te mettre en contact avec une certaine Bodil Lindgren, elle est responsable de l'archivage de tous les papiers du groupe.

— Est-ce que tu peux l'appeler et t'arranger pour que Lisbeth puisse se rendre aux archives dès cet après-midi ? Elle veut lire toutes les vieilles coupures de presse qui concernent le groupe Vanger. Je dis bien tout. A elle de juger à mesure de ce qui peut avoir un intérêt.

— Ça doit pouvoir se faire. Autre chose ?

— Oui, Greger Vanger avait un Hasselblad à la main le jour de l'accident sur le pont. Cela signifie que lui aussi a pu prendre des clichés. Où se sont retrouvées ces photos après sa mort ?

— Va savoir, mais le plus naturel serait que sa veuve les ait gardées.

— Pourrais-tu…

— J'appelle Alexander et je lui pose la question.

— ET TU VEUX que je cherche quoi ? demanda Lisbeth Salander quand ils quittèrent Frode et passèrent le pont pour revenir sur l'île.

— Des coupures de presse et des publications style bulletin du comité d'entreprise. Je veux que tu lises tout ce que tu peux trouver en relation avec les dates où les meurtres ont été commis dans les années 1950 et 1960. Note tout ce qui te fait réagir ou que tu trouves un tant soit peu bizarre. Je crois qu'il vaut mieux que ce soit toi qui te charges de cette manip. Tu as meilleure mémoire que moi, à ce que j'ai cru comprendre.

Elle lui flanqua un coup de poing très professionnel dans les côtes. Cinq minutes plus tard, sa petite cylindrée crépitait sur le pont.

MIKAEL SERRA LA MAIN d'Alexander Vanger. Celui-ci avait été en déplacement la plus grande partie du temps que Mikael avait passé à Hedeby et Mikael n'avait fait que le croiser rapidement. *Il avait vingt ans quand Harriet a disparu.*

— Dirch Frode m'a dit que vous vouliez regarder de vieilles photos.

520

— Votre père possédait un Hasselblad.

— C'est exact. Il existe toujours, mais personne ne s'en sert.

— Vous savez que je fais des recherches sur ce qui est arrivé à Harriet, à la demande de Henrik.

— C'est ce que j'ai cru comprendre. Il y en a que cela ne réjouit pas vraiment.

— Fort possible. Vous n'êtes évidemment pas obligé de me montrer quoi que ce soit.

— Bof. Qu'est-ce que vous voulez voir ?

— Si votre père a pris des photos le jour de la disparition de Harriet.

Ils montèrent au grenier. Il fallut quelques minutes à Alexander pour localiser un carton rempli d'un tas de photos en vrac.

— Vous n'avez qu'à emporter toute la boîte, dit-il. S'il y en a, elles se trouvent forcément là-dedans.

MIKAEL PASSA UNE HEURE à trier les photos du carton que Greger Vanger avait laissé à sa mort. Pour illustrer la chronique familiale, le carton contenait quelques véritables bijoux, parmi lesquels un grand nombre de photos de Greger Vanger en compagnie du grand leader nazi suédois des années 1940, Sven Olof Lindholm. Mikael les mit de côté.

Il trouva plusieurs enveloppes contenant des photos que Greger Vanger avait manifestement prises lui-même et qui montraient différentes personnes et réunions de famille, ainsi que des photos de vacances typiques, pêche en torrent de montagne et un voyage en Italie avec la famille. Ils avaient entre autres visité la tour de Pise.

Il finit par trouver quatre photos de l'accident du camion-citerne. En dépit de son appareil d'excellente qualité,

Greger était un piètre photographe. Soit les clichés présentaient des gros plans du camion, soit ils montraient les gens de dos. Il ne trouva qu'une seule photo où l'on voyait Cécilia Vanger de trois quarts.

Mikael scanna les photos, tout en sachant qu'elles n'apporteraient rien de nouveau. Il remit tout dans le carton et mangea un sandwich en réfléchissant. Vers 15 heures, il alla voir Anna Nygren.

— Je voudrais savoir si Henrik a d'autres albums de photos que ceux qui font partie de ses recherches sur Harriet.

— Oui, Henrik s'est toujours intéressé à la photo, depuis qu'il était tout jeune, à ce que j'ai compris. Il a plein d'albums dans son cabinet de travail.

— Vous pourriez me les montrer ?

Anna Nygren hésita. C'était une chose de donner la clé de la chapelle funéraire – là, c'était Dieu qui régnait – et une autre de laisser Mikael entrer dans le cabinet de travail de Henrik Vanger. Parce que là, c'était le domaine du supérieur de Dieu. Mikael proposa à Anna d'appeler Dirch Frode si elle se sentait hésitante. Elle accepta finalement à contrecœur de laisser entrer Mikael. Un mètre linéaire de rayonnages tout en bas au ras du sol contenait uniquement des classeurs remplis de photographies. Mikael s'assit au bureau de Henrik et ouvrit le premier album.

Henrik Vanger avait conservé toutes sortes de photos de famille. Beaucoup dataient manifestement d'avant lui. Certaines des photos les plus anciennes remontaient aux années 1870 et montraient des hommes sévères et des femmes guindées. Il y avait des photos des parents de Henrik et d'autres membres de sa famille. Une photo montrait le père de Henrik fêtant la Saint-Jean avec des amis à Sandhamn en 1906. Une autre photo de Sandhamn montrait Fredrik Vanger et sa femme Ulrika en compagnie du peintre Anders Zorn et de l'écrivain Albert Engström autour d'une table avec des bouteilles débouchées. Il trouva un Henrik Vanger adolescent en costume sur une bicyclette. Il trouva le capitaine Oskar Granath qui, alors que la guerre battait son plein, avait transporté Henrik et sa bien-aimée Edith Lobach en sûreté à Karlskrona.

Anna lui monta un thermos de café. Il la remercia. Il arriva aux temps modernes et passa rapidement sur quelques photos qui montraient Henrik Vanger à la fleur de l'âge quand il inaugurait des usines ou serrait la main de Tage Erlander. Une photo du début des années 1960 montrait Henrik et le gros industriel et financier Marcus Wallenberg. Les deux capitalistes se regardaient d'un air bourru, l'entente cordiale ne régnait manifestement pas entre eux.

Il feuilleta plus loin et s'arrêta soudain sur une page que Henrik avait étiquetée *Conseil de famille 1966*, écrit au crayon. Deux photos couleur montraient des messieurs qui discutaient en fumant le cigare. Mikael reconnut Henrik, Harald, Greger et des gendres de Johan Vanger. Deux photos du dîner, où une quarantaine d'hommes et de femmes étaient à table et fixaient l'appareil photo. Mikael réalisa tout à coup que ces photos avaient été prises après le drame sur le pont mais avant qu'on se soit aperçu de la disparition de Harriet. Il étudia leur visage. C'était à ce dîner qu'elle aurait dû participer. L'un des hommes savait-il déjà qu'elle avait disparu ? Les photos n'apportaient bien entendu aucune réponse.

Puis Mikael avala son café de travers. Il toussa et se redressa brutalement sur sa chaise.

Assise au petit côté de la table, vêtue de sa robe claire, Cécilia Vanger souriait à l'appareil photo. A côté d'elle était assise une autre femme blonde aux cheveux longs et vêtue d'une robe claire identique. Elles se ressemblaient tant qu'elles auraient pu être jumelles. Et soudain le morceau de puzzle trouva sa place. Ce n'était pas Cécilia Vanger à la fenêtre de Harriet – c'était sa sœur Anita, de deux ans sa cadette, aujourd'hui domiciliée à Londres.

Qu'est-ce qu'elle avait dit, Lisbeth ? *Cécilia Vanger apparaît sur beaucoup de photos. On a l'impression qu'elle se déplace en permanence entre les groupes.* Pas du tout. C'était deux personnes différentes et le hasard avait voulu qu'elles ne se retrouvent jamais sur la même photo. Sur les photos noir et blanc prises de loin, elles avaient l'air identiques. Henrik avait probablement tout le temps distingué les sœurs, mais pour Mikael et Lisbeth, elles avaient été à tel point semblables qu'ils avaient pensé à la même femme. Et personne n'avait relevé leur erreur puisqu'ils n'avaient jamais pensé à poser la question.

Mikael tourna les pages et sentit les cheveux se dresser dans sa nuque. C'était comme si un courant d'air glacial était entré balayer la pièce.

C'étaient des photos prises le lendemain, alors que les recherches de Harriet avaient commencé. Un jeune inspecteur de police, Gustaf Morell, donnait des instructions à un groupe avec deux agents de police en uniforme et une dizaine d'hommes en bottes rassemblés pour la battue. Henrik Vanger portait un imperméable qui s'arrêtait aux genoux et un chapeau anglais à larges bords.

Tout à gauche sur la photo se trouvait un jeune homme, un peu rond, avec des cheveux blonds mi-longs. Il portait une doudoune sombre avec une partie rouge sur les épaules. La photo était très nette. Mikael le reconnut immédiatement mais, pour être tout à fait sûr, il sortit la photo et descendit demander à Anna Nygren si elle le reconnaissait.

— Oui, bien sûr, c'est Martin. Il doit avoir environ dix-huit ans sur cette photo.

LISBETH SALANDER parcourut dans l'ordre chronologique les différentes coupures de presse sur le groupe Vanger, année après année. Elle commença en 1949 et avança méthodiquement. Le problème était que les archives de coupures étaient gigantesques. Le groupe était mentionné dans les médias pratiquement tous les jours pendant la période en question – pas seulement dans les médias nationaux mais avant tout dans la presse locale. Se trouvaient là des analyses économiques, commentaires des syndicats, comptes rendus de négociations et menaces de grève, inaugurations d'usines et fermetures d'usines, bilans annuels, changements de directeurs, mises sur le marché de produits nouveaux... un flot d'informations. *Clic. Clic. Clic.* Son cerveau travaillait à plein régime quand elle mettait au point et assimilait les données d'une vieille coupure.

Elle trimait depuis une heure, quand une idée lui vint en tête. Elle s'adressa à la responsable des archives, Bodil Lindgren, et demanda s'il existait un tableau des implantations des usines et sociétés Vanger dans les années 1950 et 1960.

Bodil Lindgren regarda Lisbeth Salander avec une méfiance et une froideur évidentes. Elle n'appréciait pas du tout qu'une personne totalement étrangère ait reçu l'autorisation de s'introduire dans les archives sacrées du groupe pour examiner ce qu'elle voulait. Et, de plus, une fille qui avait l'air d'une anarchiste de quinze ans complètement fêlée. Mais Dirch Frode lui avait donné des instructions claires et nettes. Il fallait laisser Lisbeth Salander regarder tout ce qu'elle voulait. Et c'était urgent. Bodil Lindgren alla rechercher les bilans annuels des années que Lisbeth avait demandées ; chaque bilan contenait une carte avec les tentacules du groupe partout en Suède.

Lisbeth jeta un regard sur la carte et nota que le groupe avait d'innombrables usines, bureaux et lieux de vente. Elle constata qu'à chaque endroit où un meurtre avait été commis se trouvait également un point rouge, parfois plusieurs, qui indiquaient le groupe Vanger.

Elle trouva le premier lien en 1957. Rakel Lunde, Landskrona, avait été retrouvée morte le lendemain du jour où la société V. & C. Constructions avait raflé une grosse commande de plusieurs millions de couronnes pour la construction d'un nouveau centre commercial dans la localité. V. & C. signifiait Vanger & Carlén Constructions, et faisait partie du groupe Vanger. Le journal local avait interviewé Gottfried Vanger qui était venu pour signer le contrat.

Lisbeth se souvint d'une chose qu'elle avait lue dans l'enquête de police jaunie aux archives départementales de Landskrona. Rakel Lunde, cartomancienne à ses heures, était femme de ménage. Elle avait travaillé à V. & C. Constructions.

À 19 HEURES, Mikael avait appelé Lisbeth une douzaine de fois et constaté autant de fois que son portable était coupé. Elle ne voulait pas être interrompue pendant qu'elle ratissait les archives.

Il faisait les cent pas dans la maison. Il avait sorti les notes de Henrik sur l'emploi du temps de Martin Vanger lors de la disparition de Harriet.

Martin Vanger était en dernière année de lycée à Uppsala en 1966. *Uppsala. Lena Andersson, lycéenne de dix-sept ans. La tête séparée de la graisse.*

526

Henrik l'avait mentionné à un moment donné, mais Mikael dut consulter ses notes pour trouver le passage. Martin avait été un garçon renfermé. Ils s'étaient fait du souci pour lui. Quand son père s'était noyé, sa mère Isabella avait décidé de l'envoyer à Uppsala – un changement de milieu, et il y était logé par Harald Vanger. *Harald et Martin ?* Ça ne collait pas.

Il n'y avait pas eu de place pour Martin Vanger dans la voiture pour la réunion de famille à Hedestad. Il avait loupé le train pour rejoindre la réunion. Il était arrivé tard dans l'après-midi et avait donc fait partie de ceux qui s'étaient trouvés coincés du mauvais côté du pont. Il n'était arrivé sur l'île que vers 18 heures, en bateau ; il avait été accueilli entre autres par Henrik Vanger lui-même. De ce fait, Henrik Vanger l'avait placé assez bas sur la liste des personnes qui auraient pu avoir un rapport avec la disparition de Harriet.

Martin Vanger affirmait qu'il n'avait pas rencontré Harriet ce jour-là. Il mentait. Il était arrivé à Hedestad plus tôt dans la journée et s'était trouvé dans la rue de la Gare, face à face avec sa sœur. Mikael pouvait réfuter son mensonge avec des photos qui étaient restées enterrées pendant près de quarante ans.

Harriet Vanger avait vu son frère et ça l'avait choquée. Elle avait rejoint l'île et avait essayé de parler avec Henrik Vanger, mais elle avait disparu avant que l'entretien ait pu avoir lieu. *Qu'est-ce que tu avais l'intention de raconter ? Uppsala ? Mais Lena Andersson, Uppsala, n'était pas sur ta liste. Tu n'étais pas au courant.*

L'histoire ne collait toujours pas pour Mikael. Harriet avait disparu vers 15 heures. Preuves à l'appui, Martin s'était trouvé de l'autre côté du pont à cette heure-là. On le voyait sur des photographies du parvis de l'église. Il était impossible qu'il ait pu faire du mal à Harriet

Vanger sur l'île. Un morceau du puzzle manquait toujours. *Un complice, alors ? Anita Vanger ?*

LES ARCHIVES permettaient à Lisbeth de constater que la position de Gottfried Vanger au sein du groupe avait changé au fil des ans. Il était né en 1927. A vingt ans, il avait rencontré Isabella et n'avait pas tardé à la mettre enceinte. Martin Vanger était né en 1948, et il n'y avait dès lors plus d'hésitation à avoir : il fallait que les deux jeunes se marient.

Gottfried en avait vingt-deux quand Henrik Vanger l'avait fait entrer au siège du groupe Vanger. Il était manifestement doué et on commençait à le considérer comme un futur dauphin. Il s'était assuré une place dans la direction vers vingt-cinq ans, en tant que directeur adjoint de la section du développement d'entreprises. Une étoile montante.

A un moment donné, vers le milieu des années 1950, sa carrière s'était arrêtée. *Il buvait. Le mariage avec Isabella tournait au vinaigre. Les enfants, Harriet et Martin, en pâtissaient. Henrik a mis le holà.* La carrière de Gottfried avait atteint son point culminant. En 1956, un autre poste de directeur adjoint au développement fut créé. Deux directeurs adjoints – un qui faisait le boulot pendant que Gottfried buvait et restait absent de longues périodes.

Mais Gottfried était toujours un Vanger, charmant de surcroît et beau parleur. A partir de 1957, sa tâche semblait être de parcourir le pays pour inaugurer des usines, résoudre des conflits locaux et montrer à tous que la direction du groupe se sentait concernée. *Nous vous envoyons un de nos fils pour écouter vos doléances. Nous vous prenons au sérieux.*

Elle trouva le deuxième lien vers 18 h 30. Gottfried Vanger avait participé à des négociations à Karlstad où le groupe Vanger avait racheté un commerce de bois. Le lendemain, on avait retrouvé la fermière Magda Lovisa Sjöberg assassinée.

Elle découvrit le troisième lien quinze minutes plus tard seulement. Uddevalla 1962. Le jour même où Lea Persson disparaissait, le journal local avait interviewé Gottfried Vanger au sujet d'une extension possible du port.

Trois heures plus tard, Lisbeth Salander avait constaté que Gottfried Vanger avait été présent sur les lieux pour au moins cinq des huit meurtres, les jours précédant ou suivant l'événement. Elle n'avait aucune information sur les meurtres de 1949 et 1954. Elle examina une photo de lui sur une coupure de presse. Un homme mince aux cheveux cendrés ; il avait quelque chose de Clark Gable dans *Autant en emporte le vent*.

En 1949, Gottfried avait vingt-deux ans. Le premier meurtre avait lieu en terrain connu. Hedestad. Rebecka Jacobsson, employée de bureau du groupe Vanger. Où est-ce que vous vous êtes rencontrés ? Qu'est-ce que tu lui as promis ?

Lorsque Bodil Lindgren voulut fermer et rentrer chez elle à 19 heures, Lisbeth Salander lui répondit sèchement qu'elle n'avait pas fini. Qu'elle rentre et lui laisse une clé, et elle fermerait en partant. La responsable des archives était maintenant tellement irritée qu'une jeune femme se permette de la commander qu'elle appela Dirch Frode pour demander des instructions. Frode décida au pied levé que Lisbeth pourrait rester toute la nuit si elle l'estimait nécessaire. Mlle Salander aura-t-elle la gentillesse d'avertir le gardien dans sa loge, pour qu'il puisse la faire sortir quand elle voudra partir ?

Lisbeth Salander se mordit la lèvre inférieure. Le problème était évidemment que Gottfried Vanger s'était noyé un soir de soûlerie en 1965, alors que le dernier meurtre avait été commis à Uppsala en février 1966. Elle se demanda si elle s'était trompée en inscrivant la lycéenne de dix-sept ans, Lena Andersson, sur la liste. *Non. Ce n'était pas exactement la même signature, mais c'était la même parodie biblique. Il y avait forcément un lien.*

21 HEURES, la nuit venait. L'air était plus frais et une petite bruine avait commencé à tomber. Mikael était assis à la table de la cuisine et tambourinait des doigts quand la Volvo de Martin Vanger traversa le pont et disparut en direction du promontoire. Cela poussa en quelque sorte les choses à leur extrême.

Mikael ne savait pas quoi faire. Tout son corps brûlait de poser des questions – de confronter. Une attitude certes peu raisonnable s'il soupçonnait Martin Vanger d'être un tueur fou qui avait assassiné sa sœur et une fille à Uppsala, et qui de plus avait essayé de tuer Mikael. Mais Martin Vanger fonctionnait aussi comme un aimant. Et il ne savait pas que Mikael savait, et Mikael pouvait très bien passer chez lui avec le prétexte… eh bien, de rendre la clé de la cabane de Gottfried ? Mikael verrouilla la porte et se dirigea vers le promontoire.

La maison de Harald Vanger était comme d'habitude plongée dans une obscurité totale. C'était éteint chez Henrik Vanger à part dans une chambre donnant sur la cour. Anna était allée se coucher. La maison d'Isabella était éteinte. Cécilia n'était pas chez elle. Il y avait de la lumière à l'étage de la maison d'Alexander Vanger, tandis que les deux maisons habitées par des gens qui n'étaient pas membres de la famille Vanger étaient éteintes. Il n'aperçut pas âme qui vive.

Hésitant, il s'arrêta devant la maison de Martin Vanger, sortit le portable et composa le numéro de Lisbeth Salander. Toujours pas de réponse. Il coupa son portable pour éviter qu'il ne sonne.

Des lampes étaient allumées au rez-de-chaussée. Mikael traversa la pelouse et s'arrêta à quelques mètres de la fenêtre de la cuisine, mais il ne vit aucun mouvement. Il fit le tour de la maison et s'arrêta à chaque fenêtre, mais il ne voyait pas Martin Vanger. En revanche, il découvrit que la porte pratiquée dans le portail du garage était entrouverte. *Ne va pas faire l'imbécile, maintenant.* Mais il ne put résister à la tentation d'y jeter un rapide coup d'œil.

La première chose qu'il vit, sur un établi de menuisier, était une boîte ouverte de munitions pour fusil de chasse. Ensuite il vit deux bidons d'essence par terre sous l'établi. *Tu prépares une autre visite nocturne, Martin ?*

— Entre, Mikael. Je t'ai vu venir sur la route.

Le cœur de Mikael s'arrêta. Il tourna lentement la tête et vit Martin Vanger dans la pénombre d'une porte qui menait à l'intérieur de la maison.

— C'était plus fort que toi, il fallait que tu viennes ici, c'est ça ?

La voix était calme, presque amicale.

— Salut Martin, répondit Mikael.

— Entre, répéta Martin Vanger. Par ici.

Il fit un pas en avant sur le côté et tendit la main gauche en un geste d'invitation. Il leva la main droite et Mikael vit un reflet de métal dépoli.

— Pour ton information, c'est un Glock. Ne fais pas de bêtises. A cette distance je ne risque pas de te louper.

Mikael s'approcha lentement. Quand il fut tout près de Martin Vanger, il s'arrêta et le regarda dans les yeux.

— Il fallait que je vienne. J'ai un tas de questions à te poser.

— Je comprends. Par la porte, là.

Mikael entra lentement dans la maison. Le passage menait au vestibule vers la cuisine mais, avant d'y arriver, Martin Vanger l'arrêta en posant une main légère sur son épaule.

— Non, pas dans la cuisine. Prends à droite. Ouvre la porte sur le côté.

La cave. Mikael avait descendu la moitié de l'escalier, quand Martin Vanger tourna un interrupteur et des lampes s'allumèrent. A droite se trouvait la chaufferie. D'en face, Mikael sentit une odeur de lessive. Martin Vanger le guida à gauche, dans un petit local avec de vieux meubles et des cartons. Tout au fond, il y avait encore une porte. Une porte sécurisée en acier avec une serrure multipoint.

— Tiens, dit Martin Vanger en lançant un trousseau de clés à Mikael. Ouvre.

Mikael ouvrit la porte.

— Il y a un interrupteur à gauche.

Mikael venait d'ouvrir la porte de l'enfer.

VERS 21 HEURES, Lisbeth alla se payer un café et un sandwich sous cellophane à un distributeur Selecta dans le couloir des archives. Elle continua à feuilleter de vieux papiers avec l'intention de trouver une trace de Gottfried Vanger à Kalmar en 1954. Elle fit chou blanc.

Elle envisagea d'appeler Mikael, mais décida de parcourir aussi les bulletins du personnel avant de s'en aller, ensuite ça suffirait pour ce soir.

LA PIÈCE MESURAIT environ cinq mètres sur dix. Mikael se dit que géographiquement elle était située sous le petit côté nord de la maison.

Martin Vanger avait aménagé sa chambre de torture privée avec soin. A gauche, des chaînes, des anneaux en métal au plafond et au sol, une table avec des courroies en cuir où il pouvait attacher ses victimes. Et puis un équipement vidéo. Un studio d'enregistrement. Au fond de la pièce se trouvait une cage en acier où ses hôtes pouvaient être emprisonnés de longues périodes. A droite de la porte, un lit et un coin télé. Sur une étagère, Mikael aperçut une grande quantité de films vidéo.

Dès qu'ils furent entrés dans la pièce, Martin Vanger pointa le pistolet sur Mikael et lui ordonna de se coucher à plat ventre par terre. Mikael refusa.

— Comme tu veux, dit Martin Vanger. Alors je te tire une balle dans le genou.

Il braqua son arme. Mikael capitula. Il n'avait pas le choix.

Il avait espéré que Martin relâche son attention un dixième de seconde – il savait qu'il gagnerait n'importe quelle bagarre contre Martin Vanger. Il avait eu une toute petite chance dans le passage à l'étage au-dessus lorsque Martin avait posé sa main sur son épaule, mais il avait hésité. Ensuite, Martin ne s'était pas approché. Sans rotule, il n'aurait pas la moindre chance. Il s'allongea par terre.

Martin s'approcha par-derrière et ordonna à Mikael de mettre ses mains dans le dos. Il les bloqua dans des menottes. Puis il commença à bourrer Mikael de coups de pied dans l'aine et à lui asséner de violents coups de poing.

Ce qui se passa ensuite fut comme un cauchemar. Martin Vanger oscilla entre rationalité et maladie mentale. Par moments, il semblait calme. L'instant d'après, il arpentait la cave comme un fauve en cage. Il balança plusieurs séries de coups de pied à Mikael. Tout ce que ce dernier put faire fut d'essayer de se protéger la tête et de recevoir les coups sur les parties molles du corps. Au bout de quelques minutes, une douzaine de blessures lui faisaient souffrir le martyre.

Durant la première demi-heure, Martin ne dit pas un mot et resta inaccessible à tout ce que Mikael put dire. Ensuite, il parut se calmer. Il alla chercher une chaîne qu'il passa autour du cou de Mikael et fixa par un cadenas à un anneau dans le sol. Il laissa Mikael seul pendant un bon quart d'heure. A son retour, il tenait une bouteille d'eau en plastique. Il s'assit sur une chaise et contempla Mikael en buvant.

— Puis-je avoir un peu d'eau ? demanda Mikael.

Martin Vanger se pencha sur lui et le laissa boire. Mikael avala goulûment.

— Merci.

— Toujours aussi poli, Super Blomkvist.

— Pourquoi tous ces coups de pied ? demanda Mikael.

— Parce que tu me mets dans une colère noire. Tu mérites d'être puni. Pourquoi est-ce que tu ne rentres pas tout simplement chez toi ? Ils avaient besoin de toi à *Millénium*. Je suis sérieux – nous aurions pu en faire un grand journal. Nous aurions pu travailler ensemble pendant de nombreuses années.

Mikael fit une grimace et essaya d'arranger son corps dans une position confortable. Il était sans défense. Tout ce qui lui restait était sa voix.

— Je suppose que tu insinues que cette occasion-là est passée, dit Mikael.

Martin Vanger rit.

— Je suis désolé, Mikael. Mais oui, tu as bien compris, tu vas mourir ici.

Mikael hocha la tête.

— Mais comment est-ce que vous avez fait pour me démasquer, bordel de merde, toi et cette zombie anorexique que tu as mêlée à tout ça ?

— Tu as menti sur ton emploi du temps le jour où Harriet a disparu. Je peux prouver que tu étais à Hedestad au défilé de la fête des Enfants. Tu as été photographié en train de regarder Harriet.

— C'est pour ça que tu es allé à Norsjö ?

— Oui, pour chercher la photo. Elle a été prise par un couple qui se trouvait à Hedestad par hasard. Ils s'étaient simplement arrêtés au passage.

Martin Vanger secoua la tête.

— C'est du baratin, dit-il.

Mikael réfléchissait intensément à ce qu'il pourrait dire pour empêcher ou au moins retarder sa mise à mort.

— Où se trouve cette photo maintenant ?

— Le négatif ? Il est dans mon coffre à la Handelsbank, ici à Hedestad… tu ignorais que j'ai un coffre à la banque ? Il mentait avec aisance. Les copies se trouvent un peu partout. Dans mon ordinateur et celui de Lisbeth, dans le serveur d'images de *Millénium* et dans le serveur de Milton Security où Lisbeth travaille.

Martin Vanger se tut un moment, essayant de déterminer si Mikael bluffait ou pas.

— Qu'est-ce qu'elle sait, la môme Salander ?

Mikael hésita. Lisbeth Salander était pour le moment son seul espoir de salut. Qu'allait-elle faire en rentrant à la maison et en découvrant qu'il n'y était pas ? Il avait posé la photo de Martin Vanger vêtu de sa doudoune sur la table de cuisine. Allait-elle faire le lien ? Allait-elle sonner l'alarme ? *Elle n'est pas du genre à appeler la police.* Le cauchemar serait qu'elle se rende chez Martin Vanger, sonne à la porte et exige de savoir où se trouvait Mikael.

— Réponds, dit Martin Vanger d'une voix glaciale.

— J'imagine que Lisbeth en sait à peu près autant que moi, peut-être plus même. Je dirais qu'elle en sait plus que moi. Elle est futée. C'est elle qui a fait le lien avec Lena Andersson.

— Lena Andersson ? Martin Vanger eut l'air perplexe.

— L'adolescente que tu as torturée à mort à Uppsala en février 1966. Ne me dis pas que tu l'as oubliée.

Le regard de Martin Vanger s'éclaircit. Pour la première fois il avait l'air ébranlé. Il ne savait pas que quelqu'un avait fait ce lien-là – Lena Andersson ne figurait pas dans le carnet de téléphone de Harriet.

— Martin, dit Mikael d'une voix aussi stable que possible. Martin, c'est fini. Tu peux peut-être me tuer, mais c'est fini. Trop de gens sont au courant et cette fois-ci tu seras coincé.

Martin Vanger fut rapidement debout et se mit de nouveau à arpenter la pièce. Il balança soudain son poing contre le mur. *Je dois me rappeler qu'il est irrationnel. Le chat. Il aurait pu trucider le chat ici, mais il l'a emmené dans la chapelle familiale. Il n'agit pas de façon rationnelle.* Martin Vanger s'arrêta.

— Je crois que tu mens. Il n'y a que toi et Salander qui êtes au courant. Vous n'avez parlé à personne, sinon la police aurait déjà débarqué. Un bon incendie dans la maison des invités et les preuves partiront en fumée.

— Et si tu te trompes ?

Il sourit soudain.

— Si je me trompe, c'est réellement fini. Mais je n'en crois rien. Je parie que tu bluffes. Quel choix est-ce que j'ai ? Il réfléchit. C'est cette foutue pétasse qui m'embarrasse. Il faut que je la trouve.

— Elle est partie à Stockholm ce midi.

Martin Vanger éclata de rire.

— Ah oui. Alors dans ce cas pourquoi a-t-elle passé la soirée aux archives du groupe Vanger ?

Le cœur de Mikael bondit dans sa poitrine. *Il savait. Il savait depuis le début.*

— C'est exact. Elle devait faire un tour aux archives et ensuite partir pour Stockholm, répondit Mikael aussi calmement qu'il le put. Je ne savais pas qu'elle était restée si longtemps.

— Arrête. La responsable des archives m'a fait savoir que Dirch Frode lui a donné l'ordre de laisser Salander rester là aussi tard qu'elle voulait. Cela signifie qu'elle rentrera à un moment ou un autre cette nuit. Le gardien m'appellera dès qu'elle quittera les bureaux.

IV

HOSTILE TAKEOVER

11 juillet au 30 décembre

En Suède, 92 % des femmes ayant subi des violences sexuelles à l'occasion d'une agression n'ont pas porté plainte.

24

VENDREDI 11 JUILLET – SAMEDI 12 JUILLET

MARTIN VANGER se pencha en avant pour fouiller les poches de Mikael et en sortit le trousseau de clés.

— C'était malin de changer la serrure. Je vais m'occuper de ta copine quand elle rentrera.

Mikael ne répondit pas. Il se rappela que Martin Vanger était un négociateur expérimenté fort de nombreux combats singuliers industriels. Il savait reconnaître un bluff quand on lui en servait un.

— Pourquoi ?

— Pourquoi quoi ?

— Pourquoi tout ça ? Mikael essaya d'indiquer la pièce d'un mouvement de tête.

Martin Vanger se pencha, glissa une main sous le menton de Mikael et lui souleva la tête pour que leurs regards se croisent.

— Parce que c'est si facile, dit-il. Des femmes disparaissent sans arrêt. Elles ne manquent à personne. Des immigrées. Des putes de Russie. Des milliers de personnes passent en Suède chaque année.

Il lâcha la tête de Mikael et se leva, presque fier de pouvoir guider la visite.

Les paroles de Martin Vanger frappèrent Mikael comme un coup de poing.

Mon Dieu. Il ne s'agit pas d'une énigme historique. Martin Vanger assassine des femmes aujourd'hui. Et comme un con je me suis jeté droit dans...

— Je n'ai pas d'invitée en ce moment. Mais ça t'amusera peut-être d'apprendre que l'hiver dernier et au printemps, pendant que toi et Henrik vous vous montiez la tête avec vos histoires, j'avais une fille ici. Elle s'appelait Irina, elle venait de Biélorussie. Pendant que tu dînais là-haut, elle était enfermée ici dans la cage. Une soirée très agréable, je t'assure.

Martin Vanger s'assit sur la table en laissant pendouiller ses jambes. Mikael ferma les yeux. Il sentit des renvois acides dans sa gorge et déglutit à plusieurs reprises.

— Qu'est-ce que tu fais des corps ?

— Mon bateau est amarré au ponton juste en bas. Je les emmène au large, loin. Contrairement à mon père, je ne laisse aucune trace. Mais il était malin aussi. Lui, il éparpillait ses victimes dans toute la Suède.

Les morceaux de puzzle commençaient à prendre leur place dans la tête de Mikael.

Gottfried Vanger. De 1949 en 1965. Ensuite Martin Vanger a pris le relais, en 1966 à Uppsala.

— Tu admirais ton papa.

— C'est lui qui m'a appris. Il m'a initié quand j'avais quatorze ans.

— Uddevalla. Lea Persson.

— C'est ça. J'y étais. Je n'étais que spectateur, mais j'y étais.

— 1964, Sara Witt à Ronneby.

— J'avais seize ans. C'était la première fois que j'avais une femme pour moi. Gottfried m'a appris. C'est moi qui l'ai étranglée.

Il se vante. Seigneur Dieu, c'est quoi cette famille de psychopathes !

542

— Tu réalises que c'est pathologique ?

Martin Vanger haussa légèrement les épaules.

— Je ne pense pas que tu puisses comprendre la sensation divine d'avoir le contrôle absolu sur la vie et la mort de quelqu'un.

— Tu prends plaisir à torturer et à tuer des femmes, Martin.

Le capitaine d'industrie réfléchit un instant, le regard fixé sur un point vide du mur derrière Mikael. Puis il afficha son sourire charmeur étincelant.

— Je ne pense pas. Si je procède à une analyse intellectuelle de mon état, je serais plus un violeur en série qu'un tueur en série. En fait, je suis un kidnappeur en série. Tuer arrive pour ainsi dire comme une conclusion naturelle parce que je dois dissimuler mon crime. Tu comprends ?

Mikael ne savait pas comment il devait répondre et il se contenta de hocher la tête.

— Mes actes ne sont évidemment pas acceptables par la société mais mon crime est en premier lieu un crime contre les conventions de la société. La mort n'intervient qu'à la fin du séjour de mes hôtes ici, quand je m'en suis lassé. C'est toujours si fascinant de voir leur déception.

— Déception ? demanda Mikael stupéfait.

— Exactement. *Déception*. Elles s'imaginent que parce qu'elles me contentent, elles vont survivre. Elles s'adaptent à mes règles. Elles commencent à avoir confiance en moi et développent une camaraderie avec moi, et jusqu'à la fin elles espèrent que cette camaraderie signifie quelque chose. Leur déception vient du fait qu'elles découvrent soudain qu'elles ont été bernées.

Martin Vanger fit le tour de la table et s'appuya contre la cage en acier.

— Toi, avec tes conventions de petit-bourgeois, tu ne pourras jamais comprendre, mais c'est la planification du kidnapping qui procure l'excitation. Il ne faut pas agir sur une impulsion – les kidnappeurs de ce genre se font toujours coincer. C'est une véritable science avec mille détails à prendre en compte. Je dois identifier une proie et cataloguer sa vie. Qui est-elle ? D'où vient-elle ? Où pourrai-je la coincer ? Comment vais-je faire pour me retrouver seul avec ma *proie*, sans que mon nom ni quoi que ce soit apparaissent dans une future enquête de police ?

Arrête, pensa Mikael. Martin Vanger discutait les kidnappings et les meurtres sur un ton presque universitaire, un peu comme s'il exposait un avis contraire dans une question de théologie ésotérique.

— Est-ce que tout ceci t'intéresse vraiment, Mikael ?

Il se pencha en avant et caressa la joue de Mikael. Son contact était doux, presque tendre.

— Tu réalises sans doute que cette affaire ne peut se terminer que d'une seule manière. Ça te dérange si je fume ?

Mikael secoua la tête.

— N'hésite pas à m'offrir une cigarette, répondit-il.

Martin Vanger accéda à sa demande. Il alluma deux cigarettes et en glissa doucement une entre les lèvres de Mikael, le laissa tirer dessus en la tenant.

— Merci, dit Mikael automatiquement.

Martin Vanger rit de nouveau.

— Tu vois. Tu as déjà commencé à t'adapter au principe de la soumission. Je tiens ta vie entre mes mains, Mikael. Tu sais que je peux te tuer d'une seconde à l'autre. Tu m'as supplié d'améliorer ta qualité de vie et tu l'as fait en utilisant un argument rationnel et une touche de flatterie. Tu as obtenu ta récompense.

Mikael hocha la tête. Son cœur battait à tout rompre, c'était quasiment insupportable.

À 23 H 15, Lisbeth Salander but une gorgée d'eau de sa bouteille, tout en tournant les pages. Contrairement à Mikael plus tôt dans la journée, elle n'avala pas de travers. Par contre, elle écarquilla les yeux quand elle fit le lien.

Clic !

Pendant deux heures elle avait parcouru des bulletins du personnel provenant de tous les azimuts du groupe Vanger. Le bulletin principal s'intitulait simplement *Les Informations du groupe Vanger*, et portait le logo du groupe – un drapeau suédois flottant au vent et dont la pointe formait une flèche. Le magazine était manifestement conçu par le département communication au QG du groupe et n'était que de la propagande destinée aux employés pour qu'ils se sentent membres d'une grande famille.

Pour les vacances d'hiver en février 1967, Henrik Vanger avait eu un geste grandiose et invité cinquante des employés du siège avec leurs familles à une semaine de ski dans le Härjedalen. Motif de cette invitation : le groupe avait affiché des résultats records l'année précédente – un remerciement pour de nombreuses heures de travail. Le département communication, invité lui aussi, avait réalisé un reportage photo sur la station louée pour l'occasion.

Un tas de photos des pistes de ski avec des légendes amusantes. Certaines avaient été prises au bar, avec des gars hilares, le visage marqué par le froid, et qui levaient leurs chopes de bière. Deux photos d'une petite cérémonie matinale où Henrik Vanger désignait "meilleure employée de bureau de l'année" une secrétaire nommée Ulla-Britt Mogren, quarante et un ans. Elle recevait une prime de 500 couronnes et un saladier en verre.

La distribution du prix avait eu lieu sur la terrasse de l'hôtel, apparemment juste avant que les gens se lancent de nouveau sur les pistes. Sur la photo, on voyait une vingtaine de personnes. A droite, juste derrière Henrik Vanger, se tenait un homme aux longs cheveux blonds. Il portait une doudoune sombre avec une partie distincte sur les épaules. Comme le bulletin était en noir et blanc, la couleur n'apparaissait pas, mais Lisbeth Salander était prête à parier sa tête que c'était rouge.

La légende expliquait le contexte : *A l'extrême droite, Martin Vanger, dix-neuf ans, étudiant à Uppsala. Que l'on dit quelqu'un de très prometteur dans la direction du groupe.*

— *Cette fois, je t'ai, mon petit gars*, dit Lisbeth Salander à voix basse.

Elle éteignit la lampe de bureau et laissa les bulletins du personnel en désordre sur le bureau – *cette pouffe de Bodil Lindgren n'aura qu'à ranger tout ça demain.*

Elle sortit sur le parking par une porte latérale. Arrivée à mi-chemin de sa moto, elle se souvint qu'elle avait promis d'annoncer son départ au gardien. Elle s'arrêta et regarda le parking. Le gardien se trouvait de l'autre côté du bâtiment. Cela signifiait qu'elle serait obligée de retourner sur ses pas et de faire le tour de la maison. *Va te faire foutre !* décida-t-elle.

Arrivée à sa moto, elle alluma son portable et fit le numéro de Mikael. Une voix annonça que son correspondant n'était pas disponible. Par contre, elle découvrit que Mikael avait essayé de l'appeler pas moins de treize fois entre 15 h 30 et 21 heures. Il n'avait pas appelé au cours des deux dernières heures.

Lisbeth composa le numéro du téléphone fixe dans la maison des invités, mais sans réponse. Elle fronça les sourcils, attacha la sacoche de son ordinateur, mit son casque et démarra la moto. Il lui fallut dix minutes pour aller du siège Vanger dans la zone industrielle de Hedestad jusqu'à l'île. C'était allumé dans la cuisine, mais la maison était vide.

Lisbeth Salander sortit jeter un coup d'œil dehors. Sa première pensée fut que Mikael était allé chez Dirch Frode, mais dès le pont elle put constater que les lumières dans la villa de Frode sur l'autre rive étaient éteintes. Elle regarda sa montre, qui indiquait 23 h 40.

Elle retourna à la maison, ouvrit le placard et sortit les bécanes qui stockaient les images de surveillance des caméras. Il lui fallut un moment pour établir le déroulement des événements.

A 15 h 32, Mikael était arrivé à la maison.

A 16 h 03, il était sorti boire un café dans le jardin. Il avait avec lui un dossier qu'il avait examiné. Il avait passé trois coups de fil brefs pendant l'heure où il était resté dans le jardin. Les trois appels correspondaient à la minute près aux appels auxquels elle n'avait pas répondu.

A 17 h 21 Mikael était sorti. Il était de retour moins de quinze minutes plus tard.

A 18 h 20, il était sorti jusqu'à la grille et avait regardé du côté du pont.

A 21 h 03, il était sorti. Il n'était pas revenu.

Lisbeth visionna en avance rapide les images du deuxième ordinateur, qui montraient la grille et la route. Elle pouvait voir les allées et venues des uns et des autres au cours de la journée.

A 19 h 12, Gunnar Nilsson était rentré.

A 19 h 42, quelqu'un dans la Saab de la ferme d'Östergården était parti en direction de Hedestad.

A 20 h 02 la voiture était revenue – un tour à la boutique de la station-service ?

Ensuite, rien avant 21 heures pile, lorsque la voiture de Martin Vanger passait. Trois minutes plus tard, Mikael avait quitté la maison.

A peine une heure plus tard, à 21 h 50, Martin Vanger apparaissait soudain dans le champ de l'objectif. Il restait devant la grille une bonne minute, contemplait la maison et regardait par la fenêtre de la cuisine. Puis il montait sur le perron et essayait d'ouvrir la porte, puis sortait une clé. Ensuite, il devait se rendre compte que la serrure avait été changée et il restait immobile un court instant avant de tourner les talons et de quitter la maison.

Lisbeth Salander sentit soudain un froid glacial se répandre dans son ventre.

MARTIN VANGER l'avait de nouveau laissé seul un long moment. Mikael était allongé immobile dans sa position inconfortable, les mains menottées dans le dos et le cou attaché par une fine chaîne à l'anneau dans le sol. Il tripota les menottes tout en sachant qu'il n'allait pas pouvoir les ouvrir. Elles étaient tellement serrées qu'il avait perdu toute sensation dans les mains.

Il n'avait aucune chance. Il ferma les yeux.

Il n'aurait su dire combien de temps s'était écoulé quand il entendit de nouveau les pas de Martin Vanger. Le chef d'entreprise arriva dans son champ de vision. Il avait l'air soucieux.

— Inconfortable ? demanda-t-il.

— Oui, répondit Mikael.

— Tu n'as qu'à t'en prendre à toi-même. Tu aurais dû rentrer chez toi.

— Pourquoi est-ce que tu tues ?

— C'est un choix que j'ai fait. Je pourrais discuter des aspects moraux et de la valeur intellectuelle de mes agissements avec toi toute la nuit, mais cela ne change en rien les faits. Essaie de voir les choses ainsi : un être humain est une enveloppe de peau qui maintient en place des cellules, du sang et des composants chimiques. Quelques individus, ils sont rares, se retrouvent dans les livres d'histoire. La plus grande partie succombent et disparaissent sans laisser de traces.

— Tu tues des femmes.

— Nous qui tuons pour être en accord avec notre jouissance – car je ne suis pas le seul à avoir ce passe-temps –, nous menons une vie d'intensité maximum.

— Mais pourquoi Harriet ? Ta propre sœur ?

Le visage de Martin Vanger changea soudain. D'un bond il fut près de Mikael et l'agrippa par les cheveux.

— Qu'est-ce qu'il lui est arrivé ?

— Qu'est-ce que tu veux dire ? haleta Mikael.

Il essaya de tourner la tête pour diminuer la douleur du cuir chevelu. La chaîne se tendit immédiatement autour de son cou.

— Toi et Salander. Qu'est-ce que vous avez trouvé ?

— Lâche-moi. Qu'on arrive à parler.

Martin Vanger lui lâcha les cheveux et s'assit devant Mikael les jambes croisées. Soudain il sortit un couteau. Il posa la pointe du couteau sur la peau juste sous l'œil de Mikael. Mikael se força à rencontrer le regard de Martin Vanger.

— Qu'est-ce qu'il lui est arrivé, bordel de merde ?

— Je ne comprends pas. Je croyais que tu l'avais tuée.

Martin Vanger fixa Mikael un long moment. Puis il se détendit. Il se leva et arpenta la pièce tout en réfléchissant. Il lâcha le couteau par terre et rit, puis il se tourna vers Mikael.

— Harriet, Harriet, toujours cette foutue Harriet. Nous avons essayé… de la convaincre. Gottfried a essayé de lui apprendre. Nous avons cru qu'elle était l'une d'entre nous et qu'elle accepterait son devoir, mais elle n'était qu'une… *pétasse* ordinaire. J'ai cru que je l'avais sous contrôle, mais elle avait l'intention d'avertir Henrik et j'ai compris que je ne pouvais pas avoir confiance en elle. Tôt ou tard elle allait parler de moi.

— Tu l'as tuée.

— J'ai *voulu* la tuer. J'avais *l'intention* de le faire mais je suis arrivé trop tard. Je n'arrivais pas à rejoindre l'île.

Le cerveau de Mikael essaya d'assimiler l'information, mais ça faisait comme si une fenêtre s'affichait, annonçant *mémoire saturée*. Martin Vanger ne savait pas ce qui était arrivé à sa sœur !

Tout à coup, Martin Vanger sortit son téléphone portable de sa veste, vérifia l'écran menu et le posa sur la chaise à côté du pistolet.

— L'heure est venue de mettre un terme à tout ceci. Il faut que j'aie le temps de m'occuper aussi de ta garce anorexique cette nuit.

Il ouvrit un placard, en sortit une courroie en cuir qu'il passa avec un nœud coulant autour du cou de Mikael. Il défit la chaîne qui maintenait Mikael au sol, le remit sur pied et le poussa contre le mur. Il passa la courroie par un anneau au-dessus de la tête de Mikael et la tendit jusqu'à ce que ce dernier soit obligé de se tenir sur la pointe des pieds.

— C'est trop serré ? Tu n'arrives pas à respirer ? Il relâcha un centimètre ou deux et bloqua le bout de la courroie plus bas sur le mur. Je ne tiens pas à ce que tu sois étranglé tout de suite.

Le lacet serrait si fort le cou de Mikael qu'il était incapable de parler. Martin Vanger l'observa attentivement.

D'un geste brusque, il défit le pantalon de Mikael et le baissa en même temps que son slip. Quand il arracha le pantalon, Mikael perdit l'équilibre et pendouilla une seconde dans le nœud coulant avant que ses orteils retrouvent le contact avec le sol. Martin Vanger alla chercher des ciseaux dans un meuble. Il découpa le tee-shirt de Mikael et jeta les restes en un tas par terre. Puis il se posta à quelque distance de Mikael et contempla sa victime.

— Je n'ai jamais eu de garçon ici, dit Martin Vanger d'une voix grave. Je n'ai jamais touché un autre homme… à part mon père. C'était mon devoir.

Les tempes de Mikael battaient. Il ne pouvait pas placer le poids de son corps sur ses pieds sans s'étrangler. Il essaya de trouver une prise sur le mur en béton derrière lui, mais il n'y avait aucune prise à trouver.

— L'heure est venue, dit Martin Vanger.

Il posa sa main sur la courroie et appuya dessus. Mikael sentit le lacet s'enfoncer encore davantage dans son cou.

— Je me suis toujours demandé quel goût ça a, un homme.

Il augmenta le poids sur la lanière, se pencha soudain en avant et embrassa Mikael sur la bouche juste au moment où une voix glaciale fusait à travers la pièce.

— Toi, espèce de salopard, tu devrais savoir que dans ce bled je suis la seule à avoir droit à ça.

MIKAEL ENTENDIT la voix de Lisbeth à travers un brouillard rouge. Il réussit à focaliser son regard et la vit debout à la porte. Elle fixait Martin Vanger d'un œil inexpressif.

— Non… cours ! croassa Mikael.

Mikael ne vit pas l'expression de Martin Vanger, mais il ressentit physiquement le choc qui parcourait celui-ci quand il pivota. Une seconde il resta immobile. Puis Martin Vanger tendit la main vers le pistolet qu'il avait laissé sur le tabouret.

En un éclair, Lisbeth Salander fit trois enjambées et balança un club de golf qu'elle avait tenu dissimulé. Le fer décrivit un large cercle et frappa Martin Vanger à la clavicule. Le coup était d'une force terrible et Mikael put entendre quelque chose se briser. Martin Vanger hurla.

— Ça te plaît, la douleur ? demanda Lisbeth Salander.

Sa voix était rêche comme du papier de verre. Tant que Mikael vivrait, il n'oublierait jamais son visage quand elle passa à l'attaque. Elle montra les dents comme un fauve. Ses yeux étaient noirs et brillants. Elle se déplaçait aussi vite qu'une araignée et semblait entièrement concentrée sur sa proie quand elle balança le club de golf et toucha Martin Vanger droit dans les côtes.

Il trébucha sur la chaise et s'étala. Le pistolet tomba par terre devant les pieds de Lisbeth. Du pied, elle le poussa hors d'atteinte.

Puis elle frappa une troisième fois, juste quand Martin Vanger essayait de se relever. Un claquement indiqua qu'elle l'avait touché à la hanche. Un son épouvantable monta de la gorge de Martin Vanger. Le quatrième coup le toucha par-derrière, sur l'omoplate.

— Lis… errth…, croassa Mikael.

Il était en train de perdre connaissance et la douleur dans ses tempes était quasi insupportable.

Elle se tourna vers lui et vit que son visage était rouge tomate, que ses yeux étaient écarquillés d'épouvante et que sa langue était en train de sortir de sa bouche.

Elle jeta un rapide coup d'œil autour d'elle dans la pièce et vit le couteau par terre. Ensuite elle regarda brièvement Martin Vanger qui s'était mis à genoux et qui essayait de s'éloigner d'elle, un bras pendant mollement.

Il ne constituerait pas un très gros problème pendant les secondes à venir. Elle lâcha le club de golf et ramassa le couteau. Si le bout était acéré, le tranchant était émoussé. Elle se mit sur la pointe des pieds et essaya fébrilement de couper la courroie. Il fallut plusieurs secondes avant que Mikael puisse enfin s'affaisser par terre. Mais le nœud coulant était bloqué autour de son cou.

LISBETH SALANDER jeta encore un regard sur Martin Vanger. Il avait réussi à se mettre debout, mais se tenait plié en deux. Elle l'ignora et chercha à introduire ses doigts entre le lacet et le cou de Mikael. Au début elle n'osa pas utiliser le couteau mais se décida quand même à glisser la pointe et égratigna la peau en essayant de défaire le nœud coulant. Celui-ci finit par céder et dans un râle Mikael aspira quelques goulées d'air.

Un bref instant, Mikael éprouva la merveilleuse sensation de l'union du corps et de l'esprit. Sa vision devint parfaite et il put distinguer le moindre grain de poussière dans la pièce. Son ouïe devint parfaite et il nota chaque respiration et chaque froissement de vêtements comme s'ils sortaient de haut-parleurs directement dans ses oreilles, et il sentit l'odeur de la transpiration de Lisbeth Salander et l'odeur du cuir de son blouson. Puis ce fut un éclair lumineux lorsque le sang afflua de nouveau vers sa tête et que son visage retrouva sa teinte normale.

Lisbeth Salander tourna la tête au moment où Martin Vanger s'enfuyait par la porte. Elle se leva d'un bond et ramassa le pistolet – vérifia le magasin et enleva le cran de sûreté. Mikael nota qu'elle semblait familiarisée avec les armes. Elle regarda autour d'elle et ses yeux s'arrêtèrent une demi-seconde sur les clés des menottes bien en vue sur la table.

— Je m'en charge, dit-elle en se ruant vers la porte. Elle saisit les clés au vol et les lança d'un revers par terre à côté de Mikael.

Mikael essaya de lui dire d'attendre mais il ne réussit à proférer qu'un son éraillé alors qu'elle avait déjà disparu par la porte.

LISBETH N'AVAIT PAS OUBLIÉ que Martin Vanger possédait un fusil quelque part et elle s'arrêta, prête à faire feu avec le pistolet braqué devant elle, en arrivant dans le passage entre le garage et la cuisine. Elle tendit l'oreille, mais aucun bruit ne révélait où se trouvait sa proie. Instinctivement elle se dirigea vers la cuisine et elle y était presque lorsqu'elle entendit la voiture démarrer.

Elle fit demi-tour et sortit par la petite porte du garage. Depuis l'allée d'accès, elle vit les feux arrière d'une voiture qui passa devant la maison de Henrik Vanger et tourna en direction du pont, et elle se précipita à sa poursuite aussi vite que ses jambes le pouvaient. Elle glissa le pistolet dans la poche de son blouson et ne s'encombra pas du casque quand elle démarra sa moto. Quelques secondes plus tard elle franchissait le pont.

Il avait peut-être quatre-vingt-dix secondes d'avance quand elle arriva à l'échangeur d'accès à l'E4. Elle ne le voyait pas. Elle freina et coupa le moteur.

Le ciel était lourd de nuages. A l'horizon pointait un soupçon d'aurore. Puis elle entendit le bruit d'un moteur et aperçut la voiture de Martin Vanger sur l'E4 en direction du sud. Lisbeth redémarra, enclencha la première et passa sous le viaduc. Elle roulait à 80 kilomètres à l'heure quand elle surgit après le virage de la bretelle d'accès. Devant elle, une ligne droite. Elle ne vit aucune circulation, mit les gaz à fond et s'envola. Lorsque la voie décrivit une courbe le long d'une crête, elle était à 170 kilomètres à l'heure, ce qui était environ le maximum que sa petite cylindrée débridée par ses soins pouvait atteindre en descente. Deux minutes plus tard, elle vit la voiture de Martin Vanger à environ quatre cents mètres devant elle.

Analyse des paramètres. Qu'est-ce que je fais maintenant ?

Elle ralentit aux plus raisonnables 120 kilomètres à l'heure et roula à la même vitesse que lui. Elle le perdit de vue quelques secondes quand ils passèrent une suite de virages. Puis ils arrivèrent dans une longue ligne droite. Elle était à environ deux cents mètres derrière lui.

Il avait dû voir le phare de sa moto et accéléra après un long virage. Elle poussa sa bécane à fond mais perdit du terrain dans les courbes.

De loin, elle vit les lumières du poids lourd. Martin Vanger les avait vues aussi. Soudain il accéléra encore davantage et passa sur la file de gauche cent cinquante mètres avant la rencontre. Lisbeth vit le poids lourd freiner et lancer des appels de phares frénétiques, mais en quelques secondes il avait avalé les mètres et la collision frontale fut inévitable. Martin Vanger lança sa voiture droit sur le camion dans un fracas épouvantable.

Lisbeth Salander freina instinctivement. Puis elle vit le semi-remorque se coucher sur sa voie. A la vitesse qu'elle tenait, il lui fallut deux secondes pour rejoindre les lieux de l'accident. Elle accéléra, roula sur le bas-côté et évita l'arrière du semi-remorque d'un mètre quand elle passa. Du coin de l'œil, elle vit des flammes surgir à l'avant du camion.

Elle continua sur encore cent cinquante mètres avant de s'arrêter et de se retourner. Elle vit le conducteur du poids lourd sauter à terre du côté passager. Alors elle remit les gaz. A Åkerby, deux kilomètres plus au sud, elle prit à gauche et suivit la vieille nationale vers le nord, parallèle à l'E4. Elle passa le lieu de l'accident en hauteur et vit que deux voitures s'étaient arrêtées. L'épave était totalement aplatie et coincée sous le poids lourd, entourée d'énormes flammes. Un homme tentait d'éteindre le feu avec un petit extincteur.

Elle accéléra et fut bientôt de retour à Hedeby. Elle passa le pont à bas régime, se gara devant la maison des invités et retourna à pied chez Martin Vanger.

MIKAEL ÉTAIT TOUJOURS en train de se bagarrer avec les menottes. Ses mains étaient si engourdies qu'il n'arrivait pas à saisir la clé. Lisbeth ouvrit les menottes et le tint serré contre elle tandis que le sang se remettait à circuler dans ses mains.

— Martin ? demanda Mikael d'une voix rauque.

— Mort. Il est rentré de plein fouet à 150 kilomètres à l'heure dans un poids lourd à quelques kilomètres d'ici sur l'E4.

Mikael la fixa bêtement. Elle n'était partie que depuis quelques minutes.

— Il faut qu'on… appelle la police, croassa Mikael avant d'être saisi d'une violente quinte de toux.

— Pour quoi faire ? demanda Lisbeth Salander.

PENDANT DIX MINUTES encore, Mikael fut incapable de se lever. Il resta assis par terre, nu et adossé au mur. Il se massa le cou et souleva la bouteille d'eau avec des doigts maladroits. Lisbeth attendit patiemment que sa sensibilité revienne. Elle en profita pour réfléchir.

— Habille-toi.

Elle utilisa le tee-shirt découpé de Mikael pour essuyer les empreintes digitales sur les menottes, le couteau et le club de golf. Elle prit la bouteille d'eau avec elle.

— Qu'est-ce que tu fais ?

— Habille-toi. Le jour est en train de se lever. Dépêche-toi.

Mikael se redressa sur des jambes flageolantes et réussit à enfiler son slip et son jean. Il glissa ses pieds dans les baskets. Lisbeth fourra ses chaussettes dans la poche de son blouson et l'arrêta.

— Tu as touché à quoi exactement ici dans la cave ?

Mikael regarda autour de lui. Il essaya de se rappeler. Finalement il dit qu'il n'avait rien touché à part la porte et les clés. Lisbeth trouva les clés dans la veste de Martin Vanger, qu'il avait étalée sur le dossier de la chaise. Elle essuya méticuleusement la poignée de la porte et l'interrupteur et éteignit. Elle guida Mikael en haut de l'escalier de la cave et lui demanda d'attendre dans le passage pendant qu'elle rangeait le club de golf à sa place. En revenant, elle lui tendit un tee-shirt sombre ayant appartenu à Martin Vanger.

— Enfile-le. Je ne veux pas que quelqu'un te voie en train de te balader torse nu cette nuit.

Mikael comprit qu'il était en état de choc. Lisbeth avait pris le commandement et il obéit à ses ordres sans discuter. Elle l'éloigna de la maison de Martin Vanger. Elle le tint sans arrêt serré contre elle. Dès qu'ils eurent franchi la porte de la maison de Mikael, elle se tourna vers lui.

— Si quelqu'un nous a vus et demande ce que nous faisions dehors cette nuit, sache que toi et moi nous avons fait une promenade nocturne jusqu'au promontoire où nous avons fait l'amour.

— Lisbeth, je ne peux pas…

— Maintenant, file sous la douche !

Elle l'aida à enlever ses vêtements et l'expédia dans la salle de bains. Puis elle mit en route le café et prépara rapidement une demi-douzaine de tartines épaisses avec du fromage, du pâté de foie et des cornichons. Elle était assise à la table de cuisine, plongée dans une réflexion intense, lorsque Mikael revint en boitillant. Elle examina les plaies et les éraflures visibles sur son corps. La courroie avait frotté et laissé une marque rouge sombre autour du cou, et le couteau avait laissé une entaille dans la peau sur le côté gauche du cou.

— Viens, dit-elle. Allonge-toi sur le lit.

Elle alla chercher des pansements et couvrit la plaie avec une compresse. Puis elle lui versa du café et lui tendit une tartine.

— Je n'ai pas faim, dit Mikael.

— Mange, commanda Lisbeth Salander en avalant elle-même une grosse bouchée de tartine au fromage.

Mikael ferma les yeux pendant quelques secondes. Puis il s'assit et mordit dans la tartine. Sa gorge le faisait à tel point souffrir qu'il réussit à peine à avaler.

— Laisse le café refroidir un peu. Allonge-toi sur le ventre.

Elle passa cinq minutes à lui masser le dos et faire pénétrer le liniment. Ensuite elle le retourna et lui administra le même traitement sur le devant du corps.

— Tu vas avoir de sérieux hématomes pendant un bon bout de temps.

— Lisbeth, il faut qu'on appelle la police.

— Non, répondit-elle avec une telle détermination dans la voix que Mikael en resta les yeux écarquillés. Si tu appelles la police, je me tire. Je ne veux rien avoir à faire avec eux. Martin Vanger est mort. Il est mort dans un accident de voiture. Il était seul dans la voiture. Il y a des témoins. Laisse la police ou quelqu'un d'autre découvrir cette foutue chambre de torture. Toi et moi, nous ne savons rien, pas plus que tous les autres habitants du hameau.

— Pourquoi ?

Elle ignora sa question et continua de masser ses cuisses endolories.

— Lisbeth, mais c'est carrément impossible…

— Si tu continues à me faire chier, je te traîne dans l'antre de Martin et je t'enchaîne de nouveau.

Elle n'avait pas fini sa phrase que Mikael s'endormit, aussi soudainement que s'il s'était évanoui.

25

SAMEDI 12 JUILLET – LUNDI 14 JUILLET

MIKAEL SE RÉVEILLA en sursaut vers 5 heures du matin. Ses mains essayaient d'arracher une courroie lui enserrant le cou. Lisbeth vint le rejoindre, lui tint les mains et le calma. Il ouvrit les yeux et posa sur elle un regard flou.

— Je ne savais pas que tu jouais au golf, marmonnat-il en refermant les yeux. Elle resta auprès de lui pendant quelques minutes pour être sûre qu'il replongeait dans le sommeil. Du temps que Mikael avait dormi, Lisbeth était retournée à la cave de Martin Vanger pour inspecter les lieux du crime. A part les instruments de torture, elle avait mis la main sur une grande collection de magazines de pornographie violente et quantité de photos polaroïd collées dans des albums.

Il n'y avait pas de journal intime. En revanche, elle avait découvert deux classeurs A4 avec des photos d'identité et des notes sur des femmes écrites à la main. Elle avait emporté les classeurs dans un cabas en nylon, avec l'ordinateur portable de Martin Vanger qu'elle avait trouvé sur une petite table à l'étage. Mikael rendormi, Lisbeth continua à parcourir l'ordinateur et les classeurs de Martin Vanger. Il était plus de 6 heures du matin quand elle éteignit l'ordinateur. Elle alluma une cigarette et se mordit pensivement la lèvre inférieure.

Avec Mikael Blomkvist, elle avait entamé la chasse à ce qu'ils pensaient être un tueur en série du passé. Ils étaient tombés sur une tout autre histoire. Elle avait du mal à imaginer les horreurs qui avaient dû se dérouler dans la cave de Martin Vanger, au beau milieu de ce cadre idyllique et joliment ordonné.

Elle essayait de comprendre.

Martin Vanger avait tué des femmes depuis les années 1960, les quinze dernières années au rythme d'environ une ou deux victimes par an. La tuerie avait été si discrète et bien organisée que personne ne s'était même rendu compte qu'un tueur en série était en activité. Comment était-ce possible ?

Les classeurs donnaient une partie de la réponse.

Ses victimes étaient des femmes anonymes, souvent des filles immigrées arrivées depuis peu, n'ayant ni amis ni contacts sociaux en Suède. Il y avait aussi des prostituées et des femmes socialement exposées, avec abus de drogues et d'alcool ou d'autres problèmes dans le tableau.

De ses propres études de la psychologie du sadisme sexuel, Lisbeth Salander avait appris que ce genre de tueur collectionnait volontiers des objets ayant appartenu à ses victimes. Ceux-ci servaient de souvenirs au tueur, qui pouvait les utiliser pour recréer en partie la jouissance éprouvée. Martin Vanger avait développé ce penchant en écrivant un recueil nécrologique. Il avait minutieusement catalogué ses victimes et leur avait donné des notes. Il avait commenté et décrit leurs souffrances. Il avait agrémenté ses meurtres de films vidéo et de photographies.

La violence et les meurtres étaient le but ultime, mais Lisbeth tira la conclusion qu'en réalité c'était avant tout la chasse qui intéressait Martin Vanger. Dans son ordinateur portable, il avait créé une base de données sous forme d'un registre de plusieurs centaines de femmes. Il y avait des employées du groupe Vanger, des serveuses dans des restaurants où il mangeait, des réceptionnistes dans des hôtels où il descendait, des employées à la caisse d'assurance maladie, des secrétaires chez des hommes d'affaires de sa connaissance et une foule d'autres femmes. On aurait dit que Martin Vanger enregistrait et cataloguait pratiquement toutes les femmes qu'il rencontrait.

Martin Vanger n'avait tué qu'une infime partie de celles-ci, mais toutes les femmes de son entourage étaient des victimes potentielles qu'il notait et examinait. Ce catalogue avait le caractère d'un passe-temps passionnel, auquel il avait dû consacrer de nombreuses heures.

Est-elle mariée ou célibataire ? A-t-elle des enfants et une famille ? Où travaille-t-elle ? Où habite-t-elle ? Quelle voiture conduit-elle ? Expérience professionnelle ? Couleur des cheveux ? Carnation ? Corpulence ?

Lisbeth se rendit compte que la collecte des données personnelles des victimes potentielles avait dû occuper une partie importante des fantasmes sexuels de Martin Vanger. Il était un traqueur avant d'être un tueur.

Quand Lisbeth eut fini de lire, elle découvrit une petite enveloppe dans un des classeurs. Elle en extirpa deux photos polaroïd écornées et jaunies. Sur la première photo on voyait une fille brune assise à une table. Vêtue d'un pantalon sombre, elle était torse nu avec de petits seins pointus. Elle détournait le visage de l'objectif et commençait à lever un bras pour se protéger, comme si le photographe l'avait surprise avec l'appareil photo. Sur la deuxième photo, elle était torse nu aussi. Elle était allongée à plat ventre sur un lit avec une couverture bleue. Le visage était toujours détourné de l'objectif.

Lisbeth glissa l'enveloppe avec ces photos dans la poche de son blouson. Puis elle fourra les classeurs dans le poêle et craqua une allumette. Elle attendit qu'ils se consument puis elle remua les cendres. Il pleuvait toujours à verse quand elle sortit se balader pour balancer discrètement l'ordinateur portable de Martin Vanger dans l'eau sous le pont.

LORSQUE DIRCH FRODE ouvrit d'un coup sec la porte à 7 h 30 du matin, Lisbeth était en train de fumer une cigarette avec son café à la table de cuisine. Le visage de Frode était gris cendre et il avait l'air de celui qu'on a réveillé brutalement.

— Où est Mikael ? demanda-t-il.

— Il dort.

Dirch Frode s'écroula sur une chaise et Lisbeth versa du café et poussa la tasse vers lui.

— Martin… Je viens juste d'apprendre que Martin s'est tué en voiture cette nuit.

— C'est triste, dit Lisbeth avant de siroter une gorgée de café.

Dirch Frode leva les yeux. D'abord il la regarda, perplexe. Puis ses yeux s'ouvrirent grands.

— Comment… ?

— Il a eu un accident. Un accident stupide.

— Tu sais ce qui s'est passé ?

— Il est allé se jeter droit sur un poids lourd. Il s'est suicidé. La pression, le stress et un empire financier chancelant, tout ça devait être trop pour lui. En tout cas, je crois que c'est ce que diront les gros titres.

Dirch Frode semblait être au bord de l'apoplexie. Il se leva vivement et alla ouvrir la porte de la chambre.

— Laisse-le dormir, dit Lisbeth d'une voix tranchante.

Frode regarda le corps endormi. Il vit des bleus sur la figure et des plaies sur le torse. Puis il vit le trait flamboyant qu'avait laissé la courroie. Lisbeth toucha son bras et referma la porte. Frode recula et se laissa lentement retomber sur la banquette.

LISBETH SALANDER raconta brièvement ce qui s'était passé au cours de la nuit. Elle donna une description détaillée du cabinet des horreurs de Martin Vanger et expliqua qu'elle avait trouvé Mikael suspendu par un nœud coulant, le PDG du groupe Vanger debout devant lui. Elle raconta ce qu'elle avait trouvé la veille dans les archives du groupe et comment elle avait fait le lien entre le père de Martin et au moins sept meurtres de femmes.

Dirch Frode ne l'interrompit pas une seule fois. Quand elle eut fini de parler, il resta muet un long moment avant de souffler profondément et de secouer lentement la tête.

— Qu'allons-nous faire ?

— C'est pas mon problème, répondit Lisbeth d'une voix inexpressive.

— Mais…

— Tu veux que je te dise ? Je n'ai jamais mis les pieds à Hedestad.

— Je ne comprends pas.

— En aucun cas je ne veux figurer dans un rapport de police. Je n'existe pas dans cette histoire. Si mon nom est mentionné en relation avec cette histoire, je nierai être venue ici et je ne répondrai à aucune question.

Dirch Frode la scruta du regard.

— Je ne comprends pas.

— Ce n'est pas nécessaire.

— Que vais-je faire alors ?

— C'est toi qui décides, à condition de ne pas nous mêler à ça, Mikael et moi.

Dirch Frode était blême.

— Tu n'as qu'à voir les choses ainsi : la seule chose que tu sais, c'est que Martin Vanger est décédé dans un accident de la route. Tu ignores totalement qu'il est aussi un tueur psychopathe et tu n'as jamais entendu parler de la pièce dans sa cave.

Elle posa la clé sur la table entre eux.

— Tu as encore du temps devant toi avant que quelqu'un vienne déblayer la cave de Martin et découvre la pièce. Ce n'est certainement pas pour tout de suite.

— Il faut qu'on aille voir la police.

— Pas "on". Toi, tu peux aller voir la police si tu veux. A toi d'en décider.

— On ne pourra pas étouffer cette affaire.

— Je ne propose pas qu'on l'étouffe mais que tu ne nous y mêles pas, Mikael et moi. Quand tu auras vu la pièce, tu tireras tes propres conclusions et tu décideras toi-même à qui tu veux en parler.

— Si ce que tu me dis est vrai, ça signifie que Martin a kidnappé et tué des femmes… il y a donc des familles qui sont désespérées de ne pas savoir où sont leurs enfants. On ne peut tout simplement pas…

— C'est vrai. Mais il y a un problème. Les corps ont disparu. Tu trouveras peut-être des passeports ou des cartes d'identité dans un tiroir. A la rigueur, quelques victimes pourront être identifiées à partir des vidéos. Mais tu n'es pas obligé de prendre une décision aujourd'hui. Réfléchis.

Dirch Frode semblait paniqué.

— Oh, mon Dieu. Ça va être le coup de grâce pour le groupe. Combien de personnes vont se retrouver au chômage si l'on révèle que Martin…

Frode se balançait d'avant en arrière, coincé devant un dilemme moral.

— C'est un des aspects. J'imagine qu'Isabella Vanger va hériter de son fils. Je la vois mal être la première informée du passe-temps de Martin.

— Il faut que j'aille voir…

— A mon avis, tu devrais rester à l'écart de cette pièce aujourd'hui, dit Lisbeth avec autorité. Tu as plein de choses à faire. Tu dois aller informer Henrik et tu dois convoquer la direction pour une réunion extraordinaire et faire ce que vous auriez fait si votre PDG était décédé dans des circonstances normales.

Dirch Frode médita ses paroles. Son cœur s'emballa. C'était lui le vieil avocat qui réglait les problèmes, et dont on attendait qu'il dispose d'un plan tout prêt pour chaque obstacle, et il se sentait surtout paralysé. Il réalisa soudain qu'il était en train d'accepter des instructions venues d'une jeune femme. D'une façon ou d'une autre, elle avait pris le contrôle de la situation et traçait les lignes directrices qu'il n'arrivait pas à formuler lui-même.

— Et Harriet… ?

— Mikael et moi n'en avons pas encore terminé. Mais tu peux dire à Henrik Vanger que je crois que nous allons résoudre ça aussi.

LA DISPARITION inattendue de Martin Vanger occupait la première place aux informations de 9 heures lorsque Mikael se réveilla. Rien ne fut mentionné au sujet des événements de la nuit à part que l'industriel avait quitté la voie de droite de façon inexpliquée et à très grande vitesse.

Il était seul dans la voiture. La radio locale diffusa un sujet plus long suintant d'inquiétude pour l'avenir du groupe Vanger et pour les conséquences économiques qu'aurait ce décès pour le groupe.

A midi, une dépêche en provenance de TT, rédigée à la hâte, annonçait "Une région en état de choc" et résumait les répercussions immédiates pour le groupe Vanger. Il n'échappait à personne que, rien qu'à Hedestad, plus de 3 000 des 24 000 habitants étaient employés par le groupe Vanger ou dépendaient indirectement de la bonne santé du groupe. Le PDG du groupe était mort et l'ancien PDG était un vieillard nettement diminué à la suite d'un infarctus. Il manquait un héritier naturel. Tout ceci en une période considérée comme la plus critique dans l'histoire de l'entreprise.

MIKAEL BLOMKVIST avait eu la possibilité de se rendre au commissariat de Hedestad pour expliquer ce qui s'était passé pendant la nuit, mais Lisbeth Salander avait mis en branle un mécanisme. Dans la mesure où il n'avait pas immédiatement appelé la police, il devenait de plus en plus difficile de le faire à chaque heure qui passait. Toute la matinée, il resta plongé dans un silence maussade, allongé sur la banquette de la cuisine, d'où il contemplait la pluie et les gros nuages encombrant le ciel. Vers 10 heures, une nouvelle averse orageuse éclata, mais vers midi, la pluie cessa de tomber et le vent se calma un peu. Il sortit essuyer les meubles de jardin et s'assit avec une tasse de café. Il avait relevé le col de sa chemise.

La mort de Martin étendit évidemment une ombre sur la vie quotidienne au hameau. Des voitures vinrent se garer devant la maison d'Isabella Vanger, indiquant que le clan se rassemblait. Des gens présentaient leurs condoléances. Lisbeth contemplait le défilé sans états d'âme. Mikael restait muet.

— Comment tu te sens ? demanda-t-elle finalement.

Mikael réfléchit un moment avant de répondre.

— Je crois que je suis encore en état de choc, dit-il. Je suis resté totalement sans défense pendant plusieurs heures. J'étais persuadé que j'allais mourir. L'angoisse de mourir me bouffait les tripes et j'étais totalement impuissant.

Il tendit une main qu'il posa sur le genou de Lisbeth.

— Merci, dit-il. Si tu n'étais pas venue, il m'aurait tué.

Lisbeth le gratifia d'un sourire de guingois. Mikael poursuivit :

— Sauf que… je n'arrive pas à comprendre comment tu as pu être assez dingue pour t'attaquer à lui toute seule. Moi, j'étais là par terre en train de prier pour que tu voies la photo et que tu fasses le rapprochement et appelles la police.

— Si j'avais attendu l'arrivée de la police, tu n'aurais sans doute pas survécu. Je ne pouvais pas laisser ce salaud te trucider, quand même.

— Pourquoi tu ne veux pas voir la police ? demanda Mikael.

— Je ne parle pas avec les autorités.

— Pourquoi pas ?

— C'est mes affaires. Mais en ce qui te concerne, je ne pense pas que ce serait très astucieux pour ta carrière si on te présentait comme le journaliste que Martin Vanger, le tueur en série notoire, a foutu à poil. Toi qui n'aimes déjà pas Super Blomkvist, imagine les nouveaux surnoms.

Mikael la regarda intensément, puis abandonna le sujet.

— Nous avons un problème, dit Lisbeth.

Mikael hocha la tête, il voyait à quoi elle faisait allusion.

— Qu'est-il arrivé à Harriet ?

Lisbeth posa les deux photos polaroïd sur la table devant lui. Elle expliqua où elle les avait trouvées. Mikael étudia les photos minutieusement avant de lever les yeux.

— Ça peut être elle, finit-il par dire. Je ne peux pas le jurer, mais la corpulence et les cheveux rappellent toutes les photos d'elle que j'ai vues.

MIKAEL ET LISBETH restèrent dans le jardin une bonne heure durant, à ajuster les détails du puzzle. Ils découvrirent qu'ils avaient tous les deux, chacun de son côté, identifié Martin Vanger comme le chaînon manquant.

Lisbeth n'avait jamais vu la photo que Mikael avait laissée sur la table de cuisine. Après avoir examiné les images des caméras de surveillance, elle en avait déduit que Mikael avait entrepris quelque chose d'idiot. Elle s'était rendue à la maison de Martin Vanger par la promenade de la berge et avait regardé par toutes les fenêtres sans voir âme qui vive. Très discrètement, elle avait vérifié toutes les portes et fenêtres du rez-de-chaussée. Pour finir, elle avait grimpé jusqu'à une porte de balcon ouverte à l'étage. Il lui avait fallu du temps, et elle avait opéré avec la plus grande prudence en fouillant la maison pièce par pièce. Pour finir, elle avait trouvé l'escalier menant à la cave. Martin avait été négligent ; il avait laissé la porte de son cabinet des horreurs entrouverte et elle avait immédiatement pigé la situation.

— Et tu l'as écouté parler longtemps ?

— Pas tant que ça. Je suis arrivée quand il t'interrogeait sur ce qui était arrivé à Harriet, juste avant qu'il te suspende comme un cochon. Je vous ai laissés une minute pour monter chercher une arme. J'ai trouvé les clubs de golf dans un placard.

— Martin Vanger n'avait pas la moindre idée de ce qui était arrivé à Harriet.

— Tu le crois ?

— Oui, fit Mikael sans hésitation. Martin Vanger était plus fou qu'un putois enragé… va savoir d'où me vient cette image… mais il a reconnu tous les crimes qu'il a commis. Il parlait librement. J'ai même le sentiment qu'il voulait m'impressionner. Mais en ce qui concerne Harriet, il était aussi désespérément en quête de la vérité que Henrik Vanger.

— Et alors… ça nous mène où ?

— Nous savons que Gottfried était derrière la première série de meurtres, entre 1949 et 1965.

— Oui. Et qu'il a initié Martin.

— Tu parles d'une famille tordue, dit Mikael. En fait, Martin n'avait aucune chance.

Lisbeth Salander jeta un regard étrange sur Mikael.

— Ce que Martin a raconté – même par bribes –, c'est que son père avait entamé son apprentissage à l'époque de sa puberté. Il a assisté au meurtre de Lea à Uddevalla en 1962. Il avait alors quatorze ans. Il a assisté au meurtre de Sara en 1964. Cette fois-là, il a participé activement. Il avait seize ans.

— Et ?

— Il a dit qu'il n'était pas homosexuel et qu'il n'avait jamais touché un homme – à part son père. Cela me fait dire que… eh bien, la seule conclusion qu'on peut en tirer, c'est que son père le violait. Les abus sexuels ont dû se poursuivre longtemps. Il a pour ainsi dire été initié par son père.

— Tu dis des conneries, dit Lisbeth Salander.

Sa voix était soudain dure comme du roc. Mikael la regarda, stupéfait. Le regard de Lisbeth était stable. Il n'y avait pas une once de compassion.

— Martin était en mesure de résister autant que n'importe qui. Il faisait ses choix. Il tuait et violait parce qu'il aimait ça.

— D'accord, je ne te contredis pas. Mais Martin était un garçon brimé, influencé par son père, tout comme Gottfried avait été brimé par son père, le nazi.

— Ah ouais, c'est ça, tu pars du principe que Martin n'avait aucune volonté propre et que les gens deviennent ce pour quoi ils ont été éduqués.

Mikael sourit prudemment.

— Est-ce un point sensible ?

Les yeux de Lisbeth Salander flamboyèrent soudain de colère contenue. Mikael se dépêcha de poursuivre.

— Je ne prétends pas que les gens sont uniquement influencés par leur éducation, mais je crois qu'elle joue un grand rôle. Le père de Gottfried l'a tabassé, et sérieusement, pendant des années. Ça laisse des traces.

— Tu dis des conneries, répéta Lisbeth. Gottfried n'est pas le seul môme au monde à avoir été battu. Cela ne lui donne pas carte blanche pour assassiner des femmes. C'est un choix qu'il a fait lui-même. Et c'est valable pour Martin aussi.

Mikael leva une main.

— Je ne veux pas qu'on se dispute.

— Je ne me dispute pas. Je trouve simplement pathétique qu'on attribue toujours des circonstances atténuantes aux salopards.

— D'accord. Ils ont une responsabilité personnelle. On tirera tout ça au clair plus tard. Toujours est-il que Gottfried est mort quand Martin avait dix-sept ans, et qu'il n'avait plus personne pour le guider. Il a essayé de marcher sur les traces de son père. En février 1966 à Uppsala.

Mikael se pencha en avant pour attraper une des cigarettes de Lisbeth.

— Je ne vais même pas commencer à spéculer sur les pulsions que Gottfried essayait de satisfaire, ni comment il interprétait lui-même ses agissements. Il se basait sur un baragouin biblique qu'un psychiatre saurait peut-être tirer au clair, qui parle de châtiments et de purification dans un sens ou un autre. On s'en fout. C'était un tueur en série.

Il réfléchit une seconde avant de continuer.

— Gottfried voulait tuer des femmes et il habillait les meurtres d'une sorte de raisonnement pseudo-religieux. Mais Martin n'a même pas fait semblant d'avoir une excuse. Il était organisé et il tuait de façon systématique. En outre, il avait de l'argent à consacrer à son hobby. Et il était plus malin que son papa. Chaque fois que Gottfried laissait un cadavre derrière lui, ça signifiait une enquête de police et un risque que quelqu'un remonte jusqu'à lui, ou au moins fasse le lien entre les différents meurtres.

— Martin Vanger a fait construire sa maison dans les années 1970, dit Lisbeth pensivement.

— Il me semble que Henrik a parlé de 1978. Il a probablement commandé une cave sécurisée pour des archives importantes ou quelque chose de ce genre. Il a obtenu une pièce insonorisée, sans fenêtres et avec une porte blindée.

— Il a disposé de cette pièce pendant vingt-cinq ans.

Ils se turent un moment et Mikael pensa aux atrocités qui avaient dû se dérouler dans le cadre idyllique de l'île de Hedeby pendant un quart de siècle. Lisbeth n'avait pas besoin d'imaginer, elle avait vu la collection de vidéos. Elle nota que Mikael touchait involontairement son cou.

— Gottfried haïssait les femmes et il apprenait à son fils à haïr les femmes, tout en le violant. Mais il y avait quelque chose de plus… je crois que Gottfried imaginait que ses enfants devaient partager sa vision du monde pour le moins pervertie. Quand j'ai posé la question à Martin au sujet de Harriet, sa propre sœur, il a dit : *Nous avons essayé de la convaincre. Mais elle n'était qu'une pétasse ordinaire. Elle avait l'intention d'avertir Henrik.*

Lisbeth hocha la tête.

— Je l'ai entendu. C'est à peu près au moment où je suis arrivée dans la cave. Et cela signifie que nous connaissons le motif du mystérieux entretien qu'elle voulait avoir avec Henrik.

Mikael plissa le front.

— Pas vraiment. Il réfléchit. Pense à la chronologie. Nous ne savons pas quand Gottfried a violé son fils la première fois, mais il a emmené Martin pour tuer Lea Persson à Uddevalla en 1962. Il s'est noyé en 1965. Avant cela, lui et Martin avaient essayé de *convaincre* Harriet. Qu'est-ce qu'on peut en déduire ?

— Gottfried ne s'en est pas seulement pris à Martin. Il s'est attaqué aussi à Harriet.

Mikael hocha la tête.

— Gottfried était le professeur. Martin était l'élève. Harriet était leur… eh bien, quoi, leur jouet ?

— Gottfried a appris à Martin à baiser sa sœur. Lisbeth montra les photos polaroïd. Difficile de déterminer son attitude à partir de ces deux photos puisqu'on ne voit pas son visage, sauf qu'elle essaie de se cacher de l'objectif.

— Disons que ça a commencé quand elle avait quatorze ans, en 1964. Elle s'est défendue – *n'arrivait pas à accepter*, disait Martin. C'était ça qu'elle menaçait de raconter. Martin n'avait sans doute pas grande latitude dans ce contexte, il s'en remettait à son père, mais Gottfried et lui avaient conclu une sorte de pacte, auquel ils essayaient d'initier Harriet.

Lisbeth acquiesça d'un hochement de tête.

— Dans tes notes, tu as écrit que Henrik Vanger avait incité Harriet à venir habiter chez lui pendant l'hiver 1964.

— Henrik avait perçu que quelque chose clochait dans sa famille. Il en attribuait la cause aux disputes et aux tiraillements entre Gottfried et Isabella, et il l'a recueillie chez lui pour qu'elle soit tranquille et qu'elle puisse se consacrer à ses études.

— Un contretemps pour Gottfried et Martin. Ils ne pouvaient plus mettre la main sur elle aussi facilement, ni contrôler sa vie. Mais de temps en temps… ça se passait où, ces abus ?

— Probablement dans la cabane de Gottfried. Je suis pratiquement certain que les photos ont été prises là-bas – ça va être facile à vérifier. La maison est parfaitement située, isolée et loin du hameau. Ensuite Gottfried a bu une fois de trop et est allé se noyer comme un con.

Lisbeth hocha pensivement la tête.

— Le père de Harriet avait ou essayait d'avoir des relations sexuelles avec elle, mais je parie qu'il ne l'a pas initiée aux meurtres.

C'était un point faible, Mikael le comprit. Harriet avait noté les noms des victimes de Gottfried et les avait associés à des citations bibliques, mais son intérêt pour la Bible ne s'était manifesté que la dernière année, alors que Gottfried était déjà mort. Il réfléchit un moment en essayant de trouver une explication logique.

— Et puis, un jour, Harriet a découvert que Gottfried n'était pas seulement un père incestueux mais aussi un tueur en série fou furieux, dit-il.

— Nous ne savons pas quand elle a découvert les meurtres. Peut-être juste avant la noyade de Gottfried, mais peut-être aussi après, s'il tenait un journal intime ou s'il avait conservé des coupures de journaux sur les meurtres. Quelque chose qui l'a mise sur la piste.

— Mais ce n'était pas ça qu'elle menaçait de raconter à Henrik, renchérit Mikael.

— C'était Martin, dit Lisbeth. Son père était mort, mais Martin continuait à la harceler.

— Exactement. Mikael hocha la tête.

— Mais elle a mis un an avant de dégainer.

— Qu'est-ce que tu ferais si tu découvrais tout à coup que ton papa était un tueur en série qui baisait ton frangin ?

— Je massacrerais cette ordure, dit Lisbeth d'une voix si glaciale que Mikael comprit qu'elle ne plaisantait pas. Il se remémora soudain son visage quand elle avait sauté sur Martin Vanger. Il afficha un sourire dépourvu de joie.

— D'accord, mais Harriet n'était pas toi. Gottfried est mort en 1965, avant qu'elle ait eu le temps de faire quoi que ce soit. C'est logique. A la mort de Gottfried, Isabella a envoyé Martin à Uppsala. Il rentrait peut-être à la maison pour Noël et certaines vacances, mais au cours de l'année qui a suivi il n'a pas croisé Harriet très souvent. Elle a pu prendre un certain recul.

— Et elle s'est mise à étudier la Bible.

— Et à la lumière de ce que nous savons aujourd'hui, ça n'a pas forcément été pour des raisons religieuses. Elle voulait peut-être tout simplement comprendre ce qu'avait fabriqué son père. Elle a réfléchi jusqu'à la fête des Enfants en 1966. Et là, brusquement, elle voit son frère débouler dans la rue de la Gare et elle comprend que cela va recommencer. Nous ne savons pas s'ils ont parlé et s'il a dit quelque chose. Quoi qu'il en soit, Harriet a estimé urgent de rentrer vite à la maison pour parler à Henrik.

— Et ensuite elle a disparu.

UNE FOIS REPASSÉ ainsi le déroulement des événements, le puzzle fonctionnait. Mikael et Lisbeth firent leurs bagages. Avant de partir, Mikael appela Dirch Frode et expliqua que Lisbeth et lui devaient quitter Hedeby un certain temps, mais qu'il tenait absolument à saluer Henrik Vanger avant de partir.

Mikael voulut savoir ce que Frode avait dit à Henrik. La voix de l'avocat semblait si stressée que Mikael se fit du souci pour lui. Il fallut un moment à Frode pour avouer qu'il avait seulement raconté que Martin était mort dans un accident de voiture.

Mikael se garait devant l'hôpital de Hedestad quand le tonnerre gronda de nouveau dans un ciel rempli de lourds nuages de pluie. Il sentit les premières gouttes sur le parking et il hâta le pas.

Henrik Vanger était en robe de chambre, assis à une table devant la fenêtre de sa chambre. La maladie l'avait sans aucun doute marqué, mais le vieil homme avait retrouvé des couleurs et il semblait être en voie de rétablissement. Ils se serrèrent la main. Mikael demanda à l'infirmière particulière de les laisser quelques minutes.

— Tu n'es pas venu me voir, dit Henrik Vanger.

Mikael hocha la tête.

— C'était exprès. Ta famille refuse de me voir ici, mais aujourd'hui tout le monde est auprès d'Isabella.

— Pauvre Martin, dit Henrik.

— Henrik. Tu m'as demandé de trouver la vérité sur ce qui est arrivé à Harriet. T'attendais-tu à ce que la vérité soit indolore ?

Le vieil homme le regarda. Puis ses yeux s'élargirent.

— Martin ?

— Il fait partie de l'histoire.

Henrik Vanger ferma les yeux.

576

— Maintenant il faut que je te pose une question.

— Laquelle ?

— Tu tiens toujours à savoir ce qui s'est passé ? Même si ça va faire mal et même si la vérité est pire que ce que tu as pu imaginer ?

Henrik Vanger regarda Mikael longuement. Puis il hocha la tête.

— Je veux savoir. C'est le but de ta mission.

— D'accord. Je crois savoir ce qui est arrivé à Harriet. Mais il me manque un dernier morceau du puzzle avant que j'aie fini.

— Raconte.

— Non. Pas aujourd'hui. Ce que je veux que tu fasses maintenant, c'est que tu continues à te reposer. Le docteur dit que l'alerte est passée et que tu es en voie de guérison.

— Ne me traite pas comme un enfant.

— Je n'ai pas encore fini mon enquête. En ce moment je n'en suis qu'à des suppositions. Je vais me lancer à la poursuite du dernier morceau du puzzle. La prochaine fois que tu me verras, je te raconterai toute l'histoire. Cela peut prendre un peu de temps. Mais je veux que tu saches que je reviendrai et que tu sauras la vérité.

LISBETH COUVRIT LA MOTO d'une bâche, la laissa du côté ombragé de la maison et s'installa avec Mikael dans sa voiture d'emprunt. L'orage avait redoublé de vigueur et, au sud de Gävle, ils essuyèrent une averse si forte que Mikael distinguait à peine la route devant lui. Il préféra jouer la prudence et s'arrêta à une station-service. Ils prirent un café en attendant que la pluie se calme, et ils n'arrivèrent à Stockholm que vers 19 heures. Mikael donna à Lisbeth le code de son immeuble et la déposa à une station de métro. Son appartement lui parut étranger quand il y entra.

Il joua de l'aspirateur et du chiffon pendant que Lisbeth passait voir Plague à Sundbyberg. Elle frappa chez Mikael vers minuit et consacra dix minutes à examiner le moindre recoin de l'appartement. Puis elle resta un long moment devant les fenêtres à regarder la vue sur Slussen.

Des placards et des étagères de chez Ikea servaient de séparation au côté chambre du loft. Ils se déshabillèrent et dormirent quelques heures.

QUAND ILS ATTERRIRENT à Gatwick vers midi le lendemain, ils furent accueillis par la pluie. Mikael avait réservé une chambre à l'hôtel James près de Hyde Park, un excellent hôtel comparé à tous les taudis de Bayswater où il s'était toujours retrouvé lors de ses autres visites à Londres. La facture passa sur le compte frais fixes de Dirch Frode.

A 17 heures, un homme d'une trentaine d'années les retrouva au bar de l'hôtel. Il était presque chauve, avait une barbe blonde et il était vêtu d'une veste trop large, d'un jean et de chaussures de pont.

— Wasp ? demanda-t-il.

— Trinity ? fit-elle. Ils se saluèrent d'un hochement de tête. Il ne demanda pas comment Mikael s'appelait.

Le partenaire de Trinity fut présenté comme Bob the Dog. Il attendait dans un vieux Combi Volkswagen au coin de la rue. Ils montèrent par la porte latérale et s'assirent sur des strapontins. Tandis que Bob louvoyait dans la circulation londonienne, Wasp et Trinity discutèrent.

— Plague m'a dit qu'il s'agit d'un *crash-bang job*.

— Ecoute téléphonique et contrôle des e-mails dans un ordinateur. Cela peut être très rapide ou bien prendre quelques jours, ça dépend de la pression qu'il mettra. Lisbeth agita le pouce en direction de Mikael. Vous y arriverez ?

— Les chiens ont-ils des puces ? répondit Trinity.

ANITA VANGER habitait une petite maison dans une rangée proprette de St. Albans au nord de Londres, un trajet en voiture d'un peu plus d'une heure. Du Combi, ils la virent arriver et ouvrir sa porte à 19 heures. Ils attendirent qu'elle se soit douchée, qu'elle ait mangé un morceau et se soit installée devant la télé, avant que Mikael sonne à la porte.

Une copie pratiquement conforme de Cécilia Vanger ouvrit, le visage formant un point d'interrogation poli.

— Bonjour Anita. Je m'appelle Mikael Blomkvist. Henrik Vanger m'a demandé de passer vous voir. Je suppose que vous avez entendu la nouvelle concernant Martin.

Son visage passa de la surprise à la vigilance. Dès qu'elle entendit le nom, elle sut exactement qui était Mikael Blomkvist. Elle était en contact avec Cécilia Vanger, qui avait vraisemblablement exprimé une certaine irritation vis-à-vis de Mikael. Mais le nom de Henrik Vanger signifiait qu'elle était obligée d'ouvrir la porte. Elle invita Mikael à s'installer dans le salon. Il regarda autour de lui. L'intérieur d'Anita Vanger était meublé avec goût par une personne qui avait de l'argent et une vie professionnelle mais qui restait assez discrète. Il remarqua une lithographie signée Anders Zorn au-dessus d'une cheminée transformée en radiateur à gaz.

— Je suis désolé de venir vous déranger sans prévenir, je me trouvais à Londres et j'ai essayé de vous appeler dans la journée.

— Je comprends. C'est à quel sujet ? La voix était sur la défensive.

— Avez-vous l'intention de vous rendre aux obsèques ?

— Non, Martin et moi n'étions pas très proches et je ne peux pas me libérer.

Mikael hocha la tête. Anita Vanger avait fait de son mieux pour rester à l'écart de Hedestad pendant trente ans. Depuis que son père était revenu sur l'île de Hedeby, elle n'y avait pratiquement pas mis les pieds.

— Je veux savoir ce qui est arrivé à Harriet Vanger. L'heure de la vérité est venue.

— Harriet ? Je ne comprends pas ce que vous voulez dire.

Mikael fit une moue signifiant qu'il n'était pas prêt à tout gober.

— Vous étiez l'amie la plus proche de Harriet dans la famille. C'est vers vous qu'elle s'est tournée pour raconter son épouvantable récit.

— Vous êtes complètement cinglé, dit Anita Vanger.

— Vous avez probablement raison, dit Mikael d'une voix légère. Anita, vous vous trouviez dans la chambre de Harriet ce jour-là. J'ai des photos qui le prouvent. Dans quelques jours je vais faire un rapport à Henrik et ensuite il prendra la relève. Pourquoi ne pas me raconter ce qui s'est passé ?

Anita Vanger se leva.

— Sortez immédiatement de chez moi.

Mikael se leva.

— D'accord, mais tôt ou tard, vous serez obligée de me parler.

— Je n'ai rien à vous dire.

— Martin est mort, dit Mikael fermement. Vous n'avez jamais aimé Martin. Je crois que vous êtes venue vivre à Londres non seulement pour être débarrassée de votre père mais aussi pour ne pas avoir à rencontrer Martin. Cela veut dire que vous aussi vous étiez au courant, et la seule à avoir pu raconter était Harriet. La question est de savoir ce que vous avez fait après avoir appris.

Anita Vanger claqua la porte au nez de Mikael.

LISBETH SALANDER adressa un sourire satisfait à Mikael tout en le débarrassant du microphone qu'il avait sous la chemise.

— Elle a soulevé le combiné dans les trente secondes après avoir claqué la porte, dit Lisbeth.

— L'indicatif du pays est celui de l'Australie, rapporta Trinity en reposant les écouteurs sur le petit bureau dans le Combi. Il faut que je vérifie à quoi correspond l'*area code*.

Il pianota sur son ordinateur portable.

— Voilà, elle a appelé ce numéro, il correspond à un téléphone dans une localité nommée Tennant Creek, au nord d'Alice Springs, dans le Territoire-du-Nord. Tu veux écouter la conversation ?

Mikael fit oui de la tête.

— Quelle heure est-il en Australie en ce moment ?

— Environ 5 heures du matin. Trinity démarra le lecteur numérique et brancha un haut-parleur. Mikael put compter huit signaux d'appel avant qu'on décroche à l'autre bout. La conversation était en anglais.

— Salut. C'est moi.

— Hmm, c'est vrai que je suis matinale, mais…

— Je voulais t'appeler hier… Martin est mort. Il s'est tué en voiture avant-hier.

Silence. Puis quelque chose qui ressemblait à un toussotement mais qu'on pouvait interpréter comme "Tant mieux".

— Mais il y a un problème. Un journaliste détestable que Henrik a embauché est passé chez moi il y a cinq minutes. Il pose des questions sur ce qui s'est passé en 1966. Il sait quelque chose.

Silence encore. Puis une voix suppliante.

— Anita. Raccroche maintenant. Il faut qu'on coupe tout contact pendant quelque temps.

— Mais…

— Ecris-moi des lettres. Tiens-moi au courant de ce qui se passe. Puis la conversation fut coupée.

— Futée, la nana ! dit Lisbeth Salander avec de l'admiration dans la voix.

Ils revinrent à l'hôtel un peu avant 23 heures. La réception se chargea de réserver des places sur le premier vol possible pour l'Australie. Dans le quart d'heure, ils obtinrent des places dans un avion qui partirait à 19 h 05 le lendemain soir à destination de Canberra, Nouvelle-Galles-du-Sud.

Une fois tous les détails réglés, ils s'écroulèrent dans le lit.

C'ÉTAIT LA PREMIÈRE VISITE de Lisbeth Salander à Londres, et ils passèrent la matinée à baguenauder de Tottenham Court Road à Soho. Ils s'arrêtèrent boire un *caffè latte* à Old Compton Street. Vers 15 heures, ils repassèrent à l'hôtel prendre leurs bagages. Pendant que Mikael payait la note, Lisbeth alluma son téléphone portable et vit qu'elle avait un SMS.

— Dragan Armanskij veut que je l'appelle.

Elle emprunta un téléphone à la réception et appela son chef. Mikael se tenait en retrait, et il vit soudain

Lisbeth se tourner vers lui, le visage figé. Il fut immédiatement à son côté.

— Qu'est-ce qu'il y a ?

— Maman est morte. Il faut que je rentre.

Lisbeth avait l'air tellement désespérée que Mikael la prit dans ses bras. Elle le repoussa.

Ils burent un café au bar. Quand Mikael avança qu'il allait changer leurs réservations pour l'Australie et qu'il allait l'accompagner à Stockholm, elle secoua la tête.

— Non, fit-elle sèchement. Il ne faut pas qu'on merde le boulot maintenant. Tu iras tout seul en Australie.

Ils se séparèrent devant l'hôtel et prirent chacun leur bus pour leur avion.

26

MARDI 15 JUILLET – JEUDI 17 JUILLET

MIKAEL PRIT UN VOL domestique de Canberra à Alice Springs, seule possibilité qui s'offrait à lui après son arrivée tard dans l'après-midi. Ensuite, il avait le choix entre un charter privé et une voiture de location pour les quatre cents kilomètres restants. Il choisit la voiture.

Une personne inconnue qui portait le nom biblique de Joshua, et qui faisait partie du réseau Web international de Plague ou peut-être de Trinity, avait laissé une enveloppe à l'attention de Mikael au bureau d'accueil à l'aéroport de Canberra.

Le numéro de téléphone qu'Anita avait appelé correspondait à quelque chose nommé Cochran Farm. Une note brève étoffait le renseignement – littéralement parlant ; il s'agissait d'un élevage de moutons.

Un résumé pioché sur Internet fournissait des détails sur l'élevage des moutons en Australie.

> Le pays compte 18 millions d'habitants, dont 53 000 éleveurs de moutons qui gèrent environ 120 millions de bêtes. A elle seule l'exportation de la laine draine plus de 3,5 milliards de dollars par an. A laquelle s'ajoute l'exportation de 700 millions de tonnes de viande de mouton, plus des peaux pour l'industrie du vêtement. La production de viande et de laine est une des branches économiques les plus importantes du pays.

Cochran Farm, fondée en 1891 par un certain Jeremy Cochran, était la cinquième plus grande exploitation agricole d'Australie avec environ 60 000 *merino sheep*, dont la laine était considérée comme particulièrement excellente. A part les moutons, la ferme élevait aussi des vaches, des cochons et des poulets.

Mikael constata que Cochran Farm était une très grande entreprise avec un chiffre d'affaires annuel impressionnant, fondé sur l'exportation entre autres vers les Etats-Unis, le Japon, la Chine et l'Europe.

Les biographies fournies étaient encore plus fascinantes.

En 1972, Cochran Farm était passée en héritage d'un Raymond Cochran à un Spencer Cochran, formé à Oxford en Angleterre. Spencer était décédé en 1994, et depuis la ferme était dirigée par sa veuve. Elle figurait sur une photo floue de faible résolution qui avait été téléchargée du site de Cochran Farm sur Internet et qui montrait une femme blonde aux cheveux courts. Elle avait le visage à moitié détourné et elle était en train de caresser un agneau. Selon Joshua, le couple s'était marié en Italie en 1971.

Elle s'appelait Anita Cochran.

MIKAEL PASSA LA NUIT dans un trou perdu et desséché au nom porteur d'espoir : Wannado. Au pub du coin, il mangea de la viande de mouton rôtie et éclusa trois *pints* avec des spécialistes locaux qui l'appelaient *mate* et qui parlaient avec un drôle d'accent. Il avait l'impression d'avoir débarqué en plein tournage de *Crocodile Dundee*.

Avant de s'endormir tard dans la nuit, il appela Erika Berger à New York.

— Je suis désolé, Ricky, mais j'ai été tellement pris que je n'ai pas eu le temps d'appeler.

— Mais qu'est-ce qui se passe à Hedestad, bon sang ?! explosa-t-elle. Christer m'a appelée pour dire que Martin Vanger est mort dans un accident de voiture.

— C'est une longue histoire.

— Et pourquoi tu ne réponds pas au téléphone ? Ça fait des jours et des jours que je n'arrête pas de t'appeler.

— Ça ne capte pas d'ici.

— Tu es où, là ?

— En ce moment, environ à deux cents kilomètres au nord d'Alice Springs. En Australie, par conséquent.

Mikael avait rarement réussi à surprendre Erika. Cette fois-ci elle resta muette pendant près de dix secondes.

— Et qu'est-ce que tu fais en Australie ? Si je peux me permettre.

— Je suis en train de terminer le boulot. Je serai de retour en Suède dans quelques jours. Je t'appelais simplement pour raconter que la mission pour Henrik Vanger est bientôt terminée.

— Tu veux dire que tu as trouvé ce qui est arrivé à Harriet ?

— Il semble que oui.

IL ARRIVA à Cochran Farm vers midi le lendemain, pour apprendre qu'Anita Cochran se trouvait dans un district de production à un endroit nommé Makawaka et situé cent vingt kilomètres plus à l'ouest.

Il était 16 heures quand Mikael trouva la localité après avoir sillonné un grand nombre de *backroads*. Il s'arrêta devant une grille où une bande de fermiers s'étaient rassemblés autour du capot d'une jeep pour manger un morceau. Mikael descendit, se présenta et expliqua qu'il cherchait Anita Cochran. Les gars se tournèrent vers un homme musclé d'une trentaine d'années, apparemment celui de la bande qui prenait les décisions. Il était torse nu et bronzé sauf là où son tee-shirt avait laissé des marques blanches. Il portait un chapeau de cow-boy.

— *Well, mate*, le boss se trouve à une dizaine de bornes par là, dit-il en faisant un geste du pouce.

Il regarda la voiture de Mikael avec scepticisme et ajouta que ce n'était pas forcément une bonne idée de poursuivre la route avec ce joujou japonais. Pour finir, l'athlète bronzé dit que de toute façon il devait y aller et qu'il pouvait emmener Mikael dans sa jeep, de loin le seul véhicule adapté au genre de terrain qui les attendait. Mikael remercia et prit soin d'emporter le sac avec son ordinateur portable.

L'HOMME DIT qu'il s'appelait Jeff et raconta qu'il était le *studs manager at the station*. Mikael demanda une traduction. Jeff le regarda d'un air bizarre et constata que Mikael ne devait pas être du pays. Il expliqua que *studs manager* était à peu près l'équivalent d'un chef d'agence dans une banque, sauf qu'il traitait avec des moutons et que *station* était le mot australien pour "ranch".

Ils continuèrent à bavarder pendant que Jeff manœuvrait la jeep avec bonhomie à vingt kilomètres à l'heure dans une pente impressionnante menant au fond d'un ravin. Mikael remercia sa bonne étoile de ne pas avoir essayé de poursuivre avec sa voiture de location. Il demanda ce qui se trouvait en bas du ravin et apprit qu'il y avait des pâturages pour 700 moutons.

— Si j'ai bien compris, Cochran Farm est une très grosse exploitation.

— On est une des plus grandes en Australie, répondit Jeff avec une certaine fierté dans la voix. On a environ 9 000 moutons ici dans le district de Makawaka, mais on a aussi des *stations* en Nouvelle-Galles-du-Sud et en Australie-Occidentale. En tout, on a plus de 63 000 moutons.

Ils sortirent du ravin sur un terrain vallonné mais plus doux. Soudain Mikael entendit des coups de feu. Il vit des cadavres de moutons, de grands brasiers et une douzaine d'ouvriers agricoles. Tous semblaient avoir des carabines dans les mains. Ces gens procédaient manifestement à l'abattage des bêtes.

Malgré lui, Mikael fit l'association avec les agneaux du sacrifice biblique.

Puis il vit une femme en jean et chemise à carreaux blanc et rouge avec des cheveux blonds et courts. Jeff se gara à quelques mètres d'elle.

— *Hi boss. We got a tourist,* fit-il.

Mikael descendit de la jeep et la regarda. Elle lui rendit son regard, les yeux interrogateurs.

— Bonjour Harriet. Ça fait un bail qu'on ne s'est pas vus, dit Mikael en suédois.

Aucun des hommes qui travaillaient pour Anita Cochran ne comprit ce qu'il lui disait, mais ils purent voir sa réaction. Elle fit un pas en arrière, l'air paniqué. Les hommes d'Anita Cochran eurent instantanément un réflexe de protection de leur patronne. Ils la virent blêmir, cessèrent de rigoler et se dressèrent, prêts à s'interposer entre elle et cet étranger bizarre qui manifestement lui causait du désagrément. L'amabilité de Jeff s'était totalement envolée lorsqu'il fit un pas en direction de Mikael.

Mikael se rendit compte qu'il se trouvait dans un terrain inaccessible à l'autre bout de la planète, entouré d'une bande d'éleveurs de moutons ruisselants de sueur avec des carabines dans les mains. Un mot d'Anita Cochran et ils le trufferaient de plomb.

Puis l'instant passa. Harriet Vanger leva la main dans un geste apaisant et les hommes reculèrent. Elle s'approcha de Mikael et croisa son regard. Elle était trempée de sueur et son visage était sale. Mikael remarqua que ses cheveux blonds avaient des racines plus sombres. Elle était plus âgée et son visage émacié, mais elle était devenue exactement la belle femme que sa photo de confirmation laissait présager.

— Nous nous sommes déjà rencontrés ? demanda Harriet Vanger.

— Oui. Je m'appelle Mikael Blomkvist. Tu étais ma baby-sitter un été quand j'avais trois ans. Tu en avais douze ou treize à l'époque.

Quelques secondes s'écoulèrent avant que son regard s'illumine et Mikael vit que soudain elle s'en souvenait. Elle avait l'air stupéfaite.

— Qu'est-ce que tu veux ?

— Harriet, je ne suis pas ton ennemi. Je ne suis pas ici pour te faire du mal. Mais il faut qu'on parle.

Elle se tourna vers Jeff et lui dit de la remplacer, puis elle fit signe à Mikael de la suivre. Ils marchèrent environ deux cents mètres jusqu'à un groupe de tentes de toile blanche dans un petit bosquet. Elle indiqua une chaise pliante devant une table bancale, versa de l'eau dans une bassine et se rinça le visage, s'essuya, puis entra dans la tente pour changer de chemise. Elle prit deux bières dans une glacière et s'assit en face de Mikael.

— C'est bon. Vas-y, je t'écoute, maintenant.

— Pourquoi vous tuez les moutons ?

— Nous avons affaire à une épidémie. La plupart de ces moutons sont probablement en très bonne santé, mais nous ne pouvons pas risquer que ça se propage.

Nous allons être obligés d'abattre plus de 600 moutons cette semaine. Je ne suis donc pas de très bonne humeur.

Mikael hocha la tête.

— Ton frère s'est tué en voiture il y a quelques jours.

— J'ai appris ça.

— De la bouche d'Anita Vanger quand elle t'a appelée.

Elle le scruta du regard un long moment. Puis elle hocha la tête. Elle avait compris qu'il était vain de nier des évidences.

— Comment m'as-tu trouvée ?

— Nous avons mis le téléphone d'Anita sur écoute. Mikael, lui aussi, estima qu'il n'avait aucune raison de mentir. J'ai rencontré ton frère quelques minutes avant qu'il décède.

Harriet Vanger fronça les sourcils. Il croisa son regard. Puis il retira le foulard ridicule qu'il avait mis, baissa le col et montra la trace du nœud coulant. C'était rouge vif et il garderait probablement une cicatrice en souvenir de Martin Vanger.

— Ton frère m'avait suspendu dans un nœud coulant quand ma partenaire est arrivée pour foutre la raclée de sa vie à ce salopard.

Quelque chose s'alluma dans les yeux de Harriet.

— Je crois qu'il vaut mieux que tu racontes l'histoire depuis le début.

IL FALLUT PLUS D'UNE HEURE pour tout dire. Mikael commença par raconter qui il était et résuma ses déboires professionnels. Il expliqua que Henrik Vanger lui avait donné cette mission et pourquoi ça tombait bien pour lui d'aller s'installer à Hedeby. Il parla de l'enquête de police aboutissant à des impasses et il raconta comment Henrik avait mené son enquête personnelle durant toutes ces années, persuadé que quelqu'un de la famille avait assassiné Harriet. Il démarra son ordinateur et expliqua comment il avait trouvé les photos de la rue de la Gare et comment lui et Lisbeth avaient commencé à rechercher un tueur en série qui s'était avéré être deux individus.

Tandis qu'il parlait, le crépuscule tomba. Les hommes se préparèrent pour la soirée, des feux de camp furent allumés et des marmites se mirent à mijoter. Mikael remarqua que Jeff restait à proximité de sa patronne et qu'il gardait un œil méfiant sur Mikael. Le cuisinier servit Harriet et Mikael. Ils s'ouvrirent une autre bière chacun. Quand Mikael eut terminé son récit, Harriet garda le silence un moment.

— Mon Dieu, dit-elle.

— Tu as loupé le meurtre d'Uppsala.

— Je ne l'ai même pas cherché. J'étais tellement soulagée que mon père soit mort et que la violence soit terminée. Il ne m'est jamais venu à l'esprit que Martin… Elle se tut. Je suis contente qu'il soit mort.

— Je te comprends.

— Mais ton récit n'explique pas comment vous avez compris que j'étais en vie.

— Une fois que nous avions trouvé ce qui s'était passé, il n'était pas très difficile de déduire la suite. Pour pouvoir disparaître, tu avais forcément eu besoin d'aide. Anita Vanger était ta confidente et la seule qui pouvait te l'apporter. Vous étiez amies et elle avait passé l'été avec toi. Vous aviez habité dans la maisonnette de Gottfried. Si tu t'étais confiée à quelqu'un, c'était forcément à elle – et elle venait de passer son permis de conduire.

Harriet Vanger le regarda avec un visage neutre.

— Et maintenant que tu sais que je suis en vie, qu'est-ce que tu vas faire ?

— Je vais le raconter à Henrik. Il mérite de le savoir.

— Et ensuite ? Tu es journaliste.

— Harriet, je n'ai pas l'intention de te dénoncer aux médias. J'ai déjà commis tant de fautes professionnelles dans cette salade que l'Association des journalistes m'exclurait probablement s'ils étaient au courant. Il essaya de plaisanter. Une faute de plus ou de moins n'y change rien et je ne veux pas porter préjudice à mon ancienne baby-sitter.

Elle n'eut pas l'air de trouver ça drôle.

— Combien de personnes connaissent la vérité ?

— Que tu es en vie ? En cet instant, il n'y a que toi, moi, Anita et ma partenaire Lisbeth. Dirch Frode connaît environ deux tiers de l'histoire, mais il croit toujours que tu es décédée en 1966.

Harriet Vanger sembla réfléchir à quelque chose. Elle fixa l'obscurité au-delà du camp. Mikael eut de nouveau la désagréable sensation de se trouver dans une situation exposée et il se rappela que Harriet Vanger avait une carabine appuyée contre la toile de la tente à portée de main. Puis il se secoua et cessa de gamberger. Il changea de sujet de conversation.

— Mais comment est-ce que tu as fait pour devenir éleveuse de moutons en Australie ? J'ai déjà compris qu'Anita Vanger t'a permis de quitter l'île, probablement dans le coffre de sa voiture quand le pont a été rouvert le lendemain de l'accident.

— En fait, j'étais simplement allongée par terre à l'arrière de la voiture avec une couverture sur moi. Mais personne n'a regardé. J'avais dit à Anita que je devais m'enfuir. Tu as bien deviné, je m'étais confiée à elle. Elle m'a aidée et elle a été une amie loyale pendant toutes ces années.

— Comment est-ce que tu t'es retrouvée en Australie ?

— D'abord j'ai habité la chambre d'étudiante d'Anita à Stockholm pendant quelques semaines avant de quitter la Suède. Anita avait de l'argent personnel qu'elle m'a généreusement prêté. Elle m'a aussi donné son passeport. Nous nous ressemblions et tout ce que j'ai eu à faire était de me décolorer les cheveux pour devenir blonde. Pendant quatre ans, j'ai habité un couvent en Italie – je n'étais pas nonne, il existe des couvents où on peut louer des cellules pour pas cher afin de rester en paix avec ses pensées. Ensuite j'ai rencontré Spencer Cochran par hasard. Il avait quelques années de plus que moi, il venait de terminer ses études en Angleterre et se baladait en Europe. Je suis tombée amoureuse. Lui aussi. Ce n'était pas plus compliqué que ça. *Anita* Vanger s'est mariée avec lui en 1971. Je ne l'ai jamais regretté. C'était un homme merveilleux. Malheureusement, il est décédé il y a huit ans, et je me suis soudain retrouvée propriétaire de l'exploitation.

— Mais le passeport – quelqu'un aurait dû se rendre compte qu'il y avait deux Anita Vanger ?

— Non, pourquoi ? Une Suédoise qui s'appelle Anita Vanger et qui est mariée avec Spencer Cochran. Qu'elle habite à Londres ou en Australie n'a aucune importance. A Londres, elle est l'épouse séparée de Spencer Cochran. En Australie, elle est son épouse tout à fait normale. Les registres entre Canberra et Londres ne sont pas harmonisés. Sans oublier que j'ai obtenu un passeport australien au nom de Cochran. C'est un arrangement qui fonctionne à merveille. Le plan ne pouvait capoter que si Anita avait voulu se marier. Mon mariage est inscrit dans l'état civil suédois.

— Mais elle ne l'a jamais fait.

— Elle dit qu'elle n'a jamais trouvé quelqu'un. Mais je sais qu'elle s'en est abstenue pour moi. Elle a été une véritable amie.

— Qu'est-ce qu'elle faisait dans ta chambre ?

— Je n'étais pas très rationnelle ce jour-là. J'avais peur de Martin, mais tant qu'il se trouvait à Uppsala, je pouvais mettre le problème de côté. Puis je l'ai vu là, tout à coup, dans la rue à Hedestad et j'ai compris que je ne serais jamais en sécurité pendant toute ma vie. J'ai hésité entre raconter à Henrik et m'enfuir. Henrik n'a pas eu le temps de m'écouter, et j'ai erré sans but dans le hameau. Je comprends évidemment que pour tout le monde l'accident du pont occultait tout le reste, mais ce n'était pas mon cas. J'avais mes propres problèmes et j'avais à peine conscience de l'accident. Tout semblait irréel. Puis j'ai croisé Anita, qui logeait dans une annexe chez Gerda et Alexander. C'est alors que je me suis décidée et lui ai demandé de m'aider. Je suis restée chez elle tout le temps, je n'osais même pas sortir. Mais il y avait une chose que je devais emporter – j'avais écrit tout ce qui s'était passé dans un journal intime, et j'avais besoin de vêtements. Anita est allée me les chercher.

— Et je suppose qu'elle n'a pas résisté à la tentation d'ouvrir la fenêtre pour regarder l'accident. Mikael réfléchit un moment. Ce que je ne comprends pas, c'est pourquoi tu n'es pas allée voir Henrik comme tu en avais l'intention.

— Qu'est-ce que tu crois ?

— En fait, je n'en sais rien. Je suis persuadé que Henrik t'aurait aidée. Martin aurait immédiatement été mis hors d'état de nuire et Henrik ne t'aurait évidemment pas trahie. Il aurait mené l'affaire avec discrétion, en le dirigeant vers une sorte de thérapie ou de traitement.

— Tu n'as pas compris ce qui se passait.

Jusque-là, Mikael avait seulement parlé de l'abus sexuel de Gottfried sur Martin, en laissant le rôle de Harriet en suspens.

— Gottfried s'en est pris à Martin, dit Mikael prudemment. Je soupçonne qu'il s'en est aussi pris à toi.

HARRIET VANGER ne remua pas le moindre muscle. Puis elle respira profondément et se cacha le visage dans les mains. En moins de trois secondes, Jeff était à côté d'elle pour demander si tout était *all right*. Harriet Vanger le regarda et lui adressa un tout petit sourire. Puis elle surprit Mikael en se levant et en allant serrer son *studs manager* dans les bras et en lui faisant une bise sur la joue. Elle se tourna vers Mikael, le bras autour de l'épaule de Jeff.

— Jeff, je te présente Mikael, un vieil… ami d'autrefois. Il m'apporte des problèmes et des mauvaises nouvelles, mais il ne faut jamais tuer le messager. Mikael, je te présente Jeff Cochran. Mon fils aîné. J'ai un autre fils aussi et une fille.

Mikael hocha la tête. Jeff avait une trentaine d'années. Harriet Vanger avait dû tomber enceinte assez vite après son mariage avec Spencer Cochran. Il se leva, tendit la main à Jeff et dit qu'il était désolé d'avoir ébranlé sa mère, mais que malheureusement c'était nécessaire. Harriet échangea quelques mots avec Jeff, puis elle le renvoya. Elle se rassit avec Mikael et sembla prendre une décision.

— Finis les mensonges. Je suppose que c'est terminé. J'attends en quelque sorte ce jour depuis 1966. Pendant de nombreuses années, mon angoisse était que quelqu'un s'adresse à moi avec mon vrai nom. Et tu sais quoi – tout à coup ça m'est égal. Mon crime est prescrit. Et je m'en fous de ce que les gens peuvent penser.

— Quel crime ? demanda Mikael.

Elle le fixa droit dans les yeux, mais il ne comprenait toujours pas de quoi elle parlait.

— J'avais seize ans. J'avais peur. J'avais honte. J'étais désespérée. J'étais seule. Il n'y avait qu'Anita et Martin qui connaissaient la vérité. A Anita, j'avais raconté les abus sexuels, mais je n'avais pas pu me résoudre à raconter que mon père était aussi un psychopathe tueur de femmes. Anita ne l'a jamais su. En revanche, je lui avais avoué le crime que j'avais moi-même commis et qui était suffisamment horrible pour qu'en fin de compte je n'aie pas osé le raconter à Henrik. J'ai demandé à Dieu qu'il me pardonne. Et je me suis cachée dans un couvent pendant plusieurs années.

— Harriet, ton père était un violeur et un assassin. Tu n'étais coupable de rien là-dedans.

— Je le sais. Mon père a abusé de moi pendant un an. Je faisais tout pour éviter qu'il… mais il était mon père et je ne pouvais pas brusquement refuser d'avoir quoi que ce soit à faire avec lui sans expliquer pourquoi. Alors j'ai souri et j'ai joué la comédie, j'ai essayé de faire comme si tout était normal et j'ai veillé à ce qu'il y ait d'autres personnes quand je le rencontrais. Ma mère savait ce qu'il faisait, mais elle s'en fichait.

— Isabella savait ? s'exclama Mikael consterné.

La voix de Harriet Vanger se durcit.

— Bien sûr qu'elle savait. Il ne se passait rien dans notre famille sans qu'Isabella soit au courant. Mais elle ne prêtait jamais attention aux choses désagréables ou qui pouvaient la discréditer. Mon père aurait pu me violer dans le salon devant ses yeux sans qu'elle le voie. Elle était incapable de reconnaître que quelque chose n'allait pas dans ma vie ou dans la sienne.

— Je l'ai rencontrée. C'est une vipère.

— Elle l'a été toute sa vie. J'ai souvent réfléchi à leur relation, entre elle et mon père. J'ai compris que depuis ma naissance ils n'avaient que rarement ou plus du tout de relations sexuelles. Mon père avait des femmes, mais bizarrement il avait peur d'Isabella. Il s'éloignait d'elle mais il ne pouvait pas divorcer.

— On ne divorce pas dans la famille Vanger.

Elle rit pour la première fois.

— Non, en effet. Toujours est-il que je n'arrivais pas à me résoudre à raconter. Le monde entier aurait été au courant. Mes camarades de classe, tout le monde dans la famille...

Mikael posa sa main sur celle de Harriet.

— Harriet, je suis sincèrement désolé.

— J'avais quatorze ans quand il m'a violée pour la première fois. Régulièrement, il m'emmenait dans sa cabane. A plusieurs reprises, Martin était là aussi. Il nous forçait tous les deux à lui faire des choses. Et il me tenait par les bras pour que Martin puisse se... satisfaire sur moi. Et après la mort de mon père, Martin était prêt à reprendre son rôle. Il s'attendait à ce que je devienne sa maîtresse et il trouvait normal que je me soumette. Et à ce stade je n'avais plus le choix. J'étais obligée de faire ce que disait Martin. Je m'étais débarrassée d'un bourreau pour tomber entre les griffes d'un autre, et tout ce que je pouvais faire était de veiller à ne jamais me trouver seule avec lui.

— Henrik aurait...

— Tu ne comprends toujours pas.

Elle avait élevé la voix. Mikael vit les hommes des tentes à côté se tourner vers eux. Elle baissa de nouveau la voix et se pencha vers lui.

— Tu as toutes les cartes, maintenant. A toi de tirer les conclusions.

Elle se leva et alla chercher deux autres bières. Quand elle revint, Mikael lui dit un seul mot.

— Gottfried ?

Elle fit oui de la tête.

— Le 7 août 1965, mon père m'avait obligée à le rejoindre dans sa cabane. Henrik était en voyage. Mon père avait bu et il a essayé de me forcer. Il n'a même pas réussi à bander et il s'est mis à délirer complètement. Il était toujours… grossier et violent avec moi quand nous étions seuls, mais cette fois-ci il a dépassé les bornes. Il a uriné sur moi. Ensuite il m'a raconté ce qu'il aimerait me faire. Au cours de la soirée il a parlé des femmes qu'il avait tuées. Il s'en vantait. Il citait la Bible. Ça a duré des heures. Je n'ai même pas compris la moitié de ce qu'il disait, mais j'ai compris qu'il était complètement malade.

Elle prit une gorgée de bière.

— A un moment, vers minuit, il a eu une crise. Il est devenu fou furieux. Nous étions sur la mezzanine. Il a mis un tee-shirt autour de mon cou et il a serré de toutes ses forces. Tout est devenu noir. Je ne doute pas une seconde qu'il a réellement essayé de me tuer, et pour la première fois cette nuit-là, il a réussi à accomplir son viol.

Harriet Vanger regarda Mikael. Ses yeux étaient suppliants.

— Mais il était tellement soûl que j'ai réussi à me dégager, je ne sais pas comment. J'ai sauté de la mezzanine dans la pièce en bas et je me suis enfuie, totalement paniquée. J'étais nue et j'ai couru sans réfléchir, et je me suis retrouvée sur l'appontement. Il est arrivé en titubant derrière moi.

Soudain, Mikael aurait voulu qu'elle cesse de raconter.

— J'étais suffisamment forte pour pouvoir faire basculer un ivrogne dans l'eau. J'ai utilisé une rame pour le maintenir sous l'eau jusqu'à ce qu'il arrête de remuer. Quelques secondes ont suffi.

Le silence fut tonitruant lorsqu'elle fit une pause.

— Et quand j'ai levé les yeux, Martin se tenait là. Il avait l'air terrorisé et en même temps il rigolait. Je ne sais pas depuis combien de temps il nous avait espionnés de devant la maison. Dès lors, j'étais livrée à son bon vouloir. Il s'est approché de moi et m'a prise par les cheveux, il m'a ramenée dans la maison et jetée sur le lit de Gottfried. Il m'a attachée et m'a violée pendant que notre père flottait toujours dans l'eau devant le ponton, et je n'ai même pas pu me défendre.

Mikael ferma les yeux. Il eut honte soudain et il aurait voulu avoir laissé Harriet Vanger en paix. Mais sa voix avait pris une force nouvelle.

— A partir de ce jour-là, j'ai été en son pouvoir. Je faisais ce qu'il me disait, j'étais comme paralysée. Si j'ai échappé à la folie, c'est qu'Isabella s'est soudain mis en tête que Martin avait besoin d'un changement d'air après la disparition tragique de son père, et elle l'a envoyé à Uppsala. C'était évidemment parce qu'elle savait ce qu'il me faisait subir, et c'était sa façon de résoudre le problème. Tu imagines la déception de Martin.

Mikael hocha la tête.

— Pendant l'année qui suivit, il n'est rentré que pour les vacances de Noël et j'ai réussi à me tenir à l'écart. J'ai accompagné Henrik pour un voyage à Copenhague entre Noël et le Nouvel An. Et quand sont venues les grandes vacances, Anita était là. Je me suis confiée à elle et elle est restée tout le temps avec moi, et elle a fait en sorte qu'il ne puisse pas s'approcher de moi.

— Tu l'as croisé dans la rue de la Gare.

Elle fit oui de la tête.

— J'avais appris qu'il ne viendrait pas à la réunion de famille et qu'il resterait à Uppsala. Puis il avait apparemment changé d'avis et tout à coup je l'ai vu là, de l'autre côté de la rue, en train de me fixer. Il m'a souri.

C'était comme un cauchemar. J'avais assassiné mon père et j'ai compris que je ne serais jamais libérée de mon frère. Jusque-là, j'avais envisagé de me suicider. J'ai finalement préféré m'enfuir.

Elle regarda Mikael avec des yeux presque amusés.

— Ça fait vraiment du bien de raconter la vérité. Maintenant tu es au courant. Qu'est-ce que tu comptes faire de ce que je viens de t'apprendre ?

27

SAMEDI 26 JUILLET – LUNDI 28 JUILLET

MIKAEL VINT CHERCHER Lisbeth Salander devant son immeuble dans Lundagatan à 10 heures du matin et la conduisit au crématorium du cimetière nord. Il lui tint compagnie pendant la cérémonie. Un long moment, Lisbeth et Mikael furent les seuls présents avec le pasteur, mais quand le rituel funéraire commença, Dragan Armanskij se glissa soudain par la porte. Il hocha brièvement la tête à l'adresse de Mikael, se plaça derrière Lisbeth et posa doucement une main sur son épaule. Elle inclina la tête sans le regarder, comme si elle savait qui était venu derrière elle. Ensuite elle l'ignora, tout comme elle ignora Mikael.

Lisbeth n'avait rien raconté sur sa mère, mais le pasteur avait apparemment parlé avec quelqu'un dans la maison de santé où elle était décédée, et Mikael comprit qu'elle était morte d'une hémorragie cérébrale. Lisbeth ne proféra pas un seul mot durant toute la cérémonie. Le pasteur perdit le fil par deux fois lorsqu'il s'adressa directement à Lisbeth, qui le regardait droit dans les yeux sans répondre. Quand ce fut fini, elle tourna les talons et partit sans dire ni merci, ni au revoir. Mikael et Dragan respirèrent à fond et se regardèrent en coin. Ils ignoraient totalement ce qui se passait dans sa tête.

— Elle ne va pas bien du tout, dit Dragan.

— Je crois l'avoir compris, répondit Mikael. C'est bien que tu sois venu.

— Je n'en suis pas si sûr.

Armanskij fixa Mikael du regard.

— Vous remontez vers le Nord ? Veille sur elle.

Mikael promit. Ils se séparèrent devant la porte de l'église. Lisbeth attendait déjà dans la voiture.

Elle était obligée de retourner à Hedestad pour chercher sa moto et l'équipement qu'elle avait emprunté à Milton Security. Elle ne rompit le silence que lorsqu'ils eurent dépassé Uppsala, pour demander comment s'était passé le voyage en Australie. Mikael avait atterri à Arlanda la veille au soir et il n'avait dormi que quelques heures. Tout en conduisant, il lui livra le récit de Harriet Vanger. Lisbeth Salander garda le silence pendant une demi-heure avant d'ouvrir la bouche.

— Salope, fit-elle.

— Qui ça ?

— Harriet Salope Vanger. Si elle avait fait quelque chose en 1966, Martin Vanger n'aurait pas pu continuer à tuer et à violer pendant trente-sept ans.

— Harriet était au courant des meurtres de son père, mais elle ignorait que Martin avait participé. Elle a fui un frère qui la violait et qui menaçait de révéler qu'elle avait noyé son père, si elle n'obéissait pas à ses volontés.

— Baratin.

Le reste du voyage jusqu'à Hedestad se passa en silence. Lisbeth était d'une humeur particulièrement sombre. Mikael était en retard pour son rendez-vous et il la fit descendre au carrefour avant le pont en lui demandant si elle serait toujours là à son retour.

— Tu penses rester ici cette nuit ? demanda-t-elle.

— Je suppose que oui.

— Est-ce que tu veux que je sois là quand tu reviendras ?

Il descendit de la voiture, en fit le tour et vint la prendre dans ses bras. Elle le repoussa, presque violemment. Mikael recula.

— Lisbeth, tu es mon amie.

Elle le regarda sans expression.

— Est-ce que tu veux que je reste pour que tu aies quelqu'un à baiser ce soir ?

Mikael la regarda longuement. Puis il se retourna, monta dans la voiture et démarra. Il baissa la vitre. L'hostilité de Lisbeth était palpable.

— Je veux être ton ami, dit-il. Si tu t'imagines autre chose, ce n'est pas la peine d'être là quand je rentrerai.

HENRIK VANGER était habillé et assis dans un fauteuil lorsque Dirch Frode fit entrer Mikael dans sa chambre de convalescence. Il commença par demander au vieil homme comment il allait.

— Ils ont l'intention de me lâcher pour l'enterrement de Martin, demain.

— Quelle part de l'histoire Dirch t'a-t-il racontée ?

Henrik Vanger baissa le regard.

— Il m'a raconté ce qu'ont fait Martin et Gottfried. J'ai compris que cela va bien au-delà de ce que j'ai pu imaginer dans mes pires cauchemars.

— Je sais ce qui est arrivé à Harriet.

— Comment est-elle morte ?

— Harriet n'est pas morte. Elle vit toujours. Si tu es d'accord, elle a très envie de te revoir.

Dans un parfait ensemble, Henrik Vanger et Dirch Frode regardèrent Mikael comme si leur monde venait de basculer sens dessus dessous.

— Il m'a fallu un moment pour la persuader de venir jusqu'ici, mais elle vit, elle se porte bien et elle se trouve à Hedestad. Elle est arrivée ce matin, et elle peut être là dans une heure. Si tu veux la rencontrer, s'entend.

DE NOUVEAU, Mikael dut raconter l'histoire du début à la fin. Henrik Vanger écouta avec autant de concentration que s'il écoutait un Sermon sur la montagne. A quelques rares occasions il glissa une question ou demanda à Mikael de répéter. Dirch Frode ne pipa pas.

Le récit achevé, le vieil homme demeura coi. Bien que les médecins l'aient assuré que Henrik Vanger était rétabli de son infarctus, Mikael avait craint l'instant où il raconterait l'histoire – il craignait que c'en soit trop pour le vieil homme. Mais Henrik ne révéla aucun signe d'émotion, à part que sa voix était peut-être un peu pâteuse quand il rompit le silence.

— Pauvre Harriet. Si seulement elle était venue me parler.

Mikael regarda l'heure. Il était 15 h 55.

— Est-ce que tu veux la rencontrer ? Elle a toujours peur que tu la repousses maintenant que tu as appris ce qu'elle a fait.

— Et les fleurs ? demanda Henrik.

— Je lui ai posé la question dans l'avion. Il y avait une seule personne dans la famille qu'elle aimait et c'était toi. C'est évidemment elle qui a envoyé les fleurs. Elle m'a dit qu'elle espérait que tu comprendrais qu'elle était en vie et qu'elle allait bien, sans qu'elle soit obligée de se manifester. Mais comme sa seule source d'information était Anita qui ne venait jamais à Hedestad et qui s'était installée à l'étranger une fois ses études terminées, Harriet n'avait qu'une connaissance limitée de ce qui se passait ici. Elle n'a jamais su à quel point tu souffrais ni que tu te croyais harcelé par son assassin.

— J'imagine que c'était Anita qui postait les fleurs.

— Elle travaillait pour une compagnie d'aviation et elle les postait de là où elle se trouvait.

— Mais comment as-tu su que c'était Anita justement qui l'avait aidée ?

— La photographie où on la voit à la fenêtre de la chambre de Harriet.

— Mais elle aurait pu être mêlée à... elle aurait pu être le meurtrier. Comment as-tu compris que Harriet était en vie ?

Mikael regarda longuement Henrik Vanger. Puis il sourit pour la première fois depuis qu'il était revenu à Hedestad.

— Anita était mêlée à la disparition de Harriet mais elle n'aurait pas pu la tuer.

— Comment pouvais-tu en être si sûr ?

— Parce qu'on n'est pas dans un polar. Si Anita avait tué Harriet, tu aurais trouvé le corps depuis longtemps. Donc, le plus logique était qu'elle avait aidé Harriet à fuir et à rester à l'écart. Tu veux la rencontrer ?

— Evidemment que je veux rencontrer Harriet.

MIKAEL ALLA CHERCHER Harriet devant les ascenseurs dans le hall d'entrée. Tout d'abord, il ne la reconnut pas ; depuis qu'ils s'étaient séparés à Arlanda la veille, elle avait retrouvé sa couleur de cheveux sombre. Elle portait un pantalon noir, une chemise blanche et une veste grise élégante. Elle était magnifique et Mikael se pencha pour lui faire une bise d'encouragement sur la joue.

Henrik se leva de sa chaise quand Mikael ouvrit la porte pour laisser passer Harriet Vanger. Elle respira à fond.

— Bonjour Henrik, dit-elle.

Le vieil homme l'examina de la tête aux pieds. Puis Harriet s'avança et l'embrassa sur la joue. Mikael fit un signe du menton à l'adresse de Dirch Frode, ferma la porte et les laissa seuls.

LISBETH SALANDER n'était plus dans la maison quand Mikael revint sur l'île. L'équipement vidéo et sa moto avaient disparu, tout comme le sac avec ses vêtements et ses affaires de toilette dans la salle de bains. Ça faisait vide.

Mikael fit le tour des lieux, une tournée sinistre. La maison paraissait soudain étrangère et irréelle. Il regarda les piles de papiers dans la pièce de travail, qu'il devait mettre dans des cartons et rapporter à Henrik Vanger, mais il ne put se résoudre à commencer le nettoyage. Il monta à Konsum acheter du pain, du lait, du fromage et quelque chose à grignoter pour la soirée. En revenant, il mit le café à chauffer, s'installa dans le jardin et lut les journaux du soir, la tête vide de pensées.

Vers 17 h 30, un taxi passa sur le pont. Il revint trois minutes plus tard. Mikael aperçut Isabella Vanger sur le siège arrière.

Vers 19 heures, il s'était assoupi dans la chaise de jardin lorsque Dirch Frode passa et le réveilla.

— Comment ça se passe avec Henrik et Harriet ? demanda Mikael.

— Cette triste histoire a aussi ses côtés savoureux, répondit Dirch Frode avec un sourire contenu. Isabella a brusquement fait irruption dans la chambre de Henrik. Elle avait appris que tu étais revenu ici et elle était folle furieuse. Elle a hurlé qu'il fallait arrêter de lui rebattre les oreilles avec ces conneries au sujet de Harriet, et que tu n'étais qu'un fouille-merde qui avait poussé son fils à la mort.

— En un sens, elle a raison.

— Elle a donné l'ordre à Henrik de te virer et de veiller à ce que tu disparaisses et qu'il arrête de chercher des fantômes.

— Hou là !

— Elle n'a même pas jeté un regard sur la femme qui était là en train de parler avec Henrik. Elle devait sans doute la prendre pour quelqu'un du personnel. Je n'oublierai jamais l'instant où Harriet s'est levée, a regardé Isabella et a dit *Bonjour, maman*.

— Qu'est-ce qui s'est passé ?

— Il a fallu appeler un médecin pour ranimer Isabella. En ce moment elle est en train de nier que c'est réellement Harriet, et elle affirme que c'est une usurpatrice que tu as ramenée avec toi.

Dirch Frode devait aller annoncer à Cécilia et à Alexander que Harriet était ressuscitée d'entre les morts. Il continua son chemin et laissa Mikael seul.

LISBETH SALANDER s'arrêta faire le plein à une station-service un peu avant Uppsala. Elle avait conduit les dents serrées et le regard fixé droit devant elle. Elle paya sans s'attarder et s'installa de nouveau en selle. Elle démarra et avança jusqu'à la sortie, où elle s'arrêta de nouveau, irrésolue.

Elle se sentait encore mal. Elle avait été furieuse en quittant Hedeby, mais la colère s'était lentement atténuée au cours du trajet. Elle ne savait pas très bien pourquoi elle se sentait si furieuse contre Mikael Blomkvist, ni même si c'était à lui qu'elle en voulait.

Elle n'avait en tête que Martin Vanger et cette foutue Harriet Vanger et ce foutu Dirch Frode et toute cette maudite famille Vanger bien à l'abri à Hedestad, qui dirigeaient leur petit empire perso en intriguant les uns contre les autres. Ils avaient eu besoin de son aide. Normalement, ils ne l'auraient même pas saluée, et encore moins lui auraient confié des secrets.

Foutue racaille de merde !

Elle inspira profondément et pensa à sa mère qu'elle avait enterrée le matin même. Ça ne s'arrangerait donc jamais. La mort de sa mère signifiait que la plaie ne guérirait jamais, puisque Lisbeth n'aurait jamais la réponse aux questions qu'elle aurait voulu poser.

Elle pensa à Dragan Armanskij derrière elle durant l'enterrement. Elle aurait dû lui dire quelque chose. Au moins lui donner une confirmation qu'elle savait qu'il était là. Mais si elle l'avait fait, il aurait pris ça comme prétexte pour commencer à organiser sa vie. Qu'elle lui donne le moindre bout de doigt, il lui boufferait le bras entier. Et il ne comprendrait jamais.

Elle pensa à maître Nils Salopard Bjurman, son tuteur qui au moins pour le moment était neutralisé et qui faisait ce qu'on lui disait de faire.

Elle ressentit une haine implacable et elle serra les dents.

Et elle pensa à Mikael Blomkvist et se demanda quelle serait sa réaction en apprenant qu'elle était sous tutelle et que toute sa vie n'était qu'un putain de trou à rats.

Elle réalisa qu'en fait elle ne lui en voulait pas. Il avait seulement été la personne dont elle disposait pour laisser libre cours à sa colère quand elle avait surtout eu envie de tuer quelqu'un. S'en prendre à lui ne servait à rien.

Elle se sentait bizarrement ambivalente vis-à-vis de lui.

Il fourrait son nez partout et fouinait dans sa vie privée et… Mais elle avait aussi aimé travailler avec lui.

Putain, rien que ça était une sensation étrange – travailler *avec* quelqu'un. Elle n'en avait pas l'habitude, mais cela s'était passé étonnamment sans douleur. Il ne lui faisait pas la morale en permanence. Il n'essayait pas de lui dire comment elle devait vivre sa vie.

C'était elle qui l'avait séduit, pas l'inverse.

Sans compter que ça avait été plaisant.

Alors pourquoi cette envie de lui latter la gueule ?

Elle soupira et leva un regard malheureux pour contempler un poids lourd qui passait en trombe sur l'E4.

MIKAEL ÉTAIT toujours dans le jardin vers 20 heures quand il entendit le crépitement de la moto et vit Lisbeth Salander passer le pont. Elle se gara et retira son casque. Elle s'approcha de la table de jardin et tâta la cafetière qui était aussi vide que froide. Mikael la regarda, surpris. Elle prit la cafetière et entra dans la maison. En ressortant, elle avait enlevé la combinaison de cuir et mis un jean et un tee-shirt portant l'inscription *I can be a regular bitch. Just try me.*

— Je croyais que tu avais tracé, dit Mikael.

— J'ai fait demi-tour à Uppsala.

— Un bon bout de chemin.

— J'ai mal aux fesses.

— Pourquoi tu as fait demi-tour ?

Elle ne répondit pas. Mikael n'insista pas et attendit qu'elle y vienne pendant qu'ils prenaient le café. Au bout de dix minutes, elle rompit le silence.

— J'aime ta compagnie, reconnut-elle à contrecœur.

Des mots qu'elle n'avait jamais auparavant mis dans sa bouche.

— C'était… intéressant de bosser avec toi sur ce cas.

— Moi aussi, j'ai aimé travailler avec toi, dit Mikael.

— Hmm.

— Le fait est que je n'ai jamais bossé avec un enquêteur aussi compétent. D'accord, je sais que tu es une foutue hacker et que tu évolues dans des cercles suspects où apparemment tu peux simplement prendre le téléphone et organiser une écoute téléphonique illégale à Londres en vingt-quatre heures, mais tu obtiens effectivement des résultats.

Elle le regarda pour la première fois depuis qu'elle s'était assise là. Il connaissait tant de ses secrets. Comment était-ce possible ?

— C'est comme ça, tout simplement. Je connais les ordinateurs. Ça ne m'a jamais posé de problème de lire un texte et de comprendre exactement ce qu'il y a d'écrit.

— Ta mémoire photographique, dit-il paisiblement.

— Je suppose que oui. Je ne sais vraiment pas comment ça fonctionne. Ce n'est pas seulement les ordinateurs et les réseaux téléphoniques, mais aussi le moteur de ma bécane et les postes de télévision et les aspirateurs et des processus chimiques et des formules astrophysiques. Je suis ouf. Une vraie freak.

Mikael fronça les sourcils. Il resta sans rien dire un long moment.

Le syndrome d'Asperger, pensa-t-il. *Ou quelque chose comme ça. Un talent pour voir les schémas et comprendre des raisonnements abstraits là où les autres ne voient que le plus complet désordre.*

Lisbeth fixa la table.

— La plupart des gens payeraient cher pour avoir un tel don.

— Je ne veux pas en parler.

— D'accord, on laisse tomber. Pourquoi es-tu revenue ?

— Je ne sais pas. C'était peut-être une erreur.

610

Il la scruta du regard.

— Lisbeth, peux-tu me donner une définition du mot "amitié" ?

— Quand on aime bien quelqu'un.

— Oui, mais qu'est-ce qui fait qu'on aime bien quelqu'un ?

Elle haussa les épaules.

— L'amitié – ma définition – est basée sur deux choses, dit-il soudain. Le respect et la confiance. Ces deux facteurs doivent obligatoirement s'y trouver. Et ça doit être réciproque. On peut avoir du respect pour quelqu'un, mais si on n'a pas la confiance, l'amitié s'effrite.

Elle garda toujours le silence.

— J'ai compris que tu ne voulais pas parler de toi-même avec moi, mais à un moment ou un autre, il faudra bien que tu décides si tu me fais confiance ou pas. Je veux qu'on soit amis, mais je ne peux pas être ami tout seul.

— J'aime baiser avec toi.

— Le sexe n'a rien à voir avec l'amitié. Bien sûr que des amis peuvent faire l'amour, mais, Lisbeth, si je dois choisir entre sexe et amitié en ce qui te concerne, je sais très bien ce que je choisirai.

— Je ne comprends pas. Tu veux faire l'amour avec moi ou pas ?

Mikael se mordit la lèvre. Pour finir il soupira.

— Ce n'est pas bien que les gens qui travaillent ensemble fassent l'amour ensemble, marmonna-t-il. Ça finit par donner des embrouilles.

— Dis-moi si j'ai loupé quelque chose, mais il me semble que toi et Erika Berger, vous baisez dès que l'occasion se présente ? Et en plus elle est mariée.

Mikael observa un moment de silence.

— Moi et Erika… avons une histoire qui a commencé bien avant qu'on travaille ensemble. Qu'elle soit mariée ne te regarde pas.

— Tiens donc, tout à coup c'est toi qui ne veux pas parler de tes affaires. Ce n'était pas une question de confiance, l'amitié ?

— Si, mais ce que je veux dire, c'est que je ne discute pas d'une amie dans son dos. Alors je trahirais sa confiance. Je ne discuterais pas non plus de toi avec Erika dans ton dos.

Lisbeth Salander considéra ses paroles. C'était devenu une conversation compliquée. Elle n'aimait pas les conversations compliquées.

— J'aime baiser avec toi, répéta-t-elle.

— Et moi de même… mais je suis toujours suffisamment vieux pour être ton père.

— Je m'en fous de ton âge.

— Tu ne peux pas te foutre de notre différence d'âge. Elle n'est pas un bon point de départ pour une relation durable.

— Qui a parlé de quelque chose de durable ? dit Lisbeth. On vient juste de boucler une affaire où des hommes avec une putain de sexualité déviante ont joué un rôle prépondérant. Si on me laissait faire, de tels hommes seraient exterminés, tous.

— En tout cas, tu ne fais pas de compromis.

— Non, dit-elle en souriant de son sourire de travers qui n'en était pas un. Mais il se trouve que toi, tu n'es pas un compromis.

Elle se leva.

— Je vais aller prendre une douche et ensuite j'ai l'intention de me coucher nue dans ton lit. Si tu te trouves trop vieux, tu n'as qu'à aller te coucher sur le lit de camp.

Mikael la regarda. Quels que soient les problèmes de Lisbeth Salander, la timidité n'en faisait en tout cas pas partie. Il réussissait toujours à perdre toutes les discussions qu'il avait avec elle. Un moment plus tard, il débarrassa les tasses de café et entra dans la chambre.

ILS SE LEVÈRENT vers 10 heures, prirent une douche ensemble et s'installèrent dans le jardin pour le petit-déjeuner. Vers 11 heures, Dirch Frode appela et dit que l'enterrement aurait lieu à 14 heures et demanda s'ils avaient l'intention d'y assister.

— Je ne pense pas, dit Mikael.

Dirch Frode demanda à pouvoir passer vers 18 heures pour un entretien. Mikael dit qu'il n'y avait pas de problèmes.

Il consacra quelques heures à mettre des papiers dans les cartons de déménagement puis à les porter au cabinet de travail de Henrik. Pour finir, il ne restait que ses propres carnets de notes et les deux classeurs sur l'affaire Hans-Erik Wennerström, qu'il n'avait pas ouverts depuis six mois. Il soupira et les glissa dans son sac.

DIRCH FRODE était en retard et n'arriva que vers 20 heures. Il portait toujours son costume d'enterrement et il avait l'air ravagé quand il s'installa sur la banquette de la cuisine. Il accepta avec plaisir une tasse de café servie par Lisbeth. Elle s'assit à l'autre table et se concentra sur son ordinateur pendant que Mikael demandait comment la résurrection de Harriet avait été prise par la famille.

— On peut dire que ça a éclipsé le décès de Martin. Maintenant, les médias ont reniflé l'affaire aussi.

— Et comment expliquez-vous la situation ?

— Harriet a parlé avec un journaliste de *Kuriren*. Sa version est qu'elle s'était enfuie de chez elle parce qu'elle ne s'entendait pas avec sa famille, mais que de toute évidence elle s'en est bien sortie puisqu'elle dirige une société avec un chiffre d'affaires aussi important que celui du groupe Vanger.

Mikael siffla.

— J'avais compris qu'il y a de l'argent dans les moutons australiens, mais je ne savais pas que la ferme marchait à ce point.

— Son élevage marche très, très bien, mais ce n'est pas la seule source de revenus. Les sociétés Cochran possèdent aussi des mines, elles traitent des opales, des entreprises de manufacture, de transport, d'électronique et tout un tas d'autres choses.

— Ça alors ! Et la suite des événements ?

— Pour tout dire, je n'en sais rien. Des gens sont arrivés tout au long de la journée et la famille se retrouve réunie pour la première fois depuis des années. Ils viennent aussi bien du côté de Fredrik Vanger que de Johan Vanger et il y en a beaucoup de la jeune génération – ceux qui ont entre vingt et trente. Il doit y avoir une quarantaine de Vanger à Hedestad ce soir ; la moitié est à l'hôpital en train d'épuiser Henrik et l'autre moitié est au Grand Hôtel en train de parler avec Harriet.

— Harriet est la grande sensation. Combien sont-ils à connaître la vérité sur Martin ?

— Pour l'instant il n'y a que moi, Henrik et Harriet. Nous avons eu une longue conversation privée. Cette histoire de Martin et de… ses perversions est notre première préoccupation aujourd'hui. La mort de Martin a créé une crise colossale au sein du groupe.

— Je le comprends.

— Il n'y a pas d'héritier naturel, mais Harriet va rester à Hedestad pendant quelque temps. Nous devons entre autres tirer au clair qui possède quoi et comment les héritages seront répartis et des choses comme ça. Harriet a une part d'héritage qui aurait été assez conséquente si elle était restée ici tout le temps. C'est un véritable casse-tête.

Mikael rit. Dirch Frode ne rit pas.

— Isabella s'est effondrée. Elle est hospitalisée. Harriet refuse d'aller la voir.

— Je la comprends.

— Par contre, Anita va arriver de Londres. Nous convoquons un conseil de famille pour la semaine prochaine. Ça sera la première fois en vingt-cinq ans qu'elle participe.

— Qui sera le nouveau PDG ?

— Birger convoite le poste, mais il n'est pas question que ce soit lui. Ce qui va se passer, c'est que Henrik entrera comme PDG temporaire depuis son lit de malade jusqu'à ce qu'on embauche soit quelqu'un d'extérieur, soit quelqu'un de la famille…

Il ne termina pas sa phrase. Mikael leva soudain les sourcils.

— Harriet ? Tu n'es pas sérieux.

— Pourquoi pas ? Nous parlons d'une femme d'affaires particulièrement compétente et respectée.

— Elle a une entreprise à diriger en Australie.

— Oui, mais son fils, Jeff Cochran, fait tourner la boutique en son absence.

— Il est *studs manager* dans un élevage de moutons. Si j'ai tout bien compris, il veille à ce que les moutons s'accouplent selon les bons principes.

— Il a aussi un diplôme en économie d'Oxford et un diplôme de droit de Melbourne.

Mikael pensa à l'homme musclé torse nu et transpirant qui l'avait conduit jusqu'au fond du ravin et il essaya de se le représenter en costume-cravate. Pourquoi pas ?

— Ceci ne va pas être résolu en un tournemain, dit Dirch Frode. Mais elle serait une PDG parfaite. Avec un soutien approprié, elle pourrait orienter le groupe dans une nouvelle direction.

— Elle manque de connaissances…

— C'est vrai. Harriet ne peut évidemment pas surgir de nulle part après plusieurs décennies et commencer à tout gérer dans le détail. Mais le groupe Vanger est international et nous pourrions faire venir ici un PDG américain ne parlant pas un mot de suédois… c'est ça, le business.

— Tôt ou tard, il vous faudra vous attaquer au problème de ce qu'il y a dans la cave de Martin.

— Je sais. Mais nous ne pouvons rien dire sans totalement anéantir Harriet… Je me réjouis de ne pas être celui qui doit prendre une décision à ce sujet.

— Merde, Dirch, vous ne pouvez pas passer sous silence que Martin était un tueur en série.

Dirch Frode se tortilla en silence. Mikael eut soudain un mauvais goût dans la bouche.

— Mikael, je me trouve dans une… situation très inconfortable.

— Raconte.

— J'ai un message de Henrik. Il est très simple. Il te remercie du boulot que tu as fait et il dit qu'il considère le contrat comme rempli. Cela signifie qu'il te libère des autres obligations et que tu n'es plus obligé de vivre et travailler ici à Hedestad, etc. Cela veut dire que tu peux immédiatement repartir pour Stockholm et te consacrer à tes autres engagements.

— Est-ce qu'il veut que je disparaisse de la scène ?

— Absolument pas. Il veut que tu viennes le voir pour un entretien à propos de l'avenir. Il dit qu'il espère que ses engagements dans la direction de *Millénium* pourront continuer sans restrictions. Mais…

Dirch Frode parut encore plus mal à l'aise.

— Mais il ne veut plus que j'écrive une chronique sur la famille Vanger.

Dirch Frode hocha la tête. Il sortit un carnet qu'il ouvrit et poussa vers Mikael.

— Il t'a écrit cette lettre.

Cher Mikael !

J'ai le respect le plus total pour ton intégrité et je ne vais pas t'offenser en essayant de te dicter ce que tu dois écrire. Tu peux écrire et publier exactement ce que tu veux et je n'ai pas l'intention d'exercer la moindre pression sur toi.

Notre contrat reste en vigueur, si tu veux le revendiquer. Tu as suffisamment d'éléments pour terminer la chronique sur la famille Vanger. Mikael, je n'ai jamais supplié personne de toute ma vie. J'ai toujours estimé qu'un homme doit suivre sa morale et sa conviction. A présent, je n'ai pas le choix.

Je te demande, aussi bien en tant qu'ami qu'en tant que copropriétaire de *Millénium*, de t'abstenir de révéler la vérité sur Gottfried et sur Martin. Je sais que ce n'est pas bien, mais je ne vois aucune issue dans cette obscurité. Je dois choisir entre deux maux et il n'y a que des perdants.

Je te demande de ne rien écrire de plus qui pourrait nuire à Harriet. Tu as personnellement vécu ce que ça signifie d'être l'objet d'une campagne de presse. La campagne dirigée contre toi en est restée à des proportions relativement modestes, tu imagines sans peine comment Harriet la vivrait si la vérité venait à être connue. Elle a vécu un calvaire pendant quarante ans, et elle ne doit pas avoir à souffrir encore pour les actes que son frère et son père ont commis. Alors je te demande de réfléchir aux conséquences que cette histoire pourrait avoir pour des milliers d'employés du groupe. Cela briserait Harriet et cela nous anéantirait.

HENRIK

— Henrik dit aussi que si tu exiges d'être dédommagé pour le manque à gagner occasionné si tu t'abstenais de publier l'histoire, il est totalement ouvert aux discussions. Tu peux poser les conditions financières que tu veux.

— Henrik Vanger essaie de m'acheter. Dis-lui que j'aurais préféré qu'il ne me fasse pas cette offre.

— Cette situation est tout aussi pénible pour Henrik que pour toi. Il t'aime énormément et il te considère comme son ami.

— Henrik Vanger est un malin, dit Mikael. La moutarde lui montait soudain au nez. Il veut étouffer l'histoire. Il joue sur mes sentiments et il sait que moi aussi je l'aime bien. Et ce qu'il dit signifie dans la pratique que j'ai les mains libres pour publier, mais que si je le fais, il sera obligé de revoir son attitude vis-à-vis de *Millénium*.

— Tout a changé à partir du moment où Harriet a fait son apparition.

— Et à présent Henrik cherche à savoir quel est mon prix. Je ne vais pas livrer Harriet en pâture, mais *quelqu'un* doit bien aborder le sujet des femmes qui se sont retrouvées dans la cave de Martin. Enfin, Dirch, nous ne savons pas combien de femmes il a massacrées. Qui va parler en leur nom ?

Lisbeth Salander leva soudain les yeux de son ordinateur. Sa voix avait une douceur désagréable quand elle se tourna vers Dirch Frode.

— Et dans votre groupe, il n'y a personne qui ait l'intention de m'acheter, moi ?

Frode eut l'air surpris. Une fois encore, il en était arrivé à ignorer son existence.

— Si Martin Vanger avait été vivant en cet instant, je l'aurais livré en pâture, poursuivit-elle. Quel que soit votre arrangement avec Mikael, j'aurais envoyé jusqu'au moindre détail sur lui au journal le plus proche. Et si j'avais pu, je l'aurais traîné dans sa propre salle de torture, je l'aurais attaché sur l'espèce de table et je lui aurais planté des aiguilles dans les couilles. Mais il est mort.

Elle se tourna vers Mikael avant de continuer :

— Leur arrangement pourri me convient. Rien de ce que nous ferons ne pourra réparer le mal que Martin Vanger a fait à ses victimes. En revanche, une situation intéressante a surgi. Tu te trouves dans la position où tu peux continuer à nuire à des femmes innocentes – surtout cette Harriet que tu as si chaleureusement défendue dans la voiture en venant ici. La question que je te pose est la suivante : qu'est-ce qui est le pire – que Martin Vanger l'ait violée là-bas dans la cabane ou que tu le fasses dans les gros titres ? Te voilà devant un joli dilemme. Le comité d'éthique de l'Association des journalistes pourrait peut-être t'indiquer une voie à suivre.

Elle fit une pause. Soudain Mikael n'arriva plus à soutenir le regard de Lisbeth Salander. Il baissa les yeux sur la table.

— Sauf que moi je ne suis pas journaliste, dit-elle finalement.

— Qu'est-ce que tu demandes ? soupira Dirch Frode.

— Martin a filmé ses victimes. Je veux que vous essayiez d'identifier le plus grand nombre possible de ces femmes et que vous veilliez à ce que leurs familles reçoivent une compensation appropriée. Et ensuite je veux que le groupe Vanger fasse une donation annuelle et permanente de 2 millions de couronnes à SOS-Femmes en détresse.

Une minute, Dirch Frode médita le prix à payer. Puis il hocha la tête.

— Est-ce que tu pourras vivre avec ça, Mikael ? demanda Lisbeth.

Mikael se sentit soudain désespéré. Il avait passé toute sa vie professionnelle à dénoncer ce que d'autres essayaient de cacher et sa morale lui interdisait de prendre part à une occultation des crimes épouvantables qui avaient été commis dans la cave de Martin Vanger. La fonction de son boulot était justement de divulguer ce qu'il savait. Il n'hésitait pas à critiquer ses collègues s'ils ne racontaient pas toute la vérité. Pourtant, il était là en train de discuter le plus macabre étouffement d'affaire dont il ait jamais entendu parler.

Il se tut un long moment. Puis il hocha la tête aussi.

— Tant mieux. Dirch Frode se tourna vers Mikael. Et pour ce qui concerne l'offre de Henrik d'une compensation financière…

— Tu peux te la fourrer où je pense, dit Mikael. Dirch, je veux que tu t'en ailles maintenant. Je comprends ta situation, mais en ce moment je suis tellement en colère contre toi, contre Henrik et contre Harriet que si tu restes encore, on va se fâcher.

DIRCH FRODE resta assis à la table sans faire mine de se lever.

— Je ne peux pas partir encore, dit Dirch Frode. Je n'ai pas terminé. J'ai encore un message à livrer que tu ne vas pas aimer. Henrik insiste pour que je le dise ce soir. Tu pourras aller à l'hôpital l'écorcher demain si tu veux.

Mikael leva lentement la tête et fixa Dirch droit dans les yeux.

— Ceci est probablement la chose la plus difficile que j'aie eu à faire dans ma vie, dit Dirch Frode. Mais je crois qu'à présent seule une sincérité totale et toutes les cartes sur la table peuvent sauver la situation.

— Comment ça ?

— Quand Henrik t'a persuadé d'accepter ce boulot l'autre Noël, ni lui ni moi n'avons pensé que ça mènerait quelque part. C'était exactement comme il le disait – il voulait faire une dernière tentative. Il avait minutieusement examiné ta situation, en se basant beaucoup sur le rapport que Mlle Salander avait réalisé. Il a joué sur ton isolement, il t'a proposé une bonne rémunération et il a utilisé le bon appât.

— Wennerström, dit Mikael.

Frode hocha la tête.

— Vous avez bluffé ?

— Non.

Lisbeth Salander leva un sourcil intéressé.

— Henrik va remplir toutes ses promesses, dit Dirch Frode. Il va se prêter à une interview et il lancera publiquement une attaque frontale contre Wennerström. Tu auras tous les détails plus tard, mais en gros il se trouve que lorsque Hans-Erik Wennerström était associé au département financier du groupe Vanger, il a utilisé plusieurs millions de couronnes pour spéculer sur les devises. Ceci date de bien avant que les gains sur les devises soient devenus aussi phénoménaux. Il l'a fait sans y avoir droit et sans demander l'autorisation de la direction. Les affaires marchaient très mal et il s'est brusquement retrouvé avec un déficit de 7 millions de couronnes qu'il a tenté de couvrir en trafiquant la comptabilité d'une part, et d'autre part en spéculant encore davantage. Il a été démasqué et viré.

— Est-ce qu'il a réalisé des plus-values personnelles ?

— Oui, il a détourné environ un demi-million de couronnes, et le plus comique de l'histoire, si on peut dire, c'est que cette somme a servi à fonder le Wennerstroem Group. Nous avons des preuves de tout ceci. Tu peux utiliser cette information à ta guise et Henrik étayera publiquement tes affirmations. Mais…

— Mais cette information n'a pas la moindre valeur, dit Mikael en abattant sa main sur la table.

Dirch Frode hocha la tête.

— Ça s'est passé il y a trente ans et le chapitre est clos, dit Mikael.

— Tu auras la confirmation que Wennerström est un malfrat.

— Wennerström va pester que ce soit rendu public, mais ça ne lui fera pas plus de mal qu'un petit pois soufflé d'une sarbacane. Il haussera les épaules et brouillera les cartes en sortant un communiqué de presse disant que Henrik Vanger est un vieux croûton qui essaie de lui chercher des poux, puis il affirmera qu'en réalité il avait agi sur ordre de Henrik. Même s'il ne peut pas prouver son innocence, il saura balancer suffisamment de brouillard pour que l'histoire soit expédiée d'un haussement d'épaules.

Dirch Frode avait l'air sincèrement malheureux.

— Vous m'avez blousé, finit par dire Mikael.

— Mikael… ce n'était pas notre intention.

— Ma propre faute. Je cherchais des fétus de paille et j'aurais dû comprendre que c'en était un. Il éclata brusquement de rire, un rire sec. Henrik est un vieux requin. Il avait un produit à vendre et il m'a dit ce que j'avais envie d'entendre.

Mikael se leva et alla se mettre devant l'évier. Il se retourna vers Frode et résuma ses sentiments en peu de mots.

— Va-t’en.

— Mikael… je regrette que…

— Dirch. Fous le camp.

LISBETH SALANDER ne savait pas si elle devait s’approcher de Mikael ou le laisser tranquille. Il résolut le problème pour elle en prenant soudain sa veste sans dire un mot et en claquant la porte derrière lui.

Pendant plus d’une heure, elle arpenta la cuisine dans un sens puis dans l’autre. Elle se sentait tellement mal à l’aise qu’elle débarrassa la table et fit la vaisselle – une tâche qu’autrement elle abandonnait à Mikael. Plusieurs fois elle alla guetter à la fenêtre. Pour finir, elle s’inquiéta tant qu’elle mit son blouson de cuir et sortit le chercher.

Elle se dirigea tout d’abord vers le port de plaisance, où des fenêtres étaient encore allumées, mais elle ne vit pas trace de Mikael. Elle suivit le sentier qui longeait l’eau, où ils avaient fait leurs promenades du soir. La maison de Martin Vanger était sombre et on sentait déjà qu’elle n’était plus habitée. Elle alla jusqu’au rocher du promontoire où Mikael et elle avaient l’habitude de s’asseoir, puis elle rentra à la maison. Il n’était toujours pas de retour.

Lisbeth alla voir du côté de l’église. Toujours pas de Mikael. Elle hésita un moment en se demandant ce qu’elle devait faire. Puis elle retourna à sa moto, prit une lampe de poche dans le casier sous la selle et repartit le long de l’eau. Il lui fallut un moment pour se faufiler sur le chemin à moitié envahi par la végétation, et encore plus de temps pour trouver le sentier qui menait à la cabane de Gottfried. Celle-ci surgit tout d’un coup de l’obscurité derrière quelques arbres alors qu’elle pouvait presque la toucher. Mikael n’était pas en vue sur la véranda et la porte était fermée à clé.

Elle allait reprendre le chemin du village quand elle s'arrêta, revint sur ses pas jusqu'au promontoire. Et soudain elle aperçut la silhouette de Mikael dans le noir, sur l'appontement où Harriet Vanger avait noyé son père. Elle poussa un soupir de soulagement.

Il l'entendit s'avancer sur les planches et il se retourna. Elle s'assit à côté de lui sans rien dire. Il finit par rompre le silence.

— Pardonne-moi. Il fallait absolument que je reste seul un moment.

— Je sais.

Elle alluma deux cigarettes et lui en tendit une. Mikael la regarda. Lisbeth Salander était la personne la plus asociale qu'il ait jamais rencontrée, celle qui ignorait chaque tentative de sa part de parler de choses personnelles et qui n'avait jamais accepté le moindre témoignage de sympathie. Elle lui avait sauvé la vie et maintenant elle était sortie en pleine nuit le chercher au milieu de nulle part. Il l'entoura de son bras.

— Je sais maintenant à combien on m'estime. Nous avons abandonné toutes ces femmes, dit-il. Ils vont étouffer toute l'histoire. Tout ce qu'il y a dans la cave de Martin va disparaître.

Lisbeth ne répondit pas.

— Erika avait raison, dit-il. J'aurais été plus utile si j'étais allé en Espagne coucher avec des Espagnoles pendant un mois pour revenir ensuite m'occuper de Wennerström. Maintenant j'ai perdu des mois pour rien.

— Si tu étais allé en Espagne, Martin Vanger aurait toujours officié dans sa cave.

Silence. Ils restèrent assis ensemble un long moment avant que Mikael se lève et propose qu'ils rentrent.

Mikael s'endormit avant Lisbeth. Elle resta éveillée à écouter sa respiration. Elle attendit un moment puis alla dans la cuisine faire du café, s'assit dans le noir sur la banquette de cuisine et fuma plusieurs cigarettes tout en réfléchissant intensément. Pour elle, il avait été évident que Vanger et Frode allaient rouler Mikael dans la farine. Ces gens étaient comme ça de nature. Mais c'était le problème de Mikael et pas le sien. A moins que ?

Elle finit par prendre une décision. Elle écrasa la cigarette et alla rejoindre Mikael, alluma la lampe de chevet et le secoua jusqu'à ce qu'il se réveille. Il était 2 h 30 du matin.

— Quoi ?

— J'ai une question à te poser. Assieds-toi.

Mikael s'assit et la regarda, mal réveillé.

— Quand tu as été inculpé, pourquoi tu ne t'es pas défendu ?

Mikael secoua la tête et croisa son regard. Il lorgna le réveil.

— C'est une longue histoire, Lisbeth.

— Raconte. J'ai tout mon temps.

Il resta silencieux un long moment et réfléchit à ce qu'il devrait dire. Il finit par se décider pour la vérité.

— Je n'avais pas de quoi me défendre. Le contenu de l'article était erroné.

— Quand j'ai piraté ton ordinateur et lu les mails que tu as échangés avec Erika Berger, il y avait pas mal de références à l'affaire Wennerström, mais c'était tout le temps pour discuter des détails pratiques par rapport au procès et rien sur ce qui s'était réellement passé. Raconte ce qui a dérapé.

— Lisbeth, je ne peux pas lâcher la véritable histoire. Je me suis fait avoir en beauté. Erika et moi, nous sommes totalement d'accord que ça nuirait encore plus à notre crédibilité si nous essayions de raconter ce qui s'est réellement passé.

625

— Dis donc, Super Blomkvist, hier après-midi tu me sortais tout un sermon sur l'amitié et la confiance et je ne sais quoi. Tu ne crois pas que j'ai l'intention de répandre ton histoire sur le Net, quand même ?

MIKAEL PROTESTA une ou deux fois. Il rappela à Lisbeth qu'on était en pleine nuit et prétendit qu'il n'avait pas le courage d'y penser. Elle resta obstinément assise là jusqu'à ce qu'il cède. Il alla se passer le visage sous le robinet et réchauffa le café. Ensuite il revint au lit et raconta comment son vieux copain de classe Robert Lindberg avait éveillé sa curiosité un soir, dans le carré d'un Mälar-30 jaune amarré au quai des visiteurs à Arholma deux ans plus tôt.

— Tu veux dire que ton copain t'a menti ?

— Non, pas du tout. Il a raconté exactement ce qu'il savait et j'ai pu vérifier chaque mot dans des documents comptables au CSI. Je suis même allé en Pologne photographier le hangar en tôle où la grande entreprise Minos avait été installée. Et j'ai interviewé plusieurs personnes qui avaient été employées par la société. Toutes ont dit exactement la même chose.

— Je ne comprends pas.

Mikael soupira. Il tarda un peu à reprendre la parole.

— Je tenais là une putain d'histoire. Je n'avais pas encore coincé Wennerström lui-même, mais l'histoire était en béton et si je l'avais publiée sur-le-champ, j'aurais vraiment déstabilisé le bonhomme. Ça ne serait peut-être pas allé jusqu'à une inculpation pour escroquerie – l'affaire avait déjà l'aval des commissaires aux comptes – mais j'aurais bousillé sa réputation.

— Qu'est-ce qui a foiré ?

— Quelque part en route, quelqu'un avait pigé dans quoi je fouillais et Wennerström a pris conscience de mon existence. Et soudain tout un tas de choses bizarres ont commencé à se produire. D'abord j'ai reçu des menaces. Des appels anonymes à partir de téléphones à cartes impossibles à retrouver. Erika aussi a reçu des menaces. Les conneries habituelles, style laisse tomber sinon on va clouer tes seins sur une porte de grange et ainsi de suite. Elle a évidemment été vachement irritée.

Il prit une des cigarettes de Lisbeth.

— Ensuite, il s'est passé un truc vachement désagréable. Tard une nuit, en quittant la rédaction, j'ai été attaqué par deux types qui me sont tombés dessus et qui m'ont foutu une raclée. Je ne m'y attendais absolument pas, ils m'ont sérieusement tabassé et j'ai perdu connaissance. Je n'ai pas pu les identifier, mais l'un des gars ressemblait à un vieux biker.

— D'accord.

— Bon, toutes ces manifestations de sympathie ont évidemment eu pour seul effet qu'Erika s'est mise en rogne et que je me suis entêté. Nous avons renforcé la sécurité à *Millénium*. Le seul problème était que les tracasseries étaient disproportionnées par rapport au contenu de notre histoire. On n'a pas compris pourquoi tout ceci avait lieu.

— Mais l'histoire que tu as publiée était tout à fait différente.

— Exactement. Tout à coup, nous avons découvert une brèche. Nous avons eu le contact avec une source, une Gorge profonde dans l'entourage de Wennerström. Cette source était littéralement morte de trouille et nous n'avons pu rencontrer l'homme que dans des chambres d'hôtel anonymes. Il a raconté que l'argent de l'affaire Minos avait été utilisé pour des achats d'armes destinées à la guerre en Yougoslavie. Wennerström avait fait du business avec l'Oustacha. Non seulement ça, mais le gars nous a aussi transmis des copies de documents écrits pour confirmer ses dires.

— Vous l'avez cru ?

— Il était habile. Il nous a aussi fourni suffisamment d'informations pour nous mener à une autre source qui pouvait confirmer l'histoire. Nous avons même eu une photo qui montrait un des plus proches collaborateurs de Wennerström en train de serrer la main de l'acheteur. Devant des caisses étiquetées "Explosif" et tout semblait possible à étayer. Nous avons publié.

— Et c'était pipeau.

— C'ÉTAIT PIPEAU du début à la fin, confirma Mikael. Les documents étaient des faux très habiles. L'avocat de Wennerström a même prouvé que la photo du subalterne de Wennerström et du chef de l'Oustacha était un montage – un collage de deux photos différentes sous Photoshop.

— Fascinant, dit Lisbeth Salander avec lucidité en hochant la tête, pensive.

— N'est-ce pas ? Après coup, il a été facile de voir comment nous avions été manipulés. Notre histoire d'origine aurait nui à Wennerström. Maintenant elle s'était noyée dans une falsification – un chef-d'œuvre de traquenard. Nous avons publié une histoire permettant à Wennerström de ramasser les points à la pelle et de prouver son innocence. Et c'était réalisé d'une putain de main de maître.

— Vous ne pouviez pas battre en retraite et raconter la vérité. Vous n'aviez aucune preuve que c'était falsifié.

— Pire que ça. Si nous avions essayé de raconter la vérité et que nous avions fait la connerie d'accuser

Wennerström d'être derrière tout ça, personne ne nous aurait crus. Cela aurait ressemblé à une tentative désespérée de repousser la faute sur un grand patron innocent. On nous aurait pris pour des obsédés du complot et des fêlés complets.

— Je comprends.

— Wennerström était doublement protégé. Si le trucage avait été révélé, il aurait pu dire qu'un de ses ennemis voulait le traîner dans la boue. Et nous, à *Millénium*, nous aurions de nouveau perdu toute crédibilité, puisque nous avions avalé des infos qui s'étaient révélées fausses.

— Alors tu as choisi de ne pas te défendre et d'assumer une peine de prison.

— J'ai mérité la peine, dit Mikael d'une voix amère. Je m'étais rendu coupable de diffamation. Voilà, maintenant tu sais. Je peux dormir ?

MIKAEL ÉTEIGNIT la lampe et ferma les yeux. Lisbeth s'allongea à côté de lui. Elle ne dit rien pendant un moment.

— Wennerström est un gangster.

— Je le sais.

— Non, je veux dire, je *sais* qu'il est un gangster. Il traite avec tout, depuis la mafia russe jusqu'au cartel de la drogue en Colombie.

— Qu'est-ce que tu veux dire ?

— Quand j'ai donné mon rapport à Frode, il m'a confié une mission supplémentaire. Il m'a demandé d'essayer de trouver ce qui s'était réellement passé dans le procès. Je venais juste de m'y mettre quand il a appelé Armanskij pour décommander le travail.

— Ah oui.

— Je suppose qu'ils n'avaient plus besoin d'enquête à partir du moment où tu acceptais la mission de Henrik Vanger. Ça n'avait plus d'intérêt.

— Et ?

— Eh bien, je n'aime pas laisser les choses en plan. J'avais quelques semaines… disons de libres ce printemps, à un moment où Armanskij n'avait pas de boulot pour moi. Alors, pour le fun, j'ai commencé à creuser l'affaire Wennerström.

Mikael se redressa, alluma la lampe et regarda Lisbeth Salander. Son regard croisa celui de ses grands yeux. Elle avait l'air fautif, vraiment.

— Tu as trouvé quelque chose ?

— J'ai tout son disque dur dans mon ordinateur. Si ça te dit, je peux te fournir autant de preuves que tu veux qu'il est un vrai gangster.

28

MARDI 29 JUILLET – VENDREDI 24 OCTOBRE

DEPUIS TROIS JOURS, Mikael Blomkvist était penché sur les copies des fichiers de Lisbeth Salander – des chemises bourrées de documents. Le problème était que les éléments partaient dans tous les sens. Une affaire d'options à Londres. Une affaire de devises à Paris via un agent. Une société bidon à Gibraltar. Le solde d'un compte à la Chase Manhattan Bank à New York soudainement multiplié par deux.

Puis les points d'interrogation confondants : une société commerciale avec 200 000 couronnes sur un compte intact ouvert cinq ans auparavant à Santiago, Chili – une parmi près de trente sociétés semblables dans douze pays différents – et pas la moindre indication sur l'activité pratiquée. Des sociétés en dormance ? *En attendant quoi ?* Des sociétés écrans d'une autre activité ? L'ordinateur ne donnait pas de réponse à ce que Wennerström gardait dans sa tête et qui était sans doute évident pour lui et donc jamais formulé dans un document électronique.

Salander était persuadée que la plus grande partie de ces questions n'aurait jamais de réponse. Ils pouvaient voir le message, mais sans le code ils ne pourraient jamais en interpréter le sens. L'empire de Wennerström était comme un oignon qu'on pouvait éplucher pelure après pelure ; un agrégat de sociétés propriétaires les unes des autres. Des compagnies, des comptes, des fonds, des valeurs. Ils constataient que personne – même pas Wennerström lui-même – ne pouvait avoir une vue globale. L'empire de Wennerström était doué d'une vie propre.

Il existait une structure, ou au moins une ébauche de structure. Un labyrinthe de sociétés interdépendantes. L'empire de Wennerström était estimé à une fourchette insensée entre 100 et 400 milliards de couronnes. Selon la personne responsable de l'estimation et la manière de calculer. Mais quand les sociétés se possèdent les unes les autres, quelle est alors la valeur desdites sociétés ?

Quand Lisbeth posa la question, Mikael Blomkvist la regarda d'un air tourmenté.

— Tout ça, c'est de l'ésotérisme, répondit-il avant de se remettre à trier des avoirs bancaires.

ILS AVAIENT QUITTÉ l'île de Hedeby en hâte tôt le matin. Mikael Blomkvist n'avait maintenant plus en tête que l'info explosive que lui avait fournie Lisbeth Salander. Ils s'étaient rendus directement chez Lisbeth et avaient passé deux jours et deux nuits devant son ordinateur pendant qu'elle le guidait dans l'univers de Wennerström. Il avait beaucoup de questions à poser. Dont une par pure curiosité.

— Lisbeth, comment peux-tu quasiment piloter son ordinateur ?

— C'est une petite invention que mon collège Plague a fabriquée. Wennerström travaille sur un IBM portable aussi bien chez lui qu'à son bureau. Cela veut dire que toute l'information se trouve sur un seul disque dur. Il a le câble chez lui. Plague a inventé une sorte de manchon qu'on connecte au câble proprement dit et que je teste actuellement pour lui ; tout ce que Wennerström voit est enregistré par le manchon qui envoie l'information à un serveur quelque part.

— Il n'a pas de pare-feu ?

Lisbeth sourit.

— Si si, il a un pare-feu. Mais l'idée générale est que le manchon fonctionne aussi comme une sorte de pare-feu. Ça prend un petit moment de pirater de cette façon. Disons que Wennerström reçoit un e-mail ; celui-ci arrive d'abord dans le manchon de Plague et nous on peut le lire avant même qu'il ait franchi son pare-feu. L'astuce, alors, c'est que le mail est réécrit, et qu'on injecte quelques octets d'un code source. L'opération se répète chaque fois qu'il télécharge un truc sur son ordinateur. Ça marche encore mieux avec des images. Il surfe énormément sur le Net. Dès qu'il importe une photo porno ou qu'il ouvre un nouveau site, nous rajoutons quelques lignes de ce code. Au bout d'un certain temps, des heures ou des jours selon l'utilisation qu'il fait de l'ordinateur, Wennerström a téléchargé un programme entier d'environ trois mégaoctets où les bits s'ajoutent les uns aux autres.

— Et ?

— Quand les derniers bits sont en place, le programme est intégré à son navigateur Internet. Il a l'impression que son ordinateur bogue et il est obligé de redémarrer. Au cours du redémarrage, c'est un tout nouveau programme qui se charge. Il utilise Microsoft Internet Explorer. La prochaine fois qu'il démarre Explorer, il démarre en fait un tout autre programme, qui est invisible dans son portable et qui ressemble à Explorer et fonctionne comme Explorer, mais qui fait aussi un tas d'autres choses. D'abord il s'empare de son pare-feu et veille à ce que tout ait l'air de fonctionner. Ensuite, il commence à scanner l'ordinateur et envoie des bits d'information chaque fois que Wennerström clique sur sa souris en surfant. Au bout d'un moment, encore une fois selon le temps qu'il passe à surfer, nous avons accumulé un miroir complet du contenu de son disque dur sur un serveur quelque part. C'est maintenant qu'intervient le HT.

— Le HT ?

— Désolée. Plague l'appelle HT. *Hostile Takeover*.

— Ah bon.

— Toute l'astuce, c'est ce qui se passe ensuite. Quand la structure est prête, Wennerström a deux disques durs complets, un dans sa propre bécane et un sur notre serveur. Plus tard, quand il démarre son ordinateur, il démarre en réalité l'ordinateur miroir. Il ne travaille plus sur son propre ordinateur mais sur notre serveur. Son ordinateur est un chouïa plus lent, mais c'est à peine perceptible. Et quand je suis connectée au serveur, je peux ponctionner son ordinateur en temps réel. Chaque fois que Wennerström appuie sur une touche de son clavier, je le vois sur mon écran.

— Je suppose que ton copain est aussi du genre pirate informatique.

— C'est lui qui a organisé l'écoute téléphonique à Londres. Il est limite incompétent socialement parlant et il ne voit jamais personne, mais sur le Net il est légendaire.

— D'accord, dit Mikael en lui accordant un sourire résigné. Question numéro deux : pourquoi n'as-tu pas parlé de Wennerström plus tôt ?

— Tu ne m'as jamais demandé.

— Et si je ne t'avais jamais demandé – supposons que je ne t'aie jamais rencontrée –, alors tu aurais gardé tes connaissances sur les activités coupables de Wennerström pendant que *Millénium* aurait déposé le bilan.

— Personne ne m'avait demandé de dénoncer Wennerström, répondit Lisbeth d'une voix sentencieuse.

— Mais si on t'avait demandé ?

— Ça va, ça va, j'*ai* raconté ! répondit-elle sur la défensive.

Mikael laissa tomber le sujet.

MIKAEL ÉTAIT totalement absorbé par ce qu'il découvrait dans l'ordinateur de Wennerström. Lisbeth avait gravé le contenu du disque dur de Wennerström – un peu plus de cinq gigaoctets – sur une dizaine de CD, et elle avait plus ou moins l'impression d'avoir établi ses pénates chez Mikael. Elle attendait patiemment et répondait aux questions qu'il n'arrêtait pas de poser.

— Je ne comprends pas comment il peut être con au point de garder toutes les données concernant ses affaires véreuses sur un disque dur, dit Mikael. Si jamais ça devait se retrouver chez les flics…

— Les gens ne sont pas rationnels. Je dirais qu'il n'imagine même pas que la police pourrait avoir l'idée de saisir son ordinateur.

— Au-dessus de tout soupçon. Je suis d'accord que c'est un fumier arrogant, mais il doit bien être entouré de consultants en sécurité qui lui disent comment s'y prendre avec son ordinateur. J'ai vu des dossiers qui datent de 1993.

— L'ordinateur est assez récent. Il a été fabriqué il y a un an, mais Wennerström semble avoir transféré toute sa vieille correspondance et des choses comme ça sur le disque dur plutôt que de sauvegarder sur des CD-ROM. Cela dit, il utilise quand même des programmes de cryptage.

— Précaution parfaitement inutile puisque tu te trouves à l'intérieur de son ordinateur et lis les mots de passe chaque fois qu'il les tape.

ILS ÉTAIENT DE RETOUR à Stockholm depuis quatre jours quand Christer Malm appela sur le portable de Mikael et le réveilla vers 3 heures du matin.

— Henry Cortez était sorti faire la fête avec une amie ce soir.

— Ah oui, répondit Mikael encore tout endormi.

— Avant de rentrer, ils ont atterri au bar de la Gare centrale.

— Ce n'est pas le meilleur endroit pour draguer.

— Ecoute. Janne Dahlman est en vacances. Henry le voit soudain à une table en compagnie d'un homme.

— Et ?

— Henry a reconnu l'homme à sa signature. Krister Söder.

— Le nom me dit quelque chose, mais…

— Il travaille à *Finansmagasinet Monopol* dont le propriétaire est le groupe Wennerström, poursuivit Malm.

Mikael se redressa dans le lit.

— Tu es encore là ?

— Je suis là. Cela ne signifie pas forcément quelque chose. Söder n'est qu'un simple journaliste, ça peut être un vieux copain de Dahlman.

— OK, je suis parano. Il y a trois mois, *Millénium* a acheté le reportage d'un free-lance. La semaine avant qu'on publie, Söder a publié une révélation presque identique. C'était le même sujet sur un fabricant de téléphones portables. Il avait étouffé un rapport révélant qu'ils utilisent un composant foireux qui peut provoquer des courts-circuits.

— J'entends ce que tu dis. Mais ce sont des choses qui arrivent. Tu en as parlé avec Erika ?

— Non, elle est toujours en voyage, elle ne rentre que la semaine prochaine.

— Ça ne fait rien. Je te rappelle, dit Mikael, et il coupa le portable.

— Des problèmes ? demanda Lisbeth Salander.

— *Millénium*, dit Mikael. Je dois aller y faire un tour. Tu as envie de venir ?

LA RÉDACTION était déserte à 4 heures du matin. Il fallut environ trois minutes à Lisbeth Salander pour venir à bout du code d'accès de l'ordinateur de Janne Dahlman et deux minutes de plus pour en transférer le contenu sur l'iBook de Mikael.

La plupart des mails se trouvaient cependant dans l'ordinateur portable personnel de Janne Dahlman, auquel ils n'avaient pas accès. Mais son ordinateur de *Millénium* permit à Lisbeth Salander de trouver qu'à part son adresse Internet millenium.se, Dahlman avait une adresse hotmail personnelle. Il lui fallut six minutes pour entrer sur son compte et télécharger sa correspondance de l'année passée. Cinq minutes plus tard, Mikael avait des preuves que Janne Dahlman avait laissé filtrer des informations sur la situation de *Millénium* et qu'il avait tenu le rédacteur de *Finansmagasinet Monopol* au courant des reportages qu'Erika Berger projetait de publier dans les différents numéros. L'espionnage durait depuis au moins l'automne dernier.

Ils arrêtèrent les ordinateurs et retournèrent à l'appartement de Mikael pour dormir quelques heures. Il appela Christer Malm vers 10 heures.

— J'ai des preuves que Dahlman travaille pour Wennerström.

— J'en étais sûr. OK, je vire ce salopard aujourd'hui même.

— Ne fais pas ça. Ne fais absolument rien.

— Rien ?

— Christer, fais-moi confiance. Il est en vacances jusqu'à quand, Dahlman ?

— Il reprend lundi matin.

— Il y a combien de personnes à la rédaction aujourd'hui ?

— Ben, c'est à moitié vide.

— Est-ce que tu peux annoncer une réunion pour 14 heures ? Ne dis pas à quel sujet. J'arrive.

SIX PERSONNES étaient assises autour de la table de conférence devant Mikael. Christer Malm avait l'air fatigué. Henry Cortez affichait l'air béat de l'amoureux que seuls les jeunes de vingt-quatre ans peuvent avoir. Monika Nilsson semblait s'attendre à Dieu sait quelles révélations extraordinaires ; Christer Malm n'avait pas dit un mot sur le sujet de la réunion, mais elle était là depuis suffisamment longtemps pour savoir que quelque chose d'inhabituel se tramait, et elle était énervée d'avoir été tenue à l'écart du scoop. La seule à garder une attitude normale était Ingela Oskarsson, employée à temps partiel chargée de l'administration, de l'enregistrement des abonnements et autres tâches de ce genre deux jours par semaine, et qui n'avait pas eu l'air vraiment détendue depuis qu'elle était devenue maman deux ans auparavant. L'autre employée à temps partiel était la journaliste free-lance Lotta Karim, sous un contrat similaire à celui de Henry Cortez et qui venait de reprendre le travail après ses congés. Christer avait aussi réussi à rameuter Sonny Magnusson qui se trouvait pourtant en vacances.

Mikael commença par saluer tout le monde et s'excusa d'avoir été à tel point absent au cours de l'année.

— Ni Christer ni moi n'avons eu le temps d'informer Erika de ce qui nous préoccupe aujourd'hui, mais je peux vous assurer que dans cette affaire je parle en son nom. Aujourd'hui nous allons décider de l'avenir de *Millénium*.

Il fit une pause et laissa les mots produire leur effet. Personne ne posa de questions.

— Cette année a été lourde. Je suis surpris qu'aucun de vous n'ait choisi d'aller chercher du boulot ailleurs. Je dois en conclure que vous êtes soit complètement fous, soit exceptionnellement loyaux et que vous aimez travailler dans ce journal. C'est pourquoi je vais mettre quelques cartes sur la table et vous demander une dernière contribution.

— Une dernière contribution, s'étonna Monika Nilsson. On dirait que tu as l'intention de démanteler *Millénium*.

— Exactement, répondit Mikael. Après les vacances, Erika va nous réunir tous pour une bien triste réunion de rédaction au cours de laquelle elle nous annoncera que *Millénium* cessera de paraître à Noël et que vous êtes tous licenciés.

Cette fois, une certaine inquiétude se répandit dans l'assemblée. Même Christer Malm crut pendant une seconde que Mikael était sérieux. Puis il remarqua son sourire satisfait.

— Au cours de cet automne, vous allez jouer un double jeu. Je dois vous dire que notre cher secrétaire de rédaction Janne Dahlman se fait des extras comme informateur pour Hans-Erik Wennerström. Ce qui veut dire que l'ennemi est informé en continu et très exactement de ce qui se passe ici, ce qui explique pas mal des revers que nous avons subis cette année. Surtout toi, Sonny, puisque certains annonceurs qui semblaient positifs se sont subitement retirés.

— Merde alors, ça ne m'étonne pas, dit Monika Nilsson.

Janne Dahlman n'avait jamais été très populaire à la rédaction et la révélation ne fut apparemment un choc pour personne. Mikael interrompit le murmure ambiant.

— La raison pour laquelle je vous raconte ceci, c'est que j'ai une entière confiance en vous. Voilà plusieurs années qu'on bosse ensemble et je sais que vous avez le cerveau bien en place, raison pour laquelle je sais aussi que vous jouerez le jeu quoi qu'il arrive cet automne. Il est d'une importance capitale que Wennerström soit amené à croire que *Millénium* est en train de s'effondrer. Et votre boulot sera de le lui faire croire.

— Quelle est notre véritable situation ? demanda Henry Cortez.

— Résumons-nous. Je sais que ça a été une période pénible pour vous tous et nous ne sommes pas encore au bout de nos peines. Raisonnablement, *Millénium* aurait dû être au bord de la tombe. Je vous donne ma parole que cela ne se produira pas. *Millénium* est aujourd'hui plus puissant qu'il y a un an. A la fin de cette réunion, je vais disparaître de nouveau pendant deux mois. Vers fin octobre, je serai de retour. Alors nous couperons les ailes à Hans-Erik Wennerström.

— De quelle manière ? voulut savoir Cortez.

— Désolé. Je n'ai pas l'intention de vous mettre au parfum. Je vais écrire une nouvelle histoire sur Wennerström. Cette fois-ci nous le ferons dans les règles. Ensuite nous commencerons à préparer le réveillon de Noël ici au journal. Je compte mettre au menu du Wennerström grillé comme plat principal et divers critiques en dessert.

Soudain l'ambiance fut très détendue. Mikael se demanda comment il se serait senti s'il s'était écouté lui-même, assis à cette table de conférence. Sceptique ? Oui, probablement. Mais apparemment il disposait encore d'un capital de confiance au sein des collaborateurs de *Millénium*. Il leva la main de nouveau.

— Pour que ceci réussisse, il est important que Wennerström croie que *Millénium* est en train de sombrer. Je ne veux pas qu'il mette sur pied une campagne défensive ou qu'il élimine des preuves à la dernière minute. C'est pourquoi nous allons commencer à rédiger un scénario que vous allez suivre cet automne. Premièrement, il est primordial que rien de ce que nous discutons aujourd'hui ne soit porté par écrit, ni discuté dans des e-mails, ni communiqué à quelqu'un en dehors de cette pièce. Nous ne savons pas dans quelle mesure Dahlman fouille dans nos ordinateurs et j'ai pu me rendre compte qu'il est apparemment assez simple de lire les mails privés des collaborateurs. Donc, nous ferons tout oralement. Si au cours des semaines à venir vous devez ventiler quelque chose, vous en référerez à Christer et vous le verrez chez lui. Avec une extrême discrétion.

Mikael écrivit *aucun courrier électronique* sur un tableau blanc.

— Deuxièmement, vous allez vous fâcher entre vous. Je veux que vous commenciez par me dénigrer chaque fois que Janne Dahlman est dans les parages. N'exagérez rien. Donnez simplement libre cours à vos ego naturellement vachards. Christer, je voudrais que toi et Erika vous ayez un différend sérieux. Faites fonctionner vos méninges et restez mystérieux sur les raisons, mais donnez l'impression que le journal est en train de se fissurer et que tout le monde est fâché avec tout le monde.

Il écrivit *soyez vaches* sur le tableau.

— Troisièmement : quand Erika rentrera, toi, Christer, tu l'informeras de ce qui se trame. A elle ensuite de s'arranger pour que Janne Dahlman croie que notre accord avec le groupe Vanger – qui nous maintient à flot en ce moment – est tombé à l'eau parce que Henrik Vanger est gravement malade et que Martin Vanger s'est tué en voiture.

Il écrivit le mot *désinformation*.

— Ce qui veut dire que l'accord est solide, alors ? demanda Monika Nilsson.

— Crois-moi, fit Mikael d'un air sévère. Le groupe Vanger ira très loin pour la survie de *Millénium*. Dans quelques semaines, disons fin août, Erika convoquera une réunion où elle donnera des préavis de licenciement. Il est important que vous compreniez tous que c'est du pipeau et que le seul qui disparaîtra d'ici est Janne Dahlman. Mais vous devez continuellement jouer le jeu. Commencez à dire que vous cherchez un autre boulot et parlez de la référence minable que représente *Millénium* dans un CV.

— Et tu crois que cette comédie va sauver *Millénium* ? demanda Sonny Magnusson.

— J'en suis certain. Sonny, je veux que tu nous ficelles un rapport mensuel fictif qui montre que la tendance côté annonceurs s'est inversée ces derniers mois et que le nombre d'abonnés est à nouveau sérieusement en baisse.

— On va s'amuser, dit Monika. On va garder tout ça en interne à la rédaction ou on va laisser filtrer vers d'autres médias ?

— Vous le garderez en interne à la rédaction. Si l'histoire surgit ailleurs, nous saurons qui l'aura placée. Si dans quelques mois quelqu'un nous demande des explications, nous pourrons simplement répondre à l'interlocuteur en question : Mais non, mon vieux, tu as écouté des rumeurs sans fondement, et pas du tout, il n'a jamais été question d'arrêter *Millénium*. Le top serait que Dahlman refile le tuyau à d'autres médias. Alors c'est lui qui fera figure d'imbécile. Si vous pouvez tuyauter Dahlman sur une histoire crédible mais complètement idiote, vous avez carte blanche.

Ils passèrent deux heures à concocter un scénario et à distribuer le rôle de chacun.

APRÈS LA RÉUNION, Mikael alla prendre un café avec Christer Malm au Java, dans le centre-ville.

— Christer, c'est très important que tu cueilles Erika dès l'aéroport pour la mettre au courant de la situation. Il faut que tu la persuades de jouer le jeu. Telle que je la connais, elle va vouloir s'attaquer à Dahlman tout de suite – il n'en est pas question. Je ne veux pas que Wennerström ait vent de l'affaire et qu'il ait le temps de faire disparaître des preuves.

— D'accord.

— Et veille à ce qu'Erika se tienne à distance du courrier électronique jusqu'à ce qu'elle ait installé le cryptage PGP et qu'elle ait appris à l'utiliser. Par l'intermédiaire de Dahlman, Wennerström peut probablement lire tous nos mails internes. Je veux que vous installiez le PGP, toi et tous les autres de la rédaction. Fais comme si c'était tout naturel. Je te donnerai le nom d'un consultant en informatique que tu contacteras et qui viendra vérifier le réseau interne et les ordinateurs de tout le monde à la rédaction. Laisse-le installer le progiciel comme si c'était un service tout à fait normal.

— Je ferai de mon mieux. Mais, Mikael, c'est quoi au juste que tu mijotes ?

— Wennerström. Je vais le clouer sur la porte d'une grange.

— Comment ?

643

— Désolé. Pour l'instant c'est mon secret. Tout ce que je peux dire, c'est que j'ai des infos sur lui qui feront passer notre révélation précédente pour du pipi de chat.

Christer Malm sembla mal à l'aise.

— Je t'ai toujours fait confiance, Mikael. Est-ce que ceci signifie que toi, tu n'as pas confiance en moi ?

Mikael rit.

— Non. Mais en ce moment, je mène une activité criminelle d'envergure, qui peut me valoir deux ans de taule. Ce sont pour ainsi dire les formes de ma recherche qui sont un peu douteuses… Je joue avec des méthodes à peu près aussi réglo que Wennerström. Je ne veux pas que toi ou Erika ou qui que ce soit à *Millénium* y soyez mêlés.

— Tu as le don de m'inquiéter.

— T'affole pas. Et tu peux dire à Erika que cette histoire va faire du bruit. Beaucoup de bruit.

— Erika va vouloir savoir ce que tu mijotes…

Mikael réfléchit une seconde. Puis il sourit.

— Dis-lui qu'elle m'a très clairement fait savoir au printemps dernier, quand elle a signé le contrat avec Henrik Vanger dans mon dos, que désormais je ne suis qu'un free-lance ordinaire et mortel, qui ne siège plus au CA et qui n'a plus d'influence dans la ligne suivie par *Millénium*. Cela doit bien signifier que je ne suis pas non plus tenu de l'informer. Mais je promets que si elle se comporte bien, elle sera prems pour l'histoire.

Christer Malm partit d'un grand éclat de rire.

— Elle va être furieuse, constata-t-il joyeusement.

MIKAEL SAVAIT très bien qu'il n'avait pas joué franc jeu avec Christer Malm. Il faisait exprès d'éviter Erika. Le plus normal aurait été de la contacter immédiatement pour la mettre au courant de l'information qu'il détenait. Mais il ne voulait pas parler avec elle. Il avait composé son numéro de téléphone sur son portable une bonne douzaine de fois. Chaque fois, il avait changé d'avis.

Il savait où était le problème. Il ne pouvait pas la regarder dans les yeux.

Sa participation à l'étouffement de l'affaire à Hedestad était journalistiquement impardonnable. Il voyait mal comment il pourrait le lui expliquer sans mentir, et s'il y avait une chose qu'il tenait à ne jamais faire, c'était bien mentir à Erika Berger.

Et, surtout, il n'avait pas le courage d'affronter ce problème-là en même temps qu'il s'attaquerait à Wennerström. Il repoussa donc la rencontre, coupa son téléphone portable et s'abstint de lui parler. Il savait que le répit n'était que de courte durée.

IMMÉDIATEMENT après la réunion de la rédaction, Mikael partit s'installer dans sa cabane à Sandhamn, où il n'avait pas mis les pieds depuis plus d'un an. Dans ses bagages, il avait deux cartons de fichiers imprimés et les CD-ROM que Lisbeth lui avait donnés. Il fit des provisions de nourriture, s'enferma, ouvrit son iBook et se mit à écrire. Chaque jour, il sortait prendre l'air et en profitait pour acheter les journaux et faire des courses. Il y avait encore beaucoup de voiliers dans le port, et nombre de ces jeunes qui avaient emprunté le bateau de papa étaient comme d'habitude occupés à se soûler à mort au bar du Plongeur. Mikael ne s'en souciait pas outre mesure, ses journées, il les passait devant son ordinateur depuis le moment où il ouvrait les yeux jusqu'à ce qu'il s'écroule d'épuisement le soir.

Courrier électronique crypté de la directrice de la publication erika.berger@millenium.se au gérant en congé mikael.blomkvist@millenium.se :

> [Mikael. Il faut que je sache ce qui se passe – tu te rends compte, je rentre de vacances pour tomber en plein chaos. J'apprends d'abord ce que mijote Janne Dahlman puis ce double jeu que tu as imaginé. Martin Vanger est mort. Harriet Vanger est vivante. Que se passe-t-il à Hedeby ? Où es-tu ? Y a-t-il une histoire à publier ? Pourquoi ne réponds-tu pas sur ton portable ? E.
>
> PS. J'ai bien saisi la pique que Christer s'est fait une joie de me transmettre. Je te le paierai. Es-tu fâché contre moi pour de vrai ?]

De mikael.blomkvist@millenium.se
A erika.berger@millenium.se :

> [Salut Ricky. Non, rassure-toi, je ne suis pas fâché. Pardonne-moi de ne pas avoir eu le temps de te faire des mises au point, mais ces derniers mois, ma vie ressemble aux montagnes russes. Je te raconterai tout ça quand on se verra, mais pas par mail. En ce moment je suis à Sandhamn. Il y a une histoire à publier, mais il ne s'agit pas de Harriet Vanger. Je vais rester scotché ici quelque temps. Ensuite, fini. Fais-moi confiance. Bises & bisous. M.]

De erika.berger@millenium.se
A mikael.blomkvist@millenium.se :

> [Sandhamn ? Je passe te voir toutes affaires cessantes.]

De mikael.blomkvist@millenium.se
A erika.berger@millenium.se :

> [Pas tout de suite. Attends quelques semaines, au moins jusqu'à ce que j'aie un texte qui se tienne. D'ailleurs, j'attends une autre visite.]

De erika.berger@millenium.se
A mikael.blomkvist@millenium.se :

[D'accord, je ne vais pas m'imposer, évidemment. Mais j'ai le droit de savoir ce qui se passe. Henrik Vanger est redevenu PDG et il ne répond pas quand j'appelle. Si l'accord avec Vanger est parti en quenouille, faut me le dire. Là, moi, je ne sais pas quoi faire. Je dois savoir si le journal va survivre ou pas. Ricky.
PS. Comment elle s'appelle ?]

De mikael.blomkvist@millenium.se
A erika.berger@millenium.se :

[Primo : sois rassurée, Henrik ne va pas se retirer. Mais il a fait un infarctus sérieux et il ne travaille qu'un petit moment chaque jour et je suppose que le bouleversement qui a suivi la mort de Martin et la résurrection de Harriet accaparent toutes ses forces.

Deuxièmement : *Millénium* va survivre. Je travaille sur le reportage le plus important de notre vie et quand on va le sortir, on va couler Wennerström une bonne fois pour toutes.

Troisièmement : ma vie est sens dessus dessous en ce moment, mais toi et moi et *Millénium* : rien n'a changé. Fais-moi confiance. Bises. Mikael.
PS. Je te la présenterai à la première occasion. Elle va te surprendre.]

QUAND LISBETH SALANDER arriva à Sandhamn, ce fut un Mikael aux yeux creux et pas rasé depuis un moment qui l'accueillit. Il la serra brièvement dans ses bras et lui dit de se faire un café le temps qu'il finisse un passage de son texte.

Lisbeth examina la cabane du regard et découvrit presque immédiatement qu'elle s'y sentait bien. L'espèce

de petit chalet était construit directement sur un appontement, avec l'eau à deux mètres de la porte. Il ne mesurait que six mètres sur cinq, mais la construction était
suffisamment haute de plafond pour qu'une mezzanine
ait pu être installée, accessible par un escalier en colimaçon. Lisbeth pouvait s'y tenir debout – Mikael, lui,
était obligé de baisser la tête de quelques centimètres.
Elle inspecta le lit et constata qu'il était suffisamment
large pour eux deux.

La cabane avait une grande fenêtre donnant sur l'eau,
juste à côté de la porte d'entrée. La table de cuisine de
Mikael était placée là, et servait aussi de table de travail.
Sur le mur à côté de la table se trouvait une petite étagère avec un lecteur de CD et un tas d'albums d'Elvis
Presley et quelques-uns de hard rock, deux genres qu'elle
n'aurait pas mis au top des priorités.

Un coin était occupé par un poêle à bois. Le reste des
meubles se résumait à une grande armoire fixe, mi-pen-
derie, mi-rangement du linge de maison, ainsi qu'une
paillasse qui faisait aussi office de salle d'eau, derrière
un rideau de douche. Au-dessus de la paillasse s'ouvrait
une petite fenêtre. Sous l'escalier en colimaçon, Mikael
avait aménagé des toilettes sèches fermées. Toute la cabane faisait penser au carré d'un bateau, avec des rangements et des compartiments astucieux.

Dans son enquête sur la personne concernant Mikael
Blomkvist, elle avait établi qu'il avait rénové la cabane et
fait tout l'aménagement lui-même – une déduction piochée
dans le mail qu'un de ses amis, très impressionné par sa
dextérité, lui avait envoyé après une visite à Sandhamn.
Tout était propre, modeste et simple, quasiment spartiate.
Elle comprit pourquoi il aimait tant cette cabane.

Au bout de deux heures, elle parvint à distraire Mikael dans son travail au point qu'il arrêta l'ordinateur

d'un air frustré, se rasa et l'emmena pour une visite guidée de Sandhamn. Le temps était à la pluie et au vent, et ils atterrirent bien vite à l'auberge. Mikael raconta ce qu'il avait écrit et Lisbeth lui donna un CD-ROM avec des mises à jour du PC de Wennerström.

Ensuite, elle le traîna à la cabane et sur la mezzanine où elle réussit à le déshabiller et à le distraire encore davantage. Elle se réveilla tard dans la nuit, seule dans le lit et, jetant un coup d'œil en bas, elle le vit penché sur son clavier. Elle resta un long moment, la tête appuyée sur la main, à le regarder. Il paraissait heureux, et pour sa part elle se sentit soudain étrangement satisfaite de la vie.

LISBETH NE RESTA que cinq jours avant de rentrer à Stockholm pour un boulot que Dragan Armanskij réclamait désespérément au téléphone. Elle y consacra onze jours de travail, fit son rapport et retourna à Sandhamn. La pile de fichiers imprimés à côté de l'iBook de Mikael avait grandi.

Cette fois-ci elle resta quatre semaines. Ils finirent par suivre une sorte de routine. Ils se levaient à 8 heures et prenaient le petit-déjeuner ensemble pendant une petite heure. Ensuite Mikael travaillait intensément jusque tard dans l'après-midi, où ils faisaient une promenade et discutaient. Lisbeth passait la plus grande partie de la journée au lit, où soit elle lisait des livres, soit elle surfait sur le Net grâce au modem ADSL de Mikael. Elle évitait de le déranger dans la journée. Ils dînaient assez tard et ensuite seulement Lisbeth prenait l'initiative et le forçait à grimper sur la mezzanine, où elle veillait à ce qu'il lui prodigue toute sorte d'attentions.

Lisbeth avait l'impression de vivre les premières vacances de sa vie.

Courrier électronique crypté de erika.berger@millenium.se
A mikael.blomkvist@millenium.se :

> [Salut M. C'est officiel maintenant. Janne Dahlman a donné sa démission et il commence à *Finansmagasinet Monopol* dans trois semaines. J'ai suivi tes consignes, je n'ai rien dit et tout le monde est en train de jouer la comédie. E.
>
> PS. Tout le monde semble en tout cas bien s'amuser. Henry et Lotta se sont engueulés l'autre jour au point de se balancer des trucs à la figure. Ils ont poussé le bouchon tellement loin avec Dahlman que ça m'étonne qu'il n'ait pas compris que c'était du bluff.]

De mikael.blomkvist@millenium.se
A erika.berger@millenium.se :

> [Souhaite-lui bonne chance et laisse-le partir. Mais range l'argenterie dans un placard fermé à clé. Bises & bisous. M.]

De erika.berger@millenium.se
A mikael.blomkvist@millenium.se :

> [Je me retrouve sans secrétaire de rédaction à deux semaines de la mise sous presse, et mon investigateur de choc se la coule douce à Sandhamn et refuse de me parler. Micke, je me mets à genoux. Est-ce que tu peux nous aider ? Erika.]

De mikael.blomkvist@millenium.se
A erika.berger@millenium.se :

> [Tiens bon encore quelques semaines, ensuite on sera arrivés à bon port. Et commence à t'organiser pour le numéro de décembre qui sera différent de tout ce que

nous avons déjà publié. Mon texte occupera environ quarante pages du journal. M.]

De erika.berger@millenium.se
A mikael.blomkvist@millenium.se :

[Quarante PAGES !!! Tu es complètement fou !]

De mikael.blomkvist@millenium.se
A erika.berger@millenium.se :

[Ce sera un numéro thématique. J'ai besoin de trois se- maines de plus. Est-ce que tu peux : (1) créer une structure d'édition au nom de *Millénium*, (2) te faire attribuer un nu- méro ISBN, (3) demander à Christer de pondre un joli logo pour notre nouvelle maison d'édition et (4) trouver une bonne imprimerie qui pourrait sortir un format poche ra- pidos et pas cher. Et, au fait, on aura besoin de capital pour le coût de la fab de notre premier livre. Bisous. Mikael.]

De erika.berger@millenium.se
A mikael.blomkvist@millenium.se :

[Numéro thématique. Maison d'édition. Coût de la fab. A vos ordres, mon commandant. Autre chose que tu voudrais que je fasse ? Danser nue à Slussplan ? E.

PS. Je suppose que tu sais où tu vas. Mais qu'est-ce que je fais avec Dahlman ?]

De mikael.blomkvist@millenium.se
A erika.berger@millenium.se :

[Ne fais rien avec Dahlman. Laisse-le partir. *Monopol* ne survivra pas longtemps. Engage des intérimaires pour ce numéro. Et embauche un nouveau secrétaire de rédaction, nom d'une pipe ! M.

PS. J'ai très envie de te voir danser nue à Slussplan.]

De erika.berger@millenium.se
A mikael.blomkvist@millenium.se :

[Pour le strip-tease en public, n'y compte pas trop. Mais nous avons toujours fait les embauches ensemble. Ricky.]

De mikael.blomkvist@millenium.se
A erika.berger@millenium.se :

[Et nous avons toujours été d'accord sur la personne à embaucher. Nous le serons cette fois-ci aussi, qui que tu choisisses. Nous allons coincer Wennerström. C'est ça, toute l'histoire. Mais laisse-moi la terminer tranquille. M.]

DÉBUT OCTOBRE, Lisbeth Salander lut un entrefilet qu'elle avait trouvé sur le site de *Hedestads-Kuriren*. Elle en informa Mikael. Isabella Vanger était décédée après une courte maladie. Elle était regrettée par sa fille Harriet Vanger, récemment ressuscitée.

Courrier électronique crypté de erika.berger@millenium.se
A mikael.blomkvist@millenium.se.

[Salut Mikael.
Harriet Vanger est passée me voir à la rédaction aujourd'hui. Elle a téléphoné cinq minutes avant son arrivée et j'ai été totalement prise au dépourvu. Une belle femme très élégante au regard froid.

Elle était venue pour annoncer qu'elle siégera au CA à la place de Martin Vanger qui remplaçait Henrik. Elle était polie et aimable et m'a assuré que le groupe Vanger n'avait aucune intention de revenir sur notre convention, au contraire, la famille est d'accord pour tenir les engagements de Henrik vis-à-vis du journal. Elle m'a demandé de lui faire visiter la rédaction et elle voulait savoir comment je vivais la situation.

J'ai dit ce qu'il en était. Que j'ai l'impression d'avancer sur des sables mouvants, que tu m'as interdit de venir te voir à Sandhamn et que je ne sais pas sur quoi tu travailles, à part que tu penses pouvoir coincer Wennerström. (J'ai supposé que je pouvais le lui dire. Après tout, elle siège au CA.) Elle a haussé un sourcil, souri et demandé si j'avais des doutes sur ta réussite. Qu'est-ce qu'on répond à ça ? J'ai dit que je serais considérablement plus calme si je savais ce qui se tramait. Mais crénom de nom, évidemment que j'ai confiance en toi. Cela dit, tu me rends folle.

J'ai demandé si elle savait ce que tu fabriques. Elle a répondu par la négative, mais m'a dit qu'elle te trouvait remarquablement perspicace, avec une façon de réfléchir innovante (je la cite).

J'ai dit aussi que j'avais compris qu'il s'était passé quelque chose de dramatique là-haut à Hedestad et que j'étais plus que curieuse d'en savoir plus sur ce qui lui était arrivé. Elle a dit qu'elle avait compris que toi et moi avions une relation particulière et que tu me raconterais sûrement dès que tu aurais un peu de temps. Ensuite, elle m'a demandé si elle pouvait avoir confiance en moi. Qu'est-ce que je pouvais répondre ? Elle siège au CA de *Millénium* et tu m'as laissée sans aucune info me permettant de régler ma conduite.

Ensuite, elle a dit une chose bizarre. Elle m'a demandé de ne pas vous juger trop sévèrement, elle et toi. Elle dit avoir une dette de reconnaissance envers toi et qu'elle voudrait vraiment qu'elle et moi puissions devenir amies. Ensuite, elle m'a promis de me raconter l'histoire à l'occasion, si toi, tu n'y arrivais pas. Je crois que je l'aime bien, mais je ne sais pas trop si je peux lui faire confiance. Erika.

PS. Tu me manques. J'ai l'impression qu'il s'est passé quelque chose d'affreux à Hedestad. Christer dit que tu as une trace étrange – marque d'étranglement ? – sur le cou.]

De mikael.blomkvist@millenium.se
A erika.berger@millenium.se :

[Salut Ricky. L'histoire de Harriet est si triste, si pitoyable que tu auras du mal à la croire. Il vaudrait mieux qu'elle te la raconte elle-même. Pour ma part, je l'ai un peu mise de côté dans ma tête.

En attendant, et je m'en porte garant, tu peux avoir confiance en Harriet Vanger. Elle est sincère quand elle dit qu'elle a une dette de reconnaissance envers moi et crois-moi, elle ne fera jamais quoi que ce soit qui pourrait nuire à *Millénium*. Deviens son amie si tu l'aimes bien. Abstiens-toi si tu ne l'aimes pas. Mais elle mérite le respect. C'est une femme qui se trimballe de sacrées enclumes, et je ressens une grande sympathie pour elle. M.]

Le lendemain, Mikael reçut encore un mail.

De harriet.vanger@vangerindustries.com
A mikael.blomkvist@millenium.se :

[Salut Mikael. J'essaie depuis des semaines de trouver un moment pour donner de mes nouvelles, mais le temps file à toute vitesse. Tu as disparu tellement vite de Hedeby que je n'ai pas pu te dire au revoir.

Depuis mon retour en Suède, je suis assommée par une multitude d'impressions et par le boulot. Les entreprises Vanger sont en plein chaos et j'ai travaillé dur avec Henrik pour mettre de l'ordre dans les affaires. Hier j'ai fait une visite à *Millénium* ; je représenterai dorénavant Henrik au CA. Il m'a décrit en détail la situation du journal et la tienne.

J'espère que tu acceptes de me voir débarquer ainsi. Si tu ne veux pas de moi (ou de quelqu'un d'autre de la famille) au CA, je le comprendrai, mais je t'assure que je ferai tout pour servir *Millénium*. J'ai une énorme dette envers toi et je t'assure que mes intentions dans ce contexte seront toujours les meilleures. J'ai rencontré ton amie Erika Berger. Je ne sais pas très bien quelle opinion elle a eue de moi et j'ai été surprise que tu ne lui aies pas raconté ce qui s'est passé.

J'ai très envie de devenir ton amie. Si tu as la force, s'entend, de fréquenter des membres de la famille Vanger. Toutes mes amitiés. Harriet.

PS. Erika m'a laissé entendre que tu as l'intention de t'en prendre une nouvelle fois à Wennerström. Dirch Frode m'a raconté comment Henrik t'a mené en bateau. Que puis-je dire ? Sinon que je suis désolée. S'il y a quoi que ce soit que je peux faire, il faut que tu me le dises.]

De mikael.blomkvist@millenium.se
A harriet.vanger@vangerindustries.com.

[Salut Harriet. J'ai disparu précipitamment de Hedeby et en ce moment je travaille sur ce que j'aurais dû faire cette année. Tu seras informée à temps avant que le texte passe à l'impression, mais je crois que je peux me permettre d'affirmer que les problèmes de cette dernière année seront bientôt finis.

J'espère que toi et Erika apprendrez à vous connaître et ça ne me pose évidemment pas de problèmes que tu "débarques" au CA de *Millénium*. Je vais raconter ce qui s'est passé à Erika. Mais en ce moment, je n'ai ni la force ni le temps et avant cela je voudrais prendre un peu de distance.

Restons en contact. Amitiés. Mikael.]

LISBETH NE MANIFESTAIT PAS un grand intérêt pour ce qu'écrivait Mikael. Elle leva la tête de son livre, Mikael venait de dire quelque chose qu'elle n'avait pas entendu, elle le fit répéter.

— Excuse-moi. Je pensais tout haut. Je disais que ça, c'est le comble.

— Qu'est-ce qui est le comble ?

— Wennerström a eu une relation avec une serveuse de vingt-deux ans qu'il a mise enceinte. Tu n'as pas lu sa correspondance avec l'avocat ?

— Tu es mignon, Mikael – on a là dix ans de correspondance, d'e-mails, de conventions, de rapports de voyages et je ne sais quoi sur le disque dur. Ton Wennerström ne me fascine pas au point que je me tape six gigas d'inepties. J'en ai lu une infime partie, surtout pour satisfaire ma curiosité, et ça m'a suffi pour comprendre que ce type est un gangster.

— J'admets. Mais écoute ça : il l'a mise enceinte en 1997. Quand elle a réclamé une compensation, les avocats de Wennerström ont dépêché quelqu'un pour la convaincre de se faire avorter. Je suppose que l'intention était de lui offrir une somme d'argent, mais elle n'a pas voulu en entendre parler. Alors la persuasion a pris une autre tournure : le sbire lui a maintenu la tête dans une baignoire jusqu'à ce qu'elle accepte de laisser Wennerström tranquille. Et cet idiot d'avocat de Wennerström écrit ça dans un mail – crypté, d'accord, mais quand même… Je ne donne pas cher du niveau d'intelligence chez ces gens-là.

— Qu'est-ce qui est arrivé à la fille ?

— Elle a avorté. Wennerström a été satisfait.

Lisbeth Salander ne dit rien pendant dix minutes. Ses yeux étaient soudain devenus tout noirs.

— Encore un homme qui hait les femmes, murmura-t-elle finalement. Mikael ne l'entendit pas.

Elle emprunta les CD-ROM et passa les jours suivants à éplucher en détail le courrier électronique de Wennerström ainsi que d'autres documents. Pendant que Mikael continuait son travail, Lisbeth était sur la mezzanine avec son PowerBook sur les genoux, à réfléchir sur l'étrange empire de Wennerström.

Il lui était venu une drôle de pensée que soudain elle n'arrivait pas à lâcher. Avant tout, elle se demanda pourquoi elle n'avait pas eu cette idée-là plus tôt.

UN MATIN, fin octobre, Mikael imprima une dernière page et arrêta son ordinateur juste avant 11 heures. Sans un mot, il grimpa sur la mezzanine et tendit à Lisbeth une liasse de papiers conséquente. Puis il s'endormit. Elle le réveilla dans la soirée et lui fit part de ses commentaires.

Peu après 2 heures du matin, Mikael fit une dernière correction de son texte.

Le lendemain il ferma les volets de la cabane et verrouilla la porte. Les vacances de Lisbeth étaient terminées. Ils retournèrent à Stockholm ensemble.

AVANT D'ARRIVER à Stockholm, Mikael devait aborder avec Lisbeth une question sensible. Il entama le sujet devant un gobelet de café sur le ferry de Vaxholm.

— Ce qu'il faut mettre au point, c'est ce que je dois raconter à Erika. Elle va refuser de publier tout ça, si je ne peux pas expliquer comment j'ai obtenu les données.

Erika Berger ! La maîtresse de Mikael depuis tant d'années et sa patronne. Lisbeth ne l'avait jamais rencontrée et elle n'était pas très sûre de le vouloir non plus. Elle vivait Erika Berger comme une vague gêne dans l'existence.

— Qu'est-ce qu'elle sait sur moi ?

— Rien. Il soupira. J'avoue avoir évité Erika depuis cet été. Je n'ai pas pu lui parler de ce qui s'est passé à

Hedestad, parce que j'ai terriblement honte. Elle est très frustrée du peu d'information que j'ai fourni. Elle sait évidemment que je me suis retiré à Sandhamn pour écrire ce texte, mais elle n'en connaît pas le contenu.

— Hmm.

— Dans quelques heures, elle aura le manuscrit. Alors elle va me harceler de questions. La seule qui se pose est ce que je vais lui dire.

— Qu'est-ce que tu as envie de dire ?

— Je veux raconter la vérité.

Un pli apparut entre les sourcils de Lisbeth.

— Ecoute, Lisbeth, nous nous disputons très régulièrement, Erika et moi. Ça fait en quelque sorte partie de notre jargon. Mais nous avons une confiance illimitée l'un dans l'autre. Elle est absolument fiable. Tu es une source. Elle mourrait plutôt que de te trahir.

— Et à qui d'autre tu vas avoir besoin de raconter ?

— A absolument personne. On emportera ça dans la tombe tous les deux. Mais je ne lui révélerai pas ton secret si tu t'y opposes. En revanche, je n'ai pas l'intention de mentir à Erika et d'inventer une source qui n'existe pas.

Lisbeth réfléchit jusqu'à ce que le ferry accoste au pied du Grand Hôtel. *Analyse des conséquences.* Du bout des lèvres, elle finit par permettre à Mikael de la présenter à Erika. Il alluma son téléphone portable et appela.

ERIKA BERGER reçut le coup de fil de Mikael au milieu d'un déjeuner professionnel avec Malou Eriksson, qu'elle envisageait d'embaucher comme secrétaire de rédaction. Malou avait vingt-neuf ans et avait travaillé comme remplaçante pendant cinq ans. Elle n'avait jamais eu d'emploi fixe et elle commençait à désespérer de jamais en trouver. Aucune annonce n'avait été mise pour ce poste ; Erika avait été tuyautée sur Malou Eriksson par un vieux copain d'un hebdomadaire. Elle l'avait appelée le jour même où Malou terminait un remplacement, pour savoir si ça l'intéressait de postuler pour un boulot à *Millénium*.

— Il s'agira d'un remplacement de trois mois, dit Erika. Mais si ça fonctionne bien, ça peut se transformer en CDI.

— J'ai entendu des rumeurs qui disent que *Millénium* cessera bientôt son activité.

Erika Berger sourit.

— Il ne faut pas croire les rumeurs.

— Ce Dahlman que je dois remplacer… Malou Eriksson hésita. Il rejoint un journal qui appartient à Hans-Erik Wennerström…

Erika hocha la tête.

— C'est un secret pour personne dans ce milieu que nous sommes en conflit avec Wennerström. Il n'aime pas les gens qui sont employés à *Millénium*.

— Ça veut dire que si j'accepte le poste à *Millénium*, moi aussi je vais me retrouver dans cette catégorie-là.

— C'est assez vraisemblable, oui.

— Mais Dahlman a trouvé du travail à *Finansmagasinet* ?

— On pourrait dire que c'est la manière de Wennerström de payer divers services que Dahlman a rendus. Tu es toujours intéressée ?

Malou Eriksson réfléchit un instant. Puis elle hocha la tête.

— Tu veux que je commence quand ?

C'est à ce moment précis que Mikael Blomkvist appela, interrompant l'interview d'embauche.

ERIKA UTILISA ses propres clés pour ouvrir la porte de l'appartement de Mikael. C'était la première fois depuis sa brève apparition à la rédaction fin juin qu'elle se trouvait face à face avec lui. Elle entra dans le salon et y découvrit une fille d'une maigreur anorexique assise dans le canapé, vêtue d'un blouson de cuir élimé et les pieds reposant sur la table basse. Tout d'abord, elle donna une quinzaine d'années à la fille, jusqu'à ce qu'elle voie ses yeux. Elle était toujours en train de contempler cette apparition lorsque Mikael arriva avec du café et des gâteaux.

Mikael et Erika s'examinèrent.

— Pardon de m'être comporté comme un mufle, dit Mikael.

Erika pencha la tête sur le côté. Quelque chose avait changé en Mikael. Il paraissait éprouvé, plus maigre. Ses yeux étaient honteux et une brève seconde il évita son regard. Elle regarda son cou. Un trait jaunâtre, pâle mais très distinct, s'y voyait.

— Je t'ai évitée. C'est une très longue histoire et je ne suis pas fier du rôle que j'y ai joué. Mais on en parlera plus tard... Là, maintenant je voudrais te présenter à cette jeune femme. Erika, voici Lisbeth Salander. Lisbeth, Erika Berger est la directrice de la publication de *Millénium* et ma meilleure amie.

Lisbeth observa les habits élégants et l'air assuré de la femme, et décida en moins de dix secondes qu'Erika Berger ne deviendrait pas sa meilleure amie.

LA RÉUNION dura cinq heures. Erika appela deux fois pour décommander d'autres réunions. Elle consacra une heure à la lecture de certaines parties du manuscrit que Mikael lui avait mis entre les mains. Elle avait mille questions à poser mais réalisa qu'il faudrait des semaines

avant d'obtenir une réponse. L'important était le manuscrit qu'elle finit par poser à côté d'elle. Si une infime
partie de ces affirmations étaient correctes, ils étaient
face à une situation totalement nouvelle.

Erika regarda Mikael. Elle n'avait jamais mis en doute
son honnêteté, mais l'espace d'une seconde elle eut le
vertige et se demanda si l'affaire Wennerström ne l'avait
pas brisé – ne l'avait pas poussé aux élucubrations. Au
même moment, Mikael lui présenta deux cartons pleins
de toutes les données imprimées. Erika pâlit. Elle voulut naturellement savoir comment il avait obtenu ce matériau.

Il fallut un long moment pour la persuader que l'étrange
fille, qui n'avait pas encore prononcé un seul mot, avait
un accès illimité à l'ordinateur de Hans-Erik Wennerström. Et pas seulement à celui de Wennerström – elle
avait aussi piraté plusieurs des ordinateurs de ses avocats et de ses proches collaborateurs.

La réaction spontanée d'Erika fut qu'ils ne pouvaient
pas utiliser ce matériau puisqu'ils l'avaient obtenu par
des moyens illégaux.

Mais ça ne tenait pas la route. Mikael fit la remarque
qu'ils n'étaient pas tenus de déclarer comment ils avaient
obtenu les données. Ils pouvaient tout aussi bien avoir
une source qui avait accès à l'ordinateur de Wennerström
et qui avait copié son disque dur sur quelques CD-ROM.

Bientôt, Erika prit conscience de l'arme qu'elle avait
entre les mains. Elle se sentait épuisée et aurait aimé
poser encore quelques questions, mais elle ne savait pas
par où commencer. Finalement, elle se laissa aller dans
le canapé et secoua la tête.

— Mikael, que s'est-il passé à Hedestad ?

Lisbeth Salander leva vivement la tête. Mikael garda le
silence un long moment. Il répondit par une autre question.

— Tu t'entends comment avec Harriet Vanger ?

— Bien. Je crois. Je l'ai rencontrée deux fois. Christer et moi sommes montés à Hedestad la semaine dernière pour une réunion du CA. On a forcé un peu sur le rouge, on était bien cassés.

— Et comment s'est passée la réunion ?

— Harriet tient ses promesses.

— Ricky, je sais que tu es frustrée de me voir m'esquiver et trouver des excuses pour ne pas avoir à raconter. Nous n'avons jamais eu de secrets l'un pour l'autre, et tout à coup j'ai six mois de ma vie que je… n'arrive pas à te raconter.

Erika croisa le regard de Mikael. Elle le connaissait par cœur, mais ce qu'elle lut dans ses yeux était tout nouveau. Il avait l'air suppliant. Il l'implorait de ne pas demander. Elle ouvrit la bouche et le regarda, totalement désemparée. Lisbeth Salander observait leur conversation muette d'un œil neutre. Elle ne se mêla pas de leur échange.

— C'était aussi catastrophique que ça ?

— C'était pire. J'ai craint cet entretien. Je promets de te raconter, mais j'ai passé plusieurs mois à réprimer mes sentiments pendant que Wennerström monopolisait mon intérêt… je ne suis pas tout à fait prêt encore. J'aimerais mieux que Harriet raconte à ma place.

— C'est quoi ces marques sur ton cou ?

— Lisbeth m'a sauvé la vie, là-haut. Si elle n'avait pas été là, je serais mort maintenant.

Les yeux d'Erika s'élargirent. Elle regarda la fille en blouson de cuir.

— Et maintenant, il faut que tu conclues un accord avec elle. C'est elle, notre source.

Erika Berger ne bougea pas pendant un long moment et réfléchit. Puis elle fit quelque chose qui décontenança Mikael et choqua Lisbeth, et qui la surprit elle-même aussi. Tout le temps qu'elle avait passé devant la table du salon de Mikael, elle avait senti le regard de Lisbeth Salander. Une fille taciturne aux vibrations hostiles.

Erika se leva, contourna la table et prit Lisbeth Salander dans ses bras. Lisbeth se défendit comme un ver de terre sur le point d'être enfilé sur un hameçon.

29

SAMEDI 1er NOVEMBRE – MARDI 25 NOVEMBRE

LISBETH SALANDER surfait dans le cyber-empire de Hans-Erik Wennerström. Elle était restée scotchée devant l'écran de son ordinateur pendant plus de onze heures. L'idée floue qui s'était matérialisée dans un recoin inexploré de son cerveau la dernière semaine à Sandhamn s'était muée en une occupation maniaque. Pendant quatre semaines, elle s'était isolée dans son appartement et avait ignoré tous les appels de Dragan Armanskij. Elle avait passé entre douze et quinze heures chaque jour devant l'écran, et tout le reste de son temps éveillé, elle avait réfléchi à ce même problème.

Au cours du mois, elle avait eu des contacts sporadiques avec Mikael Blomkvist ; il était aussi obsédé et occupé qu'elle par son travail à la rédaction de *Millénium*. Ils avaient débattu au téléphone deux, trois fois par semaine et elle l'avait continuellement tenu au courant de la correspondance de Wennerström et de ses autres affaires.

Pour la centième fois, elle parcourut chaque détail. Elle ne craignait pas d'avoir omis quelque chose, mais elle n'était pas sûre d'avoir compris ce qui réunissait tous ces liens complexes.

L'EMPIRE DE WENNERSTRÖM tant décrit dans les médias était comme un organisme vivant et informe au cœur battant, qui changeait sans cesse d'apparence. Il consistait en options, obligations, actions, partenariats, intérêts d'emprunts, intérêts sur recette, hypothèques, comptes, transferts et mille autres principes. Une partie fabuleuse des actifs était placée dans des sociétés bidon imbriquées les unes dans les autres.

Les analyses les plus fantaisistes des économistes, estimaient la valeur du Wennerstroem Group à plus de 900 milliards de couronnes. C'était du bluff, ou au moins un chiffre plus qu'exagéré. Mais Wennerström n'était pas à plaindre. Lisbeth Salander estimait les véritables ressources à 90, voire 100 milliards de couronnes, ce qui n'était pas à dédaigner non plus. Une vérification sérieuse de tout le groupe prendrait des années. En tout, Salander avait identifié près de trois mille comptes et actifs bancaires différents dans le monde entier. Wennerström se consacrait à l'escroquerie sur une échelle tellement vaste qu'il ne s'agissait plus de crime – il s'agissait d'affaires.

Quelque part dans l'organisme wennerströmien, il y avait aussi de la substance. Trois ressources revenaient continuellement dans la hiérarchie. Les actifs suédois nets étaient inattaquables et authentiques, exposés au vu et au su de tous, avec bilans et contrôles. L'activité américaine était solide et une banque à New York servait de base pour tout argent en mouvement. L'intéressant dans l'histoire était les activités de sociétés bidon dans des coins comme Gibraltar, Chypre et Macao. Wennerström était comme un bazar où l'on traitait du trafic d'armes, du blanchiment d'argent de sociétés louches en Colombie et des affaires particulièrement peu orthodoxes en Russie.

Un compte anonyme aux îles Caïmans avait une particularité : il était contrôlé par Wennerström personnellement, et il était en dehors de toutes les affaires. Quelques fractions de millième de chaque affaire que Wennerström concluait tombaient tout le temps sur le compte des îles Caïmans en passant par des sociétés bidon.

Salander travaillait comme hypnotisée. Comptes – *clic* – e-mails – *clic* – balances – *clic*. Elle nota les derniers transferts. Elle suivit la trace d'une petite transaction au Japon vers Singapour puis aux îles Caïmans via le Luxembourg. Elle comprit le fonctionnement. Elle était comme une partie des impulsions du cyberespace. De tout petits changements. Le dernier e-mail. Un seul mail maigrichon traitant d'un point accessoire avait été envoyé à 22 heures. Le programme de cryptage PGP, *crrcrr*, *crrcrr*, une plaisanterie pour celle qui parasitait l'ordinateur et qui pouvait lire le message en clair :

> [Berger a cessé de faire du foin pour les annonces. A-t-elle abandonné ou a-t-elle autre chose en poche ? Ta source à la rédaction a confirmé qu'ils sont en chute libre, mais il semblerait qu'ils viennent d'embaucher quelqu'un. Renseigne-toi sur ce qui se passe. Blomkvist a écrit comme un fou à Sandhamn ces dernières semaines mais personne ne sait ce qu'il écrit. Il a fait une apparition à la rédaction ces jours-ci. Tu pourrais m'obtenir des épreuves du prochain numéro ? HEW.]

Rien de dramatique. Qu'il rumine. *T'es déjà foutu, mon pote.*

A 5 h 30 elle se déconnecta, arrêta l'ordinateur et chercha un autre paquet de cigarettes. Elle avait bu quatre, non cinq Coca au cours de la nuit et alla en chercher un sixième et s'installa dans le canapé. Elle ne portait qu'un slip et un tee-shirt de camouflage délavé vantant *Soldier of Fortune Magazine*, avec le texte *Kill them all and let God sort them out.* Elle se rendit compte qu'elle avait froid et attrapa un petit plaid dont elle se couvrit.

Elle se sentait défoncée, comme si elle avait avalé une substance douteuse et probablement illégale. Elle fixa le regard sur un lampadaire devant la fenêtre et resta sans bouger pendant que son cerveau travaillait sous pression. Maman – *clic* – sœurette – *clic* – Mimmi – *clic* – Holger Palmgren. Evil Fingers. Et Armanskij. Le boulot. Harriet Vanger. *Clic.* Martin Vanger. *Clic.* Le club de golf. *Clic.* Maître Nils Bjurman. *Clic.* Tous ces putains de détails qu'elle n'arrivait pas à oublier même si elle essayait.

Elle se demanda si Bjurman allait jamais pouvoir se déshabiller de nouveau devant une femme, et dans ce cas comment il expliquerait le tatouage sur son ventre. Et comment il éviterait d'enlever ses vêtements la prochaine fois qu'il irait voir un médecin.

Et puis Mikael Blomkvist. *Clic.*

Elle considérait qu'il était un homme bon, à la rigueur avec un complexe premier de la classe un peu trop prononcé par moments. Et malheureusement d'une naïveté insupportable dans certaines questions élémentaires de morale. Il était d'une nature indulgente et prompte à pardonner, qui cherchait des explications et des excuses psychologiques aux actions d'autrui, et qui ne comprendrait jamais que les fauves de ce monde ne connaissent qu'un langage. Elle ressentait presque un instinct de protection inconfortable quand elle pensait à lui.

Elle ne se rappelait pas à quel moment elle s'était endormie, mais elle se réveilla à 9 heures le lendemain matin avec un torticolis, la tête de travers contre le mur derrière le canapé. Elle tituba dans la chambre et se rendormit.

C'ÉTAIT SANS AUCUN DOUTE le reportage de leur vie. Erika Berger était pour la première fois en un an et demi heureuse comme seul peut l'être un patron de presse avec un scoop d'enfer dans le four. Avec Mikael, elle peaufinait le texte une dernière fois lorsque Lisbeth Salander appela sur le portable de Mikael.

— J'ai oublié de dire que Wennerström commence à s'agiter après tout ce temps que tu as passé à écrire et il a commandé des épreuves du prochain numéro.

— Comment tu peux savoir… oups, je n'ai rien dit. Tu as des infos sur comment il compte s'y prendre ?

— Niet. Seulement une supposition logique.

Mikael réfléchit quelques secondes.

— L'imprimerie, s'écria-t-il.

Erika leva les sourcils.

— Si vous tenez votre langue à la rédaction, il n'y a pas beaucoup d'autres possibilités. A moins qu'un de ses sbires ne compte faire une visite nocturne chez vous.

Mikael se tourna vers Erika.

— Prends rendez-vous avec une autre imprimerie pour ce numéro. Maintenant. Et appelle Dragan Armanskij – je veux des vigiles de nuit pour la semaine à venir.

Il reprit Lisbeth au téléphone.

— Merci, Sally.

— Ça vaut combien ?

— Qu'est-ce que tu veux dire ?

— Le tuyau, combien il vaut ?

— Combien tu veux ?

— Je voudrais qu'on en discute en prenant un café. Maintenant.

ILS SE RETROUVÈRENT au *Bar-Café* dans Hornsgatan. Salander avait l'air si sérieux quand Mikael s'assit sur le tabouret à côté d'elle qu'il ressentit un coup au cœur d'inquiétude. Comme d'habitude, elle alla droit au but.

— J'ai besoin d'emprunter de l'argent.

Mikael sourit d'un de ses sourires les plus crétins et tâta son portefeuille.

— Bien sûr. Combien tu veux ?

— 120 000 couronnes.

— Waouh ! Il remit le portefeuille dans sa poche. Je n'en ai pas autant sur moi.

— Je ne plaisante pas. J'ai besoin d'emprunter 120 000 couronnes pendant… disons six semaines. J'ai l'occasion de faire un investissement mais je n'ai personne vers qui me tourner. Tu as environ 140 000 couronnes sur ton compte en ce moment. Je te rendrai l'argent.

Mikael ne fit aucun commentaire sur le fait que Lisbeth Salander avait percé le secret bancaire et trouvé combien d'argent il avait sur son compte. Il se servait d'une banque sur Internet et la réponse était évidente.

— Tu n'as pas besoin de m'emprunter de l'argent, répondit-il. Nous n'avons pas encore discuté de ta part, mais elle couvre largement ce que tu essaies d'emprunter.

— Quelle part ?

— Sally, j'ai des honoraires insensés à encaisser de Henrik Vanger et nous allons régler ça à la fin de l'année. Sans toi je serais mort et *Millénium* aurait sombré. J'ai l'intention de partager les honoraires avec toi. Fifty-fifty.

Lisbeth Salander le scruta du regard. Un pli avait surgi sur son front. Mikael avait commencé à s'habituer à ses pauses silencieuses. Finalement elle secoua la tête.

— Je ne veux pas de ton argent.

— Mais…

— Je ne veux pas une seule couronne. Elle sourit tout à coup de son sourire de travers. Sauf si elles arrivent sous forme de cadeau pour mon anniversaire.

— Je réalise maintenant que je ne sais pas quand c'est, ton anniversaire.

— C'est toi, le journaliste. Trouve-le.

— Sincèrement, Salander, je suis sérieux quand je dis que je veux partager l'argent.

— Moi aussi je suis sérieuse. Je ne veux pas de ton argent. Je veux emprunter 120 000 couronnes et j'en ai besoin pour demain.

Mikael Blomkvist se tut. *Elle ne demande même pas à combien se monte sa part.*

— Sally, je veux bien aller à la banque aujourd'hui avec toi et te prêter la somme que tu demandes. Mais à la fin de l'année nous aurons une autre conversation au sujet de ta part. Il leva la main. C'est quand, à propos, ton anniversaire ?

— Le 30 avril, répondit-elle. Ça tombe bien, tu ne trouves pas ? J'en profite pour une balade avec un balai entre les cuisses avec toutes les sorcières de la Sainte-Walpurgis.

ELLE ATTERRIT à Zurich à 19 h 30 et prit un taxi jusqu'à l'hôtel touristique Matterhorn. Elle avait réservé une chambre sous le nom d'Irene Nesser et elle fournit un passeport norvégien avec ce nom. Irene Nesser avait des cheveux blonds mi-longs. Elle avait acheté la perruque à Stockholm, et elle avait utilisé 10 000 couronnes du prêt de Mikael Blomkvist à l'achat de deux passeports par l'intermédiaire des contacts obscurs du réseau international de Plague.

Elle monta tout de suite à sa chambre, ferma la porte à clé et se déshabilla. Elle s'allongea sur le lit et fixa le plafond de la chambre qui coûtait 1 600 couronnes la nuit. Elle se sentit vide. Elle avait déjà fait valser la moitié de la somme qu'elle avait empruntée à Mikael Blomkvist, et bien qu'elle ait ajouté tout ce qu'elle avait sur sa propre épargne, son budget était mince. Elle arrêta de penser et s'endormit immédiatement.

Elle se réveilla peu après 5 heures du matin. La première chose qu'elle fit fut de prendre une douche et de passer un long moment à camoufler le tatouage sur son cou avec une couche épaisse de fond de teint et de la poudre pour égaliser les bords. Le deuxième point sur sa check-list était un rendez-vous dans un salon de beauté dans le hall d'accueil d'un hôtel considérablement plus cher, à 6 h 30. Elle acheta encore une perruque blonde, avec une coupe au carré, ensuite elle se fit faire une manucure, et ajouter de faux ongles rouges par-dessus ses bouts d'ongles rongés, des faux cils, davantage de poudre, du blush et pour finir du rouge à lèvres et autres peinturlurages. Coût : un peu plus de 8 000 couronnes.

Elle paya avec une carte de crédit au nom de Veronica Sholes et présenta un passeport anglais avec ce nom pour étayer son identité.

L'arrêt suivant fut le *Camille's House of Fashion*, cent cinquante mètres plus loin dans la rue. Une heure plus tard elle en sortit vêtue de bottes noires, de collants noirs, d'une jupe couleur sable avec un chemisier assorti, d'une courte veste et d'un béret. Uniquement des vêtements de marque coûteux. Elle avait laissé à un vendeur le soin de sélectionner les habits. Elle avait également acheté une serviette en cuir exclusive et une petite valise Samsonite. Pour couronner le tout, des boucles d'oreilles discrètes et une simple chaîne en or autour du cou. La carte de crédit avait servi au débit de 44 000 couronnes.

Pour la première fois de sa vie, Lisbeth Salander avait en outre une poitrine qui – lorsqu'elle se vit dans le miroir de la porte – lui fit chercher sa respiration. La poitrine était aussi fausse que l'identité de Veronica Sholes.

Elle était en latex et provenait d'une boutique à Copenhague où les travestis faisaient leurs achats.

Lisbeth Salander était prête pour le combat.

Peu après 9 heures, elle se rendit, deux pâtés de maisons plus loin, au respectable hôtel Zimmertal, où elle avait réservé une chambre sous le nom de Veronica Sholes. Elle laissa l'équivalent de 100 couronnes en pourboire à un garçon qui portait la valise qu'elle venait d'acheter, et qui contenait son sac de voyage. La suite était petite et ne coûtait que 22 000 couronnes la nuit. Elle avait réservé pour une nuit. Quand elle fut seule, elle regarda autour d'elle. De la fenêtre elle avait une vue splendide sur le lac de Zurich, ce qui ne l'intéressa pas le moins du monde. Par contre elle passa les cinq minutes suivantes à se regarder, les yeux écarquillés, dans une glace. Elle vit une personne totalement différente. Veronica Sholes à la poitrine plantureuse et les cheveux coupés au carré avait plus de maquillage sur le visage que ce que Lisbeth Salander utilisait en un mois. Ça faisait… différent.

A 9 h 30, elle descendit enfin au bar de l'hôtel prendre son petit-déjeuner, consistant en deux tasses de café et un bagel avec de la confiture. Coût : 210 couronnes. *Mais y sont pas barges, les gens qui paient ça ?*

PEU AVANT 10 HEURES, Veronica Sholes posa sa tasse de café, ouvrit son téléphone portable et composa un numéro la mettant en connexion par modem à Hawaii. Au bout de trois sonneries, elle entendit une tonalité confirmant la connexion. Le modem accrochait. Veronica Sholes répondit en tapant un code de six chiffres sur son portable et envoya un SMS donnant l'instruction de démarrer un programme que Lisbeth Salander avait écrit précisément à cette fin.

A Honolulu, le programme se réveilla sur un site anonyme d'un serveur qui formellement était domicilié à l'université. Le programme était simple. Sa seule fonction était d'envoyer des instructions démarrant un autre programme sur un autre serveur, en l'occurrence un site commercial tout à fait ordinaire proposant des services Internet en Hollande. Ce programme-là à son tour avait pour tâche de chercher le disque dur factice appartenant à Hans-Erik Wennerström, et de prendre la commande du programme qui recensait le contenu des plus de trois mille comptes en banque partout dans le monde.

Il n'y en avait qu'un qui présentait un intérêt. Lisbeth Salander avait noté que Wennerström vérifiait ce compte deux, trois fois par semaine. S'il démarrait son ordinateur et allait chercher justement ce fichier, tout aurait l'air normal. Le programme signalait de petits changements qui étaient attendus, calculés sur la façon dont le compte avait évolué au cours des six mois précédents. Si Wennerström entrait sur le compte pendant les prochaines quarante-huit heures et donnait des ordres de paiement ou de virement, le programme rapporterait servilement que c'était fait. En réalité, le changement serait intervenu uniquement sur le disque dur factice en Hollande.

Veronica Sholes ferma son téléphone portable au moment où elle entendit quatre brefs signaux qui confirmaient que le programme avait démarré.

ELLE QUITTA LE ZIMMERTAL et se rendit à la Bank Hauser General, en face de l'hôtel, où elle avait rendez-vous avec un certain Herr Wagner, directeur, à 10 heures. Elle arriva trois minutes avant l'heure convenue et utilisa le temps d'attente à poser devant la caméra de surveillance, qui prit sa photo quand elle se dirigea vers les bureaux des consultations privées discrètes.

— J'ai besoin d'aide pour un certain nombre de transactions, dit Veronica Sholes dans un anglais d'Oxford impeccable. Quand elle ouvrit son porte-documents, elle laissa tomber par mégarde un stylo publicitaire qui montrait qu'elle était descendue à l'hôtel Zimmertal, et que le directeur Wagner se fit un plaisir de lui tendre poliment. Elle lui décocha un sourire coquin et nota le numéro de compte sur le bloc-notes posé devant elle sur la table.

Le directeur Wagner jeta un coup d'œil sur elle et la catalogua comme fille gâtée d'un ceci ou cela.

— Il s'agit d'un certain nombre de comptes à la Bank of Kroenenfeld aux îles Caïmans. Transfert automatique contre des codes de clearing par séquences.

— *Fräulein* Sholes, vous disposez naturellement de tous les codes de clearing ? demanda-t-il.

— *Aber natürlich*, répondit-elle avec un accent si prononcé qu'il fut évident qu'elle n'avait qu'un piètre allemand d'école pour tout bagage.

Elle commença à réciter des séries de numéros à seize chiffres sans une seule fois se référer à un papier. Le directeur Wagner réalisa que la matinée allait être laborieuse, mais pour quatre pour cent sur les transferts il était prêt à sauter le déjeuner.

IL FALLUT PLUS DE TEMPS qu'elle ne l'avait pensé. Et à midi passé seulement, un peu en retard sur ses prévisions, Veronica Sholes quitta la Bank Hauser General et retourna à l'hôtel Zimmertal. Elle s'exhiba à la réception avant de monter dans sa chambre et d'enlever les vêtements qu'elle venait d'acheter. Elle garda la poitrine en latex mais remplaça la coupe au carré par les cheveux blonds mi-longs d'Irene Nesser. Elle enfila des vêtements plus familiers : des boots avec des talons super-hauts, un pantalon noir, un simple pull et un blouson de cuir noir correct de chez Malungsboden à Stockholm. Elle s'examina dans la glace. Elle n'avait absolument pas l'air négligé, mais ce n'était pas non plus une riche héritière. Avant de quitter la chambre, Irene Nesser compta un certain nombre d'obligations, qu'elle rangea dans un mince dossier.

A 13 h 05, avec quelques minutes de retard, elle entra dans la Bank Dorffmann, située à environ soixante-dix mètres de la Bank Hauser General. Irene Nesser avait obtenu un rendez-vous avec un certain Herr Hasselmann, directeur. Elle s'excusa d'être en retard. Elle parlait un allemand irréprochable avec un accent norvégien.

— Aucun problème, *Fräulein*, répondit le directeur Hasselmann. En quoi puis-je vous être utile ?

— Je voudrais ouvrir un compte. J'ai quelques obligations nominatives que je voudrais convertir.

Irene Nesser plaça le dossier sur la table devant lui.

Le directeur Hasselmann en parcourut le contenu, d'abord rapidement puis de plus en plus lentement. Il leva un sourcil et sourit poliment.

Elle ouvrit cinq comptes numérotés qu'elle pouvait gérer par Internet et dont le titulaire était une société bidon particulièrement anonyme à Gibraltar, qu'un médiateur local lui avait établie moyennant 50 000 des couronnes qu'elle avait empruntées à Mikael Blomkvist. Elle convertit cinquante obligations en espèces qu'elle plaça sur les comptes. Chaque obligation avait une valeur de 1 million de couronnes.

SES AFFAIRES à la Bank Dorffmann durèrent longtemps et elle prit encore du retard sur son emploi du temps.

Elle n'aurait pas le temps de terminer ses autres opérations avant que les banques ferment pour la journée. Irene Nesser retourna donc à l'hôtel Matterhorn, où elle passa une heure à se montrer et à bien établir sa présence. Elle avait cependant mal à la tête et se retira tôt. Elle acheta des antalgiques à la réception et demanda à être réveillée à 8 heures le lendemain matin, puis elle gagna sa chambre.

Il était presque 17 heures et toutes les banques en Europe avaient fermé. Sur le continent américain, en revanche, les banques venaient d'ouvrir. Elle démarra son PowerBook et se connecta au Net par l'intermédiaire de son téléphone portable. Elle passa une heure à vider les comptes numérotés qu'elle venait d'ouvrir à la Bank Dorffmann dans l'après-midi.

L'argent fut morcelé et utilisé pour régler des factures d'un grand nombre de sociétés bidon partout dans le monde. Quand elle eut fini, l'argent avait curieusement été transféré de nouveau à la Bank of Kroenenfeld aux îles Caïmans, mais cette fois-ci sur un tout autre compte que celui d'où il était parti plus tôt dans la journée.

Irene Nesser considéra que cette première étape était maintenant assurée et quasi impossible à tracer. Elle fit un seul prélèvement sur ce compte ; un peu plus de 1 million de couronnes fut placé sur un compte disposant de la carte de crédit qu'elle détenait dans son portefeuille. Le titulaire du compte était une société anonyme du nom de Wasp Enterprises, enregistrée à Gibraltar.

QUELQUES MINUTES PLUS TARD, une fille blonde avec une coupe au carré quitta le Matterhorn par une porte latérale du bar de l'hôtel. Veronica Sholes se rendit à l'hôtel Zimmertal, salua poliment d'un signe de tête le réceptionniste, monta dans l'ascenseur et rejoignit sa chambre.

Ensuite elle prit son temps pour vêtir l'uniforme de combat de Veronica Sholes, parfaire son maquillage et étaler une couche supplémentaire de fond de teint sur le tatouage, avant de descendre au restaurant de l'hôtel manger un plat de poisson divinement bon. Elle commanda une bouteille d'un vin millésimé dont elle n'avait jamais entendu parler mais qui coûtait 1 200 couronnes, en but à peine un verre et laissa négligemment le reste avant de rejoindre le bar de l'hôtel. Elle laissa 500 couronnes de pourboire, ce qui lui valut l'attention du personnel.

Elle passa trois heures à se faire draguer par un jeune Italien ivre doté d'un nom à particule qu'elle ne se donna pas la peine de mémoriser. Ils partagèrent deux bouteilles de champagne dont elle ne consomma à peu près qu'une flûte.

Vers 23 heures, son cavalier émoustillé se pencha et lui tripota les seins sans la moindre gêne. Satisfaite, elle écarta sa main. Il ne semblait pas avoir remarqué qu'il venait de tripoter du latex souple. A plusieurs reprises, ils furent suffisamment bruyants pour susciter une certaine irritation des autres clients. Peu avant minuit, Veronica Sholes ayant remarqué que le gardien commençait à les avoir à l'œil, elle aida son ami italien à gagner sa chambre.

Tandis qu'il occupait la salle de bains, elle lui versa un dernier verre de vin rouge. Elle déplia un petit sachet en papier et pimenta le vin d'un Rohypnol écrasé. Il but et, dans la minute qui suivit, s'écroula en un tas minable sur le lit. Elle défit sa cravate, lui retira ses chaussures et le couvrit. Elle lava les verres dans la salle de bains et les essuya avant de quitter la chambre.

LE LENDEMAIN MATIN, Veronica Sholes prit le petit-déjeuner dans sa chambre à 6 heures, laissa un pourboire généreux, régla sa note et quitta le Zimmertal alors qu'il n'était pas encore 7 heures. Avant de quitter la chambre, elle avait passé cinq minutes à effacer ses empreintes digitales des poignées de porte, des placards, de la cuvette des toilettes, du combiné du téléphone et d'autres objets dans la chambre qu'elle avait touchés.

Irene Nesser régla sa note au Matterhorn vers 8 h 30, peu après son réveil. Elle prit un taxi et déposa ses valises dans une consigne à la gare ferroviaire. Elle passa les heures suivantes à se rendre dans neuf banques où elle déposa chaque fois une partie des obligations nominatives des îles Caïmans. A 15 heures, elle avait converti environ dix pour cent des obligations en argent qu'elle avait déposé sur une trentaine de comptes numérotés. Elle fit un paquet du reste des obligations qu'elle mit au repos dans un coffre bancaire.

Irene Nesser serait obligée de revenir à Zurich, mais il n'y avait pas le feu.

À 16 H 30, Irene Nesser prit un taxi pour l'aéroport. Elle se rendit aux toilettes et découpa en miettes le passeport et la carte de crédit de Veronica Sholes, qu'elle fit disparaître avec la chasse d'eau. Elle jeta les ciseaux dans une poubelle. Depuis le 11 septembre 2001, il n'était pas recommandé d'attirer l'attention avec des objets pointus dans son bagage à main.

Irene Nesser prit le vol Lufthansa GD 890 pour Oslo, puis la navette jusqu'à la gare centrale de la ville, où elle alla aux toilettes faire un tri de ses vêtements. Elle mit tous les effets appartenant au personnage de Veronica Sholes – la coiffure au carré et les vêtements de marque –

dans trois sacs en plastique qu'elle jeta dans différentes poubelles à la gare. Elle déposa la valise Samsonite vide dans un box de consigne ouvert. La chaîne en or et les boucles d'oreilles étaient des objets de designer dont on pourrait retrouver la trace ; elle les fit disparaître dans une bouche d'égout.

Après un moment d'hésitation angoissée, Irene Nesser décida de conserver la fausse poitrine en latex.

Pressée par le temps, elle expédia son dîner en vitesse sous forme d'un hamburger au McDonald's pendant qu'elle transférait le contenu du luxueux porte-documents en cuir dans son sac de voyage. En partant, elle laissa le porte-documents vide sous la table. Elle acheta un *caffè latte* à emporter dans un kiosque et courut attraper le train de nuit pour Stockholm, au moment où on annonçait la fermeture des portières. Elle avait réservé un compartiment de wagon-lit.

Une fois la porte du compartiment refermée à clé, elle sentit que son adrénaline descendait à un niveau normal pour la première fois en deux jours. Elle ouvrit la fenêtre et brava l'interdiction de fumer en allumant une cigarette, qu'elle fuma tout en sirotant son café tandis que le train s'éloignait d'Oslo.

Elle vérifia mentalement sa check-list pour être sûre de n'avoir oublié aucun détail. Un moment plus tard, elle fronçait les sourcils et tâtait les poches de son blouson. Elle sortit le stylo publicitaire de l'hôtel Zimmertal, le considéra pensivement une minute ou deux avant de le balancer par la fenêtre.

Un quart d'heure après, elle se glissait·dans le lit et s'endormait presque instantanément.

ÉPILOGUE : RAPPORT

JEUDI 27 NOVEMBRE – MARDI 30 DÉCEMBRE

LE NUMÉRO THÉMATIQUE de *Millénium* sur Hans-Erik Wennerström comportait quarante-six pages et tomba comme une bombe la dernière semaine de novembre. Le texte principal était signé conjointement Mikael Blomkvist et Erika Berger. Les premières heures, les médias ne surent pas très bien comment manier ce scoop ; un texte du même genre paru un an plus tôt avait eu pour résultat la condamnation de Mikael Blomkvist à une peine de prison pour diffamation et son apparent licenciement du magazine *Millénium*. Sa crédibilité était donc considérée comme assez faible. Et voilà que le même journaliste revenait dans la même revue avec une histoire chargée d'affirmations bien plus énormes que le texte pour lequel il avait été condamné. Le contenu était par moments si absurde qu'on se posait des questions sur la santé mentale des auteurs. La Suède des médias resta dans la méfiance et l'expectative.

Mais le soir, la Fille de TV4 joua ses atouts en résumant sur onze minutes les points les plus forts des accusations de Blomkvist. Erika Berger avait déjeuné avec elle quelques jours plus tôt et lui avait glissé les épreuves en exclusivité.

Le scoop lancé sur TV4 éclipsa les chaînes publiques, qui n'accrochèrent leurs wagons qu'aux informations de

21 heures. TT envoya une première dépêche prudemment intitulée "Un journaliste condamné accuse un financier de crimes aggravés". Le texte reprenait l'essentiel du reportage télévisé, mais le fait que TT ait abordé le sujet déclencha une activité fébrile dans les locaux du journal du matin conservateur et d'une douzaine d'autres grands quotidiens de province ayant décidé de modifier précipitamment leur une avant que les presses se mettent en branle. Jusque-là, les journaux avaient plus ou moins décidé d'ignorer les affirmations de *Millénium*.

Le journal du matin libéral commenta le scoop de *Millénium* sous forme d'un éditorial, écrit par le rédacteur en chef en personne, plus tôt dans l'après-midi. Puis le rédacteur en chef s'était rendu à un dîner au moment où les informations de TV4 passaient à l'antenne. Il avait balayé les appels fébriles de son secrétaire de rédaction qui suggérait qu'il "pouvait y avoir quelque chose" dans les affirmations de Blomkvist, avec la phrase qui allait devenir classique : "Foutaises – nos gars des pages économie auraient trouvé ça depuis longtemps." Conséquence, l'éditorial du rédacteur en chef libéral fut la seule voix médiatique du pays tirant littéralement à boulets rouges sur les affirmations de *Millénium*. L'éditorial comportait des mots tels que *persécution personnelle*, *journalisme de caniveau*, *attitude criminelle* et réclamait *des mesures à l'encontre de ceux qui profèrent des affirmations tombant sous le coup de la loi et s'en prennent à des citoyens honorables*. Ce fut cependant la seule contribution de ce rédacteur en chef dans le débat qui allait suivre.

La rédaction de *Millénium* au complet passa la nuit dans les bureaux. Le plan prévoyait que seules Erika Berger et la nouvelle secrétaire de rédaction, Malou Eriksson, devaient rester pour répondre aux appels éventuels. A 21 heures, la totalité des collaborateurs y étaient pourtant encore, et ils avaient de plus été rejoints par quatre anciens associés et une demi-douzaine de free-lances fidèles. Vers minuit, Christer Malm déboucha une bouteille de vin pétillant. Cela lorsqu'un vieil ami en poste dans un des journaux du soir leur communiqua le premier jet d'un dossier consacrant seize pages à l'af-faire Wennerström sous le titre "La mafia de la finance". Quand les journaux du soir sortirent le lendemain, une traque médiatique sans précédent avait commencé.

La secrétaire de rédaction Malou Eriksson en tira la conclusion qu'elle allait se plaire à *Millénium*.

AU COURS DE LA SEMAINE qui suivit, la Suède boursière trembla lorsque la police des finances commença à vou-loir démêler l'affaire, que des procureurs furent affectés aux enquêtes et qu'un vent de panique déclencha une vague de ventes. Deux jours après la révélation, l'affaire Wennerström se transforma en affaire gouvernementale, qui amena le ministre de l'Industrie à se prononcer.

La traque ne signifia pas que les médias avalèrent les affirmations de *Millénium* sans questions critiques – les révélations étaient beaucoup trop énormes. Mais, contrai-rement à la première affaire Wennerström, *Millénium* put cette fois-ci étayer son dossier par des preuves convain-cantes en diable : le courrier électronique personnel de Wennerström et des copies du contenu de son ordinateur, avec des mouvements de fonds secrets sur des comptes aux îles Caïmans et dans deux douzaines d'autres pays, des accords secrets et d'autres bêtises, qu'un criminel plus prudent n'aurait jamais laissés sur son disque dur. Il fut rapidement établi que si les affirmations de *Millé-nium* tenaient bon jusqu'à la Cour suprême – et tout le monde était d'accord pour dire que tôt ou tard l'affaire devrait s'y retrouver –, alors c'était sans conteste la plus grosse bulle dans le monde suédois de la finance qui ait éclaté depuis le krach de Kreuger en 1932. En comparaison, l'affaire Wennerström fit paraître bien pâlichonnes les embrouilles de la banque Gota et l'escroquerie de Trustor. Il était cette fois question d'arnaque sur une échelle tellement vaste que personne n'osait même spéculer sur le nombre d'infractions distinctes à la loi qu'elle mettait en jeu.

Pour la première fois dans le journalisme économique suédois, on utilisa des mots tels que *criminalité systématique, mafia* et *règne de gangsters*. Wennerström et son cercle proche de jeunes courtiers, d'associés et d'avocats en costume Armani furent dépeints comme n'importe quelle bande de braqueurs de banques ou de trafiquants de drogue.

AU COURS DES PREMIERS JOURS de la traque médiatique, Mikael Blomkvist resta invisible. Il ne répondait pas aux e-mails et n'était pas joignable au téléphone. Tous les commentaires rédactionnels furent faits par Erika Berger, qui ronronnait comme un chat lorsqu'elle fut interviewée par des médias suédois majeurs et par des journaux de province importants, puis peu à peu aussi par des médias étrangers. Chaque fois qu'on lui demandait comment *Millénium* avait pu se trouver en possession de cette documentation interne hautement privée, elle répondait avec un sourire mystérieux qui se transformait rapidement en rideau de brouillard : "Nous ne pouvons évidemment pas révéler nos sources."

Quand on lui demandait pourquoi la révélation de l'année précédente sur Wennerström était devenue un tel fiasco, elle devenait encore plus énigmatique. Elle ne mentait jamais, mais elle ne disait peut-être pas toute la vérité. *Off the record*, quand elle n'avait pas un microphone sous le nez, elle laissait échapper quelques répliques impénétrables, qui mises bout à bout incitaient à des conclusions hâtives. Ainsi se développa une rumeur qui prit vite des proportions légendaires et qui disait que Mikael Blomkvist n'avait pas présenté de défense au procès et s'était laissé condamner à une peine de prison de son plein gré parce qu'autrement ses éléments à charge auraient inévitablement mené à une identification de sa source. On le comparait à des modèles médiatiques américains, qui préfèrent la prison plutôt que révéler une source, et on le décrivait comme un héros en termes si flagorneurs qu'il en fut gêné. Mais ce n'était pas le moment de démentir des malentendus.

Tout le monde était d'accord sur une chose : la personne qui avait livré la documentation était forcément quelqu'un dans le cercle de confiance le plus intime de Wennerström. Ainsi débuta un débat accessoire interminable pour savoir qui était la Gorge profonde – des collaborateurs ayant des raisons possibles de mécontentement, des avocats et même la fille cocaïnomane de Wennerström et d'autres membres de sa famille furent désignés comme candidats possibles. Ni Mikael Blomkvist ni Erika Berger ne dirent rien. Ils ne commentaient jamais le sujet.

Erika affichait un grand sourire de satisfaction et elle sut qu'ils avaient gagné lorsque l'un des journaux du soir, au troisième jour de la traque, titra, "La revanche de *Millénium*". Le texte était un portrait flatteur du magazine et de ses collaborateurs, illustré en outre avec une photo particulièrement avantageuse d'Erika Berger. On l'appelait la reine du journalisme d'investigation. Cela signifiait des points dans la hiérarchie des rubriques people et on parlait du Grand Prix du journalisme.

CINQ JOURS après que *Millénium* avait tiré la première salve de canon, le livre de Mikael Blomkvist, *Le Banquier de la mafia*, fut distribué en librairie. Le livre avait été écrit au cours des jours fébriles à Sandhamn en septembre et octobre, et avait été imprimé à la hâte et dans le plus grand secret chez Hallvigs Reklam à Morgongåva, habituel imprimeur de dépliants publicitaires. Ce fut le premier livre publié chez un tout nouvel éditeur portant le logo de *Millénium*. La dédicace était mystérieuse : *A Sally, qui m'a démontré les bienfaits du golf.*

Il s'agissait d'un pavé de six cent quinze pages en format poche. Le petit tirage de deux mille exemplaires garantissait pratiquement que ce serait une affaire à perte, mais cette première édition fut épuisée en quelques jours et Erika Berger commanda rapidement une réimpression de dix mille exemplaires.

Les critiques constatèrent que, cette fois-ci, Mikael Blomkvist n'avait en tout cas pas l'intention d'économiser la poudre en ce qui concernait l'indication de ses sources. Ce en quoi ils avaient tout à fait raison. Deux tiers du livre étaient constitués d'annexes qui étaient des copies directes de la documentation provenant de l'ordinateur de Wennerström. En même temps que la publication du livre, *Millénium* présenta sur son site des extraits de ces pages sous forme de données à télécharger en format PDF. N'importe qui s'y intéressant un tant soit peu pouvait lui-même examiner les données.

L'étrange absence de Mikael Blomkvist faisait partie de la stratégie médiatique qu'Erika et lui avaient concoctée. Tous les journaux du pays le cherchaient. Pour le lancement du livre, par contre, Mikael se montra dans une interview exclusive réalisée par la Fille de TV4, qui put ainsi une nouvelle fois dégommer la télévision publique. Il ne s'agissait pas pour autant d'un arrangement entre amis et les questions furent tout sauf obséquieuses.

Mikael fut particulièrement satisfait d'un échange de répliques, quand il visionna la vidéo de sa performance. L'interview avait été réalisée en direct au moment où la Bourse de Stockholm était en chute libre et où les morveux de la finance menaçaient de se jeter par diverses fenêtres. On lui avait posé la question sur la responsabilité de *Millénium* dans le naufrage de l'économie suédoise auquel on assistait en ce moment.

— Affirmer que l'économie de la Suède est en train de faire naufrage relève du non-sens, avait répliqué Mikael du tac au tac.

La Fille de TV4 avait eu l'air perplexe. La réponse n'avait pas suivi le schéma escompté et elle avait soudain été obligée d'improviser. La question suivante fut exactement celle que Mikael avait espérée : "Nous vivons en ce moment le plus gros écroulement individuel de l'histoire boursière suédoise – et vous prétendez que c'est du non-sens ?"

— Ecoutez, il faut distinguer deux choses – l'économie suédoise et le marché boursier suédois. L'économie suédoise est la somme de toutes les marchandises et de tous les services qui sont produits dans ce pays chaque jour. Il s'agit des téléphones de chez Ericsson, des voitures de chez Volvo, des poulets de chez Scan et des transports qui vont de Kiruna à Skövde. Voilà l'économie suédoise et elle est exactement aussi puissante ou faible aujourd'hui qu'elle l'était il y a une semaine.

Il fit une pause oratoire et but une gorgée d'eau.

— La Bourse, c'est tout autre chose. Il n'y a aucune économie et aucune production de marchandises ou de services. Il n'y a que des fantasmes où d'heure en heure on décide que maintenant telle ou telle entreprise vaut quelques milliards de plus ou de moins. Ça n'a absolument rien à voir avec la réalité, ni avec l'économie suédoise.

— Vous voulez donc dire que ça n'a aucune importance que la Bourse soit en chute libre ?

— Non, ça n'a pas la moindre importance, répondit Mikael d'une voix si lasse et résignée qu'il apparut comme un oracle. La réplique allait être citée plus d'une fois au cours de l'année. Il poursuivit : Cela signifie seulement qu'un tas de gros spéculateurs sont actuellement en train de transférer leurs portefeuilles boursiers des entreprises suédoises vers les entreprises allemandes. Ce sont donc les hyènes de la finance qu'un reporter avec un peu de couilles devrait identifier et mettre au pilori comme traîtres à la patrie. Ce sont eux qui systématiquement et sciemment sapent l'économie suédoise pour satisfaire les intérêts de leurs clients.

Ensuite, la Fille de TV4 commit l'erreur de poser exactement la question que Mikael souhaitait.

— Alors vous voulez dire que les médias n'ont aucune responsabilité ?

— Si, les médias ont tout particulièrement une énorme responsabilité. Pendant au moins vingt ans, un grand nombre de journalistes économiques ont omis de se pencher sur le cas Hans-Erik Wennerström. Bien au contraire, ils ont contribué à construire son prestige au moyen de portraits idolâtres insensés. S'ils avaient fait leur boulot correctement pendant toutes ces années, on ne se retrouverait pas dans cette situation aujourd'hui.

SON APPARITION signifia un changement d'attitude. Erika réalisa que ce fut seulement à l'instant où Mikael défendait calmement ses affirmations à la télé que la Suède des médias comprit, bien que *Millénium* fût en haut de l'affiche depuis une semaine, que l'histoire était en béton et que les allégations fantastiques du journal étaient vraiment réelles. Son attitude avait donné un cap à l'histoire.

Après l'interview, l'affaire Wennerström glissa imperceptiblement du secteur économie vers le comptoir des reporters criminels. Cela marqua une nouvelle façon de penser dans les rédactions des journaux. Auparavant, les reporters criminels ordinaires avaient rarement ou jamais écrit sur la criminalité économique, sauf quand il était question de la mafia russe ou des contrebandiers de cigarettes yougoslaves. On n'attendait pas des reporters criminels qu'ils démêlent les événements embrouillés de la Bourse. Un journal du soir prit même Mikael Blomkvist à la lettre et remplit deux doubles pages de portraits d'un des courtiers les plus importants des maisons financières en train d'acheter des valeurs allemandes. Le journal titrait "Ils vendent leur pays". L'ensemble des courtiers furent invités à commenter les allégations. Tous déclinèrent l'offre. Mais le volume de transactions diminua considérablement ce jour-là et quelques courtiers désireux d'avoir l'air de patriotes progressistes commencèrent à ramer à contre-courant. Mikael Blomkvist hurlait de rire.

La pression fut si forte que des hommes sérieux en costume sombre prirent l'air soucieux, plissèrent le front et péchèrent contre la première règle du cénacle exclusif qui constituait le cercle le plus fermé de la Suède des finances – ils se prononcèrent au sujet d'un collègue. Tout à coup, des chefs de Volvo à la retraite, des patrons de l'industrie et des directeurs de banque se retrouvèrent à la télé en train de répondre aux questions pour limiter les dégâts. Tous réalisaient le sérieux de la situation et il s'agissait de vite prendre ses distances avec Wennerstroem Group et de se débarrasser d'éventuelles actions. Wennerström (constatèrent-ils presque d'une même voix) n'était sans doute malgré tout pas un véritable industriel et il n'avait jamais été tout à fait accepté dans le club. Quelqu'un rappela qu'au fond il était un simple fils d'ouvrier du Norrland, à qui ses succès étaient peut-être montés à la tête. Quelqu'un décrivit ses agissements comme *une tragédie personnelle*. D'autres découvrirent que depuis des années ils avaient eu des doutes sur Wennerström – il était trop vantard et avait de bien mauvaises manières.

Au cours des semaines qui suivirent, à mesure que la documentation de *Millénium* était examinée à la loupe et le puzzle reconstitué, le lien fut fait entre l'empire wennerströmien de sociétés obscures et la mafia internationale, qui englobait tout, depuis le trafic d'armes et le blanchiment d'argent issu du trafic de drogue sud-américain jusqu'à la prostitution à New York et même indirectement au commerce sexuel d'enfants au Mexique. Une société de Wennerström enregistrée à Chypre éveilla une indignation colossale quand il fut révélé qu'elle avait essayé d'acheter de l'uranium enrichi sur le marché noir d'Ukraine. Partout, l'une ou l'autre des innombrables sociétés bidon de Wennerström semblait surgir dans un contexte fumeux.

Erika Berger constata que le livre sur Wennerström était ce que Mikael avait jamais écrit de mieux. Le contenu était inégal du point de vue du style et la langue était même très mauvaise par moments – il n'avait pas eu le temps de soigner son écriture – mais Mikael rendait la monnaie de sa pièce et tout le livre était animé d'une rage que n'importe quel lecteur ressentait forcément.

PAR HASARD, Mikael Blomkvist tomba sur son antagoniste, l'ancien reporter d'économie William Borg. Ils se croisèrent à la porte du Moulin, où Mikael, Erika Berger et Christer Malm passaient une soirée de la Sainte-Lucie copieusement arrosée avec les autres employés aux frais de la princesse. Borg était accompagné d'une fille ivre morte de l'âge de Lisbeth Salander.

Mikael s'arrêta net. William Borg avait toujours fait remonter en lui ses pires penchants et il fut obligé de se maîtriser pour ne pas dire ou faire quelque chose de mal placé. Lui et Borg se mesurèrent du regard sans prononcer un mot.

L'aversion de Mikael pour Borg était physiquement tangible. Erika avait interrompu ces manières de machos en revenant sur ses pas, prenant Mikael sous le bras et le guidant à travers le bar.

Mikael décida de demander à Lisbeth Salander de procéder sur Borg, quand l'occasion se présenterait, à l'une de ses si subtiles enquêtes sur la personne. Rien que pour la forme.

PENDANT TOUTE LA TEMPÊTE médiatique, la personne principale du drame, le financier Hans-Erik Wennerström, resta pratiquement invisible. Le jour où l'article de *Millénium* fut publié, le magnat de la finance avait commenté le texte dans une conférence de presse déjà prévue sur un tout autre sujet. Wennerström déclara que ces accusations étaient sans fondement et que la documentation citée était fausse. Il rappela que le même reporter avait été condamné pour diffamation un an auparavant.

Ensuite, seuls les avocats de Wennerström répondirent aux questions des médias. Deux jours après que le livre de Mikael Blomkvist avait été distribué, une rumeur tenace commença à faire valoir que Wennerström avait quitté la Suède. Les journaux du soir utilisèrent le mot "fuite" dans leurs titres. Lorsque, au cours de la deuxième semaine, la police des finances essaya d'entrer en contact officiel avec Wennerström, on constata qu'il ne se trouvait plus dans le pays. Mi-décembre, la police confirma que Wennerström était recherché et, la veille de la Saint-Sylvestre, un avis de recherche formel fut lancé par les organisations policières internationales. Le même jour, l'un des conseillers proches de Wennerström fut arrêté alors qu'il essayait de prendre un avion pour Londres.

Plusieurs semaines plus tard, un touriste suédois rapporta qu'il avait vu Hans-Erik Wennerström monter dans une voiture à Bridgetown, la capitale de la Barbade aux Petites Antilles. Comme preuve de ce qu'il avançait, le touriste envoya une photo prise d'assez loin montrant un homme blanc portant des lunettes de soleil, en chemise blanche déboutonnée et pantalon clair. L'homme ne pouvait pas être identifié avec certitude, mais les journaux du soir envoyèrent des reporters qui sans succès essayèrent de pister Wennerström dans les îles antillaises. Ce fut le début d'une traque photographique du milliardaire en fuite.

Six mois plus tard, la chasse fut interrompue. On avait retrouvé Hans-Erik Wennerström mort dans un appartement à Marbella en Espagne, où il résidait sous le nom de Victor Fleming. Il avait été tué de trois balles dans la nuque tirées à bout portant. La police espagnole émit l'hypothèse qu'il avait surpris un cambrioleur.

LA MORT DE WENNERSTRÖM ne fut pas une surprise pour Lisbeth Salander. Elle soupçonna, sur de bonnes bases, que son décès avait un rapport avec le fait qu'il n'avait plus accès à l'argent d'une certaine banque aux îles Caïmans, dont il aurait eu besoin pour payer quelques dettes en Colombie.

Si quelqu'un s'était donné la peine de demander l'aide de Lisbeth Salander pour trouver Wennerström, elle aurait pu dire presque quotidiennement exactement où il se trouvait. Elle avait suivi sur Internet sa fuite désespérée à travers une douzaine de pays, et elle avait noté une panique croissante dans son courrier électronique dès qu'il branchait son ordinateur portable quelque part. Mais même Mikael Blomkvist n'aurait pas cru l'ex-milliardaire fuyard crétin au point de traîner avec lui le même ordinateur qui avait été si minutieusement piraté.

Après six mois, Lisbeth s'était lassée de suivre Wennerström. La question à laquelle il fallait répondre maintenant était de savoir jusqu'où allait son propre engagement. Wennerström était sans le moindre doute un fumier de grande envergure, mais il n'était pas son ennemi personnel et elle n'avait pas d'intérêt propre à intervenir contre lui. Elle pourrait tuyauter Mikael Blomkvist, mais il se contenterait probablement de publier une bonne histoire. Elle pourrait tuyauter la police, mais la probabilité que Wennerström soit prévenu et qu'il ait le temps de disparaître était relativement importante. De plus, par principe elle ne parlait pas avec la police.

Mais il restait d'autres dettes à régler. Elle pensait à la serveuse de vingt-deux ans dont on avait maintenu la tête sous l'eau.

Quatre jours avant qu'on retrouve Wennerström mort, elle s'était décidée. Elle avait allumé son téléphone portable et appelé un avocat à Miami, Floride, qui semblait être l'une des personnes que Wennerström cherchait le plus à éviter. Elle avait parlé avec une secrétaire et lui avait demandé de transmettre un message sibyllin. Un nom : Wennerström, et une adresse à Marbella. C'était tout.

Elle coupa les infos à la télé à la moitié du reportage sur le décès de Wennerström. Elle brancha la cafetière et se prépara une tartine de pâté de foie aux cornichons.

ERIKA BERGER et Christer Malm s'occupaient des préparatifs habituels pour Noël pendant que Mikael, assis dans le fauteuil d'Erika, buvait du vin chaud en les regardant. Tous les collaborateurs et beaucoup des freelances indépendants réguliers reçurent un cadeau pour Noël – cette année, une sacoche avec le logo de *Millénium*. Après avoir préparé les paquets, ils se mirent à la corvée d'écrire plus de deux cents cartes de Noël pour l'imprimerie, des photographes et des collègues, et d'y coller des timbres.

Mikael essaya presque jusqu'au bout de résister à la tentation, mais pour finir, il se laissa aller. Il prit une toute dernière carte de Noël et écrivit *Joyeux Noël et bonne année. Merci pour ton impressionnante contribution au cours de cette année.*

Il signa de son nom et adressa la carte à Janne Dahlman, aux bons soins de la rédaction de *Finansmagasinet Monopol*.

Quand Mikael rentra chez lui le soir, un avis de passage du facteur l'attendait dans sa boîte. Il alla chercher son paquet le lendemain matin et l'ouvrit une fois arrivé à la rédaction. Le paquet contenait un stick antimoustique et une demi-bouteille de Reimersholm Aquavit. Mikael ouvrit la carte et lut le texte : *Si tu n'as rien d'autre à faire, sache que je serai ancré à Arholma pour la Saint-Jean.* C'était signé de son ancien copain de classe Robert Lindberg.

694

TRADITIONNELLEMENT, *Millénium* fermait la rédaction la semaine avant Noël et pendant les fêtes de fin d'année. Cette année les choses n'étaient pas aussi évidentes ; la pression sur la petite structure avait été colossale et des journalistes de tous les coins de la planète continuaient à appeler quotidiennement. La veille du réveillon de Noël, Mikael Blomkvist lut presque par hasard un article dans le *Financial Times* qui résumait la situation actuelle à la commission bancaire et financière internationale qui avait été constituée en toute hâte pour démêler l'empire de Wennerström. L'article indiquait que la commission travaillait selon l'hypothèse que Wennerström avait probablement reçu au dernier moment une sorte d'avertissement qu'il allait être démasqué.

Ses comptes à la Bank of Kroenenfeld aux îles Caïmans, avec 260 millions de dollars américains, avaient en effet été vidés la veille de la parution de *Millénium*.

Cet argent s'était trouvé sur des comptes dont seul Wennerström en personne pouvait disposer. Il n'avait même pas besoin de se présenter à la banque, il lui suffisait d'indiquer une série de codes de clearing pour pouvoir transférer l'argent vers n'importe quelle autre banque n'importe où dans le monde. L'argent avait été transféré en Suisse, où une collaboratrice avait converti la somme en obligations nominatives anonymes. Tous les codes de clearing avaient été en ordre.

Europol avait publié un avis de recherche international de la femme inconnue qui avait utilisé un passeport anglais volé au nom de Veronica Sholes, et qui aurait mené grand train dans l'un des hôtels les plus coûteux de Zurich. Une photo relativement nette provenant d'une caméra de surveillance montrait une femme de petite taille avec une coupe au carré, une large bouche, une poitrine généreuse, des vêtements de marque exclusifs et des bijoux en or.

Mikael Blomkvist examina la photo, d'abord d'un œil rapide puis avec une expression de plus en plus sceptique. Au bout de quelques secondes, il sortit une loupe d'un tiroir de son bureau et essaya de distinguer des détails du visage sur le cliché du journal.

Finalement il posa le journal et resta bouche bée pendant plusieurs minutes. Ensuite il éclata d'un rire si hystérique que Christer Malm pointa la tête et demanda ce qui se passait. Mikael ne put qu'agiter la main en réponse.

DANS LA MATINÉE du réveillon, Mikael se rendit à Årsta voir son ex-femme et sa fille Pernilla et échanger des cadeaux. Pernilla reçut l'ordinateur qui était en haut de sa liste et que Mikael et Monica avaient acheté ensemble. Mikael reçut une cravate de la part de Monica et un polar d'Åke Edwardson de la part de sa fille. Contrairement au Noël précédent, ils étaient tout excités par l'attention médiatique autour de *Millénium*.

Ils déjeunèrent ensemble. Mikael regardait Pernilla du coin de l'œil. Il n'avait pas vu sa fille depuis qu'elle était venue le voir à Hedestad. Il se rendit brusquement compte que jamais il n'avait discuté avec Monica de son engouement pour cette secte traditionaliste à Skellefteå. Et il ne pouvait pas non plus raconter que c'était les connaissances bibliques de sa fille qui l'avaient finalement mis sur la bonne piste en ce qui concernait la disparition de Harriet Vanger. Il n'avait pas parlé avec sa fille depuis et il ressentit une pointe de mauvaise conscience.

Il n'était pas un bon papa.

Il fit une bise à sa fille après le déjeuner et alla retrouver Lisbeth Salander à Slussen pour gagner Sandhamn avec elle. Ils ne s'étaient pas beaucoup vus depuis que la bombe de *Millénium* avait explosé. Ils arrivèrent tard le soir du réveillon et ils y restèrent jusqu'après Noël.

COMME À L'ACCOUTUMÉE, Mikael était une compagnie distrayante, mais Lisbeth Salander avait la désagréable sensation qu'il la regardait d'un œil particulièrement étrange quand elle rendit l'argent qu'il lui avait prêté sous forme d'un chèque de 120 000 couronnes. Il se garda cependant de dire quoi que ce soit.

Ils firent une promenade jusqu'à Trovill et retour (ce que Lisbeth considéra comme un gaspillage de temps), partagèrent leur repas de Noël à l'auberge puis se retirèrent dans la cabane de Mikael où ils allumèrent un feu dans le poêle, mirent un disque d'Elvis et s'adonnèrent à une partie de jambes en l'air sans prétention. Par moments, quand Lisbeth refaisait surface, elle essayait de saisir ce qu'elle ressentait.

Elle n'avait aucun problème avec Mikael en tant qu'amant. Ils s'amusaient au lit. C'était une entente physique très correcte. Et il ne cherchait jamais à la dresser.

Son problème était qu'elle n'arrivait pas à interpréter ses sentiments pour Mikael. Depuis sa puberté, jamais elle n'avait baissé la garde ainsi et laissé un autre individu arriver aussi près d'elle qu'elle l'avait permis à Mikael Blomkvist. Il avait une capacité carrément éprouvante à franchir ses mécanismes de défense et à l'amener plus d'une fois à parler d'affaires privées et de sentiments privés. Même si elle avait le bon sens d'ignorer la plupart de ses questions, elle parlait d'elle-même comme elle ne pouvait pas imaginer de le faire, même menacée de mort, avec quelqu'un d'autre. Cela l'inquiétait et la faisait se sentir nue et livrée à son bon vouloir.

En même temps – quand elle le regardait endormi et qu'elle écoutait ses ronflements –, elle sentait que jamais auparavant dans sa vie elle n'avait eu une telle confiance inconditionnelle en quelqu'un. Elle savait avec une certitude absolue que Mikael Blomkvist n'allait jamais tirer profit de sa connaissance d'elle pour la blesser. Ce n'était pas dans sa nature.

La seule chose dont ils ne parlaient pas était leur relation. Elle n'osait pas le faire et Mikael n'abordait jamais le sujet.

Au matin le lendemain de Noël, tout devint pour elle d'une clarté effroyable. Elle ignorait comment cela s'était passé, et elle ne savait pas non plus ce qu'elle allait en faire. Elle était amoureuse pour la première fois de ses vingt-cinq ans.

Elle s'en fichait qu'il ait presque le double de son âge. Tout comme du fait qu'il était l'une des personnes dont on parlait en Suède en ce moment, et qui apparaissait même sur la couverture de *Newsweek* – tout cela n'était que du blabla. Mais Mikael Blomkvist n'était ni un fantasme érotique ni un songe éveillé. Cela aurait une fin et ça ne pourrait pas fonctionner. A quoi lui servirait-elle ? Elle était à la rigueur une façon de passer le temps en attendant quelqu'un dont la vie n'était pas un foutu nid de rats.

Elle comprit tout à coup que l'amour était l'instant où le cœur est sur le point d'éclater.

Quand Mikael se réveilla, tard dans la matinée, elle avait préparé le café et mis la table du petit-déjeuner. Il l'accompagna à table et se rendit vite compte que quelque chose dans son attitude avait changé – elle était un peu plus réservée. Quand il lui demanda si quelque chose n'allait pas, elle prit l'air neutre de celle qui ne comprend pas.

APRÈS NOËL, Mikael Blomkvist prit le train pour Hedestad. Il portait des vêtements chauds et de vraies chaussures d'hiver quand Dirch Frode vint le chercher à la gare et le félicita à voix basse de ses succès journalistiques. Il n'était pas retourné à Hedestad depuis le mois d'août et ça faisait presque un an jour pour jour qu'il y était venu la première fois. Ils se serrèrent la main et se parlèrent poliment, mais entre eux il y avait aussi beaucoup de choses qui n'avaient pas été dites et Mikael se sentait mal à l'aise.

Tout avait été préparé, et la transaction chez Dirch Frode ne prit que quelques minutes. Frode avait offert de placer l'argent sur un compte confortable à l'étranger, mais Mikael avait insisté pour qu'il soit versé comme des honoraires ordinaires.

— Je n'ai pas les moyens de m'offrir d'autres formes de paiement, avait-il répondu sèchement comme Frode s'étonnait.

La visite n'était pas uniquement de nature économique. Mikael avait toujours des vêtements, des livres et quelques affaires personnelles dans la maison des invités depuis que lui et Lisbeth avaient précipitamment quitté Hedeby.

Henrik Vanger était toujours fragile depuis son infarctus, mais il avait quitté la maison de santé de Hedestad et était de retour chez lui. Il était perpétuellement accompagné d'une infirmière particulière, qui refusait qu'il fasse de longues promenades, emprunte des escaliers et discute de ce qui pourrait trop l'émouvoir. Ces jours-ci justement, il avait attrapé un petit rhume et avait illico été mis au lit.

— Et en plus, elle coûte cher, se plaignit Henrik Vanger.

Mikael Blomkvist n'était pas spécialement choqué et estima que le vieil homme avait les moyens de payer, eu égard au nombre de couronnes du contribuable qu'il avait détournées dans sa vie. Henrik Vanger le regarda, boudeur, avant de se mettre à rire.

— Merde alors, tu le valais bien, tout cet argent. Je le savais.

— Franchement, je ne pensais pas que j'allais venir à bout de l'énigme.

— Je n'ai pas l'intention de te remercier, dit Henrik Vanger.

— Je ne m'y étais pas attendu, répondit Mikael.

— Tu as été grassement payé.

— Je ne me plains pas.

— Tu as fait un boulot pour moi et le salaire devrait suffire comme remerciement.

— Je suis seulement venu pour dire que je considère le boulot comme terminé.

Henrik Vanger fit la moue.

— Tu n'as pas encore terminé le boulot, dit-il.

— Je le sais.

— Tu n'as pas écrit la chronique de la famille Vanger sur laquelle on s'était mis d'accord.

— Je sais. Je ne vais pas l'écrire.

Ils méditèrent cette rupture de contrat en silence. Ensuite Mikael continua :

— Je ne peux pas écrire cette histoire-là. Je ne peux pas parler de la famille Vanger et laisser sciemment de côté les événements essentiels des dernières décennies – Harriet et son père et son frère, et les meurtres. Comment pourrais-je écrire un chapitre sur la période de Martin comme PDG et faire comme si je ne savais pas ce qu'il y avait dans sa cave ? Et je ne peux pas non plus écrire l'histoire sans détruire une nouvelle fois la vie de Harriet.

— Je comprends ton dilemme et je te suis reconnaissant du choix que tu as fait.

— Donc, je laisse tomber l'histoire.

Henrik Vanger hocha la tête.

— Félicitations, dit Mikael. Tu as réussi à me corrompre. Je vais détruire toutes mes notes et les enregistrements des conversations avec toi.

— Je ne trouve pas que tu aies été corrompu, dit Henrik Vanger.

— C'est l'impression que j'ai. Alors c'est probablement le cas.

— Tu avais à choisir entre ton boulot de journaliste et ton boulot d'être humain. Je suis assez certain que je n'aurais pas pu acheter ton silence et que tu aurais choisi le rôle de journaliste et nous aurais cloués au pilori si Harriet avait trempé dans l'affaire ou si tu m'avais considéré comme un fumier.

Mikael ne dit rien. Henrik le regardait.

— Nous avons mis Cécilia au courant de tout. Dirch Frode et moi aurons bientôt disparu et Harriet va avoir besoin de soutien de quelques membres de la famille. Cécilia va entrer de façon active au CA. Ce seront elle et Harriet qui dirigeront le groupe à l'avenir.

— Comment a-t-elle pris ça ?

— Elle a été choquée, évidemment. Elle est partie à l'étranger quelques semaines. Pendant un temps j'ai cru qu'elle n'allait pas revenir.

— Mais elle est revenue.

— Martin était un des rares de la famille avec qui Cécilia s'était toujours bien entendue. Ça a été dur pour elle d'apprendre la vérité sur lui. Cécilia sait aussi maintenant ce que tu as fait pour notre famille.

Mikael haussa les épaules.

— Merci, Mikael, dit Henrik Vanger.

Mikael haussa de nouveau les épaules.

— En plus, ce serait trop pour moi de l'écrire, cette histoire, dit-il. La famille Vanger me donne des nausées.

Ils réfléchirent un peu à cela avant que Mikael change de sujet.

— Comment ça fait d'être PDG de nouveau après vingt-cinq ans ?

— Ce n'est que temporaire, mais… j'aurais voulu être plus jeune. Maintenant je ne travaille que trois heures par jour. Toutes les réunions ont lieu ici dans cette pièce et Dirch Frode a repris sa place d'homme de main personnel si quelqu'un fait des difficultés.

— Que les juniors tremblent. Il m'a fallu un bon moment pour comprendre que Frode n'était pas uniquement un brave conseiller économique mais aussi quelqu'un qui résout les problèmes pour toi.

— Exactement. Mais toutes les décisions sont prises avec Harriet et c'est elle qui est présente au bureau.

— Comment va-t-elle ? demanda Mikael.

— Elle a hérité des parts de son frère et de sa mère. Ensemble nous contrôlons plus de trente-trois pour cent du groupe.

— Ça suffit ?

— Je ne sais pas. Birger est récalcitrant et essaie de lui faire des croche-pattes. Alexander a tout à coup réalisé qu'il a une possibilité de devenir important et il a fait alliance avec Birger. Mon frère Harald a un cancer et ne va pas vivre longtemps. C'est lui qui a le seul gros poste avec sept pour cent d'actions, qui iront à ses enfants. Cécilia et Anita vont faire alliance avec Harriet.

— Alors vous contrôlerez plus de quarante pour cent.

— Jamais auparavant il n'y a eu un tel cartel de voix au sein de la famille. Ils sont suffisamment nombreux, les petits actionnaires à un et deux pour cent qui voteront avec nous. Harriet va me succéder comme PDG en février.

— Elle ne sera pas heureuse.

— Non, mais c'est nécessaire. Il nous faut de nouveaux partenaires et du sang neuf. Nous avons aussi la possibilité de travailler avec son groupe à elle en Australie. Les moyens existent.

— Où est-elle, Harriet, aujourd'hui ?

— Tu n'as pas de chance. Elle est à Londres. Mais elle a très envie de te voir.

— Je la verrai à la réunion du CA en janvier, si elle te remplace.

— Je sais.

— Dis-lui que je ne parlerai jamais de ce qui s'est passé en 1966 avec quelqu'un sauf avec Erika Berger.

— Je le sais et Harriet le sait aussi. Tu es franc du collier.

— Mais dis-lui aussi que tout ce qu'elle fait à partir de maintenant peut apparaître dans les pages du journal si elle ne prend pas garde. Le groupe Vanger ne sera pas exempt de surveillance.

— Je la préviendrai.

Mikael quitta Henrik Vanger quand celui-ci finit par s'assoupir. Il fourra ses affaires dans deux valises. Il ferma la porte de la maison des invités pour la dernière fois, hésita ensuite un instant, puis il alla frapper à la porte de Cécilia Vanger. Elle n'était pas là. Il sortit son agenda de poche, en arracha une page et griffonna quelques mots. *Pardonne-moi. Je te souhaite une bonne vie.* Il laissa le bout de papier avec sa carte de visite dans la boîte aux lettres. La villa de Martin Vanger était vide. Un bougeoir de Noël électrique était allumé à la fenêtre de la cuisine.

Il rentra à Stockholm avec le train du soir.

ENTRE NOËL et le Nouvel An, Lisbeth Salander se déconnecta du monde environnant. Elle ne répondit pas au téléphone et elle n'alluma pas son ordinateur. Elle consacra deux jours au lavage de ses vêtements, au ménage et au rangement de l'appartement. Des cartons de pizzas et des journaux vieux d'un an furent empaquetés et jetés. En tout, elle porta au tri sélectif six gros sacs de plastique noirs et une vingtaine de sacs en papier avec des journaux. Il lui semblait avoir pris la décision de commencer une vie nouvelle. Elle avait l'intention d'acheter un appartement – quand elle aurait trouvé quelque chose qui lui convenait – mais jusque-là, son appartement actuel serait plus rutilant qu'elle ne se souvenait de l'avoir jamais vu.

Ensuite elle resta comme paralysée à réfléchir. Jamais auparavant dans sa vie elle n'avait ressenti une telle envie. Elle voulait que Mikael Blomkvist sonne à sa porte et... et quoi ? Qu'il la soulève dans ses bras ? Qu'il l'entraîne passionnément dans la chambre et lui arrache ses vêtements ? Non, en fait elle désirait simplement sa compagnie. Elle voulait l'entendre dire qu'il l'aimait pour ce qu'elle était. Qu'elle était spéciale dans son monde et dans sa vie. Elle voulait qu'il lui donne un geste d'amour, pas seulement d'amitié et de camaraderie. *Je suis en train de devenir dingue*, pensa-t-elle.

Elle doutait d'elle-même. Mikael Blomkvist vivait dans un monde peuplé de gens avec des métiers respectables, qui avaient des vies rangées et plein de capacités d'adultes. Les amis de Mikael faisaient des choses, paraissaient à la télé et créaient de gros titres. *A quoi je te servirais ?* La plus grande terreur de Lisbeth Salander, tellement grande et noire qu'elle prenait des proportions phobiques, était que les gens rient de ses sentiments. Et tout à coup elle eut l'impression que tout son amour-propre si laborieusement construit s'écroulait.

Alors elle se décida. Elle mit plusieurs heures à mobiliser le courage nécessaire, mais elle était obligée de le voir et de lui dire ce qu'elle ressentait.

Tout le reste était insupportable.

Il lui fallait un prétexte pour venir frapper à sa porte. Elle ne lui avait pas fait de cadeau de Noël, mais elle savait ce qu'elle allait acheter. Dans une brocante elle avait vu une série de panneaux publicitaires en tôle des années 1950, avec des personnages en relief. L'un des panneaux représentait Elvis Presley, guitare sur la hanche, et une bulle disant *Heartbreak Hotel*. Elle n'avait aucun sens de la décoration mais elle comprenait que ce panneau irait parfaitement dans la cabane de Sandhamn. Il coûtait 780 couronnes et par principe elle marchanda le prix et le baissa à 700. On lui fit un paquet cadeau, elle le prit sous le bras et s'en alla à pied vers l'appartement de Mikael dans Bellmansgatan.

Dans Hornsgatan, elle jeta un regard vers le *Bar-Café* et vit soudain Mikael en sortir avec Erika Berger sur les talons. Il dit quelque chose et Erika rit et passa le bras autour de sa taille et lui planta une bise sur la joue. Ils disparurent le long de Brännkyrkagatan en direction de Bellmansgatan. Leur langage corporel ne laissait aucune place pour de fausses interprétations – ce qu'ils avaient en tête était évident.

La douleur fut si immédiate et détestable que Lisbeth s'arrêta net, incapable de bouger. Une partie d'elle voulut courir les rattraper. Elle voulut prendre le panneau en tôle et utiliser le bord tranchant pour couper la tête à Erika Berger. Elle n'en fit rien, tandis que les pensées fusaient dans sa tête. *Analyse des conséquences*. Elle finit par se calmer.

Salander, quelle conne tu fais, c'est nul, se dit-elle à voix haute.

Elle tourna les talons et rentra à son appartement rutilant. Elle passait Zinkensdamm quand la neige commença à tomber. Elle jeta Elvis dans un conteneur à ordures.

TABLE

BABEL NOIR

Catalogue

COÉDITION ACTES SUD – LEMÉAC

Ouvrage réalisé
par l'Atelier graphique Actes Sud.
Achevé d'imprimer
en juillet 2010
par Normandie Roto Impression s.a.s.
61250 Lonrai
sur papier fabriqué à partir de bois provenant
de forêts gérées durablement (www.fsc.org)
pour le compte
des éditions Actes Sud
Le Méjan
Place Nina-Berberova
13200 Arles.

Dépôt légal
1re édition : septembre 2010
N° d'impression : 10-2423
(Imprimé en France)